NOAH HAWLEY
Vor dem Fall

Noah Hawley
Vor dem Fall

Roman

Aus dem Amerikanischen
von Rainer Schmidt

GOLDMANN

Die Originalausgabe erschien 2016 unter dem Titel »Before the Fall«
bei Grand Central Publishing, Hachette Book Group, New York, NY.

Sollte diese Publikation Links auf Webseiten Dritter enthalten,
so übernehmen wir für deren Inhalte keine Haftung, da wir uns
diese nicht zu eigen machen, sondern lediglich auf deren Stand
zum Zeitpunkt der Erstveröffentlichung verweisen.

Dieses Buch ist auch als E-Book erhältlich.

Verlagsgruppe Random House FSC® N001967

1. Auflage
Taschenbuchausgabe Juni 2018
Copyright © der Originalausgabe 2016 by Noah Hawley
Copyright © der deutschsprachigen Ausgabe 2016
by Wilhelm Goldmann Verlag, München,
in der Verlagsgruppe Random House GmbH,
Neumarkter Str. 28, 81673 München
Umschlaggestaltung: UNO Werbeagentur, München
Umschlagmotiv: Mark Owen / Trevillion Images; Evelina Kremsdorf / Trevillion
Images; FinePic®, München
Redaktion: Ulla Mothes
AG · Herstellung: kw
Satz: Buch-Werkstatt GmbH, Bad Aibling
Druck und Bindung: GGP Media GmbH, Pößneck
Printed in Germany
ISBN: 978-3-442-48749-3
www.goldmann-verlag.de

Besuchen Sie den Goldmann Verlag im Netz

EIN PRIVATFLUGZEUG STEHT an der Startbahn auf Martha's Vineyard. Die vordere Treppe ist herabgelassen. Es ist eine neunsitzige OSPRY 700 SL, gebaut 2001 in Wichita, Kansas. Wem sie gehört, ist schwer zu sagen. Der eingetragene Eigner ist eine niederländische Holdinggesellschaft mit einer Postadresse auf den Cayman Islands, aber der Name im Logo auf dem Leitwerk lautet GullWing Air. Der Pilot, James Melody, ist Brite. Charlie Busch, der Erste Offizier, kommt aus Odessa, Texas. Die Stewardess, Emma Lightner, ist in Mannheim in Deutschland geboren, Tochter eines amerikanischen Air-Force-Lieutenants und seiner Frau, die damals im Teenageralter war. Sie zogen nach San Diego, als Emma neun war.

Jeder geht seinen eigenen Weg. Trifft seine Entscheidungen. Wie es kommt, dass zwei Leute zur selben Zeit am selben Ort sind, ist Schicksal. Man steht mit einem Dutzend Fremden im Aufzug. Man fährt mit dem Bus, wartet vor der Toilette. Das passiert jeden Tag. Jeder Versuch vorauszusagen, wo wir hingehen und wem wir da begegnen werden, wäre sinnlos.

Weiches Halogenlicht fällt durch die offene Kabinentür, anders als das harte Gleißen der Leuchtstofflampen in den Linienmaschinen. In zwei Wochen wird Scott Burroughs in einem Interview mit dem *New York Magazine* sagen, was ihn bei seinem ersten Flug mit einem Privatjet am meisten überrascht habe, sei nicht die Beinfreiheit oder die voll ausgestattete Bar gewesen, sondern die persönlich wirkende Einrichtung, als sei von einer bestimmten Einkommenshöhe an ein Flugzeug nur eine andere Art von Zuhause.

Es ist ein milder Abend auf der Insel, zwanzig Grad bei leichtem Südostwind. Die planmäßige Abflugzeit ist zweiundzwanzig Uhr. Während der letzten drei Stunden ist dichter Küstennebel über dem Sund aufgezogen, und undurchsichtige weiße Schwaden wehen über den flutlichtbeleuchteten Asphalt.

Zuerst erscheint die Familie Bateman, Vater David, Mutter Maggie und die beiden Kinder Rachel und JJ mit ihrem Inselwagen, einem Land Rover. Es ist Ende August, und Maggie und die Kinder waren den ganzen Monat auf Martha's Vineyard, während David an den Wochenenden von New York herübergeflogen ist. Es ist schwierig für ihn, öfter wegzukommen, so gern er es auch einrichten würde. David arbeitet im Entertainment Business. So nennen die Leute in seiner Branche die Fernsehnachrichten heute. Es ist ein Hexenkessel aus Informationen und Meinungen.

Er ist Mitte fünfzig, ein hochgewachsener Mann mit einer einschüchternden Telefonstimme. Fremde, die ihm zum ersten Mal begegnen, sehen überrascht, wie groß seine Hände sind. Sein Sohn JJ ist im Auto eingeschlafen, und während die andern auf das Flugzeug zugehen, beugt David sich hinten in den Wagen und hebt JJ behutsam und mit einem Arm vom Sitz. Der Junge schlingt seinem Vater instinktiv die Arme um den Hals, und sein Gesicht ist entspannt im Schlaf. Sein warmer Atem lässt David einen kalten Schauer über den Rücken laufen. Er spürt den Hüftknochen seines Sohnes unter der Handfläche, und die Beine baumeln an seiner Seite. Mit vier ist JJ alt genug, um zu wissen, dass Menschen sterben, aber zu jung, um zu begreifen, dass es ihn eines Tages auch treffen wird. David und Maggie nennen ihn ihr *Perpetuum mobile,* denn eigentlich ist er den ganzen Tag nonstop in Bewegung. Als er drei war, bestand seine Kommunikation hauptsächlich darin zu brüllen wie ein Dinosaurier. Jetzt ist er der König der Unterbrechungen; er hinterfragt jedes Wort, das sie sagen, mit scheinbar endloser Geduld, bis man ihm antwortet oder ihn zum Schweigen bringt.

David stößt die Wagentür mit dem Fuß zu. Das Gewicht seines Sohnes bringt ihn fast zum Straucheln, zumal er sich mit der freien Hand das Telefon ans Ohr hält.

»Richten Sie ihm aus, wenn er auch nur ein Wort darüber verliert, werden wir ihn mit biblischen Klagen überziehen, bis er glaubt, es regnet Anwälte vom Himmel wie Frösche.«

Mit seinen sechsundfünfzig Jahren trägt David eine hartnäckige Fettschicht am Körper. Er hat ein kräftiges Kinn und dichtes Haar. In den Neunzigerjahren hatte David sich einen Namen als Wahlkampfleiter gemacht – für Gouverneure, Senatoren und einen Präsidenten, der zwei Amtsperioden hinter sich brachte –, aber 2000 zog er sich zurück, um eine Lobbyfirma in der K-Street zu übernehmen. Zwei Jahre später trat ein alternder Milliardär mit dem Vorschlag an ihn heran, einen Vierundzwanzig-Stunden-Nachrichtensender zu eröffnen. Jetzt, nach fünfzehn Jahren und dreizehn Milliarden Dollar Umsatz, hat David ein Büro im obersten Stockwerk mit bombensicheren Glasfenstern, und er hat Zugang zum Firmenjet.

Die Kinder bekommt er nicht oft genug zu sehen. Darin sind David und Maggie sich einig, aber sie streiten sich trotzdem regelmäßig deswegen. Genauer gesagt, sie spricht das Thema an, und er geht in die Defensive, obwohl er im Grunde seines Herzens genauso empfindet wie sie. Aber geht es in einer Ehe nicht genau darum, dass zwei Leute um das Landrecht an denselben fünfzehn Zentimetern streiten?

Jetzt kommt auf dem Rollfeld ein böiger Wind auf. David, der immer noch telefoniert, schaut hinüber zu Maggie und lächelt. Das Lächeln sagt: *Ich bin froh, dass ich hier bei euch bin.* Es sagt: *Ich liebe dich.* Aber es sagt auch: *Ich weiß, ich bin schon wieder mitten in einem geschäftlichen Telefongespräch, und du musst es mir nachsehen.* Es sagt: *Wichtig ist, ich bin hier, und wir sind alle zusammen.*

Es ist ein Lächeln, das um Verzeihung bittet, aber es liegt auch stählerne Härte darin.

Maggie lächelt zurück, aber flüchtiger und trauriger. Die Wahrheit ist, sie hat es nicht mehr in der Hand, ob sie ihm verzeiht oder nicht.

Sie sind seit knapp zehn Jahren verheiratet. Maggie ist sechsunddreißig, eine ehemalige Vorschullehrerin, die kleine Jungs dazu bringt, über sie zu fantasieren, noch bevor sie verstehen, was das bedeutet – eine Fixierung auf die Brust, die kleine Kinder und Teenager gemeinsam haben. Miss Maggie, wie sie damals hieß, war fröhlich und liebevoll. Sie kam jeden Morgen früh um halb sieben, um aufzuräumen, und blieb noch lange nach Feierabend, um Berichte zu schreiben und an ihrem Unterrichtsplan zu arbeiten. Miss Maggie war eine sechsundzwanzigjährige junge Frau aus Piedmont, Kalifornien, die den Lehrerberuf mochte. Sie *liebte* ihn. Sie war für diese Fünfjährigen die erste Erwachsene, die sie ernst nahm, die sich anhörte, was sie zu sagen hatten, und die sie behandelte, als wären sie schon groß.

Das Schicksal, wenn man es so nennen möchte, führte Maggie und David an einem Donnerstagabend zu Beginn des Frühlings 2005 in einem Ballsaal im Waldorf Astoria zusammen. Der Ball war eine Wohltätigkeitsgala für eine Bildungsstiftung. Maggie war mit einer Freundin da, und David war im Vorstand. Sie war die bescheidene Schönheit im Blumenkleid und hatte Fingerfarbe in der rechten Kniekehle. Er war der schwergewichtige Mann mit dem Haifischcharme im zweireihigen Anzug. Sie war nicht die jüngste Frau auf der Gala, nicht einmal die hübscheste, aber sie war die einzige, die Kreide in der Handtasche hatte, die einzige, die einen Vulkan aus Pappmaché bauen konnte und einen rot-weiß gestreiften Zylinderhut wie in dem Buch *Der Kater mit Hut* besaß, den sie jedes Jahr an Dr. Seuss' Geburtstag in der Schule trug. Mit anderen Worten, sie war alles, was David sich bei seiner Ehefrau je gewünscht hatte. Er entschuldigte sich bei seinen Bekannten und machte sich an sie heran, und sein Lächeln ließ die Jacketkronen blitzen.

Rückblickend gesehen hatte sie nie eine Chance.

Zehn Jahre später haben sie zwei Kinder und ein Townhouse in der York Avenue. Rachel ist neun und geht mit hundert anderen Mädchen auf die Brearley School. Maggie, die jetzt nicht mehr als Lehrerin arbeitet, bleibt zu Hause bei JJ, wodurch sie sich von den Frauen ihres Standes – den sorgenfreien Gattinnen millionenschwerer Workaholics – unterscheidet. Wenn sie morgens mit ihrem Sohn in den Park spaziert, ist sie die einzige Mutter auf dem Spielplatz. Alle anderen Kinder sitzen in europäischen Designerkinderwagen, geschoben von Inselfrauen mit Handy am Ohr.

Jetzt, auf dem Rollfeld des Flughafens, zieht Maggie ihre sommerliche Strickjacke fröstelnd ein bisschen fester zusammen. Die Nebelschwaden sind zu einer träge rollenden Brandung geworden, die mit gletscherhafter Geduld über den Asphalt kriecht.

»Meinst du wirklich, dass es okay ist, jetzt zu fliegen?«, fragt sie den Rücken ihres Mannes. Er ist oben an der Treppe angekommen, wo Emma Lightner, die Stewardess in ihrem adretten blauen Kostüm, ihn lächelnd begrüßt.

»Das ist kein Problem, Mom«, sagt Rachel, die hinter ihrer Mutter geht. »Man muss ja nichts sehen, um ein Flugzeug zu fliegen.«

»Nein, ich weiß.«

»Es gibt Instrumente.«

Maggie lächelt ihr beifällig zu. Rachel trägt ihren grünen Rucksack – mit den *Tributen von Panem,* ihren Barbies und dem iPad –, und beim Gehen schlägt er ihr rhythmisch ins Kreuz. Ein so großes Mädchen! Schon mit neun lässt sie die Frau erkennen, die sie einmal werden wird. Eine Professorin, die geduldig abwartet, bis du deine Fehler selbst erkennst. Mit anderen Worten, die klügste Person im Raum, aber keine Wichtigtuerin. Niemals. Eine Frau mit einem guten Herzen und einem melodischen Lachen. Die Frage ist, sind ihr diese Eigenschaften angeboren, oder hat das, was passiert ist, die Saat dazu gelegt? Das Verbrechen in ihrer Kindheit? Irgendwo online findet sich die ganze Geschichte in Worten und Bildern – Filmmaterial aus den Nachrichtenarchiven auf YouTube, mehrere hundert Stunden Berichterstattung, alles in dem großen kollektiven Gedächtnis aus Nullen und Einsen. Ein Autor aus New York wollte im vergangenen Jahr ein Buch schreiben, aber David hat dieses Projekt geräuschlos abgewürgt. Rachel ist schließlich noch ein Kind. Wenn Maggie daran denkt, was alles hätte schiefgehen können, hat sie manchmal Angst, ihr Herz bleibt stehen.

Instinktiv wirft sie einen Blick hinüber zum Range Rover, wo Gil ihre Ankunft durchgibt. Gil ist ihr Schatten, ein großer Israeli, der niemals das Jackett ablegt. *Domestic Security* nennt man jemanden wie ihn in ihrer Einkommensklasse. Knapp eins neunzig, hundertneunzig Pfund. Es gibt einen Grund, weshalb er das Jackett nie ablegt, aber über diesen Grund spricht man in höflichen Kreisen nicht. Gil ist jetzt schon vier Jahre bei den Batemans. Vor Gil kam Misha, und vor Misha kam das Einsatzkommando aus humorlosen Männern in Anzügen und mit automatischen Waffen im Kofferraum. In ihrer Zeit als Lehrerin hätte Maggie bei einer solchen militärischen Invasion in ihr Familienleben vielleicht verachtungsvoll den Mund verzogen. Die Vorstellung, Geld mache sie zur Zielscheibe für Gewalttäter, hätte sie als narzisstisch bezeichnet. Aber das war vor den Ereignissen im Juli 2008, vor der Entführung ihrer Tochter und den qualvollen drei Tagen, die es dauerte, bis sie wieder da war.

Auf der Treppe der OSPRY dreht Rachel sich um und winkt wie eine Königin über das leere Rollfeld hinaus. Sie trägt eine blaue Fleecejacke über dem Kleid, und ihr Haar ist mit einer Schleife zu einem Pferdeschwanz gebunden. Die meisten Hinweise darauf, dass diese drei Tage für Rachel traumatisch waren, liegen im Verborgenen: Angst vor engen Räumen, eine gewisse Beklommenheit in Anwesenheit fremder Männer. Aber mein Mädchen war immer ein fröhliches Kind, denkt Maggie, eine quirlige Spaßmacherin mit einem durchtriebenen Lächeln, und auch wenn sie es sich nicht erklären kann, dass ihre Tochter das alles nicht verloren hat, ist Maggie doch jeden Tag dankbar dafür.

»Guten Abend, Mrs Bateman«, sagt Emma, als Maggie oben an der Tür ankommt.

»Hi, danke«, sagt Maggie reflexartig. Wie immer hat sie das Bedürfnis, sich für ihren Reichtum zu entschuldigen, nicht unbedingt für den ihres Mannes, sondern für ihren eigenen in seiner ganzen Unfassbarkeit. Vor nicht allzu langer Zeit war sie noch eine Vorschullehrerin, die sich in einem sechsgeschossigen Miethaus eine Wohnung mit zwei nicht gerade sympathischen Frauen geteilt hat, ganz wie Aschenputtel.

»Ist Scott schon hier?«, fragt sie.

»Nein, Ma'am. Sie sind die Erste. Ich habe eine Flasche Pinot Gris vorbereitet. Möchten Sie ein Glas?«

»Im Moment nicht, danke.«

Das Innere des Flugzeugs verströmt zurückhaltenden Luxus. Die gewölbten Wände sind mit elegant gerippten Eschenholz verkleidet, die Sitze mit grauem Leder bezogen und entspannt paarweise angeordnet, als werde man den Flug mit einem Gegenüber besser genießen. Es riecht förmlich nach Geld, und die Atmosphäre ist gedämpft wie in einer Präsidentenbibliothek. Maggie ist zwar schon oft so geflogen, aber sie kommt immer noch nicht über dieses Ausmaß an Überfluss hinweg. Ein ganzes Flugzeug nur für sie.

David legt seinen Sohn auf den Sitz und deckt ihn zu. Er ist schon beim nächsten Telefonat, und die Sache ist offensichtlich ernst – das sieht Maggie an seinem grimmig vorgeschobenen Kinn. Der Junge auf dem Sitz regt sich, aber er wird nicht wach.

Rachel schaut ins Cockpit, um mit den Piloten zu sprechen. Das macht sie immer: Sie sucht die jeweiligen Verantwortlichen auf und löchert sie mit Fragen. Vor der Tür zum Cockpit sieht sie Gil, der die Neunjährige im Auge behält. Neben seiner Pistole trägt er einen Taser und Plastikhandschellen bei sich. Er ist der stillste Mann, dem Maggie je begegnet ist.

David hält das Telefon ans Ohr und drückt Maggies Schulter mit der anderen Hand.

»Freust du dich, dass du zurückkommst?« Er hält das Telefonmikro zu.

»Halb und halb«, sagt sie. »Es ist schön hier draußen.«

»Du könntest noch bleiben. Ich meine, wir haben diese Sache am nächsten Wochenende, aber davon abgesehen – warum nicht?«

»Nein«, sagt sie. »Die Kinder müssen in die Schule, und ich habe die Museumsvorstandssitzung am Donnerstag.« Sie lächelt ihn an. »Ich habe nicht so gut geschlafen«, sagt sie. »Bin müde.«

David wirft einen Blick über ihre Schulter und runzelt die Stirn.

Maggie dreht sich um. Ben und Sarah Kipling stehen oben auf der Treppe. Sie sind ein reiches Ehepaar Anfang fünfzig, eher Davids als ihre Freunde. Sarah quiekt trotzdem, als sie Maggie sieht.

»Darling«, sagt sie und breitet die Arme aus.

Sie umarmt Maggie, und die Stewardess steht unbeholfen hinter ihnen mit einem Tablett voll Gläser.

»Entzückend, dein Kleid«, sagt Sarah.

Ben schiebt sich an seiner Frau vorbei auf David zu und schüttelt ihm energisch die Hand. Er ist Partner in einer der vier großen Wallstreet-Firmen, ein blauäugiger Haifisch in einem maßgeschneiderten blauen Button-down-Hemd und weißen Shorts mit Gürtel.

»Hast du das beschissene Spiel gesehen?«, fragt er. »Wie konnte er diesen Ball verfehlen?«

»Lass mich gar nicht erst dran denken«, sagt David.

»Ich meine, *ich* hätte diesen Scheißball erwischt, und ich habe Hände wie French Toast.«

Die beiden Männer stehen dicht voreinander und ahmen Baseballposen nach, zwei große Böcke mit Freude am Kampf.

»Er hat ihn im Scheinwerferlicht nicht gesehen«, vermutet David, und dann fühlt er, dass sein Telefon wieder vibriert. Er wirft einen Blick auf das Display, zieht die Augenbrauen zusammen und tippt eine Antwort. Ben wirft einen Blick über die Schulter, und seine Miene wird nüchtern. Die Frauen plaudern, und er lehnt sich herüber.

»Wir müssen reden, mein Freund.«

David schüttelt den Kopf. Er tippt immer noch. »Nicht jetzt.«

»Ich habe dich ein paar Mal angerufen«, sagt Kipling. Er will weitersprechen, aber Emma steht mit Drinks hinter ihnen.

»Glenlivet *on the rocks,* wenn ich mich recht erinnere«, sagt sie und reicht ihm ein Glas.

»Sie sind ein Schatz«, sagt Ben und leert das Glas in einem Zug zur Hälfte.

»Für mich nur Wasser«, sagt David, als sie ein Glas Wodka vom Tablett nimmt.

»Selbstverständlich.« Sie lächelt. »Bin sofort wieder da.«

Ein paar Schritte weiter hat Sarah Kipling den Smalltalk bereits aufgegeben. Sie drückt Maggies Arm.

»Wie geht's dir?«, fragt sie ernsthaft und zum zweiten Mal.

»Gut, wirklich«, sagt Maggie. »Es ist nur – diese Reisetage, weißt du. Ich bin froh, wenn wir zu Hause sind.«

»Ich weiß. Ich meine, ich liebe den Strand, aber ehrlich? Ich langweile mich auch. Die vielen Sonnenuntergänge sind ja wirklich schön, aber irgendwann will ich einfach – ich weiß nicht – zu Barney's gehen?«

Maggie wirft einen nervösen Blick zur offenen Tür hinüber. Sarah sieht es.

»Wartest du auf jemanden?«

»Nein. Das heißt, ich glaube, einer fehlt noch, aber ...«

Ihre Tochter bewahrt sie davor, mehr sagen zu müssen. »Mom«, ruft sie von ihrem Sitz herüber. »Vergiss nicht, morgen ist Tamaras Party. Wir müssen noch ein Geschenk besorgen.«

»Okay«, sagt Maggie abgelenkt. »Wir gehen morgen früh zum Dragonfly.«

Sie schaut an ihrer Tochter vorbei und sieht, wie David und Ben die Köpfe zusammenstecken. David sieht nicht glücklich aus. Sie könnte ihn später fragen, was los ist, aber ihr Mann ist momentan ziemlich abweisend, und das Letzte, was sie sich jetzt wünscht, ist ein Streit.

Die Stewardess schwebt an ihr vorbei und bringt David sein Wasser.

»Limette?«, fragt sie.

David schüttelt den Kopf. Ben reibt sich nervös den kahlen Kopf und wirft einen Blick ins Cockpit.

»Warten wir noch auf jemanden?«, fragt er. »Lass uns starten.«

»Noch eine Person.« Emma wirft einen Blick auf ihre Liste. »Scott Burroughs?«

Ben sieht David an.

»Wer?«

David zuckt die Achseln.

»Maggie hat einen Freund«, sagt er.

»Er ist kein Freund«, sagt Maggie, die ihn gehört hat. »Die Kinder kennen ihn. Wir haben ihn heute Morgen auf dem Markt getroffen. Er sagte, er müsse nach New York, und da habe ich ihn eingeladen mitzukommen. Ich glaube, er ist Maler.« Sie sieht ihren Mann an. »Ich habe dir Bilder von ihm gezeigt.«

David sieht auf die Uhr. »Hast du ihm gesagt, zehn Uhr?«

Sie nickt.

»Tja«, sagt er und setzt sich hin, »noch fünf Minuten, dann muss er die Fähre nehmen wie alle andern.«

Durch ein rundes Bullauge sieht Maggie den Captain, der auf dem Rollfeld steht und die Tragfläche untersucht. Er schaut zu dem glatten Aluminium hinauf und kommt dann langsam auf das Flugzeug zu.

Hinter ihr regt JJ sich im Schlaf. Sein Mund steht offen. Maggie stopft die Decke um ihn herum fest und gibt ihm einen Kuss auf die Stirn. Er sieht immer so besorgt aus, wenn er schläft, denkt sie.

Sie wirft einen Blick über die Sitzlehne hinweg und sieht, wie der Captain wieder hereinkommt. Er kommt heran und gibt allen die Hand, ein Mann so groß wie ein Footballspieler und mit militärischer Figur.

»Gentlemen«, sagt er, »Ladys. Willkommen. Es dürfte ein kurzer Flug werden. Ein paar leichte Böen, aber größtenteils ziemlich ruhig.«

»Ich habe Sie draußen gesehen«, sagt Maggie.

»Routinemäßige Sichtkontrolle«, sagt er. »Mache ich vor jedem Flug. Die Maschine sieht gut aus.«

»Und was ist mit dem Nebel?«

Ihre Tochter verdreht die Augen.

»Nebel spielt keine Rolle bei einem technischen Wunder wie diesem hier«, sagt der Pilot. »Ein paar hundert Fuß über dem Meeresspiegel, und er liegt hinter uns.«

»Dann werde ich ein bisschen von diesem Käse essen«, sagt Ben. »Sollen wir vielleicht Musik anmachen? Oder den Fernseher? Ich glaube, Boston spielt gegen White Sox.«

Emma macht sich daran, das Spiel auf dem Inflight-Entertainment-System zu suchen, und es dauert eine Weile, bis alle ihre Sachen verstaut und sich auf den Sitzen niedergelassen haben. Vorn überprüfen die Piloten ihre Instrumente.

Davids Telefon summt wieder. Er schaut darauf und zieht die Stirn kraus.

»Okay«, sagt er und wird nervös. »Ich glaube, mehr Zeit haben wir für diesen Maler nicht.«

Er nickt Emma zu, und sie geht zur Kabinentür, um sie zu schließen. Im Cockpit startet der Pilot die Triebwerke, als habe er eine telepathische Anweisung erhalten. Die Tür ist fast zu, als draußen eine Männerstimme schreit: *Halt!*

Das Flugzeug wackelt, als der letzte Passagier die Treppe heraufkommt. Maggie spürt, dass sie wider Willen rot wird, und ihr ist leicht flau im Magen vor Erwartung. Dann ist er da: Scott Burroughs, Mitte vierzig, erhitzt und atemlos. In seinem wirren Haar sind graue Strähnen, aber seine Gesichtszüge sind weich. Auf seinen weißen Keds sind formlose Farbkleckse, gelblich und sommerblau. Er hat eine schmutzig grüne Reisetasche über die Schulter geworfen. In seiner Haltung liegt noch immer der Überschwang der Jugend, aber die tiefen Fältchen an seinen Augen sind wohlerworben.

»Sorry«, sagt er, »das Taxi ist nicht gekommen. Ich musste schließlich den Bus nehmen.«

»Na, Sie haben's ja geschafft.« David nickt dem Kopiloten zu, damit er die Tür schließt. »Darauf kommt's an.«

»Darf ich Ihre Tasche nehmen?«, fragt Emma.

»Was?« Scott ist im ersten Augenblick erschrocken, weil sie so lautlos neben ihm erschienen ist. »Nein, das geht schon.«

Sie führt ihn zu einem freien Sitz. Erst jetzt nimmt er das Innere des Flugzeugs wahr.

»Oh, verdammt«, sagt er.

»Ben Kipling.« Ben steht auf, um Scott die Hand zu schütteln.

»Ja«, sagt Scott, »Scott Burroughs.«

Dann sieht er Maggie.

»Hey«, sagt er und grinst breit und warmherzig. »Noch mal danke.«

Maggie lächelt zurück. Sie ist immer noch rot.

»Nicht der Rede wert«, sagt sie. »Wir haben doch Platz.«

Scott lässt sich neben Sarah in den Sessel fallen. Noch bevor er sich angeschnallt hat, reicht Emma ihm ein Glas Wein.

»Oh«, sagt er. »Nein danke. Für mich keinen – vielleicht ein Glas Wasser?«

Emma zieht sich lächelnd zurück.

Scott schaut Sarah an.

»Daran könnte man sich gewöhnen, was?«

»Ein wahres Wort«, sagt Kipling.

Die Triebwerke dröhnen lauter, und Maggie spürt, dass das Flugzeug sich in Bewegung setzt. Captain Melodys Stimme kommt aus den Lautsprechern. »Ladys und Gentlemen, wir starten jetzt.«

Maggie schaut zu ihren Kindern hinüber. Rachel hat ein Bein unter sich gezogen und scrollt durch die Musikstücke auf ihrem Handy, und JJ schläft in kindlicher Ahnungslosigkeit. Wie in tausend anderen x-beliebigen Alltagsbegebenheiten spürt Maggie ein inständiges Aufwallen mütterlicher Liebe. Sie sind ihr Leben, diese Kinder. Ihre Identität. Sie langt hinüber, um noch einmal die Decke ihres Sohnes zurechtzuziehen, und dabei erlebt sie den Augenblick der Schwerelosigkeit, als die Räder des Flugzeugs den Boden verlassen. Dieser Augenblick der unmöglichen Hoffnung, die routinemäßige Außerkraftsetzung der Naturgesetze, die den Menschen am Boden halten, ist inspirierend und erschreckend zugleich. Fliegen. Sie fliegen. Und als sie durch den weißen Nebel aufsteigen, plaudernd und lachend, begleitet von Schnulzen der Fünfzigerjahre und dem gedämpften Chor der Anfeuerungsrufe beim siebten Inning, ahnt keiner von ihnen, dass ihr Flugzeug in knapp sechzehn Minuten ins Meer stürzen wird.

EINS

MIT SECHS JAHREN REISTE Scott Burroughs mit seiner Familie nach San Francisco. Sie verbrachten drei Tage in einem Motel in Strandnähe – Scott, seine Eltern und seine Schwester June, die später im Lake Michigan ertrinken sollte. In San Francisco war es an diesem Wochenende neblig und kalt, und die breiten Hauptstraßen wellten sich wie geschmeidige Zungen zum Wasser hinunter. Scott weiß noch, wie sein Vater im Restaurant Krabbenbeine bestellte, und wie ungeheuerlich sie aussahen, als sie kamen: dick wie Baumäste. Als sollten die Krabben eigentlich sie essen, nicht umgekehrt.

Am letzten Tag dieser Reise setzte Scotts Vater sie alle in den Bus nach Fisherman's Wharf. Scott in seiner verblichenen Kordhose und dem gestreiften T-Shirt kniete auf dem schiefen Kunstledersitz und sah, wie die flachen breiten Stuckbauten des Sunset Districts den zubetonierten Hügeln wichen. Mit breiten Brettern verkleidete viktorianische Stadthäuser säumten eine steile Hangstraße. Sie gingen ins Museum von »Ripley's Believe it or Not« und ließen Karikaturen von sich zeichnen – die vier Familienmitglieder mit komisch vergrößerten Köpfen, die auf Einrädern nebeneinander her gurkten. Danach beobachteten sie die Seehunde, die sich auf den salzbesprühten Kaianlagen räkelten. Scotts Mutter zeigte mit staunenden Augen auf die Scharen weißer Möwen. Sie waren ja Inlandsbewohner, und für den sechsjährigen Scott war es, als seien sie mit einem Raumschiff auf einen fernen Planeten gereist.

Zum Lunch aßen sie Maiskolben und tranken Coke aus aberwitzig großen Plastikbechern. Als sie den Aquatic Park betraten, war dort eine Menschenmenge versammelt, Dutzende von Leuten, die nach Norden spähten und auf Alcatraz deuteten.

Das Wasser der Bay war an diesem Tag schiefergrau, und die Berge von Marin umrahmten die ehemalige Gefängnisinsel wie die Schultern einer Reihe von Wärtern. Zur Linken ragte die Golden Gate Bridge bräunlich orange und riesenhaft im Dunst auf, und die Spitzen der Pylone verschwanden im vormittäglichen Dunst.

Draußen auf dem Wasser sah Scott eine Flotte kleiner Boote, alle auf einem Haufen.

»Ist da jemand ausgebrochen?«, fragte Scotts Vater, ohne jemanden anzusprechen.

Scotts Mutter runzelte die Stirn und zog eine Broschüre heraus. Soweit sie wisse, erklärte sie, werde das Gefängnis nicht mehr als solches genutzt. Die Insel sei jetzt eine Touristenattraktion.

Scotts Vater klopfte dem nächstbesten Mann auf die Schulter.

»Was gibt's da zu sehen?«, fragte er.

»Er schwimmt von Alcatraz herüber«, sagte der Mann.

»Wer?«

»Der Fitness-Typ. Wie heißt er noch? Jack LaLanne. Das ist so was wie ein Stunt. Er trägt Handschellen und zieht auch noch ein Boot.«

»Was soll das heißen, er zieht ein Boot?«

»Mit einem Seil. Kam im Radio. Sehen Sie das Boot da? Das große. Er muss das Ding bis hier herüber ziehen.«

Der Mann schüttelte den Kopf, als sei ihm plötzlich klar geworden, dass die ganze Welt verrückt geworden war.

Scott stieg auf eine Stufe, von wo er über die Erwachsenen hinwegschauen konnte. Tatsächlich, da war ein großes Boot draußen auf dem Wasser, und der Bug war dem Land zugewandt. Es war umringt von vielen kleineren Booten. Eine Frau tippte Scott auf die Schulter.

»Hier«, sagte sie lächelnd. »Schau mal.«

Sie reichte ihm ein kleines Fernglas. Er spähte hindurch und erkannte mit Mühe einen Mann mit einer beigefarbenen Bademütze im Wasser. Er hatte nackte Schultern und schwamm, indem er sich wie eine Nixe kraftvoll vorwärts warf.

»Die Strömung ist irrsinnig da draußen«, sagte der Mann zu Scotts Vater. »Von der verdammten Wassertemperatur gar nicht zu reden – die liegt bei vierzehn Grad. Es hat seinen Grund, dass von Alcatraz nie einer entkommen ist. Die Haie gibt es ja auch noch. Ich gebe dem Kerl eine Chance von eins zu fünf.«

Durch das Fernglas konnte Scott sehen, dass in den Motorbooten, die den Schwimmer umkreisten, lauter Männer in Uniform waren. Sie hatten Gewehre in den Händen und beobachteten das kabbelige Wasser.

Der Schwimmer hob die Arme aus den Wellen und warf sich nach vorn. Er war an den Handgelenken gefesselt, und sein Blick richtete sich auf das Ufer. Er atmete gleichmäßig, und wenn ihm die Anwesenheit der Deputys oder das Risiko eines Haifischangriffs bewusst war, so ließ er es sich nicht anmerken. Jack LaLanne, der fitteste Mann der Welt. In fünf Tagen würde er sechzig Jahre alt werden. Sechzig. In diesem Alter geht jeder, der halbwegs bei Verstand ist, allmählich vom Gas, legt die Füße hoch und lässt ein paar Dinge schleifen, aber Jacks Disziplin war stärker als das Alter, wie Scott später erfahren sollte. Er war ein Werkzeug, das dafür geschaffen war, eine Aufgabe zu erfüllen, eine übermächtige Maschine. Das Tau, das seine Taille umschlang, war wie ein Tentakel, das ihn in die eisige, schwarze Tiefe ziehen wollte, aber er achtete nicht darauf, als könne er dem Gewicht, das er hinter sich herzog, seine Macht nehmen, indem er es ignorierte. An das Tau war Jack gewöhnt. Zu Hause band er sich damit am Poolrand fest und schwamm jeden Tag eine halbe Stunde lang auf der Stelle. Dazu kamen neunzig Minuten Gewichtheben und dreißig Minuten Dauerlauf. Wenn er danach in den Spiegel schaute, sah Jack keinen sterblichen Menschen. Er sah ein Wesen aus reiner Energie.

Er war diese Strecke schon einmal geschwommen, im Jahr 1955. Damals war Alcatraz noch ein Gefängnis gewesen, ein kalter Fels der Strafe und der Buße. Jack war damals einundvierzig, ein junger Hirsch, aber schon berühmt für seinen durchtrainierten Körper. Er trat im Fernsehen auf und hatte Fitnessstudios. Jede Woche stand er in dem schlichten schwarzweißen, eng anliegend geschnittenen Trikot, seinem Markenzeichen, und mit schwellendem Bizeps vor den Kameras. Ab und zu ließ er sich ohne Vorwarnung auf den Boden fallen und unterstrich seine Ratschläge mit hundert Liegestützen auf den Fingerspitzen.

Obst und Gemüse, hatte er immer gesagt. Proteine und Training.

Montagabends um acht, auf NBC, hatte Jack die Geheimnisse des ewigen Lebens verraten. Man brauchte nur zuzuhören. Als er jetzt das Boot hinter sich herzog, dachte er an dieses erste Mal, als er die Strecke geschwommen war. Alle meinten, das sei unmöglich – zwei Meilen weit gegen die starke Meeresströmung in fünfzehn Grad kaltem Wasser. Aber Jack schaffte es in knapp einer Stunde. Jetzt, fünfzehn Jahre später, war er wieder da, an Händen und Füßen gefesselt, mit einem Boot, das eine halbe Tonne wog, im Schlepptau.

In seinen Gedanken gab es kein Boot. Es gab keine Strömung. Es gab keine Haie.

Es gab nur seinen Willen.

»Fragen Sie die Leute, die ernsthaft Triathlon betreiben«, würde er später sagen, »ob es irgendwelche Grenzen gibt für das, was man schaffen kann. Die Grenze ist hier.« Er zeigt auf seinen Kopf. »Zwischen den Ohren muss man körperlich fit sein. Die Muskeln wissen nichts. Man muss ihnen alles beibringen.«

Jack war ein schmächtiger Junge mit Pickeln gewesen, der sich mit Süßigkeiten vollstopfte, ein kleiner Kerl, der eines Tages einen Zuckerrausch bekam und mit der Axt auf seinen Bruder losging. Dann kam die Epiphanie, die Begegnung mit dem brennenden Dornbusch. Es war eine blitzartige Erleuchtung. Er würde das ganze Potenzial seines Körpers erschließen. Er würde sich vollständig neu erschaffen und dabei die Welt verändern.

So kam es, dass Moppel-Jack mit dem Zuckerhirn das Fitnesstraining erfand. Er wurde der Held, der innerhalb von neunzig Minuten tausend Mal den Hampelmann und tausend Klimmzüge schaffte. Der Muskelmann, der sich darauf trainierte, in zwanzig Minuten tausenddreiunddreißig Liegestütze zu machen, indem er sich mit siebzig Kilo schweren Gewichten am Gürtel an einem acht Meter langen Seil hochzog.

Wenn er auf der Straße auftauchte, sprachen die Leute ihn an. Es war in den Anfangstagen des Fernsehens, und er war teils Wissenschaftler, teils Magier und teils Gott.

»Ich darf nicht sterben«, erzählte Jack den Leuten. »Es würde mein Image ruinieren.«

Jetzt warf er sich wieder vorwärts und schwamm in dem flatternden Butterflystil, den er erfunden hatte, durch die Wellen. Das Ufer war in Sicht, und Kameraleute drängten sich am Rand des Wassers. Die Zuschauermenge war größer geworden und quoll über die Stufen, die das Ufer in einem sanften Bogen säumten, nach unten. Jacks Frau Elaine war auch da, eine ehemalige Wasserballerina, die Kette geraucht und sich von Donuts ernährt hatte, bevor sie Jack kennenlernte. »Da ist er«, sagte jemand und zeigte mit ausgestreckter Hand nach vorn. Ein sechzig Jahre alter Mann, der ein Boot durch das Wasser zog. An Händen und Füßen gefesselt. Er besaß die Fähigkeiten eines Houdini, aber er versuchte nicht, sich zu befreien. Wenn es nach Jack ginge, würde er ewig an dieses Boot gebunden sein, und man würde jeden Tag ein neues hinzufügen, bis er die ganze Welt hinter sich herzöge. Bis er uns alle auf seinem Rücken in eine Zukunft trüge, in der das Potenzial des Menschen grenzenlos war.

Alter ist ein Seelenzustand, sagte er den Leuten. Das war

das Geheimnis. Er würde zu Ende schwimmen und federnden Schrittes aus der Brandung kommen. Er würde in die Höhe springen wie ein Boxer nach dem Knockout. Vielleicht würde er sich sogar zu Boden fallen lassen und hundert Liegestütze machen. So gut fühlte er sich. Die meisten Männer in Jacks Alter gingen gebeugt und klagten über ihren Rücken. Sie dachten nervös an das Ende. Nicht so Jack. An seinem siebzigsten Geburtstag würde er siebzig Stunden schwimmen und siebzig Boote ziehen, in denen jeweils siebzig Leute saßen. An seinem hundertsten würde man das Land nach ihm benennen. Und jeden Morgen bis ans Ende der Zeit würde er mit einem stahlharten Ständer aufwachen.

Am Ufer stand Scott auf Zehenspitzen und starrte auf das Wasser hinaus. Seine Eltern hatte er vergessen. Der Lunch hatte ihm nicht geschmeckt. Es gab jetzt auf der ganzen Welt nur noch die Szene, die sich vor ihm abspielte. Der Junge sah zu, wie der Mann mit der Badekappe gegen den Gezeitenstrom kämpfte, Zug um Zug, Muskeln gegen Naturgewalt, ein starker Wille gegen blinde Urzeitmächte. Die Menge war außer sich und feuerte den Schwimmer an, Zug um Zug, Meter um Meter, bis Jack LaLanne aus der Brandung stieg und die Reporter ihm entgegenwateten. Er atmete schwer, und seine Lippen waren blau, aber er lächelte. Die Journalisten lösten seine Fesseln und banden das Tau an seiner Taille los. Die Zuschauer waren von Sinnen. Elaine watete in die Wellen hinaus, und Jack hob sie in die Höhe, als wäre es nichts.

Die Leute am Ufer waren wie elektrisiert. Sie hatten das Gefühl, ein Wunder zu erleben. Noch lange danach würden sie alles für möglich halten und wie auf Wolken durch den Alltag gehen.

Und Scott Burroughs, sechs Jahre alt, stand auf der obersten Stufe des Treppenrunds und spürte, wie ein seltsamer Drang ihn in Auflösung stürzte. Etwas in seiner Brust schwoll an, ein Gefühl – war es Begeisterung? Staunen? –, das ihm die Tränen in die Augen trieb. Trotz seines kindlichen Alters wusste er, dass er etwas Unermessliches erlebt hatte, eine großartige Facette der Natur, die nicht einfach kreatürlich war. Was dieser Mann getan hatte – ein Gewicht an seinen Körper binden, sich an Armen und Beinen fesseln zu lassen und zwei Meilen weit durch eiskaltes Wasser zu schwimmen –, das war etwas, das Superman tun würde. War das möglich? War es Superman?

»Verdammt«, sagte sein Vater und fuhr ihm durch das Haar. »Das war wirklich toll. Nicht wahr?«

Aber Scott fehlten die Worte. Er nickte nur und ließ den starken Mann in der Brandung nicht aus den Augen, der jetzt einen Reporter über den Kopf gehoben hatte und so tat, als wolle er ihn ins Meer hinauswerfen.

»Ich sehe diesen Mann dauernd im Fernsehen«, sagte sein Vater. »Und ich dachte immer, das ist ein Witz. Diese aufgeblasenen Muskeln. Aber nein!«

Staunend schüttelte er den Kopf.

»Ist das Superman?«, fragte Scott.

»Was? Nein! Das ist – das ist nur ein Mann!«

Nur ein Mann. Wie Scotts Vater oder Onkel Jake mit seinem Schnurrbart und dem dicken Bauch. Wie Mr Branch, sein Sportlehrer mit der Afrofrisur. Scott konnte es nicht glauben. War das möglich? Konnte denn jeder Superman sein, wenn er es sich nur fest vornahm? Wenn er bereit war, alles Nötige zu tun? *Was auch immer nötig sein mochte?*

Als sie zwei Tage später wieder in Indianapolis waren, meldete Scott sich zu einem Schwimmkurs an.

WELLEN

ER TAUCHT AUF UND SCHREIT. Es ist Nacht. Das Salzwasser brennt in seinen Augen. Hitze verschlägt ihm den Atem. Er sieht keinen Mond, nur diffuses Mondlicht im dichten Nebel und Wellen, die mitternachtsblau vor ihm schäumen. Um ihn herum lecken orangegelbe Flammen gespenstisch aus der Gischt.

Das Wasser brennt, denkt er und will instinktiv davonstrampeln.

Aber dann, nach einem Augenblick des Schocks und der Desorientierung:

Das Flugzeug ist abgestürzt.

Das denkt Scott, aber es sind keine Worte. Sein Gehirn ist voll von Bildern und Geräuschen. Eine plötzliche Abwärtsbewegung. Der panikerweckende Gestank von glühendem Metall. Schreie. Eine Frau, die am Kopf blutet. Glassplitter glitzern in ihrer Haut. Alles, was nicht festgemacht ist, scheint einen endlosen Augenblick lang zu schweben, als wäre die Zeit angehalten worden. Eine Weinflasche, eine Handtasche, das iPhone eines kleinen Mädchens. Essteller kreiseln sanft in der Luft, und die Speisen darauf liegen noch an ihrem Platz. Dann kreischt Metall an Metall, und Scotts Welt rollt sich auf und reißt in Stücke.

Eine Welle schlägt ihm klatschend ins Gesicht, und mit kräftigen Beinstößen versucht er, sich ein wenig höher aus dem Wasser zu erheben. Seine Schuhe ziehen ihn hinunter. Er streift sie ab und kämpft sich aus den salzwassergetränkten Chinos. Er friert in der kalten Atlantikströmung, wassertretend wie ein Frosch, und seine Arme schieben den Ozean in harten Wirbeln beiseite. Die Wellen sind mit Schaum bestickt. Es sind nicht die harten Dreiecke, die man auf Kinderzeichnungen sieht, sondern Fraktale aus Wasser: Kleine Wellen stapeln sich auf größeren. Auf offener See kommen sie aus allen Richtungen heran wie ein Wolfsrudel, das seine Wehrhaftigkeit auf die Probe stellt. Das ersterbende Feuer lässt sie lebendig erscheinen und gibt ihnen Gesichter, die gespenstische Absichten spiegeln. Scott dreht sich wassertretend einmal um sich selbst und sieht kantige Wrackteile, die um ihn herumdümpeln, Fetzen vom Rumpf, ein Stück Tragfläche. Der Treibstoff auf dem Wasser ist schon verdünnt oder verbrannt, und bald wird es stockdunkel sein. Scott kämpft die Panik nieder und versucht, die Lage einzuschätzen. Dass es August ist, ist ein Vorteil. Zur Zeit liegt die Wassertemperatur vermutlich bei siebzehn Grad, kalt genug für eine Unterkühlung, aber warm genug, um ihm Zeit zu geben, ans Ufer zu schwimmen, falls das überhaupt möglich ist. Falls es nah genug ist.

»Hey!«, schreit er und dreht sich weiter. »Ich bin hier! Ich lebe noch!«

Es muss noch andere Überlebende geben, denkt er. Wie kann es bei einem Flugzeugabsturz nur einen einzigen Überlebenden geben? Er denkt an den Mann, der neben ihm gesessen hat, an die schwatzhafte Frau des Bankers. Er denkt an Maggie mit ihrem Sommerlächeln.

Er denkt an die Kinder. *Fuck*. Da waren Kinder an Bord. Zwei, oder? Ein Junge und ein Mädchen. Wie alt? Das Mädchen war die Ältere. Vielleicht zehn? Aber der Junge war klein. Sehr klein.

»Hallo«!, schreit er, dringlicher jetzt, und schwimmt auf das größte Wrackstück zu. Es sieht aus wie ein Stück von der Tragfläche. Als er es erreicht und die Hand danach ausstreckt, ist es heiß, und er weicht mit kraftvollen Schwimmzügen zurück, damit die Wellen ihn nicht auf das Blechstück werfen und er sich verbrennt.

Ist das Flugzeug beim Aufprall auf das Wasser zerbrochen? Oder ist es beim Absturz in der Luft auseinandergerissen und hat die Passagiere überall verstreut?

Es erscheint unglaublich, dass er es nicht weiß, aber der Datenstrom seiner Erinnerung ist mit unentzifferbaren Fragmenten verstopft, mit ungeordneten Bildern, und im Moment hat er keine Zeit, irgendetwas zu klären.

Er späht blinzelnd in die Dunkelheit und fühlt, dass eine mächtige Welle ihn hochhebt. Er bemüht sich, oben zu bleiben, und begreift, dass er sich dem Offenkundigen fügen muss.

Im angestrengten Bemühen, oben zu bleiben, knackt etwas in seiner linken Schulter. Der dumpfe Schmerz, den er schon gespürt hat, verwandelt sich in ein Messer, das durch die Schulter schneidet, wenn er den linken Arm über den Kopf hebt. Er macht ein paar Schwimmstöße mit den Beinen und versucht, den Schmerz durch Dehnen zu lindern, wie man es bei einem Krampf tut, aber es ist klar, dass im Gelenk etwas gezerrt oder gebrochen ist. Er wird vorsichtig sein müssen. Er ist immer noch halbwegs beweglich und kann brustschwimmen, aber wenn die Schulter schlimmer wird, ist er womöglich bald ein Einarmiger, der verletzt dahintreibt, ein kleiner Fisch im Salzwasserbauch eines Wals.

Dann fällt ihm ein, dass er vielleicht blutet.

Und einen Augenblick später kommt ihm das Wort *Haie* in den Sinn.

Einen Moment lang fühlt er nichts als reine, animalische Panik. Jede Vernunft verweht. Sein Herz fängt an zu rasen, er strampelt wild mit den Beinen, schluckt Salzwasser und fängt an zu husten.

Stopp, befiehlt er sich. *Langsam. Wenn du jetzt in Panik gerätst, wirst du sterben.*

Er zwingt sich zur Ruhe und dreht sich langsam um sich selbst, um sich zu orientieren. Wenn er Sterne sehen könnte, denkt er, wäre das kein Problem. Aber der Nebel ist zu dicht.

Soll er nach Osten oder nach Westen schwimmen? Zurück zu Martha's Vineyard oder auf das Festland zu? Und woher soll er überhaupt wissen, was wo liegt? Die Insel, von der er gekommen ist, schwimmt wie ein Eiswürfel in einer Suppenschüssel. Wenn Scotts Kurs auf diese Distanz nur um ein paar Grad abweicht, kann er daran vorbeischwimmen, ohne es überhaupt zu merken.

Es ist besser, denkt er, wenn er auf die lange Küste zuschwimmt. Wenn er gleichmäßige Züge macht, ab und zu eine Ruhepause einlegt und nicht in Panik gerät, wird er irgendwann das Land erreichen. Er ist schließlich ein Schwimmer, und das Meer ist ihm nicht fremd.

Du schaffst das, sagt er sich, und der Gedanke erfüllt ihn mit Zuversicht. Von der Fähre her weiß er, dass Martha's Vineyard sieben Meilen weit von Cape Cod entfernt ist. Aber sie wollten zum John F. Kennedy Airport, und das bedeutet, dass die Maschine eher nach Südwesten und in Richtung Long Island geflogen ist. Wie weit sind sie gekommen? Wie weit ist die Küste entfernt? Kann er zehn Meilen mit einem verletzten Arm schwimmen? Zwanzig?

Er ist ein Landsäugetier, das auf dem offenen Meer dahintreibt.

Das Flugzeug wird ein Notsignal abgesetzt haben, sagt er sich. Die Küstenwache ist schon unterwegs. Aber er hat noch nicht zu Ende gedacht, als die letzte Flamme erlischt. Die Strömung treibt die Trümmer weit auseinander.

Um nicht gleich wieder in Panik zu geraten, denkt er an Jack. Jack, der griechische Gott in der Badehose, grinsend, die muskulösen Arme turmhoch erhoben, die Schultern nach vorn gebogen, die Oberschenkelmuskeln angespannt. *Der Hummer.* So nannte man diese Haltung. Scott hatte während seiner ganzen Kindheit ein Poster an der Wand, auf dem Jack so zu sehen war. Er hatte es, um sich daran zu erinnern, dass alles möglich war. Man konnte Forscher werden oder Astronaut. Die sieben

Meere befahren und den höchsten Berg besteigen. Man musste nur daran glauben.

Scott beugt sich im Wasser nach unten, zieht die nassen Socken aus und krümmt und streckt die Zehen über der kalten Tiefe. Seine linke Schulter wird allmählich steif. Er schont sie, so gut er kann, und hält sich mit dem rechten Arm oben, und immer wieder paddelt er eine Viertelstunde lang wie ein kleiner Hund. Wieder wird ihm klar, wie unmöglich es ist, was er tun muss: Er muss aufs Geratewohl eine Richtung wählen und dann wer weiß wie viele Meilen mit nur einem gesunden Arm gegen starke Meeresströmungen schwimmen. Verzweiflung, die Schwester der Panik, will sich breitmachen, aber er schüttelt sie ab.

Seine Zunge fühlt sich trocken an. Die Dehydration wird ebenfalls zu einem Problem werden, wenn er zu lange hier draußen ist. Der Wind um ihn herum nimmt zu, und die See wird rauer. *Wenn ich es schaffen will,* entscheidet er, *muss ich jetzt losschwimmen.* Noch einmal schaut er sich um, ob der Nebel vielleicht aufreißt, aber nirgends ist eine Lücke zu sehen. Er schließt die Augen und versucht, den *Westen* zu fühlen, wie ein Stück Eisen den Magneten fühlt.

Hinter mir, denkt er.

Er öffnet die Augen wieder und atmet tief durch.

Er will den ersten Schwimmzug tun, als er das Geräusch hört. Zuerst glaubt er, es sind Möwen – ein schrilles Kreischen, das ansteigt und wieder abfällt. Aber dann hebt die See ihn ein Stück hoch, und auf der Höhe des Wellenkamms begreift er entsetzt, was er da hört.

Ein Kind weint.

Irgendwo weint ein Kind.

Er dreht sich um sich selbst, um herauszufinden, wo das Geräusch herkommt, aber überall werfen unregelmäßige Wellen ein Echo zurück.

»Hey!«, ruft er. »Hey, ich bin hier!«

Das Weinen bricht ab.

»Hey!«, schreit er und kämpft gegen die Tiefenströmung, »Wo bist du?«

Er sieht sich nach Wrackteilen um, aber die Trümmer, die nicht gesunken sind, sind in alle Himmelsrichtungen davongetrieben. Scott lauscht angestrengt, um das Kind zu hören.

»Hey!«, schreit er noch einmal. »Ich bin hier. Wo bist du?«

Er hört nur das Rauschen der Wellen, und allmählich fragt er sich, ob es vielleicht doch Möwen waren, was er gehört hat, aber dann dringt eine Kinderstimme an sein Ohr, grell und überraschend nah.

Hilfe!

Scott hechtet dem Geräusch entgegen. Er ist nicht mehr allein, kein einsamer Mann, der seinem Selbsterhaltungstrieb folgt. Er hat die Verantwortung für ein anderes Menschenleben. Er denkt an seine Schwester, die mit sechzehn im Lake Michigan ertrunken ist, und schwimmt.

Nach zehn Metern findet er das Kind, das sich an ein Sitzpolster klammert. Es ist der Junge. Er kann höchstens vier sein.

»Hey«, sagt Scott, als er bei ihm ist, »hey, Kleiner.«

Seine Stimme stockt, als er die Schulter des Jungen berührt, und er merkt, dass er weint.

»Ich bin hier«, sagt er. »Ich hab dich.«

Das Sitzpolster ist dazu gedacht, als Schwimmhilfe mit Armriemen und Sicherheitsgurt zu dienen, aber es ist für einen Erwachsenen gemacht. Scott hat einige Mühe, dafür zu sorgen, dass der Junge es nicht verliert. Der Kleine zittert vor Kälte.

»Ich hab gebrochen«, sagt der Junge.

Scott wischt ihm sanft den Mund ab.

»Das ist okay. Alles in Ordnung. Du bist ein bisschen seekrank.«

»Wo sind wir?«, fragt der kleine Junge.

»Wir sind im Meer«, sagt Scott. »Das Flugzeug ist abgestürzt, und wir sind ins Meer gefallen. Aber ich werde ans Ufer schwimmen.«

»Lass mich nicht allein!« Der Junge klang panisch.

»Nein, nein«, sagte Scott, »natürlich nicht. Ich nehme dich mit. Wir werden einfach – ich muss nur zusehen, dass du dieses Ding nicht verlierst. Und dann werde ich – du bleibst darauf liegen, und ich werde dich hinter mir herziehen. Wie findest du das?«

Der Junge nickt, und Scott macht sich an die Arbeit. Es ist nicht leicht mit dem verletzten Arm, aber nach ein paar qualvollen Augenblicken hat er die Gurte an dem Schwimmsitz zusammengeflochten. Er schiebt den Jungen hinein und betrachtet das Ergebnis. Es ist nicht so, wie er es gern hätte, aber es dürfte das Kind über Wasser halten.

»Okay«, sagt Scott. »Du musst dich gut festhalten, und ich ziehe dich ans Ufer. Kannst du – kannst du schwimmen?«

Der Kleine nickt.

»Gut«, sagt Scott. »Wenn du von dem Ding herunterfällst, musst du ganz doll strampeln und mit den Armen paddeln, okay?«

»Hundepaddeln«, sagt der Junge.

»Ganz recht. Hundepaddeln, mit Händen und Füßen. Wie deine Mommy es dir beigebracht hat.«

»Mein Daddy.«

»Genau. Wie dein Daddy es dir beigebracht hat, okay?«

Der Junge nickt. Scott sieht seine Angst.

»Weißt du, was ein Held ist?«, fragt Scott.

»Einer, der gegen die Bösen kämpft.«

»Richtig. Der Held kämpft gegen die Bösen. Und er gibt niemals auf, oder?«

»Nein.«

»Na, und jetzt musst du der Held sein, okay? Tu so, als wären die Wellen die Bösen, und wir müssen zwischen ihnen hindurchschwimmen. Wir dürfen nicht aufgeben. Werden wir auch nicht. Wir werden einfach schwimmen, bis wir an Land sind, okay?«

Der Junge nickt. Scott verzerrt das Gesicht, als er den linken Arm durch einen der Gurte schiebt. Die Schulter tut jetzt höllisch weh. Jedes Mal wenn die Dünung sie hochhebt, verstärkt sich das Gefühl, nicht zu wissen, wo er ist.

»Okay«, sagt er. »Los geht's.«

Noch einmal schließt Scott die Augen und versucht zu fühlen, in welche Richtung er schwimmen soll.

Hinter dir, denkt er. *Die Küste liegt hinter dir.*

Vorsichtig umkreist er den Jungen im Wasser und fängt an zu schwimmen, aber im selben Moment bricht das Mondlicht durch den Nebel, und der sternenübersäte schwarze Himmel wird über ihnen sichtbar. Verzweifelt sucht Scott nach Sternbildern, die er kennt, und schon fängt die Lücke wieder an, sich zu schließen. Dann sieht er Andromeda, den Großen Bären und damit auch den Polarstern.

Genau die andere Richtung, begreift er, und ihm wird schwindlig und übel.

Einen Moment lang überkommt ihn ein heftiger Brechreiz. Wäre die Nebeldecke nicht aufgerissen, wären er und der Junge auf den weiten Atlantik hinausgeschwommen, und mit jedem Schwimmzug wäre die Ostküste hinter ihnen zurückgewichen, bis die Erschöpfung sie überwältigt hätte und sie spurlos untergegangen wären.

»Neuer Plan«, ruft er dem Jungen zu und bemüht sich um einen unbekümmerten Ton. »Wir schwimmen in die andere Richtung.«

»Okay.«

»Okay. Das ist gut.«

Scott bringt sie in die richtige Position. Die längste Strecke, die er je schwimmend zurückgelegt hat, betrug fünfzehn Meilen, aber da war er neunzehn, und er hatte monatelang trainiert. Und der Wettkampf hatte auf einem See ohne Strömung stattgefunden, und er hatte beide Arme benutzen können. Jetzt ist es Nacht, das Wasser wird kälter, und er muss gegen eine starke Atlantikströmung kämpfen – wer weiß, wie weit.

Wenn ich das überlebe, denkt er, *werde ich Jack LaLannes Witwe einen Obstkorb schicken.*

Der Gedanke ist so lächerlich, dass Scott mitten im Ozean anfängt zu lachen, und er kann nicht sofort wieder aufhören. Er malt sich aus, wie er an dem Ladentisch mit den Geschenkkörben steht und die Karte ausfüllt.

In tiefer Zuneigung – Scott.

»Hör auf«, sagt der Junge, der plötzlich Angst hat, sein Überleben könnte in der Hand eines Verrückten liegen.

»Schon gut«, sagt Scott beruhigend. »Alles okay. Ich musste nur gerade an einen Witz denken. Es geht jetzt los.«

Er braucht ein paar Minuten, um seinen Rhythmus zu finden. In einem gemäßigten Bruststil, bei dem der rechte Arm kraftvoller durch das Wasser streicht als der linke und die Beine hart nach hinten stoßen. Seine linke Schulter macht Geräusche – es klingt wie ein Sack voll Glasscherben. Eine nagende Sorge macht sich in seinem Magen breit. Sie werden ertrinken, alle beide. Sie werden beide in der Tiefe verschwinden. Aber dann ist plötzlich ein Rhythmus da, und er verliert sich allmählich in der Wiederholung. Arm ausstrecken, zurückschwenken, scherenförmige Beinbewegungen. Er schwimmt durch die endlose Weite, und Gischt spritzt ihm ins Gesicht. Das Zeitgefühl schwindet. Wann ist das Flugzeug gestartet? Am Abend um zehn? Und wie viel Zeit ist seitdem vergangen? Dreißig Minuten? Eine Stunde? Wie lange noch bis Sonnenaufgang? Acht Stunden? Neun?

Das Meer um ihn herum ist pockennarbig und ständig in Bewegung. Er schwimmt und versucht, nicht an endlose Wasserflächen zu denken. Er versucht, sich nicht auszumalen, wie tief der Ozean ist, oder sich vorzustellen, dass der Atlantik im August die Brutstätte massiver Unwetterfronten ist, wo

Orkane aus den kalten Trögen der Unterwasserschluchten heraufkommen, wo Klimazonen zusammenstoßen und Temperatur und Feuchtigkeit große Tiefdruckblasen bilden. Globale Kräfte verschwören sich hier, barbarische Horden mit Keulen und Kriegsbemalung, die sich kreischend ins Getümmel stürzen, sodass der Himmel schwarz gerinnt, bedrohliche Blitze niederfahren und machtvolle Donnerschläge wie Schlachtgebrüll das eben noch ruhige Meer in eine Hölle auf Erden verwandeln.

Scott schwimmt durch die trügerische Stille und bemüht sich, an nichts zu denken.

Etwas streift sein Bein.

Er erstarrt und fängt gleich an zu sinken. Mit ein paar Beinstößen treibt er sich zurück an die Oberfläche.

Ein Hai, denkt er.

Du musst stillhalten.

Aber wenn er stillhält, wird er ertrinken.

Er dreht sich auf den Rücken, atmet tief ein und bläht die Brust. Noch nie war ihm seine prekäre Position in der Nahrungskette so klar bewusst wie jetzt. Jede Faser seines Körpers warnt ihn instinktiv davor, der Tiefe den Rücken zuzuwenden, aber er tut es doch. Er treibt auf dem Meer, so ruhig er kann, und steigt und sinkt mit der Dünung.

»Was machen wir hier?«, fragt der Junge.

»Wir ruhen uns aus«, sagt Scott. »Lass uns ganz still sein, ja? Beweg dich nicht und lass die Füße nicht ins Wasser hängen.«

Der Junge schweigt. Scotts urzeitliches Reptiliengehirn befiehlt ihm zu fliehen, aber er ignoriert es. Ein Hai kann einen Tropfen Blut in Millionen Litern Wasser wittern. Wenn er oder der Junge bluten, sind sie erledigt. Aber wenn nicht und wenn sie sich nicht bewegen, sollte der Hai (wenn es ein Hai war) sie eigentlich in Ruhe lassen.

Scott nimmt die Hand des Jungen.

»Wo ist meine Schwester?«, flüstert der Junge.

»Ich weiß es nicht«, antwortet Scott ebenfalls flüsternd. »Das Flugzeug ist heruntergefallen. Wir sind getrennt worden.«

Ein paar Herzschläge lang ist es still.

»Vielleicht ist alles in Ordnung«, flüstert Scott. »Vielleicht haben deine Eltern sie, und sie schwimmen woanders. Vielleicht sind sie auch schon gerettet worden.«

Der Junge schweigt lange und sagt dann: »Das glaube ich nicht.«

Eine Zeitlang treiben sie dahin und denken über das Gesagte nach. Über ihnen beginnt der Nebel, sich aufzulösen – langsam erst, aber dann schimmert ein Stück Himmel hindurch, Sterne kommen zum Vorschein, und schließlich erscheint auch die Mondsichel. Plötzlich funkelt das Meer um sie herum wie ein Paillettenkleid. Auf dem Rücken schwimmend macht Scott den Polarstern ausfindig und stellt fest, dass sie in der richtigen Richtung unterwegs sind. Er schaut mit angstgeweiteten Augen zu dem Jungen hinüber, und zum ersten Mal sieht er das kleine Gesicht, die krause Stirn und den geschwungenen Mund.

»Hi«, sagt Scott, und das Wasser plätschert in seinen Ohren.

Der Junge macht ein ernstes Gesicht.

»Hi«, sagt er.

»Sind wir ausgeruht?«, fragt Scott.

Der Junge nickt.

»Okay.« Scott rollt sich wieder herum. »Dann ab nach Hause.«

Er richtet sich aus und fängt an zu schwimmen, und er ist sicher, dass er jeden Moment einen Stoß von unten fühlen wird, den rasiermesserscharfen Biss einer Baggerschnauze, aber nichts geschieht, und nach einer Weile schiebt er den Gedanken an den Hai zur Seite. Mit seiner Willenskraft treibt er sie voran, Zug um Zug. Seine Beine beschreiben Achten im Wasser, und sein rechter Arm streckt sich nach vorn und schwingt zurück, vor und zurück. Um seine Gedanken zu beschäftigen, denkt er an andere Flüssigkeiten, in denen er gern schwimmen würde: Milch, Suppe, Bourbon. Ja, in einem Meer von Bourbon.

Er betrachtet sein Leben, aber die Einzelheiten kommen ihm jetzt bedeutungslos vor. Sein Ehrgeiz. Die Miete, die jeden Monat fällig ist. Die Frau, die ihn verlassen hat. Er denkt an seine Arbeit, Pinselstriche auf Leinwand. Es ist das Meer, das er heute Abend malt, Strich für Strich, wie Harold mit der lila Kreide, der Junge in dem Kinderbuch, der sich einen Ballon malt, während er schon fällt.

Als er so im Nordatlantik treibt, erkennt Scott, dass ihm nie klarer war, wer er ist und was sein Ziel ist. Es liegt auf der Hand. Er wurde in diese Welt gesetzt, um diesen Ozean zu besiegen und diesen kleinen Jungen zu retten. Das Schicksal hat ihn vor achtunddreißig Jahren nach San Francisco an die Küste geführt und ihm einen goldenen Gott gebracht, der mit gefesselten Händen gegen die Meeresströmung kämpfte. Das Schicksal hat den Drang zum Schwimmen in ihm geweckt, sodass er in das Schwimmteam an der Junior High eintrat und dann in die Mannschaften auf der Highschool und auf dem College. Es hat ihn jeden Morgen um fünf zum Training getrieben, bevor die Sonne aufging, Bahn um Bahn durch das gechlorte Blau, im prasselnden Applaus der anderen Jungen, unter den schrillen Pfiffen des Trainers mit seiner Trillerpfeife. Das Schicksal hat ihn zum Wasser geführt, aber sein *Wille* hat ihn zum Sieg in drei Staatsmeisterschaften getrieben, und sein Wille brachte ihm die Goldmedaille im Zweihundert-Meter-Freestyle auf der Highschool.

Bald liebte er den Druck in seinen Ohren, wenn er auf den apfelglatten Grund des Beckens tauchte. Nachts träumte er davon, dass er im Blau schwebte wie eine Boje. Und als er auf dem College mit dem Malen anfing, war Blau die erste Farbe, die er kaufte.

Er bekommt allmählich Durst, als der Junge sagt: »Was ist das?«

Scott reckt den Kopf und schaut sich um. Der Junge zeigt nach rechts. Scott späht hinüber. Im Mondlicht sieht er eine massige schwarze Welle, die lautlos auf sie zukriecht und immer höher und wuchtiger wird. Scott schätzt sie sofort auf sieben, acht Meter – ein Monster, das sich auf sie stürzen will. Der bucklige Kamm glitzert im Mondschein. Panik durchzuckt ihn wie ein Blitz. Zum Nachdenken ist keine Zeit. Scott biegt ab und schwimmt auf die Welle zu. Er hat vielleicht dreißig Sekunden Zeit, bis die Welle da ist. Seine linke Schulter sticht, aber er achtet nicht darauf. Der Junge hat angefangen zu weinen. Er spürt, dass der Tod nah ist, aber Scott hat keine Zeit, ihn zu trösten.

»Hol tief Luft«, schreit er. »Hol ganz tief Luft.«

Die Welle ist zu groß, zu schnell. Sie ist über ihnen, bevor er selbst tief einatmen kann.

Er zieht den Jungen von dem Schwimmsitz und taucht.

In seiner linken Schulter zerreißt etwas. Er achtet nicht darauf. Der Junge wehrt sich gegen ihn, gegen diesen Wahnsinnigen, der ihn hinunter in den Tod ziehen will. Scott umklammert ihn fester und stößt sich mit den Beinen voran. Er ist ein Geschoss, eine Kanonenkugel, die durch das Wasser nach unten schießt, unter der Wand des Todes hindurch. Der Druck nimmt zu, und die Luft lässt seine Lunge anschwellen wie eine Zecke.

Die Welle zieht über sie hinweg, und Scott ist sicher, dass er gescheitert ist. Der Sog zieht ihn wie ein Malstrom nach oben. Die Welle wird sie verschlingen, erkennt er, sie wird sie zerreißen. Seine Beinstöße werden härter. Er drückt den Jungen an sich und kämpft um jeden Zoll. Über ihnen bricht sich die Welle und stürzt hinter ihnen herab – acht Meter Meerwasser, die niederfallen wie ein Hammer, Millionen Liter in wirbelnder Wut –, und im nächsten Augenblick geht der Sog nach oben in einen kreisenden Spülgang über.

Sie werden um sich selbst gedreht und durch das Wasser gezogen. Oben wird unten. Der Druck droht sie auseinanderzureißen und den Mann von dem Kind zu trennen, aber Scott hält den Jungen fest. Seine Lunge pocht, und seine Augen brennen vom Salz. Der Junge in seinen Armen wehrt sich nicht mehr. Das Meer ist pechschwarz, und Mond und Sterne sind nicht zu sehen. Scott lässt die Luft aus der Lunge entweichen und spürt, wie die Blasen über sein Kinn und seine Arme streichen. Mit aller Kraft dreht er sich und den Jungen um und schießt nach oben.

Hustend taucht er auf. Seine Lunge ist halb voll Wasser. Er schreit, um sie zu entleeren. Der Junge hängt schlaff in seinen Armen, und sein Kopf liegt kraftlos an seiner Schulter. Er dreht ihn um, bis er mit dem Rücken auf seiner Brust liegt, und dann presst er seine Lunge rhythmisch mit aller Kraft zusammen, bis der Junge Salzwasser hervorhustet.

Das Sitzpolster ist weg; die Welle hat es gefressen. Scott hält den Jungen mit seinem unverletzten Arm an sich gedrückt. Kälte und Erschöpfung drohen ihn zu überwältigen. Eine Zeitlang kann er sie mit knapper Not über Wasser halten, mehr nicht.

»Das war ein großer böser Kerl«, sagt der Junge schließlich.

Im ersten Moment versteht Scott nicht, was er sagt, aber dann begreift er. Er hat dem Jungen gesagt, die Wellen sind die Bösen, und sie sind die Helden.

Er ist so tapfer. Scott staunt.

»Ich könnte wirklich einen Cheeseburger vertragen«, sagt er zwischen zwei Wellen. »Und du?«

»Kuchen«, sagt der Junge nach kurzem Überlegen.

»Was für welchen?«

»Alle.«

Scott lacht. Er kann nicht fassen, dass er noch lebt. Einen Moment lang fühlt er sich berauscht, und sein ganzer Körper vibriert von Energie. Zum zweiten Mal heute Abend hat er dem sicheren Tod ins Auge geschaut und überlebt. Er sucht den Polarstern.

»Wie weit noch?«, will der Junge wissen.

»Nicht mehr weit«, sagt Scott, aber die Wahrheit ist, sie können noch meilenweit vom Ufer entfernt sein.

»Mir ist kalt.« Der Junge klappert mit den Zähnen.

Scott drückt ihn an sich. »Mir auch. Halt durch, okay?«

Er schiebt sich den Jungen auf den Rücken und achtet darauf, dass die Wellen nicht über sie hinwegrollen. Der Kleine schlingt die Arme um seinen Hals und atmet laut in sein Ohr.

»Endspurt«, sagt Scott zu sich selbst ebenso wie zu dem Kind.

Er schaut noch einmal hinauf zum Himmel und schwimmt dann los, in Seitenlage jetzt, und stößt die Beine wie ein Frosch nach hinten. Ein Ohr ist ins schwarze Salzwasser getaucht. Er bewegt sich jetzt unbeholfener, ruckartig, und ohne einen Rhythmus zu finden. Beide zittern, und ihre Körpertemperatur sinkt von Sekunde zu Sekunde. Es ist nur eine Frage der Zeit, wann seine Atmung langsamer wird und seine Pulsfrequenz steigt, von der Hypothermie beschleunigt. Ein massiver Herzinfarkt ist nicht unmöglich. Der Körper braucht Wärme, um zu funktionieren, sonst stellen wichtige Organe ihren Dienst ein.

Gib nicht auf.

Gib niemals auf.

Er schwimmt ohne Pause, mit klappernden Zähnen, und weigert sich aufzugeben. Das Gewicht des Jungen droht, ihn unter Wasser zu drücken, aber mit gummiweichen Beinen arbeitet er umso härter. Das Meer um ihn herum ist violett wie ein Bluterguss und blau wie die Mitternacht, und das kalte Weiß der Wellenkämme schimmert im Mondlicht. Die Haut an seinen Beinen ist wund, wo sie aneinanderscheuern, und das Salzwasser brennt tückisch. Seine Lippen sind rissig. Möwen kreisen schwatzend über ihnen wie Geier, die auf das Ende warten. Ihre Schreie verspotten ihn, und im Geiste schickt er sie alle zur Hölle. Im Meer gibt es Dinge, die unglaublich alt sind, ungeheuer groß, mächtige Unterwasserflüsse, die das warme Wasser aus dem Golf von Mexiko heraufsaugen. Der Atlantische Ozean ist ein Geflecht aus Schnellstraßen, Hochbrücken und Umgehungsstrecken unter Wasser. Und da, wie ein Pünktchen auf einem Fleck auf einem Floh ist Scott Burroughs und kämpft mit qualvoll schmerzender Schulter um sein Leben.

Ihm ist, als wären Stunden vergangen, als der Junge ein einziges Wort schreit.

»Land!«

Einen Moment lang ist Scott nicht sicher, dass er gerufen hat. Wahrscheinlich träumt er. Aber dann wiederholt der Junge das Wort und streckt einen Arm nach vorn.

»Land.«

Das muss ein Fehler sein. Der Kleine hat das Wort für »Überleben« mit einem anderen verwechselt. Scott hebt den Kopf, halb blind vor Erschöpfung. Hinter ihnen wird die Sonne gleich aufgehen. Der Himmel färbt sich zartrosa. Die Landmasse vor ihnen hält Scott für tiefhängende Wolken, die über dem Horizont heraufziehen, aber dann begreift er, dass er derjenige ist, der sich bewegt.

Land. Ein viele Meilen langer Streifen. Ein offener Strand, der im Bogen zu einer felsigen Spitze führt. Straßen, Häuser. Städte.

Die Rettung.

Scott widersteht dem Drang zu jubeln. Er hat noch mindestens eine Meile vor sich, eine schwere Meile mit ablandigen Strömungen und Gezeitensog. Seine Beine zittern, sein linker Arm ist taub. Trotzdem kann er ein Glücksgefühl nicht unterdrücken.

Er hat es geschafft. Er hat sie gerettet.

Wie war das möglich?

Eine halbe Stunde später taumelt ein Mann mit grau gesträhntem Haar aus der Brandung. Er ist in Unterwäsche und trägt einen vierjährigen Jungen auf dem Arm. Zusammen fallen sie in den Sand. Die Sonne ist aufgegangen, und schmale weiße

Wolken sind umrahmt von einem tiefen mediterranen Blau. Die Temperatur liegt bei zwanzig Grad, und Möwen treiben schwerelos im Wind. Der Mann liegt keuchend im Sand, ein nach Atem ringender Körper mit kraftlosen Gummigliedern. Jetzt, da sie hier sind, kann er sich keinen Zentimeter mehr voranbewegen. Er ist erledigt.

Der Junge liegt zusammengekrümmt an seiner Brust und weint leise.

»Ist ja gut«, sagt Scott. »Wir sind in Sicherheit. Alles wird gut.«

Ein paar Schritte weiter steht eine verlassene Rettungsschwimmerstation. Auf dem Schild an der Rückseite steht *Montauk State Beach*.

New York. Er ist nach New York geschwommen.

Scott lächelt, und in seinem Lächeln liegt ein reines, glückliches *Fuck you*.

Na, zum Teufel, denkt er. *Das wird ein schöner Tag heute.*

Ein schielender Fischer fährt sie ins Krankenhaus. Zu dritt drängen sie sich auf die verschlissene Sitzbank in seinem Pickup und schaukeln auf ausgeleierten Stoßdämpfern dahin. Scott trägt weder Hose noch Schuhe, er hat kein Geld und keinen Ausweis. Er und der Junge sind durchgefroren und zittern bis auf die Knochen. Sie waren fast acht Stunden in siebzehn Grad kaltem Wasser. Die Unterkühlung macht sie begriffsstutzig und stumm.

Der Fischer redet in sprudelndem Spanisch von Jesus Christus. Das Radio läuft, aber man hört hauptsächlich Rauschen. Unter ihren Füßen pfeift der Wind durch ein Rostloch im Boden herein. Scott zieht den Jungen an sich und versucht, ihn warmzurubbeln. Energisch reibt er mit seiner unverletzten Hand seine Arme und seinen Rücken. Am Strand hat er dem Fischer mit seinen paar Brocken Spanisch erzählt, der Junge sei sein Sohn. Das war einfacher zu vermitteln als die Wahrheit:

dass sie zwei Fremde sind, die durch ein Unglück zufällig zusammengekommen sind.

Scotts linker Arm ist nicht mehr zu gebrauchen. Bei jedem Schlagloch fährt der Schmerz wie eine Messerklinge durch seinen Körper, und ihm ist schwindlig und übel.

Es ist alles okay, sagt er sich immer wieder. *Du hast es geschafft.* Aber im Grunde seines Herzens kann er immer noch nicht glauben, dass sie überlebt haben.

»*Gracias*«, stammelt er, als sie in die halbkreisförmige Zufahrt vor der Notaufnahme des Montauk Hospitals rollen. Er drückt die Tür mit seiner heilen Schulter auf und klettert hinaus. Jeder Muskel in seinem Körper ist taub vor Erschöpfung. Der Morgendunst hat sich aufgelöst, und die warme Sonne auf Rücken und Beinen fühlt sich an wie ein Gottesgeschenk. Scott hilft dem Jungen herunter, und zusammen humpeln sie in die Notaufnahme.

Der Warteraum ist fast leer. In einer Ecke sitzt ein Mann mittleren Alters, der sich einen Eisbeutel an den Kopf hält. Wasser tropft von seinem Handgelenk auf den Linoleumboden. Ihm gegenüber sitzt händchenhaltend ein älteres Paar und steckt die Köpfe zusammen. Von Zeit zu Zeit hustet die Frau in ein zusammengeknülltes Kleenex, das sie in der linken Hand hält.

Die aufnehmende Schwester sitzt hinter einer Glasscheibe. Scott humpelt zu ihr hin, und der Junge hält sich an seinem Hemd fest.

»Hi«, sagt er.

Die Schwester mustert ihn kurz. Auf ihrem Namensschild steht *Melanie*. Scott versucht, sich vorzustellen, wie er aussehen muss, aber ihm fällt nur Willy Kojote ein, dem eine ACME-Rakete vor der Nase explodiert ist.

»Wir sind mit dem Flugzeug abgestürzt«, sagt er.

Laut ausgesprochen klingt es unglaublich. Die Aufnahmeschwester blinzelt ihn an. »Wie bitte?«

»Ein Flug von Martha's Vineyard. Eine Privatmaschine. Wir

sind ins Meer gestürzt. Ich glaube, wir sind unterkühlt, und mein – ich kann den linken Arm nicht bewegen. Vielleicht ist das Schlüsselbein gebrochen.«

Die Schwester ist immer noch dabei, die Information zu verarbeiten.

»Sie sind ins Meer gestürzt.«

»Wir sind geschwommen – ich bin geschwommen. Ich glaube, es waren ungefähr zehn Meilen. Vielleicht fünfzehn. Wir sind eben erst an Land gekommen, vor ungefähr einer Stunde. Ein Fischer hat uns hergefahren.« Vom Sprechen wird ihm schwindlig, und seine Lunge stellt den Dienst ein. »Hören Sie, glauben Sie, jemand könnte uns helfen? Dem Jungen wenigstens? Er ist erst vier.«

Die Schwester betrachtet den Jungen, der nass und zitternd dasteht. »Ist er Ihr Sohn?«

»Wenn ich Ja sage, rufen Sie dann einen Arzt?«

Die Schwester schürzt die Lippen. »Es gibt keinen Grund, garstig zu werden.«

Scott spürt, dass seine Kiefermuskeln sich anspannen. »Eigentlich gibt es tausend Gründe. Wir sind mit einem gottverdammten Flugzeug abgestürzt. Holen Sie jetzt den Arzt, verflucht noch mal?«

Unsicher steht sie auf.

Scott wirft einen Blick auf den Fernseher, der oben unter der Decke hängt. Der Ton ist abgeschaltet, aber auf dem Bildschirm sieht man Rettungskreuzer auf dem Meer. Auf einem Banner am unteren Bildrand steht: *Privatflugzeug vermisst – Absturz befürchtet.*

»Da.« Scott zeigt hinauf. »Das sind wir. Glauben Sie mir jetzt?«

Die Schwester schaut zum Fernseher hinauf. Wrackteile dümpeln auf dem Wasser. Sie reagiert so plötzlich, als habe Scott ihr bei einer Grenzkontrolle nach einer übertrieben ausholenden panischen Suche endlich einen Pass vorgelegt.

Sie drückt auf den Knopf der Sprechanlage.

»Code Orange«, sagt sie. »Bitte alle verfügbaren Ärzte in die Notaufnahme.«

Ein Muskelkrampf in Scotts Bein ist mehr als kritisch. Er ist dehydriert und leidet unter Kaliummangel wie ein Marathonläufer, der sich falsch ernährt hat.

Seine Knie knicken ein, und er sackt auf dem Boden zusammen. »Ein einziger«, sagt er, »würde wahrscheinlich genügen.«

Er liegt auf dem kühlen Linoleum und schaut zu dem Jungen auf. Der Junge sieht ihn nüchtern und besorgt an. Scott will beruhigend lächeln, aber sogar seine Lippen sind erschöpft. Im nächsten Augenblick sind sie von Krankenhausmitarbeitern umringt, die laut durcheinanderrufen. Scott wird auf eine fahrbare Liege gehoben. Die Hände des Jungen rutschen von ihm ab.

»Nein!«, schreit der Kleine und schlägt um sich. Ein Arzt redet auf ihn ein und versucht ihm zu erklären, dass sie für ihn sorgen werden und dass ihm hier nichts passiert. Aber es hilft nichts. Scott richtet sich mühsam auf.

»Kid«, sagt er – lauter und immer lauter, bis der Junge ihn ansieht. »Alles okay. Ich bin ja hier.«

Er klettert von der Liege. Seine Beine sind weich wie Gummi, und er kann kaum stehen.

»Sir«, sagt eine Schwester, »Sie müssen liegen bleiben.«

»Mir geht's gut«, sagt er zu den Ärzten. »Kümmern Sie sich um den Kleinen.« Er wendet sich an den Jungen. »Ich gehe nicht weg.«

Im Tageslicht sieht er, dass die Augen des Jungen strahlend blau sind. Nach einer Weile nickt das Kind, und Scott schaut den Arzt an. Ihm ist schwindlig.

»Wir sollten schnell machen«, sagt er, »wenn es nicht zu viel verlangt ist.«

Der Arzt nickt. Er ist jung und gescheit, das sieht man an seinen Augen.

»Gut«, sagt er, »aber ich besorge Ihnen einen Rollstuhl.«

Scott nickt. Eine Schwester schiebt den Rollstuhl heran, und er lässt sich hineinfallen.

»Sind Sie sein Vater?«, fragt sie, als sie ihn ins Untersuchungszimmer rollt.

»Nein«, sagt Scott. »Wir haben uns gerade erst kennengelernt.«

Im Untersuchungszimmer wirft der Arzt einen kurzen Blick auf den Jungen – sucht nach Knochenbrüchen, leuchtet ihm in die Augen. *Schau auf meinen Finger.*

»Wir müssen eine Infusion anlegen«, sagt er zu Scott. »Er ist stark dehydriert.«

»Hey, Buddy«, sagt Scott zu dem Jungen. »Der Doktor muss dir eine Nadel in den Arm stechen, okay? Du bekommst Flüssigkeit und, äh, Vitamine.«

»Keine Nadel«, sagt der Junge mit angstvollem Blick. Ein falsches Wort, dann dreht er durch.

»Ich mag sie auch nicht«, sagt Scott, »aber weißt du was? Ich kriege auch eine, okay? Wir machen das zusammen. Was meinst du?«

Der Junge denkt darüber nach und findet es fair. Er nickt.

»Okay, gut«, sagt Scott. »Dann lass uns – nimm meine Hand, und – nicht hinschauen, okay?« Scott sieht den Arzt an. »Können Sie uns zusammen rannehmen?«

Der Arzt nickt und gibt seine Anweisungen. Die Schwestern bereiten die Kanülen vor und hängen die Infusionsbeutel an die Metallständer.

»Sieh mich an«, sagt Scott zu dem Jungen, als es so weit ist.

Die Augen des Jungen sehen aus wie blaue Untertassen. Er zuckt zusammen, als die Nadel in seine Haut dringt. Tränen steigen ihm in die Augen, und seine Unterlippe zittert, aber er weint nicht.

»Du bist mein Held«, sagt Scott. »Mein absoluter Held.«

Er spürt, wie die Flüssigkeit in seine Adern fließt, und sofort verfliegt das Gefühl, gleich in Ohnmacht zu fallen.

»Ich gebe Ihnen beiden jetzt ein leichtes Beruhigungsmittel«, sagt der Arzt. »Ihr Körper hat Schwerstarbeit geleistet, nur um warm zu bleiben. Sie müssen jetzt herunterschalten.«

»Mir geht's gut«, sagt Scott. »Kümmern Sie sich zuerst um ihn.«

Der Arzt sieht gleich, dass es keinen Sinn hat zu diskutieren. Er sticht eine Nadel in den Infusionsschlauch des Jungen.

»Ruh dich ein bisschen aus«, sagt Scott. »Ich bin hier. Kann sein, dass ich mal einen Moment rausgehe, aber dann komme ich sofort zurück, okay?«

Der Junge nickt. Scott legt ihm eine Hand auf den Kopf und erinnert sich, wie er mit neun Jahren vom Baum gefallen ist und sich ein Bein gebrochen hat. Die ganze Zeit war er tapfer, aber als sein Dad im Krankenhaus erschien, fing er an zu heulen. Die Eltern dieses kleinen Jungen sind höchstwahrscheinlich tot. Niemand wird hier zur Tür hereinkommen und ihm die Möglichkeit geben, die Fassung zu verlieren.

»So ist es gut«, sagt er, als die Augen des Kleinen sich flatternd schließen. »Du machst es sehr gut.«

Als der Kleine eingeschlafen ist, wird Scott in ein anderes Untersuchungszimmer geschoben. Man legt ihn auf eine Liege und schneidet sein Hemd auf. Seine Schulter fühlt sich an wie ein Motor mit Kolbenfresser.

»Wie fühlen Sie sich?«, fragt der Arzt. Er ist schätzungsweise achtunddreißig und hat Lachfältchen in den Augenwinkeln.

»Na ja«, sagt Scott, »allmählich wird es besser.«

Der Arzt untersucht ihn oberflächlich auf Platzwunden und Blutergüsse.

»Sind Sie wirklich den ganzen Weg im Dunkeln geschwommen?«

Scott nickt.

»Können Sie sich erinnern?«

»Die Einzelheiten sind ein bisschen nebelhaft«, sagt Scott.

Der Arzt leuchtet ihm in die Augen.

»Haben Sie sich den Kopf gestoßen?«

»Ich glaube ja. Im Flugzeug, vor dem Absturz ...«

Die kleine Lampe blendet ihn einen Moment. Der Arzt schnalzt mit der Zunge. »Die Augenreaktion ist gut. Ich glaube, eine Gehirnerschütterung haben Sie nicht.«

Scott atmet aus. »Ich nehme an, mit einer Gehirnerschütterung hätte ich es auch nicht geschafft, die ganze Nacht zu schwimmen.«

Der Arzt überlegt. »Da haben Sie wahrscheinlich recht.«

Als ihm wärmer wird und die verlorene Flüssigkeit langsam ersetzt wird, findet Scott auch seinen klaren Verstand wieder. Die Welt an sich kehrt zurück, die Vorstellung von Ländern und Bürgern, von Alltagsleben, Internet und Fernsehen. Er denkt an seine dreibeinige Hündin, die jetzt bei einem Nachbarn ist, und daran, wie nah sie daran war, nie wieder ein Hackfleischbällchen unter dem Tisch zu fressen. Seine Augen füllen sich mit Tränen, und er wischt sie weg.

»Was bringen sie in den Nachrichten?«, fragt er.

»Nicht viel. Sie berichten, das Flugzeug sei gestern Abend gegen zehn gestartet. Die Luftverkehrsüberwachung hatte es noch ungefähr eine Viertelstunde auf dem Radar, und dann war es einfach weg. Kein Notsignal, gar nichts. Man hat noch gehofft, der Funk sei gestört und Sie seien irgendwo notgelandet, aber dann hat ein Fischkutter ein Stück von einer Tragfläche gefunden.«

Einen Moment lang ist Scott wieder im Meer, wassertretend über der tintenschwarzen Tiefe, umgeben von orangegelben Flammen.

»Gibt es ... Überlebende?«, fragt er.

Der Arzt schüttelt den Kopf. Er konzentriert sich auf Scotts Schulter.

»Tut das weh?«, fragt er und hebt behutsam Scotts Arm hoch.

Der Schmerz kommt wie der Blitz. Scott schreit auf.

»Röntgen und CT«, sagt der Arzt zur Krankenschwester. Dann dreht er sich zu Scott um. »Für den Jungen habe ich auch ein CT angeordnet«, sagt er. »Ich will sicher sein, dass er keine inneren Blutungen hat.« Er legt Scott eine Hand auf den Arm. »Sie haben ihm das Leben gerettet«, sagt er. »Das wissen Sie, oder?«

Zum zweiten Mal kämpft Scott mit den Tränen. Eine ganze Weile bringt er kein Wort heraus.

»Ich rufe jetzt die Polizei an«, sagt der Arzt. »Ich muss Bescheid geben, dass Sie hier sind. Wenn Sie irgendetwas brauchen, sagen Sie es der Schwester. Ich sehe nachher noch einmal nach Ihnen.«

Scott nickt. »Danke«, sagt er.

Der Arzt schaut ihn noch einen Moment lang an und schüttelt dann den Kopf. »Verdammt noch mal«, sagt er.

In der nächsten Stunde folgt eine Untersuchung auf die andere. Warme Flüssigkeiten bringen Scotts Körpertemperatur wieder auf ein normales Niveau. Er bekommt Vicodin gegen die Schmerzen, und eine Zeitlang schwebt er in einem dämmrigen Nebel. Es hat sich herausgestellt, dass seine Schulter ausgekugelt, aber nicht gebrochen ist. Das Einrenken ist wie ein Blitzschlag von brachialer Gewalt, unmittelbar gefolgt von einem so intensiven Ende des Schmerzes, dass es sich anfühlt, als sei der Schaden rückwirkend aus seinem Körper eliminiert worden.

Scott besteht darauf, dass der Junge bei ihm im Zimmer untergebracht wird. Es gibt eine Kinderstation, aber in diesem Fall wird eine Ausnahme gemacht. Der Kleine ist wach und hat einen Teller Wackelpudding vor sich, als Scott hereingerollt wird.

»Ist das gut?«, will Scott wissen.

»Grün«, sagt der Junge und zieht die Stirn kraus.

Scotts Bett steht am Fenster. Er hat sich noch nie so behaglich gefühlt wie unter der kratzigen Krankenhausdecke. Auf der anderen Straßenseite stehen Bäume und Häuser. Autos fahren vorbei, und ihre Windschutzscheiben blitzen. Auf dem Radweg joggt eine Frau gegen den Verkehr. In einem Garten in der Nähe schiebt ein Mann mit einer blauen Basecap seinen Rasenmäher vor sich her.

Es erscheint unmöglich, aber das Leben geht weiter.

»Du hast geschlafen, was?«, fragt Scott.

Der Junge zuckt die Schultern. »Ist Mommy schon hier?«

Scott bemüht sich um ein neutrales Gesicht. »Nein. Aber man hat deine – ich glaube, du hast einen Onkel und eine Tante in Westchester. Die sind unterwegs hierher.«

Der Junge lächelt. »Ellie«, sagt er.

»Magst du sie?«

»Sie ist lustig.«

»Lustig ist immer gut«, sagt Scott. Seine Lider flattern. Erschöpfung beschreibt den schwermetallenen Sog, der seine Glieder nach unten zieht, nur unvollkommen. »Ich schlafe jetzt ein bisschen, wenn's recht ist«, sagt er.

Wenn der Junge etwas dagegen hat, bekommt Scott es nicht mehr mit. Er schläft, bevor der Kleine antworten kann.

Eine ganze Weile schläft er, traumlos wie in einem Burgverlies. Als er aufwacht, ist das Bett des Jungen leer. Scott fährt panisch hoch. Er ist halb aus dem Bett, als die Badezimmertür aufgeht und der Kleine herauskommt. Er schiebt seinen Infusionsständer neben sich her.

»Ich musste mal Pipi«, sagt er.

Eine Schwester kommt herein und misst Scotts Blutdruck. Sie hat ein Stofftier für den Jungen mitgebracht, einen braunen Bären mit einem roten Herzen in den Pfoten. Er nimmt ihn mit einem glücklichen Quietschen und fängt sofort an zu spielen.

»Kinder.« Die Schwester schüttelt den Kopf.

Scott nickt. Jetzt, nachdem er geschlafen hat, brennt er darauf, mehr über den Absturz zu erfahren. Er fragt die Schwester, ob er aufstehen darf. Sie nickt, aber sie sagt, er solle nicht weit weggehen.

»Ich bin gleich wieder da, okay, Buddy?«
Der Junge nickt und spielt weiter mit seinem Teddy.

Scott zieht einen dünnen Baumwollmantel über sein Krankenhaushemd und schiebt seinen Infusionsständer den Gang hinunter zum leeren Aufenthaltsraum, einem kleinen fensterlosen Bereich mit Pressspanstühlen. Der Fernseher läuft. Scott sucht einen Nachrichtensender und dreht die Lautstärke auf.

»… Flugzeug handelte es sich um eine in Kansas gebaute OSPRY. An Bord waren David Bateman, Präsident von ALC News, und seine Familie. Weitere Passagiere waren, wie inzwischen bestätigt wurde, Ben Kipling und seine Frau Sarah. Kipling war Seniorpartner bei dem Finanzriesen Wyatt Hathoway. Noch einmal: Man nimmt an, dass das Flugzeug gestern Abend irgendwann nach zweiundzwanzig Uhr vor der New Yorker Küste ins Meer gestürzt ist.«

Scott starrt auf den Bildschirm und sieht Hubschrauberaufnahmen von der grauen Meeresdünung. Boote der Küstenwache, Wochenendsegler mit langen Hälsen. Er weiß, dass die Trümmer inzwischen an die hundert Kilometer weit abgetrieben sein dürften, aber trotzdem stellt er sich vor, dass er vor nicht allzu langer Zeit da unten war – eine losgerissene Boje, die im Dunkeln dümpelt.

»Neuesten Berichten zufolge«, sagt der Moderator jetzt, »wurde gegen Ben Kipling möglicherweise von der Börsenaufsichtsbehörde ermittelt, und er hatte mit einer Anklage zu rechnen. Umfang und Anlass der Ermittlungen sind derzeit noch unklar. Wir werden Sie über die Entwicklungen auf dem Laufenden halten.«

Ein Foto von Ben Kipling erscheint auf dem Bildschirm. Er ist jünger und hat noch mehr Haare, aber Scott erkennt die Augenbrauen wieder. Ihm wird klar, dass alle in diesem Flugzeug bis auf ihn und den Jungen jetzt nur noch in der Vergangenheitsform existieren. Bei diesem Gedanken schaudert ihn, seine Nackenhaare stellen sich auf, und einen Augenblick lang hat er das Gefühl, ohnmächtig zu werden. Dann klopft es, und Scott dreht sich um. Ein paar Männer stehen in der Tür zum Korridor.

»Mr Burroughs«, sagt der, der geklopft hat. Er ist Anfang fünfzig, ein Afroamerikaner mit grauem Haar. »Ich bin Gus Franklin von der staatlichen Verkehrssicherheitsbehörde NTSB.«

Scott will aufstehen – ein Reflex des gesellschaftlichen Protokolls.

»Nein, bitte«, sagt Gus Franklin. »Sie haben eine Menge durchgemacht.«

Scott sackt auf das Sofa zurück und schlägt den Baumwollmantel über den Beinen zusammen. »Ich hab's mir gerade – im Fernsehen angesehen«, sagt er. »Die Rettung? Bergung? Ich weiß nicht, wie ich es nennen soll. Ich glaube, ich habe immer noch einen Schock.«

»Verständlich.« Gus sieht sich in dem kleinen Zimmer um. »Ich würde sagen, hier passen maximal vier Leute rein«, sagt er zu seinen Begleitern. »Sonst kriegt man Platzangst.«

Sie besprechen sich kurz, und schließlich einigen sie sich auf sechs: Zusätzlich zu Gus kommen zwei andere (ein Mann und eine Frau) herein, und weitere zwei bleiben in der Tür stehen. Gus setzt sich neben Scott auf das Sofa. Die Frau steht links neben dem Fernseher, rechts neben ihr ein schlanker, bärtiger Mann. Um die beiden zu beschreiben, passt am besten das Wort »Nerds«. Die Frau hat einen Pferdeschwanz und trägt eine Brille, der Haarschnitt des Mannes hat höchstens acht Dollar gekostet, und sein Anzug ist Kaufhausdutzendware. Die beiden Männer in der Tür wirken ernsthafter. Sie sind gut gekleidet und haben militärische Frisuren.

»Wie gesagt«, fängt Gus an, »ich bin von der NTSB. Leslie arbeitet bei der Luftfahrtaufsicht, der FAA, und Roger arbeitet bei OSPRY. Die beiden in der Tür sind Special Agent O'Brien vom FBI und Roger Hex von der Börsenaufsicht.«

»Von der SEC«, sagt Scott. »Davon war eben im Fernsehen die Rede.«

Hex kaut auf einem Kaugummi und schweigt.

»Wenn Sie sich kräftig genug fühlen, Mr Burroughs«, sagt Gus, »würden wir Ihnen gern ein paar Fragen über den Flug stellen. Nach den anderen Passagieren und nach den Umständen, die zu dem Unglück geführt haben.«

»Vorausgesetzt, es war ein Unglück«, sagt O'Brien, »und kein Terroranschlag.«

Gus beachtet ihn nicht. »Mir ist Folgendes bekannt«, sagt er zu Scott. »Bis jetzt haben wir keine weiteren Überlebenden gefunden und auch keine Leichen geborgen. Ein paar Wrackteile wurden neunundzwanzig Meilen vor der Küste von Long Island aus dem Wasser gefischt. Wir sind dabei, sie zu untersuchen.« Er beugt sich vor und legt die Hände auf die Knie. »Sie haben eine Menge durchgemacht. Wenn Sie also aufhören wollen, sagen Sie es sofort.«

Scott nickt. »Jemand hat erwähnt, ein Onkel und eine Tante des Jungen kommen aus Westchester herüber. Weiß man, wann sie hier sind?«

Gus wirft O'Brien einen Blick zu, und der verschwindet. »Wir erkundigen uns«, sagt er und zieht einen Ordner aus seinem Aktenkoffer. »Als Erstes brauche ich eine Bestätigung der Anzahl der an Bord befindlichen Personen.«

»Haben Sie nicht so was wie einen Flugplan?«, fragt Scott.

»Privatjets reichen Flugpläne ein, aber die Passagierlisten sind eher unzuverlässig.« Gus wirft einen Blick in seine Akte. »Stimmt es, dass Sie Scott Burroughs heißen?«

»Ja.«

»Was dagegen, mir Ihre Sozialversicherungsnummer zu nennen? Für unsere Unterlagen?«

Scott gibt ihm die Nummer, und Gus notiert sie.

»Nach allem, was wir herausfinden konnten«, sagt er, »bestand die Besatzung aus einem Captain, einem Ersten Offizier und einer Stewardess. Würden Sie die Namen erkennen, wenn ich sie Ihnen sage?«

Scott schüttelt den Kopf, und Gus macht sich eine Notiz.

»Was die Passagiere angeht«, fährt Gus fort, »so wissen wir, dass David Bateman den Flug gechartert hat und dass er und seine Familie – seine Frau Maggie und die beiden Kinder, Rachel und JJ – mit ihm an Bord waren.«

Scott denkt an das Lächeln, das Maggie ihm geschenkt hat, als er an Bord kam. Freundlich und einladend. Eine Frau, die er flüchtig kannte. Smalltalk auf dem Markt – *Wie geht's? Was machen die Kinder?* –, eine gelegentliche Unterhaltung über seine Arbeit. Bei dem Gedanken daran, dass sie jetzt tot auf dem Grund des Atlantiks liegen soll, wird ihm schlecht.

»Und schließlich«, sagt Gus, »nehmen wir an, dass außer Ihnen noch Ben Kipling und seine Frau Sarah an Bord waren. Können Sie das bestätigen?«

»Ja«, sagt Scott. »Ich habe sie kennengelernt, als ich ins Flugzeug stieg.«

»Bitte beschreiben Sie Mr Kipling«, sagt Hex, der SEC-Agent.

»Hm, knapp eins sechzig, grauhaarig. Er hatte, äh, sehr auffällige Augenbrauen. Daran erinnere ich mich. Und seine Frau war ziemlich gesprächig.«

Hex sieht O'Brien an und nickt.

»Und nur, damit alles klar ist«, sagt Gus, »warum waren Sie in der Maschine?«

Scott schaut einem nach dem andern ins Gesicht. Die Agenten tragen Fakten zusammen und füllen Lücken. Ein Flugzeug ist abgestürzt. War es ein technischer Defekt? Menschliches Versagen? Wer trägt die Schuld? Wer die Verantwortung?

»Ich war ...«, sagt Scott und fängt noch einmal an. »Ich habe Maggie – Mrs Bateman – vor ein paar Wochen auf der

Insel kennengelernt. Auf dem Bauernmarkt. Ich gehe – ich bin da jeden Morgen hingegangen und habe Kaffee getrunken und ein Bialy gegessen. Sie war mit den Kindern da, und manchmal auch allein. Eines Tages sind wir ins Gespräch gekommen.«

»Haben Sie mit ihr geschlafen?«, fragt O'Brien.

Scott denkt über diese Frage nach. »Nein«, sagt er dann. »Nicht dass es hier von Bedeutung wäre.«

»Lassen Sie uns entscheiden, was hier von Bedeutung ist«, sagt O'Brien.

»Gern. Aber vielleicht können Sie mir erklären, was die sexuellen Beziehungen eines Passagiers in einem abgestürzten Flugzeug zu Ihren – was ist es? – Ermittlungen beitragen können?«

Gus nickt dreimal kurz hintereinander. Sie kommen vom Thema ab, und jede verschwendete Sekunde entfernt sie weiter von der Wahrheit.

»Zur Sache«, sagt er.

Scott starrt O'Brien noch einen Moment lang feindselig an und spricht dann weiter. »Ich bin Maggie am Sonntagmorgen wieder begegnet und habe ihr erzählt, ich müsste für eine Woche nach New York. Sie hat mich eingeladen, mit ihnen zu fliegen.«

»Was wollten Sie in New York?«

»Ich bin Maler. Ich habe – ich wohne auf Martha's Vineyard, und ich wollte mich mit meiner Agentin treffen und mit ein paar Galerien über eine Ausstellung sprechen. Eigentlich hatte ich vor, mit der Fähre zum Festland zu fahren. Aber Maggie hat mich eingeladen, und – na ja, ein Privatjet ...? Das Ganze erschien mir sehr ... Tja, fast hätte ich abgelehnt.«

»Aber Sie sind mitgeflogen.«

Scott nickt. »In letzter Minute habe ich ein paar Sachen in eine Tasche geworfen. Sie wollten schon die Tür schließen, als ich angerannt kam.«

»Ein Glück für den Jungen, dass Sie es noch geschafft haben«, sagt Leslie von der FAA.

Scott denkt darüber nach. War das Glück? Ist es Glück, wenn man eine Tragödie überlebt?

»Kam Mr Kipling Ihnen irgendwie erregt vor?« Hex ist sichtlich ungeduldig. Er hat seine eigenen Ermittlungen zu führen, und die haben wenig mit Scott zu tun.

Gus winkt ab. »Gehen wir der Reihe nach vor. Ich leite das Gespräch. Es ist meine Untersuchung.« Er wendet sich an Scott. »Aus dem Logbuch des Towers geht hervor, dass das Flugzeug um zweiundzwanzig Uhr sechs gestartet ist.«

»Klingt plausibel«, sagt Scott. »Ich habe nicht auf die Uhr gesehen.«

»Können Sie den Start beschreiben?«

»Er – er lief glatt. Ich meine, das war mein erster Flug mit einem Privatjet.« Er sieht Frank, den OSPRY-Vertreter, an. »Alles sehr hübsch. Bis auf den Absturz.«

Frank macht ein bestürztes Gesicht.

»Sie können sich also an nichts Ungewöhnliches erinnern?«, fragt Gus. »Irgendwelche Geräusche oder ein merkwürdiges Rütteln?«

Scott versucht, sich zu erinnern. Es war alles sehr schnell gegangen. Bevor er sich anschnallen konnte, rollten sie schon. Und Sarah Kipling redete mit ihm, fragte nach seiner Arbeit und wie er Maggie kennengelernt habe. Das kleine Mädchen hatte ihr iPhone in der Hand, hörte Musik oder spielte etwas. Der Junge schlief, und Kipling – *was hatte Kipling getan?*

»Ich glaube nicht«, sagt er. »Ich erinnere mich – es war mehr die Kraft, was man spürte. Die Power. Ich würde sagen, das ist das Entscheidende bei einem Jet. Dann hoben wir ab und stiegen. Die meisten Sonnenblenden waren geschlossen, und es war nicht sehr hell in der Kabine. Im Fernsehen lief Baseball.«

»Gestern Abend hat Boston gespielt«, sagt O'Brien.

»Dworkin«, ergänzt Frank vielsagend, und die beiden Bundespolizisten in der Tür lächeln.

»Keine Ahnung, wovon Sie reden«, sagt Scott. »Aber ich erinnere mich auch an Musik. Jazz oder so. Sinatra vielleicht?«

»Und gab es einen Augenblick, in dem etwas Ungewöhnliches passierte?«, fragt Gus.

»Na ja, wir sind ins Meer gestürzt«, sagt Scott.

Gus nickt. »Und wie genau ist das passiert?«

»Es ist schwer, das genau zu sagen. Das Flugzeug kurvte plötzlich, kippte ab, und ich …«

»Lassen Sie sich Zeit«, sagt Gus.

Scott versucht, sich zu erinnern. Der Start, das angebotene Glas Wein. Bilder blitzen in seinem Kopf auf, ein Schwindelgefühl wie bei einem Astronauten, gellende Geräusche. Kreischendes Metall. Ein desorientierender Wirbel. Ein Filmstreifen, der zerschnitten und beliebig wieder zusammengefügt worden ist. Das menschliche Gehirn hat die Aufgabe, den Input unserer Welt – Bilder, Geräusche, Gerüche – zu einer zusammenhängenden Erzählung ineinanderzufügen. Das ist die Erinnerung: eine sorgfältig kalibrierte Geschichte über unsere Vergangenheit, die wir erfinden. Aber was passiert, wenn die Einzelheiten auseinanderbröckeln? Hagelkörner auf einem Blechdach. Glühwürmchen, die planlos funkeln. Was passiert, wenn das Leben sich nicht mehr in ein lineares Narrativ übersetzen lässt?

»Da war ein Schlagen«, sagt er. »Glaube ich. Eine Art – ich würde sagen, Erschütterung.«

»Wie eine Explosion?«, fragt der Mann von OSPRY hoffnungsvoll.

»Nein. Das heißt, ich glaube nicht. Es war eher wie – ein Klopfen, und dann – im selben Moment fiel das Flugzeug irgendwie nach unten.«

Gus will etwas sagen, eine Frage nachschieben, aber dann lässt er es.

Im Geiste hört Scott einen Schrei. Keinen Entsetzensschrei, sondern einen unwillkürlichen Aufschrei, eine reflexhafte stimmliche Reaktion auf etwas Unerwartetes. Das Geräusch, das Angst hervorbringt, wenn sie einen erfasst – die plötzliche, instinktive Erkenntnis, dass du nicht in Sicherheit bist, dass das, was du hier tust, zutiefst riskant ist. Du gibst dieses Geräusch von dir, und der kalte Schweiß bricht dir aus. Der Schließmuskel krampft sich zusammen. Der Verstand, der sich bis dahin im Schritttempo voranbewegt hat, rast plötzlich los und rennt um sein Leben. Kämpfen oder flüchten. Es ist der Augenblick, in dem der Intellekt versagt und etwas Urzeitliches, Animalisches das Kommando übernimmt.

Mit jäher, prickelnder Gewissheit erkennt Scott, dass dieser Schrei von ihm selbst gekommen ist. Und dann war es schwarz. Er wird blass. Gus lehnt sich herüber. »Möchten Sie Schluss machen?«

Scott atmet aus. »Nein, alles okay.«

Gus bittet jemanden, Scott ein Mineralwasser aus dem Automaten zu bringen. Während sie warten, legt er dar, was bisher bekannt ist.

»Dem Radar zufolge«, sagt er, »war das Flugzeug achtzehn Minuten in der Luft. Es hat eine Höhe von zwölftausendfünfhundert Fuß erreicht und ist dann in den Sturzflug übergegangen.«

Scott läuft der Schweiß über den Rücken. Bilder kehren zurück, Erinnerungen.

»Da waren lauter Gegenstände, die – ›fliegen‹ ist das falsche Wort«, sagt er. »Sie waren einfach um mich herum. Das ganze Zeug. Ich erinnere mich an meine Reisetasche, sie erhob sich einfach vom Boden, schwebte ruhig in der Luft wie bei einem Zaubertrick, und als ich danach greifen wollte, sauste sie davon. Verschwand einfach. Wir drehten uns, und ich glaube, ich habe mir den Kopf gestoßen.«

»Wissen Sie, ob das Flugzeug in der Luft auseinandergebrochen ist?«, fragt Leslie von der FAA. »Oder konnte der Pilot es noch herunterbringen?«

Scott versucht, sich zu erinnern, aber er kann es nur fetzenweise. Er schüttelt den Kopf.

Gus nickt. »Okay. Lassen Sie uns hier aufhören.«

»Moment«, sagt O'Brien. »Ich habe noch ein paar Fragen.«

Gus steht auf. »Später«, sagt er. »Ich glaube, jetzt braucht Mr Burroughs Ruhe.«

Die andern stehen da. Jetzt erhebt Scott sich ebenfalls. Seine Knie zittern.

Gus reicht ihm die Hand. »Schlafen Sie ein bisschen«, sagt er. »Ich habe zwei Übertragungswagen vorfahren sehen, als wir hier ankamen. Das wird eine Story. Und Sie stehen dabei im Mittelpunkt.«

Scott hat keine Ahnung, wovon der Mann redet. »Was meinen Sie damit?«

»Wir werden versuchen, Ihre Identität so lange wie möglich geheimzuhalten«, sagt Gus. »Ihr Name steht nicht auf der Passagierliste, und das hilft ein bisschen. Aber die Presse wird wissen wollen, wie der Junge an Land gekommen ist. Wer ihn gerettet hat. Denn das ist eine Story. Sie sind jetzt ein Held, Mr Burroughs. Versuchen Sie, sich das klarzumachen – was es bedeutet. Dazu kommt: Der Vater des Jungen, Bateman, war ein hohes Tier. Und Kipling – tja, wissen Sie, das ist eine ziemlich vertrackte Geschichte.«

Er streckt die Hand aus, und Scott schüttelt sie.

»Ich habe schon eine Menge erlebt«, sagt Gus. »Aber das hier ...« Er schüttelt den Kopf. »Sie sind ein sagenhafter Schwimmer, verdammt, Mr Burroughs.«

Scott ist wie betäubt. Gus scheucht die anderen Ermittler mit wedelnden Handbewegungen aus dem Zimmer.

»Wir unterhalten uns später«, sagt er.

Als sie weg sind, steht Scott schwankend im leeren Aufenthaltsraum. Sein linker Arm liegt in einer Schlinge aus Polyurethan. Eine summende Stille erfüllt das Zimmer. Er atmet tief ein und wieder aus. Er lebt. Gestern um diese Zeit hat er hinten auf seiner Veranda gesessen und zu Mittag gegessen, Eiersalat und Eistee. Er hat in den Garten hinausgeschaut, die dreibeinige Hündin hat im Gras gelegen und sich den Ellenbogen geleckt. Er hatte noch Anrufe zu erledigen, und er musste ein paar Sachen packen.

Jetzt ist alles anders.

Er schiebt seinen Infusionsständer zum Fenster und schaut hinaus. Auf dem Parkplatz zählt er sechs TV-Übertragungswagen mit Satellitenantennen auf dem Dach. Neugierige versammeln sich. Wie oft schon haben Sondersendungen die Fernsehkabel der Welt zum Glühen gebracht? Politische Skandale, Massenmorde, Videoaufnahmen von Prominenten beim Sex. Sprechende Köpfe, deren makellose Zähne die noch warme Leiche zerfleddern. Jetzt ist er an der Reihe. Jetzt ist er die Story, das Bakterium unter dem Mikroskop. Durch das harte Glas beobachtet Scott, wie eine feindliche Armee vor den Toren aufmarschiert. Er steht auf seinem Turm und sieht zu, wie sie die Belagerungsmaschinen heranfahren und ihre Schwerter schärfen.

Wichtig, denkt er, ist nur, dass der Junge von ihnen verschont bleibt.

Eine Schwester klopft an die Tür des Aufenthaltsraums. Scott dreht sich um.

»Okay«, sagt sie, »Zeit zum Ausruhen.«

Scott nickt. Er erinnert sich an den Augenblick in der vergangenen Nacht, als der Nebel sich endlich lichtete und der Polarstern sichtbar wurde, ein ferner Lichtpunkt, der ihm mit absoluter Sicherheit zeigte, in welche Richtung er schwimmen musste.

Als er so dasteht und sein Spiegelbild in der Fensterscheibe betrachtet, fragt er sich, ob es je wieder eine solche Klarheit geben wird. Er wirft einen letzten Blick hinunter auf die anwachsende Meute, und dann wendet er sich ab und geht in sein Zimmer.

Liste der Todesopfer

David Bateman, 56
Margaret Bateman, 36
Rachel Bateman, 9
Gil Baruch, 48
Ben Kipling, 52
Sarah Kipling, 50
James Melody, 50
Emma Lightner, 25
Charlie Busch, 30

DAVID BATEMAN
2. April 1959 – 23. August 2015

DAS CHRONISCHE CHAOS war es, was die Sache interessant machte. Wie ein Funke eine Story aufflammen lassen konnte, die dann durch den Kreislauf der Nachrichten schoss, Tempo und Richtung änderte, immer wilder wurde und alles auf ihrem Weg verschlang. Politische Entgleisungen, Schießereien in Schulen, Krisen von nationaler und internationaler Bedeutung. Nachrichten, mit anderen Worten. Im zehnten Stock des ALC Buildings hechelten die Redakteure nach Bränden, nach echten wie metaphorischen, und schlossen Wetten darauf ab wie bei einem Würfelspiel in einem dunklen Hauseingang. Wer bis auf die Stunde genau voraussagen konnte, wie lange ein Skandal anhalten würde, bekam eine Salatschleuder, wie David immer sagte. Cunningham gab seine Armbanduhr demjenigen, der die Entschuldigung eines Politikers Wort für Wort vorhersagen konnte, bevor der sie ausgesprochen hatte. Napoleon versprach dem Reporter, der einen Pressesprecher des Weißen Hauses dazu bringen konnte, vor dem Mikrofon zu fluchen, Sex mit seiner Frau. Sie verbrachten Stunden damit, die Grundregeln für diese Wette festzulegen – was galt als Fluch? *Fuck*, natürlich. *Scheiße, Kacke*. Aber was war mit *verdammt?* Reichte *zum Teufel?*

»Für *zum Teufel* wichst sie dir einen«, teilte Napoleon mit, die Füße überkreuz auf dem Schreibtisch, aber als Cindy Perlman Ari Fleishman dazu brachte, es zu sagen, behauptete Napoleon, das gelte nicht, weil sie eine Frau sei.

Wenn man Glück hatte, wurde aus einem Buschbrand – beispielsweise dem Namen eines Gouverneurs auf der Kundenliste eines Callgirlrings – im Handumdrehen ein tosendes Inferno, das einen explosiven Kursrutsch an der Börse auslöste und allen Sauerstoff aus dem Nachrichtenmarkt heraussog. David erinnerte seine Leute ständig daran, dass Watergate mit einem schlichten Einbruch angefangen habe.

»Was war denn Whitewater«, sagte er dann, »außer einem mickrigen Grundstücksskandal in einem hinterwäldlerischen Kuhkaff?«

Sie waren die Nachrichtenleute des 21. Jahrhunderts, Gefangene des Kreislaufs. Die Geschichte hatte sie gelehrt, in den Randbezirken jeder Tatsache nach einem Skandal zu wühlen. Jeder hatte Dreck am Stecken. Nichts war simpel, außer der Message.

ALC News mit seinen fünfzehntausend Mitarbeitern und einer täglichen Einschaltquote von rund zwei Millionen Zuschauern wurde 2002 mit hundert Millionen Dollar Kapital von einem englischen Milliardär gegründet. David Bateman war der Architekt, der Gründungsvater des Unternehmens. Hinter vorgehaltener Hand nannte man ihn *den Vorsitzenden*. Aber in Wirklichkeit war er ein General wie George S. Patton, der nicht mit der Wimper zuckte, wenn das Maschinengewehrfeuer den Dreck zwischen seinen Füßen aufspritzen ließ.

David hatte im Laufe seines Lebens schon auf beiden Seiten des politischen Skandalgeschäfts gearbeitet. Zuerst in seiner Rolle als politischer Berater, etwaigen Patzern und Fehltritten seiner Kandidaten immer um einen Schritt voraus, und dann, nach seinem Rückzug aus der Politik, als Gründer eines neuen Vierundzwanzig-Stunden-Nachrichtensenders. Das war dreizehn Jahre her. Dreizehn Jahre voller empörender Schlagzeilen und marktschreierischer Laufschriften in einem totalen, langgezogenen Krieg. Viertausendsiebenhundertfünfundvierzig Tage ununterbrochen auf Sendung. Hundertdreizehntausendachthundertachtzig Stunden Sport und Expertenkommentare und Wetter. Sechs Millionen achthundertzweiunddreißigtausendachthundert tickende Minuten Sendezeit, die mit Wörtern und Bildern und Tönen zu füllen waren. Diese schiere, endlose Masse war manchmal beängstigend. Stunde für Stunde häufte es sich, ein Ende nicht absehbar.

Was sie rettete, war der Umstand, dass sie nicht mehr Sklaven der Ereignisse waren, über die sie berichteten, nicht mehr Geiseln dessen, was andere taten oder ließen. Das war der Trumpf, den David bei der Konstruktion des Senders auf den Tisch gelegt hatte – sein Meisterstreich. Beim Lunch mit dem Milliardär hatte er seine Idee knapp umrissen.

»Alle anderen Sender«, sagte er, »*reagieren* auf die Nachrichten. Jagen ihnen nach. Wir werden die Nachrichten *machen*.«

Damit meine er, fuhr er fort, dass ALC anders als CNN oder MSNBC einen Standpunkt haben werde, eine Agenda. Sicher werde es weiterhin willkürliche Akte Gottes geben, über die man berichten müsse: prominente Todesfälle, Sexskandale. Aber das sei nur die Sauce. Das Fleisch und die Kartoffeln ihres Geschäfts werde es sein, die Tagesereignisse so zu formen, dass sie zur Botschaft ihres Senders passten.

Der Milliardär war entzückt von der Idee, die Kontrolle über die Nachrichten zu übernehmen, wie David es vorausgesehen hatte. Er war schließlich Milliardär, und Milliardär wird man, indem man die Kontrolle übernimmt. Nach dem Kaffee besiegelten sie ihren Plan mit einem Händedruck.

»Wie bald können Sie den Betrieb aufnehmen?«, fragte der Milliardär.

»Geben Sie mir fünfundsiebzig Millionen, dann gehen wir in achtzehn Monaten auf Sendung.«

»Ich gebe Ihnen hundert. Machen Sie es in sechs.«

Und so kam es. Sechs Monate fieberhafter Aufbauarbeit: Moderatoren von anderen Sendern mussten weggekauft, Logos mussten entworfen und Titelmusiken komponiert werden. David hörte, wie Bill Cunningham in einer zweitrangigen Magazinsendung höhnische Bemerkungen von sich gab. Bill war ein zorniger weißer Mann mit einem messerscharfen Verstand. David schaute über die Bedeutungslosigkeit des Magazins hinweg und sah, was aus dem Mann werden könnte, wenn er die richtige Plattform bekäme: ein wahrer Gott, der neue Maßstäbe setzen würde. David spürte, dass seine Sichtweise ihre neue Marke personifizieren konnte.

»Grips ist nichts, was in den Nobelschulen verteilt wird«, sagte Cunningham, als David das erste Mal mit ihm frühstückte. »Wir werden alle damit geboren. Und was ich nicht ausstehen kann, ist diese elitäre Einstellung, wir seien alle nicht gescheit genug, um unser eigenes Land zu führen.«

»Das ist jetzt eine Wutrede«, sagte David.

»Wo sind Sie denn eigentlich aufs College gegangen?«, fragte Cunningham, bereit zum Zuschlagen.

»St. Mary's Akademie für Landschaftsgärtner.«

»Im Ernst. Ich war auf Stonybrook. Staatliche Schule. Als ich da fertig war, hat keins von diesen Arschgesichtern von Harvard oder Yale mir auch nur die Uhrzeit gesagt. Und Weiber? Vergessen Sie's. Ich musste sechs Jahre mit Mädels aus Jersey schlafen, bevor ich meine erste Sendung kriegte.«

Sie saßen in einem kubanisch-chinesischen Lokal an der Eighth Avenue, aßen Eier und tranken lackbraunen Kaffee. Cunningham war eine wuchtige Gestalt, und er setzte seine Größe bewusst ein. Er war der Typ, der sich vor seinem Gegenüber aufbaute, den Koffer auspackte und einzog.

»Wie denken Sie über Fernsehnachrichten?«, fragte David ihn.

»Scheiße«, sagte Cunningham. »Diese gespielte Objektivität, als würden die Redakteure niemals Partei ergreifen – aber sehen Sie sich doch an, worüber sie berichten. Sehen Sie sich an, wer die Helden sind. Die Malocher? Nie im Leben. Der Familienvater, der jeden Sonntag in die Kirche geht und zwei Jobs hat, damit er sein Kind aufs College schicken kann? Ha ha! Wir haben einen Mann im Weißen Haus, der sich von den Töchtern dieser Leute einen Blowjob verpassen lässt. Aber der Präsident hat mit einem Rhodes-Stipendium studiert, und das macht es wahrscheinlich zu einem Kavaliersdelikt. Sie nennen sich objektiv. Ich nenne sie voreingenommen, schlicht und einfach.«

Der Kellner kam und legte die Rechnung auf den Tisch, einen altertümlichen linierten Durchschlagzettel, den er von einem kleinen Block abgerissen hatte. David hat sie noch; sie hängt eingerahmt an einer Wand in seinem Büro, und eine Ecke ist von einem Kaffeefleck verfärbt. In den Augen der Welt war Bill Cunningham ein verbrauchter, zweitklassiger Maury Povich, aber David sah, was er wirklich war. Cunningham war ein Star, nicht weil er besser war als du und ich, sondern weil er du und ich *war*. Er war die wütende Stimme des gesunden Menschenverstands, der Vernünftige in einer wahnsinnigen Welt. *Ich bin stinksauer, und ich lasse mir nichts mehr gefallen.* Als Bill an Bord war, fügten sich die restlichen Puzzleteile wie von selbst zusammen.

Denn letzten Endes hatte Cunningham recht, und das wusste David. Die Nachrichtenleute im Fernsehen bemühten sich angestrengt, objektiv zu erscheinen, während sie in Wahrheit alles andere als das waren. CNN, ABC, CBS, sie verkauften die Nachrichten wie Lebensmittel im Supermarkt: für jeden etwas. Aber die Menschen wollten nicht nur Informationen. Sie wollten auch wissen, was sie bedeuteten. Sie wollten Perspektiven. Sie wollten etwas haben, worauf sie reagieren konnten. Ich stimme zu, ich stimme nicht zu. Und ein Zuschauer, der mehr als die Hälfte der Zeit *nicht* zustimmte, schaltete um. Das war Davids Philosophie.

Seine Idee war es, die Nachrichtensendungen in einen Club der Gleichgesinnten zu verwandeln. Die ersten Mitglieder würden diejenigen sein, die schon seit Jahren die gleiche Philosophie predigten. Und dicht dahinter kämen die Leute, die ihr Leben lang jemanden gesucht hatten, der laut aussprach, was sie im Herzen fühlten. Und wenn man diese beiden Gruppen erst hätte, würden die Neugierigen und die Unentschlossenen ihnen in Scharen folgen.

Diese täuschend einfache Neugestaltung des Geschäftsmodells sollte zu einer Gezeitenwende in der Branche führen. Aber für David war es lediglich eine Möglichkeit, den Stress des Wartens zu lindern. Denn was ist das Nachrichtengeschäft im Grunde anderes als eine Arbeit für Hypochonder? Ängstliche Männer und Frauen, die jedes Kribbeln, jeden Husten aufblasen und untersuchen und immer darauf hoffen, dass es diesmal das Ganz Große Ding ist. Warten und sich Sorgen machen. Na, David hatte keine Lust zum Warten, und er war noch nie ein Freund von Sorgen gewesen.

Er war in Michigan aufgewachsen, Sohn eines Automechanikers in einem Werk von General Motors, David Bateman Sr., der nie einen Tag krank gewesen war und nie eine Schicht versäumt hatte. Davids Vater hatte einmal gezählt, wie viele Autos er im Laufe der vierunddreißig Jahre gebaut hatte, bei denen er an der hinteren Stoßdämpfergruppe gearbeitet hatte. Die Zahl, die er herausbekam, war vierundneunzigtausendsechshundertzehn. Für ihn war das der Beweis, dass er sein Leben gut gelebt hatte. Man wurde dafür bezahlt, dass man eine Arbeit erledigte, und man erledigte sie. David Sr. war nie über die Highschool hinausgekommen. Er behandelte jeden, dem er begegnete, mit Respekt, sogar die Harvardtypen aus dem Management, die alle paar Monate einen Rundgang durch das Werk machten und durch die kurvenreichen Straßen von Dearborn geschleust wurden, um dem gemeinen Mann auf den Rücken zu klopfen.

David war ein Einzelkind und in seiner Familie der Erste, der aufs College ging. Aber in einem Akt der Loyalität gegenüber seinem Vater lehnte er die Einladung zum (stipendienfinanzierten) Studium in Harvard ab und ging auf die University of Michigan, wo er seine Liebe zur Politik entdeckte. Ronald Reagan saß im Weißen Haus, als er in seinem dritten Studienjahr war, und in seinem volkstümlichen Benehmen und dem stahlharten

Blick sah David etwas, das ihn inspirierte. Er kandidierte als Jahrgangssprecher und verlor. Im nächsten Jahr kandidierte er wieder und verlor höher. Er hatte weder das Gesicht noch den Charme eines Politikers, aber er hatte Ideen und eine Strategie. Er konnte weit vorausblicken, sah seine Schachzüge schon vor sich wie Plakatwände am Rand der Ausfallstraßen und hatte die Botschaften im Ohr. Er wusste, wie man gewann. Er konnte es nur nicht selbst. Damals begriff David Bateman, wenn er es in der Politik zu etwas bringen wollte, würde es hinter den Kulissen geschehen müssen.

Zwanzig Jahre und achtunddreißig Staats- und Bundeswahlen später hatte David Bateman sich einen Ruf als Königsmacher erworben. Seine Liebe zu diesem Spiel hatte er in ein hochprofitables Beratungsunternehmen umgemünzt, und zu seinen Kunden gehörte ein Kabelnachrichtensender, der David beauftragte, seine Wahlberichterstattung aufzupeppen.

Diese Kombination von Faktoren führte eines Tages im Mai 2002 zur Geburt einer Bewegung.

David erwachte vor dem Morgengrauen. Nach zwanzig Jahren auf dem Kriegspfad war das bei ihm einprogrammiert. Marty sagte immer: *Schläfst du aus, bist du raus,* und das stimmte. Wahlkämpfe waren keine Schönheitswettbewerbe. Hier ging es um Stehvermögen im langwierigen, hässlichen blutigen Sport des Stimmensammelns. Zu einem K.O. in der ersten Runde kam es nur selten. Meistens war die Frage, wer in der fünfzehnten noch stand und mit wackligen Knien die Körpertreffer wegsteckte. Das war der Unterschied zwischen A und B, sagte David gern. Und so lernte er ohne Schlaf auszukommen. Vier Stunden pro Nacht, mehr brauchte er inzwischen nicht mehr. Wenn es darauf ankam, reichten ihm zwanzig Minuten alle acht Stunden.

Durch die deckenhohen Fenster in seinem Schlafzimmer, dem Bett gegenüber, schimmerte das erste Tageslicht. Er lag auf dem Rücken und schaute hinaus. Ein Stockwerk tiefer machte der Kaffee sich selbst. Draußen sah er die Türme der Roosevelt Island Tramway. Ihr Schlafzimmer – sein und Maggies – blickte auf den East River hinaus. Glasscheiben, so dick wie eine ungekürzte Ausgabe von *Krieg und Frieden,* hielten das endlose Tosen des Verkehrs auf dem FDR Drive ab. Sie waren kugelsicher wie alle anderen Scheiben des Townhouses. Der Milliardär hatte sie nach 9/11 auf seine Kosten einsetzen lassen.

»Ich kann mir nicht leisten, Sie durch einen dschihadistischen Taxifahrer mit einem schultergestützten Raketenwerfer zu verlieren«, hatte er zu David gesagt.

Heute war Freitag, der 21. August. Maggie und die Kinder waren draußen auf Martha's Vineyard, schon den ganzen Monat, und David hatte die Marmorböden in den Badezimmern für sich allein. Er hörte, wie die Haushälterin unten das Frühstück machte. Nach dem Duschen ging er wie jeden Morgen in die Zimmer der Kinder und starrte die makellosen Betten an. Die Einrichtung in Rachels Zimmer spiegelte ein Gemisch zwischen wissenschaftlichen Spielereien und Liebe zu Pferden. Bei JJ drehte sich alles um Autos. Wie alle Kinder hatten sie einen Hang zum Chaos, aber das Hauspersonal beseitigte die jugendliche Unordnung systematisch und oft schon im Entstehen. Angesichts der sterilen, staubfreien Ordnung empfand David unversehens den Drang, alles durcheinanderzuwerfen, damit das Zimmer seines Sohnes aussähe wie ein Kinderzimmer und nicht wie ein Museum der Kindheit. Er ging zu einer Spielzeugtonne und trat sie um.

So, dachte er, *das ist besser.*

Er würde dem Mädchen einen Zettel hinterlassen: Wenn die Kinder die Stadt verließen, sollte sie ihre Zimmer so lassen, wie sie waren. Er würde sie abriegeln wie einen Tatort, wenn es sein müsste – nur damit das Haus sich belebter anfühlte.

Von der Küche aus rief er Maggie an. Die Uhr am Herd zeigte 6:14.

»Wir sind schon seit einer Stunde auf«, sagte sie. »Rachel liest, und JJ erforscht, was passiert, wenn man Spülmittel in die Toilette gießt.«

Ihre Stimme klang gedämpft, als sie eine Hand auf das Telefon legte.

»Mein Schatz«, rief sie, »das ist wirklich keine gute Idee.«

David hob seine Tasse und machte eine Gebärde, als trinke er, und die Haushälterin kam mit der Kaffeekanne. Dann war seine Frau wieder am Telefon. David hörte den Unterton des Verschleißes, der sich in ihre Stimme schlich, wenn sie zu lange als alleinerziehende Mutter eingespannt war. Jedes Jahr versuchte er, sie dazu zu bringen, dass sie Maria, das Au-pair-Mädchen, mit auf die Insel nahm, aber seine Frau lehnte immer ab. Der Sommerurlaub, sagte sie, gehöre der Familie. Rachel und JJ würden sonst anfangen, das Kindermädchen Mommy zu nennen wie alle anderen Kinder in der Nachbarschaft.

»Es ist super neblig draußen«, sagte seine Frau jetzt.

»Hast du gekriegt, was ich dir geschickt habe?«, fragte er.

»Ja.« Sie klang erfreut. »Wo hast du sie gefunden?«

»Durch die Kiplings. Sie kennen jemanden, der überall herumreist und Stecklinge aus der Alten Welt sammelt. Äpfel aus dem 19. Jahrhundert. Pfirsiche, die man nicht mehr gesehen hat, seit McKinley Präsident war. Letzten Sommer gab es bei ihnen diesen Obstsalat.«

»Stimmt«, sagte Maggie. »Der hat gut geschmeckt. Waren sie – oder ist das eine dumme Frage? –, waren sie teuer? Es sieht ja aus wie etwas, von dem es im Fernsehen heißt, es kostet so viel wie ein neues Auto.«

»Wie eine Vespa vielleicht.«

Es war typisch, dass sie nach dem Preis fragte, als könne sie irgendwie immer noch nicht begreifen, wie reich sie waren und was das bedeutete.

»Ich wusste nicht mal, dass es so was wie eine Dänische Pflaume überhaupt gibt«, sagte sie.

»Ich auch nicht. Wer konnte ahnen, dass die Welt der Früchte so exotisch ist?«

Sie lachte. Wenn alles gut war zwischen ihnen, ging es ganz mühelos zu, in einem Rhythmus des Gebens und Nehmens, der aus dem Leben im Augenblick kam, in dem alter Groll vergessen war. Manchmal, wenn sie morgens anrief, wusste David, dass sie in der Nacht von ihm geträumt hatte. Das geschah manchmal. Oft erzählte sie ihm nachher davon. Dann stieß sie die Worte hervor und konnte ihm nicht in die Augen sehen. In diesen Träumen war er immer ein Ungeheuer, das sie verachtete und im Stich ließ. Die Gespräche, die darauf folgten, waren frostig und knapp.

»Wir werden die Bäumchen heute Vormittag pflanzen«, sagte Maggie. »So haben wir ein Projekt für den Tag.«

Sie plauderten noch zehn Minuten weiter – was er heute noch zu tun hatte, und wann er voraussichtlich draußen bei ihnen sein würde. Die ganze Zeit zirpte sein Handy: die neuesten Nachrichten, Terminänderungen, Krisen, die beigelegt werden mussten. Das Geräusch der Panik anderer, reduziert auf ein gleichförmiges elektronisches Summen. Unterdessen schwirrten an Maggies Ende der Leitung die Kinder wie Wespen beim Aufklärungsflug über einem Picknick. Er hörte sie gern im Hintergrund, ihr Getümmel. Das war der Unterschied zwischen seiner Generation und der seines Vaters. David wollte, dass seine Kinder eine Kindheit hatten. Eine richtige Kindheit. Er arbeitete hart, damit sie spielen konnten. Für Davids Vater war die Kindheit ein Luxus gewesen, den seine Kinder sich nicht leisten konnten. Spielen war für ihn das Tor zu Müßiggang und Armut. Das Leben, hatte sein Vater gesagt, war ein *Ave Maria*. Man bekam nur eine Chance, und wenn man es nicht jeden Tag übte – am besten im Zirkeltraining –, würde man es verpatzen.

Die Folge war, dass David schon in jungen Jahren seine Aufgaben zu übernehmen hatte. Mit fünf säuberte er die Mülleimer. Mit sieben wusch er die Wäsche für die sechsköpfige Familie. Zu Hause galt die Regel, dass die Schulaufgaben erledigt und die ganze Hausarbeit gemacht zu sein hatten, bevor ein Ball geworfen, ein Fahrrad gefahren oder die Zinnsoldaten aus der Kaffeedose gekippt werden durften.

Du wirst nicht aus Versehen zum Mann, hatte sein Vater gesagt. David teilte diese Überzeugung, wenn auch in einer milderen Version. Nach Davids Auffassung begann die Ausbildung zum Erwachsenen im zweistelligen Lebensalter. Mit zehn, fand er, war es an der Zeit, ans Erwachsenwerden zu denken. Die Lektionen über Disziplin und Verantwortung, die einem in der Kindheit wie Softeis serviert worden waren, zu nehmen und zu Regeln für ein gesundes und produktives Leben zu erhärten. Bis dahin war man Kind und durfte sich entsprechend benehmen.

»Daddy«, rief Rachel, »bringst du mir meine roten Sneakers mit? Sie sind in meinem Wandschrank.«

Er ging in ihr Zimmer und holte sie, während sie noch telefonierten, damit er sie nicht vergaß.

»Ich lege sie gleich in meine Tasche«, sagte er.

»Ich bin's noch mal«, sagte Maggie. »Ich finde, nächstes Jahr solltest du den ganzen Monat mit uns herauskommen.«

»Das finde ich auch«, sagte er sofort. Sie führten jedes Jahr das gleiche Gespräch, und jedes Jahr sagte er das Gleiche. *Finde ich auch.* Und dann tat er es nicht.

»Das sind doch alles nur Nachrichten, verdammt«, sagte sie. »Morgen gibt's wieder neue. Außerdem, hast du deinen Leuten nicht mittlerweile alles beigebracht?«

»Ich versprech's dir«, sagte er. »Nächstes Jahr bin ich länger da.« Das zu versprechen war einfacher, als um die Wahrscheinlichkeiten der wirklichen Welt zu feilschen, die Störfaktoren aufzuzählen und ihre Erwartungen in den Griff zu bekommen.

Kämpfe niemals schon heute die Kämpfe von morgen, war sein Motto.

»Lügner«, sagte sie, aber in ihrer Stimme lag ein Lächeln.

»Ich liebe dich«, sagte er. »Wir sehen uns heute Abend.«

Der Town Car stand unten und wartete auf ihn. Zwei Männer vom Sicherheitsdienst kamen mit dem Aufzug herauf, um ihn abzuholen. Sie schliefen abwechselnd im Gästezimmer im Erdgeschoss.

»Morgen, Jungs«, sagte David und zog sein Jackett über.

Zusammen begleiteten sie ihn hinaus, zwei große, kräftige Männer mit Sig Sauers unter ihren Jacketts. Ihre Blicke wanderten über die Straße und suchten nach irgendwelchen Anzeichen einer Gefahr. Jeden Tag bekam David Hassmails, deren Absender aus Gott weiß welchen Gründen kurz vor dem Schlaganfall standen, und manchmal kamen sogar Carepakete mit menschlicher Scheiße. Das war der Preis, den er für seine Parteinahme bezahlte, der Preis für seine Meinung zu Politik und Krieg.

Scheiß auf dich und deinen Gott, schrieben sie.

Sie bedrohten sein Leben und seine Familie, und er hatte gelernt, diese Drohungen ernst zu nehmen.

Als er im Town Car saß, dachte er an Rachel und an die drei Tage, die sie verschwunden gewesen war. Lösegeldanrufe, das Wohnzimmer voller FBI-Agenten und privater Sicherheitsleute. Maggie, weinend im hinteren Schlafzimmer. Es war ein Wunder, dass sie ihre Tochter zurückbekommen hatten, aber sie wussten, dass ein solches Wunder nicht zweimal geschehen würde. Deshalb lebten sie mit der beständigen Bewachung, mit dem Vorausteam. *Safety first* – Sicherheit zuerst, sagte er seinen Kindern. Dann kam der Spaß, dann das Lernen. Das war ein Scherz zwischen ihnen.

Durch den Stop-and-go-Verkehr wurde er quer durch die Stadt gefahren. Alle zwei Sekunden zwitscherte sein Telefon. Nordkorea feuerte wieder Testraketen ins Chinesische Meer. Ein Polizist in Tallahassee lag im Koma, nachdem ein Autofahrer bei einer Verkehrskontrolle das Feuer eröffnet hatte. Handynacktfotos, die ein Hollywoodsternchen an einen prominenten Footballspieler geschickt hatte, waren soeben an die

Öffentlichkeit gelangt. Wenn man nicht aufpasste, konnte diese Unmenge von Ereignissen einen überrollen wie eine Flutwelle. Aber David sah sie als das, was sie war, und er wusste, welche Rolle er dabei spielte. Er war eine Sortiermaschine, die alle diese Nachrichten nach Kategorie und Priorität in Kästchen einordnete und die verschiedenen Abteilungen darauf ansetzte. Er antwortete mit Ein-Wort-Nachrichten – *Blödsinn* oder *Schwach* oder *Mehr!* Als der Wagen vor dem ALC Building in der Sixth Avenue anhielt, hatte er dreiunddreißig E-Mails beantwortet und sechzehn Anrufe angenommen – nicht sehr viel für einen Freitag.

Ein Sicherheitsmann hielt ihm die hintere Tür auf. David trat hinaus in das Großstadtgetriebe. Die Luft draußen hatte die Temperatur und die Konsistenz eines durchweichten Burgers. David trug einen stahlgrauen Anzug mit weißem Hemd und roter Krawatte. Manchmal schwenkte er morgens in letzter Sekunde vor dem Eingang ab und spazierte davon, um irgendwo ein zweites Frühstück zu sich zu nehmen. Das hielt die Security-Leute auf Trab. Aber er hatte heute noch viel zu erledigen, wenn er um drei am Flughafen sein wollte.

Sein Büro lag im achtundfünfzigsten Stock. Zielstrebig verließ er den Aufzug, den Blick fest auf die Bürotür gerichtet. Die Leute, die ihm begegneten, gingen ihm aus dem Weg und verschwanden in ihren Zimmern, sie machten kehrt und flüchteten. Das lag weniger an dem Mann als vielmehr an seinem Amt. Vielleicht auch am Anzug. Die Gesichter um ihn herum schienen jeden Tag jünger zu werden. Segment Producer und leitende Verwaltungsmitarbeiter, Online-Nerds mit Unterlippenbärtchen, Kaffee aus Kleinröstereien und der selbstgefälligen Gewissheit, dass sie die Zukunft waren. Jeder in diesem Business baute an einem Vermächtnis. Manche waren Ideologen, andere Opportunisten, aber alle waren hier, weil ALC als Kabel-News-Network die nationale Nummer eins war, und der Grund dafür hieß David Bateman.

Lydia Cox, seine Sekretärin, saß schon an ihrem Tisch. Sie war seit 1995 bei David, eine neunundfünfzig Jahre alte Frau, die nie geheiratet, aber auch nie eine Katze besessen hatte. Lydia war schlank. Sie hatte kurzes Haar und eine gewisse Chuzpe der alten Schule. Sie war in Brooklyn geboren, aber wie ein ehedem blühender Indianerstamm von feindseligen Gentrifizierern aus dem Osten aus diesem Stadtteil vertrieben worden.

»In zehn Minuten ruft Sellers an«, erinnerte sie ihn als Erstes.

David ging, ohne aus dem Tritt zu kommen, weiter zu seinem Schreibtisch, zog das Jackett aus und hängte es über die Stuhllehne. Lydia hatte seinen Terminplan auf die Sitzfläche gelegt. Er nahm ihn auf und runzelte die Stirn. Ein Tag, der mit Sellers anfing – dem zunehmend unbeliebten Leiter des Büros Los Angeles –, war wie ein Tag, der mit einer Darmspiegelung begann.

»Hat diesen Kerl denn immer noch niemand erstochen?«, fragte er.

»Nein.« Lydia folgte ihm in sein Zimmer. »Aber letztes Jahr haben Sie eine Grabstelle auf seinen Namen gekauft und ihm ein Foto davon zu Weihnachten geschickt.«

David lächelte. Für seinen Geschmack gab es im Leben nicht genug Augenblicke wie diesen.

»Schieben Sie das Gespräch auf Montag«, sagte er.

»Er hat schon zweimal angerufen. *Erlauben Sie ihm ja nicht, es abzusagen,* war der Kern seiner Botschaft.«

»Zu spät.« Auf seinem Schreibtisch stand eine heiße Tasse Kaffee. Er zeigte darauf. »Für mich?«

»Nein.« Sie schüttelte den Kopf. »Der gehört dem Papst.«

Bill Cunningham erschien hinter ihr in der Tür. Er trug Jeans, T-Shirt und rote Hosenträger, sein Markenzeichen.

»Hey«, sagte er, »haben Sie 'ne Sekunde Zeit?«

Lydia wandte sich ab. Als Bill zur Seite trat, um sie vorbeizulassen, sah David, dass Krista Brewer hinter ihm wartete. Sie sah besorgt aus.

»Na klar«, sagte David. »Was gibt's?«

Sie kamen herein, und Bill schloss die Tür, was er normalerweise nicht tat. Cunningham war ein Performancekünstler. Seine komplette Nummer basierte auf seiner Wut auf geheime Sitzungen in Hinterzimmern. Mit anderen Worten, nichts, was er tat, war jemals privat. Stattdessen kam er zweimal die Woche in Davids Büro und brüllte sich die Lunge aus dem Leib. Egal worüber. Es war reine Kraftmeierei – wie ein Militärmanöver. Daher war die geschlossene Tür ein Grund zur Besorgnis.

»Bill«, sagte David, »haben Sie gerade die Tür zugemacht?«

Er sah Krista an, Bills Chefproducerin. Sie war ein bisschen grün im Gesicht. Bill ließ sich auf das Sofa fallen. Er hatte die Flügelspannweite eines Pterodaktylos, und er saß wie immer mit gespreizten Beinen da, damit man sehen konnte, wie dick seine Eier waren.

»Zunächst mal«, sagte er, »ist es nicht so schlimm, wie Sie glauben.«

»Nein«, sagte Krista. »Es ist schlimmer.«

»Zwei Tage Schwachsinn«, sagte Bill. »Vielleicht kommen die Anwälte dazu. Vielleicht.«

David stand auf und schaute aus dem Fenster. Er hatte festgestellt, dass es am besten war, wenn man einen Showman wie Bill gar nicht anschaute. »Wessen Anwälte?«, fragte er. »Ihre oder meine?«

»Verdammt noch mal, Bill«, sagte Krista und drehte sich zu dem Moderator um. »Es geht nicht um eine Regel, gegen die Sie verstoßen haben. In der Kirche nicht ausspucken. Es ist ein Gesetz. Wahrscheinlich sogar mehrere Gesetze.«

David schaute zu, wie der Verkehr auf der Sixth Avenue vorbeifloss. »Ich muss um drei am Flughafen sein«, sagte er. »Glauben Sie, wir kommen bis dahin zur Sache? Oder müssen wir am Telefon weitermachen?«

Er drehte sich um und sah die beiden an. Krista hatte trotzig die Arme verschränkt. *Bill muss es sagen,* brachte ihre Körperhaltung zum Ausdruck. Boten wurden getötet, weil sie schlechte Nachrichten überbrachten, und Krista hatte nicht vor, den Job zu verlieren, weil Cunningham einen seiner dämlichen Fehler begangen hatte. Bill grinste unterdessen wütend wie ein Polizist, der gleich im Zeugenstand beschwören wird, dass der Schusswaffengebrauch gerechtfertigt war.

»Krista«, sagte David.

»Er hat Telefone angezapft«, sagte sie.

Die Worte hingen in der Luft – bedenklich, aber noch keine ausgewachsene Krise.

»Telefone«, wiederholte David, und das Wort schmeckte bitter auf seiner Zunge.

Krista sah Bill an. »Bill hat da diesen Mann«, sagte sie.

»Namor«, sagte Bill. »Sie erinnern sich an Namor. Ehemals Navy SEAL, ehemals Pentagonnachrichtendienst.«

David schüttelte den Kopf. In den letzten paar Jahren hatte Bill angefangen, sich mit einem Haufen schräger Vögel vom Schlage der Watergateeinbrecher zu umgeben.

»Natürlich erinnern Sie sich«, sagte Bill. »Na, wir haben abends mal was getrunken. Das ist vielleicht ein Jahr her. Und wir haben uns über Moskewitz unterhalten – Sie erinnern sich an den Kongressabgeordneten, der gern bei schwarzen Mädels an den Füßen schnupperte? Na, Namor lacht und meint, wäre es nicht toll, wenn wir Aufzeichnungen von diesen Telefongesprächen hätten? Fernsehgold, oder? Ein jüdischer Kongressabgeordneter, der einer schwarzen Tussi erzählt, wie gern er an ihren Füßen riechen möchte? Und ich sage, ja, das wäre gut. Jedenfalls, wir bestellen noch eine Runde Seven-and-Sevens, und Namor sagt, *weißt du* ...« Bill machte eine dramatische Pause. Er konnte nicht anders. Dramatik lag in seiner Natur. »*... weißt du ... das ist nicht schwer.* Sagt Namor. In Wirklichkeit ist es sogar ein verdammtes Kinderspiel. Denn alles läuft über einen Server. Jeder schickt E-Mails, jeder hat ein Handy. Sie haben Passwörter für ihren Anrufbeantworter und Benutzernamen für ihre SMS-Dienste. Und dieses ganze Zeug ist zugänglich. Man kann es knacken. Verdammt, wenn du jemandes Telefonnummer hast, kannst du sein Telefon klonen, und jedes Mal, wenn er einen Anruf bekommt, kannst du ...«

»Nein.« David spürte, wie es glühend heiß von seinem Arsch an der Wirbelsäule heraufkroch.

»Egal«, sagte Bill. »Ich rede von zwei Typen, die um ein Uhr morgens an der Bar sitzen. Blödsinn quatschen und angeben. Aber dann sagt er: Such dir einen Namen aus. *Obama,* sage ich. *Das ist das Weiße Haus,* sagt er. *Geht nicht.* Irgendeinen anderen. Weiter unten. Also sage ich. *Kellerman.* Du kennst diesen scheißliberalen Reaktionär bei CNN. Und er sagt: *Okay.*«

David merkt, dass er in seinem Sessel sitzt, aber er kann sich nicht erinnern, sich gesetzt zu haben. Krista sieht ihn an: *Es wird noch schlimmer.*

»Bill.« David schüttelt den Kopf und hebt die Hände. »Stopp. Ich kann mir das nicht anhören. Sie sollten mit einem Anwalt reden.«

»Das habe ich ihm auch gesagt«, warf Krista ein.

Cunningham winkt ab, als wären sie zwei pakistanische Waisenkinder in einem Basar in Islamabad.

»Ich habe doch nichts getan«, sagte er. »Nur einen Namen ausgesucht. Und wen kümmert das überhaupt? Wir waren zwei Betrunkene an der Bar. Ich gehe also nach Hause und vergesse die ganze Sache. Eine Woche später kommt Namor her und will mir etwas zeigen. Wir gehen in mein Büro, er holt einen Stick heraus und schiebt ihn in meinen Computer. Er enthält lauter Audiodateien. Dieser verdammte Kellerman, okay? Redet mit seiner Mutter, mit seiner chemischen Reinigung. Aber auch mit seinem Producer, und zwar darüber, ein paar Passagen aus einer Story rauszuschneiden, um sie in eine andere Richtung zu drehen.«

David war einen Augenblick lang schwindlig. »Haben Sie etwa ...?«

»Scheiße, ja. Wir haben das Originalmaterial gefunden und die Sache gesendet. Und Ihnen hat die Story gefallen.«

David stand wieder. Er ballte die Fäuste. »Als ich dachte, es handelt sich um Journalismus. Nicht ...«

Bill lachte und schüttelte den Kopf voller Bewunderung für seinen eigenen Einfallsreichtum. »Ich muss Ihnen diese Aufnahmen vorspielen. Ein Klassiker.«

David kam um seinen Schreibtisch herum. »Hören Sie auf zu reden.«

»Wo wollen Sie hin?«

»Kein verdammtes Wort darüber, zu niemandem«, befahl David. »Das gilt für euch beide.« Er verließ den Raum.

Lydia saß an ihrem Schreibtisch. »Ich habe Sellers auf Leitung zwei«, sagte sie.

David blieb nicht stehen und drehte sich nicht um. Er ging durch die Reihen der Arbeitsnischen, und der Schweiß lief ihm die Schläfen herunter. Dies konnte das Ende für sie sein, das hatte er im Gefühl. Er brauchte den Rest der Geschichte gar nicht zu hören.

»Bewegung!«, schrie er eine Gruppe von Bürstenhaarschnitten in kurzärmeligen Hemden an, und die Männer stoben auseinander wie Kaninchen.

Sein Verstand lief auf Hochtouren. Er drückte auf den Knopf bei den Aufzügen, aber statt zu warten, trat er die Tür zum Treppenhaus auf und lief die Treppe hinunter ins nächsttiefere Stockwerk. Er lief durch die Flure wie ein Amokläufer mit einem Sturmgewehr und fand Liebling im Konferenzraum, wo er mit sechzehn anderen Anwälten am Tisch saß.

»Raus«, sagte David. »Alle.«

Hastig stolperten sie hinaus, diese namenlosen Anzüge mit ihren Juraexamen, und dem Letzten schlug die Tür gegen die Fersen. Nur Don Liebling saß noch da und machte ein verwirrtes Gesicht. Er war der Justiziar der Firma, Mitte fünfzig und pilatesgestählt.

»Herrgott, Bateman«, sagte er.

David marschierte auf und ab. »Cunningham.« Mehr brachte er vorläufig nicht heraus.

»Scheiße«, sagte Liebling. »Was hat das Sackgesicht jetzt wieder angestellt?«

»Ich habe nur einen Teil davon gehört«, sagte David. »Ich habe ihn zum Schweigen gebracht, bevor man mich wegen nachträglicher Beihilfe drankriegen kann.«

Liebling runzelte die Stirn. »Sagen Sie mir, dass da keine tote Nutte in irgendeinem Hotelzimmer liegt.«

»Ich wünschte, das könnte ich sagen. Eine tote Nutte wäre vergleichsweise kein Problem.« Er schaute aus dem Fenster und sah ein Flugzeug hoch über dem Empire State Building. Einen Moment lang hatte er das überwältigende Bedürfnis, darinzusitzen und irgendwo hinzufliegen. Er ließ sich auf einen lederbezogenen Stuhl fallen und fuhr sich mit der Hand durch das Haar. »Der Scheißkerl hat Kellermans Telefon angezapft. Vielleicht auch noch andere. Ich hatte den Eindruck, er wollte anfangen, wie ein Massenmörder eine Liste seiner Opfer vorzutragen, und deshalb bin ich gegangen.«

Liebling strich sich die Krawatte glatt. »Wenn Sie sagen, er hat *sein Telefon* angezapft ...«

»Er hat da jemanden. Irgendeinen Geheimdienstspezialisten, der sagte, er könne Bill Zugriff auf jeden beliebigen Mailaccount und auf jedes Telefon verschaffen.«

»O Gott.«

David lehnte sich zurück. »Sie müssen mit ihm reden.«

Liebling nickte. »Aber er braucht einen eigenen Anwalt«, sagte er. »Ich glaube, er beauftragt immer Franken. Ich rufe ihn an.«

David trommelte mit den Fingerspitzen auf dem Tisch. Er fühlte sich plötzlich alt. »Ich meine, was ist, wenn es sich um Kongressabgeordnete oder Senatoren handelt? Mein Gott. Schlimm genug, dass er die Konkurrenz bespitzelt.«

Liebling dachte darüber nach. David schloss die Augen und stellte sich vor, wie Rachel und JJ die Erde im Garten aufgruben und Pflaumenbäumchen aus der Alten Welt pflanzten. Er hätte sich den Monat freinehmen sollen. Dann wäre er jetzt bei ihnen, Flip-Flops an den Füßen, einen Bloody Mary in der Hand, und würde jedes Mal lachen, wenn sein Sohn krähte: *Hey-ho, Hühnerpo.*

»Könnte uns das den Garaus machen?«, fragte er, ohne die Augen zu öffnen.

Liebling wiegte den Kopf hin und her. »Ihm auf jeden Fall.«

»Zumindest schadet es uns.«

»Ohne Zweifel. Es könnte zu einer Anhörung im Kongress führen. Im allergünstigsten Fall haben Sie in den nächsten zwei Jahren das FBI im Genick. Und man wird davon reden, Ihrem Sender die Lizenz zu entziehen.«

David dachte darüber nach. »Sollte ich zurücktreten?«

»Warum? Sie wussten doch nichts davon. Oder?«

»Das ist egal. Selbst wenn ich von einer solchen Sache nichts gewusst habe, ich *hätte* es wissen müssen.« Er schüttelte den Kopf. »Dieser verfluchte Bill.«

Aber es war nicht Bills Schuld, dachte David. Es war seine. Cunningham war *sein* Geschenk an die Welt: der zornige weiße Mann, den die Leute in ihr Wohnzimmer einluden, damit er sein »Scheiße!« in die Welt hinausrief und gegen ein System wetterte, das ihnen alles raubte, was sie verdient zu haben glaubten – gegen die Länder der Dritten Welt, die sie die Jobs kosteten. Gegen die Politiker, die ihre Steuern erhöhten. Bill Cunningham, der Mann der klaren Worte, der gottgegebenen Rechtschaffenheit, der in die Wohnzimmer der Menschen kam und ihr Leid mit ihnen teilte, der ihnen sagte, was sie hören wollten, nämlich, dass sie im Leben auf der Verliererseite standen, nicht weil sie Loser waren, sondern weil jemand in ihre Taschen griff, in ihre Unternehmen und in ihr Land, und ihnen nahm, was von Rechts wegen ihnen gehörte.

Bill Cunningham war die Stimme von ALC News, und er war verrückt geworden. Er war Colonel Kurtz im Urwald, und David hätte es merken und ihn zurückholen sollen, aber die Quoten waren zu gut, und die Schüsse, die Bill auf den Gegner abfeuerte, trafen jedes Mal. Sie waren Network Nummer eins, und das bedeutete alles. War Bill eine Diva? Absolut, aber mit Diven konnte man fertigwerden. Mit Wahnsinnigen dagegen ...?

»Ich muss Roger anrufen«, sagte er. Roger war der Milliardär. Sein Boss. *Der* Boss.

»Um ihm *was* zu sagen?«, fragte Liebling.

»Dass dieses Ding auf uns zukommt. Dass es im Anlaufen ist, und dass er sich darauf vorbereiten soll. Sie müssen Bill holen, ihn in ein Zimmer sperren und ihn hart anfassen. Holen Sie Franken her. Holen Sie die Wahrheit ans Licht, und dann beschützen Sie uns vor ihr.«

»Ist er heute Abend auf Sendung?«

David überlegte. »Nein, er ist krank. Er hat Grippe.«

»Das wird ihm nicht gefallen.«

»Sagen Sie ihm, andernfalls geht er ins Gefängnis, wahlweise zertrümmern wir ihm die Kniescheiben. Rufen Sie Hancock an. Wir geben noch heute Vormittag bekannt, dass Bill krank ist. Und am Montag starten wir eine *Best-of*-Woche. Ich will den Kerl nicht mehr vor meinen Kameras haben.«

»Er wird aber nicht lautlos verschwinden.«

»Nein«, sagte David, »das wird er wohl nicht.«

VERLETZUNGEN

NACHTS TRÄUMT SCOTT von dem Hai, geschmeidig, muskulös und gierig. Wenn er dann aufwacht, ist er durstig. Das Krankenhaus ist ein piepsendes und summendes Ökosystem. Draußen geht gerade die Sonne auf. Er schaut hinüber zu dem Jungen, der noch schläft. Der Fernseher ist eingeschaltet, der Ton leise, ein weißes Rauschen, das durch ihren Schlaf weht. Der Bildschirm ist in fünf Teile geteilt, und ein Nachrichtenlaufband kriecht über den unteren Rand. Die Suche nach Überlebenden wird fortgesetzt, sieht er. Anscheinend hat die Navy Taucher und Tiefsee-U-Boote auffahren lassen, die unter Wasser nach Flugzeugtrümmern suchen und Leichen bergen sollen. Scott sieht zu, wie die Männer in den schwarzen Taucheranzügen sich vom Deck eines Kutters der Küstenwache fallen lassen und im Meer verschwinden.

»Man redet von einem Unfall«, sagt Bill Cunningham in der größten Box auf dem Bildschirm. Er ist ein hochgewachsener Mann mit dramatischer Frisur, der die Daumen hinter seine Hosenträger geschoben hat. »Aber Sie und ich, wir wissen, dass es keine Unfälle gibt. Flugzeuge fallen nicht einfach vom Himmel, wie auch unser Präsident nicht einfach vergessen hat, dass der Kongress in den Ferien ist, als er diesen käuflichen Rodriguez zum Richter ernannte.«

Cunningham hat trübe Augen, und sein Schlips hängt schief. Er ist jetzt seit neun Stunden auf Sendung und hält eine Marathonlobrede auf seinen toten Chef.

»Der David Bateman, den ich kannte«, sagt er, »mein Boss und mein Freund, könnte durch ein technisches Versagen oder einen Pilotenfehler nicht umgebracht werden. Er war ein Racheengel, ein amerikanischer Held. Und ich für meinen Teil bin davon überzeugt, dass wir es hier mit nichts Geringerem zu tun haben als mit einem Terrorakt, verübt wenn nicht durch Ausländer, so doch durch gewisse Elemente der linken Medien. Ein Flugzeug stürzt nicht einfach ab, Leute. Dies war Sabotage. Es war eine schultergestützte Rakete, abgefeuert aus einem Schnellboot. An Bord war ein Dschihadist in einer Sprengweste, möglicherweise ein Besatzungsmitglied. Ein Mord, meine Freunde, begangen durch Feinde der Freiheit. Neun Tote, darunter ein Mädchen von neun Jahren. Neun! Ein Mädchen, das in seinem Leben bereits einmal Bekanntschaft mit der Tragödie machen musste. Ein Kind, das ich als Neugeborenes in den Armen gehalten und dem ich die Windeln gewechselt habe. Wir sollten unsere Kampfjets volltanken. Sonderkommandos sollten aus hochfliegenden Maschinen abspringen und aus U-Booten heraufsteigen. Ein großer Patriot ist tot, ein Pate unserer westlichen Freiheit. Und wir werden dieser Sache auf den Grund gehen.«

Scott dreht den Ton ab. Der Junge regt sich, wacht aber nicht auf. Im Schlaf ist er noch keine Waise. Im Schlaf hat er noch Eltern und eine Schwester. Sie küssen ihn auf die Wange und kitzeln ihn am Bauch. Im Schlaf ist es letzte Woche, und er rennt durch den Sand und hält einen zappelnden grünen Krebs hinter den Zangen. Er trinkt Orangensprudel durch einen Strohhalm und isst Fritten. Sein braunes Haar ist von der Sonne gebleicht, und sein Gesicht ist übersät mit Sommersprossen. Wenn er aufwacht, wird der Augenblick kommen, wo alle diese Träume noch real sind, wo die Liebe, die er in sich trägt, genügt, um die Wahrheit in Schach zu halten. Aber dieser Augenblick wird zu Ende gehen. Der Junge wird Scotts Gesicht sehen, oder eine Krankenschwester wird hereinkommen, und im Handumdrehen wird er wieder Waise sein. Diesmal für immer.

Scott dreht sich um und schaut aus dem Fenster. Sie sollen heute entlassen werden, der Junge und er, ausgestoßen aus dem Krankenhausleben mit seinen Lautsprecherdurchsagen, der halbstündigen Blutdruckkontrolle, den Temperaturmessungen und den regelmäßig servierten Mahlzeiten. Am Abend zuvor sind die Tante und der Onkel des Jungen gekommen, ernst und mit rotgeränderten Augen. Die Tante ist Maggies jüngere Schwester Eleanor. Sie schläft jetzt auf einem Stuhl neben dem Bett des Jungen. Eleanor ist Ende zwanzig und hübsch, eine Physiotherapeutin aus Croton-on-Hudson in Westchester. Ihr Mann, JJs Onkel, ist Schriftsteller. Sein Blick ist unstet wie der eines Eichhörnchens, und er sieht aus wie einer dieser Armleuchter, die sich im Sommer einen Vollbart wachsen lassen. Scott hat kein gutes Gefühl bei ihm.

Seit dem Absturz sind zweiunddreißig Stunden vergangen – ein Herzschlag und ein ganzes Leben. Scott hat noch nicht gebadet, und seine Haut ist salzig vom Seewasser. Sein linker Arm liegt in einer Schlinge. Er hat keinen Ausweis und keine Hose. Trotzdem hat er immer noch vor, nachher wie geplant in die Stadt zu fahren. Er hat Besprechungstermine, berufliche Beziehungen müssen geknüpft werden. Sein Freund Magnus hat angeboten, nach Montauk herauszukommen und ihn abzuholen. Als er jetzt so daliegt, denkt er, es wird guttun, ihn zu sehen – ein freundliches Gesicht. Sie sind eigentlich keine engen Freunde, er und Magnus – nicht wie Brüder, sie trinken eher mal was zusammen, aber Magnus ist nicht so leicht aus der Fassung zu bringen, und sein Optimismus ist unerschütterlich. Deshalb ist Scott gestern Abend auf den Gedanken gekommen, ihn anzurufen. Es kam entscheidend darauf an, nicht mit jemandem zu reden, der vielleicht in Tränen ausbrechen würde. Lässig bleiben. Das war sein Ziel. Als er Magnus – der keinen Fernseher besitzt – erzählt hatte, was passiert war, sagte der: *Irre*. Und dann schlug er vor, ein Bier trinken zu gehen.

Scott wirft einen Blick hinüber zu dem Jungen und sieht,

dass er jetzt wach ist und ihn anschaut, ohne mit der Wimper zu zucken.

»Hey, Buddy«, sagt er leise, um die Tante nicht zu wecken. »Gut geschlafen?«

Der Junge nickt.

»Soll ich einen Sender mit Zeichentrickfilmen suchen?«

JJ nickt wieder. Scott angelt sich die Fernbedienung und zappt durch die Kanäle, bis er einen Trickfilm gefunden hat. »*Sponge Bob?*«, fragt er.

JJ nickt. Seit gestern Nachmittag hat er kein Wort mehr gesprochen. In den ersten paar Stunden, nachdem sie ans Ufer gekommen waren, hatte man noch ein paar Worte aus ihm herausbekommen: Wie es ihm ging, ob er etwas brauchte. Aber dann hatte er aufgehört zu sprechen, wie eine zuschwellende Wunde. Jetzt ist er stumm.

Scott sieht eine Schachtel mit gepuderten Gummihandschuhen auf dem Tisch. Er zieht einen heraus. Der Junge beobachtet ihn. »Oh-oh«, sagt er und tut so, als bahne sich ein machtvolles Niesen an. Beim *Hat-schiiiih!* lässt er den Handschuh an seinem Nasenloch baumeln. Der Junge lächelt.

Die Tante wacht auf und streckt sich. Sie ist eine schöne Frau, und sie trägt einen stumpfen Fransenhaarschnitt wie jemand, der die Tatsache, dass er ein teures Auto fährt, dadurch ausgleicht, dass er es niemals wäscht. Scott beobachtet ihr Gesicht, während sie vollends zu sich kommt und begreift, wo sie ist und was passiert ist. Einen Moment lang sieht es so aus, als würde sie unter der Last der Erkenntnis zusammenbrechen, aber dann sieht sie den Jungen und zwingt sich zu einem Lächeln.

»Hey«, sagt sie und streicht ihm das Haar aus dem Gesicht. Sie schaut hinauf zum Fernseher und dann zu Scott herüber.

»Morgen«, sagt er.

Sie streicht sich das Haar aus der Stirn und vergewissert sich, dass sie ordentlich bekleidet ist. »Sorry«, sagt sie. »Ich glaube, ich bin eingeschlafen.«

Es klingt nicht, als erwarte sie eine Antwort auf diese Bemerkung. Scott nickt nur, und Eleanor sieht sich um.

»Haben Sie ... Doug gesehen? Meinen Mann?«

»Ich vermute, er ist Kaffee holen gegangen«, sagt Scott.

»Gut.« Sie sieht erleichtert aus. »Das ist gut.«

»Sind Sie schon lange verheiratet?«, fragt Scott.

»Nein. Erst, äh, sieben Monate und zwei Tage.«

»Sie zählen die Tage?«, sagt Scott.

Eleanor wird rot. »Er ist ein lieber Kerl«, sagt sie. »Im Moment ist er, glaube ich, nur von allem ein bisschen überwältigt.«

Scott schaut zu JJ hinüber. Der Kleine sieht nicht mehr fern, sondern beobachtet Scott und seine Tante. Angesichts dessen, was sie beide hinter sich haben, hat die Vorstellung, *Doug* sei überwältigt, etwas Rätselhaftes.

»Hat der Vater des Jungen irgendwelche Verwandten?«, fragt Scott. »Ihr Schwager?«

»David? Nein. Ich meine, seine Eltern sind tot. Und er ist – ich wollte sagen, er *war* ein Einzelkind.«

»Und Ihre Eltern?«

»Meine, äh, Mutter ist noch da. Sie wohnt in Portland. Ich glaube, sie kommt heute.«

Scott nickt. »Und Sie wohnen in Woodstock?«

»In Croton«, sagt sie. »Ungefähr vierzig Minuten außerhalb der Stadt.«

Scott stellt es sich vor – ein kleines Haus in einem bewaldeten Tal, mit Schaukelstühlen auf der Veranda. Für den Jungen konnte es gut sein. Andererseits konnte es auch katastrophal sein, so einsam im Wald mit einem betrunken brütenden Schriftsteller wie Jack Nicholson in den winterlichen Bergen.

»War er da schon mal?« Scott deutet mit dem Kopf auf JJ.

Sie schiebt die Lippen vor. »Entschuldigen Sie«, sagt sie, »aber warum stellen Sie mir all diese Fragen?«

»Na ja«, sagt Scott, »ich bin wohl neugierig zu hören, wie es jetzt mit ihm weitergehen wird. Ich habe ein Interesse an ihm, könnte man sagen.«

Eleanor nickt. Sie hat anscheinend Angst, nicht vor Scott, sondern vor dem Leben und vor dem, was aus ihrem Leben jetzt werden wird. »Wir kriegen das hin«, sagt sie und streicht dem Jungen über den Kopf. »Oder?«

Er antwortet nicht, und sein Blick bleibt auf Scott gerichtet, herausfordernd und flehentlich zugleich. Scott zwinkert ihm zu und schaut dann aus dem Fenster. Doug kommt herein. Er hat einen Kaffeebecher in der Hand und trägt eine falsch geknöpfte Strickjacke über einem karierten Holzfällerhemd. Eleanor ist erleichtert, als sie ihn sieht.

»Ist der für mich?« Sie deutet auf den Kaffee.

Einen Moment lang ist Doug verwirrt. Dann begreift er, was sie meint. »Äh, ja.« Er reicht ihr den Becher, und an der Art, wie sie ihn hält, kann Scott erkennen, dass er fast leer ist. Ihr Gesicht wird traurig. Doug kommt um das Bett des Jungen herum und bleibt neben seiner Frau stehen. Scott riecht Alkohol.

»Wie geht's dem Patienten?«, fragt Doug.

»Gut«, sagt Eleanor. »Er hat ein bisschen geschlafen.«

Scott betrachtet Dougs Rücken und fragt sich plötzlich, wie viel Geld der Junge von seinen Eltern erbt. Fünf Millionen? Fünfzig? Sein Vater war Chef eines TV-Imperiums und ist mit einem Privatjet geflogen. Da wird es viel Geld und Immobilien geben. Doug schnieft und zieht sich mit beiden Händen die Hose hoch. Er holt ein kleines Spielzeugauto aus der Tasche, an dem noch das Preisschild klebt.

»Hier, Champion«, sagt er. »Hab ich dir mitgebracht.«

Es gibt eine Menge Haie im Meer, denkt Scott und sieht zu, wie der Junge das Auto nimmt.

Dr. Glabman kommt herein. Seine Brille sitzt oben auf dem Kopf, und aus der Tasche seines Kittels ragt eine leuchtend gelbe Banane.

»Es kann losgehen«, sagt er.

Sie ziehen sich an. Das Krankenhaus stellt Scott einen blauen OP-Anzug zur Verfügung. Er zieht sich einhändig an und zuckt zusammen, als die Schwester seinen empfindlichen Arm in den Ärmel bugsiert. Als er aus dem Bad kommt, sitzt der Junge bereits fertig angekleidet in einem Rollstuhl.

»Ich gebe Ihnen den Namen eines Kinderpsychiaters«, sagt der Arzt zu Eleanor. Er achtet darauf, dass JJ es nicht hören kann. »Er ist spezialisiert auf posttraumatische Fälle.«

»Wir wohnen aber nicht in der Stadt«, sagt Doug.

Eleanor bringt ihn mit einem Blick zum Schweigen.

»Selbstverständlich«, sagt sie und nimmt dem Arzt die Visitenkarte ab. »Ich rufe ihn heute Nachmittag an.«

Scott hockt sich vor den Jungen. »Sei brav«, sagt er.

Der Kleine schüttelt den Kopf. Er hat Tränen in den Augen.

»Wir sehen uns wieder«, sagt Scott. »Ich gebe deiner Tante meine Telefonnummer. Dann kannst du mich anrufen. Okay?«

JJ sieht ihn nicht an.

Scott berührt den kleinen Arm und weiß nicht, was er tun soll. Er hat nie ein Kind gehabt und war bisher weder Onkel noch Pate. Er weiß nicht einmal genau, ob das Kind ihn richtig versteht. Er richtet sich auf, schreibt seine Telefonnummer auf einen Zettel und gibt ihn Eleanor.

»Natürlich können Sie jederzeit anrufen«, sagt er. »Ich weiß zwar nicht, wie ich helfen kann, aber wenn er mit mir reden will, oder Sie ...«

Doug nimmt seiner Frau den Zettel aus der Hand, faltet ihn zusammen und steckt ihn in die Gesäßtasche. »Machen wir gern, Mann«, sagt er.

Scott bleibt noch einen Moment lang stehen und schaut Eleanor, dann den Jungen und schließlich Doug an. Es fühlt sich an wie ein wichtiger Augenblick, wie eine dieser kritischen Weggabelungen im Leben, an denen man etwas sagen oder tun muss, und nicht weiß, was. Später wird es sonnenklar sein, was man hätte sagen sollen, aber jetzt ist es nur ein bohrendes Gefühl: angespannte Kiefermuskeln und leichte Übelkeit.

»Okay«, sagt er schließlich und geht zur Tür. Er wird einfach verschwinden, das ist das Beste. Soll der Junge bei seiner Familie bleiben. Aber als er gerade in den Korridor hinaustritt, umschlingen zwei kleine Arme sein Bein, und er sieht, dass JJ ihn festhält.

Der Korridor ist voller Leute – Patienten und Besucher, Ärzte und Pfleger. Scott legt dem Jungen eine Hand auf den Kopf, und dann beugt er sich hinunter und hebt ihn hoch. JJ schlingt ihm die Arme um den Hals und drückt so fest zu, dass Scott kaum noch Luft bekommt. Scott kämpft mit den Tränen.

»Nicht vergessen«, sagt er, »du bist mein Held.« Er lässt sich von dem Jungen umarmen und trägt ihn dann zurück zum Rollstuhl. Er spürt, dass Eleanor und Doug ihn beobachten, aber er schaut nur JJ an. »Gib niemals auf«, sagt er.

Dann wendet er sich ab und geht den Korridor hinunter.

Wenn er in seinen Anfangsjahren in ein Gemälde vertieft war, hatte Scott immer das Gefühl, unter Wasser zu sein. Es war der gleiche Druck in den Ohren, die gleiche gedämpfte Stille. Die Farben waren kräftiger, das Licht kräuselte und krümmte sich. Seine erste Gruppenausstellung hatte er mit sechsundzwanzig, die erste eigene mit dreißig. Jeden Cent, den er zusammenkratzen konnte, gab er für Leinwand und Farben aus. Irgendwann ließ er das Schwimmen sein. Er hatte Galerien zu erobern und Frauen in sein Bett zu holen. Er war ein großer, grünäugiger Schürzenjäger mit einem ansteckenden Lächeln, und so gab es immer ein Mädchen, das ihm ein Frühstück spendierte oder ihm wenigstens für ein paar Nächte ein Dach über dem Kopf verschaffte. Damals reichte das mehr oder weniger als Ausgleich dafür, dass seine Bilder gut, aber nicht großartig waren. Wenn man sie anschaute, sah man, dass er Potenzial hatte, eine einzigartige Stimme, aber irgendetwas fehlte. Die Jahre vergingen. Die großen Solo-Vernissagen fanden nicht statt, kein herausragendes Museum erwarb seine Arbeiten. Deutsche Biennalen, Förderstipendien für genial Begabte, Einladungen zum Malen und Unterrichten im Ausland – das alles ging an ihm vorbei. Er wurde dreißig, dann fünfunddreißig. Eines Abends, nach mehreren Cocktails auf der dritten Vernissage in dieser Woche, die für einen Maler veranstaltet wurde, der fünf Jahre jünger war als er, wurde ihm klar, dass er niemals über Nacht zum Erfolg kommen würde, wie er es immer gedacht hatte. Niemals würde er das Enfant terrible, der Superstar von Downtown New York werden. Schwindelerregende Begeisterung angesichts der künstlerischen Möglichkeiten wurde unerreichbar, und das war beängstigend. Er war ein unbedeutender Maler, und mehr würde er niemals sein. Die Partys waren immer noch gut, die Frauen immer noch schön, aber er selbst kam sich hässlicher vor. Aus der Skrupellosigkeit der Jugend wurde die innere Beteiligung des mittleren Alters, und seine Affären wurden kurz und schmutzig. Er trank, um zu vergessen, und allein in seinem Atelier starrte er stundenlang auf die leere Leinwand und wartete darauf, dass ein Bild erschien.

Nichts kam.

Eines Tages wachte er auf und sah, dass er ein vierzigjähriger Mann war, dessen Leibesmitte nach zwanzig Jahren Alkohol und anderen Ausschweifungen aufgequollen und dessen Gesicht verwittert war. Er war verheiratet gewesen und wieder geschieden, er war nüchtern geblieben und hatte wieder angefangen zu trinken. Er war einmal jung gewesen, in einer Welt ohne Grenzen, aber inzwischen war klar, wie es weitergehen würde. *Er hätte beinahe,* würde es heißen – nicht einmal: *Er war früher ...* Er sah den Nachruf vor sich. Scott Burroughs, ein talentierter, verwegener Charmeur, der die von ihm geweckten Erwartungen nie erfüllte und schon vor langer Zeit die Grenze zwischen dem amüsanten Mysterium und der traurigen Flegelhaftigkeit überschritten hat. Aber wem wollte er etwas vormachen? Sogar dieser Nachruf war ein Fantasieprodukt. Er war ein Niemand. Sein Tod würde unkommentiert bleiben.

Dann, nach einer einwöchigen Party im Haus eines sehr viel erfolgreicheren Malers in den Hamptons, erwachte Scott mit dem Gesicht nach unten auf dem Boden des Wohnzimmers. Er war sechsundvierzig Jahre alt. Es wurde gerade hell. Er rappelte sich auf und torkelte hinaus auf die Terrasse. Er hatte hämmernde Kopfschmerzen, und seine Zunge schmeckte wie ein Autoreifen. Er blinzelte im grellen Licht der aufgehenden Sonne und hob die Hand, um sein Gesicht zu beschirmen. Die Wahrheit über ihn selbst und sein Scheitern mischte sich jäh in den pochenden Kopfschmerz. Und als seine Augen sich an die Helligkeit gewöhnt hatten, ließ er die Hand sinken und starrte in den Swimmingpool des berühmten Malers.

Dort fanden ihn der Maler und seine Freundin eine Stunde später. Nackt zog er seine Bahnen, mit brennender Brust und schmerzenden Muskeln. Sie riefen ihm zu, er solle herauskommen und etwas mit ihnen trinken. Scott winkte ab. Er war wieder ein lebendiger Mensch. Als er ins Wasser gestiegen war, hatte es sich angefühlt, als sei er noch einmal achtzehn und Goldmedaillengewinner bei der Nationalen Meisterschaft. Er war sechzehn und vollführte eine perfekte Unterwasserwende. Er war zwölf und stand vor dem Morgengrauen auf, um sich ins blaue Wasser zu werfen.

Er schwamm rückwärts durch die Zeit, Bahn für Bahn, bis er sechs Jahre alt war und sah, wie Jack LaLanne ein Boot, das eine halbe Tonne wog, durch die San Francisco Bay zog, und das Gefühl kehrte zurück, diese tiefe und feste Gewissheit eines Jungen:

Alles ist möglich.
Alles ist erreichbar.
Du musst es dir nur dringend genug wünschen.

Scott war nicht alt, wie sich herausstellte. Er war nicht erledigt. Er hatte nur aufgegeben.

Eine halbe Stunde später stieg er aus dem Pool, zog sich an, ohne sich abzutrocknen, und fuhr in die Stadt. In den nächsten sechs Monaten schwamm er täglich drei Meilen. Alkohol und Zigaretten wanderten in die Tonne. Er verzichtete auf dunkles Fleisch und Desserts. Er kaufte eine Leinwand nach der anderen und bedeckte sie alle erwartungsvoll mit weißer Grundierung. Er war wie ein Boxer, der für einen Kampf trainierte, ein Cellist, der für ein Konzert übte. Sein Körper war sein Instrument, ramponiert wie Johnny Cashs Gitarre, abgesplittert und matt, aber er würde ihn in eine Stradivari verwandeln.

Er war ein Überlebender der Katastrophe seines Lebens. Und so war es auch das, was er malte. In jenem Sommer mietete er ein kleines Haus auf Martha's Vineyard und verkroch sich dort. Wieder war nichts wichtig außer seiner Arbeit, aber jetzt wusste er, dass er selbst seine Arbeit war. *Es gibt keine Trennung zwischen dir und dem, was du machst,* dachte er. *Wenn du ein Mülleimer bist, was kann deine Arbeit dann anderes sein als Müll?*

Er schaffte sich einen Hund an und kochte ihm Spaghetti mit Fleischbällchen. Ein Tag war wie der andere. Schwimmen im Meer. Kaffee und Gebäck auf dem Bauernmarkt. Dann ein paar Stunden im Atelier. Pinselstriche und Farbe, Linien und Konturen. Was er sah, als er fertig war, verschlug ihm die Sprache, weil es so aufregend war. Er hatte einen großen Sprung nach vorn getan, und diese Erkenntnis war seltsam erschreckend. Seine Arbeit wurde sein Geheimnis, eine Schatztruhe, verborgen im steinigen Boden.

Erst vor Kurzem war er aus seinem Versteck gekommen. Zuerst hatte er ein paar Einladungen zum Essen angenommen, dann hatte er einer Galerie in Soho erlaubt, ein Bild in ihre Neunzigerretrospektive aufzunehmen. Das Bild hatte eine Menge Aufmerksamkeit erregt. Ein bedeutender Sammler hatte es gekauft. Scotts Telefon hatte angefangen zu klingeln. Ein paar größere Agenturen waren angerollt und hatten das Atelier besichtigt. Es passierte. Alles, worauf er hingearbeitet hatte. Sein lebenslanges Streben hatte Erfolg. Er brauchte nur nach dem Ring zu greifen.

Also stieg er in ein Flugzeug.

Ein Dutzend TV-Übertragungswagen stehen vor dem Krankenhaus, und Kamerateams warten. Die Polizei hat Sperren aufgestellt, und ein halbes Dutzend Uniformierte sorgen für Ordnung. Scott beobachtet die Szene aus der Eingangshalle, versteckt hinter einem eingetopften Ficus. Hier findet Magnus ihn.

»O Gott, Mann«, sagt er, »du machst keine halben Sachen, was?«

Sie umarmen sich wie Männer. Magnus ist nebenberuflich Maler und hauptberuflich Frauenheld. Er spricht mit einem leichten irischen Akzent.

»Danke, dass du gekommen bist«, sagt Scott.

»Kein Problem, Alter.« Magnus mustert ihn von oben bis unten. »Du siehst beschissen aus.«

»Ich fühle mich auch beschissen.«

Magnus hält eine Reisetasche hoch. »Ich habe dir ein paar Klamotten mitgebracht. Ein hinreißendes Hemdchen und eine Hose. Willst du dich umziehen?«

Scott wirft einen Blick über Magnus' Schulter. Draußen wird die Menge immer größer. Die Leute sind hier, um ihn zu sehen, einen Blick auf ihn zu werfen, einen O-Ton von dem Mann zu bekommen, der mit einem vierjährigen Jungen auf dem Rücken acht Stunden lang durch den mitternächtlichen Atlantik geschwommen ist. Er schließt die Augen und stellt sich vor, was passieren wird, wenn er sich umgezogen hat und durch die Tür hinaustritt – die Scheinwerfer und die Fragen, sein eigenes Gesicht im Fernsehen. Den ganzen Zirkus, den Blutrausch.

Es gibt keine Zufälle, denkt er.

Zu seiner Linken sieht er einen langen Korridor und eine Tür mit der Aufschrift *Umkleideraum.*

»Ich habe eine bessere Idee«, sagt er. »Aber dazu müsstest du das Gesetz brechen.«

Magnus lacht. »Nur eins?«

Zehn Minuten später verlassen Scott und Magnus das Gebäude durch einen Nebenausgang. Sie tragen jetzt beide Krankenhauskleidung, weiße Kittel – zwei Ärzte, die nach einer langen Schicht nach Hause gehen. Scott hält sich Magnus' Handy ans Ohr und spricht, ohne mit jemandem verbunden zu sein. Die List funktioniert. So erreichen sie Magnus' Wagen, einen Saab mit einem sonnengebleichten Stoffverdeck, der schon bessere Tage gesehen hat. Als sie im Wagen sitzen, zieht Scott die Schlinge an seiner Schulter zurecht.

»Nur, damit du es weißt«, sagt Magnus, »wir behalten diese Sachen an, wenn wir nachher in die Bar gehen. Die Mädels haben eine Vorliebe für Mediziner.«

Als sie an dem Presseaufgebot vorbeifahren, verdeckt Scott sein Gesicht mit dem Telefon. Er denkt an den Jungen, der klein und zusammengesunken in seinem Rollstuhl sitzt, ein Waisenkind für alle Zeit. Scott hat keinen Zweifel daran, dass seine Tante ihn liebt und dass das Geld, das er von seinen Eltern erben wird, ihn vor der Armut bewahren wird. Aber wird das genug sein? Kann der Junge zu einem normalen Mann heranwachsen, oder wird das, was passiert ist, ihn für alle Zeit gebrochen haben?

Ich hätte mir die Telefonnummer der Tante geben lassen sollen, denkt er, aber sofort fragt er sich, was er damit anfangen soll. Er hat nicht das Recht, sich in das Leben dieser Leute zu drängen, und selbst wenn er es könnte, was hätte er zu bieten? JJ ist erst vier, und Scott ist ein unverheirateter Mann, der auf die fünfzig zugeht, ein notorischer Weiberheld und ein trockener Alkoholiker, der sich als Künstler abstrampelt und noch nie eine dauerhafte Beziehung eingegangen ist. Er ist für niemanden ein Vorbild, für niemanden ein Held.

Sie fahren auf dem Long Island Expressway in die Stadt. Scott dreht das Fenster herunter und lässt sich den Wind ins Gesicht wehen. Er blinzelt in die Sonne und kann nur halb glauben, dass er die Ereignisse der letzten sechsunddreißig Stunden nicht geträumt hat. Es gab kein Privatflugzeug, keinen Absturz, keinen monumentalen Schwimmmarathon, keinen beklemmenden Krankenhausaufenthalt. Mit der richtigen Kombination aus Cocktails und professionellen Erfolgen könnte er das alles auslöschen. Aber sofort weiß Scott, dass es Unsinn ist. Das Trauma, das er erlitten hat, ist jetzt Teil seiner DNA. Er ist ein Soldat nach einer gewaltigen Schlacht, an die er sich unweigerlich noch in fünfzig Jahren auf dem Sterbebett erinnern wird.

Magnus wohnt in Long Island City in einer abbruchreifen Schuhfabrik, die in Lofts umgewandelt worden ist. Vor dem Absturz hat Scott vorgehabt, ein paar Tage dort zu wohnen und in die Stadt und zurück zu pendeln. Aber jetzt, während er die Spur wechselt, teilt Magnus ihm mit, dass die Lage sich geändert hat.

»Ich habe strikte Anweisung, dich ins West Village zu bringen«, sagt er. »Du kommst voran in der Welt.«

»Strikte Anweisung von wem?«, fragt Scott.

»Von einer neuen Freundin«, sagt Magnus. »Mehr kann ich im Moment nicht sagen.«

»Halt an«, befiehlt Scott schroff.

Magnus sieht ihn mit hochgezogenen Brauen an und lächelt.

Scott greift zum Türgriff.

»Bleib locker, Junge«, sagt Magnus. »Ich sehe schon, du hast keine Lust auf Geheimnisse.«

»Sag mir nur, wohin wir fahren.«

»Zu Leslie«, sagt Magnus.

»Wer ist Leslie?«

»Mann, du hast dir offenbar den Kopf gestoßen. Leslie Mueller? Die Mueller Gallery?«

Scott versteht kein Wort. »Was sollen wir bei der Mueller Gallery?«

»Wir fahren nicht in die Galerie, du Penner. Wir fahren zu ihr nach Hause. Sie ist Milliardärin, okay? Die Tochter dieses Technikfreaks, der in den Neunzigern irgend so ein Dingsbums entwickelt hat. Na ja, nach deinem Anruf habe ich wohl ein bisschen herumgeplappert – dass ich dich abhole, und dass wir durch die Stadt ziehen und uns die Nummern von ein paar Ladys besorgen wollen – wo du doch ein verdammter Held bist –, und ich nehme an, sie hat davon Wind bekommen, denn sie hat mich angerufen. Sie sagt, sie hat in den Nachrichten gesehen, was du getan hast, und ihr Haus steht dir offen. Sie hat eine Gästesuite im zweiten Stock.«

»Nein.«

»Sei nicht blöd, Amigo. Ich rede von Leslie Mueller. Ein Bild für dreitausend Dollar zu verkaufen ist was anderes, als eins für dreihunderttausend loszuwerden. Oder für drei Millionen.«

»Nein.«

»Ja. Ich höre dich. Aber denk mal einen Augenblick lang an *meine* Karriere. *Fuck,* es geht um Leslie Mueller. Meine letzte Ausstellung hatte ich in einer Fischbude in Cleveland. Lass uns wenigstens zum Abendessen hingehen, damit sie deinen gigantischen Heldenständer befühlen und ein paar Bilder in Auftrag geben kann. Vielleicht kannst du ein gutes Wort für deinen Kumpel einlegen. Danach können wir uns verziehen.«

Scott wendet sich ab und schaut aus dem Fenster. Im Wagen neben ihnen streitet sich ein Paar, ein Mann und eine Frau Mitte zwanzig in Bürokleidung. Der Mann sitzt am Steuer, aber er schaut nicht auf die Straße. Er hat den Kopf zur Seite gedreht und fuchtelt wütend mit einer Hand. Die Frau hält einen offenen Lippenstift hoch, mit dem sie sich gerade die Lippen nachziehen wollte, und stößt damit in Richtung des Mannes. Ihr

Gesicht ist voller Abscheu. Als Scott sie sieht, blitzt plötzlich eine Erinnerung auf. Er sitzt wieder angeschnallt im Flugzeug. Vorn in der offenen Cockpittür steht die junge Stewardess – wie hieß sie noch? – und streitet mit einem der beiden Piloten. Sie hat Scott den Rücken zugewandt, aber über ihre Schulter hinweg kann er das Gesicht des Piloten sehen. Es sieht bösartig und finster aus, und Scott sieht, dass er die Frau fest beim Arm packt. Sie reißt sich los.

In seiner Erinnerung fühlt er den Verschluss des Sicherheitsgurts in seiner Hand. Seine Füße stehen flach auf dem Boden, und seine Oberschenkelmuskeln spannen sich an, als wolle er aufstehen. Wozu? Um ihr zu Hilfe zu kommen?

Die Erinnerung blitzt auf und ist verschwunden wie ein Bild aus einem Film, aber es fühlt sich an, als habe er es erlebt. Ist es passiert? Gab es einen Streit?

Auf der Nachbarspur dreht der wütende Fahrer sich zum Fenster und spuckt aus, aber die Scheibe ist geschlossen, und ein schaumiger Speichelfaden rinnt am gewölbten Glas herunter. Magnus gibt Gas, und Scott kann die beiden nicht mehr sehen.

Scott sieht eine Tankstelle vor ihnen. »Kannst du da anhalten?«, fragt er. »Ich möchte ein Päckchen Kaugummi kaufen.«

Magnus wühlt in der Mittelkonsole herum. »Ich habe irgendwo noch Juicy Fruit.«

»Ich möchte Pfefferminz«, sagt Scott. »Halt einfach an.«

Magnus biegt ab, ohne zu blinken, und hält neben der Tankstelle.

»Dauert nur eine Sekunde«, sagt Scott.

»Bring mir eine Coke mit.«

Scott fällt ein, dass er Krankenhauskleidung trägt. »Leih mir einen Zwanziger.«

Magnus überlegt kurz. »Okay«, sagt er dann. »Aber versprich mir, dass wir zu Mueller fahren. Ich wette, sie hat Scotch in ihrem Barschrank, der noch vor der verdammten *Titanic* abgefüllt wurde.«

Scott sieht ihn an.

»Versprich es.« Magnus zieht einen zerknüllten Schein aus der Tasche. »Und eine Tüte Chips.«

Scott steigt aus. Er hat Wegwerf-Flip-Flops an den Füßen. »Ich bin gleich wieder da.«

Im Tankstellenladen sitzt eine dicke Frau hinter der Theke.

»Hinterausgang?«, fragt Scott.

Sie zeigt zur Tür.

Scott geht durch einen kurzen Korridor, an der Toilette vorbei. Er stößt die schwere Brandschutztür auf und steht blinzelnd in der Sonne. Ein paar Schritte weiter ist ein Maschendrahtzaun, und dahinter liegt eine Wohngegend. Scott steckt den Zwanziger in die Tasche. Er versucht, sich mit einer Hand am Zaun festzuhalten und hinüberzuklettern, aber die Schlinge ist im Weg. Er nimmt sie ab und wirft sie weg. Einen Augenblick später ist er auf der anderen Seite. Er überquert ein Brachgrundstück, und die Flip-Flops klatschen gegen seine Fußsohlen. Es ist Ende August, und die Luft ist schwer und schwül. Er stellt sich vor, wie Magnus am Steuer sitzt. Er wird das Radio eingeschaltet und einen Oldiesender eingestellt haben. Jetzt singt er wahrscheinlich ein Queenstück mit und reckt den Hals bei den hohen Tönen.

Die Wohnhäuser um ihn herum sehen ärmlich aus. Autos stehen auf Klötzen in den Einfahrten, und in den Gärten sieht er überirdische Schwimmbecken. Er ist ein Mann in Krankenhauskleidung, der auf Flip-Flops durch die Mittagshitze läuft. Man könnte ihn für einen Psychiatriepatenten halten.

Nach einer halben Stunde kommt er zu einem Brathähnchenimbiss und geht hinein. Drinnen gibt es nur eine Theke und einen Grillofen, und davor stehen ein paar Stühle.

»Haben Sie ein Telefon, das ich benutzen kann?«, fragt er den dominikanisch aussehenden Mann hinter der Theke.

»Sie müssen was bestellen«, antwortet der Mann.

Scott ordert eine Box Hähnchenkeulen und ein Ginger Ale.

Der Hähnchenbrater deutet auf ein Telefon an der Wand. Scott zieht eine Visitenkarte aus der Tasche und wählt. Beim zweiten Klingeln meldet sich eine Männerstimme.

»NTSB.«

»Gus Franklin bitte«, sagt Scott.

»Am Apparat.«

»Scott Burroughs hier. Aus dem Krankenhaus.«

»Mr Burroughs, wie geht es Ihnen?«

»Gut. Hören Sie – ich möchte Ihnen helfen – bei der Suche. Der Rettungsaktion. Was auch immer.«

Am anderen Ende ist es still.

»Ich höre, Sie haben das Krankenhaus verlassen«, sagt Gus schließlich. »Irgendwie, ohne sich von der Presse sehen zu lassen.«

»Ich habe mich als Arzt verkleidet und bin durch einen Nebenausgang verschwunden.«

Gus lacht. »Sehr clever. Hören Sie, ich habe Taucher im Wasser, die nach Wrackteilen suchen, aber wir kommen nur langsam voran, und der Fall ist aufsehenerregend. Haben Sie uns denn noch etwas zu erzählen, etwas, woran Sie sich erinnern? Etwas, das vor dem Absturz passiert ist?«

»Es fällt mir langsam wieder ein«, sagt Scott. »Immer noch bruchstückhaft, aber – lassen Sie mich bei der Suche helfen. Vielleicht ... wenn ich jetzt draußen bin, bricht vielleicht etwas auf.«

Gus denkt nach. »Wo sind Sie?«

»Die Frage ist«, sagt Scott, »mögen Sie Hähnchenschenkel?«

Bild Nr. 1

WAS ALS ERSTES ins Auge fällt, ist das Licht – besser gesagt, zwei Lichter, die schräg auf einen Fokus gerichtet sind und zu einer hellen Acht in der Mitte der Leinwand werden. Es ist ein großformatiges Gemälde, zweieinhalb Meter breit und anderthalb Meter hoch, und die einstmals weiße Leinwand ist von einem rauchig grauen Glitzern überzogen. Vielleicht ist das Erste, was man sieht, auch ein Unglück – zwei dunkle Rechtecke, die durch den Rahmen angeschnitten sind, schräg zueinandergeklappt, mit metallischen Skeletten, die im Mondlicht leuchten. Am Rand des Bildes sind Flammen, als sei die Geschichte nicht zu Ende, nur weil das Bild zu Ende ist, und es ist vorgekommen, dass Leute, die es betrachten, bis an den äußersten Rand gegangen sind, um weitere Informationen zu finden, und das Rahmenholz mikroskopisch nach einem weiteren Hinweis auf zusätzliches Drama untersucht haben.

Die Lichter, die aus der Mitte des Gemäldes hervorstrahlen, sind die Scheinwerfer eines Amtrakpersonenzugs, dessen Antriebswagen fast senkrecht zu den gewundenen Gleisen, die sich wellig darunter krümmen, zur Ruhe gekommen ist. Der erste Fahrgastwagen hat sich von ihm losgerissen und bildet den Stamm eines T. Der Schwung hat ihn weiter vorangetragen, und er ist mitten in die Lok geprallt und hat ihre brottrommelähnliche Silhouette zu einem ungleichmäßigen V geknickt.

Wie es bei grellem Licht immer der Fall ist, verschleiert das Gleißen der Scheinwerfer einen großen Teil des Bildes, aber bei genauerem Hinsehen entdeckt der Betrachter einen einzelnen Passagier – eine junge Frau in einem schwarzen Rock und einer zerrissenen weißen Bluse. Das Haar hängt ihr wirr ins Gesicht und ist blutverklebt. Sie irrt barfuß durch scharfkantige Trümmer, und wenn man durch den Lichtschein hindurchspäht, sieht man ihre weit aufgerissenen, suchenden Augen. Sie ist Opfer der Katastrophe, hat Hitze und Zusammenprall überlebt, ist aus ihrer Ruhestellung in eine unfassbare Parabel aus unerwarteter Qual gehebelt worden, und ihre eben noch friedliche Welt aus sanftem Wiegen und gleichmäßigem Rattern hat sich in kreischend zerreißenden Stahl verwandelt.

Was sucht sie, diese Frau? Nur einen Ausweg? Einen klaren, vernünftigen Weg ins Sichere? Oder hat sie etwas verloren? Jemanden? Ist in jenem Augenblick, als sanftes Wiegen sich in das irre Rasen einer Kanonenkugel verwandelte, aus der Frau und Mutter, der Schwester oder Freundin, der Tochter oder Geliebten, jäh ein Flüchtling geworden? Aus einem erfüllten, glücklichen *Wir* ein benommenes, trauerndes *Ich*?

Und so kann man, obwohl noch andere Bilder rufen, nicht anders: Man steht da und hilft ihr suchen.

GEWITTERWOLKEN

DIE RETTUNGSWESTE ist so eng, dass er kaum Luft bekommt, aber Scott hebt die Hände und zieht die Gurte noch einmal straff. Er tut es unbewusst, wie er es alle paar Augenblicke getan hat, seit sie in den Hubschrauber gestiegen sind. Gus Franklin sitzt ihm gegenüber und betrachtet ihn forschend. Neben ihm sitzt der Bootsmann Berkman in einem orangegelben Overall und einem glasglänzenden Helm. Sie sitzen in einem MH65C Dolphin der Küstenwache und rasen über die Wellenkämme des Atlantik hinweg. In der Ferne kann Scott gerade noch die Klippen von Martha's Vineyard erkennen. Sein Zuhause. Aber dort fliegen sie nicht hin. Noch nicht. Sneeze, der dreibeinige Hund, wird warten müssen. Scott denkt an ihn, einen weißen Köter mit einem schwarz umrandeten Auge, Pferdeäpfelfresser, Connaisseur des hohen Grases, der sein rechtes Hinterbein letztes Jahr durch Krebs verlor und nach zwei Tagen schon wieder die Treppe heraufsprang. Heute Morgen, nach dem Telefonat mit Gus, hat Scott sich bei seinem Nachbarn nach ihm erkundigt. Dem Hund gehe es gut, hat sein Nachbar gesagt. Er liege hechelnd auf der Veranda in der Sonne. Scott bedankte sich noch einmal dafür, dass er den Hund aufgenommen hatte, und versprach, in zwei Tagen wieder zu Hause zu sein.

»Lassen Sie sich Zeit«, sagte der Nachbar. »Sie haben eine Menge durchgemacht. Und alle Achtung! Was Sie da für den Jungen getan haben – alle Achtung.«

Er denkt an den Hund, der ein Bein verloren hat. *Wenn er sich wieder erholen kann, warum soll ich es dann nicht auch können?*

Der Hubschrauber macht Bocksprünge in der turbulenten Luft, und jedes Mal ist es, als schlage eine Hand gegen eine Dose, um die letzte Erdnuss herausfallen zu lassen, nur dass in diesem Fall Scott die Erdnuss ist. Er klammert sich mit der rechten Hand an den Sitz. Sein linker Arm liegt wieder in einer Schlinge. Der Flug von der Küste hat jetzt zwanzig Minuten gedauert. Scott schaut aus dem Fenster über den endlosen Ozean hinweg und kann nicht glauben, dass er so weit geschwommen ist.

Er hatte eine Stunde lang in der Hähnchenbraterei gesessen und Wasser getrunken, bis Gus kam. Er saß in einem weißen Personenwagen – *Dienstwagen,* sagte er – und brachte frische Kleidung mit.

»Die Größe musste ich schätzen«, sagte er und warf Scott die Sachen zu.

»Das passt sicher bestens. Danke«, sagte Scott und verschwand auf der Toilette, um sich umzuziehen. Eine Cargo-Hose und ein Sweatshirt. Der Hosenbund war zu weit, das Sweatshirt an den Schultern zu eng – die verletzte Schulter machte das Umziehen zu einer Herausforderung –, aber wenigstens fühlte er sich jetzt wieder wie ein normaler Mensch. Er wusch sich die Hände und stopfte die Arztklamotten tief in den Mülleimer.

Im Hubschrauber deutet Gus durch das Fenster nach Steuerbord. Scott schaut hinaus und sieht einen Kutter der Küstenwache, ein weiß leuchtendes Boot namens *Willow,* das auf dem Meer unter ihnen liegt.

»Sind Sie schon mal mit einem Hubschrauber geflogen?«, schreit Gus.

Scott schüttelt den Kopf. Er ist Maler. Wer setzt einen Maler in einen Hubschrauber? Andererseits, genauso hat er über Privatflugzeuge gedacht, und was ist passiert?

Scott sieht, dass der Kutter nicht allein ist. Ein halbes Dutzend Boote sind auf dem Meer verstreut. Das Flugzeug, nimmt man an, ist in einen besonders tiefen Bereich des Ozeans gestürzt, und das, sagt Gus, kann bedeuten, dass es Wochen dauern kann, bis sie das gesunkene Wrack finden.

»Es ist ein gemeinsames Such-und-Bergungsunternehmen«, sagt Gus. »Wir haben Boote von der Navy, der Küstenwache und der NOAA.«

»Der was?«

»Der National Oceanic and Atmospheric Administration. Das ist die staatliche Wetter- und Ozeanografiebehörde.« Gus lächelt. »Hochseenerds mit Fächerecholot und Seitensichtsonar. Die Air Force hat uns zwei HC-130-Rettungsflugzeuge geliehen, und wir haben dreißig Taucher von der Navy und zwanzig von der Massachusetts State Police einsatzbereit für den Fall, dass wir Wrackteile finden.«

Scott denkt darüber nach. »Ist das normal beim Absturz eines kleinen Flugzeugs?«

»Nein«, sagt Gus. »Das ist auf jeden Fall ein VIP-Service. So etwas kommt zustande, wenn der Präsident der Vereinigten Staaten anruft.«

Der Hubschrauber legt sich auf die Seite und kreist über dem Kutter. Dass Scott nicht aus der offenen Luke ins Meer fällt, verdankt er nur seinem Gurt.

»Sie haben gesagt, dass Wrackteile an der Oberfläche schwammen, als Sie zu sich kamen«, schreit Gus.

»Was?«

»Trümmer an der Wasseroberfläche.«

Scott nickt. »Und Flammen auf dem Wasser.«

»Treibstoff«, sagt Gus. »Das heißt, die Tanks sind aufgerissen. Sie haben Glück, dass Sie nicht verbrannt sind.«

Scott nickt und erinnert sich. »Ich habe – ich weiß nicht – ein Stück von einer Tragfläche gesehen? Oder etwas anderes. Es war dunkel.«

Gus nickt. Der Hubschrauber sackt ruckartig ab, und Scott spürt, wie sein Magen einen Hüpfer macht.

»Ein Fischer hat gestern Morgen in der Nähe von Philbin Beach Teile einer Tragfläche gefunden«, berichtet Gus. »Ein Metalltablett aus der Pantry, eine Kopfstütze, einen Toilettensitz. Es ist klar, dass wir hier nicht nach einem unversehrten Flugzeug suchen. Anscheinend ist das ganze Ding auseinandergerissen. Vielleicht wird in den nächsten Tagen noch mehr angeschwemmt. Das hängt von der Strömung ab. Die Frage ist, hat es die Maschine beim Aufschlag zerrissen oder in der Luft?«

»Sorry. Ich wünschte, ich könnte Ihnen mehr erzählen. Aber wie gesagt, irgendwann habe ich mir den Kopf angeschlagen.«

Scott schaut hinaus auf das Meer. Meilenweit erstreckt sich die offene See, so weit das Auge reicht. Zum ersten Mal denkt er: *Vielleicht war es gut, dass es dunkel war.* Hätte er die Weite um sich herum sehen können, diese kolossale Leere, hätte er es vielleicht nicht geschafft.

Gus isst Mandeln aus einem Ziplockbeutel. Wo ein Durchschnittsmensch die Schönheit von Wind und Wellen sieht, gibt es für Gus, den Ingenieur, nur praktische Faktoren: Schwerkraft plus Meeresströmungen plus Wind. Für den Alltagsmenschen ist Poesie ein Einhorn, das er aus dem Augenwinkel sieht – ein unerwarteter Blick auf das Unfassbare. Für den Ingenieur liegt Poesie in der Genialität praktischer Lösungen. Funktion über Form. Das ist keine Frage von Optimismus oder Pessimismus, von halb vollen oder halb leeren Gläsern.

Für den Ingenieur ist das halb leere Glas einfach zu groß.

So sah Gus Franklin die Welt schon als junger Mann. Aufgewachsen in Stuyvesant Town als Sohn eines Müllfahrers und einer Hausfrau und Mutter, war Gus das einzige schwarze Kind im Mathematikkurs seiner Förderschule, das ein Summa-cum-laude-Examen in Fordham ablegte. Schönheit sah er nicht in der Natur, sondern im eleganten Design römischer Aquädukte und in der Perfektion von Mikrochips. In seinen Augen war jedes Problem auf Erden durch eine Reparatur oder den Austausch eines Teils zu beheben. Und wenn der Betriebsfehler heimtückischer war, nahm man das ganze System auseinander und fing von vorn an.

Genauso verfuhr er mit seiner Ehe, bis seine Frau ihm 1999 an einem regnerischen Abend ins Gesicht spuckte und zur Tür hinausstürmte. *Fühlst du denn gar nichts?*, hatte sie noch ein paar Augenblicke zuvor geschrien. Gus runzelte die Stirn und dachte über die Frage nach – nicht weil die Antwort »nein« lautete, sondern weil er ganz offensichtlich Gefühle *hatte*. Es waren nur nicht die Gefühle, die sie sich wünschte.

Also zuckte er die Achseln. Und sie spuckte ihn an und lief hinaus.

Es wäre eine Untertreibung zu sagen, Belinda sei emotional gewesen. Belinda dachte so wenig wie ein Ingenieur wie nur irgendjemand, den Gus kannte. Sie hatte einmal gesagt, die Tatsache, dass Blumen lateinische Namen hätten, raube ihnen das Geheimnisvolle. Als ihm der Speichel über das Kinn rann, kam er zu dem Schluss, dass dies der fatale Fehler in ihrer Ehe war, der nicht repariert werden konnte. Sie waren inkompatibel – ein viereckiger Zapfen in einem runden Loch. Folglich erforderte sein Leben einen systemischen Neuentwurf, in diesem Fall die Scheidung.

In dem einsamen Jahr seiner Ehe hatte er versucht, praktische Lösungen für irrationale Probleme zu finden. Sie fand, er arbeite zu viel, aber in Wahrheit arbeitete er weniger als die meisten seiner Kollegen, und deshalb erschien ihm die Einschätzung »zu viel« unzutreffend. Sie wollte sofort Kinder haben, aber er fand, sie sollten warten, bis seine Karriere sich gefestigt hatte – mit anderen Worten, bis er mehr Geld verdiente, sodass sie höhere Lebenshaltungskosten aufbringen und sich folglich eine größere Wohnung leisten könnten. Genauer gesagt, eine Wohnung mit mehr Platz für Kinder.

Also setzte Gus sich eines Nachmittags mit ihr an den Tisch und führte ihr eine Powerpointpräsentation zu diesem Thema vor: Grafiken und Tabellenkalkulationen, die in eine Gleichung mündeten, die bewies, dass der perfekte Augenblick der Zeugung (ein paar andere Selbstverständlichkeiten natürlich vorausgesetzt, zum Beispiel sein beruflicher Aufstieg, ein gesteigertes Einkommen und so weiter) im September 2002 kommen würde, also in drei Jahren. Belinda nannte ihn einen gefühllosen Roboter. Er entgegnete, Roboter seien per definitionem gefühllos (zumindest vorläufig noch), aber er sei ganz eindeutig kein Roboter. Er habe Gefühle. Sie beherrschten ihn nur nicht so, wie sie Belinda beherrschten.

Die Scheidung erwies sich als sehr viel einfacher als ihre Ehe, hauptsächlich weil sie einen Anwalt engagierte, der überwiegend von finanziellem Gewinnstreben getrieben war, also einen Mann mit einem klaren und rationalen Ziel. So kehrte Gus zurück zu einem Dasein als Einzelperson. Wie er es in seiner Powerpointpräsentation demonstriert hatte, kam er beruflich schnell voran, stieg als Angestellter bei Boeing zügig auf und fand eine Stelle als leitender Ermittler bei der Verkehrsbehörde NSTB, wo er seit elf Jahren beschäftigt war.

Im Laufe dieser Jahre stellte Gus fest, dass sein Ingenieursverstand sich weiterentwickelte. Seine früher enge Sicht auf die Welt – als Maschine, die mit dynamischer mechanischer Funktionalität läuft – blühte und gedieh. Zu einem großen Teil hatte dies mit seinem Job als Ermittler bei großen Katastrophen im Verkehrswesen zu tun, der ihn regelmäßig mit dem Tod und den Anliegen menschlicher Trauer konfrontierte. Wie er seiner Exfrau gegenüber festgestellt hatte: Er war kein Roboter. Er fühlte Liebe. Er kannte den Schmerz des Verlusts. Nur waren ihm diese Faktoren als jungem Mann beherrschbar erschienen, als wäre die Trauer nichts als ein Versagen des Intellekts bei der Steuerung der körperlichen Subsysteme.

Doch dann erkrankte sein Vater im Jahr 2003 an Leukämie. Er starb 2009, und ein Jahr später fiel Gus' Mutter einem Aneurysma zum Opfer. Die Leere, die diese Todesfälle hinterließen, überstieg das pragmatische Fassungsvermögen eines Ingenieurs. Die Maschine, für die er sich hielt, ging in die Brüche, und unversehens versank Gus in einer Erfahrung, der er in den Jahren seiner Tätigkeit beim NTSB immer wieder begegnet war, ohne sie je zu verstehen – der Trauer. Der Tod war keine intellektuelle Fantasie. Er war ein existenzielles schwarzes Loch, ein animalisches Rätsel, Problem und Lösung zugleich, und die Trauer, die er weckte, ließ sich nicht reparieren oder überbrücken wie ein fehlerhaftes Relais, sondern sie blieb bestehen.

Und so stellte Gus mit einundfünfzig Jahren fest, dass er schlichte Intelligenz hinter sich gelassen hat und sich dem nähert, was man nur als Weisheit bezeichnen kann, in diesem Fall definiert als Fähigkeit, die faktischen und praktischen Teile eines Ereignisses zu verstehen und dabei auch seine ganze menschliche Tragweite zu erkennen. Ein Flugzeugabsturz ist nicht nur die Gesamtsumme aus Zeitachse plus mechanischen plus menschlichen Elementen. Er ist auch eine unermessliche Tragödie, die uns die ultimative Begrenztheit der menschlichen Herrschaft über das Universum und die demütigende Macht eines kollektiven Todes vor Augen führt.

Als an diesem Abend gegen Ende August das Telefon klingelte, tat Gus, was er immer tat: Er war hellwach und setzte den Ingenieur in sich in Bewegung. Aber er nahm sich auch die Zeit, an die Opfer zu denken – an Besatzungsmitglieder und Passagiere und, schlimmer noch, zwei kleine Kinder, die ihr ganzes Leben noch vor sich hatten – und den schweren Verlust zu sehen, den die Hinterbliebenen zu ertragen hatten.

Aber zuerst kamen die Fakten. Ein Privatjet – *Hersteller? Modell? Baujahr? Bisherige Einsätze?* – wurde vermisst – *Startflughafen? Zielflughafen? Letzter Funkkontakt? Radardaten? Wetterbedingungen?* Man hatte mit anderen Flugzeugen in der Region Kontakt aufgenommen – *Hatten sie etwas gesichtet?* – und andere Flughäfen befragt – *War der Flug um-*

geleitet worden? Hatte die Maschine sich bei einem anderen Tower gemeldet? Aber niemand hatte etwas von dem Flugzeug gesehen oder gehört, seit die Luftverkehrskontrolle in Teterboro es verloren hatte.

Eine Telefonkette wurde eingerichtet, ein Einsatzteam zusammengestellt. Bei Tagesanbruch klingelten Telefone in Büros und Autos. In den Nachtstunden davor klingelten sie in Schlafzimmern und weckten Schlafende auf.

Als er im Auto saß, hatte man eine Passagierliste zusammengestellt, Berechnungen wurden angestellt – *soundso viel Treibstoff bei dieser und jener Höchstgeschwindigkeit ergibt den potenziellen Suchradius.* Auf seinen Befehl hin wurde Kontakt mit der Küstenwache und der Navy aufgenommen, Hubschrauber und Fregatten wurden in Marsch gesetzt. Als Gus am Flughafen Teterboro eintraf, war eine Hochseesuche im Gang, und noch hoffte jeder auf einen Ausfall der Funkanlage und eine sichere Landung irgendwo außerhalb des Radars. Aber alle wussten es besser.

Es sollte zweiundzwanzig Stunden dauern, bis das erste Wrackteil gefunden wurde.

Seinem dramatischen Sinkflug zum Trotz setzt der Hubschrauber so sanft auf, wie wenn jemand einen Zeh prüfend ins Wasser taucht. Sie springen hinaus. Über ihnen kreisen die Rotorblätter. Vor sich sieht Scott Dutzende von Seeleuten und Technikern auf ihren Posten.

»Wie lange hat es nach unserem Verschwinden gedauert, bis ...«, fängt er an, aber bevor er zu Ende sprechen kann, antwortet Gus schon.

»Ich will ehrlich sein. Die Flugverkehrskontrolle in Teterboro hat Mist gemacht. Nachdem Ihr Flug vom Radar verschwunden war, hat sechs Minuten lang niemand etwas gemerkt. Das ist in diesem Zusammenhang eine verdammt lange Zeit, in der sich das Suchgebiet in alle Richtungen gewaltig vergrößert, denn das Flugzeug kann sofort abgestürzt oder nur unter das Radar gesunken und noch weitergeflogen sein. Über dem Wasser ist alles unter elfhundert Fuß unterhalb des Radars, und ein Flugzeug kann leicht unterhalb dieser Höhe noch weiterfliegen. Und was ist, wenn es den Kurs ändert? Wo sollen wir da suchen? Der Fluglotse merkt also, dass die Maschine verschwunden ist, und versucht zunächst, sie über Funk zu erreichen. Das dauert noch einmal neunzig Sekunden. Dann funkt er andere Flugzeuge in der Region an, um zu erfahren, ob sie etwas gesehen haben. Denn vielleicht hat Ihr Flugzeug nur ein Antennenproblem, oder der Funk ist ausgefallen. Aber er findet niemanden, der Ihr Flugzeug gesehen hat. Also ruft er die Küstenwache an und sagt: ›Ich habe ein Flugzeug, das seit acht Minuten vom Radar verschwunden ist. Letzte Position war da und da, Kurs soundso, Fluggeschwindigkeit x.‹ Die Küstenwache setzt einen Kreuzer in Bewegung und startet einen Hubschrauber.«

»Und wann hat man Sie angerufen?«

»Ihre Maschine ist gegen zweiundzwanzig Uhr achtzehn am Sonntag ins Meer gestürzt. Um dreiundzwanzig Uhr dreißig war ich mit meinem Einsatzteam auf dem Weg nach Teterboro.«

Ein HC-130-Rettungsflugzeug der Air Force donnert über sie hinweg. Scott duckt sich instinktiv und hebt die Hände schützend über den Kopf. Es ist eine schwere Maschine mit vier Propellern.

»Die suchen nach einen Transpondersignal«, sagt Gus und meint das Flugzeug. »Im Grunde benutzen wir alle diese Schiffe, Flugzeuge und Hubschrauber für eine visuelle Suche in einem ständig wachsenden Raster, und wir suchen mit dem Sonar auf dem Meeresgrund nach Trümmern. Wir müssen alles bergen, was wir finden, aber vor allem die Blackbox des Flugzeugs, denn die und der Stimmrecorder aus dem Cockpit werden uns sagen, was Sekunde für Sekunde an Bord der Maschine geschehen ist.«

Scott sieht, wie das Flugzeug sich auf die Seite legt und auf einen neuen Kurs geht.

»Und es gab keinen Funkkontakt?«, fragt er. »Keinen Notruf? Gar nichts?«

Gus steckt sein Notizbuch ein. »Das Letzte, was der Pilot gesagt hat, war ›Vielen Dank‹. Dreißig Sekunden nach dem Start.«

Das Schiff steigt auf einem Wellenkamm in die Höhe. Scott greift haltsuchend an die Reling. In der Ferne sieht er das NOAA-Schiff, das sich langsam voranbewegt.

»Ich war also um dreiundzwanzig Uhr sechsundvierzig in Teterboro«, sagt Gus, »und habe mir die Fakten von der Flugverkehrskontrolle geben lassen. Jetzt habe ich ein Privatflugzeug ohne Flugplan und mit einer unbekannten Zahl von Passagieren an Bord, das seit einer Stunde zwanzig Minuten über dem Meer verschollen ist.«

»Es wurde kein Flugplan eingereicht?«

»Bei Privatflügen innerhalb der USA ist das nicht vorgeschrieben, und es gab zwar eine Passagierliste, aber auf der stand nur die Familie. Das macht vier Personen plus Besatzung. Aber dann höre ich von Martha's Vineyard, dass vermutlich *mindestens* sieben Personen an Bord waren. Also muss ich herausfinden, wer sonst noch in der Maschine war und ob das irgendetwas mit dem zu tun hat, was passiert ist – und zu diesem Zeitpunkt wissen wir noch nicht, was das war. Haben Sie den Kurs geändert und sind nach Jamaika geflogen? Oder sind Sie auf einem anderen Flughafen in New York oder Massachusetts gelandet?«

»Zu dem Zeitpunkt bin ich schon geschwommen. Ich und der Junge.«

»Ja, das stimmt. Und inzwischen sind schon drei Hubschrauber der Küstenwache in der Luft, und vielleicht sogar einer von der Navy, denn fünf Minuten bevor ich den Tower betrete, kriege ich einen Anruf von meinem Chef, der einen Anruf von seinem Chef gekriegt hat, bei dem es hieß: David Bateman ist eine sehr wichtige Person (was ich weiß), und der Präsident verfolgt die Situation bereits (was bedeutet, dass unter keinen Umständen irgendetwas versaut werden darf), und ein FBI-Team ist unterwegs zu mir und möglicherweise auch ein Spitzenbeamter des Heimatschutzministeriums.«

»Und wann haben Sie von Kipling erfahren?«

»Ein Typ von der Börsenaufsicht ruft mich an, als ich zwischen Teterboro und Martha's Vineyard in der Luft bin, und teilt mir mit, sie hätten Ben Kiplings Telefon abgehört und nähmen an, er sei in der Maschine. Das bedeutet, zusätzlich zum FBI und zum Heimatschutz habe ich jetzt auch noch zwei Beamte von der Börsenaufsicht im Team. Jetzt brauche ich einen größeren Hubschrauber.«

»Warum erzählen Sie mir das?«, fragt Scott.

»Weil Sie mich gefragt haben.«

»Und darum haben Sie mich hier herausgebracht? Weil ich gefragt habe?«

Gus debattiert innerlich kurz über den Gegensatz zwischen menschlicher und strategischer Wahrheit. »Sie haben gesagt, es könnte Ihnen helfen, sich zu erinnern.«

Scott schüttelt den Kopf. »Nein. Ich weiß, ich habe hier nichts zu suchen. So arbeiten Sie nicht.«

Gus überlegt. »Wissen Sie, wie viele Überlebende es bei den meisten Flugzeugabstürzen gibt? Keinen. Vielleicht wird es Ihnen helfen, sich zu erinnern, wenn Sie hier sind. Vielleicht habe ich es auch einfach satt, auf Beerdigungen zu gehen. Vielleicht wollte ich Ihnen zeigen, dass ich zu schätzen weiß, was Sie getan haben.«

»Sagen Sie nicht, *für den Jungen*.«

»Warum nicht? Sie haben ihm das Leben gerettet.«

»Ich ... ich schwamm nur dort. Er hat gerufen. Jeder hätte getan, was ich getan habe.«

»Andere hätten es vielleicht *versucht*.«

Scott schaut über das Wasser hinaus und nagt an der Unterlippe. »Weil ich auf der Highschool im Schwimmteam war, bin ich jetzt ein Held?«

»Nein. Sie sind ein Held, weil Sie sich heldenhaft benommen haben. Und ich habe Sie hier herausgebracht, weil es mir etwas bedeutet. Uns allen.«

Scott versucht sich zu erinnern, wann er zuletzt etwas gegessen hat. »Hey, was hat er eigentlich gemeint?«

»Wer?«

»Da im Krankenhaus. Der FBI-Agent hat gesagt, Boston habe am Abend gespielt. Und der Mann von OSPRY hat was von einem Baseballspieler erwähnt.«

»Stimmt. Dworkin. Catcher bei den Red Sox.«

»Und?«

»Und am Sonntagabend hat er den Rekord für das längste At-Bat in der Geschichte des Baseballs gebrochen.«

»Und?«

Gus lächelt. »Das hat er getan, während Sie in der Luft waren. Zweiundzwanzig Pitches in knapp über achtzehn Minuten, vom Augenblick Ihres Starts bis zum Absturz.«

»Sie machen Witze.«

»Nein. Das längste At-Bat in der Baseballgeschichte, und es hat genauso lange gedauert wie Ihr Flug.«

Scott sieht hinaus in die Ferne. Schwere graue Wolken ballen sich über dem Horizont zusammen. Er erinnert sich, dass ein Spiel lief und dass anscheinend etwas Bemerkenswertes im Gange war – zumindest die beiden anderen Männer an Bord waren ziemlich aufgeregt. *Sieh dir das an, Schatz* und *Ist das zu fassen? Dieser Typ*. Aber Scott hat sich nie besonders für Sport interessiert und deshalb kaum hingeschaut. Aber als er jetzt davon hört – von diesem Zusammentreffen –, spürt er, wie seine Nackenhaare sich aufstellen. Zwei Dinge, die gleichzeitig passieren. Indem man sie zusammen erwähnt, entsteht ein Zusammenhang zwischen ihnen. Konvergenz. Etwas, das bedeutungsvoll erscheint, ohne es zu sein. Er glaubt zumindest nicht, dass es etwas bedeutet. Wie denn auch? Ein Batter in Boston, der die Bälle in die Tribünen donnert, während ein kleines Flugzeug sich durch den tiefhängenden Küstennebel arbeitet. Wie viele Millionen andere Ereignisse beginnen und enden gleichzeitig? Wie viele andere »Fakten« konvergieren auf genau die richtige Art und Weise und schaffen so einen symbolischen Zusammenhang?

»Nach älteren Berichten waren Pilot und Kopilot sauber«, sagt Gus. »Melody war ein Veteran mit dreiundzwanzig Jahren Flugerfahrung, und er ist elf Jahre für GullWing geflogen. Keine Minuspunkte, keine Beanstandungen, keine Beschwerden. Allerdings eine ganz interessante Kindheit. Die alleinerziehende Mutter hat mit ihm bei einer Weltuntergangssekte gelebt, als er klein war.«

»Wie die Jim-Jones-Sekte in Guyana?«

»Ist unklar«, sagt Gus. »Wir werden ein bisschen nachforschen, aber höchstwahrscheinlich ist das nur ein Detail.«

»Und der andere?«, fragt Scott. »Der Kopilot?«

»Da gibt es ein bisschen mehr zu erzählen. Selbstverständlich dürfen Sie nichts davon weitergeben, aber Sie werden einiges doch in der Presse finden. Charles Busch war Senator Logan Birchs Neffe. Aufgewachsen in Texas. Hat eine Zeitlang in der Nationalgarde gedient. Sieht aus, als wäre er so was wie ein Playboy gewesen. Ein paar Rügen, hauptsächlich wegen Äußerlichkeiten – er ist unrasiert zum Dienst erschienen. Wahrscheinlich in der Nacht davor zu viel gefeiert. Aber nichts Alarmierendes. Wir reden mit der Airline, um uns ein klareres Bild zu verschaffen.«

James Melody und Charles Busch. Scott hat den Kopiloten kaum gesehen, und an Captain Melody kann er sich nur vage erinnern. Er versucht, sich die Details einzuprägen. Das sind die Menschen, die gestorben sind. Jeder hatte ein Leben, eine Geschichte.

Die See ringsum ist rau geworden. Der Kutter legt sich auf die Seite und stampft.

»Anscheinend zieht ein Sturm auf«, sagt Scott.

Gus schaut zum Horizont. »Wenn das kein Hurrikan Klasse vier ist, werden wir die Suche nicht abbrechen.«

Scott trinkt in der Messe eine Tasse Tee, während Gus die Suchaktion beaufsichtigt. Ein Fernseher läuft. Ein Pressehubschrauber überträgt Aufnahmen von dem Schiff und der Suche live. Scott fühlt sich wie in einem Spiegelsaal, in dem sich sein Abbild ins Unendliche wiederholt. Zwei Matrosen trinken Kaffee und betrachten ihr eigenes Schiff im Fernsehen.

Das Bild wechselt, und statt der Suche sieht man jetzt einen Mann mit roten Hosenträgern: Bill Cunningham.

»*... verfolgen den Fortgang der Suchaktion. Und lassen Sie sich unsere Sondersendung um sechzehn Uhr nicht entgehen. Ist unser Himmel sicher? Und schauen Sie – ich habe jetzt lange genug den Mund gehalten –, aber ich finde, die ganze Sache stinkt zum Himmel. Denn wenn dieses Flugzeug wirklich abgestürzt ist, wo sind dann die* Leichen? *Wenn David Bateman und seine Familie wirklich – tot sind, warum sehen wir dann nicht ... und jetzt höre ich, was ALC wenige Stunden nach dem Ereignis berichtet hat: Die Börsenaufsicht wird Anklage gegen den berüchtigten Finanzmanager Kipling erheben, und zwar wegen Handels mit dem Feind. Ganz recht, liebe Zuschauer, er hat Geld investiert, das aus illegalen Geschäften mit dem Iran und Nordkorea stammte. Was ist, wenn dieses Unglück darauf zurückgeht, dass hier ein feindlicher Staat ein paar Probleme gelöst hat? Diesen Verräter Kipling ein für alle Mal zum Schweigen gebracht? Dann müssen wir doch fragen, warum die Regierung diesen Absturz nicht als das bezeichnet, was er ist – ein Terrorangriff.*«

Scott wendet sich vom Fernseher ab und trinkt seinen Tee aus dem Pappbecher. Er versucht die Stimme auszublenden.

»Und nicht weniger wichtig: Wer ist dieser Mann? Scott Burroughs?«

Moment, was? Scott dreht sich wieder um. Auf dem Bildschirm ist ein Foto von ihm zu sehen, das irgendwann in den letzten zehn Jahren aufgenommen wurde, ein Künstlerporträt, das zu einer Galerieausstellung in Chicago gehörte.

»Ja, ich weiß, es heißt, er habe einen vierjährigen Jungen gerettet. Aber wer ist er, und was hat er an Bord dieses Flugzeugs gemacht?«

Jetzt sieht man Liveaufnahmen von seinem Haus auf Martha's Vineyard. Wie ist das möglich? Scott sieht seinen dreibeinigen Hund am Fenster. Er bellt lautlos.

»Bei Wikipedia wird er als eine Art Maler bezeichnet, aber es gibt keine persönlichen Informationen. Wir haben die Galerie in Chicago kontaktiert, wo Mr Burroughs angeblich 2010 seine letzte Ausstellung hatte, aber dort hieß es, man habe ihn nie kennengelernt. Also fragen Sie sich selbst: Wie kommt ein malender Nobody, der seit drei Jahren kein Bild mehr ausgestellt hat, in ein Luxusflugzeug mit zwei der reichsten Männer von New York?«

Scott betrachtet sein Haus im Fernsehen, einen holzverkleideten, eingeschossigen Bungalow, den er für neunhundert Dollar im Monat von einem griechischstämmigen Fischer gemietet hat. Es hat einen neuen Anstrich nötig – und er wartet darauf, dass Cunningham den unausweichlichen Witz macht: »Das Haus des Malers könnte ein bisschen Farbe gebrauchen.«

»Und so bitte ich live auf diesem Sender: Wenn da irgendwo jemand ist, der den geheimnisvollen Maler kennt, möge er uns anrufen und mich davon überzeugen, dass Mr Burroughs echt ist und nicht etwa ein als Maler getarnter Schläfer, den ISIS soeben aktiviert hat.«

Scott trinkt seinen Tee, und ihm ist bewusst, dass die beiden Soldaten ihn anstarren. Er spürt jemanden hinter sich.

»Nach Hause zu fahren kommt anscheinend nicht infrage.«
Es ist Gus, der hereingekommen ist.

Scott dreht sich um. »Sieht so aus.« Scott empfindet ein fremdartiges Gefühl der Unverbundenheit – derjenige, der er innerlich ist, steht dieser neuen Vorstellung seiner selbst gegenüber, seiner neuen Identität als öffentlicher Person; sein Name, giftig ausgesprochen von einem berühmten Gesicht. Und wenn er nach Hause fährt, wird er sein Leben verlassen und auf diesen Bildschirm spazieren. Er wird ihnen gehören. Scott fragt Gus, ob er sich seine nötigsten Sachen von seinem Nachbarn schicken lassen dürfe.

Gus schaut einen Moment lang auf den Fernseher, nickt und schaltet ihn dann ab.

»Können Sie irgendwo für ein paar Tage unterkommen?«, fragt er. »Unterhalb des Radars?«

Scott überlegt, aber ihm fällt nichts ein. Den einzigen Freund, den er hat, hat er angerufen und dann auf einem Tankstellenparkplatz sitzenlassen. Irgendwo hat er noch Verwandte und eine Exfrau, aber er muss annehmen, dass sie alle bereits bei der Google-Suche der modernen Neugier entdeckt worden sind. Er braucht jemanden, der nicht linear mit ihm verbunden ist, einen scheinbar willkürlich erdachten Namen, den kein Privatdetektiv und kein Computeralgorithmus voraussagen kann.

Dann feuert irgendeine kosmische Synapse, und ein Name kommt ihm in den Sinn. Zwei Wörter mit irischem Tonfall malen ein Bild: eine blonde Frau mit einer Milliarde Dollar.

»Ja, ich glaube, ich weiß, wen ich anrufen kann«, sagt er.

WAISEN

ELEANOR ERINNERT SICH an ihre Kinderzeit. Da gab es kein *dein* und *mein*. Alles, was sie und Maggie besaßen, gehörte ihnen gemeinsam: die Haarbürste, die gestreiften und gepunkteten Kleider, die geerbten Lumpenpuppen Ann und Andy. Sie saßen auf dem Spültisch des Farmhauses und bürsteten einander die Haare, während im Wohnzimmer eine Schallplatte lief – Pete Seeger und Arlo Guthrie oder die Chieftains – und ihr Vater lärmend das Essen kochte. Maggie und Eleanor Greenway, acht und sechs, zwölf und zehn, hörten dieselben CDs, schwärmten für dieselben Jungen. Eleanor war die Jüngere, flachsblond und munter. Maggie hatte einen Tanz, den sie immer wieder vorführte und bei dem sie ein langes Band durch die Luft wirbelte, bis ihr schwindlig wurde. Eleanor sah ihr dabei zu und lachte und lachte.

Für Eleanor gab es *ich* als Kategorie des Denkens nicht. Alle Sätze in ihrem Kopf begannen mit *wir*. Dann ging Maggie aufs College, und Eleanor musste lernen, allein zu sein. Sie erinnert sich an das erste Drei-Tage-Wochenende, an dem sie sich in ihrem leeren Zimmer um sich selbst drehte und auf ein Lachen wartete, das nicht kam. Das Gefühl, allein zu sein, war wie ein Käfer in ihrem Skelett. Als die Schule am Montag wieder anfing, stürzte sie sich daher von der Klippe ins Meer der Jungen: Sie öffnete die Augen für die Vorstellung einer Zweisamkeit mit jemand anderem. Am Freitag ging sie mit Paul Able, und als das drei Wochen später vorbei war, nahm sie sich Damon Wright.

Die Glühbirne hinter ihren Augen, die sie lenkte, war der Wunsch, nie wieder allein zu sein.

In den nächsten zehn Jahren folgte eine Serie von Männern, und sie war verliebt, vernarrt, verschossen. Tagein, tagaus wich Eleanor ihrem zentralen Defekt aus, verschloss Tür und Fenster, den Blick stur nach vorn gerichtet, auch wenn das Klopfen immer lauter wurde.

Doug lernte sie vor drei Jahren in Williamsburg kennen. Sie war gerade siebenundzwanzig geworden, hatte einen Teilzeitjob in Lower Manhattan und ging abends zum Yoga. Sie wohnte mit zwei anderen Frauen in einem dreigeschossigen Miethaus in Carroll Gardens. Die neueste Liebe ihres Lebens, Javier, hatte sie drei Wochen zuvor abserviert, nachdem sie Lippenstift an seiner Unterhose gefunden hatte, und an den meisten Tagen fühlte sie sich wie eine regennasse Papiertüte. Ihre Mitbewohnerinnen sagten, sie sollte versuchen, eine Zeitlang allein zu leben. Maggie in Uptown Manhattan sagte das Gleiche, aber wenn sie es versuchte, überkam sie das alte Gefühl, und der Käfer kroch wieder durch ihre Knochen.

Sie verbrachte das Wochenende bei Maggie und David, und ihrer Erinnerung nach half sie bei den Kindern aus, aber in Wirklichkeit lag sie auf dem Sofa, starrte aus dem Fenster und bemühte sich, nicht zu weinen. Zwei Abende später war sie mit ein paar Kollegen in einer Hipsterbierkneipe an der L-Train-Strecke, wo sie Doug sah. Er trug einen dichten Bart und Overall. Seine Augen gefielen ihr, die Fältchen, die sie umgaben, wenn er lächelte. Als er an den Tresen kam, um noch einen Krug Bier zu holen, sprach sie ihn an. Er sei ein Schriftsteller, sagte er, der das Schreiben vermeide, indem er kunstvolle Dinnerpartys veranstalte. Seine Wohnung war voller obskurer Apparate zur Speisezubereitung – antike Nudelteigwalzen und eine hundertfünfzig Kilo schwere Cappuccinomaschine, die er Schraube für Schraube zusammengebaut hatte. Letztes Jahr hatte er angefangen, seine eigenen Würste zu machen, und kaufte Därme von einem Metzger in Gowanus. Der Trick bestehe darin, die Temperatur so zu regulieren, dass es zu keiner

Fleischvergiftung kommen könne. Er lud sie ein vorbeizukommen und davon zu kosten. Sie fand, das klinge riskant.

Er erzählte ihr, er arbeite an einem großen amerikanischen Roman oder vielleicht auch nur an einem Briefbeschwerer, der ganz aus Papier bestand. Sie tranken zusammen Bier und ignorierten ihre Freunde. Eine Stunde später ging sie mit zu ihm nach Hause und fand dort heraus, dass er auch im Sommer in Flanellbettwäsche schlief. Seine Einrichtung sah aus wie eine Mischung aus einer Holzfällerhütte und dem Labor eines verrückten Wissenschaftlers. Er hatte einen antiken Zahnarztstuhl, an dessen Armlehne er einen Fernsehapparat montieren wollte. Nackt sah er aus wie ein Bär und roch nach Bier und Sägemehl. Sie kam sich vor wie ein Geist, als sie unter ihm lag und ihm bei der Arbeit zusah – als schlafe sie mit seinem Schatten.

Er sagte, er habe Grenzsetzungsprobleme und trinke zu viel. Sie sagte: *Hey, ich auch,* und sie lachten darüber, aber in Wahrheit trank sie gar nicht so viel. Er schon, und der große amerikanische Briefbeschwerer rief ihn zu den unmöglichsten Zeiten, was zu Anfällen von Selbstmitleid und Wut führte. Dann wachte sie schwitzend unter seiner Flanelldecke auf und sah, wie er die Sägeböcke, auf der seine Schreibtischplatte lag (eine alte Tür), auseinanderriss.

Aber tagsüber war er nett, und er hatte viele Freunde, die zu jeder Tag- und Nachtzeit vorbeikamen, sodass Eleanor nie Gelegenheit hatte, allein zu sein. Doug war die Ablenkung willkommen, und er ließ gern alles stehen und liegen, um auf ein kulinarisches Abenteuer zu gehen – in der Orchard Street einen Kirschentsteiner aufzustöbern oder mit der U-Bahn nach Queens zu fahren, um bei irgendwelchen Haitianern Ziegenfleisch zu kaufen. Seine Präsenz war so massiv, dass Eleanor sich nie allein fühlte, selbst wenn er lange wegblieb. Nach einem Monat zog sie bei ihm ein, und wenn sie sich doch einmal einsam fühlte, zog sie eins seiner Hemden an, setzte sich in der Küche auf den Boden und aß Reste.

Sie bekam ihre Lizenz als Masseurin und einen Job in einem hochklassigen Studio in Tribeca. Ihre Kunden waren hauptsächlich Filmstars und Banker, die freundlich waren und gute Trinkgelder gaben. Doug übernahm unterdessen Gelegenheitsjobs – irgendwelche Tischlerarbeiten und dergleichen. Er hatte einen Freund, der Restaurants gestaltete und Doug dafür bezahlte, dass er alte Herde aufstöberte und überholte. In Eleanors Augen waren sie glücklich und taten, was ein junges Paar heutzutage tun sollte.

Sie machte ihn mit Maggie, David und den Kindern bekannt, aber sie spürte, dass Doug es nicht gerade genoss, mit einem so erfolgreichen und vermögenden Mann wie David zusammen zu sein. Sie aßen an einem Tisch für zwölf im Speisezimmer im Townhouse (wegen der Kinder war das einfacher, als auszugehen), und sie sah, wie Doug eine Flasche französischen Wein trank und die erstklassigen Küchengeräte (einen Wolf-Gasherd mit acht Brennern, einen Sub-Zero-Kühlschrank) inspizierte und dabei eine Mischung aus Neid und Geringschätzung an den Tag legte (»Das Werkzeug kannst du kaufen, aber nicht das Talent, es zu benutzen«). Auf der U-Bahnfahrt nach Hause meckerte Doug über den »republikanischen Sugardaddy« ihrer Schwester und tat, als habe David ihnen ihre Unzulänglichkeit unter die Nase gerieben. Eleanor verstand ihn nicht. Ihre Schwester war glücklich, David war nett, und die Kinder waren Engel. Und nein, sie teilte die politischen Ansichten ihres Schwagers nicht, aber er war kein schlechter Mensch.

Doug reagierte auf Reichtum mit der gleichen klischeehaften Übertriebenheit wie die meisten bärtigen Männer seines Alters. Sie schmähten ihn, obwohl sie ihn begehrten. Er begann einen Monolog, der von der U-Bahnlinie 6 über den Umsteigebahnhof am Union Square bis in ihr Schlafzimmer in der Wythe Avenue dauerte. David stachele bewaffnete Weiße zum Hass an. Die Welt sei heute schlechter denn je, denn Davids Geschäft sei Extremismus und *Hate Porn*.

Eleanor sagte, sie wolle nicht mehr darüber sprechen, und schlief auf dem Sofa.

Sie heirateten im Winter und zogen kurz darauf nach Westchester. Doug hatte mit ein paar Freunden ein Restaurant in Croton-on-Hudson übernommen. Eigentlich war es nur ein leerer Raum. Sie würden dort hinaufziehen, und er und seine Freunde würden den Laden von Grund auf erneuern. Aber das Geld war knapp, und einer der Freunde stieg in letzter Minute wieder aus. Der andere investierte sechs Monate Halbtagsarbeit, schwängerte dann ein Highschool-Mädchen aus dem Ort und flüchtete zurück in die Stadt. Das Restaurant ist halb fertig – hauptsächlich die Küche, und ein paar Kisten mit weißen Fliesen stehen in Wasserpfützen herum und verrotten.

An den meisten Tagen fährt Doug mit einem alten Pickup hinüber, aber nur zum Trinken. In einer Ecke hat er einen Computer aufgestellt, und dort arbeitet er an seinem Briefbeschwerer, wenn er Lust dazu hat, was meistens nicht der Fall ist. Der Pachtvertrag läuft zum Jahresende aus, und wenn Doug bis dahin kein funktionierendes Restaurant auf die Beine gestellt hat (wonach es momentan überhaupt nicht aussieht), verlieren sie die Räume und das ganze Geld, das sie hineingesteckt haben.

Einmal hat Eleanor vorgeschlagen (nur vorgeschlagen), sie könnten sich vielleicht von David zehntausend Dollar leihen, um das Projekt zu Ende zu bringen. Doug spuckte ihr vor die Füße und verfiel in eine zwei Tage anhaltende Tirade: Sie hätte ein reiches Arschloch heiraten sollen wie ihre verdammte Schwester. In der Nacht kam er nicht nach Hause, und sie lag da und fühlte, wie der alte Käfer wieder durch ihre Knochen krabbelte.

Eine Zeitlang sah es so aus, als sei ihre Ehe nur eine Topfblume, die nicht gedieh – eingegangen an Geldmangel und dem Tod ihrer Träume.

Und dann waren David und Maggie und die hübsche kleine Rachel tot, und plötzlich hatten sie mehr Geld, als sie jemals würden ausgeben können.

Drei Tage nach dem Absturz sitzen sie in einem Konferenzraum im obersten Stock von 432 Park Avenue. Doug hat sich unter Protest eine Krawatte umgebunden und das Haar gekämmt, aber sein Bart ist struppig, und Eleanor vermutet, dass er seit ein, zwei Tagen nicht mehr geduscht hat. Sie trägt ein schwarzes Kleid und flache Schuhe, und sie hält ihre Handtasche auf dem Schoß umklammert. Hier zu sitzen, in diesem Büroturm, einer Phalanx von Anwälten gegenüber, verursacht ein juckendes Gefühl in ihren Zähnen, weil es von so großer Tragweite ist. Ein Testament zu eröffnen und die Verfügungen eines Dokuments vorzutragen, die im Falle des Todes verlesen werden sollen, bedeutet mit unabweisbarer Wucht, dass ein geliebter Mensch tot ist.

Eleanors Mutter hütet zu Hause den Jungen. Beim Wegfahren hat sich Eleanor der Magen verkrampft. Er hat so abwesend und traurig ausgesehen, als sie ihn zum Abschied umarmt hat, aber ihre Mutter hat sie beruhigt. Er sei schließlich ihr Enkelkind. Wider Willen ist Eleanor in den Wagen gestiegen.

Auf der Fahrt in die Stadt hat Doug immer wieder gefragt, wie viel Geld sie wohl ihrer Meinung nach bekommen würden, und sie hat ihm erklärt, dass es nicht ihr Geld sei. Es gehöre JJ und werde in einen Treuhandfonds fließen. Als sein Vormund werde sie das Geld in seinem Sinne verwenden können, aber nicht zu ihrem persönlichen Vorteil. *Ja, ja,* sagte Doug und nickte, als wolle er sagen, *natürlich, das weiß ich doch,* aber an seinem Fahrstil und daran, dass er innerhalb von neunzig Minuten eine halbe Schachtel Zigaretten rauchte, erkannte sie, dass er sich fühlte, als habe er in der Lotterie gewonnen und werde gleich einen übergroßen Scheck aus Pappe überreicht bekommen.

Sie schaute aus dem Fenster und dachte an den Augenblick, als sie JJ im Krankenhaus gesehen hatte, und dann an den Moment zehn Stunden davor, als das Telefon klingelte und sie erfuhr, das Flugzeug ihrer Schwester werde vermisst. Wie sie noch lange nach dem Gespräch mit dem Telefon in der Hand im Bett saß, während Doug neben ihr auf dem Rücken lag und gen Himmel schnarchte. Sie starrte ins Dunkel, bis das Telefon im Morgengrauen noch einmal klingelte und eine Männerstimme ihr mitteilte, ihr Neffe sei noch am Leben.

Nur er?, fragte sie.

Bis jetzt. Aber wir suchen noch.

Sie weckte Doug und sagte, sie müssten nach Long Island in ein Krankenhaus.

Jetzt sofort?, fragte er.

Sie fuhr, und sie hatte den Gang schon eingelegt, bevor Doug seine Tür geschlossen hatte. Seine Hose stand offen, und er hatte sein Sweatshirt noch nicht richtig angezogen. Sie erzählte ihm, das Flugzeug sei irgendwo ins Meer gestürzt. Einer der Passagiere sei meilenweit bis ans Ufer geschwommen und habe den Jungen getragen. Sie wünschte, Doug werde ihr sagen, sie solle sich keine Sorgen machen, wenn die beiden überlebt hätten, dann hätten es sicher auch die andern geschafft. Aber das sagte er nicht. Er saß auf dem Beifahrersitz und fragte, ob sie unterwegs anhalten und einen Kaffee trinken könnten.

Der Rest ist verschwommen. Sie weiß noch, wie sie in einer Ladezone am Krankenhaus aus dem Wagen gesprungen ist, und sie erinnert sich an die panische Suche nach JJs Zimmer. Aber erinnert sie sich auch daran, wie sie den Jungen umarmt hat? Oder an den Helden im Nachbarbett? Er ist eine Gestalt, eine Stimme, überstrahlt von der Sonne. Ihr Adrenalinpegel war zu hoch, ihre Überraschung angesichts der Größe dieser Ereignisse und der Unbegreiflichkeit des Lebens. Hubschrauber, kreisend über den Schaumkronen der Wellen, Marineschiffe im Einsatz. Das alles war so groß, dass es die Bildschirme von drei Millionen Fernsehgeräten füllte, so groß, dass ihr Leben ein historisches Geheimnis war, das von Amateuren und Profis gleichermaßen erörtert und in allen Einzelheiten betrachtet und wieder betrachtet werden würde.

Jetzt, in diesem Konferenzraum, ballt sie die Fäuste, um die prickelnden Nadelstiche zu bekämpfen, die sie verspürt, und versucht zu lächeln. Larry Page sitzt ihr gegenüber und lächelt zurück. Er ist rechts und links von jeweils zwei Anwälten flankiert, Frauen auf der einen, Männer auf der anderen Seite.

»Hören Sie«, sagt er, »für die Einzelheiten haben wir später noch Zeit. Dieses Treffen dient eigentlich nur dazu, Ihnen einen Überblick über das zu geben, was David und Maggie für ihre Kinder vorgesehen haben, falls – für den Fall ihres Todes.«

»Selbstverständlich«, sagt Eleanor.

»Wie viel ist es?«, fragt Doug.

Eleanor tritt ihn unter dem Tisch. Mr Page runzelt die Stirn. Es gibt eine gewisse Etikette, die er im Umgang mit großem Reichtum erwartet, eine absichtsvolle Nonchalance.

»Ja«, sagt er, »wie ich schon erläutert habe, die Batemans haben einen Treuhandfonds für die beiden Kinder vorgesehen und ihr Vermögen fifty-fifty verteilt. Aber da die Tochter ...«

»Rachel«, wirft Eleanor ein.

»Ganz recht, Rachel. Da Rachel nicht überlebt hat, fällt der gesamte Treuhandfonds an JJ. Dazu gehört auch der ganze Immobilienbesitz: das Townhouse in Manhattan, das Haus auf Martha's Vineyard und der Nebenwohnsitz in London.«

»Moment mal«, sagt Doug. »Der was?«

Mr Page redet weiter.

»Darüber hinaus sind in beiden Testamenten hohe Beträge in bar und in Form von Wertpapieren für eine Reihe von Wohltätigkeitsorganisationen vorgesehen. Es handelt sich dabei um etwa dreißig Prozent des Gesamtvermögens. Der Rest verbleibt in JJs Fonds und wird ihm im Laufe der nächsten vierzig Jahre stufenweise verfügbar gemacht.

»Vierzig Jahre.« Doug zog die Stirn kraus.

»Wir brauchen nicht viel«, sagte Eleanor. »Das Geld gehört ja ihm.«

Jetzt ist Doug derjenige, der sie unter dem Tisch tritt.

»Die Frage ist nicht, was Sie brauchen«, sagt der Anwalt zu ihr. »Es geht darum, den letzten Willen der Batemans zu erfüllen. Wir warten auch immer noch darauf, dass sie offiziell für tot erklärt werden, aber in Anbetracht der Umstände würde ich inzwischen gern einen Teil der Mittel freigeben.«

Eine der beiden Frauen zu seiner Linken reicht ihm einen knisternden braunen Umschlag. Mr Page öffnet ihn und nimmt ein einzelnes Blatt heraus.

»Zum derzeitigen Marktwert«, teilt er mit, »beträgt JJs Treuhandvermögen einhundertunddrei Millionen Dollar.«

Neben ihr macht Doug ein Geräusch, als müsse er ersticken. Eleanors Gesicht glüht. Die nackte Gier, die er zeigt, ist ihr peinlich, und sie weiß, wenn sie ihn jetzt anschaut, wird sie ein blödes Grinsen auf seinem Gesicht sehen.

»Der Hauptteil des Erbes – sechzig Prozent – wird ihm an seinem vierzigsten Geburtstag ausgezahlt werden. Fünfzehn Prozent sind an seinem dreißigsten Geburtstag fällig, fünfzehn Prozent an seinem einundzwanzigsten. Und die restlichen zehn Prozent sind für seine Erziehung bis zum Erreichen des Erwachsenenalters vorgesehen.«

Sie kann fühlen, wie Doug neben ihr im Kopf mitrechnet.

»Das wären zehn Millionen dreihunderttausend – wiederum bei Börsenschluss gestern.«

Draußen vor dem Fenster sieht Eleanor kreisende Vögel. Sie denkt daran, wie sie JJ aus dem Krankenhaus trug, denkt an sein Gewicht – er war so viel schwerer als in ihrer Erinnerung. Sie hatten keinen Kindersitz, und deshalb stapelte Doug ein paar Decken auf dem Rücksitz und fuhr zu einem Target-Supermarkt, um einen zu kaufen. Sie standen mit laufendem Motor auf dem Parkplatz und schwiegen einen Moment lang. Eleanor sah Doug an.

Was ist? Er sah sie verständnislos an.

Sag, wir brauchen einen Kindersitz, sagte sie. *Nach vorn gewandt. Und sag, er ist vier.*

Er überlegte, ob er streiten sollte – *Ich? In einem Target? Ich hasse diesen Scheiß-Target* –, aber sie musste ihm zugutehalten, dass er es sein ließ. Er stieß die Tür auf, stieg aus und ging in den Supermarkt. Sie drehte sich auf ihrem Sitz um und sah JJ an.

Alles okay?, fragte sie.

Er nickte und übergab sich dann auf ihre Sitzlehne.

Der Mann neben Page ergreift das Wort. »Mrs Dunleavy«, sagt er, »ich bin Fred Cutter. Meine Firma führt die Finanzen Ihres verstorbenen Schwagers.«

Also kein Anwalt, denkt Eleanor.

»Ich habe eine grundlegende Finanzstruktur entwickelt, die den monatlichen Unterhalt und die voraussichtlichen Ausbildungskosten abdecken soll. Ich würde sie gern mit Ihnen durchgehen, wenn Sie einverstanden sind.«

Eleanor riskiert einen Blick auf Doug. Er lächelt und nickt ihr zu.

»Und ich …«, sagt Eleanor. »Ich bin die Treuhandfondsverwalterin? Ich?«

»Ja«, sagt Page. »Es sei denn, Sie möchten die Verantwortung, die Ihnen übertragen wird, nicht übernehmen. Für diesen Fall haben Mr und Mrs Bateman eine zweite Person bestimmt.«

Sie spürt, wie Doug neben ihr erstarrt, als er daran denkt, das viele Geld irgendeinem Zweitplatzierten zu überlassen.

»Nein«, sagt sie, »er ist mein Neffe. Ich will ihn bei mir haben. Ich möchte nur nichts falsch verstehen. Ich bin die Einzige, die als Treuhänderin benannt ist, nicht etwa …?«

Ihr Blick huscht kurz zu ihrem Mann hinüber. Page sieht es.

»Ja«, sagt er. »Sie allein sind als Vormund und Treuhänderin benannt.«

»Okay«, sagt sie nach ein paar Sekunden.

»In den nächsten paar Wochen müssen Sie ein paar Urkunden unterschreiben, aber dazu können wir auch zu Ihnen kommen. Einiges wird notariell beglaubigt werden müssen. Möchten Sie die Schlüssel zu den diversen Immobilien heute ausgehändigt bekommen?«

Sie blinzelt, als sie an das Haus ihrer Schwester denkt, das jetzt ein Museum mit all den Dingen ist, die sie nie wieder brauchen wird – Kleider, Möbel, ein Kühlschrank voller Lebensmittel, die Kinderzimmer mit Büchern und Spielsachen. Tränen steigen ihr in die Augen.

»Nein«, sagt sie. »Ich glaube nicht ...« Sie bricht ab, um sich zu fassen.

»Das verstehe ich«, sagt Page. »Ich lasse sie zu Ihnen nach Hause schicken.«

»Aber vielleicht könnte jemand JJs Sachen aus seinem Zimmer holen? Spielzeug, Bücher. Kleider. Wahrscheinlich – ich weiß nicht, vielleicht hilft ihm das.«

Die Frau neben Page macht sich eine Notiz.

»Sollten Sie beschließen, eine oder alle Immobilien zu verkaufen«, sagt Cutter, »können wir Ihnen dabei behilflich sein. Der angemessene Marktpreis für alle drei beträgt nach meinen letzten Informationen etwa dreißig Millionen.«

»Und wandert dieses Geld in den Treuhandfonds?«, fragt Doug. »Oder ...?«

»Dieses Geld käme zu den derzeit verfügbaren Mitteln.«

»Das heißt, aus zehn Millionen werden vierzig Millionen.«

»Doug«, sagt Eleanor, und es klingt schärfer als beabsichtigt. Die Anwälte tun, als hätten sie es nicht gehört.

»Was denn?«, fragt Doug. »Es geht mir nur um – Klarheit.«

Sie nickt, lockert die Fäuste und spreizt die Hände unter dem Tisch.

»Okay«, sagt sie. »Ich glaube, ich sollte jetzt zurückfahren. Ich möchte JJ nicht zu lange allein lassen. Er schläft nicht gut.«

Sie steht auf, und die Leute auf der anderen Seite des Tisches erheben sich wie ein Mann. Nur Doug bleibt sitzen und träumt.

»Doug«, sagt sie.

»Ja, okay.« Er steht auf und streckt Arme und Rücken wie ein Kater, der aus einem ausgiebigen Schläfchen in der Sonne erwacht.

»Fahren Sie mit dem Auto zurück?«, erkundigt Cutter sich. Sie nickt.

»Ich weiß nicht, was für eins Sie haben, aber die Batemans besaßen mehrere, unter anderem ein Familien-SUV. Sie stehen Ihnen ebenfalls zur Verfügung oder können verkauft werden. Wie Sie wollen.«

»Ich will nur …«, sagt Eleanor. »Es tut mir leid. Ich kann im Moment wirklich keine Entscheidungen treffen. Ich muss einfach – nachdenken und mir über alles klar werden oder …«

»Selbstverständlich. Ich höre auf mit meinen Fragen.«

Cutter legt ihr eine Hand auf die Schulter. Er ist ein hagerer Mann mit einem freundlichen Gesicht. »Sie müssen wissen, dass David und Maggie mehr als nur Klienten waren. Wir hatten Töchter im selben Alter, und …«

Er bricht ab, und seine Augen füllen sich mit Tränen. Dann nickt er. Sie drückt seinen Arm, dankbar für ein bisschen Menschlichkeit in diesem Moment. Neben ihr räuspert Doug sich.

»Was für Autos, sagten Sie?«, fragt er.

Auf der Heimfahrt ist sie schweigsam. Doug raucht die andere Hälfte der Schachtel. Er hat das Fenster geöffnet und stellt mit den Fingern auf dem Lenkrad irgendwelche Berechnungen an.

»Ich würde sagen, wir behalten das Townhouse, oder? Eine Bleibe in der Stadt. Aber ich weiß nicht – wollen wir wirklich noch mal zurück auf Martha's Vineyard? Ich meine, nach dem, was passiert ist?«

Sie antwortet nicht, sondern legt den Kopf zurück und schaut hinaus auf die Baumwipfel.

»Und London«, fährt er fort. »Ich meine, das könnte cool sein. Aber wie oft werden wir wirklich ... Lass es uns verkaufen, und wenn wir wirklich hinwollen, können wir jederzeit in einem Hotel wohnen.«

Er streicht sich über den Bart wie ein plötzlich reich gewordener Geizhals in einer Geschichte für Kinder.

»Das Geld gehört JJ«, sagt sie.

»Ich weiß. Aber ich meine, er ist vier, und ...«

»Es geht nicht um das, was wir wollen.«

»Baby – okay, ich weiß, aber das Kind ist gewohnt, auf einem gewissen ... Wir sind jetzt seine Treuhänder.«

»Ich bin seine Treuhänderin.«

»Natürlich, rechtlich gesehen, aber wir sind eine Familie.«

»Seit wann?«

Er schiebt die Lippen vor, und sie kann sehen, dass er eine wütende Erwiderung herunterschluckt.

»Schön, okay, ich weiß, ich war nicht – aber es war ein Schock, weißt du? Diese ganze ... Und für dich doch auch. Sogar noch mehr als für mich, aber du musst wissen, ich bin jetzt darüber weg.« Er legt ihr eine Hand auf den Arm. »Wir stecken hier zusammen drin.«

Sie spürt, dass er sie ansieht, hört das Lächeln in seiner Stimme, aber sie dreht sich nicht zu ihm um. Möglicherweise fühlt sie sich in diesem Augenblick so allein wie noch nie in ihrem Leben.

Aber sie ist nicht allein.

Sie ist jetzt Mutter.

Sie wird nie wieder allein sein.

Bild Nr. 2

WENN MAN NUR DAS mittlere Bild anschaute, könnte man auf den Gedanken kommen, es sei alles in Ordnung. Das Mädchen, um das es geht – sie ist vielleicht achtzehn, und eine Haarsträhne ist ihr ins Gesicht geweht –, spaziert an einem wolkenverhangenen Tag durch ein Maisfeld. Sie ist uns zugewandt, diese junge Frau, und in wenigen Sekunden wird sie aus dem dichten Labyrinth der hohen grünen Halme hervorkommen. Obwohl der Himmel über dem Maisfeld bedrohlich grau ist, werden die junge Frau und die vordere Pflanzenreihe von einer kränklichen Sonne beleuchtet, fiebrig und orangegelb, so grell, dass das Mädchen durch ihr Haar blinzelt und eine Hand erhoben hat, als würde sie etwas in der Ferne ausmachen.

Es ist diese Beschaffenheit des Lichts, die uns in das Bild hineinzieht und fragen lässt: *Welche Kombination von Farben, in welcher Reihenfolge mit welcher Technik aufgetragen, hat dieses gewittrige Glühen hervorgebracht?*

Links davon, auf einer Leinwand von gleicher Größe, von diesem Bild durch einen zollbreiten Streifen weißer Wand getrennt, sieht man ein Farmhaus, das schräg zum Feld auf einer weiten Rasenfläche steht, und die Frau im Vordergrund lässt es winzig erscheinen, so mächtig ist die täuschende Wirkung der Perspektive. Das Haus ist mit roten Holzschindeln verkleidet, zweigeschossig und hat ein schräges, hohes Dach. Die Fensterläden sind geschlossen. Wenn man genau hinschaut, sieht man die geöffnete hölzerne Klappe eines Erdkellers neben dem Haus. Aus dem schwarzen Loch ragt der Arm eines Mannes in einem langen weißen Ärmel, und seine kleine Hand hat einen angeknoteten Seilgriff umklammert und ist in einer Bewegung erstarrt. Aber öffnet er die Klappe, oder schließt er sie?

Der Blick geht zurück zu dem Mädchen. Sie schaut nicht zum Haus hinüber. Obwohl das Haar ihr Gesicht verdeckt, sind ihre Augen sichtbar, und obwohl sie nach vorn gewandt ist, haben ihre Pupillen sich tanzend nach rechts bewegt und lenken den Blick des Betrachters über das dicht verwobene blättrige Grün und über einen weiteren zollbreiten Streifen der weißen Galeriewand hinweg zum dritten und letzten Gemälde.

Erst dann sieht man, was das Mädchen soeben bemerkt hat.

Den Tornado.

Diesen wirbelnden Teufelsstrudel, den Mahlstrom von zylindrischer Majestät. Ein um sich selbst kreisendes graues Spinnenei, das sich auseinanderwickelt, gefüllt mit fauligen Zähnen. Ein biblisches Ungeheuer, die Rache Gottes. Brodelnd und schwirrend zeigt es wie ein übellauniges Kind, was es gefressen hat, Häuser und Bäume, zerschreddert und kreiselnd in einem Hagel aus knirschender Erde. Überall im Raum hat der Betrachter den Eindruck, der Tornado komme auf ihn zu, und wenn er ihn sieht, weicht er einen Schritt zurück. Die Leinwand selbst ist gekrümmt und ausgefranst. Die rechte obere Ecke ist geknickt, rissig und verbogen wie durch die nackte Gewalt des Sturmwinds, als ob das Bild sich selbst zerstörte.

Noch einmal schauen wir das Mädchen an. Es reißt die Augen auf und hat die Hand gehoben – nicht, um sich das Haar aus dem Gesicht zu streichen, erkennen wir, sondern um die Augen vor dem Grauen zu schützen. Und mit angehaltenem Atem schauen wir an ihr vorbei zum Haus, genauer gesagt, zu der Sturmklappe über dem Erdkeller, diesem schwarzen, rettenden Loch im Boden, aus dem ein Männerarm ragt, eine Hand, die das zerfranste Seil gepackt hat. Und wenn wir es jetzt betrachten, erkennen wir …

Er schließt die Klappe und sperrt uns aus.

Wir sind auf uns selbst gestellt.

LAYLA

WAS DU MIT GELD *nicht kaufen kannst,* sagt man, *willst du sowieso nicht haben.* Eigentlich Quatsch, denn es gibt nichts, was man mit Geld nicht kaufen kann. Eigentlich nicht. Liebe, Glück, Seelenfrieden – das alles ist für einen bestimmten Preis zu haben. In Wirklichkeit gibt es genug Geld auf der Welt, um dafür zu sorgen, dass es allen Menschen gut geht, wenn wir nur wieder lernen könnten, was jedes Kleinkind noch kann: teilen. Aber Geld hat seine eigene Gravitationskraft, die es zusammenklumpen und immer mehr von sich selbst anziehen lässt, sodass schließlich das schwarze Loch entsteht, das wir als *Reichtum* kennen. Daran sind nicht einfach nur die Menschen schuld. Sie können jeden Dollarschein fragen, und er wird Ihnen sagen, dass er mit Hundertern lieber zusammen ist als mit Einern. Man ist lieber ein Zehner im Tresor eines Milliardärs als ein zerknitterter Einer in der Tasche eines Junkies.

Mit neunundzwanzig ist Leslie Mueller die Alleinerbin eines Technologieimperiums. Als Tochter eines Milliardärs (männlich) und eines Laufstegmodels (weiblich) gehört sie einem stetig wachsenden, genetisch manipulierten Herrenvolk an. Sie sind anscheinend heutzutage überall, die wohlhabenden Kinder brillanter Kapitalisten, die mit einem Bruchteil ihres Erbes Unternehmen gründen und die Kunst fördern. Mit achtzehn, neunzehn, zwanzig Jahren kaufen sie unglaubliche Immobilien in New York, Hollywood und London. Sie etablieren sich als eine Klasse neuer Medici, angezogen vom aufdringlichen Wirbel der Zukunft. Sie sind jenseits von hip, Sammler des Genialen, die sich von Davos über Coachella nach Sundance schwingen, in Besprechungen sitzen und das Ego der Maler, Musiker und Filmemacher von heute auf verführerische Weise mit Bargeld und dem Prestige ihrer Unternehmen streicheln.

Sie sind schön und reich, und ein Nein akzeptieren sie nicht als Antwort.

Leslie – »Layla« für ihre Freunde – war eine der Ersten. Ihre Mutter war ein Gallianomodel aus Sevilla. Ihr Vater hatte einen Hightechtrigger erfunden, der allgegenwärtig in jedem Computer und Smartphone auf diesem Planeten zu finden ist. Er war der neuntreichste Mann der Welt, und auch wenn ihr nur ein Drittel ihres Erbes zur Verfügung steht, ist Layla Mueller auf Platz dreihundertneunundneunzig. Sie hat so viel Geld, dass sie andere reiche Leute, die Scott kennengelernt hat – David Bateman, Ben Kipling –, wie Tagelöhner aussehen lässt. Reichtum, wie Layla ihn besitzt, ist von Marktschwankungen nicht mehr beeinflussbar. Er ist so groß, dass sie niemals pleitegehen kann. So groß, dass das Geld sein eigenes Geld macht – und er wächst um fünfzehn Prozent jedes Jahr und bringt jeden Monat Millionen hervor.

Sie verdient so viel Geld nur mit ihrem Reichtum, dass sie allein durch die jährlichen Zinsen ihrer Konten auf dem siebenhundertsten Platz auf der Liste der reichsten Menschen der Welt steht. Denken Sie darüber nach. Stellen Sie es sich vor, wenn Sie können – aber natürlich können Sie es nicht. Nicht richtig. Denn um Reichtum auf diesem Niveau zu begreifen, muss man ihn besitzen. Laylas Weg ist ein Weg ohne Widerstand, ohne jegliche Reibung. Es gibt nichts auf der Welt, das sie sich nicht aus einer Laune heraus kaufen könnte. Vielleicht nicht Microsoft oder Deutschland. Aber sonst …

»O mein Gott«, sagt sie, als sie ins Arbeitszimmer ihres Hauses in Greenwich Village kommt und Scott sieht, »ich bin besessen von Ihnen. Ich habe den ganzen Tag zugeschaut. Ich kann mich nicht abwenden.«

Sie sind in einem viergeschossigen Brownstone in der Bank

Street, zwei Straßen weit vom Fluss entfernt – Layla, Scott und Magnus, den er vom Marinehafen aus angerufen hat. Beim Wählen seiner Nummer hat Scott sich halb vorgestellt, dass er immer noch in seinem Wagen neben der Tankstelle sitzen würde, aber Magnus sagte, er sei in einem Coffeeshop und habe ein Mädel im Auge, aber er könne in vierzig Minuten da sein – oder sogar schneller, wenn Scott ihm sagte, wo. Wenn er gekränkt war, weil Scott ihn abgehängt hatte, sprach er nicht darüber.

»Sieh mich an«, sagt er zu Scott, nachdem die Haushälterin sie hereingelassen hat und sie auf einem Sofa im Wohnzimmer Platz genommen haben. »Ich zittere.«

Scott sieht, dass Magnus' rechtes Bein auf und ab hüpft. Sie wissen beide, dass die bevorstehende Audienz ihr Schicksal als Maler unwiderruflich verändern kann. Zehn Jahre lang hat Magnus, genau wie Scott, am Rand des künstlerischen Erfolgs geknabbert. Er malt in einer abbruchreifen Schuhfabrik in Queens und besitzt sechs fleckige Hemden. Jede Nacht streunt er durch die Straßen von Chelsea und der Lower East Side und schaut in die Fenster der reichen Leute. Jeden Nachmittag hängt er sich ans Telefon und versucht, Einladungen zu Vernissagen zu ergattern und auf die Gästeliste von Unternehmensfeiern zu kommen. Er ist ein charmanter Ire mit einem schiefen Lächeln, aber in seinem Blick liegt ein Hauch von Verzweiflung, den Scott mühelos erkennt, weil er ihn bis vor ein paar Monaten jedes Mal gesehen hat, wenn er in den Spiegel schaute. Die Sehnsucht danach anzukommen.

Es ist, als wohnte man neben einer Bäckerei, ohne jemals Brot zu ergattern. Jeden Tag, wenn man auf die Straße tritt, steigt einem der Duft in die Nase, und der Magen knurrt, aber ganz gleich, wie oft man um die Ecke geht, man findet den Eingang nicht.

Der Kunstmarkt basiert genau wie der Aktienmarkt auf der Wahrnehmung von Werten. Ein Bild ist so viel wert, wie jemand dafür bezahlen möchte, und diese Summe hängt davon ab, wie die Bedeutung des Künstlers und seine Aktualität wahrgenommen werden. Um ein berühmter Maler zu sein, dessen Bilder zu Spitzenpreisen gehandelt werden, muss man entweder schon ein berühmter Maler sein, dessen Bilder zu Spitzenpreisen gehandelt werden, oder man muss von jemandem als solcher gesalbt werden. Und die Person, die heutzutage immer mehr Maler zu berühmten Malern salbt, ist Layla Mueller.

Als sie hereinkommt, trägt sie schwarze Jeans und eine gecrashte Seidenbluse – blond und braunäugig, barfuß, mit einer E-Zigarette in der Hand.

»Da sind Sie«, sagt sie munter.

Magnus steht auf und streckt ihr seine Hand entgegen. »Ich bin Magnus, Kittys Freund.«

Sie nickt, nimmt aber seine Hand nicht. Nach ein paar Sekunden lässt er sie sinken. Layla setzt sich neben Scott auf das Sofa.

»Soll ich Ihnen etwas Unheimliches erzählen?«, fragt sie ihn. »Ich bin im Mai mit einem Ihrer Piloten nach Cannes geflogen. Mit dem älteren. Ich bin ziemlich sicher.«

»James Melody«, sagt er. Er kennt die Namen der Toten auswendig.

Sie verzieht das Gesicht – *Verdammte Scheiße, oder?* –, und dann nickt sie und berührt seine Schulter. »Tut das weh?«

»Was?«

»Ihr Arm.«

Er zeigt ihr, wie er ihn in seiner neuen Schlinge bewegen kann. »Ist okay«, sagt er.

»Und dieser kleine Junge. O mein Gott. So tapfer. Und dann – ist das zu fassen? Ich habe eben etwas über die Entführung der Tochter gesehen, die – können Sie sich das vorstellen?«

Scott klappert mit den Lidern. »Entführung?«

»Das wissen Sie nicht?« Anscheinend ist sie wirklich geschockt. »Ja, die Schwester des Jungen. Als sie klein war. Offenbar ist jemand bei ihnen eingebrochen und hat sie mitgenommen. Sie war ungefähr eine halbe Woche weg. Und jetzt – ich meine, so etwas zu überleben und dann so schrecklich zu sterben, das könnte man gar nicht erfinden.«

Scott nickt. Er ist plötzlich todmüde. Eine Tragödie ist ein Drama, dessen Wiederholung man nicht erträgt.

»Ich möchte gern eine Party für Sie geben«, sagt sie. »Für den Helden der Kunstwelt.«

»Nein«, sagt Scott. »Vielen Dank.«

»Ach, seien Sie nicht so. Alle reden darüber. Und nicht nur über die Rettung. Ich habe Dias von Ihren neuen Arbeiten gesehen – die Katastrophenserie –, und ich bin hingerissen.«

Magnus klatscht laut in die Hände. Die beiden drehen sich um und sehen ihn an.

»Sorry«, sagt er, »aber ich hab's dir gesagt. Oder? Es ist brillant, verdammt.«

Layla zieht an ihrer elektronischen Zigarette. *So sieht die Zukunft aus,* denkt Scott. *Wir rauchen jetzt Technologie.*

»Können Sie mir …?«, fragt sie. »Falls es okay ist: Was ist passiert?«

»Mit dem Flugzeug? Es ist abgestürzt.«

Sie nickt, und ihr Blick ist ernst. »Haben Sie schon darüber gesprochen? Mit einem Therapeuten oder …«

Scott denkt über die Frage nach. Ein Therapeut.

»Meiner würde Ihnen gefallen«, sagt Layla. »Er sitzt in Tribeca. Dr. Vanderslice. Er ist Holländer.«

Scott sieht einen bärtigen Mann in einem Sprechzimmer vor sich. Kleenexschachteln stehen überall.

»Das Taxi ist nicht gekommen«, sagt er. »Deshalb musste ich den Bus nehmen.«

Sie sieht einen Moment lang ratlos aus. Dann begreift sie, dass er von einer Erinnerung redet. Sie beugt sich vor.

Scott erzählt, dass er sich an seine Reisetasche auf dem Boden erinnert – verschossenes grünes Segeltuch, stellenweise verschlissen. Er erinnert sich, dass er zu Hause auf und ab gegangen ist und durch das Fenster (altes Milchglas) nach Scheinwerfern Ausschau gehalten hat. Er erinnert sich an den vorrückenden Minutenzeiger seiner Armbanduhr. In der Reisetasche waren Kleidungsstücke, natürlich, aber hauptsächlich Dias, Bilder von seinen Arbeiten. Sein neues Werk. Seine Hoffnung. Eine Zukunft. Morgen würde sie beginnen. Er würde sich mit Michelle in ihrem Büro treffen, und sie würden die Liste der einzureichenden Exponate durchgehen. Er hatte vor, drei Tage zu bleiben. Michelle hatte gesagt, er müsse noch auf eine Party gehen. Ein Frühstück.

Aber zunächst einmal musste das Taxi kommen. Zunächst musste er zum Flughafen fahren und in ein Privatflugzeug steigen. Warum hatte er die Einladung angenommen? Es setzte ihn nur unter Druck, mit Fremden zu reisen – mit reichen Fremden –, zur Konversation gezwungen zu sein, über seine Arbeit zu reden oder, alternativ, ignoriert und behandelt zu werden, als bedeute er nichts. Was ja auch so war.

Er war ein Mann von achtundvierzig Jahren, der im Leben gescheitert war. Keine Karriere, keine Ehe, keine guten Freunde, keine Freundin. Zum Teufel, er hatte ja nicht mal einen vierbeinigen Hund. Hatte er deshalb in den letzten paar Wochen so angestrengt gearbeitet, seine Bilder fotografiert, eine Mappe zusammengestellt? Um sein Scheitern zu beheben?

Aber das Taxi kam nicht, und schließlich schnappte er sich die Reisetasche und rannte zur Bushaltestelle. Mit Herzklopfen und nassgeschwitzt von der stickigen Augustluft kam er dort an, als der Bus gerade hielt, ein gestrecktes Rechteck mit in der Dunkelheit bläulich weiß leuchtenden Fenstern. Er stieg ein und lächelte dem Fahrer atemlos zu. Er setzte sich nach hinten. Vor ihm knutschten Teenager, ohne sich um die Hausangestellten zu kümmern, die müde und schweigend mit ihnen im Bus saßen. Dies war seine zweite Chance. Die Bilder waren da. Sie waren gut. Das wusste er. Aber war er es auch? Was, wenn er mit einem Comeback nicht fertigwürde? Was, wenn ihm eine zweite Chance vergönnt war und er sie vermasselte? Konnte er wirklich zurückkommen von da, wo er war? Napoleon auf Elba, ein besiegter Mann, der dort seine Wunden leckte. Wollte er – im Grunde seines Herzens – überhaupt zurückkommen? Das Leben hier war gut. Einfach. Er wachte morgens auf und ging am Strand spazieren. Er fütterte den Hund mit Resten vom Tisch und kraulte ihm die Schlappohren. Er malte. Malte einfach so, ohne großes Ziel.

Aber wenn er seine Chance ergriff, konnte er jemand sein. Ein Zeichen setzen.

Andererseits – war er nicht schon jemand? Der Hund fand, ja. Der Hund schaute Scott an, als wäre er der tollste Mann, der je gelebt hatte. Sie gingen zusammen auf den Markt und sahen den Frauen in den Yogahosen zu. Sein Leben gefiel ihm. Wirklich. Warum bemühte er sich so sehr, es zu verändern?

»Als ich aus dem Bus stieg«, erzählt er Layla, »musste ich rennen. Sie wollten die Einstiegstür schon schließen, wissen Sie? Und eigentlich wollte ich, dass sie zugehen würde. Ich wollte dort ankommen und feststellen, dass ich das Flugzeug verpasst hatte. Denn dann würde ich früh aufstehen und die Fähre nehmen müssen wie alle anderen auch.« Er blickt nicht auf, aber er weiß, dass sie ihn beide anstarren. »Aber die Tür war noch offen. Ich habe es geschafft.«

Layla nickt mit großen Augen und berührt seinen Arm. »Erstaunlich«, sagt sie, aber es ist nicht ganz klar, was sie damit meint. Dass Scott den schicksalhaften Flug beinahe verpasst hätte? Oder dass er ihn nicht verpasst hat?

Scott sieht sie an, befangen wie ein kleiner Vogel, der soeben für sein Abendbrot gesungen hat und jetzt auf ein paar Körner wartet.

»Schauen Sie«, sagt er, »es ist sehr nett von Ihnen, dass Sie mich sehen wollen und dass Sie eine Party für mich veranstalten wollen, aber im Moment schaffe ich das noch nicht.

Ich brauche nur eine Gelegenheit zum Ausruhen und Nachdenken.«

Sie lächelt und nickt. Er hat ihr etwas gegeben, das noch niemand bekommen hat. Einen Einblick. Details. Sie ist jetzt Teil seiner Geschichte, seine Vertraute.

»Sie müssen natürlich hierbleiben«, sagt sie. »Im zweiten Stock ist eine Gästewohnung. Da haben Sie Ihren eigenen Eingang.«

»Danke«, sagt er, »das ist sehr ... Ich möchte nicht plump sein, aber ich glaube, ich sollte danach fragen: Was haben Sie davon?«

Sie zieht an ihrer E-Zigarette und bläst den Dampf in die Höhe. »Sweetie, machen Sie keine große Sache daraus. Ich habe den Platz. Ich bin beeindruckt von Ihnen und Ihrer Arbeit, und Sie brauchen eine Bleibe. Warum kann es nicht so einfach sein?«

Scott nickt. Er ist nicht angespannt, nicht auf eine Konfrontation aus. Er will es nur wissen. »Ich sage ja nicht, dass es kompliziert ist. Vielleicht möchten Sie ein Geheimnis haben oder eine Geschichte, die Sie auf Cocktailpartys erzählen können. Ich frage nur, damit keine Missverständnisse aufkommen.«

Einen Moment lang macht sie ein überraschtes Gesicht. Normalerweise redet niemand so mit ihr. Aber dann lacht sie.

»Es macht mir Spaß, Leute zu finden«, sagt sie. »Und das Zweite ist: Scheiß auf diesen Vierundzwanzig-Stunden-Nachrichtenzyklus, diesen Menschenfresser. Warten Sie ab – jetzt sind alle auf Ihrer Seite, aber bald wenden sie sich ab. Das hat meine Mutter durchgemacht, als mein Vater sie verlassen hat. Es stand in allen Boulevardzeitungen. Dann meine Schwester, als sie das Vicodinproblem hatte. Und letztes Jahr habe ich es abbekommen, als Tony sich umbrachte. Nur weil ich seine Arbeiten gezeigt hatte, stellten sie die ganze Sache so dar, als wäre ich eine Einstiegsdroge oder so.«

Sie schaut ihm in die Augen. Magnus sitzt vergessen auf dem anderen Sofa und wartet auf die Gelegenheit zum Glänzen.

»Okay«, sagt Scott nach einem kurzen Augenblick. »Danke. Ich brauche nur – sie stehen vor meinem Haus mit ihren Kameras und allem Drum und Dran, und … ich weiß nicht, was ich sagen soll, außer: *Ich bin geschwommen.*«

Ihr Telefon blubbert. Sie holt es heraus, schaut auf das Display und sieht dann Scott an. Etwas in ihrem Gesicht lässt ihn innerlich zusammenschrumpfen.

»Was ist?«, fragt er.

Sie dreht das Telefon um und zeigt ihm die Twitter-App. Er beugt sich vor und späht blinzelnd auf eine Reihe von bunten Rechtecken (winzige Gesichter, @-Zeichen, Smileys, Fotoboxen). Er versteht nichts.

»Ich weiß nicht genau, was ich da sehen soll«, sagt er.

»Man hat Leichen gefunden.«

BEN KIPLING
10. Februar 1963 – 23. August 2015

SARAH KIPLING
1. März 1965 – 23. August 2015

»**DIE LEUTE BENUTZEN** das Wort *Geld,* als wäre es ein Gegenstand. Ein Substantiv. Und das ist – es ist reine Ignoranz.«

Ben Kipling steht vor einem hohen Porzellanurinal auf der holzgetäfelten Herrentoilette bei Soprezzi. Er spricht mit Greg Hoover, der schwankend neben ihm steht und gegen das glänzende Halbrund pinkelt, das seinen Schwanz vor neugierigen Blicken abschirmt. Pissetröpfchen spritzen auf seine troddelverzierten Sechshundert-Dollar-Slipper.

»Geld ist wie das dunkle luftleere All«, fährt Ben fort.

»Das was?«

»Das dunkle – es ist eine Erleichterung, okay? Ein Schmiermittel.«

»Jetzt redest du wie ...«

»Aber das ist nicht ...«

Kipling schüttelt seinen Schwanz und zieht den Reißverschluss zu. Er geht zum Waschbecken, hält die Hand unter den Seifenspender und wartet darauf, dass der Laser seine Wärme registriert und ihm Schaum in die Handflächen sprüht. Er wartet. Und wartet.

»Es geht um Reibung, oder?«, sagt er, ohne innezuhalten. »Unser Leben hier. Was wir tun, und was man mit uns tut. Einfach nur durch den Tag zu kommen ...«

Er macht immer hartnäckigere Kreisbewegungen vor dem Sensor. Nichts passiert.

»... der Job, die Frau, der Verkehr, die Ausgaben ...«

Er hebt und senkt die Hände und sucht nach einer mechanischen Trefferfläche. Nichts.

»... jetzt mach schon, du verdammtes Scheißding ...«

Kipling gibt auf und geht zum Nachbarwaschbecken, während Hoover auf ein drittes zustolpert.

»Ich habe vorgestern mit Lance gesprochen«, fängt er an.

»Moment, ich bin noch nicht ... Reibung, sage ich. Widerstand.«

Als er diesmal die Hand vor den Sensor hält, fällt sanft der Seifenschaum herunter. Kipling lässt erleichtert die Schultern heruntersacken und seift seine Hände ein.

»Der Druck, unter den das bloße morgendliche Aufstehen einen Mann setzen kann«, sagt er. »Geld ist das Heilmittel. Es *reduziert die Reibung.*«

Er bewegt die Hände unter dem Wasserhahn hin und her und erwartet blindlings (schon wieder), dass der Sensor seine Arbeit tut und ein Signal an den Schalter sendet, der den Wasserhahn öffnet. Nichts.

»Je mehr Geld du hast – *verdammt noch mal* –, desto ...«

Wütend gibt er auf, schüttelt den Seifenschaum von den Händen auf den Boden – soll jemand anders hier saubermachen – und geht zum Papierhandtuchspender. Er sieht, dass auch dieser mit einem Sensor betrieben wird, und versucht es gar nicht erst, sondern wischt sich die Hände lieber an der Hose seines Tausendeinhundert-Dollar-Anzugs ab.

»... mehr Geld hast du, wenn du verstehst. Es verringert den Widerstand. Denk an die Slumratten in Mumbai, die da durch den Schlamm kriechen, verglichen mit beispielsweise Bill Gates, der in der Welt buchstäblich ganz oben sitzt. Am Ende hast du so viel Geld, dass dein ganzes Leben völlig mühelos verläuft. Du schwebst frei wie ein Astronaut im dunklen luftleeren All.«

Als seine Hände endlich sauber und trocken sind, dreht er sich um und sieht, dass Hoover null Probleme mit Sensoren, Seifenschaum, Wasser und Papiertüchern hat. Er reißt mehr

Blätter ab, als er braucht, und trocknet sich energisch die Hände damit ab.

»Klar. Okay«, sagt er. »Aber ich wollte erzählen, dass ich vorgestern mit Lance gesprochen habe, und er hat eine Menge Wörter benutzt, die mir wirklich nicht gefallen haben.«

»Welches zum Beispiel? Unterhalt?«

»Ha ha. Nein, zum Beispiel FBI.«

Ein unangenehm krampfartiges Gefühl erfasst Kiplings Schließmuskel.

»Aber das«, sagt er, »ist offensichtlich kein Wort.«

»Hä?«

»Es ist – schon gut. Wieso zum Teufel redet Lance vom FBI?«

»Er höre da so einiges, hat er gesagt. *Was heißt einiges?*, habe ich gefragt, aber er wollte am Telefon nicht weiter darauf eingehen. Wir mussten uns in einem Park treffen. Um zwei Uhr nachmittags, verdammt, wie die arbeitslosen Massen.«

Kipling wird plötzlich nervös. Er geht zu den Toilettenkabinen und späht unter den Türen hindurch, um sich zu vergewissern, dass nicht noch andere Designeranzüge anwesend sind und lautlos scheißen.

»Sind sie – hat er gesagt, wir sollten …«

»Nein, aber er hätte es genauso gut sagen können. Du weißt, was ich – denn warum sonst sollte er – wenn … wenn man bedenkt, in was für Schwierigkeiten er sich bringen könnte …«

»Okay. Okay. Nicht so …« Kipling weiß plötzlich nicht mehr, ob er unter die letzte Kabinentür gespäht hat. Also geht er noch einmal hin, schaut hindurch und richtet sich auf. »Wir vertagen die Sache«, sagt er dann. »Ich will es natürlich hören, aber – wir müssen mit diesen Typen zum Ende kommen. Wir können sie nicht hängenlassen.«

»Natürlich, aber was ist, wenn sie …«

»Was ist, wenn sie was?«, fragt Kipling. Der Scotch wirkt wie die Zeitverzögerung bei einem Überseetelefonat im Jahr 1940.

Hoover führt den Satz mit einer Bewegung seiner Augenbrauen zu Ende.

»Diese Typen?«, sagt Kipling. »Was willst du – die kamen von Gillie.«

»Das heißt doch nicht ... Scheiße, Ben, man kann an jeden rankommen.«

»*Rankommen?* Sind wir plötzlich im Kino, und niemand hat mir was gesagt?«

Hoover bearbeitet das feuchte Papierknäuel und drückt und knetet es wie einen Klumpen Teig. »Es ist ein Problem, Ben. Mehr sage ich nicht. Verdammt, es ist ein großes ...«

»Ich weiß.«

»Wir müssen jetzt – du kannst nicht einfach ...«

»Das werde ich auch nicht. Stell dich nicht so mädchenhaft an.«

Kipling geht zur Tür und stößt sie auf. Hinter ihm wirft Hoover seine Papierkugel zum Mülleimer. Er trifft genau.

»Ich kann's immer noch«, sagt er.

Als sie auf den Tisch zugehen, sieht Kipling, dass Tabitha ihre Arbeit macht. Sie schmiert die Kunden – zwei Schweizer Investmentbanker, überprüft und an sie verwiesen durch Bill Gilliam, einen Seniorpartner in der Anwaltskanzlei, die alle ihre Deals bearbeitet – mit Alkohol und erzählt ihnen unanständige Geschichten über die Männer, denen sie auf dem College Blowjobs verpasst hat. Es ist halb drei an einem Mittwochnachmittag. Sie sind seit dem Mittag in diesem Restaurant, trinken erstklassigen Scotch und essen Fünfzig-Dollar-Steaks. Das Restaurant ist eins von der Sorte, die von Männern in Anzügen frequentiert werden, die sich dort darüber beschweren, dass ihr Pool zu warm wird. Alle fünf zusammen besitzen fast eine Milliarde Dollar. Kipling allein hat auf dem Papier dreihundert Millionen. Das meiste ist am Markt angelegt, aber er hat auch Immobilien und Offshorekonten. Geld für schlechte Zeiten, Geld, das die amerikanische Regierung nicht aufspüren kann.

Mit zweiundfünfzig Jahren ist Ben der Typ Mann, der sagt: *Lass uns am Wochenende mit dem Boot rausfahren.* Seine Küche könnte als Ersatz dienen, wenn im Restaurant Le Cirque der Strom ausfallen sollte. Er hat einen achtflammigen Vikingherd mit Grill und Rost. Wenn er morgens aufsteht, erwartet ihn ein Tablett mit einem halben Dutzend Zwiebelbagels, Kaffee und frisch gepresstem Orangensaft. Daneben liegen alle vier Zeitungen (*Financial Times, Wall Street Journal, Post* und *Daily News*). Wenn man seinen Kühlschrank öffnet, glaubt man, einen Bauernmarkt vor sich zu sehen (Sarah besteht darauf, dass sie nur Biolebensmittel zu sich nehmen). In einem separaten Weinkühlschrank liegen jederzeit fünfzehn Flaschen Champagner auf Eis – für den Fall, dass unerwartet eine Silvesterparty ausbrechen sollte. Bens Kleiderschrank sieht aus wie ein Showroom von Prada. Wenn man durch die Ankleidezimmer spaziert, könnte man gut und gern annehmen, dass Ben Kipling einmal eine Lampe gerieben hat und ein Dschinn herausgekommen ist. Jetzt braucht er nur noch irgendwo in seiner Wohnung laut zu sagen: *Ich brauche neue Socken,* und am nächsten Morgen erscheinen von woher auch immer ein Dutzend Paar. In diesem Fall ist der Dschinn allerdings ein siebenundvierzigjähriger Hausdiener namens Mikhail, der in Cornell ein Examen in Hospitality Management abgelegt hat und bei ihnen ist, seit sie das Zehn-Schlafzimmer-Anwesen in Connecticut bezogen haben.

Der Fernseher über der Bar zeigt die Highlights des gestrigen Red-Sox-Spiels, und die Sportkommentatoren reden über Saltamacchias Chance, den Hit-Rekord für eine einzelne Saison zu brechen. Im Moment dauert seine Strähne schon fünfzehn Spiele. *Unstoppbar* ist das Wort, das sie benutzen, und seine harten Konsonanten folgen Ben zu seinem Platz.

In vierzig Minuten wird er ins Büro zurückfahren und das Fleisch und den Whisky auf seinem Sofa verarbeiten. Um sechs wird der Fahrer ihn über den Parkway nach Greenwich fahren, wo Sarah etwas auf den Tisch bringen wird – wahrscheinlich etwas von Allesandros Lieferservice – oder nein, Moment, *Scheiße,* sie essen ja heute Abend mit den Eltern von Jennys Verlobtem. Eine Kennenlernveranstaltung. Wo soll das noch mal stattfinden? Irgendwo in der Stadt? Es muss in seinem Kalender stehen, wahrscheinlich in Rot wie der zweimal verschobene Termin für einen Kontrastmitteleinlauf.

Ben sieht sie vor sich, Mr und Mrs Comstock, er ein korpulenter Zahnarzt, seine Frau mit zu viel Lippenstift im Gesicht. Sie sind von Long Island hereingekommen – *mit der Grand Central oder auf dem Brooklyn Queens Expressway?* Und Jenny wird mit Don oder Ron, oder wie immer ihr Verlobter heißen mag, dasitzen und Händchen halten und Geschichten darüber erzählen, dass sie und ihre Eltern »den Sommer über immer auf Martha's Vineyard« sind, ohne zu merken, wie privilegiert und unerträglich sich das anhört. Dabei muss Ben gerade reden. Noch heute Morgen hat er mit seinem Personal Trainer plötzlich über Grundsteuern diskutiert und gesagt: »Na, hör mal zu ... Jerry ... warte mal, bis du ein Mischvermögen von hundert Millionen Dollar oder mehr besitzt, das der Staat zweimal besteuern möchte. Dann wollen wir sehen, ob du es immer noch genauso siehst.«

Kipling nimmt, plötzlich erschöpft, Platz und greift reflexhaft nach seiner Serviette, obwohl er mit dem Essen fertig ist. Er lässt sie auf den Schoß fallen, zieht den Blick des Kellners auf sich und zeigt auf sein Glas. *Noch einen,* sagen seine Augen.

»Ich habe Jürgen gerade von unserem Meeting in Berlin erzählt«, sagt Tabitha. »Wissen Sie noch, wie der Kerl mit dem John-Waters-Schnurrbart so wütend wurde, dass er seine Krawatte abnahm und Greg damit erwürgen wollte?«

»Für fünfzig Millionen hätte ich ihn gewähren lassen«, sagt Kipling. »Aber wie sich rausstellte, war der Scheißkerl pleite.«

Die Schweizer lächeln geduldig. Sie haben null Interesse an Klatschgeschichten. Es sieht auch nicht so aus, als hätte Tabithas großzügiges Dekolletee die gewohnte Wirkung. *Vielleicht sind sie schwul,* denkt Kipling, ohne ein moralisches Urteil zu fällen – wie ein Computer, der Fakten verzeichnet.

Er kaut auf der Innenseite seiner Wange und denkt nach. Was Hoover auf der Herrentoilette gesagt hat, schwirrt in seinem Hirn hin und her wie eine Kugel, die ihr Ziel verfehlt hat und unglücklich vom Asphalt abgeprallt ist. Was weiß er wirklich über diese Leute? Sie sind ihm von zuverlässiger Seite empfohlen worden, aber wer ist schon zuverlässig, wenn es darauf ankommt? Könnten sie vom FBI sein, diese Jungs? Oder von der SEC? Ihr Schweizer Akzent ist gut, aber vielleicht nicht großartig.

Kipling hat das plötzliche Bedürfnis, Geld auf den Tisch zu werfen und zu gehen. Er unterdrückt es, denn wenn er sich jetzt ins Bockshorn jagen lässt, entgeht ihm eine Menge Geld, und Ben Kipling ist nicht der Mann, der sich – was haben die Schweizer gesagt? – potenziell eine Milliarde Dollar in einer harten Währung so einfach entgehen lässt. Scheiß drauf, denkt er. Wenn du dich nicht zurückziehst, musst du angreifen. Er macht den Mund auf und beginnt ein hartes Verkaufsgespräch, ohne allzu konkret zu werden. Keine heißen Formulierungen, die vor Gericht gegen ihn verwendet werden könnten.

»Lassen wir den Smalltalk«, sagt er. »Wir wissen alle, was wir hier tun: das Gleiche, was schon die Höhlenmenschen zur Zeit der Dinosaurier gemacht haben. Wir taxieren einander und stellen fest, wem wir vertrauen können. Was ist ein Händedruck schließlich anderes als eine gesellschaftlich akzeptierte Methode, sich zu vergewissern, dass der andere kein Messer hinter dem Rücken versteckt?«

Er lächelt sie an. Sie lächeln nicht, aber sie sind bei der Sache. Dies ist der Augenblick, auf den es ihnen ankommt – wenn sie sind, was sie zu sein behaupten. Dies ist der Deal. Der Kellner bringt Kipling seinen Scotch und stellt ihn auf den Tisch. Aus Gewohnheit schiebt Kipling das Glas weiter in die Mitte des Tisches. Er redet mit den Händen und hat bei einem guten Monolog schon so manchen Drink umgeworfen.

»Sie haben ein Problem«, sagt er. »Sie haben Devisen, die Sie investieren müssen, aber unsere Regierung lässt es nicht zu. Warum nicht? Weil dieses Geld irgendwann seinen Weg in eine Region gefunden hat, die in irgendeiner Bundesbehörde in Washington auf einer Liste steht. Als ob Geld selbst irgendeinen Standpunkt verträte. Sie und ich, wir wissen, Geld ist Geld. Der Dollar, mit dem ein Schwarzer in Harlem heute Crack kauft, ist derselbe Dollar, mit dem eine Vorstadthausfrau morgen für ihre Tütensuppe bezahlt. Oder mit dem Uncle Sam am Donnerstag bei McDonnell Douglas ein neues Waffensystem erwirbt.«

Auf dem Bildschirm verfolgt er die Spiele des Tages – eine Serie von phänomenalen Homeruns, knapp gefangenen Bällen und Rundowns an der Baseline. Sein Interesse ist nicht nur flüchtig. Ben ist eine Enzyklopädie der obskuren Baseballpersönlichkeiten. Es ist eine lebenslange Leidenschaft, die ihm (nebenbei) auch den Wert eines Dollars beigebracht hat. Der zehn Jahre alte Bennie Kipling besaß die erste Kaugummikartensammlung in ganz Shepherd's Bay. Er träumte davon, eines Tages bei den Mets im Center Field zu spielen, und versuchte jedes Jahr, in die Little League zu kommen, aber er war klein für sein Alter und langsam auf dem Base Path, und er konnte den Ball nicht aus dem Infield schlagen. Also sammelte er stattdessen Baseballkarten. Er studierte den Markt aufmerksam, machte sich die amateurhafte Denkweise seiner Mitschüler zunutze – die sich nur auf die Spieler konzentrierten, die sie mochten –, spürte seltene Karten auf und spekulierte mit Aufstieg und Fall jedes Spielers. Jeden Morgen las Bennie die Nachrufe in der Zeitung und suchte nach Hinweisen darauf, dass die jüngst Verstorbenen Baseballfans gewesen waren. Dann rief er die Witwen und Töchter an und behauptete, er kenne ihren Ehemann (oder Vater) von der Kartentauschbörse, wo er sein Mentor gewesen sei. Er fragte niemals geradeheraus nach der Sammlung des Verstorbenen, sondern ließ nur seine traurige Jungenstimme wirken. Und sie wirkte jedes Mal. Nicht selten fuhr er mit der U-Bahn in die Stadt und holte eine Schachtel voll Baseballnostalgie ab, die jemandem lieb und teuer gewesen war.

»Wir kommen zu Ihnen«, sagt Jürgen, der Dunkelhaarige in dem leichten Baumwollanzug, »weil wir nur Gutes über Sie gehört haben. Natürlich geht es um ein heikles Thema, aber meine Kollegen sagen übereinstimmend, dass Sie ein geradliniger Mann sind und dass es keine Komplikationen geben wird, keine zusätzlichen Kosten. Die Kunden, die wir vertreten – nun ja, sie sind keine Leute, die Komplikationen oder den Versuch, übervorteilt zu werden, sportlich nehmen.«

»Und wer ist das noch mal?«, fragt Hoover. Er hat Schweißtropfen auf der Stirn. »Sagen Sie es indirekt, wenn Sie können. Nur damit wir uns über alles im Klaren sind.«

Die Schweizer sagen gar nichts. Auch sie befürchten eine Falle.

»Eine Vereinbarung, die wir treffen, ist eine Vereinbarung, die wir halten«, sagt Kipling. »Ganz gleich, wer unser Gegenüber ist. Ich kann Ihnen nicht genau erklären, wie wir tun, was wir tun. Das ist unser Betriebsgeheimnis, okay? Aber sagen kann ich Folgendes: Die Konten sind eröffnet. Konten, die nicht mit Ihnen in Verbindung gebracht werden können. Dort bekommt das Geld, das Sie in meine Firma investieren, einen neuen Stammbaum und wird behandelt wie alles Geld. Es geht schmutzig hinein und kommt sauber wieder heraus. Ganz einfach.«

»Und wie …?«

»Wie das funktioniert? Nun, wenn wir uns jetzt prinzipiell darauf einigen, dieses Geschäft zu machen, werden Mitarbeiter von mir nach Genf kommen und Ihnen helfen, die benötigten Systeme mittels eines unternehmenseigenen Softwarepakets einzurichten. Ein Techniker wird dann bei Ihnen vor Ort bleiben, Ihre Investitionen überwachen und die täglichen Passwort- und IP-Adressenänderungen managen. Er braucht dazu kein schickes Büro. Im Gegenteil, je weniger Aufmerksamkeit er erregt, desto besser. Geben Sie ihm eine Kabine auf der Herrentoilette, oder setzen Sie ihn in den Keller neben den Heizungskessel.«

Während die Männer darüber nachdenken, hält Kipling einen vorübergehenden Kellner an und reicht ihm seine Premiumkreditkarte.

»Hören Sie«, sagt er dann. »Früher haben Piraten ihre Schätze im Sand vergraben und sind davongerudert. Und kaum waren sie weg, waren sie meiner Meinung nach pleite, denn Geld in einer Kiste ...«

Draußen vor dem Fenster sieht er eine Gruppe von Männern in dunklen Anzügen auf den Eingang zukommen. Vor seinem geistigen Auge entwickelt sich das Ganze blitzschnell: Sie stürmen mit gezogenen Waffen und erhobenen Dienstausweisen herein, eine Undercoveroperation, eine Tigerfalle im Dschungel. Ben sieht sich schon bäuchlings am Boden, die Hände mit Handschellen auf dem Rücken gefesselt. Sein Sommeranzug ist irreparabel verdreckt von schmutzigen Fußabdrücken auf dem Rücken. Aber die Männer gehen vorbei. Der Augenblick ist vorüber. Kipling atmet wieder und leert sein Scotchglas in einem Zug.

»... Geld, das Sie nicht benutzen können, hat keinen Wert.«

Er taxiert die Männer aus Genf. Sie sind nicht größer und nicht kleiner als ein Dutzend andere, denen er gegenübergesessen und den gleichen Vortrag gehalten hat. Sie sind Fische, die den Angelhaken schlucken müssen, wie Frauen, denen man schmeichelt, um sie zu verführen. FBI hin, FBI her, Kipling zieht Geld an wie ein Magnet. Er hat etwas an sich, das man nicht beschreiben kann. Reiche Leute schauen ihn an und sehen einen Tresor mit zwei Türen, und sie stellen sich vor, wie ihr Geld zur einen Tür hineingeht und vervielfacht zur anderen herauskommt. Todsicher.

Er schiebt seinen Stuhl zurück und knöpft sein Jackett zu.

»Ich mag Sie«, sagt er, »ich vertraue Ihnen, und das sage ich nicht zu jedem. Meiner Meinung nach sollten wir das Geschäft machen, aber letzten Endes ist das Ihre Entscheidung.« Er steht auf. »Tabitha und Greg bleiben noch hier und besprechen die Einzelheiten. Es war mir ein Vergnügen.«

Die Schweizer erheben sich und schütteln ihm die Hand. Ben Kipling geht davon, und die Eingangstür schwingt vor ihm auf. Sein Wagen steht am Randstein, die hintere Tür ist offen, der Fahrer steht aufrecht daneben, und Ben lässt sich auf den Sitz gleiten, ohne langsamer zu werden.

Das dunkle luftleere All.

Auf der anderen Seite der Stadt hält ein gelbes Taxi vor dem Whitney Museum. Der Fahrer ist in Kathmandu geboren. Er hat sich aus Saskatchewan nach Michigan hinuntergeschlichen und einem Schlepper sechshundert Dollar für falsche Papiere gezahlt. Jetzt schläft er mit vierzehn anderen Personen in einer Wohnung und schickt den größten Teil dessen, was er verdient, nach Übersee, in der Hoffnung, dass seine Frau und die Söhne eines Tages mit dem Flugzeug herüberkommen können.

Die Frau auf dem Rücksitz hingegen, die ihm sagt, er brauche ihr auf den Zwanziger nichts herauszugeben, wohnt in Greenwich, Connecticut, und besitzt neunzehn Fernseher, ohne jemals fernzusehen. Früher einmal war sie die Tochter eines Arztes in Brookline, Massachusetts, ein Mädchen, das mit Pferden aufwuchs und sich als Geschenk zum sechzehnten Geburtstag die Nase machen lassen durfte.

Jeder kommt irgendwoher. Wir alle haben unsere Geschichten, unser Leben entwickelt sich auf krummen Linien, die sich hier und da auf unerwartete Weise berühren.

Sarah Kipling ist im März fünfzig geworden, und es gab eine

Überraschungsparty auf den Cayman Islands. Ben holte sie mit einer Limo ab, um mit ihr ins Tavern on the Green zu fahren (wie sie glaubte), aber stattdessen ging es hinaus nach Teterboro. Fünf Stunden später nippte sie an einem Rumpunsch und bohrte die Zehen in den Sand.

Jetzt, vor dem Whitney, steigt sie aus dem Taxi. Sie trifft sich mit ihrer sechsundzwanzigjährigen Tochter Jenny, um sich die Biennale anzusehen und vor dem Abendessen ein paar kurze Informationen über die Eltern ihres Verlobten zu erhalten – nicht so sehr um ihrer selbst willen, denn Sarah kann sich mühelos mit jedem unterhalten, aber für Ben. Ihrem Mann fällt jedes Gespräch schwer, das sich nicht um Geld dreht. Aber vielleicht trifft es das nicht ganz. Vielleicht fällt es ihm einfach schwer, sich mit Leuten zu unterhalten, die kein Geld *haben*. Er ist nicht hochnäsig, er hat nur vergessen, wie es ist, eine Hypothek oder einen Autokredit abzuzahlen. Wie es ist, sich *durchzuschlagen*. In ein Geschäft zu gehen und auf das Preisschild zu schauen, bevor man etwas kauft. Deshalb wirkt er manchmal vulgär und überheblich.

Sarah sind solche Augenblicke sehr unangenehm – wenn sie zusehen muss, wie ihr Mann sich auf eine Weise benimmt, die für ihn selbst (und sie) peinlich ist. Aber anders kann man es ihrer Ansicht nach nicht nennen. Als seine Ehefrau ist sie unwiderruflich an ihn gebunden, und seine Ansichten sind ihre Ansichten. Sie setzen Sarah in ein schlechtes Licht, vielleicht nicht so sehr, weil sie sie ebenfalls vertritt, sondern weil sie sich dadurch, dass sie sich für Ben entschieden hat und jetzt zu ihm hält, als schlechte Menschenkennerin erweist – zumindest in den Augen anderer. Sarah ist mit Geld aufgewachsen, aber sie weiß, dass man unter keinen Umständen darüber *redet*. Das ist der Unterschied zwischen neuem und altem Geld. Auf dem College sind die Kids mit altem Geld diejenigen, die ungekämmt und mit Mottenlöchern im Pullover herumlaufen. In der Cafeteria leihen sie sich Geld für den Lunch und essen vom Teller ihrer Freunde. Man könnte sie für arm halten, aber ihre Einstellung zeigt, dass ihre Familien das Thema Geld hinter sich gelassen haben, als sei einer der Vorteile, die der Reichtum ihnen einbringt, das Recht, nie über Geld nachzudenken. So schweben sie durch die wirkliche Welt, wie Wunderkinder mit dem Kopf in den Wolken durch die Mühen des menschlichen Daseins stolpern, ihre Socken vergessen und ihre Hemden falsch knöpfen.

Deshalb erscheint ihr das unmusikalische Gehör ihres Mannes, wenn es um Geld geht, und sein ständiges Bedürfnis, andere daran zu erinnern, wie viel er besitzt, so plump, so *ungehörig*. Infolgedessen ist es ihre ermüdende Mission im Leben, seine Kanten abzuschleifen und ihm beizubringen, wie man reich ist, ohne geschmacklos zu sein.

Jenny wird sie also über ihre zukünftigen Schwiegereltern informieren, und Sarah wird Ben eine SMS schicken. *Mit dem Mann kannst du über Politik (er wählt Republikaner) und über Sport (Jets-Fan) reden. Die Frau war letztes Jahr mit ihrem Buchclub (Reisen? Lesen?) in Italien. Ein Sohn mit Downsyndrom ist im Heim, also keine Behindertenwitze!*

Sarah hat versucht, Ben dazu zu bringen, sich mehr für andere Leute zu interessieren und offener für neue Erfahrungen zu sein. Sie sind deshalb zwei Wochen lang zu einer Therapeutin gegangen, bevor Ben sagte, er werde sich lieber die Ohren abschneiden, als »dieser Frau noch einen Tag länger zuzuhören«. Sie tat, was die meisten Frauen tun, und gab auf. Jetzt ist es an ihr, sich zusätzlich darum zu bemühen, dass gesellschaftliche Begegnungen gut verlaufen.

Jenny erwartet sie vor dem Haupteingang des Museums. Sie trägt eine Hose mit ausgestellten Hosenbeinen und ein T-Shirt, und auf ihrem Kopf sitzt ein Barett, wie es die Mädchen heutzutage tragen.

»Mom«, ruft sie, als Sarah sie nicht sofort sieht.

»Sorry«, sagt ihre Mutter. »Meine Augen sind hin. Dein Vater sagt dauernd, ich soll zum Augenarzt gehen, aber wer hat schon Zeit dazu?«

Sie umarmen sich kurz und effizient und gehen dann hinein.

»Ich war zu früh hier, und da habe ich schon Karten gekauft«, sagt Jenny.

Sarah will ihr einen Hunderter in die Hand drücken.

»Mom, sei nicht albern. Ich bezahle das gern.«

»Dann nimm es für ein Taxi später.« Ihre Mutter hält ihr den Schein entgegen wie ein Flugblattverteiler, der auf der Straße für einen Matratzenladen wirbt, aber Jenny wendet sich ab und reicht dem Einlasskontrolleur die Karten. Sarah ist gezwungen, den Geldschein wieder einzustecken.

»Ich habe gehört, die besten Sachen sind oben«, sagt Jenny. »Vielleicht sollten wir also dort anfangen.«

»Wie du willst, Schatz.«

Sie warten auf den Aufzug und fahren dann schweigend nach oben. Hinter ihnen unterhält sich eine Latinofamilie lebhaft auf Spanisch. Die Frau macht ihrem Mann Vorwürfe. Sarah hat auf der Highschool Spanischunterricht gehabt, aber danach nicht mehr. Sie erkennt die Wörter für »Motorrad« und »Babysitter«, und es ist klar, dass irgendetwas Außereheliches vorgefallen sein muss. Dicht bei ihnen stehen zwei Kinder und spielen mit Nintendos, und ihre Gesichter sind gespenstisch blau beleuchtet.

»Shane ist nervös wegen heute Abend«, sagt Jenny, als sie den Aufzug verlassen haben. »Das ist so süß.«

»Als ich die Eltern deines Vaters zum ersten Mal treffen sollte, habe ich mich übergeben«, erzählt Sarah.

»Wirklich?«

»Ja, aber das kann auch an den Muscheln gelegen haben, die ich zu Mittag gegessen hatte.«

»Ach, Mom.« Jenny lacht. »Du bist so komisch.« Jenny erzählt ihren Freunden immer, ihre Mutter sei »ein bisschen gaga«. Sarah weiß das, oder sie spürt es zumindest auf einer bestimmten Ebene. Und sie ist tatsächlich manchmal – wie soll man sagen – ein bisschen geistesabwesend und stellt in Gedanken gelegentlich einzigartige Zusammenhänge her. Aber hatte Robin Williams nicht die gleiche Eigenschaft? Oder andere, na ja, innovative Denker?

Dann bist du jetzt also Robin Williams?, würde Ben sagen.

»Aber er braucht nicht nervös zu sein«, sagt sie. »Wir beißen ja nicht.«

»Klasse ist etwas Reales«, sagt Jenny. »Inzwischen wieder. Diese Kluft, weißt du? Zwischen reichen Leuten und – ich meine, Shanes Eltern sind nicht arm, aber ...«

»Es ist ein Essen im Bali, kein Klassenkampf. Und außerdem, *so* reich sind wir auch wieder nicht.«

»Wann bist du das letzte Mal Linie geflogen?«

»Im letzten Winter, nach Aspen.«

Ihre Tochter macht ein Geräusch, das bedeutet: *Hörst du, was du da sagst?*

»Wir sind keine Milliardäre, Schatz. Das hier ist Manhattan, weißt du? Auf manchen Partys, auf die wir gehen, komme ich mir vor wie das Hauspersonal.«

»Ihr habt eine Yacht.«

»Haben wir nicht. Das ist ein Segelboot, und ich habe deinem Vater gesagt, er soll es nicht kaufen. *Sind wir das jetzt etwa?*, habe ich ihn gefragt. *Yachties?* Aber du kennst ihn ja, wenn er sich etwas in den Kopf gesetzt hat.«

»Von mir aus. Ich sage nur, er ist nervös. Also könntet ihr bitte – ich weiß nicht –, könntet ihr entspannt bleiben?«

»Du sprichst mit der Frau, die einen schwedischen Prinzen bezaubert hat. Und Junge, Junge, das war vielleicht ein Miesepeter.«

Sie betreten den großen Ausstellungssaal. Riesige Bilder hängen an den Wänden, und jedes ist eine Geste des Willens. Gedanken und Ideen, reduziert auf Linien und Farben. Sarah versucht, ihr Alltagshirn von der Leine zu lassen, das andauernde

Plappern der Gedanken zur Ruhe zu bringen, die chronische To-do-Liste des modernen Lebens auszublenden, aber es ist schwer. Je mehr man hat, desto mehr muss man bedenken. Zu dem Schluss ist sie gekommen.

Als Jenny zur Welt kam, wohnten sie in einer Wohnung mit zwei Schlafzimmern an der Upper West Side. Ben verdiente achtzigtausend im Jahr als Runner an der Börse. Aber er sah gut aus und konnte die Leute zum Lachen bringen. Außerdem wusste er, wie man eine Gelegenheit beim Schopf packte, und zwei Jahre später war er zum Trader aufgestiegen und verdiente viermal so viel Geld. Sie bezogen eine Genossenschaftswohnung in einer der 60er Straßen und fingen an, ihre Lebensmittel im Delikatessengeschäft einzukaufen.

Bevor sie Mutter wurde, hatte Sarah in der Werbung gearbeitet, und als Jenny zur Vorschule ging, flirtete sie mit dem Gedanken, dorthin zurückzukehren, aber die Vorstellung, ein Kindermädchen sollte ihre Tochter aufziehen, während sie zur Arbeit ging, gefiel ihr nicht. Deshalb blieb sie zu Hause, auch wenn sie dabei das Gefühl hatte, ein Stück ihrer Seele preiszugeben. Sie kochte Essen, wechselte Windeln und wartete darauf, dass ihr Mann nach Hause kam und seinen Teil übernahm.

Ihre Mutter ermunterte sie zu diesem – wie sie es nannte – *Luxusleben*. Aber Sarah kam mit unstrukturierter Zeit nicht zurecht, möglicherweise, weil ihr Verstand so unstrukturiert war. So wurde sie zu einer Frau der Listen, einer Frau mit mehreren Kalendern, die Post-its innen an die Wohnungstür klebte. Sie wurde zu einer Person, die ständig erinnert werden musste und die eine Telefonnummer, die man ihr gab, eine Sekunde später vergaß. Dass es schlimm war, wusste sie, als ihre dreijährige Tochter anfing, sie an Dinge zu erinnern, und sie ging sogar zu einem Neurologen, der feststellte, dass mit ihrem Gehirn physiologisch alles in Ordnung war, und ihr vorschlug, Ritalin zu nehmen, weil sie vermutlich an ADHS leide. Aber Sarah begegnete Tabletten mit Misstrauen und befürchtete, dass sie sie zu einer veränderten Person machen würden. Also kehrte sie zurück zu ihren Listen, ihren Kalendern und ihren Erinnerungsalarmen.

Wenn Ben abends lange arbeitete – was immer häufiger vorkam –, dachte sie unwillkürlich an ihre Mutter in der Küche. Sie hatte, als Sarah noch klein war, nach dem Abendessen immer das Geschirr gespült, den Abschluss der täglichen Bastelarbeiten beaufsichtigt und Lunchpakete für den nächsten Tag gepackt. War dies der Zyklus der Mutterschaft? Die ständige Wiederkehr? Jemand hatte ihr einmal erzählt, Mütter seien dazu da, der existenziellen Einsamkeit des Menschseins die Schärfe zu nehmen. Wenn das stimmte, bestand ihre größte mütterliche Verantwortlichkeit darin, einfach Gesellschaft zu leisten. Sie entließ ein Kind aus der Wärme ihres Leibes in diese widerspenstige, chaotische Welt und verbrachte dann die nächsten zehn Jahre damit, neben ihm herzugehen, während es herausfand, wie man zu einer Person wurde. Ein Vater hingegen ist dazu da, das Kind abzuhärten und ihm zu sagen, es sei schon alles gut, während die Mutter es in den Arm nimmt, wenn es hinfällt. Mütter sind das Zuckerbrot, und Väter sind die Peitsche.

Und so stand Sarah unversehens in ihrer eigenen Küche in der East 63rd Street, packte Vorschullunchdosen und las in der warmen Badewanne, in der sie und ihre Tochter lagen, Bilderbücher vor. Wenn sie abends allein zu Bett ging, holte sie Jenny zu sich, las ihr vor und erzählte, bis sie beide ineinander verschlungen einschliefen. So fand Ben sie dann, wenn er mit schiefsitzender Krawatte und nach Alkohol riechend nach Hause kam und geräuschvoll seine Schuhe zur Seite schleuderte.

»Wie geht's meinen Mädels?«, fragte er dann. *Meinen Mädels* – als wären sie beide seine Töchter. Aber er sagte es liebevoll und strahlend, als sei dies seine Belohnung für einen langen

Tag, wenn die Gesichter der Frauen, die er liebte, schlaftrunken aus dem behaglichen Familienbett zu ihm aufschauten.

»Das hier gefällt mir«, sagt Jenny, jetzt eine Frau in den Zwanzigern, die in fünf Jahren selbst Kinder haben wird. Sie haben es geschafft, sich über ihre trennenden Teenagerjahre hinweg ihre Nähe gegen jede Wahrscheinlichkeit zu erhalten. Jenny hatte nie etwas für Dramatik übrig. Das Schlimmste, was man jetzt sagen könnte, ist vielleicht, dass sie ihre Mutter nicht mehr so *respektiert* wie früher, aber das ist der Fluch der modernen Frau. Du bleibst zu Hause und ziehst Töchter groß, die erwachsen werden und einen Job finden und dann Mitleid mit dir haben, mit der Hausfrau und Mutter.

Neben ihr redet Jenny von Shanes Eltern – sein Vater möbelt alte Autos auf, und seine Mutter macht gern Caritasarbeit für die Kirche –, und Sarah versucht sich zu konzentrieren und achtet auf Warnsignale, auf Dinge, die Ben wissen muss, aber ihre Gedanken schweifen ab. Ihr wird bewusst, dass sie jedes Kunstwerk in diesem Raum kaufen könnte. Was könnten die Bilder dieser jungen Maler höchstens kosten? Ein paar hunderttausend? Eine Million?

An der Upper West Side haben sie im zweiten Stock gewohnt. Die Eigentumswohnung in der East 63rd war im neunten. Jetzt haben sie ein Penthouseloft in Tribeca in der zweiundfünfzigsten Etage. Und das Haus in Connecticut ist zwar nur zweigeschossig, aber schon die Postleitzahl macht es zu einer Art Raumstation. Die »Farmer« auf dem Bauernmarkt am Samstag sind eine neue Generation von Hipsterhandwerkern, die für die Rückkehr historischer Apfelsorten und der vergessenen Kunst des Korbflechtens eintreten. Das, was Sarah jetzt als Probleme bezeichnet, ist höchst beliebig – *es gibt für unseren Flug keinen Platz in der Ersten Klasse mehr, das Segelboot ist undicht,* usw. Wirkliche Mühsal – *sie wollen das Gas abstellen, dein Kind ist in der Schule mit einem Messer niedergestochen worden, die Bank hat das Auto abgeholt* – ist ein Ding der Vergangenheit.

Bei alldem fragt Sarah sich jetzt, da Jenny erwachsen ist und ihr Reichtum ihre Bedürfnisse um den Faktor sechshundert übersteigt: Was soll das alles? Ihre Eltern hatten Geld, natürlich, aber nicht so viel. Genug, um im besten Country Club Mitglied zu sein, um sich ein Haus mit sechs Schlafzimmern zu kaufen und die neuesten Autos zu fahren, genug, um sich mit ein paar Millionen auf der Bank zur Ruhe zu setzen. Aber das hier? Hunderte Millionen in sauberem Bargeld, gebunkert auf den Caymans – das lag jenseits der Grenzen von altem Geld, sogar jenseits dessen, was man einmal als neues Geld betrachtet hat. Moderner Reichtum war etwas völlig anderes.

Und in letzter Zeit – in den unstrukturierten Stunden ihres Lebens – fragt Sarah sich, ob sie jetzt nur noch am Leben bleibt, um Geld hin und her zu bewegen.

Ich shoppe, also bin ich.

Als Ben in sein Büro kommt, erwarten ihn zwei Männer. Sie sitzen im Vorzimmer und lesen in Illustrierten, während Darlene nervös an ihrem Computer sitzt und tippt. Ben sieht an ihren Anzügen – von der Stange –, dass sie Behördenangestellte sind. Fast hätte er auf dem Absatz kehrtgemacht und wäre wieder gegangen, aber er verkneift es sich. Die Wahrheit ist, er hat – auf Anraten seines Anwalts – einen gepackten Koffer in einem Lagercontainer und ein paar saubergewaschene Millionen in einem Offshoretresor.

»Mr Kipling«, sagt Darlene zu laut und steht auf. »Die Herren möchten zu Ihnen.«

Die Männer legen ihre Zeitschriften zur Seite und erheben sich. Der eine ist groß und hat ein kantiges Kinn. Der andere hat ein dunkles Muttermal unter dem linken Auge.

»Mr Kipling«, sagt der mit dem Kinn, »ich bin Jordan Bewes vom Finanzministerium. Das ist mein Kollege, Agent Hex.«

»Ben Kipling.« Er zwingt sich, ihnen die Hand zu schütteln. »Worum geht's?«, fragt er so entspannt wie möglich.

»Dazu kommen wir, Sir«, sagt Hex. »Wenn wir Sie allein sprechen können.«

»Selbstverständlich. Wenn ich irgendwie helfen kann. Kommen Sie mit nach hinten.«

Er dreht sich um, bevor er sie in sein Zimmer führt, und sieht Darlene an. »Holen Sie Barney Culpepper her.«

Er führt die beiden Agenten in sein Eckzimmer. Sie sind hoch oben im fünfundachtzigsten Stock, aber gehärtetes Glas schützt sie vor den Elementen und wirkt als hermetische Versiegelung. Man hat das Gefühl, man schwebt in einem Luftschiff hoch über allem anderen.

»Kann ich Ihnen etwas anbieten?«, fragt Ben. »Pellegrino?«

»Nein, danke«, sagt Bewes.

Kipling geht zum Sofa und lässt sich in die Ecke am Fenster fallen. Er wird sich benehmen wie ein Mann, der nichts zu befürchten hat. Auf dem Sideboard steht eine Schale mit Pistazien. Er nimmt eine, bricht die Schale auf und isst den Kern.

»Bitte nehmen Sie Platz.«

Die Männer müssen die Besucherstühle zum Sofa umdrehen. Sie setzen sich unbeholfen hin.

»Mr Kipling«, sagt Bewes, »wir sind von der Behörde für die Kontrolle von Auslandsvermögen. Sind Sie damit vertraut?«

»Ich habe davon gehört, aber ehrlich gesagt, man behält mich hier nicht für meine Behördenkenntnisse. Ich bin eher der Typ des kreativen Denkers.«

»Wir sind eine Abteilung des Finanzministeriums.«

»Das habe ich schon mitbekommen.«

»Unsere Aufgabe ist es, dafür zu sorgen, dass amerikanische Unternehmen und Investmentfirmen keine Geschäfte mit Ländern machen, die die Regierung auf die Schwarze Liste gesetzt hat. Und, na ja, dabei sind wir auf Ihre Firma aufmerksam geworden.«

»*Schwarze Liste* bedeutet …«

»Sanktionen«, sagt Bewes. »Wir reden von Ländern wie Iran und Nordkorea. Von Ländern, die den Terrorismus unterstützen.«

»Deren Geld ist schlecht«, sagt Hex. »Und wir wollen es hier nicht haben.«

Ben lächelt und zeigt ihnen seine makellosen Kronen. »Die Länder sind schlecht. Das steht fest. Aber das Geld? Geld ist ein Werkzeug, meine Herren. Es ist weder gut noch schlecht.«

»Okay, Sir, lassen Sie mich einen Schritt zurückgehen. Sie haben schon vom Gesetz gehört, ja?«

»Von welchem Gesetz?«

»Ich will sagen, Sie wissen, dass wir in diesem Land etwas haben, was man *Gesetze* nennt.«

»Mr Bewes, werden Sie nicht herablassend.«

»Ich versuche nur, eine Sprache zu finden, die wir beide verstehen«, sagt Bewes. »Der springende Punkt ist, wir haben den Verdacht, dass Ihre Firma Geld wäscht, und zwar für – na, Scheiße, für ungefähr jeden. Und wir sind hier, um Sie wissen zu lassen, dass wir Sie im Auge haben.«

In diesem Augenblick geht die Tür auf, und Barney Culpepper kommt herein. In seinem blauweißen Seersuckeranzug ist Barney in jeder Hinsicht das, was man sich als Unternehmensanwalt wünscht – aggressiv, blaublütig, Sohn eines früheren US-Botschafters in China, der mit drei Präsidenten befreundet war. Barney hat eine rot-weiß gestreifte Weihnachtszuckerstange im Mund, mitten im August. Bei seinem Anblick durchströmt Kipling eine Woge der Erleichterung – wie bei einem Jungen, der ins Büro des Schulleiters gerufen wurde und aufatmet, als sein Vater erscheint.

»Meine Herren«, sagt Ben, »das ist Mr Culpepper, unser Hausjurist.«

»Dies ist eine formlose Unterhaltung«, sagt Hex. »Wir brauchen keine Juristen.«

Culpepper spart sich die Mühe eines Händedrucks. Er lehnt

sich an das Sideboard. »Fragen Sie mich nach der Zuckerstange«, sagt er.

»Wie bitte?«, fragt Hex.

»Die Zuckerstange. Fragen Sie mich danach.«

Hex und Bewes wechseln einen Blick, der sagt: *Ich will nicht. Frag du.*

Schließlich zuckt Bewes die Achseln. »Was soll das mit der ...?«

Culpepper nimmt die Stange aus dem Mund und zeigt sie ihnen. »Als meine Assistentin mir sagte, zwei Beamte vom Finanzministerium seien hier, da dachte ich, *fuck,* es ist wahrscheinlich Weihnachten.«

»Sehr komisch, Mr ...«

»Denn ich weiß, mein alter Racquetballpartner, Leroy Able – Sie kennen ihn, oder?«

»Er ist der Finanzminister.«

»Genau. Also, ich weiß, mein alter Racquetballpartner Leroy würde keine Beamten herschicken, ohne mich vorher anzurufen. Und da er nicht angerufen hat ...«

»Es handelt sich eher um einen Höflichkeitsbesuch«, sagt Hex.

»Wie wenn Sie mit Keksen kommen und sagen, willkommen in der Nachbarschaft?« Culpepper sieht Kipling an. »Gibt's Kekse? Hab ich was verpasst?«

»Keine Kekse«, sagt Ben.

Bewes lächelt. »Sie möchten Kekse?«

»Nein«, sagt Culpepper. »Nur als Ihr Freund von einem Höflichkeitsbesuch sprach, dachte ich ...«

Bewes und Hex wechseln einen Blick und stehen auf. »Niemand steht über dem Gesetz«, sagt Bewes.

»Wer hat denn davon gesprochen?«, fragt Culpepper. »Ich dachte, es geht um Süßigkeiten.«

Bewes knöpft sein Jackett zu und lächelt wie einer, der die besseren Karten hat. »Eine Anklage ist in Vorbereitung. Seit

Monaten. Jahren. Mit Billigung von höchster Ebene. Und möchten Sie über Beweismaterial reden? Sie brauchen zwei Sattelschlepper, um alles zum Gericht zu transportieren – was sagen Sie dazu?«

»Erheben Sie Anklage«, sagt Culpepper. »Besorgen Sie sich einen Beschluss. Dann werden wir reagieren.«

»Der Tag wird kommen«, sagt Hex.

»Vorausgesetzt, Sie beide arbeiten nicht in Queens als Parkplatzwärter, wenn ich einen Anruf getätigt habe.« Culpepper knabbert an seiner Zuckerstange.

»Hey«, sagt Bewes, »ich bin aus der Bronx. Wenn Sie mit einem vor die Tür gehen wollen, gehen Sie mit ihm vor die Tür. Aber Sie sollten wissen, worauf Sie sich einlassen.«

»Sehr niedlich«, sagt Culpepper, »dass Sie glauben, es kommt auf die Größe Ihres Schwanzes an. Denn, Söhnchen, wenn *ich* jemanden ficke, dann benutze ich dazu den ganzen Arm.«

Er zeigt ihnen den Arm und die Hand an seinem Ende und den einzelnen Mittelfinger, der grüßend hochgereckt ist.

Bewes lacht. »Kennen Sie das auch? An manchen Tagen geht man zur Arbeit, und alles geht einem auf die Nerven«, sagt er. »Aber heute macht es Spaß.«

»Das sagen sie alle«, antwortet Culpepper. »Bis er über den Ellenbogen drin ist.«

Beim Essen an diesem Abend ist Ben abgelenkt. Sein Gespräch mit Culpepper geht ihm nicht aus dem Kopf.

»Es ist nichts«, hat Culpepper gesagt und seine Zuckerstange in den Papierkorb geworfen, als die Agenten weg waren. »Vor Ende dieses Monats sind sie bei der Verkehrspolizei und schreiben erfundene Strafzettel, um ihre Quote zu erhöhen.«

»Seit Monaten, haben sie gesagt«, erwiderte Ben. »Seit Jahren.«

»Sehen Sie sich doch an, was mit der HSBC passiert ist. Ein verdammter Klaps auf die Finger. Und wissen Sie, warum?

Wenn sie die volle Wucht des Gesetzes angewendet hätten, dann hätten sie ihr die Banklizenz entziehen müssen. Und wir alle wissen, dazu wird es nicht kommen. Die sind zu groß für den Knast.«

»Sie nennen eine Milliarde Bußgeld einen Klaps auf die Finger?«

»Das ist ein umlaufender Posten. Die Gewinne von ein paar Monaten. Das wissen Sie besser als irgendjemand sonst.«

Aber Ben war nicht so sicher. Es lag an der Art, wie die Agenten sich aufgeführt hatten. Sie waren übermütig gewesen, als wüssten sie, dass sie die besseren Karten hatten.

»Wir müssen die Schotten dichtmachen«, sagte er. »Jeder, der irgendetwas weiß.«

»Ist schon passiert. Wissen Sie, wie viele Geheimhaltungsverpflichtungen man unterschreiben muss, um hier auch nur am Empfang arbeiten zu dürfen? *Fuck,* das hier ist Fort Knox!«

»Ich gehe nicht ins Gefängnis.«

»Herrgott, seien Sie kein Angsthase. Verstehen Sie nicht? Es gibt kein Gefängnis. Erinnern Sie sich an den Libor-Skandal? Eine Verschwörung im Wert von Trillionen. Mit großem T. Ein Reporter fragt den stellvertretenden Generalstaatsanwalt: *Diese Bank hat schon früher gegen Gesetze verstoßen. Warum sind Sie nicht härter?* Und der Staatsanwalt sagt: *Ich weiß nicht, was ›härter‹ bedeutet.*«

»Die sind in mein Büro gekommen«, sagte Ben.

»Sie haben eine Fahrt mit dem Aufzug gemacht. Zwei Mann. Wenn sie wirklich etwas hätten, würden sie zu Hunderten anrollen, und beim Rausgehen hätten sie mehr in der Hand als nur ihren Schwanz.«

Aber als er jetzt mit Sarah und Jenny und der Familie ihres Verlobten an einem Ecktisch sitzt, fragt er sich unwillkürlich, ob das wirklich alles war, was sie in der Hand hatten. Er wünscht, er hätte ein Video von dem Meeting, damit er sein eigenes Gesicht beobachten und sehen könnte, ob er sich verraten hat. Sein Pokerface ist normalerweise erstklassig, aber bei dieser Gelegenheit hatte er das Gefühl, aus der Spur geraten zu sein. Hatte sich das in der Anspannung an seinen Mundwinkeln gezeigt? An den Falten um seine Augen?

»Ben?« Sarah schüttelt seinen Arm. Er sieht an ihrem Gesicht, dass eine Frage an ihn gerichtet worden ist.

»Hm? Oh, sorry, ich habe nicht alles mitbekommen. Es ist ziemlich laut hier drin.«

Das sagt er, obwohl es totenstill in dem Lokal ist. Nur ein paar Damen mit silberblau gefärbten Haaren flüstern in ihre Suppe.

»Ich habe gesagt, wir denken immer noch, dass Immobilien die Nummer eins sind, finanziell gesehen«, wiederholt Burt oder Carl oder wie immer Shanes Vater heißt. »Und dann habe ich Sie nach Ihrer Meinung gefragt.«

»Kommt auf die Immobilie an«, sagt Ben und schiebt sich von der Bank. »Aber nach Hurrikan Sandy rate ich Ihnen: Wenn Sie in Manhattan kaufen, suchen Sie sich ein hochgelegenes Stockwerk aus.«

Er entschuldigt sich und weicht Sarahs missbilligendem Blick aus, als er hinausgeht. Er braucht frische Luft.

Am Randstein schnorrt er eine Zigarette von einem Passanten, und dann steht er rauchend unter der Markise des Restaurants. Es nieselt, und die Heckleuchten der Autos glänzen rot auf dem schwarzen Asphalt.

»Haben Sie noch eine?«, fragt ein Mann in einem Rollkragenpullover, der hinter ihm erscheint.

Kipling dreht sich um und mustert ihn. Ein vermögender Mann in den Vierzigern, aber seine Nase ist mindestens einmal gebrochen worden.

»Tut mir leid. Ich habe die hier selbst geschnorrt.«

Der Mann im Rollkragenpullover zuckt die Achseln und schaut hinaus in den Regen. »Da ist eine junge Lady im Restaurant, die etwas von Ihnen will«, sagt er.

Ben schaut hinein. Jenny winkt. *Komm zurück*. Er schaut weg. »Meine Tochter«, sagt er. »Wir sollen heute Abend ihre neuen Schwiegereltern kennenlernen.«

»Gratuliere«, sagt der Mann.

Kipling pafft und nickt.

»Bei Jungs hat man Angst, sie könnten niemals ausziehen und ihren eigenen Weg suchen«, sagt der Mann. »Zu meiner Zeit haben sie uns auf die Straße gesetzt, sobald wir das Wahlalter erreicht hatten. Manchmal sogar vorher. Widrige Umstände. Nur durch sie wird man zum Mann.«

»Deshalb die Nase?«, fragt Kipling.

Der Mann lächelt. »Sie wissen doch, man sagt, am ersten Tag im Gefängnis musst du dir den größten Kerl aussuchen und ihm in den Arsch treten. Tja, und wie alles andere hat so etwas Konsequenzen.«

»Das heißt, Sie waren im Gefängnis?« Kipling ist plötzlich neugierig wie ein Tourist.

»Nicht hier. In Kiew.«

»O Gott.«

»Und dann in Shanghai – aber das war ein Spaziergang. Vergleichsweise.«

»Reden wir von einer Pechsträhne?«

Der Mann lächelt wieder. »Von einer Art Betriebsunfall? Nein. Die Welt ist ein gefährlicher Ort. Aber das wissen Sie, oder?«

»Was?« Kipling hat plötzlich eine eisige Vorahnung.

»Ich sagte, Sie wissen, dass die Welt ein gefährlicher Ort ist. Ursache und Wirkung. Zur falschen Zeit am falschen Ort. Die Fälle, bei denen ein guter Mann in der Geschichte der Menschheit etwas Schlechtes getan hat, ohne nachzudenken, passen in einen Fingerhut.«

»Wie – äh, wie war gleich Ihr Name?«

»Wie wär's mit meinem Twitter-Namen? Oder möchten Sie mir was instagrammen?«

Kipling wirft seine Zigarette auf den Gehweg. Ein schwarzes Auto hält vor dem Restaurant. Der Motor läuft weiter.

»War nett, mit Ihnen zu plaudern«, sagt Kipling.

»Moment. Wir sind fast fertig, aber noch nicht ganz.«

Kipling will durch den Eingang ins Lokal gehen, aber der Mann steht im Weg. Er versperrt ihn nicht, er steht nur da.

»Meine Frau ...«, sagt Ben.

»Der geht's gut«, sagt der Mann. »Wahrscheinlich denkt sie in diesem Moment über das Dessert nach. Vielleicht wird sie das Baiser nehmen. Also atmen Sie durch – oder machen Sie eine kleine Autofahrt. Ihre Entscheidung.«

Kiplings Puls rast. Er hat vergessen, dass dieses Gefühl existiert. Was fühlt er da? Die Sterblichkeit? »Hören Sie«, sagt er, »ich weiß nicht, was Sie sich denken ...«

»Sie hatten heute Besuch. Die Partypolizei. Señor Spaßbremse. Ich bleibe absichtlich unklar. Ich sage nur: Vielleicht hat man Sie erschreckt.«

»Wird das eine Art Drohung oder ...?«

»Nicht aufregen. Sie sind nicht in Schwierigkeiten. Bei denen vielleicht. Aber nicht bei uns. Noch nicht.«

Kipling konnte nur vermuten, wer »wir« waren. Die Lage war ihm klar. Er hatte zwar immer nur Umgang mit Faktoten und Mittelsmännern (bestenfalls mit Wirtschaftskriminellen), aber er war in seiner Firma erfolgreich gewesen, weil er Kapitalströme ausbeutete, die bis dahin unzureichend genutzt gewesen waren. Kapitalströme, die sich – wie der Besuch der Agenten eben bestätigt hatte – außerhalb der Legalität bewegten. Schlicht und einfach gesagt, er wusch Geld für Staaten, die den Terrorismus förderten wie Iran und Jemen, und die ihre eigenen Bürger ermordeten wie der Sudan und Serbien. Und er tat es von einem Eckbüro in einem Hochhaus in Downtown Manhattan. Denn wenn man mit *Milliarden* von Dollar operierte, tat man es vor den Augen der Öffentlichkeit. Man gründete Scheinfirmen und tarnte den Ursprung von Banküberweisungen dutzendfach, bis das Geld so sauber war, als wäre es frisch gedruckt.

»Da gibt es kein Problem«, sagt er zu dem Mann im Rollkragenpullover. »Zwei junge Beamte, die ein bisschen übereifrig waren. Aber ein paar Etagen über ihnen haben wir alles im Griff. Auf dem Level, auf das es ankommt.«

»Nein«, sagt der Mann, »da haben Sie auch ein paar Probleme. Änderungen in den Exekutivleitlinien. Neue Marschbefehle. Ich sage nicht, Sie sollten in Panik verfallen, aber ...«

»Hören Sie«, sagt Ben. »Wir sind gut in dem, was wir tun. Deshalb sind unsere Auftraggeber ...«

Der Blick des Mannes wird hart. »Wir sprechen nicht über sie.«

Ben spürt, wie ein Kribbeln über seinen Rücken kriecht und sich sein Schließmuskel zusammenzieht.

»Sie können uns vertrauen, wollte ich sagen«, bringt er hervor. »*Mir*. Das war immer mein Versprechen. Niemand geht ins Gefängnis, weil ... wegen dieser Geschichte. Das sagt Barney Culpepper.«

Der Mann sieht Ben an, als wollte er sagen: *Vielleicht glaube ich Ihnen, vielleicht auch nicht*. Oder er will sagen: *Das haben Sie nicht in der Hand*.

»Schützen Sie das Geld«, sagt er. »Darauf kommt es an. Und vergessen Sie nicht, wem es gehört. Denn, okay, vielleicht haben Sie es so gut gewaschen, dass man es nicht mit uns in Verbindung bringen kann, aber deshalb gehört es noch lange nicht Ihnen.«

Ben braucht eine Sekunde, um die Andeutung zu verstehen. Sie halten ihn für einen Dieb.

»Nein. Natürlich nicht.«

»Jetzt sehen Sie beunruhigt aus. Müssen Sie nicht. Es ist alles okay. Oder soll ich Sie in den Arm nehmen? Ich sage nur, vergessen Sie das Wichtigste nicht. Nämlich Folgendes: Ihr Risiko ist zweitrangig. Wichtig ist nur das Geld. Wenn Sie ins

Gefängnis gehen müssen, gehen Sie ins Gefängnis. Und wenn Sie das Bedürfnis verspüren, sich aufzuhängen – tja, vielleicht ist das auch keine so schlechte Idee.« Er holt eine Schachtel Zigaretten aus der Tasche und schiebt sich eine zwischen die Lippen. »Aber vorher«, sagt er, »bestellen Sie den Pudding. Sie werden es nicht bereuen.«

Dann geht der Mann im Rollkragenpullover zu dem schwarzen Auto und steigt ein. Kipling sieht ihm nach, als er wegfährt.

Am Freitag fahren sie nach Martha's Vineyard. Sarah hat eine Wohltätigkeitsauktion. *Rettet die Seeschwalbe* oder so. Auf der Fähre brütet sie über das gescheiterte Abendessen mit Jennys potenziellen Schwiegereltern. Ben hat sich bei ihr entschuldigt. *Ein Problem in der Firma,* hat er gesagt. Aber das hat sie schon zu oft gehört.

»Dann setz dich doch zur Ruhe«, sagt sie. »Ich meine, wenn es dich so sehr stresst. Wir haben mehr Geld, als wir jemals ausgeben können. Von mir aus können wir die Wohnung verkaufen, oder das Boot. Ehrlich, mir ist es egal.«

Es macht ihn wütend, dass sie andeutet, das Geld, das er verdient hat, das er immer noch weiter verdient, sei für sie irgendwie wertlos. Als wäre die Kunstfertigkeit, die Erfahrung, die er gesammelt hat, seine Liebe zum Geschäft, zu jeder neuen Herausforderung, nicht wertvoll, sondern eine Last.

»Es geht nicht um Geld«, sagt er. »Ich habe Verantwortung.«

Sie spart sich jede weitere Diskussion und fragt nicht: *Und was ist mit deiner Verantwortung gegenüber mir? Und gegenüber Jenny?* Sie hat ein Perpetuum mobile geheiratet, eine Maschine, die in Gang bleiben muss, weil sie sonst nie wieder in Gang kommt. Ben ist die Arbeit. Die Arbeit ist Ben. Es ist eine mathematische Gleichung. Sie hat fünfzehn Jahre und drei Therapeuten gebraucht, um das zu akzeptieren. Im Akzeptieren liegt der Schlüssel zum Glück, glaubt sie. Aber manchmal tut es immer noch weh.

»Ich verlange nicht viel«, sagt sie. »Aber das Essen mit den Bordos war wichtig.«

»Ich weiß«, sagt er, »und es tut mir leid. Ich lade den Kerl in den Club ein und spiele neun oder achtzehn Löcher mit ihm. Wenn ich damit fertig bin, ihm Honig um den Bart zu schmieren, ist er Präsident unseres Fanclubs.«

»Es geht nicht um den Mann. Es ist die Frau. Ich sehe, dass sie skeptisch ist. Sie hält uns für Leute, die versuchen, sich den Weg in den Himmel zu kaufen.«

»Das hat sie gesagt?«

»Nein, das sehe ich ihr an.«

»Scheiß auf sie.«

Sarah knirscht mit den Zähnen. Das ist seine Art: Er verachtet andere. Das macht alles nur noch schlimmer, glaubt sie, auch wenn sie ihn um seine Unbekümmertheit beneidet.

»Nein«, sagt sie. »Es ist wichtig. Wir müssen besser sein.«

»Besser als was?«

»Bessere Menschen.«

Eine bissige Antwort bleibt ihm im Hals stecken, als er ihr Gesicht sieht. Sie meint es ernst. In ihren Augen sind sie irgendwie schlechte Menschen, nur weil sie reich sind. Aber das widerspricht allem, woran er glaubt. Man musste doch nur Bill Gates ansehen. Der Mann hat im Laufe seines Lebens die Hälfte seines Vermögens für wohltätige Zwecke gespendet. Milliarden Dollar. Ist er damit nicht ein besserer Mensch als beispielsweise ein Dorfpfarrer? Wenn man Wirkung als Maßstab nimmt, ist Bill Gates dann nicht besser als Gandhi? Und sind Ben und Sarah Kipling, die jedes Jahr Millionen für Charitys spenden, nicht bessere Menschen als die Bordos, die – höchstens – fünfzigtausend springen lassen?

Sarah war schon früh am Sonntagmorgen auf. Sie pusselte in der Küche herum, räumte auf, überlegte, was sie brauchten, und dann zog sie ihre Wanderschuhe an, nahm ihren Weidenkorb und ging quer über die Insel zum Bauernmarkt. Es war feucht und stickig draußen. Der Nebel über dem Meer verdunstete allmählich, und die Wassermoleküle in der Luft verstärkten die Sonne, sodass die Welt irgendwie flüssig erschien. Sie ging an den Briefkästen auf ihren schiefen Pfosten am Ende ihrer Zufahrt vorbei und wanderte am Rand der Hauptstraße entlang. Das Geräusch ihrer Schuhe auf dem Sand neben dem Asphalt gefiel ihr. Es war weich und rhythmisch. New York mit seinem Verkehr und dem unterirdischen Rumpeln der U-Bahn war so laut, dass man nicht hörte, wie man sich durch Zeit und Raum bewegte und wie man ein- und ausatmete. Bei all dem Presslufthämmern und dem explosiven Zischen der Niederflurbusse musste man sich manchmal kneifen, um sich zu vergewissern, dass man noch lebte.

Aber hier, wo die stählerne Kühle der Nacht der Schwüle eines Sommertags wich und Regenbogen in die Luft sprudelten, spürte Sarah, wie sie atmete und wie ihre Muskeln sich bewegten. Sie hörte das Rascheln ihres Haars auf dem Kragen ihrer leichten Sommerjacke.

Auf dem Bauernmarkt war schon Betrieb. Man roch die Ausschussware, die in versteckten Körben gärte – zerdrückte Tomaten und Steinfrüchte, die aus kosmetischen Gründen weggepackt wurden, obwohl das fleckige Obst am besten schmeckte. Jede Woche stellten die Händler ihre Stände in leicht veränderter Ordnung auf. Manchmal stand der Popcornkessel am einen Ende, manchmal am anderen. Der Blumenhändler bevorzugte die Mitte, und der Bäcker war gern möglichst dicht am Wasser. Ben und Sarah kamen seit fünfzehn Jahren her, anfangs als Gäste, die etwas gemietet hatten, und dann, als sie nicht mehr reich, sondern steinreich waren, als Eigentümer einer modernen Betonvilla mit Meerblick.

Sarah kannte die Bauern alle mit Namen. Sie hatte ihre Kleinkinder zu Teenagern heranwachsen sehen. Sie war zwischen Wochenendgästen und Einheimischen umherspaziert, weniger zum Einkaufen als vielmehr, weil sie sich als Teil der Umgebung fühlen wollte. Sie würden am Nachmittag die Fähre nehmen. Es hatte wenig Sinn, mehr als einen einzelnen Pfirsich zu kaufen, aber an einem Sonntagmorgen *nicht* auf den Bauernmarkt zu gehen, kam nicht infrage. Wenn der Markt ausfiel, weil es regnete, fühlte sie sich entwurzelt. Wenn sie dann wieder in der Stadt war, irrte sie durch die Straßen wie eine Ratte in einem Labyrinth und suchte etwas, ohne je genau zu wissen, was.

Sie blieb an einem Stand stehen und betrachtete die Brunnenkresse dort. Der Streit zwischen ihr und Ben nach dem Essen – über sein brüskes Benehmen, sein Verschwinden vom Tisch – war kurz, aber heftig gewesen. Sie hatte ihm klar und deutlich gesagt, dass sie sein egozentrisches Verhalten nicht länger hinnehmen würde. Die Welt sei nicht dazu da, Ben Kiplings Bedürfnisse zu befriedigen. Und wenn es das war, was er haben wollte – die Gesellschaft von Leuten, denen er nach Lust und Laune auf der Nase herumtanzen konnte –, tja, dann sollte er sich eine neue Frau suchen.

Ben hatte ungewohnt zerknirscht reagiert, er hatte ihre Hand genommen und gesagt, es tue ihm leid, und er werde sich Mühe geben, damit so etwas nie wieder vorkäme. Darauf war sie nicht gefasst. Sie war daran gewöhnt, mit seinem Hinterkopf zu streiten, aber diesmal schaute er sie an. Ihm sei klar, dass er sie als Selbstverständlichkeit betrachtet habe wie alles andere. Er sei arrogant gewesen. *Hybris* war das Wort, das er benutzte. Aber von jetzt an werde alles anders werden. Er sah tatsächlich ein bisschen erschrocken aus. Sie betrachtete es als Zeichen dafür, dass ihre Drohung gewirkt hatte. Dass er ihr glaubte, wenn sie sagte, sie werde ihn verlassen, und nicht wusste, was er ohne sie tun würde. Später sollte sie erkennen, dass er schon vorher Angst gehabt hatte – Angst davor, dass alles, was er hatte, alles, was er war, den Bach runtergehen würde.

Und heute, nachdem sie die Reue ihres Mannes gesehen und

mit ihm im Ehebett gelegen hatte, mit seinem Kopf zwischen ihren Brüsten und seinen Händen auf ihren Schenkeln, hatte sie das Gefühl, ein neues Kapitel ihres Lebens habe begonnen. Eine Renaissance. Sie hatten bis tief in die Nacht hinein darüber geredet, einen Monat freizunehmen und nach Europa zu reisen. Sie würden Hand in Hand durch die Gassen von Umbrien spazieren wie ein frisch verheiratetes Paar. Irgendwann nach Mitternacht hatte er seine Mahagonischatulle aufgemacht, und sie hatten ein wenig Gras geraucht – zum ersten Mal seit Jennys Geburt. Kichernd wie zwei Teenager hatten sie auf dem Boden in der Küche vor dem Kühlschrank gesessen und Erdbeeren direkt aus dem Gemüsefach gegessen.

Sie schlenderte an englischen Gurken und Körben mit Blattsalaten vorbei. Der Beerenmann hatte seine Ware zur Dreifaltigkeit geordnet: Grüne Körbe mit Blaubeeren standen zwischen Brombeeren und weingummiroten Himbeeren. Sie schälte die rauen Blätter von Sommermaiskolben herunter und sehnte sich danach, die gelbe Seide darunter an ihren Fingern zu fühlen, in Tagträume versunken. Hier auf Martha's Vineyard, auf dem Bauernmarkt, genau an dieser Stelle, in diesem Augenblick, verschwand die moderne Welt um sie herum, die unausgesprochene Spaltung durch lautlose Klassenkämpfe. Es gab weder Reich noch Arm, es gab keine Privilegien, nur diese Feldfrüchte, die aus der lehmigen Erde gerupft worden waren, das Obst, gepflückt von starken Ästen, den Honig, gestohlen aus den Bienenkörben. *Im Angesicht der Natur sind wir alle gleich,* dachte sie – und das war an und für sich eine Idee, die aus dem Luxus geboren war.

Als sie aufblickte, entdeckte sie Maggie Bateman in einiger Entfernung. In diesem Augenblick durchquerte ein junges Paar mit einem Kinderwagen ihr Gesichtsfeld, und als sie vorbei waren, sah sie Maggie im Profil, mitten in einem Satz, und dann – als das Paar mit dem Kinderwagen vollständig verschwunden war – war auch der Mann zu sehen, mit dem sie sprach. Er war ein gutaussehender Mann Mitte vierzig in Jeans und T-Shirt, beides mit Farbflecken übersät, und über dem T-Shirt trug er eine alte blaue Strickjacke. Er hatte sein ziemlich langes Haar achtlos zurückgestrichen, aber es kam störrisch wieder nach vorn, und während Sarah ihn noch beobachtete, hob er die Hand und strich es erneut zurück, wie ein Pferd, ohne es zu merken, die Fliegen mit dem Schwanz verscheucht.

Sarahs erster Gedanke war ein schlichtes Wiedererkennen. Sie *kannte* diese Person (Maggie). Als Zweites dachte sie an den Kontext (das war Maggie Bateman, verheiratet mit David, Mutter von zwei Kindern). Der dritte Gedanke war, dass der Mann, mit dem Maggie da sprach, ein bisschen zu nah vor ihr stand, dass er sich ihr entgegenbeugte und dabei lächelte. Und Maggies Gesichtsausdruck ähnelte dem seinen. Die *Intimität* zwischen ihnen war nicht nur beiläufig. Dann drehte Maggie sich um und sah Sarah. Sie hob die Hand und beschirmte ihre Augen vor der Sonne wie ein Seemann, der den Horizont absucht.

»Hey«, sagte sie, und die Offenheit ihrer Begrüßung, die Tatsache, dass Maggie sich nicht benahm wie eine Frau, die dabei ertappt worden war, dass sie mit einem Mann flirtete, der nicht ihr Ehemann war – das alles brachte Sarah dazu, ihre erste Annahme noch einmal zu überdenken.

»Ich dachte mir, dass du hier sein könntest«, sagte Maggie und fügte hinzu: »Oh. Das ist Scott.«

Der Mann hob grüßend die Hand.

»Hi«, sagte Sarah und sah Maggie an. »Ja, du kennst mich doch. Wenn Markt ist, bin ich hier und betaste Avocados. Jedes Mal.«

»Fahrt ihr heute zurück?«

»Mit der Drei-Uhr-Fähre, glaube ich.«

»Ach nein. Nicht. Wir haben das Flugzeug. Kommt mit uns.«

»Wirklich?«

»Natürlich. Das ist doch ... Ich habe gerade mit Scott darüber gesprochen. Er muss heute Abend auch in die Stadt.«

»Ich hatte überlegt, zu Fuß zu gehen«, sagte Scott.

Sarah runzelte die Stirn. »Wir sind auf einer Insel.«

Maggie lachte. »Sarah, das war ein Scherz.«

Sarah spürte, dass sie rot wurde. »Ja, natürlich.« Sie lachte gezwungen. »Ich bin manchmal so blöd.«

»Dann war's das«, sagte Maggie. »Ihr müsst mitkommen. Ihr beide. Und Ben. Das wird Spaß machen. Wir können etwas trinken und uns, keine Ahnung, über Kunst unterhalten. Scott ist nämlich Maler.«

»Ein erfolgloser Maler«, präzisierte er.

»Nein! Das ist doch – haben Sie mir nicht eben erzählt, dass Sie nächste Woche ein paar Treffen mit Galeristen haben?«, fragte Maggie.

»Aus denen nichts werden wird.«

»Was malen Sie?«, fragte Sarah.

»Die Katastrophe«, sagte er.

Anscheinend machte Sarah ein verwirrtes Gesicht, denn Maggie sagte: »Scott malt Katastrophenszenen aus den Nachrichten – Zugunglücke, eingestürzte Gebäude und Dinge wie Monsunüberschwemmungen. Wirklich genial.«

»Na ja«, sagte Scott. »Eher morbid.«

»Das würde ich gern gelegentlich sehen«, sagte Sarah höflich, obwohl sie den Eindruck hatte, »morbid« sei genau das richtige Wort.

»Sehen Sie?«, sagte Maggie.

»Sie ist höflich«, sagte Scott verständnisvoll. »Aber ich weiß das zu schätzen. Ich lebe ziemlich einfach hier draußen.«

Es war klar, dass er noch mehr sagen würde, wenn man ihn fragte, aber Sarah wechselte das Thema. »Wann fliegt ihr denn zurück?«, fragte sie.

»Ich schicke dir eine SMS«, sagte Maggie. »Aber ich nehme an, gegen acht. Wir fliegen nach Teterboro und fahren von dort in die Stadt. Normalerweise sind wir um halb elf zu Hause und im Bett.«

»Wow«, sagte Sarah, »das wäre toll. Schon der Gedanke an den Verkehrsstau am Sonntagnachmittag – bah! Ich meine, es lohnt sich, aber das wäre ... Ben wird begeistert sein.«

»Gut«, sagte Maggie. »So soll es ja sein, oder? Wenn man schon ein Flugzeug hat ...?«

»Darüber weiß ich nichts«, sagte Scott.

»Seien Sie nicht giftig«, sagte Maggie zu ihm. »Sie kommen auch mit.«

Sie lächelte und zog ihn auf. Das war typisch Maggie, fand Sarah. Sie verstand Spaß und war gern unter Leuten. Scott vermittelte jedenfalls nicht das Gefühl, dass die beiden mehr als Freunde vom Bauernmarkt sein könnten.

»Ich überleg's mir«, sagte er.

Er lächelte ihnen beiden zu und ging davon. Einen Moment lang sah es so aus, als wollten sie alle drei getrennte Wege gehen, aber Maggie zögerte, und Sarah fühlte sich verpflichtet, noch weiter mit ihr zu plaudern, wenn sie das wollte, und so blieben sie beide stehen.

»Woher kennst du ihn?«, fragte Sarah.

»Scott? Nur so ... Na ja, er ist immer bei Gabe, weißt du, und trinkt da seinen Kaffee, und ich war oft mit den Kindern da, einfach um aus dem Haus zu kommen. Rachel mag die Muffins dort. Und wir sind ins Gespräch gekommen.«

»Ist er verheiratet?«

»Nein«, sagte Maggie. »Ich glaube, er war mal verlobt. Die Kinder und ich haben ihn besucht, und ich habe seine Bilder gesehen. Sie sind wirklich fabelhaft. Ich versuche immer, David dazu zu bringen, etwas zu kaufen, aber er sagt, er arbeitet in der Katastrophenbranche, und da will er nicht nach Hause kommen und noch mehr davon sehen. Und um ehrlich zu sein, sie sind ziemlich drastisch.«

»Das glaube ich.«

»Ja.«

Sie standen kurz da wie zwei Steine in einem Bach und hatten nichts mehr zu sagen. Die Marktbesucher fluteten gleichmäßig um sie herum.

»Geht's euch denn gut?«, fragte Sarah schließlich.

»Ja. Euch auch?«

Sarah dachte daran, wie Ben sie am Morgen geküsst hatte, und lächelte. »Ja.«

»Schön. Na, dann unterhalten wir uns im Flugzeug, okay?«

»Unbedingt. Nochmals danke.«

»Okay, bis heute Abend.«

Maggie küsste die Luft neben Sarahs Wangen und verschwand. Sarah sah ihr nach und machte sich dann auf die Suche nach Erdbeeren.

Zur selben Zeit sitzt Ben auf der Veranda – recyceltes Holz, efeubewachsenes Spalier – und schaut den Wellen zu. Auf der Küchentheke liegt ein Dutzend Bagels mit Räucherlachs neben Tomaten einer alten Sorte, Kapern und einem handgeschöpften Weichkäse aus der Gegend. Ben sitzt mit der *Sunday Times* und einem Cappuccino in einem Korbsessel, und ein leichter Wind weht ihm vom Meer her ins Gesicht. Er hat das ganze Wochenende über mit Culpepper SMS gewechselt. Sie benutzen dazu eine App namens *Redact*, die Nachrichten ausblendet, wenn man sie gelesen hat, und dann unwiderruflich löscht.

Draußen auf dem Meer pflügen Segelboote durch die Wellenkämme. Culpepper teilt verschlüsselt mit, er habe sich durch die Hintertür Zugang zum Material der Behörde verschafft. Anstelle von entscheidenden Wörtern benutzt er Emoticons, weil er annimmt, dass die SMS-Mitteilungen dann nicht so schnell als Beweismaterial benutzt werden können, sollte die Behörde sie trotz der App zu lesen bekommen.

Anscheinend haben sie einen Schlüssel:(der sie informiert.

Ben wischt sich Tomatensaft vom Kinn und isst den ersten halben Bagel auf. Einen Whistleblower? Ist es das, was Culpepper sagen will? Er erinnert sich an den Mann im Rollkragenpullover vor dem Bali, dem die Nase in einem ukrainischen Gefängnis gebrochen wurde. Hat er wirklich mit ihm gesprochen?

Sarah kommt mit einer halben Grapefruit auf die Veranda. Während er gerade aufgestanden ist, war sie schon zum Spinning in der Stadt.

»Das Boot geht um halb vier«, sagt Ben ihr. »Das heißt, wir sollten um Viertel vor drei da sein.«

Sarah reicht ihm eine Serviette und setzt sich. »Ich habe Maggie auf dem Bauernmarkt getroffen.«

»Maggie Bateman?«

»Ja. Sie war da mit einem Maler. Das heißt, sie war nicht *mit* ihm da, aber sie haben sich unterhalten.«

»Aha.« Er will den Rest des Gesprächs ausblenden.

»Sie sagt, sie haben Platz in ihrem Flugzeug heute Abend.«

Jetzt hört er doch zu. »War das ein Angebot?«

»Es sei denn, du möchtest die Fähre nehmen. Aber du kennst den Verkehr am Sonntagabend.«

»Das klingt nicht schlecht. Hast du zugesagt?«

»Ich habe gesagt, ich rede mit dir, aber wir fliegen wahrscheinlich mit.«

Ben lehnt sich zurück. Er wird seiner Assistentin eine SMS schicken, damit sie einen Wagen nach Teterboro schickt. Als er sein Telefon in die Hand nimmt, hat er noch einen Einfall.

David. Er kann mit David sprechen. Natürlich nicht über Einzelheiten, aber darüber, dass er Probleme hat – sozusagen von einem Mogul zum anderen. Kann David eine Strategie empfehlen? Sollte er vorsichtshalber schon jetzt einen Krisenmanager engagieren? Soll er anfangen, nach einem Sündenbock zu suchen? David hat enge Verbindungen zur Exekutive. Wenn es wirklich neue Marschbefehle für die Justiz gibt, kann David vielleicht im Voraus ein paar Informationen beschaffen.

Er legt den halb verzehrten Bagel zur Seite, wischt sich die

Hände an der Hose ab und steht auf. »Ich gehe ein bisschen am Strand spazieren. Ich muss einen klaren Kopf bekommen.«

»Wenn du einen Augenblick wartest, komme ich mit.«

Er will sagen, dass er Zeit zum Nachdenken braucht, aber dann zögert er. Nach dem Fiasko mit Jennys Freund und seinen Eltern muss er sich ein bisschen Mühe geben. Also nickt er und geht ins Haus, um seine Schuhe zu holen.

Die Fahrt zum Flughafen ist kurz, und der Wagen holt sie kurz nach acht ab. Sie sitzen im klimatisierten hinteren Teil und gleiten durch das dämmrige Zwielicht. Die Sonne steht tief über dem Horizont, wie ein Eigelb, das langsam in einem kühlen Baiser versinkt. Ben legt sich noch einmal zurecht, was er zu David sagen und wie er sich an die Sache heranschleichen will. Nicht: *Es gibt da eine Krise,* sondern: *Hast du gehört, dass da irgendetwas aus dem Weißen Haus kommen soll, was ganz im Allgemeinen Auswirkungen auf die Märkte haben könnte?* Oder nein – das wäre zu insiderhaft. Vielleicht ganz einfach: *Wir hören da Gerüchte über irgendwelche neuen Vorschriften. Kannst du das bestätigen oder dementieren?*

Er schwitzt trotz der klimatisierten zwanzig Grad. Sarah sitzt neben ihm und betrachtet den Sonnenuntergang mit leisem Lächeln. Ben drückt ihr aufmunternd die Hand, und sie schaut ihn an und lächelt strahlend. *Ihr Mann.* Ben erwidert das Lächeln. Und er könnte jetzt einen Gin Tonic vertragen.

Der Wagen hält auf dem Rollfeld, und als Ben aussteigt, ruft Culpepper an. Es ist Viertel nach neun, und die Luft ist mild. An den Rändern des Rollfelds kriecht ein dichter Nebel heran.

»Es ist so weit«, sagt Culpepper, als Ben seine Reisetasche vom Fahrer entgegennimmt.

»Was?«

»Die Anklagen. Ein kleines Vögelchen hat es mir soeben gezwitschert.«

»Was? Wann?«

»Morgen früh. Die Bundesbeamten werden zahlreich anrücken und mit Durchsuchungsbeschlüssen wedeln. Ich habe einen telefonischen Shitstorm auf Leroy losgelassen, aber er steht in diesem Fall auf der Seite des Präsidenten. *Wir sollen uns bei der Wall Street bedanken,* oder irgend so ein Scheiß. Ich habe in diesem Augenblick hundert Hilfskräfte vor Ort, die sich um alles kümmern.«

»Um alles?«

»Was macht das Cookie Monster mit Cookies?«

Ben zittert. Sein assoziatives Denken ist blockiert. »Herrgott, Barney, jetzt sagen Sie es schon.«

»Nicht am Telefon. Aber stellen Sie sich vor, was Stalin mit der UdSSR gemacht hat. Das Gleiche passiert jetzt mit unseren Daten. Aber Sie wissen nichts. Was Sie angeht, ist dies ein Sonntagabend wie jeder andere.«

»Was soll ich …?«

»Gar nichts. Fahren Sie nach Hause, nehmen Sie eine Schlaftablette und gehen Sie ins Bett. Morgen früh ziehen Sie einen bequemen Anzug an und cremen sich die Handgelenke ein. Man wird Sie im Büro verhaften. Sie und Hoover und Tabitha und so weiter. Wir halten Anwälte bereit, die Sie auf Kaution herausholen werden, aber die Behörde wird sich aufführen wie eine Bande Arschlöcher und Sie über die maximal zulässige Zeit festhalten.«

»Im Gefängnis?«

»Nein, im Elektronikkaufhaus. Natürlich im Gefängnis! Aber machen Sie sich keine Sorgen. Ich habe einen guten Entlausungsspezialisten.«

Culpepper legt auf. Ben steht auf dem Rollfeld und merkt nichts von dem warmen Wind und von Sarahs besorgtem Blick. Auf einmal sieht alles anders aus. Der herankriechende Nebel, die Schatten unter dem Flugzeug. Halb rechnet er damit, dass ein Hubschraubergeschwader anrauscht und ein Stoßtrupp der Special Forces sich abseilt.

Es passiert, denkt er. *Das absolute* Worst-Case-Szenario. *Man wird mich verhaften und vor Gericht stellen.*

»Mein Gott, Ben, du siehst aus wie ein Gespenst.«

Hinter ihm beenden die beiden Männer vom Bodenpersonal den Tankvorgang.

»Nein.« Er reißt sich zusammen. »Nein, es ist ... alles okay. Nur ein paar schlechte Nachrichten von den asiatischen Märkten.«

Die beiden Männer ziehen den Schlauch weg vom Flugzeugrumpf. Sie tragen khakifarbene Overalls und dazu passende Mützen, die ihre Gesichter überschatten. Der eine tritt ein paar Schritte zur Seite und zieht eine Schachtel Zigaretten aus der Tasche. Er zündet sich eine an, und die Flamme beleuchtet sein Gesicht mit orangegelbem Flackern. Ben späht zu ihm hinüber. *Ist das ...?,* denkt er, aber gleich liegt das Gesicht wieder im Dunkeln. Sein Instinkt zu kämpfen oder zu flüchten ist jetzt so stark, als hätten sämtliche Ängste, die er je verspürt hat, ihn in diesem Nebel umzingelt. Sein Herzschlag klingt wie Donner in seinen Ohren, und ihn fröstelt trotz der Wärme.

Es dauert einen Augenblick, bis ihm klar wird, dass Sarah mit ihm redet.

»Was?«, fragt er.

»Ich habe gefragt, ob ich mir Sorgen machen muss.«

»Nein«, sagt er. »Nein. Es ist nur – du weißt doch, ich freue mich wirklich auf die Reise, von der wir gesprochen haben. Italien, Kroatien. Ich glaube, das wird – ich weiß nicht – vielleicht sollten wir heute Abend noch fliegen.«

Sie nimmt seinen Arm und drückt ihn. »Du bist so verrückt«, sagt sie. Er nickt. Der zweite Mann hat den Treibstoffschlauch gesichert und klettert ins Fahrerhaus des Tankwagens. Der andere wirft seine Zigarette auf den Boden, tritt sie aus und geht zur Beifahrertür.

»Ich würde damit nicht fliegen wollen«, sagt er.

Es klingt merkwürdig, wie er das sagt. Als wolle er etwas *andeuten*. Ben dreht sich um.

»Was?«, fragt er, aber der Mann schließt schon die Wagentür, und der Tanklaster fährt davon. War das eine Drohung? Eine Warnung? Oder reagiert er paranoid? Ben starrt hinter dem Tankwagen her, als er zum Hangar zurückfährt, bis die Heckleuchten nur noch zwei rote Punkte im Nebel sind.

»Schatz?«, sagt Sarah.

Ben atmet geräuschvoll aus und versucht, das Ganze von sich abzuschütteln. »Ja«, sagt er.

Zu groß für das Gefängnis. Das hat Barney gesagt. Das ist alles nur ein Trick. Die Regierung will ein Exempel statuieren, aber wenn es ans Eingemachte geht – die Geheimnisse, die er hat, und die Auswirkungen auf die Finanzmärkte, wenn sie ans Licht kommen –, muss er einfach glauben, dass Barney recht hat und dass diese Angelegenheit sich recht schnell mit ein paar Millionen Dollar erledigen lässt. Tatsache ist, dass er sich auf diesen Tag vorbereitet und Pläne gemacht hat. Er wäre ein Idiot, wenn er das nicht getan hätte, und wenn Ben Kipling etwas nicht ist, dann ein Idiot. Er hat sich finanziell unabhängig gemacht und Geld gebunkert – nicht alles natürlich, aber ein paar Millionen. Er hat einen Prozessanwalt einsatzbereit. Ja, dies ist das *Worst-Case-Szenario,* aber es ist ein Szenario, für dessen Bewältigung sie eine Festung erbaut haben.

Sollen sie nur kommen, denkt er und überlässt sich seinem Schicksal. Er drückt Sarahs Hand, und als er wieder ruhiger atmen kann, begleitet er sie zum Flugzeug.

ZWEI

CUNNINGHAM

ES WAR NIE EIN GEHEIMNIS, dass Bill Cunningham Probleme mit Autorität hat. In gewisser Weise ist das sein Markenzeichen, die feuerspeiende Aufsässigkeit, die er in einen Vertrag mit ALC umgemünzt hat, der ihm zehn Millionen Dollar im Jahr einbringt. Aber ganz so, wie die Nase und die Ohren eines Mannes übermäßig wachsen, wenn er älter wird, verstärken sich auch die charakterlichen Probleme, die ihn ausmachen. Wir alle werden zu Karikaturen unserer selbst, wenn wir nur lange genug leben. Und so kommt es, dass im Laufe der letzten Jahre nicht nur Bills Macht gewachsen ist, sondern auch die Attitüde des *Scheiß auf dich und das Pferd, auf dem du gekommen bist.* Bis er zu einem blutsaufenden römischen Kaiser wurde, der tief im Innern davon überzeugt ist, ein Gott zu sein.

Letztendlich ist das der Grund, weshalb er nach all dem kindischen Geplärre im Konzern wegen des angeblich »gehackten« Telefons immer noch auf Sendung ist. Obwohl, wenn er ehrlich ist (was er nicht ist), müsste er zugeben, dass auch Davids Tod eine Menge damit zu tun hat – Trauer und ein Machtvakuum, das Bill ausnutzen konnte, indem er demonstrierte, was er »Führungsstärke« nennt, was in Wirklichkeit aber so etwas wie moralisches Mobbing war.

»Sie wollen«, sagte er, »damit ich das richtig verstehe – Sie wollen mich in einem Augenblick des totalen Kriegs auf die Straße setzen?«

»Bill«, sagte Don Liebling, »machen Sie das nicht.«

»Doch doch, genau das mache ich – Sie müssen das zu Protokoll geben, damit ich, wenn ich Sie auf eine Milliarde Dollar verklage, im Zeugenstand konkrete Angaben machen kann, während ich in einen Haufen Kaviar wichse.«

Don starrt ihn an. »Herrgott. David ist tot. Seine Frau ist tot. Seine ...« Er bricht ab, überwältigt von der Ungeheuerlichkeit dessen, was geschehen ist. »Seine Tochter auch, verdammt noch mal. Und Sie – ich kann es nicht mal laut aussprechen.«

»Genau«, sagte Bill, »das können Sie nicht. Aber ich kann es. Es ist mein Beruf. Ich spreche die Dinge laut aus. Ich stelle die Fragen, die sonst niemand stellen will – und deshalb hat dieser Sender Millionen von Zuschauern. Leute, die zu CNN rennen werden, wenn sie unsere Berichterstattung über den Tod unseres eigenen verdammten Chefs sehen, und dabei einen zweitklassigen Roboter mit Fisher-Price-Aufsteckperücke vorfinden, der seine Meinung vom Teleprompter abliest. David, seine Frau und seine Tochter – die ich bei ihrer verdammten Taufe auf dem Arm getragen habe – liegen irgendwo auf dem Grund des Atlantiks, zusammen mit Ben Kipling, gegen den, wie man hört, Anklage erhoben werden sollte, und alle benutzen das Wort *Unfall,* als hätte niemand auf der ganzen Welt einen Grund, diesen Leuten den Tod zu wünschen. Nur, warum ist der Mann dann in einer kugelsicheren Limousine durch die Gegend gefahren, und warum hätten die Fenster seines Büros einer gottverdammten Panzerfaust standgehalten?«

Don schaut hinüber zu Franken, Bills Anwalt, und weiß jetzt schon, dass im Kampf zwischen gesundem Menschenverstand und Marketinggenie die Marketingseite siegen wird. Franken lächelt.

Erwischt.

Und so kam es, dass Bill Cunningham am Montagmorgen wieder auf Sendung war, drei Stunden nachdem der Absturz bekannt geworden war.

Er saß vor den Kameras, ungekämmt, in Hemdsärmeln und mit verrutschter Krawatte, und sah in jeder Hinsicht aus wie ein Mann, den die Trauer überwältigt hatte. Dennoch, als er sprach, klang seine Stimme kraftvoll.

»Ich muss es ganz klar sagen«, begann er. »Dieser Sender, ja, dieser Planet, hat einen großen Mann verloren. Einen Freund und einen Anführer. Ich säße jetzt nicht vor Ihnen ...« Er brach ab und sammelte sich. »Ich würde immer noch den Wetterbericht für Oklahoma vorlesen, wenn David Bateman nicht Potenzial gesehen hätte, wo niemand sonst es entdecken konnte. Wir haben diesen Sender zusammen aufgebaut. Ich war sein Trauzeuge, als er Maggie heiratete. Ich bin – ich *war* der Taufpate seiner Tochter Rachel. Und darum halte ich es für meine *Verantwortung,* dafür zu sorgen, dass dieser *Mord* aufgeklärt wird und der oder die Mörder zur Rechenschaft gezogen werden.« Er beugte sich vor und starrte in die Kamera. »Und jawohl, ich sage *Mord*. Denn was könnte es sonst sein? Zwei der mächtigsten Männer in einer Stadt voller mächtiger Männer, ein Flugzeug, das über dem dunklen Atlantik verschwindet, und das noch einen Tag zuvor gewartet wurde, geflogen von zwei erstklassigen Piloten, die der Flugaufsicht kein technisches Problem gemeldet haben, sondern achtzehn Minuten nach dem Start einfach vom Radar verschwunden sind – schauen Sie mir ins Gesicht: Niemand kann mir einreden, dass es hier mit rechten Dingen zugegangen ist.«

Die Einschaltquote an diesem Morgen war die höchste in der Geschichte des Senders, und sie stieg danach noch weiter. Als die ersten Wrackteile gefunden, die ersten Leichen ans Ufer geschwemmt wurden – ein Mann, der am Dienstag auf Fishers Island mit seinem Hund unterwegs war, fand Emma Lightner, und Sarah Kipling wurde am Mittwoch von Fischern aus dem Wasser gezogen –, übertraf Bill sich selbst, ganz wie ein Ersatzpitcher im letzten Inning eines knappen Endspiels.

An diesem Tag drehte Bill die grausige Entdeckung der menschlichen Überreste noch weiter in Richtung einer Intrige. Wo war Ben Kipling? Wo David Bateman? War es nicht praktisch, dass von den elf Personen, die in der Maschine gewesen waren, Passagiere und Besatzung, nur sechs Leichen vermisst blieben, darunter die der beiden Männer, die höchstwahrscheinlich das Ziel unbekannter Mächte gewesen waren? Wenn Ben Kipling, wie berichtet worden war, neben seiner Frau gesessen hatte, warum war dann ihr Leichnam geborgen worden und seiner nicht?

Und wer war dieser Scott Burroughs? Warum bestand er immer noch darauf, sein Gesicht vor der Welt zu verbergen? War er womöglich ein Mittäter?

»Auf jeden Fall weiß er mehr, als er sagt«, sagte Bill seinen Zuschauern vor den Bildschirmen.

Aus Ermittlerkreisen war ALC zuverlässig mit Informationen versorgt worden, seit die Untersuchung im Gang war. Deshalb hatte der Sender den Sitzplan früher als alle anderen gekannt und auch als Erster die Meldung von der bevorstehenden Anklage gegen Kipling gebracht.

Bill war es auch, der als Erster berichtete, der Junge JJ sei schlafend am Flughafen eingetroffen und von seinem Vater an Bord getragen worden. Seine persönliche Beziehung zu der Story und die Marathonstunden, die er hinter dem Moderatorentisch verbrachte, wo er sich häufig unterbrechen musste, um seine Fassung zurückzugewinnen, machten den Zuschauern das Umschalten schwer. Würde er bald vollends zusammenbrechen? Was würde er als Nächstes sagen? Stunde um Stunde präsentierte er sich als eine Art Märtyrer, ein aufrechter James Stewart in der Senatskammer, der sich niemals unterwerfen oder ergeben würde.

Aber als die Tage vergingen, erschienen auch die Informationen aus ungenannten Quellen immer weniger glaubhaft. Konnte es wirklich sein, dass es keine weiteren Hinweise auf das Wrack gab? Und jetzt, da auch alle anderen Medien über die Kiplingstory berichteten – die *Times* brachte am Sonntag einen Sechstausend-Wörter-Artikel, in dem in allen Einzelheiten dargelegt wurde, wie seine Firma Milliarden Dollar aus Nordkorea, dem Iran und Libyen gewaschen hatte –, verlor Bill allmählich das Interesse daran, hier nach Unrat zu graben. Was blieb, waren Kommentare und das Wiederholen alter Theorien. Er zeigte auf Zeitachsen und schrie Land- und Seekarten an.

Und dann hatte er eine Idee.

Er trifft sich mit Namor in einer schmuddeligen Bar in der Orchard Street – einer Blackbox ohne Schild. Er hat sie ausgesucht, weil er annimmt, dass niemand aus der ranzigen linken Elite der neureichen Lower East Side sein Gesicht kennt. Alle diese bärtigen Sarah-Lawrence-Absolventen mit ihrem Craft Beer halten jeden konservativen Kommentator für einen Freund ihres Vaters.

Zur Vorbereitung auf das Treffen tauscht Bill seine auffälligen Hosenträger gegen ein T-Shirt und eine lederne Bomberjacke. Jetzt sieht er aus wie ein ehemaliger Präsident, der versucht, cool auszusehen. Bill Clinton auf einem U2-Konzert.

Die Bar – sie heißt *swim!* – zeichnet sich durch trübes Licht und leuchtende Aquarien aus und mutet an wie aus einem SF-Actionfilm, der Mitte der Neunziger gedreht wurde. Er bestellt sich (ganz unironisch) ein Budweiser, setzt sich an einen Tisch hinter einem großem Seewasseraquarium und beobachtet die Tür. Hinter dem Aquarium hat er die Illusion, unter Wasser zu sitzen, und durch das Glas erscheint der Raum wie ein Spiegelkabinett – wie eine Hipsterbar aussehen würde, wenn der Meeresspiegel angestiegen und das Land verschlungen worden wäre. Es ist kurz nach neun Uhr abends, und das Lokal ist nur halb voll mit Schwulentrupps und Hipstern beim First Date. Bill nippt an seinem König der Biere und mustert die örtliche Schönheit: ein blondes Mädel, ganz anständige Titten, ein bisschen pummelig. Eine irgendwie ostasiatische Type mit Nasenring – *Filipina?* Er denkt an die Letzte, die er gefickt hat, eine zweiundzwanzigjährige Praktikantin von der George Washington University, die er über seinen Schreibtisch gelegt hat. Sechs glorreiche Minuten lang – *pass auf die Tür auf!* – hat er gearbeitet wie ein Presslufthammer, und dann hat er seinen Orgasmus in ihr braunes Haar gekeucht.

Der Mann, der eben hereinkommt, trägt einen Regenmantel und hat eine ungerauchte Zigarette hinter dem Ohr. Er schaut sich gelassen um, sieht Bills durch das Aquarium komisch vergrößerten Kopf und kommt auf ihn zu.

»Ich nehme an, Sie dachten, es ist unauffällig«, sagt er und schiebt sich in die Nische, »wenn Sie sich diese Bruchbude aussuchen.«

»Meine typischen Zuschauer sind fünfundfünfzigjährige männliche Weiße, die zwei gehäufte Esslöffel Ballaststoffe zu sich nehmen müssen, um morgens halbwegs gut kacken zu können. Ich glaube, wir sind hier sicher.«

»Nur dass Sie mit einem Lincoln Towncar angerollt sind, der in diesem Augenblick draußen am Bordstein wartet und Aufmerksamkeit erregt.«

»Scheiße.« Bill zieht sein Handy hervor und befiehlt seinem Fahrer, um den Block zu fahren.

Bill hat Namor auf einer Pressereise nach Deutschland während der ersten Amtszeit des zweiten Bush kennengelernt. Er wurde ihm von einer örtlichen NGO als *Mann, den man kennen sollte,* vorgestellt, und sofort zeigte sich, dass der Junge Gold wert war. Also pflegte Bill den Kontakt: Er lud ihn zum Essen ein, spendierte ihm Theaterkarten und anderes und stand zur Verfügung, wann immer Namor Lust zum Reden hatte, was normalerweise nach halb zwei Uhr morgens der Fall war.

»Was haben Sie herausgefunden?«, fragt er, als er sein Handy wieder eingesteckt hat.

Namor sieht sich um und kalkuliert Hörweite und Lautstärke.

»Die Zivilisten sind kein Problem«, sagt er. »Wir sind bereits an den Vater der Stewardess herangekommen, an die Mutter des Piloten und an Onkel und Tante des kleinen Bateman.«

»Eleanor und – wie hieß er gleich? – Doug.«

»Genau.«

»Denen muss ja schwindlig sein«, sagt Bill. »Gewinnen da die gottverdammte Waisenlotterie. Es müssen ungefähr dreihundert Millionen sein, die der Bengel da erbt.«

»Aber«, sagt Namor, »er ist auch Waise.«

»Buuhuuu. Ich wünschte, ich wäre auch Waise. Meine Mutter hat mich in einer Pension aufgezogen und mit Scheuermittel verhütet.«

»Na, alle drei Telefone sind angezapft, seins, ihres und das Festnetz. Und wir sehen alle elektronischen Nachrichten noch vor ihnen.«

»Und die Daten gehen wohin?«

»Ich habe einen Pseudoaccount eingerichtet. Sie kriegen die nötigen Informationen in einer codierten Nachricht, wenn wir hier weggegangen sind. Ich habe auch ihre Anrufbeantworter gehackt. Die können Sie sich dann spät abends anhören, während Sie in Ihr Kissen wichsen.«

»Glauben Sie mir, ich kriege so viele Frauen – wenn ich abends nach Hause komme, stecke ich meinen Schwanz höchstens noch ins Eisfach.«

»Dann erinnern Sie mich daran, dass ich bei Ihnen zu Hause keinen Marguerita trinke.«

Bill trinkt sein Bier aus und winkt dem Barmann, damit er noch eins bekommt. »Und König Neptun? Der Langstreckenschwimmer?«

Namor trinkt einen Schluck Bier. »Nichts.«

»Was soll das heißen, *nichts*? Wir haben 2015.«

»Was soll ich sagen? Er ist altmodisch. Kein Handy, keine SMS, er zahlt alle seine Rechnungen per Post.«

»Als Nächstes erzählen Sie mir noch, er ist Trotzkist.«

»Niemand ist heute mehr Trotzkist. Nicht mal Trotzki.«

»Wahrscheinlich, weil er seit fünfzig Jahren tot ist.«

Die Kellnerin bringt Bill ein frisches Bier. Namor signalisiert ihr, dass er auch eins will.

»Verraten Sie mir wenigstens«, sagt Bill, »wo dieser verdammte Pfadfinder ist – auf welchem Planeten.«

Namor überlegt. »Weshalb sind Sie so sauer auf den Kerl?«

»Wovon reden Sie?«

»Ich will nur sagen ... dieser Schwimmer – alle anderen halten ihn für einen Helden.«

Bill verzieht das Gesicht, als würde ihm von dem Wort übel. »Genauso gut könnte man sagen, alles, was mit diesem Land nicht stimmt, ist das, was es groß macht.«

»Ja, aber ...«

»Irgendein gescheiterter Säufer, der sich an wirklich erfolgreiche Leute heranwanzt. Ein Trittbrettfahrer.«

»Ich weiß nicht, was das mit ...«

»Er ist ein Hochstapler, will ich damit sagen. Ein Nobody. Drängt sich ins Scheinwerferlicht, spielt den bescheidenen Ritter, während die eigentlichen Helden, die großen Männer, tot auf dem Grund des verdammten blauen Meeres liegen. Und wenn wir so einen im Jahr 2015 als Helden bezeichnen, dann, mein Freund, sind wir im Arsch.«

Namor stochert sich zwischen den Zähnen herum. Ihm ist das alles egal, aber hier steht ein großes Fragezeichen im Raum, und eine Menge Gesetze werden gebrochen werden, und da dürfte es sich lohnen zu wissen, woran man ist.

»Er hat den Jungen gerettet«, sagt er.

»Na und? Man bindet Hunden Whiskyfässchen um den Hals und bringt ihnen bei, unter einer Lawine nach warmen Körpern zu suchen, aber Sie werden nicht erleben, dass ich meine Kinder als Bernhardiner abrichte.«

Namor überlegt. »Aber er ist nicht nach Hause zurückgekehrt.«

Bill starrt ihn an. Namor lächelt, ohne dass man seine Zähne sieht. »Ich überprüfe noch ein paar Gerüchte. Vielleicht taucht er wieder auf.«

»Das heißt, Sie wissen es nicht.«

»Ja. Ausnahmsweise weiß ich es nicht.«

Bill wippt mit dem Knie. Er hat das Interesse an seinem zweiten Bier plötzlich verloren. »Ich meine, wovon reden wir hier? Von einem heruntergekommenen Säufer? Einem Schläfer, einem Undercoveragenten? Einem Romeo?«

»Oder einfach von einem Mann, der ins falsche Flugzeug geraten ist und ein Kind gerettet hat.«

Bill verzieht das Gesicht. »Das wäre die Heldenstory. Alle bringen die verdammte Heldenstory. Das ist Human-Interest-Schwachsinn. Sie können mir nicht erzählen, dass dieser vertrocknete Loser einen Platz in diesem Flugzeug bekommen hat, nur weil er so ein netter Kerl ist. Vor drei Wochen habe nicht mal ich einen Platz in dem Jet bekommen. Musste die gottverdammte Fähre nehmen.«

»Aber Sie sind auch eindeutig kein netter Kerl.«

»*Fuck you*. Ich bin ein großer Amerikaner. Ist das nicht wichtiger als ... was? Nett zu sein?«

Die Kellnerin bringt Namor sein zweites Bier. Er trinkt einen Schluck. »Es ist doch so«, sagt er. »Niemand verschwindet für immer. Früher oder später geht der Typ in einen Laden und kauft sich einen Bagel, und jemand macht ein Handyfoto. Oder er ruft jemanden an, dessen Telefon wir angezapft haben.«

»Zum Beispiel Franklin beim NTSB.«

»Ich hab's Ihnen doch gesagt. Mit dem ist es schwierig.«

»*Fuck you*. Nennen Sie irgendjemanden, haben Sie gesagt. Nehmen Sie einen Namen aus dem Telefonbuch, haben Sie gesagt.«

»Ich kann an seinen Festnetzanschluss heran, aber nicht an sein Satellitentelefon.«

»Was ist mit seiner E-Mail?«

»Später vielleicht. Aber wir müssen sehr vorsichtig sein. Seit dem Patriot Act wird hier alles überwacht.«

»Von Amateuren, haben Sie gesagt. Jetzt liefern Sie mal langsam.«

Namor seufzt. Er hat die Blonde im Auge, die gerade jemandem eine SMS schreibt, während ihr Begleiter auf dem Klo ist. Wenn er ihren Namen hat, kann er innerhalb von fünfzehn Minuten ihre Nacktselfies abfischen.

»Wenn ich mich recht erinnere, haben Sie gesagt, wir sollten uns eine Weile zurückhalten. So hieß es doch am Telefon, oder? Verbrennen Sie alles. Warten Sie auf mein Zeichen.«

Bill winkt ab. »Das war, bevor ISIS meinen Freund umgebracht hat.«

»Oder wer auch immer.«

Bill steht auf und zieht den Reißverschluss an seiner Bomberjacke hoch. »Hören Sie zu«, sagt er, »es ist eine einfache Gleichung. Geheimnisse plus Technologie ist gleich keine Geheimnisse mehr. Was hier gebraucht wird, ist ein Brain Trust, jemand in zwanzigtausend Fuß Höhe, der Zugriff auf sämtliche Informationen hat – staatliche, private, verdammt, auf die gerichtliche Wetterlage –, und der, dieser erhabene göttliche Kopf, verwendet alle diese Daten, um das wahre Bild zu malen und öffentlich zu zeigen, wer lügt und wer die Wahrheit sagt.«

»Und der wären am besten Sie.«

»Sie haben's begriffen, verdammt«, sagt Bill und geht hinaus zu seinem Towncar.

SPIEGELKABINETT

AN DIESEM ABEND sitzt Scott allein vor dem Fernseher. Das ist keine narzisstische Beschäftigung, sondern ruft eher Schwindelgefühle hervor. Er sieht sein Gesicht seitenverkehrt auf dem Bildschirm, betrachtet Kindheitsfotos – *woher haben die die?* –, die ausgegraben und öffentlich zur Schau gestellt werden (zwischen Werbespots für Inkontinenzwindeln und Minivans), und hört die Geschichte seines eigenen Lebens mit allerlei Veränderungen, als spielte da jemand Stille Post, hört eine Geschichte, die Ähnlichkeit mit der seinen hat, ohne dass sie es ist. Geburt im falschen Krankenhaus, die ersten Jahre auf einer anderen Grundschule verbracht, Studium der Malerei in Cleveland statt in Chicago – als schaute man zu Boden und sähe einen fremden Schatten, der einem auf der Straße folgt. Es fällt ihm in diesen Tagen schon schwer genug, sich zu vergegenwärtigen, wer er ist, auch ohne dass da draußen noch ein lebendiger Doppelgänger unterwegs ist, der jetzt Gegenstand von Gerüchten und Spekulationen ist. *Was machte er in diesem Flugzeug?* Vorige Woche war er ein gewöhnlicher, beliebiger Mensch. Heute ist er eine Figur in einer Kriminalstory. *Der Letzte, der die Opfer lebend gesehen hat* oder *Der Retter des Kindes*. Jeden Tag spielt er seine Rolle, Szene für Szene, sitzt auf Sofas und harten Stühlen und beantwortet Fragen von FBI und NTSB und geht die Details durch, immer und immer wieder – woran er sich erinnern kann, woran nicht. Und dann die Schlagzeilen in der Zeitung und die körperlosen Stimmen im Radio.

Ein Held. Sie nennen ihn einen Helden. Das ist ein Wort, mit dem er im Moment noch nichts anfangen kann. Es liegt so weit außerhalb seines eigenen Selbstgefühls, außerhalb des Narrativs, das er für sich geschaffen hat, damit er funktioniert: ein gescheiterter Mann mit bescheidenen Ambitionen, ein ehemaliger Komatrinker, der jetzt von einem Augenblick zum nächsten lebt, von der Hand in den Mund. Er hält den Kopf gesenkt und weicht den Kameras aus.

Gelegentlich erkennt ihn jemand in der U-Bahn oder auf der Straße. Für diese Leute ist er mehr als nur ein Promi. *Yo, Sie haben den Jungen gerettet. Ich hab gehört, Sie haben mit 'nem Hai gekämpft, Bruder. Stimmt das?* Sie behandeln ihn nicht wie königlichen Adel – als beruhe sein Ruhm auf einer seltenen Eigenschaft –, sondern eher wie einen Typen von nebenan, der Glück hatte. Denn was hat er im Grunde schon getan? Er ist geschwommen. Er ist einer von ihnen, ein Nobody, der etwas geschafft hat. Und so treten die Leute ihm lächelnd entgegen, wenn sie ihn erkennen. Sie wollen ihm die Hand schütteln, ihn fotografieren. Er hat einen Flugzeugabsturz überlebt und ein Kind gerettet. Es bringt Glück, ihn zu berühren, wie ein Glückspenny oder eine Hasenpfote Glück bringen. Indem er das Unmögliche getan hat, hat er bewiesen, dass das Unmögliche möglich ist. Wer möchte nicht, dass so etwas auf ihn abfärbt?

Scott lächelt zurück und versucht, freundlich zu sein. Diese Gespräche sind anders als die, die er vermutlich mit der Presse wird führen müssen. Es ist ein Kontakt auf menschlicher Ebene. Und trotz aller Befangenheit achtet er darauf, niemals unhöflich zu sein. Sie wollen, dass er etwas Besonderes ist, und das versteht er. Es ist den Leuten wichtig, denn wir alle brauchen hier und da etwas Besonderes im Leben. Wir möchten glauben, dass Magie immer noch möglich ist. Also schüttelt Scott Hände und lässt sich von wildfremden Frauen umarmen. Er bittet darum, nicht fotografiert zu werden, und die meisten respektieren seinen Wunsch.

»Es soll vertraulich bleiben«, sagt er. »Es bedeutet mehr, wenn es nur um uns beide geht.«

Den Leuten gefällt die Idee, dass sie in Zeiten allgegenwärtiger Massenmedien ein einzigartiges Erlebnis haben können. Nicht allen natürlich. Manche machen dreist ein Foto, als wäre es ihr gutes Recht. Andere werden wütend, wenn er nicht mit ihnen zusammen fotografiert werden will. Eine ältere Frau am Rand des Washington Square Parks beschimpft ihn geradeheraus als Arschloch, und er nickt und sagt, sie habe recht. Er sei ein Arschloch und wünsche ihr noch einen guten Tag.

»*Fuck you*«, sagt sie.

Wen die Mitmenschen zum Helden salben, der verliert sein Recht auf ein Privatleben. Er wird zu einem Objekt, wird eines unbestimmbaren Quantums an Menschlichkeit entkleidet, als habe er in einer kosmischen Lotterie gewonnen und sei eines Tages als mindere Gottheit aufgewacht. *Der glückbringende Heilige.* Wichtig ist nur noch die Rolle, die er im Leben anderer spielt. Er ist ein seltener Schmetterling, den man ungefähr im richtigen Winkel zur Sonne hält.

Am dritten Tag verlässt er das Haus nicht mehr.

Er wohnt in Laylas Gästewohnung im zweiten Stock. Die Räume sind reinweiß – weiße Wände, weiße Böden, weiße Decken, weiße Möbel –, als wäre er gestorben und in eine Art Vorhimmel eingegangen. Die Zeit, die immer in einer hart erkämpften Routine klemmte, wird austauschbar. Aufwachen in einem fremden Bett. Kaffee aus unbekannten Bohnen aufbrühen. Dicke Badetücher aus selbstschließenden Schränken nehmen und den hotelweichen Flausch auf der Haut spüren. Die Bar im Wohnzimmer ist gefüllt mit schottischen Malts und klarem russischem Wodka. Eine Kirschholztruhe aus der Mitte des zwanzigsten Jahrhunderts mit einem komplizierten Klappdeckel. Scott hat sie am ersten Abend lange angestarrt, wie ein Mann in einer bestimmten Seelenverfassung einen Gewehrschrank anstarren würde. Es gibt so viele Arten zu sterben. Er hat eine Decke über die Bartruhe gelegt, einen Stuhl davorgestellt und sie nicht wieder angeschaut.

Irgendwo liegen Kiplings Frau und diese schöne Stewardess rücklings auf einer Stahlplatte. *Sarah,* so hieß sie, und das Model in dem kurzen Rock hieß *Emma Lightner*. Mehrmals am Tag lässt er sich die Namen durch den Kopf gehen, wie ein Zen-Koan. *David Bateman, Maggie Bateman, Rachel Bateman ...*

Er hat geglaubt, er habe diese Sache in ihrer ganzen Tragweite verkraftet, aber die Nachricht vom Fund der Leichen hat ihn wieder aus dem Gleichgewicht gebracht. Sie sind tot. Alle. Er weiß, dass sie tot sind. Er war ja da, im Ozean. Er ist unter die Welle getaucht. Es konnte dort keine Überlebenden geben. Aber die Nachricht zu hören, die Aufnahmen zu sehen – *die ersten Todesopfer des Bateman-Absturzes geborgen* – hat die ganze Sache real werden lassen. Die Knie werden erst weich, wenn eine Krise vorüber ist.

Die Mutter ist immer noch da draußen. Der Vater und die Schwester. Die Piloten, Charlie Busch und James Melody. Kipling, der Verräter, und der Bodyguard der Batemans, irgendwo tief unter den Wellen begraben, treibend im ewigen Schwarz.

Er weiß, er sollte nach Hause fahren, zurück auf die Insel, aber das kann er nicht. Aus irgendeinem Grund fühlt er sich außerstande, sich dem Leben zu stellen, das er früher gelebt hat. (»Früher« ist in diesem Fall erst Tage her – als habe die lineare Zeit irgendeine Bedeutung für einen Mann, der überlebt hat, was er überlebt hat. Es gibt ein Davor und ein Danach.) Er ist unfähig, sich dem kleinen weißen Gartentor an der stillen sandigen Straße zu nähern, über die alten Slipper hinwegzusteigen, die unbeachtet vor der Tür liegen, einer hinter dem anderen – die Spitze des einen liegt noch auf der Ferse des anderen, wie er sie abgestreift hat. Er kann nicht zurück zu der Milch, die im Kühlschrank sauer geworden ist, und zu den traurigen Augen seines Hundes. Das Haus gehört *ihm,* dem Mann auf dem Bildschirm, der Scotts Hemden trägt und in die Objektive alter Fotoapparate guckt. *Sind seine eigenen Zähne auch so schief?* Er ist dem Spießrutenlauf durch die Kameras nicht gewachsen, dem endlosen Kreuzfeuer der Fragen. In der U-Bahn mit jemandem zu reden geht gerade noch, aber zu den Massen zu sprechen – das bringt er nicht fertig. Ein Satz wird zu einer Erklärung, wenn man ihn vor einem Riesenpublikum spricht. X-beliebige Bemerkungen werden öffentlich verzeichnet und können bis in alle Ewigkeit wieder abgespielt werden, automatisch abgestimmt und zum Mem erstarrt. Was immer der Grund sein mag, er fühlt sich nicht in der Lage, seine Schritte zurückzuverfolgen und sich an den Ort zurückzuziehen, an dem er »vorher« gelebt hatte. So sitzt er auf dem geborgten Sofa des »Jetzt« und starrt hinaus auf die Baumwipfel und Brownstones der Bank Street.

Wo ist der Junge in diesem Augenblick? Auf einer Farm irgendwo auf dem Land? An einem Frühstückstisch, vor sich Erdbeeren mit grünen stachligen Blatthütchen und einen Schlag kalziumhaltigen Haferflockenbrei? Jeden Abend vor dem Schlafen hat Scott den gleichen Gedanken: Wenn er schläft, wird er träumen, dass der Junge in einem endlosen Ozean verloren ist, träumen vom Widerhall seiner Schreie – überall und nirgends zugleich –, während Scott umherplantscht, halb ertrinkend, suchend, ohne je zu finden. Aber dieser Traum kommt nicht. Stattdessen ist da nur das tiefe Vakuum des Schlafs. Er nimmt einen kleinen Schluck von seinem kalten Kaffee und denkt plötzlich, dass es vielleicht die Träume des Jungen sind, eine Projektion seiner Ängste, die im Jetstream treibt wie der Klang einer Hundepfeife, die nur Scott hören kann.

Ist das Band zwischen ihnen real oder vermutet, ein Produkt seines Schuldbewusstseins, eine Vorstellung, die er sich zugezogen hat wie ein Virus? Die Rettung dieses Kindes, das sich acht erschöpfende Stunden lang an ihn geklammert und das er auf den Armen ins Krankenhaus getragen hat – hat sie neue Nervenbahnen in seinem Gehirn eröffnet? Ist das gerettete Leben noch nicht genug? Er ist jetzt zu Hause, dieser Kleine, den die Welt nur als »JJ« kennt und der für Scott immer nur »der Junge« sein wird. Wohlbehalten und versorgt von seiner neuen Familie, der Tante und ihrem – na, ehrlich gesagt – ihrem *verschlagenen* Ehemann. Im Handumdrehen zu einem hundertfachen Millionär geworden, dem es nie wieder an irgendetwas fehlen wird, und dabei ist er nicht mal fünf Jahre alt. Scott hat ihm das Leben gerettet und eine Zukunft gegeben, die Chance, glücklich zu werden. Ist das nicht genug?

Er ruft die Auskunft an und fragt nach der Nummer der Tante in Westchester. Es ist einundzwanzig Uhr. Er hat zwei Tage lang ununterbrochen allein in dieser Wohnung gesessen. Die Auskunft verbindet ihn, und während er dem Klingelzeichen lauscht, fragt er sich, was das soll.

Beim sechsten Klingeln meldet sie sich. Eleanor. Er sieht ihr Gesicht vor sich, die rosigen Wangen, die traurigen Augen.

»Hallo?« Sie klingt wachsam, als könnte es nach Einbruch der Dunkelheit nur noch schlechte Neuigkeiten geben.

»Hey, Scott hier.«

Aber sie hat schon angefangen zu reden. »Wir haben schon alles gesagt. Könnten Sie bitte unsere Privatsphäre respektieren?«

»Nein, Scott. Der Maler. Aus dem Krankenhaus.«

Ihre Stimme wird sanfter. »Oh, entschuldigen Sie. Sie lassen – sie lassen uns einfach nicht in Ruhe. Er ist doch nur ein Kind, wissen Sie. Und seine Mutter und sein Vater sind ...«

»Ich weiß. Warum, glauben Sie, bin ich abgetaucht?«

Es ist still, während sie von dem Anruf, den sie vermutet hat, zur Wirklichkeit findet – zu einem menschlichen Augenblick mit dem Retter ihres Neffen.

»Ich wünschte, das könnten wir auch«, sagt sie dann. »Es ist schwer genug, das alles ungestört durchzumachen, ohne dass ...«

»Das glaube ich Ihnen. Geht es ihm ...?«

Sie schweigt, und Scott hat das Gefühl, er kann hören, was sie denkt: Wie weit soll sie ihm trauen? Wie viel kann sie sagen?

»JJ? Er ist ... tja, er spricht eigentlich nicht. Wir sind mit ihm beim Psychiater gewesen – genauer gesagt, ich war mit ihm dort –, und er hat gesagt, wir sollen ihm einfach Zeit lassen. Also setze ich ihn nicht unter Druck.«

»Das hört sich ... Ich kann mir nicht vorstellen, wie es ist ...«

»Er weint nicht. Ich meine, er ist vier, also kann er noch nicht allzu viel verstehen, oder? Trotzdem dachte ich, er würde weinen.«

Scott überlegt. Was kann er dazu sagen? »Ich nehme an, er muss alles verarbeiten. Etwas derart ... Traumatisches. Für Kinder ist ja alles, was sie durchmachen, normal, nicht wahr? In ihren Köpfen. Sie müssen noch lernen, wie die Welt ist. Also denkt er jetzt, sie ist so. Flugzeuge stürzen ab, Menschen sterben, und du landest im Wasser. Vielleicht muss er sich alles noch einmal überlegen, wenn das Leben auf der Erde tatsächlich so ist ...«

»Ich weiß«, sagt sie, und das Schweigen, das jetzt folgt, ist weder verlegen noch unbehaglich. Es ist das Geräusch von zwei Menschen, die nachdenken.

»Doug redet auch nicht viel«, sagt sie schließlich. »Außer über das Geld. Ich habe gestern gesehen, wie er sich eine Tabellenkalkulationssoftware heruntergeladen hat. Aber emotional ... Ich glaube, die ganze Sache hat ihn umgeworfen.«

»Immer noch?«

»Ja. Er ist ... wissen Sie, er kann nicht gut mit Menschen umgehen. Er hatte auch eine schwere Kindheit.«

»Sie meinen, vor fünfundzwanzig Jahren?«

Er kann hören, wie sie lächelt.

»Seien Sie nett.«

Scott hört den Klang ihrer Stimme gern, den Rhythmus. Eine Andeutung von Vertrautheit liegt darin, als ob sie schon sehr lange miteinander bekannt wären.

»Ich sollte den Mund nicht aufreißen«, sagt er. »Angesichts meiner Erfolgsgeschichte mit Frauen.«

»Auf diesen Köder beiße ich nicht«, sagt sie.

Sie unterhalten sich noch eine Zeitlang über den Tagesablauf. Sie steht morgens mit dem Jungen auf, wenn Doug noch schläft – er geht immer sehr spät zu Bett, sagt sie. JJ mag Toast zum Frühstück und kann ein ganzes Glas Blaubeeren auf einen Sitz verspeisen. Sie malen und basteln zusammen, bis es Zeit für den Mittagsschlaf ist, und nachmittags sucht er gern Käfer im Garten. Wenn die Müllabfuhr kommt, sitzen sie vorn auf der Veranda und winken den Müllmännern zu.

»Im Grunde ein normales Kind«, sagt sie.

»Glauben Sie, er begreift, was passiert ist?«

Nach einer langen Pause fragt sie: »Glauben Sie es?«

Am Sonntag finden die Beisetzungen statt. Sarah Kipling ist die Erste; ihre sterblichen Überreste werden auf dem Friedhof Mt. Zion in Queens beerdigt. Der Friedhof liegt im Schatten der hohen Fabrikschlote aus Vorkriegszeiten, als sei gleich nebenan eine Produktionsanlage für Leichname. Die Polizei hat die TV-Übertragungswagen auf die Südseite der Mauer verbannt. Der Tag ist wolkig, die Luft steht und ist feuchtwarm. Für den Abend sind Gewitter angekündigt, und schon jetzt fühlt man die Schwüle. Die Reihe der schwarzen Autos reicht bis zum Brooklyn Queens Expressway. Verwandte, Freunde und Persönlichkeiten aus der Politik sind erschienen. Es wird noch sieben Bestattungen geben, bevor alles vorüber ist – vorausgesetzt, alle Toten werden geborgen.

Hubschrauber kreisen am Himmel. Scott kommt mit einem gelben Taxi. Er trägt einen schwarzen Anzug aus dem Kleiderschrank in Laylas Gästewohnung. Er ist eine Nummer zu groß, und die Ärmel sind zu lang. In einer Kommodenschublade hat er ein weißes Hemd gefunden, das ihm im Gegensatz zum Anzug zu klein ist: Der Kragen ist zu eng, sodass unter dem Krawattenknoten eine sichtbare Lücke klafft. Er hat sich ungeschickt rasiert und zweimal geschnitten. Der Anblick seines Blutes im Badezimmerspiegel und der kurze, stechende Schmerz haben ihn quasi in die Wirklichkeit zurückgeholt.

Er hat immer noch den Geschmack von Salzwasser in der Kehle. Sogar im Schlaf.

Warum ist er am Leben, und sie sind tot?

Scott sagt dem Fahrer, er solle die Uhr laufen lassen, und tritt in die Schwüle hinaus. Er fragt sich, ob der Junge hier sein wird – er hat vergessen, danach zu fragen –, aber dann denkt er: *Wer bringt ein Kleinkind zur Beerdigung einer Fremden?*

Die Wahrheit ist, er weiß auch nicht, warum er selbst hier ist. Er ist kein Verwandter und kein Freund der Verstorbenen.

Auf dem Weg zur Grabstelle spürt Scott die Blicke auf sich. Zwei Dutzend Gäste in Schwarz umringen das Grab. Er sieht, dass sie ihn sehen. Er ist wie ein Blitz, der zweimal an derselben Stelle eingeschlagen hat. Eine Anomalie. Ehrfürchtig senkt er den Blick.

In respektvoller Entfernung sieht er ein halbes Dutzend Männer in Anzügen. Einer ist Gus Franklin. Zwei andere kennt er auch – Agent O'Brien vom FBI und ... Agent Soundso von der Börsenaufsicht? Sie nicken ihm zu.

Während der Rabbiner spricht, beobachtet Scott die dunklen Wolken, die über die Skyline der Stadt heraufziehen. Sie sind auf einem Planeten namens Erde im Herzen der Galaxie Milchstraße. Alles dreht sich, dreht sich, dreht sich. Alles in diesem Universum bewegt sich auf kreisförmigen Bahnen, und Himmelskörper rotieren im Orbit. Ziehende und schiebende Kräfte sind am Werk, neben denen die Arbeitskraft von Mensch oder Tier winzig erscheint. Selbst im planetaren Maßstab sind wir klein – ein Mann, der im weiten Ozean schwimmt, ein Punkt auf den Wellen. Wir glauben, unsere Vernunftbegabung mache uns größer, als wir sind, unsere Fähigkeit, die unendliche Weite der Himmelskörper zu erfassen. Aber in Wahrheit macht dieses Gefühl für Maßstäbe uns nur kleiner.

Wind kommt auf. Scott versucht, nicht an die anderen Toten

zu denken, die noch mit dem Flugzeug im Meer verschwunden sind – Captain Melody, Ben Kipling, Maggie Bateman und ihre Tochter Rachel. Aber er stellt sie sich vor, verlorene Lettern in lichtloser Tiefe, die sich lautlos im Takt einer unhörbaren Musik wiegen, während Meeresgetier an Nasen und Zehen nagt.

Als die Beisetzung vorüber ist, kommt ein Mann auf Scott zu. Seine Haltung ist militärisch, und sein gutgeschnittenes Gesicht hat eine ledrige Haut, als habe er viele Jahre in der heißen Sonne Arizonas verbracht.

»Scott? Ich bin Michael Lightner. Meine Tochter war ...«

»Ich weiß«, sagt Scott leise. »Ich erinnere mich an sie.«

Sie stehen zwischen den Grabsteinen. Die Kuppel eines Mausoleums in einiger Entfernung ist gekrönt von einer männlichen Statue, ein Bein angewinkelt, Gehstock in der Hand, als würde er sagen, dass nicht mal jetzt die Reise zuende wäre. Er erscheint klein vor der Skyline der Stadt, die im Licht der Spätnachmittagssonne leuchtet. Wenn man die Augen leicht zusammenkniffe, könnte man meinen, alle diese Gebäude seien nur Grabsteine verschiedener Art, turmhohe Bauwerke der Erinnerung und des Bedauerns.

»Sie sind Maler, habe ich gelesen«, sagt Michael. Er zieht eine Packung Zigaretten aus der Hemdtasche und klopft eine heraus.

»Na ja, ich male«, sagt Scott. »Wenn mich das zum Maler macht, bin ich wohl einer.«

»Ich fliege Flugzeuge«, sagt Michael. »Ich dachte immer, das macht mich zum Piloten.« Er raucht eine Zeitlang schweigend. »Ich möchte Ihnen danken für das, was Sie getan haben.«

»Überleben?«

»Nein. Ich rede von dem Jungen. Ich bin mal in der Beringstraße mit einem Rettungsfloß runtergekommen, und das war ... ich hatte immerhin Vorräte.«

»Erinnern Sie sich an Jack LaLanne? Als Kind war ich in San Francisco, und da schwamm er durch die Bay und zog ein

Boot hinter sich her, das eine halbe Tonne wog. Ich hielt ihn für Superman. Deshalb bin ich in die Schwimmmannschaft eingetreten.«

Michael hört ihm zu. Er ist ein Mann, wie man gern einer wäre, aufrecht und zuversichtlich, aber auch mit einer Prise Humor, als nehme er die Dinge ernst, aber nicht zu ernst.

»Früher haben sie jeden Raketenstart im Fernsehen übertragen«, sagt er. »Neil Armstrong, John Glenn. Ich saß auf dem Teppich im Wohnzimmer und konnte die Flammen fast spüren.«

»Haben Sie sich jemals vorgestellt, das auch zu machen?«

»Nein. Ich habe lange Zeit Kampfflugzeuge geflogen und dann Piloten ausgebildet. Zur kommerziellen Luftfahrt zu gehen, das brachte ich nicht über mich.«

»Hat man Ihnen etwas erzählt?«, fragt Scott. »Über das Flugzeug?«

Michael knöpft sein Jackett auf. »Technisch war anscheinend alles in Ordnung. Der Pilot hat nach einem früheren Flug über den Atlantik am Vormittag keine Probleme gemeldet, und eine Woche zuvor ist die Maschine komplett gewartet worden. Außerdem habe ich mir die Akte Ihres Piloten aufgerufen – Melody –, und sie ist makellos. Menschliches Versagen ist natürlich niemals auszuschließen. Den Stimmrecorder haben wir noch nicht, aber ich habe die Berichte der Flugsicherung einsehen können, und es gab keinen Notruf und kein Alarmsignal.«

»Es war neblig.«

Michael runzelt die Stirn. »Das ist ein Sichtproblem. Vielleicht führen die Temperaturunterschiede auch hier und da zu Turbulenzen, aber beim Instrumentenflug ist das für einen solchen Jet kein Faktor.«

Scott sieht zu, wie ein Hubschrauber von Norden her über dem Fluss herankommt. Er ist so weit weg, dass man kein Rotorengeräusch hört. »Erzählen Sie mir von ihr«, sagt er.

»Von Emma? Sie ist – war ... Wenn man Kinder hat, denkt man: *Ich habe dich gemacht, und deshalb sind wir gleich.* Aber das stimmt nicht. Man kann nur eine Zeitlang mit ihnen leben und ihnen vielleicht dabei helfen, ein paar Dingen auf den Grund zu kommen.« Er wirft seine Zigarette auf den Boden und tritt sie aus. »Können Sie ... gibt es etwas über den Flug oder über sie, das Sie mir erzählen könnten?«

Von ihren letzten Augenblicken, will er sagen.

Scott überlegt, was er sagen kann. Dass sie ihm einen Drink serviert hat? Dass das Baseballspiel lief und die beiden Millionäre darüber redeten? Dass die Ehefrauen sich übers Shoppen unterhielten?

»Sie hat ihre Arbeit getan«, sagt er. »Der Flug hat ja nur – wie lange? – achtzehn Minuten gedauert, und ich bin erst gekommen, als sie die Tür schon schließen wollten.«

»Ja, ich verstehe.« Der Vater senkt den Kopf, um seine Enttäuschung zu verbergen. Noch ein weiteres kleines Stück von ihr zu bekommen, ein Bild, und vielleicht noch einmal das Gefühl zu haben, er könne etwas Neues erfahren – damit kann er sie in seinen Gedanken lebendig erhalten.

»Sie war freundlich«, sagt Scott.

Sie stehen noch einen Moment lang da, aber es gibt nichts mehr zu sagen. Dann nickt Michael und streckt seine Hand aus. Scott schüttelt sie und sucht nach Worten für den Schmerz, den der Mann empfinden muss. Michael spürt seine Ratlosigkeit, und er wendet sich ab und geht aufrecht davon.

Die Beamten kommen auf Scott zu, als er zum Taxi zurückkehrt. O'Brien geht vorneweg, und Gus Franklin folgt ihm auf dem Fuße und hat ihm eine Hand auf die Schulter gelegt, als wolle er sagen: *Verdammt, lasst den Mann in Frieden.*

»Mr Burroughs?«

Scott bleibt stehen. Seine Hand liegt schon auf dem Türgriff.

»Wir möchten Sie heute wirklich nicht gern belästigen ...«, sagt Gus.

»Das ist keine Belästigung«, sagt O'Brien. »Wir nennen es ›unseren Job‹.«

Scott zuckt die Achseln. Die Sache ist nicht zu umgehen. »Steigen Sie ein«, sagt er. »Ich möchte nicht ins Fernsehen kommen.«

Das Taxi ist ein Minivan. Scott schiebt die Seitentür zurück, steigt ein und setzt sich auf die hintere Bank. Die Beamten wechseln einen Blick und steigen dann ebenfalls ein. Gus setzt sich nach vorn, O'Brien und Hex nehmen die Klappsitze in der Mitte.

»Danke«, sagt Scott. »Ich habe es in meinem Leben bisher geschafft, nicht von einer Hubschrauberkamera gefilmt zu werden.«

»Ja, das haben wir schon bemerkt«, sagt O'Brien. »Ein großer Fan der sozialen Medien sind Sie auch nicht.«

»Oder irgendwelcher anderer Medien«, sagt Hex.

Scott wendet sich an Gus. »Wie läuft die Suche?«

Gus wendet sich an den Fahrer, einen Mann aus Senegal. »Können Sie uns einen Augenblick allein lassen?«

»Das ist mein Taxi.«

Gus nimmt seine Brieftasche heraus, gibt dem Fahrer zwanzig Dollar und dann noch einmal zwanzig, als das nicht reicht. Der Mann nimmt das Geld und steigt aus.

»Hurrikan Margaret kommt von den Caymans nach Norden herauf«, sagt Gus dann. »Wir mussten die Suche vorläufig einstellen.«

Scott schließt die Augen. Maggie ... Margaret.

»Ja«, sagt Gus, »ein schlechter Witz. Aber die Namen werden zu Beginn der Saison vergeben.«

»Sie wirken ziemlich betroffen«, sagt O'Brien.

Scott sieht den Ermittler mit schmalen Augen an. »Eine Frau ist bei einem Flugzeugabsturz gestorben, und jetzt trägt ein Hurrikan ihren Namen«, sagt er. »Ich weiß nicht, wie ich da wirken soll.«

»In welcher Beziehung standen Sie zu Mrs Bateman?«, fragt Hex.

»Sie haben eine Art zu reden, die ziemlich voreingenommen klingt.«

»Wirklich?«, sagt O'Brien. »Das liegt wahrscheinlich an unserer tief verwurzelten Überzeugung, dass jeder lügt.«

»Wenn ich diese Überzeugung hätte, würde ich wahrscheinlich keine Gespräche mehr führen.«

»O doch. Das macht ja gerade Spaß«, sagt O'Brien.

»Hier sind Menschen gestorben«, fährt Gus ihn an. »Das ist kein Spiel.«

»Bei allem Respekt«, sagt O'Brien, »aber konzentrieren *Sie* sich auf die Absturzursache. Wir kümmern uns um den menschlichen Faktor.«

»Es sei denn«, sagt Hex, »beides wäre ein und dasselbe.«

Scott lehnt sich zurück und schließt die Augen. Anscheinend unterhalten sie sich jetzt ohne ihn, und er ist müde. Seine Schulter tut nicht mehr so weh, aber ein Kopfschmerz kriecht die Schläfenlappen hoch, ein tief im Gewebe widerhallendes Echo des anschwellenden Luftdrucks draußen.

»Ich glaube, er ist eingeschlafen.« Hex betrachtet ihn.

»Sie wissen, wer auf einem Polizeirevier einschläft?«, fragt O'Brien.

»Der Täter«, sagt Hex.

»Sie beide sollten einen Radiosender aufmachen«, sagt Gus. »Sportnachrichten am Morgen, Verkehr und Wetter alle zehn Minuten.«

O'Brien klopft Scott auf die Brust. »Vielleicht besorgen wir uns einen Beschluss und schauen uns Ihre Bilder an.«

Scott klappt die Augen auf. »Wie würde denn das aussehen? Ein Gerichtsbeschluss, um sich Kunst anzusehen?« Vor seinem geistigen Auge sieht er die künstlerische Darstellung eines solchen Dokuments vor sich.

»Es ist ein von einem Richter unterschriebenes Stück Papier, das uns erlaubt, Ihren Kram zu beschlagnahmen«, sagt O'Brien.

»Kommen Sie doch einfach Donnerstagabend vorbei«, sagt Scott. »Ich serviere Weißwein in Pappbechern und stelle ein Tablett mit Stella-d'Oro-Grissini hin. Waren Sie schon mal bei einer Galerieeröffnung?«

»Ich war schon im verschissenen Louvre«, faucht O'Brien.

»Ist das da, wo auch der normale Louvre ist?«

»Das hier ist *meine* Ermittlung«, erklärt Gus. »Niemand beschlagnahmt hier irgendetwas, ohne vorher mit mir zu reden.«

Scott schaut aus dem Fenster. Die Trauergäste sind inzwischen alle gegangen. Das Grab ist ein Loch im Boden, das sich mit Regenwasser füllt. Zwei Männer in Overalls stehen unter dem Blätterdach einer Ulme und rauchen Camel Lights.

»Welchen praktischen Wert könnten meine Bilder Ihrer Ansicht nach haben?«, fragt Scott.

Er möchte es wirklich wissen – als jemand, der fünfundzwanzig Jahre damit verbracht (vergeudet?) hat, Farbe auf Leinwand zu schmieren, und unbeachtet von der Welt mit Windmühlen gekämpft hat. Jemand, der sich damit abgefunden hat, unbrauchbar und irrelevant zu sein.

»Es geht nicht darum, ob es gute Bilder sind«, sagt O'Brien. »Sondern, wovon sie handeln.«

»Katastrophenbilder«, fügt Hex hinzu. »Das sagt Ihre Agentin. Bilder von Autounfällen und Eisenbahnunglücken.«

»Und selbst wenn man die intrinsische Verschrobenheit solcher Kunst mal außer Acht lässt«, sagt O'Brien, »wäre das ermittlungstechnisch für uns von Interesse. Es könnte beispielsweise sein, dass Sie es satthaben, nach Katastrophen zu suchen, die Sie malen können, und stattdessen lieber selbst welche verursachen.«

Scott mustert ihn interessiert. Was für faszinierende Gedankengänge diese Männer haben, wie sie sich Verschwörungen und Täuschungsaktionen aus den Fingern saugen. Sein Blick wandert zu Gus, der sich den Nasenrücken massiert, als habe er Schmerzen.

»Und wie sollte das gehen?«, fragt er. »Praktisch gesehen? Ein mittelloser Maler mit einem dreibeinigen Hund verbringt sein Leben damit, etwas zu verfolgen, was er nicht benennen kann? Eine Geschichte ohne Begrifflichkeiten? Wie soll dieser Mann – ich weiß gar nicht, wie ich es nennen soll – das *anfangen?*«

»Kommt andauernd vor«, sagt O'Brien. »Kleine Männer in kleinen Zimmern mit großen Ideen im Kopf. Sie fangen an, sich Sachen auszudenken, sie gehen auf Waffenmessen und suchen im Internet nach Bauanleitungen für Bomben aus Düngemitteln.«

»Ich gehe nicht ins Internet.«

»Ja *fuck,* dann eben in die Bücherei. *Nehmt mich zur Kenntnis,* schreien sie. Es geht um Rache.«

»An wem, wofür?«

»An allen. An jedem. An ihren Müttern, an Gott, an dem Jungen, der sie im Sportunterricht gequält hat.«

»Wirklich im Schulunterricht? Vor allen anderen?«

»Sehen Sie, jetzt machen Sie Witze. Aber ich meine es ernst.«

»Nein, nein, ich finde es nur interessant. Wie Sie denken. Wie gesagt – ich mache Strandspaziergänge. Ich sitze im Café und starre in meine Tasse. Ich denke über Komposition nach, über Farbe, über die Kombination verschiedener Medien. Das hier ist neu für mich, diese Art von Fernsehprojektion.«

»Warum malen Sie, was Sie malen?«, fragt Gus leise.

»Tja«, sagt Scott, »das weiß ich eigentlich gar nicht so genau. Ich habe Landschaften gemalt, und dann habe ich angefangen, Dinge hineinzusetzen. Ich nehme an, ich versuche die Welt zu verstehen. Wenn man jung ist, erwartet man, dass das Leben gut verläuft. Zumindest geht man davon aus, dass es möglich ist. Dass man das Leben steuern kann. Ob man sich seinen Weg aussucht oder ob nicht – wie viele Leute kennen Sie, die ganz zufällig nach oben gekommen sind? Sie sind einfach irgendwo hineingerutscht. Wo ich hineingerutscht bin, war nur Bourbon und meine eigene Scheiße.«

»Ich schlafe gleich ein«, sagt O'Brien.

Scott redet weiter, weil Gus ihn gefragt hat, und weil er gefragt hat, nimmt Scott an, dass er es wirklich wissen will.

»Man steht morgens auf und denkt, heute ist einfach nur wieder irgendein Tag. Man macht Pläne. Bewegt sich in eine bestimmte Richtung. Aber es ist nicht irgendein Tag. Es ist der Tag, an dem dein Zug entgleist oder ein Tornado über dich hinwegfegt oder die Fähre untergeht.«

»Oder dein Flugzeug abstürzt.«

»Genau. Das ist sowohl Realität als auch – für mich – eine Metapher. War es jedenfalls – noch vor zehn Tagen. Damals, als ich dachte, einen Flugzeugabsturz zu malen sei nur eine raffinierte Art, die Tatsache zu verschleiern, dass ich mein Leben vermasselt hatte.«

»Also haben Sie einen Flugzeugabsturz gemalt«, stellt Hex fest.

»Das würden wir gern sehen«, sagt O'Brien.

Scott schaut aus dem Fenster und schaut zu, wie die Männer am Grab ihre Zigarettenstummel in den Dreck werfen und ihre Schaufeln in die Hand nehmen. Er denkt an Sarah Kipling, die an einem sonnigen Tag im August freundlich zu ihm war. Ein kurzer Händedruck, ein flüchtiges Lächeln. Warum ist sie jetzt unter der Erde, und nicht er? Er denkt an Maggie, an ihre Tochter, die neun Jahre alt war. Beide liegen irgendwo auf dem Meeresgrund, und er sitzt hier und atmet und führt ein Gespräch über Kunst, das in Wirklichkeit ein Gespräch über den Tod ist.

»Schauen Sie jederzeit vorbei«, sagt er. »Die Bilder sind alle da. Sie müssen nur das Licht einschalten.«

Er lässt das Taxi an der Pennsylvania Station anhalten. Bei der Beerdigung war so viel Presse, dass irgendjemand dem Taxi ganz sicher gefolgt ist, und als er in den Bahnhof läuft, sieht er, dass ein grüner SUV am Randstein hält und ein Mann in einer Jeansjacke herausspringt. Scott nimmt eilig Kurs auf die U-Bahn und fährt hinunter zum Bahnsteig der Linie 3 in Richtung Downtown. Dort macht er kehrt und läuft zum Bahnsteig Richtung Uptown. Dabei sieht er, wie sein Verfolger in der Jeansjacke auf der Downtown-Seite auftaucht. Er hat eine Kamera in der Hand, und als der Uptownzug wie ein Hai in den Bahnhof einfährt, reißt er sie hoch, um ein Bild zu machen. Scott dreht sich um, als der Zug quietschend an ihm vorbeifährt, sodass sein Gesicht abgewandt ist. Er hört das Zischen der Luft und das Pling der Türen und schiebt sich rückwärts in einen Wagen. Er setzt sich und hält die Hände vor das Gesicht. Die Türen schließen sich, und er späht zwischen den gespreizten Fingern hindurch. Der Zug fährt weiter, und er sieht den Mann in der blauen Jacke am anderen Gleis. Er hat die Kamera immer noch erhoben und hofft auf ein Foto.

Scott fährt drei Stationen in Richtung Uptown. Er steigt aus und nimmt den Bus zurück nach Downtown. Er ist jetzt in einer neuen Welt, in einer Stadt der Zusammenstöße, erfüllt von Argwohn und Misstrauen. Hier ist kein Platz für abstrakte Gedanken, kein Raum, um über die Natur der Dinge nachzusinnen. Auch das ist etwas, das im turbulenten Atlantik gestorben ist. Als Künstler lebt man gleichzeitig in der Welt und außerhalb davon. Wo ein Ingenieur Form und Funktion sieht, sieht ein Maler Bedeutung. Für den Ingenieur ist ein Toaster ein Arrangement aus mechanischen und elektrischen Komponenten, die so zusammenwirken, dass Hitze auf Brot gerichtet und Toast hergestellt wird. Für den Künstler ist der Toaster etwas ganz anderes. Er ist eine Maschine zur Herstellung von Wohlbehagen, einer von vielen mechanischen Kästen in einer Behausung, die die Illusion von Zuhause erschaffen. Im anthropomorphen Sinne ist er ein Mann mit aufgerissenem Mund, der nie müde wird zu essen. Schiebt ihm noch ein Brot ins Maul. Aber der arme Mr Toaster ist einer, der niemals satt wird, so viel er auch isst.

Scott macht sich ein Müsli zum Abendessen. Er trägt noch immer den geborgten Anzug, und seine Krawatte sitzt schief, aber irgendwie kommt es ihm respektlos vor, sie abzunehmen. Der Tod, der für die Toten so dauerhaft ist, sollte für die Trauernden mehr als nur eine Nachmittagsbeschäftigung sein. Also sitzt er da und schaufelt das Müsli in sich hinein und kaut, ganz in Schwarz wie ein Frühstücksbestatter.

Dann steht er an der Spüle und wäscht seine Schale und den Löffel ab, als er hört, wie die Wohnungstür sich öffnet. Ohne sich umzudrehen, weiß er, dass es Layla ist. Er hört es am Klang ihrer Absätze, und er riecht ihr Parfüm.

»Sind Sie vorzeigbar?«, fragt sie und kommt in die Küche.

Er stellt seine Müslischale auf das Abtropfgitter.

»Ich versuche herauszufinden, warum man Gedecke mit dreißig verschiedenen Teilen braucht«, sagt er. »Die Cowboys sind durch das ganze Land gezogen – mit einem Teller, einer Gabel und einem Löffel.«

»Sind Sie das?«, fragt sie. »Ein Cowboy?«

Er geht ins Wohnzimmer und setzte sich auf das Sofa. Sie zieht die Decke von dem Barschrank und schenkt sich ein Glas ein.

»Wollen Sie die Getränke warmhalten, oder …?«

»Ich bin Alkoholiker«, sagt er. »Glaube ich.«

Sie nippt an ihrem Glas. »Glauben Sie.«

»Na, wahrscheinlich kann man ziemlich sicher sein, denn wenn ich anfange zu trinken, kann ich nicht mehr aufhören.«

»Mein Vater ist der reichste Alkoholiker auf dem Planeten. In einem Artikel in *Forbes* stand einmal, dass er wahrscheinlich jedes Jahr erstklassigen Schnaps im Wert von dreihunderttausend Dollar säuft.«

»Das können Sie vielleicht auf seinen Grabstein schreiben.«

Sie lächelt, setzt sich hin und lässt die Schuhe von den Füßen gleiten. Dann zieht sie das rechte Bein unter das linke. »Das ist Serges Anzug.«

Er greift an die Krawatte. »Entschuldigen Sie.«

»Nein«, sagt sie, »das ist in Ordnung. Ich glaube, er ist jetzt in Rumänien. Bei der nächsten monumentalen Fickorgie.«

Scott sieht zu, wie sie ihren Scotch trinkt. Der Regen klatscht an die Fenster und rinnt in Streifen an den Scheiben herunter.

»Ich habe mal einen Pfirsich gegessen«, sagt er. »In Arizona in der Wüste. Der war besser als aller Sex, den ich je hatte.«

»Vorsicht«, sagt sie. »Das könnte ich als Herausforderung auffassen.«

Als sie gegangen ist, trägt er ihr Glas zur Spüle. Ein Fingerbreit Scotch ist noch darin, und bevor er ihn ausgießt, hält er das Glas an sein Kinn und riecht daran. Er ist hingerissen vom vertrauten erdigen Torfgeruch. *Das Leben, das wir leben,* denkt er, *ist voller Löcher.* Er spült das Glas aus und stellt es umgekehrt auf das Gitter.

Er geht ins Schlafzimmer und legt sich auf das Bett, immer noch im Anzug. Er versucht sich vorzustellen, wie es ist, tot zu sein, aber es gelingt ihm nicht. Also knipst er das Licht aus. Der Regen trommelt gegen die Fensterscheibe. Er starrt an die Decke und schaut zu, wie die Schatten der Wasserstreifen sich umgekehrt bewegen und die Regentropfen von unten nach oben rollen. Ein Geflecht von Baumästen breitet sich aus wie ein Rorschachklecks. Das Weiß der Wohnung ist wie eine leere Leinwand, ein Ort, der darauf wartet, dass sein Bewohner entscheidet, wie er leben will.

Was wird er jetzt malen, fragt er sich.

FÄDEN

ES GAB EINE ANTWORT. Sie hatten sie nur noch nicht. Das erwiderte Gus seinen Vorgesetzten, wenn sie ihn drängten. Seit dem Absturz waren zehn Tage vergangen. In einem Hangar auf einem Marinestützpunkt auf Long Island wurden die Wrackteile gesammelt, die sie fanden. Ein zwei Meter langes Tragflächenstück. Ein Teil einer ledernen Kopfstütze. Hierher würde man auch die übrigen acht Todesopfer bringen, wenn sie geborgen würden – vorausgesetzt, sie wurden wie die Flugzeugtrümmer aus dem Wasser gefischt und nicht wie Emma Lightner an den Strand geschwemmt oder wie Sarah Kipling aus einem Fischernetz gezogen. Diese Toten waren in benachbarte Leichenschauhäuser transportiert und erst nach ein paar Tagen per Bundesvollmacht dort abgeholt worden. Die Frage der Zuständigkeit ist eins der vielen Probleme bei der Untersuchung eines Flugzeugabsturzes in Küstengewässern.

Jeden Tag zogen Taucher ihre Neoprenanzüge an, Piloten betankten ihre Hubschrauber, und Schiffskapitäne vereinbarten das Suchraster. Tiefes Wasser ist dunkel. Strömungen ändern sich. Was nicht schwimmt, sinkt auf den Grund. So oder so, je mehr Zeit verging, desto unwahrscheinlicher wurde es, dass sie fanden, was sie suchten. Manchmal, wenn ihm das Warten zu lang wurde, orderte Gus einen Hubschrauber und flog hinaus zum Leitschiff. Dort stand er an Deck, half mit, die Suche zu koordinieren, und sah den Möwen beim Kreisen zu. Aber selbst mitten im größten Betrieb stand Gus nur herum. Er war Ingenieur, ein Spezialist für Flugzeugentwicklung, der in jedem System die Schwachstellen identifizieren konnte. Die

Voraussetzung war, dass er ein System hatte, das er analysieren konnte: Antrieb, Hydraulik, Aerodynamik. Aber er hatte nur eine abgerissene Tragfläche und den Druck, dem ein lebendig begrabener Mann von oben herab ausgesetzt ist.

Aber selbst ein kleines Trümmerteil erzählt eine Geschichte. Anhand des Tragflächenfragments konnten sie ermitteln, dass das Flugzeug in einem Winkel von neunzig Grad ins Wasser gestürzt war, also senkrecht wie ein Seevogel. Das ist kein natürlicher Landungswinkel für ein Flugzeug, das auf geschwungenen Tragflächen abwärtsgleiten möchte. Es lässt auf einen Pilotenfehler, möglicherweise sogar auf einen absichtlich herbeigeführten Absturz schließen. Aber Gus gab allen zu bedenken, dass der Jet möglicherweise auch in einem natürlicheren Sinkflugwinkel heruntergekommen und dann frontal in eine entgegenkommende große Welle gerauscht war, was dann ausgesehen hätte, als wäre er senkrecht ins Meer eingetaucht. Mit anderen Worten, sicher konnte man nicht sein.

Ein paar Tage später war vor Block Island ein Teil des Hecks entdeckt worden, das ihnen ermöglicht hatte, einen ersten Blick auf die Hydraulikanlage zu werfen. Anscheinend war sie voll funktionsfähig gewesen. Einen Tag später fanden sich zwei Gepäckstücke an einem Strand in Montauk, eins unversehrt, das andere aufgerissen und leer. Und so ging es weiter, Stück für Stück, als suche man in einem Heuhaufen nach Heu. Erfreulich war, dass das Wrack unter Wasser anscheinend auseinandergebrochen war und die Teile nach und nach zum Vorschein kamen, aber dann, vor vier Tagen, hatten die Funde aufgehört.

Und jetzt befürchtet Gus, dass sie den größten Teil des Rumpfes niemals finden werden und dass der Rest der Passagiere und Besatzungsmitglieder endgültig verschwunden ist.

Jeden Tag wird er von seinen Vorgesetzten in Washington bedrängt, die ihrerseits den immer härteren Forderungen des Justizministeriums und eines gewissen, sehr erbosten Milliardärs ausgesetzt sind: Sie sollen Antworten bringen, die Vermissten bergen und die ganze Geschichte zur Ruhe betten.

Es gibt eine Antwort. Wir haben sie nur noch nicht.

Am Donnerstag sitzt Gus an einem Konferenztisch mit fünfundzwanzig Bürokraten und geht das Offenkundige mit ihnen durch, Dinge, von denen sie schon wissen, dass sie sie wissen. Der Tisch steht in einem bundeseigenen Gebäude am Broadway. Agent O'Brien vom FBI und Agent Hex von der Börsenaufsicht sind hier auf heimatlichem Boden, ebenso wie das halbe Dutzend ihrer Mitarbeiter. Für O'Brien ist dieser Absturz nur Teil einer größeren Story von terroristischen Bedrohungen und Splittergruppenangriffen gegen amerikanische Interessen. Für Hex handelt es sich um das neueste Kapitel in einer Kriegsgeschichte über die amerikanische Wirtschaft und die Millionäre und Milliardäre, die mit Hilfe eines massiven Einsatzes von Finanzmitteln gegen Regeln und Gesetze verstoßen. Gus ist der einzige Anwesende, dem es allein um den Flugzeugabsturz geht.

Um die Menschen in diesem Flugzeug.

Neben ihm sitzt der CEO des privaten Sicherheitsunternehmens, das für die Familie Bateman verantwortlich war, und beschreibt die Verfahren, mit denen sie verschiedenen Gefahrenstufen begegnen. Er hat ein sechsköpfiges Team mitgebracht, das ihm ein Dokument nach dem anderen herüberreicht, während er redet.

»... in ständigem Kontakt mit speziell zugeordneten Agenten der Homeland Security«, erklärt er soeben. »Das heißt, wenn es eine Bedrohung gegeben hätte, wären wir innerhalb von Minuten davon in Kenntnis gesetzt worden.«

Gus betrachtet sein Spiegelbild im Fenster gegenüber. Im Geiste steht er auf einem Kutter der Küstenwache und lässt den Blick über die Wellen wandern. Er steht auf der Brücke einer Fregatte der US Navy und betrachtet Sonarbilder.

»Ich habe persönlich eine umfassende Revision der Überwachungs- und Sicherheitsaktivitäten beaufsichtigt, und zwar über volle sechs Monate in der Zeit vor dem Absturz«, fährt der CEO fort. »Ich kann mit absoluter Gewissheit sagen, dass uns nichts entgangen ist. Wenn jemand es auf die Batemans abgesehen hatte, dann hat er es hundertprozentig für sich behalten.«

Gus dankt ihm und gibt das Wort weiter an Agent Hex, der als Erstes einen Überblick über die staatlichen Ermittlungen gegen Ben Kipling und seine Investmentfirma gibt. Die Anklage, berichtet er, sollte planmäßig am Tag nach dem Absturz erhoben werden, und mit seinem Tod sei Kipling für seine Partner zum perfekten Sündenbock geworden. Sie alle hätten ausgesagt, sämtliche Geschäfte mit Schurkenstaaten (falls es welche gegeben habe) seien auf den Verstorbenen zurückzuführen, der sie verschleiert habe. Mit anderen Worten, sie seien übers Ohr gehauen worden. *Ich bin hier ein Opfer wie alle anderen,* behaupteten sie.

Achtzehn Konten der Firma wurden eingefroren. Die Einlagen betragen sechs Komma eins Milliarden Dollar. Die Ermittler verfolgten dieses Geld in fünf Staaten zurück: Libyen, Iran, Nordkorea, Sudan und Syrien. Aus Kiplings Telefondaten geht hervor, dass Barney Culpepper ihn dreiundfünfzig Minuten vor dem Start der Maschine angerufen hat. Culpepper verweigert jeden Kommentar zum Inhalt des Gesprächs, aber es ist klar, dass er Kipling vor der Anklageerhebung gewarnt hat.

Wie Hex und seine Vorgesetzten bei der Börsenaufsicht die Sache sehen, geht der Absturz auf die Aktion eines feindlichen Staates zurück, der auf diese Weise Kipling zum Schweigen bringen und die Ermittlungen behindern wollte. Die Frage ist, wann genau die Einladung an die Kiplings zum Rückflug mit den Batemans ergangen ist. Der CEO der Sicherheitsfirma wirft einen Blick in seine Protokolle. Aus einer Mitteilung des Leibwächters, verfasst um elf Uhr achtzehn vormittags, geht hervor, der Chef (David Bateman alias Condor) habe in einem Gespräch mit ihm geäußert, Ben und Sarah würden mit ihnen zurückfliegen.

»Scott«, sagt Gus geistesabwesend.

»Was?«, fragt Hex.

»Der Maler«, erläutert Gus. »Er hat uns erzählt, Maggie habe Sarah und ihren Mann eingeladen. Ich glaube, das war am Morgen auf dem Markt. Und er selbst hatte die Einladung bereits – schauen Sie noch mal in die Unterlagen, aber ich glaube, seit Freitagnachmittag. Er hatte Maggie und die Kinder getroffen.«

Gus denkt an sein letztes Gespräch mit Scott im Taxi am Friedhof. Er hatte gehofft, weiter ins Detail gehen und Scotts Erinnerungen an den Flug noch einmal Minute für Minute durchsprechen zu können, vom Einsteigen über den Start bis zu dem kurzen Flug. Aber die Unterredung hatten Männer an sich gerissen, die ihren eigenen Theorien nachjagten.

In Ermangelung der Fakten, denkt er, *erzählen wir einander Geschichten.*

Genau das tun die Medien zurzeit – *CNN, Twitter, Huffington Post* – in ihrem Vierundzwanzig-Stunden-Zyklus der Spekulationen. Die meisten ordentlichen Publikationen halten sich an das, was bekannt ist, und bleiben bei sauber recherchierten Kommentaren, aber andere – am schlimmsten ist dieser Bill Cunningham bei ALC – bauen an ihren Legenden und verwandeln die ganze Katastrophe in eine gigantische Soap über einen malenden Gigolo und seine millionenschweren Gönner.

Gus denkt an den Jungen, der jetzt bei Onkel und Tante im Hudson River Valley untergebracht ist. Er war vor zwei Tagen draußen bei ihnen, hat in der Küche gesessen und Kräutertee getrunken. Es gibt keine gute Gelegenheit, ein kleines Kind zu vernehmen, keine vollkommene Technik. Erinnerungen sind selbst bei Erwachsenen unzuverlässig, aber bei Kindern erst recht, besonders nach einem traumatischen Erlebnis.

Er spricht nicht viel, hatte Eleanor gesagt, als sie ihm den Tee brachte. *Seit wir ihn nach Hause geholt haben. Der Arzt meint, das ist normal. Na ja, nicht normal, aber eben nicht unnormal.*

Der Junge saß auf dem Boden und spielte mit einer Planierraupe aus Plastik. Gus ließ ihm Zeit, sich an seine Anwesenheit zu gewöhnen, und dann setzte er sich zu ihm auf den Boden.

JJ, sagte er, *ich heiße Gus. Wir haben uns schon einmal gesehen. Im Krankenhaus.*

Der Junge blickte auf, schaute ihn mit zusammengekniffenen Augen an und spielte weiter.

Ich dachte, wir könnten uns über das Flugzeug unterhalten, in dem du mit Mommy und Daddy warst.

Und mit Rachel, sagte der Junge.

Genau. Und mit deiner Schwester.

Gus schwieg und hoffte, der Kleine werde die Stille unterbrechen, aber das tat er nicht.

Und, fragte er schließlich, *erinnerst du dich an das Flugzeug? Ich weiß ja, du hast geschlafen, als ihr losgeflogen seid. Das hat Scott mir erzählt.*

Der Junge hob den Kopf, als er Scotts Namen hörte, aber er sagte nichts. Gus nickte ihm aufmunternd zu. *Aber,* sagte er, *bist du denn noch einmal aufgewacht, bevor …*

Der Junge schaute zu Eleanor hinüber, die sich ebenfalls auf den Boden gesetzt hatte.

Du kannst es ruhig erzählen, Sweetie. Alles, was du noch weißt.

Der Junge überlegte, und dann nahm er seine Planierraupe und ließ sie krachend gegen einen Stuhl fahren.

Raar!, schrie er.

JJ, sagte Eleanor, aber der Junge ignorierte sie. Er stand auf, rannte mit seiner Planierraupe in der Küche herum und schmetterte sie gegen Wände und Schränke.

Gus nickte und rappelte sich müde hoch. Seine Knie knackten. *Ist schon okay*, sagte er. *Wenn er sich an etwas erinnert, wird es noch herauskommen. Man soll ihn nicht bedrängen.*

Im Konferenzraum ist inzwischen eine Diskussion darüber im Gange, wie ein Attentatskommando (aus Libyen, Nordkorea oder sonst wo) es logistisch zuwege gebracht haben könnte, den Privatjet herunterzuholen. Am wahrscheinlichsten ist eine versteckte Bombe, die entweder in Teterboro oder auf Martha's Vineyard ins Flugzeug gebracht wurde. Pläne der Maschine werden auf dem Tisch ausgebreitet, und alle stehen herum und deuten auf mögliche Verstecke. Das Äußere kommt nicht infrage, denn der Pilot hat es vor dem Abflug gründlich inspiziert.

Gus hat mit den Technikern der Bodenmannschaft gesprochen, die das Flugzeug auf dem Rollfeld betankt haben, Arbeitern mit dem Akzent von Massachusetts, die am St. Patrick's Day grünes Bier trinken und am 4. Juli Hotdogs essen. Eine Gelegenheit, die jemand von außen genutzt haben könnte, um an Bord zu gehen und einen Sprengsatz zu verstecken, hat es nicht gegeben.

O'Brien schlägt (noch einmal) vor, dass sie sich Charlie Busch genauer ansehen, der in letzter Minute zur Besatzung dazugekommen ist. Nach unbestätigten Gerüchten hatte er vielleicht ein Verhältnis mit der Flugbegleiterin, Emma Lightner, aber stichhaltige Beweise gibt es dafür nicht. Gus gibt zu bedenken, dass Buschs Hintergrund bereits gründlich durchleuchtet worden ist. Er war ein Sportler aus Texas, Neffe eines Senators und ein ziemlicher Playboy, wenn man seiner Personalakte glauben konnte. Aber nichts in seiner Vergangenheit deutet darauf hin, dass er das Flugzeug absichtlich zum Absturz gebracht haben könnte, wie immer seine Affären auch aussehen mochten. In das Profil eines Terroristen passte er nicht.

Gestern ist Gus nach Washington gerufen worden, wo er sich mit Buschs Onkel, Senator Birch, traf. Birch hatte sechs Legislaturperioden im Senat hinter sich, ein Senator auf Lebenszeit. Er hatte dichtes weißes Haar und die breiten Schultern eines College-Football-Verteidigers. Sein Stabschef saß abseits und tippte auf seinem Telefon herum, jederzeit bereit einzugreifen, wenn das Gespräch allzu weit vom Thema abkommen sollte.

»Und – wie sieht es aus?«, fragte Birch.

»Es ist noch zu früh, um das zu sagen, Sir«, antwortete Gus. »Wir brauchen das Flugzeug, wir müssen seinen technischen Zustand untersuchen, die Leichen bergen.«

Birch rieb sich das Gesicht. »Was für ein Schlamassel. Bateman *und* Kipling. Meine arme Schwester.«

»Ja, Sir.«

»Hören Sie«, sagte Birch, »er war ein guter Junge. Charlie. Anfangs hat er viel Mist gebaut, aber dann hat er die Kurve gekriegt, soweit ich es beurteilen kann. Hat etwas aus sich gemacht. Was sagen die Leute bei GullWing?«

»Seine Leistungen waren gut. Nicht ausgezeichnet, aber gut. Wir wissen, dass er in der Nacht vor dem Absturz in London war. Er war mit ein paar anderen GullWing-Mitarbeitern zusammen, und Emma Lightner war auch dabei. Aber soweit man es erkennen kann, war es ein ganz normaler Abend. Sie waren in einer Bar. Emma ist früh gegangen. Wir wissen, dass Ihr Neffe irgendwann an diesem Abend den Flug mit Peter Gaston getauscht hat. Für Flug 613 war er eigentlich nicht vorgesehen.«

Birch schüttelte den Kopf. »Pech.«

Gus wiegte den Kopf hin und her, als wolle er sagen: *Vielleicht, vielleicht auch nicht.*

»Ihr Neffe hat am nächsten Tag einen Platz in einer Chartermaschine nach New York erwischt. Wir wissen noch nicht, was dahintersteckte. Gaston sagt, der Tausch war Charlies Idee. Er habe gesagt, er habe einfach Lust, nach New York zu fliegen. Aber so war er anscheinend. Impulsiv.«

»Er war jung.«

Gus dachte nach. »Vielleicht hatte er auch das Problem, dass er Frauen gegenüber seine Grenzen nicht kannte.«

Birch verzog das Gesicht, als wollte er sagen: *Das ist doch kein Problem.* »Was soll man machen? Er war ein gutaussehender Junge. Im Grunde ist er überall im Leben mit einem Lächeln durchgekommen. Wenn er mein Sohn gewesen wäre, hätte ich ihn irgendwann hinter den Holzschuppen befördert und ihm ein bisschen Disziplin eingebläut, aber für seine Mama war er der Sonnenschein. Ich habe getan, was ich konnte, ich habe telefoniert, ihm bei der Nationalgarde die Pilotenausbildung verschafft und ihm geholfen, Tritt zu fassen.«

Gus nickte. Ihn interessierte es nicht so sehr zu erfahren, was für ein Mensch der Kopilot gewesen war. Er wollte wissen, in welchem körperlichen und geistigen Zustand er am Tag der Katastrophe gewesen war. Ein Flugzeug stürzt nicht ab, weil der Pilot vaterlos aufgewachsen ist. Hintergrundgeschichten liefern einen Kontext, aber sie verraten nicht, was man wirklich wissen muss, nämlich: Was ist in den achtzehn Minuten zwischen dem Start und dem Sturz ins Meer vorgefallen? Gab es ein technisches Problem?

Was Gus betraf, war alles andere nur ein Zeitvertreib, bis sie die richtige Spur fanden.

Birch nickte seinem Assistenten zu. Zeit, Schluss zu machen. Er stand auf und streckte die Hand aus.

»Wenn es so aussieht, als könnte diese Sache ein schlechtes Licht auf Charlie werfen, dann sagen Sie es mir rechtzeitig. Sie sollen nichts Illegales tun, sondern mich nur informieren. Ich möchte die Mutter des Jungen beschützen, so gut es geht.«

Gus stand auf und schüttelte dem Senator die Hand. »Selbstverständlich, Sir. Danke, dass Sie mit mir gesprochen haben.«

Jetzt, hoch oben in diesem Konferenzzimmer, betrachtet Gus sich in der Fensterscheibe und blendet die anzugtragenden Männer um ihn herum aus. Auch sie schlagen die Zeit tot. Im Augenblick sind die Ermittlungen wie ein Kartenspiel, in dem Karten fehlen. Er braucht das Flugzeug. Bis er es findet, können sie nur raten.

Hex stößt ihn an, und er merkt, dass O'Brien mit ihm spricht. »Was?«

»Ich sagte, ich habe einen Beschluss«, wiederholt O'Brien.

»Wofür?«

»Für die Bilder. Wir haben sie vor ungefähr einer Stunde aus Burroughs' Atelier geholt.«

Gus reibt sich die Augen. Aus der Personalakte weiß er, dass O'Brien der Sohn eines Internatsleiters ist – Andover oder Blair Academy, er kann sich nicht erinnern. Sicher keine schlechte Art, eine Verurteilungsmaschine zu erschaffen, deren Funktion es ist zu kontrollieren und zu bestrafen. Offensichtlich sieht O'Brien seine Rolle im Leben genauso.

»Der Mann hat ein Kind gerettet«, sagt Gus.

»Er war zur richtigen Zeit am richtigen Ort, und ich frage mich, warum.«

Gus bemüht sich, nicht aus der Haut zu fahren. »Ich bin seit zwanzig Jahren in diesem Job«, sagt er, »und noch nie hat jemand über einen, der mit dem Flugzeug abgestürzt ist, gesagt, er sei zur richtigen Zeit am richtigen Ort gewesen.«

O'Brien zuckt die Achseln. »Ich habe Ihnen die Chance gegeben, es als Ihre Idee zu präsentieren. Jetzt mache ich es selbst.«

»Lassen Sie sie in den Hangar bringen«, sagt Gus, und bevor O'Brien protestieren kann, fährt er fort: »Und Sie haben recht. Ansehen sollten wir sie. Ich hätte es anders gemacht, aber jetzt ist es passiert. Bringen Sie sie in den Hangar, und dann packen Sie Ihre Sachen. Sie verlassen die Taskforce.«

»Was?«

»Ich habe Sie geholt, weil Colby mir sagte, Sie seien sein bester Mann, aber *so* verfahren wir nicht. Es ist meine Ermittlung, und wie wir Überlebende *und* Verdächtige behandeln, bestimme ich. Jetzt ist es passiert. Sie haben die Kunstwerke eines Mannes beschlagnahmt, der eines Tages vielleicht eine Ehrenmedaille vom Präsidenten bekommt. Sie haben entschieden, er habe etwas zu verbergen, aber vielleicht können Sie auch nur nicht akzeptieren, dass das Leben voller x-beliebiger Zufälle ist, und dass nicht alles, was bedeutsam zu sein *scheint,* auch bedeutsam *ist.* Tatsache ist, Sie haben darüber nicht zu entscheiden. Also packen Sie Ihren Kram zusammen. Ich gebe Sie dem FBI zurück.«

O'Brien starrt ihn mit zusammengebissenen Zähnen an und steht langsam auf.

»Wir werden sehen«, sagt er und geht hinaus.

Bild Nr. 3

WIR SIND UNTER WASSER. Unter uns ist nichts als Dunkelheit. Hoch oben sehen wir Licht, ein Grau, das allmählich zu einer Andeutung von Weiß übergeht. Die Düsternis hat eine Textur; es sieht aus, als seien schwarze Kreuze über unser Gesichtsfeld verstreut. Man sieht sie nicht gleich, diese schwarzen Striche – als sei da etwas hingesetzt und wieder übermalt worden –, aber je weiter unsere Augen sich an das Bild gewöhnen, desto klarer erkennen wir, dass sie überall sind – nicht bloß Pinseltechnik, sondern Inhalt.

In der unteren rechten Ecke erkennen wir etwas Glänzendes, ein schwarzes Objekt, das den Lichtschimmer der Oberfläche einfängt. Die Lettern »U.S.S.« sind sichtbar, vom letzten S allerdings nur noch die untere Kurve. Von hier aus wird unser Blick weitergelenkt, auf etwas, das auf dem unteren Rand des Gemäldes aufragt, die Spitze eines Dreiecks. Etwas Urzeitliches steigt hier auf.

In diesem Augenblick wird uns klar, dass die Kreuze Leichen sind.

Transkript

GELEAKTES DOKUMENT OFFENBART SPANNUNGEN IN DER ERMITTLER-GRUPPE ZUM BATEMAN-ABSTURZ UND HINTERFRAGT DIE ROLLE EINES MYSTERIÖSEN PASSAGIERS.
(07. Sept. 2015, 20:16)

BILL CUNNINGHAM (Moderator): Guten Abend, Amerika. Ich bin Bill Cunningham. Wir unterbrechen unser Programm für einen Spezialbericht. ALC liegt eine interne Aktennotiz von Special Agent Walter O'Brien an den leitenden Ermittler des NTSB, Gus Franklin, vor, die erst vor wenigen Stunden verfasst wurde. Darin geht es um die Theorien des Teams zur Absturzursache, und sie stellt Fragen zur Anwesenheit des sogenannten Helden des Absturzes, Scott Burroughs, in der Maschine.

(START VIDEO)

CUNNINGHAM: Wie man hier liest, dokumentiert die Notiz – nach einem durchaus freundlichen Anfang – Uneinigkeit zwischen den Ermittlern in der Frage, wie weiter zu verfahren sei. Derzeit arbeiten die Ermittler, wie aus der Notiz hervorgeht, mit vier verschiedenen Theorien. Die erste geht von einem technischen Fehler aus, die zweite von einem Pilotenfehler. In der dritten ist von »Sabotage« die Rede, »möglicherweise mit dem Zweck der Behinderung staatlicher Ermittlungen gegen Ben Kipling und seine Investmentfirma«. Die letzte Theorie vermutet – ich zitiere – »einen terroristischen Anschlag auf David Bateman, den Präsidenten von ALC News«.

Aber es gibt noch eine fünfte Theorie, die hier zum ersten Mal aufgestellt wurde und die fragt, welche Rolle Scott Burroughs bei dem Absturz gespielt hat. Offenbar hat Agent O'Brien diese Theorie im Laufe dieses Tages auch dem leitenden Ermittler vorgetragen und ist abgewiesen worden, sodass er nun schreibt – und ich zitiere wieder: *Ich weiß, Sie haben persönlich erklärt, Sie seien an dieser Fragerichtung nicht interessiert. Daher sehe ich mich angesichts jüngster Erkenntnisse gezwungen, eine mögliche fünfte Theorie schriftlich festzuhalten, nämlich dass der Passagier Scott Burroughs entweder mehr weiß, als er zugibt, oder in irgendeiner Weise die Schuld an Ereignissen trägt, die zum Absturz des Flugzeugs geführt haben.*

Und warten Sie, bis Sie gehört haben, warum, meine Freunde. Ich zitiere: *Gespräche mit Einzelhändlern und Bewohnern von Martha's Vineyard deuten darauf hin, dass Burroughs und David Batemans Ehefrau einander sehr nahstanden und ein körperlich höchst entspanntes Verhältnis zueinander hatten: Sie umarmten sich in aller Öffentlichkeit. Auch ist bekannt, dass Mrs Bateman zu Besuch in Mr Burroughs' Atelier war und seine Bilder gesehen hat.*

Liebe Freunde, als persönlicher Freund der Familie kann ich Ihnen sagen, dass ich solche Worte nicht leichtfertig vorlese und auch nicht andeuten will, dass eine Affäre im Gange war. Aber die Frage, weshalb Mr Burroughs an Bord war, lässt mir keine Ruhe. Gut, sagen wir, sie waren Freunde, von mir aus gute Freunde. Das ist weder schlimm noch schändlich. Erst das, was Agent O'Brien dann schreibt, ist für mich die Bombe.

Und ich zitiere: *Gespräche mit Mr Burroughs' Agentin in New York haben bestätigt, dass er für die vergangene Woche mehrere Gesprächstermine mit Galeristen geplant hatte. Auf weiteres Befragen kam jedoch ein (für mich) erschreckendes Detail ans*

Licht, das den Inhalt der neuesten Bilder Mr Burroughs' betrifft. Nach Mrs Crenshaws Beschreibung handelt es sich um insgesamt fünfzehn Ölbilder, auf denen verschiedene Katastrophenszenen fotorealistisch dargestellt werden. Ein großer Teil der Bilder zeigt monumentale Verkehrsunfälle, darunter 1. ein Zugunglück, 2. eine Massenkarambolage auf einem Highway im Nebel und 3. den Absturz eines großen Verkehrsflugzeugs.

O'Brien schreibt weiter: *In Anbetracht dessen ist die Notwendigkeit, diesen Mann weiter zu befragen, nicht genug hervorzuheben – ein Mann, der zumindest unser einziger Zeuge der Ereignisse ist, die zum Absturz des Flugzeugs geführt haben. Seine Behauptung, er sei bei der ersten Schräglage des Flugzeugs durch einen Schlag an den Kopf bewusstlos geworden, sollte jedenfalls eingehender überprüft werden.*

Meine Damen und Herren, es fällt mir schwer zu verstehen, warum Gus Franklin, der Ermittlungsleiter, auch nur eine Sekunde zögert, den Rat eines offensichtlich hochintelligenten und erfahrenen Beamten der größten Justizbehörde unseres Landes zu befolgen. Verfolgt Franklin etwa eine eigene Agenda? Oder die Behörde, für die er arbeitet? Wird sie von linken Regierungskreisen dahingehend unter Druck gesetzt, dass dieser Fall schleunigst zu begraben sei, damit daraus nicht ein Alarmsignal für alle Männer und Frauen wird, die genau wie unser heldenhafter verstorbener Präsident David Bateman die Nase voll haben vom *business as usual?*

Für weitere Neuigkeiten zu diesem Fall schalten wir jetzt zu Monica Fort von ALC.

VERBÜNDETE

ALS ELEANOR IN DIE Einfahrt biegt, parkt ein Auto, das sie nicht kennt, unter einer Ulme, ein Porsche Cayenne mit einem Presseausweis im vorderen Fenster. Als sie ihn sieht, gerät sie in Panik – der Junge ist drinnen bei ihrer Mutter –, und sie lässt Doug sitzen und rennt zum Haus, stürmt zur Haustür hinein und schreit.

»Mom?«

Sie wirft einen Blick ins Wohnzimmer und hastet weiter.

»Mom?«

»In der Küche, Schatz«, ruft ihre Mutter.

Eleanor wirft ihre Tasche auf einen Stuhl und läuft durch den Flur. Im Geiste zieht sie bereits zwei Leuten die Ohren lang: ihrer Mutter und dem Besitzer des Porsches.

»Das ist sehr lieb«, hörte sie ihre Mutter sagen, und dann ist sie in der Küche. Am Tisch sitzt ein Mann im Anzug und mit roten Hosenträgern unter dem Jackett.

»Mom«, ruft Eleanor in scharfem Ton, und der Mann dreht sich um.

»Eleanor«, sagt er.

Eleanor bleibt wie angewurzelt stehen, als sie Bill Cunningham erkennt, den Nachrichtenmoderator. Sie ist ihm natürlich schon früher begegnet, auf Davids und Maggies Partys, aber in ihrer Vorstellung existiert er hauptsächlich als übergroßer Kopf im Fernsehen, der mit gefurchter Stirn über den moralischen Bankrott der Linken redet. Als er sie sieht, breitet er in einer patriarchalen Geste die Arme aus, als erwarte er, dass sie sich ihm an den Hals wirft.

»Was müssen wir nicht alles ertragen«, sagt er. »Grausamkeiten und Verluste. Wenn Sie wüssten, auf wie vielen Beerdigungen ich in den letzten zehn Jahren gewesen bin ...«

»Wo ist JJ?«, fragt Eleanor und sieht sich um.

Ihre Mutter schenkt sich Tee ein. »Oben«, sagt sie. »In seinem Zimmer.«

»Allein?«

»Er ist vier«, sagt ihre Mutter. »Wenn er etwas braucht, wird er fragen.«

Eleanor wendet sich ab und geht den Flur hinunter. Doug kommt ihr entgegen. Er ist verwirrt.

»Wer ist denn da?«, fragt er.

Ohne ihn zu beachten, läuft sie die Treppe hinauf. JJ ist in seinem Zimmer und spielt. Als sie durch die Tür tritt, atmet Eleanor befreit auf und zwingt sich zu einem Lächeln.

»Wir sind wieder da, wir sind wieder da«, sagt sie vergnügt.

Er blickt auf und lächelt, und sie kniet sich vor ihm auf den Boden.

»Tut mir leid, dass es so lange gedauert hat«, sagt sie. »Aber es war viel Verkehr, und Doug hatte Hunger.«

Der Junge zeigt auf seinen eigenen Mund.

»Hast du auch Hunger?«, fragt sie.

Er nickt.

Ihr ist klar, was es bedeutet, mit ihm hinunter in die Küche zu gehen. Sie will ihm sagen, er solle hier warten, aber dann denkt sie: *Er hat Hunger,* und plötzlich überkommt sie die Vorstellung von der Kraft des Jungen in ihren Armen. Er wird sie stark machen – sie, die immer allen gefällig sein will.

»Okay, dann komm.«

Sie streckt die Arme aus, er kommt zu ihr, und sie hebt ihn hoch und trägt ihn die Treppe hinunter. Er spielt unterwegs mit ihrem Haar.

»Da ist ein Mann in der Küche«, sagt sie. »Aber du musst nicht mit ihm reden, wenn du nicht möchtest.«

Bill sitzt noch da, wo sie ihn zurückgelassen hat. Doug steht am Kühlschrank und wühlt darin herum.

»Ich habe ein belgisches Ale«, sagt er, »und dieses Craft Beer aus Brooklyn, das Freunde von mir brauen.«

»Ich lasse mich einfach überraschen«, sagt Bill, und dann sieht er Eleanor und JJ. »Da ist er ja. Der kleine Prinz.«

Doug kommt mit zwei Flaschen Craft Beer herüber. »Ein Pilsner«, sagt er und reicht Bill eine Flasche. »Nicht zu hopfig.«

»Schön«, sagt Bill gleichgültig und stellt die Flasche auf den Tisch, ohne sie anzusehen. Er lächelt den Jungen an. »Kennst du deinen Onkel Bill noch?«

Eleanor schiebt JJ auf ihre rechte, Bill abgewandte Hüfte.

»Was soll das sein?«, fragt sie. »Ein Familienbesuch?«

»Was sonst?«, fragt Bill. »Es tut mir leid, dass ich nicht früher kommen konnte. Es ist schrecklich, wenn die Nachrichten dein Leben und dein Leben die Nachrichten sind. Aber jemand muss ja dastehen und die Wahrheit sagen.«

Und der bist du?, denkt Eleanor. *Ich dachte, du liest die Nachrichten vor.*

»Was sind denn die neuesten Informationen in dieser Sache?«, fragt Doug und trinkt einen Schluck Bier. »Wir, wissen Sie, wir versuchen uns auf das Kind zu konzentrieren und nicht …« (Jetzt bekommt er Angst, er könnte seinen prominenten Gast vor den Kopf stoßen.) »… Ich meine, Sie verstehen schon … die Nachrichten sind eigentlich nicht …«

»Natürlich«, sagt Bill. »Tja, sie suchen immer noch nach dem Rest des Flugzeugs.«

Eleanor schüttelt den Kopf. *Sind die beiden verrückt geworden?* »Nein«, sagt sie. »Nicht vor dem Kind.«

Dougs Lippen werden schmal. Er hat es nie leiden können, von Frauen zurechtgewiesen zu werden, schon gar nicht in Gegenwart anderer Männer. Eleanor sieht es und notiert es im Geiste auf der Liste ihrer heutigen Vergehen. Sie setzt den Jungen auf einen Stuhl und geht zum Kühlschrank.

»Sie hat natürlich recht«, sagt Bill. »Frauen sind auf diesem Gebiet besser als Männer. Gefühle eben. Wir konzentrieren uns eher auf die Fakten. Was wir tun können, um zu helfen.«

Eleanor bemüht sich, ihn auszublenden, und konzentriert sich darauf, ihrem Neffen zu essen zu geben. Er ist heikel beim Essen, nicht mäklig, aber wählerisch. Er isst Hüttenkäse, aber keinen Frischkäse. Er mag Hotdogs, aber keine Salami. Man muss das Richtige treffen.

Bill hat unterdessen entschieden, dass es seine Mission ist, den Jungen zum Lächeln zu bringen. »Du erinnerst dich an Onkel Bill, oder?«, sagt er. »Ich war bei deiner Taufe.«

Eleanor bringt dem Jungen einen Becher Wasser, und er trinkt.

»Und bei deiner Schwester«, fährt Bill fort. »Bei ihrer Taufe war ich auch. Sie war ... so ein schönes Mädchen.«

Eleanor wirft ihm einen Blick zu. *Vorsicht.* Er nickt und wechselt ohne Zögern die Richtung, um ihr zu zeigen, dass er ein sensibler Zuhörer, ein guter Partner ist. Dass sie auf derselben Seite stehen.

»Und ich weiß schon, ich war in letzter Zeit leider nicht oft da. Die Arbeit – und, na ja, dein Vater und ich waren nicht immer einer Meinung. Vielleicht standen wir einander *zu* nah. Aber, weißt du, wir haben uns trotzdem geliebt. Ich ihn jedenfalls. Aber das läuft eben so, bei uns Erwachsenen. Du wirst sehen. Oder hoffentlich nicht. Aber wahrscheinlich doch. Wir arbeiten zu viel – und auf Kosten der Liebe.«

»Mr Cunningham«, sagt Eleanor, »es ist nett, dass Sie uns besuchen, aber das ist ... wenn wir gegessen haben, ist es Zeit für den Mittagsschlaf.«

»Nein. Er hat heute Morgen lange geschlafen«, sagt ihre Mutter. Eleanor funkelt sie an. Auch ihre Mutter, Bridget Dunkirk, möchte allen gefällig sein, vor allem Männern. Sie ist die Verkörperung der Fußmatte. Eleanors – und Maggies – Vater verließ sie, als Eleanor aufs College ging, er ließ sich von ihrer

Mutter scheiden und ging nach Florida. Es war das Lächeln, das er nicht mehr ertragen konnte – das unaufhörliche Stepfordfrauenlächeln ihrer Mutter. Heute lebt er in Miami und schläft mit launischen Geschiedenen mit künstlichen Titten. Er soll nächste Woche kommen, wenn Bridget abgereist ist.

Bill spürt die Anspannung zwischen Mutter und Tochter. Er sieht Doug an, und der hebt seine halb leere Bierflasche, als wollte er anstoßen.

»Gut, was?«, fragt er ahnungslos.

»Was?« Bill ist offenkundig zu dem Schluss gekommen, dass Doug ein Hipsterarschloch ist.

»Das Bier.«

Bill ignoriert ihn, streckt die Hand aus und fährt dem Jungen durchs Haar. Vor vier Stunden hat er in Don Lieblings Büro gestanden und Gus Franklin vom NTSB und ein paar Leute aus dem Justizministerium niedergestarrt. Sie wollten wissen, woher er O'Briens Aktennotiz hatte.

Das glaube ich, dass Sie das wissen wollen, hat er gesagt und den Daumen hinter die Hosenträger geschoben.

Don Liebling zog seine Krawatte zurecht und teilte dem Stoßtrupp der Regierung mit, dass ihre Quellen selbstverständlich vertraulich behandelt werden müssten.

Reicht nicht, sagte der Anwalt aus dem Justizministerium.

Der Schwarze, dieser Gus Franklin, schien seine eigene Theorie zu haben. *Hat O'Brien sie Ihnen gegeben? Wegen des letzten Vorfalls?*

Bill zuckte die Achseln. *Das Ding ist nicht einfach vom Himmel gefallen,* sagte er. *So viel wissen wir immerhin. Aber ich habe schon öfter vor Gericht gestanden und eine Quelle geschützt, und ich will es gern wieder tun. Übrigens höre ich, dass soeben Ihre Parkerlaubnis überprüft wird.*

Als die Beamten hinausgestürmt waren, schloss Liebling die Tür und baute sich davor auf. *Erzählen Sie,* sagte er.

Bill ließ sich breitbeinig auf das Sofa fallen. Er war ohne Vater aufgewachsen, großgezogen von einer schwachen Frau, die sich wie eine Ertrinkende an irgendwelche Versagertypen klammerte. Sie hatte Bill nachts in seinem Zimmer eingeschlossen und war durch die Stadt gezogen, um sie mit Menstruationsblut zu bekleckern. Und was ist aus ihm geworden? Ein Multimillionär, der dem halben Planeten erzählt, was er wann zu denken hat. Scheiß auf jeden Nobelanwalt, der mit einem silbernen Löffel im Mund geboren worden war und sich deshalb einbildete, er könne ihn beeindrucken. Nie im Leben würde er Namor verraten. Hier ging es um David. Um seinen Mentor. Seinen Freund. Okay, zum Schluss hatten sie sich vielleicht nicht mehr besonders gut verstanden, aber der Mann war sein Bruder, und er wird der Wahrheit auf den Grund kommen, was immer es kostet.

Wie der Schlapphut sagte, erklärte er Don, *es war der FBI-Mann. Sie haben ihn aus dem Team geworfen, und er war sauer.*

Liebling starrte ihn an, und die Rädchen in seinem Kopf drehten sich.

Wenn ich herausfinde ..., fing er an.

Verschonen Sie mich. Bill stand auf, ging zur Tür, Schritt für Schritt, bis er dicht vor dem Anwalt stand. Vergiss, dass du in einem Büro stehst, sagte seine Körpersprache. Vergiss Hierarchien und alle sozialen Verhaltensregeln. Vor dir steht ein Krieger, der Leithengst der offenen Savanne, angespannt und bereit, dir den Kopf abzureißen. Also fahr die Krallen ein oder geh mir aus dem Weg, verdammt.

Er roch die Salami in Lieblings Atem und sah, wie der Mann zwinkerte, aus dem Gleichgewicht gebracht und nicht vorbereitet auf einen Kampf zwischen Bär und altem Bär, auf einen schmutzigen Hahnenkampf. Dreißig Sekunden lang starrte Bill ihm hasserfüllt in die Augen. Dann trat Don zur Seite, und Bill schlenderte zur Tür hinaus.

Jetzt, hier in der Küche, setzt er sich aufs hohe Ross. »Ich mache hier einen freundlichen Besuch. Die Zeiten sind schwierig, und Sie – ja, für mich gehören Sie zur Familie. Sie gehören zu Davids Familie, und das macht uns zu ... Jedenfalls will ich Ihnen zeigen, dass ich für Sie da bin. Onkel Bill passt auf und behütet euch.«

»Danke«, sagt Eleanor. »Aber ich glaube, wir kommen zurecht.«

Er lächelt großmütig. »Da bin ich sicher. Das Geld wird hilfreich sein.«

Ein ätzender Unterton straft das Mitgefühl in seinem Blick Lügen.

»Wir haben daran gedacht, in das Townhouse in der Stadt zu ziehen«, sagt Doug.

»Doug!«, faucht Eleanor.

»Was denn? Stimmt doch.«

»Es ist ein schönes Haus.« Bill schiebt die Daumen unter die Hosenträger. »Voller Erinnerungen.«

»Ich möchte nicht unhöflich sein«, sagt Eleanor eisig, »aber ich muss jetzt JJ etwas zu essen geben.«

»Selbstverständlich«, sagt Bill. »Sie sind die – ich meine, ein Junge in seinem Alter muss schließlich noch bemuttert werden, besonders nach einem ... Da sollen Sie nicht das Gefühl haben, Sie ...«

Eleanor dreht ihm den Rücken zu, verschließt den Ziplockbeutel mit dem Truthahnfleisch und legt ihn in den Kühlschrank. Sie hört, wie Bill aufsteht. Er ist es nicht gewohnt, entlassen zu werden.

»Tja«, sagt er, »ich gehe dann mal.«

Doug steht auf. »Ich bringe Sie zur Tür.«

»Danke, aber die finde ich schon.«

Eleanor stellt JJ den Teller hin. »Bitte sehr«, sagt sie. »Wir haben noch Gürkchen, wenn du willst.«

Hinter ihr geht Bill zur Küchentür und bleibt dann stehen. »Haben Sie mit Scott gesprochen?«, fragt er.

Als der Junge den Namen hört, blickt er von seinem Essen auf. Eleanor sieht, dass er Bill anstarrt.

»Warum?«

»Nur so«, sagt Bill. »Aber wenn Sie keine Nachrichten schauen, haben Sie vielleicht die Fragen nicht gehört.«

»Was für Fragen?«, will Doug wissen.

Bill seufzt, als falle ihm das alles sehr schwer. »Tja, es gibt Leute, die Überlegungen anstellen, wissen Sie. Er kam als Letzter ins Flugzeug, und – in welcher Beziehung stand er eigentlich zu Ihrer Schwester? Und dann – haben Sie von seinen Bildern gehört?«

»Darüber müssen wir jetzt nicht reden«, sagt Eleanor.

»Doch«, sagt Doug. »Ich möchte es wissen. Er ruft hier an, wissen Sie. Mitten in der Nacht.« Doug sieht seine Frau an. »Du glaubst, das weiß ich nicht, aber ich weiß es doch.«

»Doug«, sagt Eleanor, »das geht ihn nichts an.«

Bill nagt an der Unterlippe. »Sie sprechen also mit ihm«, stellt er fest. »Das ist ... seien Sie vorsichtig, ja? Schauen Sie, im Moment sind es nur Fragen, und wir sind in Amerika. Ich werde kämpfen bis zum letzten Atemzug, bevor ich dieser Regierung gestatte, jemandem das Recht auf ein ordentliches Verfahren zu nehmen. Aber es ist noch früh, und die Fragen sind handfest. Ich mache mir Sorgen, denn Sie haben schon genug zu leiden gehabt. Und wer weiß, wie übel diese Sache noch werden wird? Deshalb frage ich: Brauchen Sie ihn?«

»Das habe ich auch gesagt«, antwortet Doug. »Ich meine, wir sind ihm dankbar. Für das, was er für JJ getan hat.«

Bill verzieht das Gesicht. »Natürlich, wenn man ... Ich meine, wer weiß, wie lange er da geschwommen ist, mitten in der Nacht. Und mit einem verletzten Arm und einem kleinen Jungen auf dem Rücken.«

»Schluss jetzt«, sagt Eleanor.

Aber auf Doug wirkt der Gedanke ansteckend wie eine Bazille. »Wollen Sie damit sagen, dass der Held vielleicht gar kein so großer Held ist? Moment mal. Heißt das ...?«

Bill zuckt die Achseln und sieht Eleanor an. Sein Blick wird sanfter. »Doug«, sagt er, »kommen Sie. Eleanor hat recht. Dies ist nicht ...« Er lehnt sich nach rechts, weil Eleanor ihm die Sicht auf JJ versperrt, und dann wackelt er grimassierend mit dem Kopf, bis der Junge ihn ansieht. Bill lächelt. »Sei ein braver Junge«, sagt er. »Wir unterhalten uns bald mal. Wenn du etwas brauchst, sag deiner – sag Eleanor, sie soll mich anrufen. Vielleicht gehen wir mal zu den Mets. Magst du Baseball?«

Der Junge zuckt die Achseln.

»Oder zu den Yankees. Ich habe eine Loge.«

»Wir rufen Sie an«, sagt Eleanor.

»Jederzeit«, sagt Bill.

Doug will mit ihr reden, aber Eleanor sagt, sie wolle mit JJ auf den Spielplatz gehen. Ihr ist zumute, als werde sie von einer Riesenfaust zusammengequetscht. Auf dem Spielplatz zwingt sie sich dazu, lustig zu sein. Sie geht mit dem Jungen auf die Rutschbahn und auf die Wippe. Sie spielen im Sand, graben Löcher, bauen Burgen und schauen zu, wie sie einstürzen. Es ist ein heißer Tag, und sie versucht, im Schatten zu bleiben, aber JJ möchte herumlaufen, und so achtet sie darauf, dass er genug Wasser trinkt. Tausend Gedanken gehen ihr gleichzeitig durch den Kopf und kommen einander in die Quere.

Einerseits sucht sie nach einer Erklärung für Bills Besuch. Andererseits analysiert sie, was er – speziell über Scott – gesagt hat. Was soll sie glauben? Dass der Mann, der ihrem Neffen das Leben gerettet hat, in Wirklichkeit das Flugzeug zum Absturz gebracht und seine heroische Schwimmleistung irgendwie vorgetäuscht hat? Jeder einzelne Gedanke in diesem Satz ist an sich absurd. Wie lässt ein Maler ein Flugzeug abstürzen? Und warum? Und was hat Bill gemeint, als er von Scotts Beziehung zu Maggie geredet hat? Dass die beiden eine

Affäre hatten? Warum fährt er zu ihnen heraus, um ihr das zu erzählen?

Der Junge berührt ihren Arm und zeigt auf seine Hose.

»Musst du mal?«, fragt sie.

Er nickt, und sie nimmt ihn auf den Arm und trägt ihn zu der öffentlichen Toilette. Sie hilft ihm, die Hose herunterzulassen, und plötzlich überkommt sie der schwindelerregende Gedanke, dass er sich angesichts seines Alters wahrscheinlich als Erwachsener gar nicht an seine Eltern erinnern wird. Sie wird die Mutter sein, an die er jedes Jahr am zweiten Sonntag im Mai denkt, nicht ihre Schwester. Aber wird Doug dann auch sein Vater sein? Bei dem Gedanken wird ihr ein wenig flau. Nicht zum ersten Mal verflucht sie ihre jugendliche Schwäche, dieses unaufhörliche Bedürfnis nach Gesellschaft, das eine alte Witwe dazu bringt, ständig den Fernseher laufen zu lassen und sich einen Hund anzuschaffen.

Dann wiederum denkt sie, vielleicht braucht Doug nur eine Chance. Vielleicht wird es ihn motivieren, dass er einen vierjährigen Jungen geerbt hat, und ihn zu einem Familienvater werden lassen. Andererseits, ist die Vorstellung, ein Kind könne eine Ehe retten, nicht ein klassischer Irrtum? JJ ist jetzt seit zwei Wochen bei ihnen, und Doug trinkt nicht weniger, er kommt und geht noch immer, wie er will, und behandelt sie keinen Deut besser. Ihre Schwester ist tot, der Junge ein Waisenkind, aber was ist mit *seinen* Bedürfnissen, sagt er mit jeder seiner gedankenlosen Bemerkungen. Wen interessiert, wie es *ihm* damit geht?

Sie zieht JJ die Hose hoch und wäscht ihm die Hände. Die Unsicherheit macht sie benommen. Vielleicht ist sie unfair. Vielleicht ist sie immer noch aufgeregt wegen der Besprechung mit den Erbrechtsanwälten und Finanzmanagern, wegen der Endgültigkeit der ganzen Sache. Und vielleicht hat Doug recht. Vielleicht sollten sie in das Haus in der Stadt ziehen, um JJ ein Gefühl von Kontinuität zu vermitteln, und mit dem Geld den

Luxus schaffen, den er kennt? Aber ihr Instinkt sagt ihr, das würde ihn nur verwirren. Alles hat sich verändert. So zu tun, als wäre es nicht so, wäre Betrug.

»Wollen wir Eis essen?«, fragt sie, als sie wieder in die pralle Hitze des Tages hinaustreten. Er nickt, und sie nimmt lächelnd seine Hand und geht mit ihm zum Auto. Heute Abend wird sie mit Doug reden und ihm alles erklären – wie es ihr geht, und was der Junge ihrer Meinung nach braucht. Sie werden die Immobilien verkaufen und das Geld in den Fonds einzahlen. Sie werden sich eine monatliche Auszahlung zubilligen, die groß genug ist, um die durch den Jungen verursachten Zusatzkosten zu decken, aber nicht so groß, dass sie aufhören können zu arbeiten und sich ein Luxusleben ermöglichen. Das wird Doug nicht gefallen, das weiß sie schon. Aber was kann er sagen?

Es ist ihre Entscheidung.

RACHEL BATEMAN
9. Mai 2006 – 23. August 2015

SIE KONNTE SICH an nichts erinnern. Die Einzelheiten, die sie kannte, hatte man ihr erzählt. Nur das Bild eines Schaukelstuhls, der auf einem kahlen, leeren Dachboden einsam vor- und zurückwippt, war noch da. Sie sah diesen Stuhl von Zeit zu Zeit vor ihrem geistigen Auge, meistens im Halbschlaf, einen alten Weidenkorbstuhl, der knarrend nach vorn und wieder nach hinten nickt, nach vorn und nach hinten, als habe er ein Gespenst zu beruhigen, das hundemüde und schlecht gelaunt ist.

Ihre Eltern haben sie nach Maggies Großmutter Rachel getauft. Als sie noch richtig klein war (jetzt war sie neun), entschied sie, sie sei eine Katze. Sie studierte Peaches, die Hauskatze, und versuchte, sich zu bewegen wie sie. Sie saß am Frühstückstisch, leckte sich den Handrücken und wischte sich damit über das Gesicht. Ihre Eltern nahmen es hin, bis sie ihnen mitteilte, sie werde jetzt tagsüber schlafen und nachts im Haus umherstreifen. »Baby«, sagte Maggie, ihre Mutter, »ich habe nicht genug Energie, um so lange aufzubleiben.«

Rachel war der Grund, weshalb sie Bodyguards hatten, der Grund für die Männer mit dem israelischen Akzent und dem Schulterhalfter, die ihnen überallhin folgten. Normalerweise waren es drei. Im Jargon der Branche war Gil, der Erste, der *Body Man:* Seine Aufgabe war es, in unmittelbarer körperlicher Nähe des Auftraggebers zu bleiben. Dazu kam das Vorausteam, das meist aus vier bis sechs Mann bestand, die im Dienst rotierten: Sie behielten sie aus einigem Abstand im Auge. Rachel wusste, dass sie ihretwegen da waren – wegen dieses Ereignisses –, auch wenn ihr Vater es bestritt. Er redete nur unbestimmt von »Bedrohungen« und deutete an, sein Job als Chef eines TV-Nachrichtensenders sei für das Ausmaß ihrer alltäglichen Bedrohung aus irgendeinem Grund bedeutsamer als die Tatsache, dass seine Tochter als Kind entführt worden war und dass einer oder mehrere Entführer womöglich immer noch auf freiem Fuß waren.

Das waren zumindest die Fakten, wie Rachel sie kannte. Ihre Eltern wie auch die Männer vom FBI (die ihrem Vater im Jahr zuvor gefällig gewesen waren) sowie ein hochbezahlter Kinderpsychologe versicherten ihr, die Entführung sei das Werk eines einzelnen, geistesgestörten Mannes (Walter R. Macy, sechsunddreißig) gewesen, und Macy sei bei der Lösegeldübergabe durch einen Polizisten in Schutzweste durch einen Schuss ins rechte Auge getötet worden, aber erst nachdem Macy in der ersten Salve eines kurzen Feuergefechts einen anderen Polizisten erschossen habe. Der tote Polizist habe Mick Daniels (vierundvierzig) geheißen und sei ein ehemaliger FBI-Agent und ein Veteran aus dem Ersten Golfkrieg gewesen.

Aber sie erinnerte sich nur an den Stuhl.

Sie sollte etwas empfinden. Das wusste sie. Ein neunjähriges Mädchen im Sommer, an der Schwelle zum Teenageralter. Sie war seit zwei Wochen mit ihrer Mutter und ihrem Bruder auf Martha's Vineyard und hatte gefaulenzt. Als Kind steinreicher Eltern hatte sie zahllose Möglichkeiten – Tennisunterricht, Segelunterricht, Golfunterricht, Reitunterricht und so weiter –, aber sie hatte keine Lust, sich unterrichten zu lassen. Sie hatte zwei Jahre lang Klavierstunden bekommen, aber schließlich hatte sie sich gefragt: *Wozu?,* und hatte aufgehört. Sie war gern zu Hause mit ihrer Mutter und ihrem Bruder. Das war es eigentlich. Sie fühlte sich dort nützlich. *Ein vierjähriger Junge macht eine Menge Arbeit,* sagte ihre Mutter. Also spielte Rachel mit JJ, sie machte ihm mittags etwas zu essen, und sie wechselte seine Hose, wenn ihm ein Malheur passierte.

Ihre Mutter sagte, das müsse sie nicht tun. Sie solle hinausgehen und den Tag genießen. Aber das war nicht so einfach, wenn man auf Schritt und Tritt von einem großen Israeli (manchmal sogar von dreien) verfolgt wurde. Nicht dass sie die Notwendigkeit bestreiten konnte. Sie selbst war ja der Beweis dafür, dass man nicht vorsichtig genug sein konnte, oder?

Also blieb sie zu Hause. Sie lag auf der Veranda oder auf dem Rasen im Garten und schaute auf das Meer hinaus, manchmal geblendet von dem diamanthellen Funkeln. Sie las gern Bücher über ungezogene Mädchen, die nirgends hineinpassten und schließlich feststellten, dass sie Zauberkräfte besaßen. Hermine. Katniss Everdeen. Mit sieben hatte sie *Harriet, die kleine Detektivin* und *Pippi Langstrumpf* gelesen. Die beiden waren tüchtig, aber doch menschlich. Als sie größer wurde, erkannte Rachel, dass sie von ihren Heldinnen mehr erwartete – mehr Biss, mehr Kampfkraft, mehr Power. Ihr gefiel die prickelnde Gefahr, der sie sich entgegenstellten, aber sie wollte sich nicht wirklich Sorgen um sie machen müssen. Das war zu beängstigend.

Wenn sie zu einem besonders verstörenden Abschnitt kam (Hermine und der Troll in *Harry Potter und der Stein der Weisen*), ging sie mit dem Buch ins Haus und gab es ihrer Mutter.

»Was ist damit?«

»Sag mir nur – schafft sie es?«

»Schafft wer was?«

»Hermine. Ein Troll ist aufgetaucht, ein Riese, und sie ist – kannst du es einfach lesen und mir sagen, dass ihr nichts passiert?«

Ihre Mutter kannte sie gut genug, um nicht zu widersprechen. Sie unterbrach ihre Beschäftigung, setzte sich hin und las so viele Seiten, wie nötig waren, um zu erfahren, wie es ausging. Dann gab sie das Buch zurück, und ihr Daumen markierte die entsprechende Stelle.

»Hier kannst du weiterlesen«, sagte sie. »Sie brauchte nicht mit ihm zu kämpfen. Sie hat ihn nur angeschrien, er sei auf dem Mädchenklo und solle abhauen.«

Darüber mussten sie kichern – einen Troll anzuschreien! –, und Rachel ging hinaus und las weiter.

Mit dem Kindermädchen fing es an. Aber das wussten sie da noch nicht. Ihr Name war Francesca Butler, aber alle nannten sie Frankie. Damals verbrachte die Familie den Sommer noch auf Long Island, in Montauk Point, ohne Privatflugzeuge oder Hubschrauber. Sie setzten sich ins Auto und fuhren freitagabends los, mitten im sich langsam voranschiebenden Stau – als sei der Long Island Expressway eine gigantische Anakonda, die einen Verkehrsstau verschluckt hatte: Ein dicker Klumpen von ineinander verkeilten Autos glitt wellenförmig hinunter.

An ihren Bruder dachte noch niemand. Sie waren zu dritt: David, Maggie und die kleine Rachel, die in ihrem Kindersitz schlief. Der Nachrichtensender war sechs Jahre alt und schon jetzt eine Maschine, die Gewinne und Kontroversen hervorbrachte, aber ihr Vater sagte gern: *Ich bin nur eine Repräsentationsfigur. Ein General im Hinterzimmer. Kein Mensch kennt mich.*

Das sollte sich durch die Entführung ändern.

Es war der Sommer des Monsters von Montauk, das am 12. Juli 2008 an den Strand geschwemmt wurde. Ein einheimisches Mädchen namens Jenna Hewitt ging mit drei Freundinnen am Strand von Ditch Plains spazieren und fand das Tier.

»Wir haben eine Stelle zum Hinsetzen gesucht«, berichtete sie später. »Wir wussten nicht, was es war, und sagten im Scherz, es sei vielleicht von Plum Island gekommen.«

Nach mehreren Beschreibungen war das Monster eine »nagetierähnliche Kreatur mit einem Dinoschnabel«, ungefähr so groß wie ein kleiner Hund und überwiegend unbehaart. Sein Körper war kräftig, die Gliedmaßen schlank. Es hatte zwei Vorderbeine mit langen, bleichen Klauen. Der Schwanz war dünn und ungefähr so lang wie Kopf und Hals zusammen. Das gedrungene Gesicht schien gequält oder entsetzt verzerrt zu sein, und der postorbitale Teil des Schädels war lang und kräftig. Es hatte keine Zähne im Oberkiefer, sondern etwas, das man als krummen Knochenschnabel beschreiben könnte. Im Unterkiefer saßen ein großer spitzer Eckzahn und vier hohe, konisch zulaufende Backenzähne.

Handelte es sich, wie manche vermuteten, um einen im Meer verwesten Waschbären? Eine Meeresschildkröte, die ihren Panzer verloren hatte? Einen Hund?

Wochenlang erschienen Fotos des aufgedunsenen, verrenkten Kadavers in der Boulevardpresse und im Netz. Immer häufiger spekulierte man, das Wesen sei das Produkt eines Labors im Zentrum für Tierkrankheiten auf Plum Island, ungefähr eine Meile vor der Küste. »Die wahre Insel des Dr. Moreau«, hieß es bald. Aber schließlich kam es wie immer: Der Mangel an Antworten führte zu einem Mangel an Interesse, und die Welt drehte sich weiter.

Aber als David und Maggie an jenem Wochenende in Montauk ankamen, war das Monsterfieber noch in vollem Gange. Am Straßenrand waren T-Shirt-Buden aus dem Boden gewachsen, und für fünf Dollar bekam man die Stelle zu sehen, wo das Monster gefunden worden war, inzwischen nur noch ein anonymes Fleckchen Sand.

Die Batemans hatten ein Haus an der Tuthill Road gemietet, zweigeschossig, weiß, holzverkleidet, das auf eine kleine Lagune auf der anderen Straßenseite blickte. Es lag ziemlich abgeschieden gegenüber einer Baustelle, die stillgelegt war. Die Modernisierungsarbeiten an einem Haus waren ins Stocken geraten, und eine Plastikplane flatterte vor einer klaffenden Wunde in der Wohnzimmerwand. In den Jahren davor hatte Rachels Familie weiter nördlich ein Haus am Pinetree Drive gemietet, aber das war im Januar an einen Hedgefondsmilliardär verkauft worden.

Ihr neues holzverkleidetes Zuhause (Maggie blieb mit Rachel bis zum Labor-Day-Wochenende, und David kam freitags dazu und blieb in der letzten Augustwoche ganz da) war behaglich und anheimelnd. Es hatte eine große Landhausküche und eine schiefe, knarrende Veranda. Die Schlafzimmer lagen im ersten Stock; Mutter und Vater blickten auf das Meer hinaus, und Rachels Zimmer mit einem viktorianischen Kinderbett lag auf der Lagunenseite. Frankie brachten sie als Kindermädchen mit (ein drittes Paar Hände, sagte Maggie). Sie saß mit Rachel auf dem Rücksitz des Audi und spielte während der ganzen Fahrt ein Spiel, das darin bestand, Rachels Schnuller aufzuheben, abzuwischen und ihr zurückzugeben. Sie war Abendschülerin in Fordham und ließ sich zur Krankenpflegerin ausbilden. An drei Tagen in der Woche half sie im Haushalt und passte auf Rachel auf. Sie war zweiundzwanzig, eine Emigrantin aus der Wildnis von Michigan, die nach dem College mit ihrem Freund nach New York gezogen war, wo er sie sofort wegen der Bassistin einer japanischen Surf-Punk-Band verlassen hatte.

Maggie mochte sie. Sie fühlte sich jung, wenn sie Zeit mit Frankie verbrachte, anders als bei David in seiner Welt, die ausschließlich von Leuten wie David bevölkert war – von Mittvierzigern und sogar Fünfzig- und Sechzigjährigen. Maggie war gerade neunundzwanzig geworden, und so war sie nur gut sechs Jahre älter als Frankie. Der einzige Unterschied zwischen ihnen bestand eigentlich darin, dass Maggie einen Millionär geheiratet hatte.

»Du hast Glück gehabt«, sagte Frankie immer.

»Er ist nett«, sagte Maggie dann.

»Dann hast du noch mehr Glück«, sagte Frankie und lächelte. Ihre Freundinnen redeten oft darüber, sich einen reichen Mann zu angeln. Sie zogen kurze Röcke und hohe Stiefel an, gingen in die VIP-Clubs und hofften, dort einen aufsteigenden Wall-Street-Star mit dichtem Haar und stählernem

Schwanz aufzureißen. Aber so war Frankie eigentlich nicht. Sie war sanfter, aufgewachsen mit Ziegen und Hühnern, und Maggie befürchtete überhaupt nicht, dass sie darauf aus sein könnte, ihr den Mann abspenstig zu machen. Es wäre aber auch absurd, sein neunundzwanzigjähriges Trophäenweibchen gegen ein zweiundzwanzigjähriges zu tauschen – ein Klischee auf Steroiden. Andererseits waren vermutlich schon merkwürdigere Dinge passiert.

Nur wenige Jahre zuvor war Maggie diejenige gewesen, die dafür bezahlt wurde, dass sie sich um die Erziehung anderer Leute Kinder kümmerte – eine zweiundzwanzigjährige Kindergärtnerin in Brooklyn. Sie fuhr jeden Morgen mit dem Fahrrad über die Brooklyn Bridge und gab Handzeichen, wie es sich gehörte. Der Fußgängerverkehr auf der Brücke war spärlich. Um diese Zeit waren hauptsächlich Jogger unterwegs, und ein paar gesundheitsbewusste Pendler tappten über den Fluss. Maggie trug einen zitronengelben Helm, und ihr langes braunes Haar flatterte hinter ihr her wie ein Cape. Sie trug weder Kopfhörer noch Sonnenbrille und bremste für Eichhörnchen, und auf der halben Strecke machte sie Halt, betrachtete die Aussicht und trank ihr Wasser. In Manhattan fuhr sie auf der Chambers bis zur Hudson Street und dann nach Norden, und ab und zu warf sie einen Blick hinter sich und achtete auf telefonierende Taxifahrer und deutsche Luxusautos mit gestriegelten Businesstypen, die den Straßenverkehr ignorierten.

Jeden Morgen um halb sieben erschien sie zur Arbeit. Sie räumte gern auf, bevor die Kinder kamen, und sorgte dafür, dass alles Nötige vorhanden war. Der Kindergarten war klein – ein alter Backsteinbau mit ein paar Zimmern neben einem Parkplatz, der zu einem Spielplatz umgestaltet worden war. Er lag in einer baumgesäumten Straße in einem Teil des West Village, der an die Atmosphäre des alten London erinnerte. Die Gehwege waren kurvenreich wie gekrümmte Finger. Auf Facebook hatte sie einmal gepostet, dass ihr dieser Teil am besten gefalle – seine zeitlose, vornehme Anmutung … Der Rest der Stadt kam ihr kalt vor, die breiten Straßen mit den windumwehten Bürohochhäusern, glänzend wie Bankautomaten für menschliches Kapital.

Die ersten ihrer Schützlinge kamen meistens gegen acht. Sie spazierten zu Fuß herbei oder kamen mit dem Roller, Hand in Hand mit Daddy oder Momma, oder sie lagen noch halb schlafend in ihren Maclaren- oder Stokke-Superkinderwagen, die kleine Penelope, Daniel oder Eloise. Ihre Schuhe waren so klein, dass sie Puppen gepasst hätten, und ihren winzigen kurzärmeligen, karierten oder gestreiften Hemden war anzusehen, dass sie eines Tages zu reichen Nerds heranwachsen würden, genau wie ihr Vater, vierjährige Mädchen in Achtzig-Dollar-Kleidchen mit einem Zopf oder mit einer Blume im Haar, die eine gehetzte Mutter auf dem Weg zur Schule aus einem Blumenkübel vor einem Brownstone gepflückt hatte.

Maggie war immer da, um sie zu begrüßen. Sie stand auf dem asphaltierten Spielplatz und lächelte mit sonnigem Überschwang, wenn sie erschienen, genau wie ein Hund, der aufspringt, wenn er den Schlüssel in der Haustür hört.

Guten Morgen, Miss Maggie, krähten die Kinder.

Guten Morgen, Dieter, guten Morgen, Justin, guten Morgen, Sadie.

Sie umarmte die Kinder oder zerzauste ihnen das Haar, und dann begrüßte sie Mütter oder Väter, die oft nur grunzend antworteten, weil sie anfingen, auf ihren Smartphones herumzutippen, sobald die Kinder das Gelände betreten hatten. Sie waren Rechtsanwälte, Werbeleute, Zeitschriftenredakteure und Architekten. Die Männer waren vierzig oder älter, der älteste Vater in ihrer Gruppe war dreiundsechzig. Die Frauen reichten von Supermodels, die maximal Ende zwanzig waren und Kinder hatten, die Raisin oder Mudge hießen, bis zu gehetzten berufstätigen Frauen, die nicht mehr darauf hofften, einen lebenden, atmenden Ehemann zu finden, und stattdessen einen schwulen Freund überredet hatten, für sechs Wochenenden im Sommerhaus in den Catskill Mountains und den Ehrentitel »Onkel« in einen Plastikbecher zu ejakulieren.

Sie war eine manchmal fast übermenschlich geduldige Lehrerin, warmherzig und fürsorglich, aber auch entschlossen, wenn es sein musste. In ihren Beurteilungen schrieben manche Eltern, sie wünschten, sie könnten ein wenig so sein wie sie, ein zwanzigjähriges Mädchen, das immer ein Lächeln und ein freundliches Wort übrig hatte, selbst für ein schreiendes Kind, das soeben die Mittagsruhe ruiniert hatte.

Maggie verließ den Kindergarten meist gegen vier und schob ihr mahagonifarbenes Rad bis zum Bordstein, bevor sie den Helmriemen festschnallte und sich in den Verkehr stürzte. Nachmittags fuhr sie gern über den Fluss und nahm dann den Radweg in Richtung Süden. Manchmal setzte sie sich zwischendurch auf eine Bank am Wasser und sah den Booten zu. Der Fahrradhelm saß vergessen auf ihrem Kopf. Wenn der Wind ihr ins Gesicht wehte, schloss sie die Augen. An Tagen, an denen es über dreißig Grad warm wurde, kaufte sie manchmal ein Eis – meistens Kirschgeschmack – bei einem Mexikaner mit einem Handkarren, und dann setzte sie sich auf die Wiese und aß es mit dem flachen Paddel eines winzigen Löffels. Dann nahm sie den Helm ab und legte ihn ins Gras. Entspannt lag sie rücklings auf dem kühlen grünen Teppich, schaute lange zu den Wolken hinauf und krümmte und streckte die Zehen, bevor sie den Helm wieder aufsetzte und sich auf die lange Heimfahrt machte, die Lippen kirschrot verschmiert wie zu Kinderzeiten.

Das alles schien jetzt, nur sechs Jahre später, sehr weit weg zu sein. Nur sechs Jahre später war sie die nicht berufstätige Mutter eines Kleinkinds oder, zutreffender gesagt, die verwöhnte Gattin eines Millionärs.

Wenn sie im Haus angekommen waren, ging sie mit David auf den Markt, um die Vorräte aufzustocken, und Frankie blieb mit Rachel zu Hause. Montauk war damals noch nicht das generische Zentrum der Hamptons, aber man spürte schon, dass es sich schleichend dahin entwickelte. Der örtliche Supermarkt hatte bereits spezielle Buttersorten und handwerklich hergestellte Marmeladen im Sortiment, und der alte Haushaltswarenladen verkaufte antikes Leinen und war mit patiniertem weißem Nut-und-Feder-Holz ausgekleidet worden.

An einem Stand am Straßenrand kauften sie pralle, aufgeplatzte Tomaten, die sie zu Hause in dicke Scheiben schnitten und mit Meersalz und Olivenöl aßen. So etwas wie Entbehrungen gab es nicht mehr, allenfalls flüchtige Unannehmlichkeiten, und wenn sie spätabends darüber nachdachte, sah Maggie erstaunt, wie sehr ihr Gefühl für die Probleme des Lebens abgestumpft war und sie sich an die neuen Lebensumstände angepasst hatte. Vor David hatte sie an manchen Tagen mit dem Fahrrad im strömenden Regen durch dichten Verkehr nach Hause fahren und die Wohnung nach ein paar Pennys für den Waschsalon durchsuchen müssen (und in einer Welt, in der Kinder hungrig ins Bett gingen, konnte man nicht einmal das guten Gewissens als Not bezeichnen), und jetzt gingen ihr lächerliche Dinge auf die Nerven – wenn sie den Schlüssel zu ihrem Lexus nicht finden konnte oder wenn der Kassierer bei D'Agostino's einen Hunderter nicht wechseln konnte. Wenn ihr bewusst wurde, wie verweichlicht, wie *privilegiert* sie jetzt war, überkam sie eine Woge von Selbsthass. Sie sollten ihr ganzes Geld verschenken, sagte sie dann zu David, mit ihren Kindern von der Hand in den Mund leben und sie mit den richtigen Werten großziehen.

»Ich will wieder arbeiten gehen«, sagte sie auch.

»Okay.«

»Nein, ich mein's ernst. Ich kann nicht den ganzen Tag herumsitzen. Ich muss etwas tun. Ich bin daran gewöhnt zu arbeiten.«

»Du sorgst für Rachel. Du erzählst mir dauernd, wie viel Arbeit das ist.«

Sie drehte die Telefonschnur zwischen den Fingern und dämpfte ihre Stimme, um das Baby nicht zu wecken.

»Das ist es auch. Ich weiß. Und ich kann nicht einfach ... Ich werde meine Tochter nicht von Kindermädchen großziehen lassen.«

»Ich weiß. Das sehen wir beide so, und darum ist es so zauberhaft, dass du ...«

»Ich – ich fühle mich nur nicht mehr wie ich selbst.«

»Das ist nach einer Geburt ein ganz normales ...«

»Lass das. Tu nicht so, als ginge es um meinen Körper. Als könnte ich mich nicht beherrschen.«

Am anderen Ende der Leitung war es still. Sie wusste nicht, ob er nur schwieg oder ob er gerade eine E-Mail schrieb.

»Ich verstehe immer noch nicht, warum du dir nicht mehr Zeit nehmen kannst«, sagte sie. »Wir sind doch nur für einen Monat hier.«

»Ich weiß. Und ich finde es auch frustrierend, aber wir sind mitten in einer Expansion auf der Businessebene ...«

»Schon gut«, sagte sie. Die Details seines Jobs interessierten sie nicht. Für ihre Kriegsgeschichten hatte er auch nichts übrig – die Frau, die sich im Supermarkt vorgedrängt hatte, die Daily Soaps auf dem Spielplatz.

»Okay. Ich will nur sagen, ich werde versuchen, es mindestens zweimal schon donnerstagabends zu schaffen.«

Jetzt war sie es, die schwieg. Rachel schlief oben in ihrem Bettchen. Maggie hörte Geräusche jenseits der Küche; es klang, als sei Frankie dabei, die Wäsche aus der Maschine zu nehmen. Am Rande all dessen rauschte das Meer, diese tektonische Pauke, der Herzschlag der Erde. Nachts schlief sie deshalb wie eine Tote: Irgendein tiefer genetischer Puls pochte dann im Rhythmus des Meeres.

Gegen Ende der folgenden Woche verschwand Frankie. Sie war in die Stadt gefahren, weil sie sich in dem kleinen alten Arthousekino einen Film ansehen wollte. Um elf hatte sie wieder zu Hause sein wollen, und Maggie hatte nicht auf sie gewartet. Es war ihre Nacht mit Rachel – sie stand in aller Frühe auf, wenn sie weinte, und wiegte sie wieder in den Schlaf –, und ihr Instinkt riet ihr an solchen Abenden, ihren Schlaf nach vorn zu verlagern. Sobald die Sonne unterging (und manchmal schon vorher), lag ihr Kopf auf dem Kissen, und ihre müden Augen lasen immer wieder dieselben kurzen Seiten ihres Buches, ohne je über das zweite Kapitel hinauszukommen.

Als sie am Morgen mit Rachel aufstand (die kurz nach Mitternacht bei ihr im Bett gelandet war) und Frankie noch nicht zu sehen war, fand Maggie das ein wenig merkwürdig, aber Frankie war jung: Vielleicht hatte sie im Kino jemanden getroffen oder war auf dem Heimweg in der alten Seemannskneipe versackt. Erst als sie gegen elf an Frankies Zimmertür klopfte – sie hatten verabredet, dass Maggie den Tag für sich haben sollte – und das Bett leer und unbenutzt vorfand, fing sie an, sich Sorgen zu machen.

Sie rief David im Büro an.

»Was soll das heißen, sie ist weg?«, fragte er.

»Ich weiß nicht, wo sie ist. Sie ist nicht nach Hause gekommen, und sie geht nicht an ihr Telefon.«

»Hat sie einen Zettel hinterlassen?«

»Warum sollte sie einen Zettel hinterlassen? Ich habe in ihrem Zimmer und in der Küche nachgesehen. Sie wollte ins Kino. Ich habe sie auf dem Handy angerufen, aber sie ...«

»Okay, ich werde ein bisschen herumtelefonieren und hören, ob sie wieder in der Stadt ist. Ich erinnere mich, dass sie Ärger mit diesem Jungen hatte – Troy oder so ähnlich. Wenn ich nichts herausbekomme und wenn sie nicht wieder auftaucht, rufe ich die örtliche Polizei an.«

»Ist das nicht ... Ich meine, ich möchte nicht überreagieren.«

»Also, entweder machen wir uns Sorgen oder nicht. Das musst du wissen.«

Eine lange Pause trat ein. Maggie dachte darüber nach und machte zugleich eine Kleinigkeit zu essen für Rachel.

»Baby?«

»Ja«, sagte sie, »es ist schon unheimlich. Du solltest telefonieren.«

Drei Stunden später saß sie vor dem Sheriff des Ortes, Wayne Peabody, dessen Gesicht aussah wie das letzte Stück Dörrfleisch im Glas.

»Vielleicht benehme ich mich lächerlich«, sagte sie, »aber sie ist normalerweise so verantwortungsbewusst.«

»Tun Sie sich das nicht an, Mrs Bateman. Machen Sie sich nicht klein. Sie kennen dieses Mädchen, und Sie haben einen Instinkt. Dem müssen Sie vertrauen.«

»Danke. Ich ... vielen Dank.«

Peabody wandte sich an seinen Deputy – eine stämmige Frau um die dreißig.

»Wir fahren zum Kino, reden mit Pete und stellen fest, ob er sich an sie erinnert. Grace kann noch im Pub vorbeischauen. Vielleicht war sie da. Ihr Mann ruft ein paar Leute an, sagen Sie?«

»Ja, er hat mit ein paar von ihren Freunden und Verwandten gesprochen, aber niemand hat etwas gehört.«

Rachel malte mit ihren Buntstiften – überwiegend auf Papier – an ihrem kleinen runden Kindertisch, den Maggie auf einem Flohmarkt gefunden hatte, zusammen mit zwei entzückenden kleinen Klappstühlen. Maggie fand es erstaunlich, dass die Kleine sie während des ganzen Gesprächs nicht ein einziges Mal gestört hatte, als habe sie verstanden, wie wichtig das alles war. Aber sie war immer schon ein so empfindsames und ernsthaftes Kind gewesen, dass Maggie manchmal befürchtete, sie sei depressiv. Sie hatte in der *Times* einen Artikel über Kinder mit Depressionen gelesen, und jetzt hatte dieser Gedanke sich in ihrem Hinterkopf festgesetzt, ein Nenner, auf den sie alle kleinen Anzeichen – dass Rachel schlecht schlief, dass sie schüchtern war – bringen konnte. Vielleicht hatte sie aber auch nur eine Weizenallergie.

So war es bei Müttern: Eine Befürchtung überschattete die andere.

»Sie ist nicht depressiv«, sagte David immer. »Sie ist nur konzentriert.«

Aber er war ein Mann, und dazu noch ein Republikaner. Was wusste er von der Vielschichtigkeit der weiblichen Psyche?

Als sie am Abend immer noch nichts gehört hatten, sagte David seine Termine für den Rest der Woche ab und fuhr hinaus. Als er angekommen war, fühlte Maggie sich wie ein Ballon, aus dem die Luft entwich. Die Fassade des entschlossenen *business as usual,* hinter die sie sich zurückgezogen hatte, brach zusammen, und sie goss sich (und ihm) einen großen Drink ein.

»Schläft Rachel?«, fragte er.

»Ja. Ich habe sie in ihr Zimmer gebracht. Oder war das ein Fehler? Sollte ich sie in unser Zimmer holen?«

Er zuckte die Achseln. In Wirklichkeit war das gleichgültig, dachte er. Ein Problem war es nur im Kopf seiner Frau.

»Unterwegs habe ich den Sheriff angerufen«, erzählte er, als sie im Wohnzimmer saßen. Das Meer rauschte vor den Fenstern, unsichtbar in der schwarzen Nachtluft. »Er sagt, sie war zweifellos im Kino. Die Leute erinnerten sich an sie, ein hübsches Mädchen in Großstadtkleidung, aber in der Bar hat man sie nicht gesehen. Was immer passiert ist, ist also auf ihrem Heimweg passiert.«

»Aber was kann denn geschehen sein?«

Er zuckte die Achseln und trank. »In den Krankenhäusern der Umgebung haben sie sich erkundigt.«

Maggie verzog das Gesicht. »Scheiße. Das hätte ich schon tun sollen. Warum habe ich nicht …?«

»Weil es nicht dein Job ist. Du hattest mit Rachel zu tun. Aber in den Krankenhäusern ist letzte Nacht niemand eingeliefert worden, auf den ihre Beschreibung passt. Keine unbekannte Frau, niemand.«

»David, ist sie tot? Und liegt irgendwo im Graben oder so?«

»Nein, das glaube ich nicht. Okay, je länger es dauert, desto weniger positiv kann ich die Sache sehen, aber im Moment ist sie vielleicht einfach – keine Ahnung – auf einer Sauftour.«

Aber sie wussten beide, dass Frankie nicht der Typ für eine Sauftour war.

In dieser Nacht schlief Maggie unruhig. Sie träumte, das Monster von Montauk sei wieder zum Leben erwacht und glitsche jetzt aus der Lagune herauf und über die Straße, unaufhaltsam auf ihr Haus zu, und ziehe dabei eine Schneckenspur aus Schleim hinter sich hier. Unruhig drehte sie sich um und sah, wie es zum Fenster im ersten Stock heraufglitt – zu Rachels Fenster. Hatte sie es offen gelassen? Die Nacht war warm und stickig. Normalerweise machte sie es abends zu, aber hatte sie es diesmal vergessen, weil sie wegen Frankie abgelenkt war?

Als sie aufwachte, standen ihre Füße schon auf dem Boden, und die Panik einer Mutter trieb sie durch den kurzen Flur zum Zimmer ihrer Tochter. Das Erste, was ihr auffiel, war, dass die Tür geschlossen war. Maggie wusste, dass sie sie offen gelassen hatte. Sie legte sogar immer einen Türstopper davor, damit der Wind sie nicht zuschlagen konnte. Fast im Laufschritt eilte sie zur Tür, und der Knauf ließ sich nicht drehen. Sie stieß hart mit der Schulter gegen die Tür, dass es laut dröhnte.

Hinter ihr hörte sie, wie David sich regte, aber aus Rachels Zimmer kam kein Laut. Sie rüttelte am Türknauf. Die Tür war abgeschlossen.

»David!«, schrie sie, und dann schrie sie gleich noch einmal, und ihre Stimme bekam einen hysterischen Unterton.

Sofort war er hinter ihr. Er bewegte sich schnell, aber immer noch schwerfällig, als sei sein sich im Schlafmodus befindliches Gehirn noch nicht mitgekommen.

»Die Tür ist abgeschlossen«, schrie sie.

»Geh zur Seite.«

Sie drückte sich an die Wand, um ihm Platz zu machen. Seine große Hand umfasste den Türknauf und versuchte ihn zu drehen.

»Warum weint sie nicht?«, hörte Maggie sich fragen. »Sie muss doch wach sein. Ich muss sie geweckt haben mit diesem Krach.«

Er rüttelte am Türknauf, und dann gab er auf und warf sich mit der Schulter gegen die Tür. Einmal, zweimal, dreimal. Die Tür ächzte im Rahmen, aber sie gab nicht nach.

»*Fuck.*« Jetzt war er hellwach, und er bekam Angst. Warum weinte seine Tochter nicht? Das Einzige, was durch die Tür drang, war das Rauschen des Meeres.

Er wich einen Schritt zurück und trat wütend gegen die Tür, und er bemühte sich, irgendeine urzeitliche Neandertalerkraft aufzubringen. Der Rahmen zersplitterte, eine Angel brach heraus, die Tür flog auf und nach hinten wie ein Boxer, der einen Volltreffer in den Bauch kassiert hat.

Maggie drängte sich an ihm vorbei ins Zimmer und schrie.

Das Fenster stand weit offen.

Das Kinderbett war leer.

Maggie stand davor und starrte es lange an, als sei der Anblick eines leeren Kinderbetts eine surreale Unmöglichkeit. David stürzte zum Fenster und schaute hinaus, nach links, dann nach rechts. Er rannte aus dem Zimmer, und Maggie hörte seine polternden Schritte auf der Treppe. Die Haustür schlug zu, und sie hörte seine Schritte im Gras, auf dem Sand, auf dem Kies und schließlich auf dem Asphalt, als er zur Straße lief.

Als sie hinunterkam, hing er unten am Telefon.

»Ja«, sagte er, »es geht um Leben und Tod. Was es kostet, interessiert mich nicht.«

Es war still. Er hörte zu.

»Okay. Wir sind wach.«

Er legte auf, und sein Blick ging ins Weite.

»David?

»Sie schicken jemanden.«

»Wer?«

»Der Sender.«

»Was heißt ›jemanden‹? Hast du nicht die Polizei angerufen?«

Er schüttelte den Kopf. »Es ist meine Tochter. Sie haben *meine* Tochter entführt. Das überlassen wir nicht dem öffentlichen Dienst.«

»Was redest du da? Wer hat sie entführt? Sie ist verschwunden. Sie müssen – wir brauchen jemanden, viele, die nach ihr suchen.«

Er stand auf und schaltete das Licht ein, nacheinander in allen Zimmern, sodass das Haus wach aussah. Sie folgte ihm.

»David?«

Aber er war tief in Gedanken. Irgendein Männerplan formte sich in seinem Kopf. Sie drehte sich um und riss den Autoschlüssel vom Haken. »Na, ich kann nicht einfach hier herumsitzen.«

Er holte sie an der Tür ein und packte sie beim Handgelenk. »Sie ist nicht einfach davonspaziert«, sagte er. »Sie ist zwei Jahre alt. Jemand ist durch ihr Fenster hereingeklettert und hat sie geholt. *Warum?* Für Geld.«

»Nein.«

»Aber vorher«, sagte er, »haben sie Frankie entführt.«

Sie lehnte sich an die Wand. In ihrem Kopf drehte sich alles. »Was willst du damit ...«

Er hielt sie fest, nicht grob, aber entschlossen, damit sie wusste, dass sie noch mit der Erde und mit ihm verbunden war.

»Frankie kennt uns. Sie kennt unsere Gewohnheiten, unsere Finanzen – zumindest im Großen und Ganzen –, sie weiß, in welchem Zimmer Rachel schläft. So. Sie haben Frankie entführt, damit sie ihnen Rachel verschafft.«

Maggie ging zum Sofa und setzte sich. Die Handtasche hielt sie noch in den Händen.

»Es sei denn, sie arbeitet mit ihnen zusammen«, ergänzte David.

Maggie schüttelte den Kopf. Der Schock machte sie ruhig, und ihre Gliedmaßen fühlten sich an wie Seetang, der in den Wellen schwebt. »So was macht sie nicht. Sie ist zweiundzwanzig. Sie geht zur Abendschule.«

»Vielleicht braucht sie Geld.«

»David.« Maggie sah ihn an. »Sie hilft ihnen nicht. Nicht absichtlich.«

Sie fragten sich, was nötig sein konnte, um eine gewissenhafte junge Frau dazu zu bringen, dass sie ein schlafendes Kleinkind verriet, für das sie verantwortlich war.

Eine Dreiviertelstunde später hörten sie Autoreifen in der Einfahrt. David ging hinaus und kam mit sechs Männern zurück. Sie waren offensichtlich bewaffnet, und ihr Auftreten wirkte militärisch. Einer trug einen Anzug. Er hatte olivbraune Haut und graue Schläfen.

»Mrs Bateman«, sagte er, »ich bin Mick Daniels. Diese Männer sind hier zu Ihrem Schutz, und um mir zu helfen, die Tatsachen zu ermitteln.«

»Ich hatte einen Traum«, erzählte sie ihm unversehens.

»Schatz«, sagte David.

»Über das Monster von Montauk«, fuhr sie fort. »Es ist an der Hauswand heraufgekrochen.«

Mick nickte. Wenn er diese Information merkwürdig fand, ließ er es sich nicht anmerken.

»Sie haben geschlafen, aber Ihr Unterbewusstsein hat etwas gehört«, sagte er. »Das ist genetisch erlernt. Eine animalische Fähigkeit, nachdem wir ein paar hunderttausend Jahre als Beutetiere verbracht haben.«

Er ließ sich das Elternschlafzimmer und dann Rachels Zimmer zeigen, und sie mussten ihm beschreiben, was vorgefallen war. Unterdessen suchten zwei seiner Leute die Umgebung des Hauses ab. Zwei andere richteten im Wohnzimmer eine Leitzentrale ein. Sie trugen Laptops, Telefone und Drucker herein.

Zehn Minuten später waren sie alle wieder da.

»Ein einzelner Satz Fußspuren«, berichtete ein kaugummikauender Schwarzer, »und zwei tiefe Abdrücke unter dem Fenster. Wir nehmen an, sie stammen von einer Leiter. Spuren führen zu einem Schuppen auf dem Grundstück und verschwinden dann. Wir haben drinnen eine Leiter gefunden. Ausfahrbar. Hoch genug, um zum ersten Stock hinaufzuklettern.«

»Er hat also keine eigene Leiter mitgebracht«, stellte Mick fest, »sondern hat eine benutzt, die schon hier war. Das muss er gewusst haben.«

»Letztes Wochenende ist ein Stück Regenrinne abgebrochen«, sagte David. »Der Vermieter war hier und hat sie repariert, und dazu hat er eine Leiter benutzt. Woher er sie hatte, weiß ich nicht, aber er ist mit einem Personenwagen gekommen. Also hatte er sie nicht mitgebracht.«

»Wir werden uns den Vermieter ansehen«, sagte Mick.

»Auf der Straße sind keine sichtbaren Reifenspuren«, sagte ein Mann mit einem Gewehr. »Jedenfalls keine frischen. Man kann nicht erkennen, in welche Richtung er verschwunden ist.«

»Entschuldigen Sie«, sagte Maggie, »aber wer sind Sie alle? Jemand hat mein kleines Kind entführt. Wir müssen die Polizei rufen.«

»Mrs Bateman«, sagte Mick.

»Nennen Sie mich nicht so«, antwortete sie.

»Tut mir leid, aber wie soll ich Sie nennen?«

»Kann mir einfach jemand sagen, was hier vorgeht?«

»Ma'am«, sagte Mick, »ich bin angestellter Sicherheitsberater bei der größten privaten Sicherheitsfirma der Welt. Der Arbeitgeber Ihres Mannes hat mich beauftragt, ohne dass Kosten für Sie entstehen. Ich war acht Jahre bei den Navy Seals und noch einmal acht Jahre beim FBI. Ich habe dreihundert Fälle von Kidnapping bearbeitet, und zwar mit einer sehr hohen Aufklärungsrate. Hier ist planmäßig gearbeitet worden. Sobald wir herausbekommen haben, wie, werden wir das FBI informieren, das verspreche ich Ihnen. Aber wir tun es nicht als hilflose Zuschauer. Mein Job ist es, die Situation unter Kontrolle zu halten, von jetzt an bis zu dem Augenblick, in dem wir Ihre Tochter zurückgeholt haben.«

»Und können Sie das?«, fragte Maggie wie aus einer anderen Dimension. »Sie zurückholen.«

»Ja, Ma'am«, sagte Mick. »Das kann ich.«

BLANCO

WAS IHN WECKT, sind die weißen Wände. Nicht nur im Schlafzimmer – die ganze Wohnung ist wie aus Elfenbein geschnitzt, Wände, Fußböden und Möbel. Scott liegt mit offenen Augen da, und sein Herz schlägt schnell. In einem weißen Zwischenreich zu schlafen wie eine neue Seele, die im Äther schwebt und darauf wartet, dass eine Tür sich öffnet, dass die bürokratische Strichliste der Zuweisung eines Körpers abgearbeitet wird, und die atemlos um die Erfindung der Farbe betet – das kann einen Menschen anscheinend in den Wahnsinn treiben. Scott wirft sich unter einer weißen Decke auf einem weißen Laken und einem weißen Kissen unruhig hin und her, und das Bettgestell hat die Farbe von Eierschalen. Um Viertel nach zwei in der Frühe wirft er die Decke beiseite und steht auf. Verkehrsgeräusche dringen durch die Doppelfenster herein. Er schwitzt, weil es so anstrengend war, im Bett zu bleiben, und er fühlt, wie sein Herz gegen die Rippen schlägt wie gegen ein Gitter.

Er geht in die Küche und überlegt, ob er einen Kaffee machen soll, aber irgendwie kommt ihm das nicht richtig vor. Nacht ist Nacht, und Morgen ist Morgen, und bringt man die beiden durcheinander, kann das zu dauerhafter Desorientierung führen. Man fällt aus der Zeit, die Phasen verschieben sich, man trinkt Bourbon zum Frühstück. Scott spürt ein Jucken hinter den Augen. Er geht ins Wohnzimmer und öffnet alle Schubladen an einer Kredenz. Im Bad findet er sechs Lippenstifte, in der Küche einen schwarzen Filzstift und zwei Marker (pink und gelb). Im Kühlschrank liegen Rote-Bete-Knollen, dick und schon runzlig. Er nimmt sie heraus und setzt einen Topf Wasser auf den Herd.

Im Fernsehen reden sie von ihm. Er braucht das Gerät gar nicht einzuschalten, um es zu wissen. Er ist jetzt Teil des Zyklus, des endlosen Kopfzerbrechens. Weißgestrichene Bodendielen knarren unter seinen Füßen, als er in das (weiße) Wohnzimmer tappt. Der Kamin ist kürzlich benutzt worden, und die Asche ist noch da. Scott kniet sich auf die kühle Backsteinkante und wühlt darin, bis er einen Klumpen Holzkohle ertastet hat. Er holt ihn heraus wie einen Diamanten aus einem Bergwerk. An der Wand gegenüber ist ein mannshoher Spiegel, und als er sich aufrichtet, sieht er sich darin. Zufällig sind seine Boxershorts weiß, und er trägt ein weißes T-Shirt – als werde auch er langsam von einem endlosen Nichts verschlungen. Als er sein Spiegelbild in dieser reinweißen Welt sieht – ein blasser weißer Mann in weißer Kleidung –, fragt er sich, ob er vielleicht ein Geist ist. *Was ist denn wahrscheinlicher,* denkt er. *Dass ich mit einer ausgerenkten Schulter und einem Kleinkind auf dem Rücken meilenweit geschwommen bin, oder dass ich in den salzigen Wellen ertrunken bin wie meine Schwester vor all den Jahren, deren panische Augen und Mund vom gierigen schwarzen Wasser des Lake Michigan hinabgezogen wurden?*

Mit der Holzkohle in der Hand geht er in der Wohnung umher und knipst das Licht an. Er folgt einem Instinkt, keinem wirklich rationalen Gefühl. Von draußen hört er die knirschenden Bremsen des ersten Müllwagens an diesem Tag, der mit seinen hydraulischen Kiefern die Dinge zermahlt, die wir nicht mehr brauchen. Die Wohnung ist jetzt vollständig beleuchtet, und er dreht sich langsam um sich selbst, um alles in sich aufzunehmen: die weißen Wände, die weißen Möbel, die weißen Böden. Aus der einfachen Drehung wird ein Kreiseln, das – einmal begonnen – nicht mehr gebremst werden kann. Ein weißer Kokon, durchbrochen von schwarzen Fenstern mit hochgezogenen Jalousien.

Alles, was Farbe hervorbringen könnte, stapelt sich auf dem niedrigen weißen Couchtisch. Scott steht mit der aschgrauen Holzkohle in der Hand da. Er legt den Klumpen aus der linken in die rechte Hand, und der düstere schwarze Fleck auf der Handfläche zieht seinen Blick auf sich. Dann schlägt er sich genussvoll die schwarze Hand an die Brust, streicht damit über seinen Bauch hinunter und reibt die schwarze Asche in die weiße Baumwolle.

Ich lebe, denkt er.

Dann fängt er mit den Wänden an.

Eine Stunde später klopft es an der Tür, und dann dreht sich leise ein Schlüssel im Schloss, und Layla kommt herein. Sie trägt noch Abendkleidung, ein kurzes Kleid und High Heels. Sie findet Scott im Wohnzimmer, wo er Rote-Bete-Knollen an die Wand wirft. Sein T-Shirt und die Shorts sind, wie man gemeinhin sagt, *ruiniert,* in den Augen dieses Malers jedoch *stark verbessert,* nämlich rot und schwarz gefleckt. In der Luft hängt ein leiser Hauch von Holzkohle und Wurzelgemüse. Ohne von Laylas Ankunft Notiz zu nehmen, tappt Scott zur Wand, geht in die Hocke und hebt eine zerquetschte Knolle auf. Erst jetzt hört er hinter sich Schritte im Flur, ein heftiges Einatmen, ein erschrockenes Zischen.

Er hört es und hört es doch nicht, denn gleichzeitig ist da nichts als das Geräusch seiner eigenen Gedanken. Visionen, Erinnerungen und etwas Abstrakteres. Dringend – nicht in einem erderschütternden Sinn, sondern wie das Gefühl, nach einer langen Heimfahrt im Stop-and-go-Verkehr endlich urinieren zu können: der lange Lauf zur Haustür, das hektische Wühlen nach dem Schlüssel, das hastige Öffnen des Reißverschlusses, und dann dieser kunstlose Strom. Eine biologische Notwendigkeit, die erfüllt, eine erloschene Lampe, die wieder eingeschaltet wird.

Das Bild offenbart sich ihm mit jedem weiteren Strich.

Hinter ihm schaut Layla mit offenem Mund zu, überwältigt von einem Gefühl, das sie nicht richtig versteht. Sie ist ein Eindringling bei einem Schöpfungsakt, ein unerwarteter Voyeur. Aus dieser Wohnung, die ihr gehört und die sie selbst eingerichtet hat, ist etwas anderes geworden. Etwas Unverhofftes, Wildes. Sie bückt sich, öffnet die Riemchen ihrer High Heels und trägt sie zu dem befleckten weißen Sofa.

»Ich war in Uptown Manhattan«, sagt sie. »Auf einer von diesen endlosen Veranstaltungen, die niemanden interessieren. Und dann habe ich auf der Straße Licht bei Ihnen gesehen. *Überall* Licht.«

Sie setzt sich und zieht ein Bein unter das andere. Scott fährt sich mit der Hand durch die Haare, und seine Kopfhaut hat jetzt die Farbe eines gekochten Hummers. Er geht zum Couchtisch und wählt einen Lippenstift aus.

»Ein fünfzigjähriger Mann wollte an meinem Höschen riechen«, erzählt sie. »Das heißt, warten Sie, das war noch anders – ich sollte mein Höschen ausziehen, und er wollte es einstecken, und später, wenn seine Frau schläft, wollte er es sich an die Nase halten und dabei ins Waschbecken wichsen.«

Sie steht wieder auf und geht zur Flaschentruhe, um sich einen Drink einzuschenken. Scheinbar ohne sie zu bemerken, erprobt Scott den Lippenstift an der Wand, dreht ihn wieder zu und sucht eine andere Farbe aus.

»Stellen Sie sich seine großen Augen vor, als ich ihm sagte, dass ich kein Höschen anhabe.« Layla sieht zu, wie er eine Farbe namens »Summer Blush« wählt. Sie nippt an ihrem Glas. »Fragen Sie sich je, wie es früher war?«

»Früher als wann?« Scott dreht sich nicht um.

Sie lehnt sich auf dem Sofa zurück. »Manchmal befürchte ich, dass die Leute nur mit mir reden, weil ich reich bin oder weil sie mich ficken wollen.«

Scott ist auf einen Punkt konzentriert wie ein Laserstrahl. »Manchmal wollen sie wahrscheinlich nur wissen, ob Sie einen Appetizer oder möglicherweise einen Cocktail bestellen wollen.«

»Ich meine nicht die, bei denen es zum Job gehört. Ich meine, wenn ich in einem Raum voller Leute bin. Gesellschaftlich oder bei einem geschäftlichen Treffen. Ich meine jemanden, der mich ansieht und denkt: *Da ist ein Mensch, der etwas Bedeutsames zu unserer großen Debatte beizutragen hat.*«

Scott verschließt den Lippenstift und tritt einen Schritt zurück, um sein Werk zu begutachten.

»Als ich sieben war«, sagt er, »bin ich von zu Hause weggelaufen. Nicht von zu Hause, genau genommen, aber vom Haus. Ich bin im Garten auf einen Baum geklettert. *Das wird ihnen eine Lehre sein,* dachte ich – keine Ahnung mehr, warum. Wenn meine Mutter aus dem Küchenfenster schaute, konnte sie mich da oben sehen, einen Jungen mit einem Rucksack und seinem Kopfkissen, der wütend heruntersstarrte. Aber sie machte einfach weiter das Abendessen. Später beobachtete ich, wie sie zusammen am Küchentisch saßen und aßen, meine Mutter, mein Vater und meine Schwester. *Reich mir das Brot herüber.* Als das Geschirr gespült war, saßen sie auf dem Sofa vor dem Fernseher. Und mir wurde kalt.« Er verwischt einen Holzkohlestreifen, um die Wirkung zu verbessern. »Haben Sie je versucht, auf einem Baum zu schlafen? Da muss man schon ein Panther sein. Im Haus gingen nacheinander die Lichter aus. Das Dumme war, ich hatte vergessen, etwas zu essen mitzunehmen, und ich hatte auch keinen Pullover. Also klettere ich nach einer Weile hinunter und gehe ins Haus. Die Hintertür ist offen. Meine Mutter hat einen Teller mit Essen für mich auf den Tisch gestellt, und daneben liegt ein Zettel. *Im Tiefkühlfach ist Eis.* Ich saß im Dunkeln am Tisch und aß, und dann ging ich hinauf und ins Bett.«

»Und was wollen Sie damit sagen?«

»Nichts. Es ist nur etwas, das ich erlebt habe.« Er verwischt Holzkohlestriche auf der Wand und fügt Schatten hinzu. »Vielleicht meine ich, dass Menschen alles Mögliche sagen können, ohne den Mund aufzumachen.«

Sie streckt Arme und Beine von sich und dreht die Hüfte nach oben.

»In den Nachrichten haben sie gesagt, der Junge spricht nicht mehr«, sagt sie. »Seit dem Unfall, kein Wort. Keine Ahnung, woher sie das wissen, aber sie behaupten es.«

Scott kratzt sich im Gesicht und hinterlässt einen schwarzen Fleck an seiner Schläfe. »Als ich getrunken habe, war ich das, was man als Quasselstrippe bezeichnet«, erzählt er. »Eins nach dem andern, hauptsächlich Dinge, von denen ich glaubte, die Leute wollten sie hören, oder Dinge, die ich für provokant hielt. *Die Wahrheit.*«

»Was haben Sie getrunken?«

»Whiskey.«

»Sehr männlich.«

Er zieht die Kappe von dem gelben Marker und streicht abwesend mit dem Daumen über die feuchte Filzspitze. »An dem Tag, als ich nüchtern war, hörte ich auf zu reden. Was gab es auch noch zu sagen? Man braucht Hoffnung, um einen Gedanken zu formulieren. Man braucht – ich weiß nicht – *Optimismus* zum Sprechen, um sich auf ein Gespräch einzulassen. Denn im Grunde – was hat all das Kommunizieren für einen Sinn? Was ändert sich durch das, was wir einander sagen? Oder was wir tun, genau genommen?«

»Dafür gibt es einen Namen«, sagt sie. »Man nennt es Depressionen.«

Er legt den Marker hin und dreht sich langsam, um sein Werk zu betrachten. Form und Farbe, offen für die Interpretation. Jetzt, da der Raum Tiefe und Dimension hat, ist er plötzlich erschöpft. Als sein Blick bei Layla ankommt, sieht er, dass sie das Kleid ausgezogen hat und nackt auf dem Sofa liegt.

»Das war kein Witz mit dem Höschen«, sagt er.

Sie lächelt. »Den ganzen Abend war ich so glücklich, weil

ich wusste, ich habe ein Geheimnis. Alle redeten über das Unglück, das Rätsel. Ein Flugzeug ist abgestürzt. War es ein Terroranschlag? Oder ein Tötet-die-Reichen-Szenario, der Anfang vom Ende? Ein nordkoreanischer Mückenstich, der verhindern sollte, dass Kipling plauderte? Sie hätten da sein sollen. Aber dann nahmen die Gespräche eine neue Richtung und wurden – persönlicher. All diese gutbetuchten aufgeblasenen Leute redeten plötzlich von dem Jungen: Wird er je wieder sprechen?« Sie mustert ihn. »Und sie haben von Ihnen geredet.«

Scott geht zur Küchenspüle, wäscht sich die Hände und sieht zu, wie Asche und Lippenstift in den Abfluss strudeln. Als er zurückkommt, ist das Sofa leer.

»Hier bin ich«, ruft sie aus dem Schlafzimmer.

Scott denkt darüber nach, wo eine nackte Frau in seinem Bett hinführt. Er wendet sich ab und geht ins Arbeitszimmer. Die Wände hier sind immer noch weiß. Das kratzt an seinem Erfolgsgefühl, und er drückt seinen verschmutzten Körper an die Wand und hinterlässt eine Silhouette seines Umrisses wie Willi Kojote. Dann geht er zum Schreibtisch und greift sich das Telefon.

»Habe ich Sie geweckt?«, fragt er, als sie sich meldet.

»Nein«, sagt Eleanor. »Wir sind auf. Er hatte einen Albtraum.«

Scott sieht den Jungen vor sich, wie er sich hin und her wirft, während in seinem Kopf eine wütende See tobt.

»Was macht er jetzt?«

»Er isst Müsli. Ich habe versucht, ihn dazu zu bringen, dass er wieder einschläft, aber davon wollte er nichts wissen. Jetzt habe ich im Fernsehen eine Kindersendung gefunden, die ›Welt der Wörter‹.«

»Kann ich mit ihm sprechen?«

Sie legt das Telefon hin, und er hört ihre Stimme – *JJ!* – im Hintergrund. Scott überlässt sich der Schwerkraft und legt sich auf den Boden. Die Telefonschnur dehnt sich. Nach ein paar Augenblicken hört er, wie der Plastikhörer über eine harte Oberfläche gezogen wird, und dann atmet jemand.

»Hey, Buddy.« Scott wartet. »Scott hier. Ich war ... anscheinend können wir beide nicht schlafen, was? Du hast schlecht geträumt?«

Er hört, wie Layla nebenan den Fernseher einschaltet und sich den 24-Stunden-Nachrichtenzyklus injiziert. Im Telefon atmet der kleine Junge.

»Ich überlege, ob ich raufkommen und dich besuchen soll«, sagt er. »Du könntest mir dein Zimmer zeigen, oder sonst irgendwas. Hier ist es heiß. Hier in der Stadt. Deine Tante sagt, ihr wohnt am Fluss. Da könnte ich dir zeigen, wie man Kieselsteine hüpfen lässt, oder ...«

Ihm wird klar, was er gerade gesagt hat: *Lass uns beide wieder zu einem großen Wasser gehen.* Er fragt sich, ob der Junge jedes Mal schreit, wenn die Toilettenspülung rauscht, und ob er in Panik gerät, wenn das Wasser in die Badewanne läuft.

»Was mir hilft, wenn ich Angst habe«, sagt er, »ist Vorbereitung, weißt du? Zu wissen, was man tun muss. Zum Beispiel, wenn ein Bär angreift, soll man sich tot stellen. Wusstest du das?«

Er spürt, dass die Last der Erschöpfung ihn tief hinunterzieht.

»Und bei Löwen?«, fragt der Junge.

»Tja«, sagt Scott, »das weiß ich nicht genau. Aber ich sag dir was. Ich finde es heraus, und dann erfährst du es, wenn wir uns sehen, okay?«

Es ist lange still.

»Okay«, sagt der Junge schließlich.

Scott hört, wie das Telefon hingelegt und dann wieder aufgehoben wird.

»Wow«, sagt Eleanor. »Ich weiß nicht, was ich ...«

Es schwebt zwischen ihnen, dieses Wortwunder. Scott möchte nicht darüber reden. Dass der Junge mit ihm und mit niemandem sonst sprechen will, ist eine schlichte Tatsache, was ihn angeht, ganz ohne das, was die Psychologen *Bedeutung* nennen.

»Ich habe gesagt, ich komme ihn besuchen. Ist das okay?«
»Natürlich. Er würde – *wir* würden uns freuen.«
Ihr Ton entgeht ihm nicht. »Was ist mit Ihrem Mann?«
»Es gibt nicht viel, worüber er sich freut.«
»Über Sie?«
Pause. »Manchmal.«
Sie denken beide kurz darüber nach. Aus seinem Schlafzimmer hört Scott ein Seufzen, aber er weiß nicht, ob das ein menschlicher Laut oder ein Klangeffekt aus dem Fernsehen ist.

»Okay«, sagt Scott. »Gleich geht die Sonne auf. Versuchen Sie heute ein Nickerchen zu machen.«
»Danke«, sagt sie. »Einen schönen Tag.«
Einen schönen Tag. Bei diesen einfachen Worten muss er lächeln.

»Gleichfalls«, sagt er.
Als sie aufgelegt haben, bleibt Scott noch einen Augenblick lang liegen und flirtet mit dem Schlaf. Dann rappelt er sich hoch. Er folgt dem Fernsehton, streift sein T-Shirt über den Kopf und lässt es zu Boden fallen, und dann zieht er die Shorts aus und geht ins Schlafzimmer. Unterwegs knipst er die Lampen aus. Layla posiert halb zugedeckt im Bett und hat die Hüfte nach oben gedreht. Sie weiß, wie sie aussieht und welche Macht sie hat. Züchtig bleibt ihr Blick auf den Bildschirm gerichtet. Fröstelnd steigt Scott ins Bett, und Layla schaltet den Fernseher ab. Draußen geht die Sonne auf. Er legt den Kopf auf das Kissen und fühlt, wie erst ihre Hände und dann ihr Körper ihm entgegenkommen. Wellen, die einen weißen Sandstrand heraufrollen. Sie schiebt sich über seine Hüften und seinen Körper. Ihre Lippen finden seinen Hals. Scott spürt, wie die Wärme des Oberbetts ihn hinabzieht. Die weiße Box ist nicht mehr da. Das Zwischenreich ist zu einem Ort geworden. Ihre Hand liegt auf

seiner Brust. Ihr Bein wandert über sein Schienbein herauf zu seinem Oberschenkel. Ihr Körper ist heiß wie die gewölbten Brüste an seinem Arm. Sie schmiegt die Lippen an seinen Hals und wispert leise, und sie lässt sich Zeit.

»Du sprichst gern mit mir«, sagt sie. »Nicht wahr?«

Aber er ist schon eingeschlafen.

Bild Nr. 4

AUF DEN ERSTEN BLICK sieht es aus wie eine leere Leinwand. Ein langes weißes Rechteck, mit Gesso überzogen. Aber wenn wir näher kommen, sehen wir, dass das Weiß eine Topografie hat, Schatten und Täler. Die weiße Farbe ist in Schichten aufgetragen, und darunter liegen Andeutungen von Farbe, der Hauch von etwas Verborgenem. Vielleicht ist die Leinwand doch nicht leer. Vielleicht ist das Bild übermalt worden, mit Weiß zugedeckt. Tatsächlich wird das bloße Auge allein die Geschichte nie entdecken können. Aber wenn wir mit der Hand über die Täler und Grate im Gesso streichen, wenn wir die Augen schließen und die topografische Wahrheit hindurchsickern lassen, dann dringen vielleicht auch die Konturen einer Szene durch.

Flammen. Die Umrisse eines Gebäudes.

Unsere Fantasie übernimmt den Rest.

ÖFFENTLICH/PRIVAT

EINE AUTOHUPE WECKT IHN. Layla ist weg. Das Auto hupt noch einmal. Scott steht auf und geht nackt zum Fenster. Draußen steht ein Fernsehteam. Der Übertragungswagen parkt am Bordstein, und die Satellitenantenne ist ausgerichtet.

Sie haben ihn gefunden.

Er weicht vom Fenster zurück, sucht die Fernbedienung und schaltet den Fernseher an. Er sieht ein Haus, ein weißes, dreigeschossiges Gebäude mit blauen Fensterrahmen und schwarzen Sternen in einer baumgesäumten Straße in New York City. Es ist das Haus, in dem er steht. Ein Nachrichtenband rollt waagerecht unter dem Haus entlang und präsentiert Wörter und Zahlen: Der Nasdaq ist um dreizehn Punkte gefallen, der Dow Jones um hundertsechzehn gestiegen. Auf der linken Seite des Bildschirms hat Bill Cunningham einen eigenen Kasten und schaut vorgebeugt in die Kamera.

»… ist anscheinend bei der berühmten radikalen Erbin untergekommen, deren Vater im letzten Jahr über vierhundert Millionen Dollar für linke Projekte gespendet hat. Sie erinnern sich, liebe Freunde: Der Mann hat 2012 versucht, die Wahl zu kaufen. Nun, das ist seine kleine Tochter. Obwohl – so klein ist sie auch nicht mehr. Schauen Sie sich diese Bilder an, die Anfang des Jahres bei einem Filmfestival in Frankreich aufgenommen wurden.«

Das Haus schrumpft in einen kleineren Kasten, und auf dem Hauptbildschirm erscheinen Fotos von Layla in verschiedenen offenherzigen Abendkleidern, Ausschnitte aus Modezeitschriften und Skandalblättern. Ein mit dem Teleobjektiv aufgenommenes Bild zeigt sie im Bikini auf der Yacht eines Schauspielers.

Scott fragt sich, ob Layla im Haus ist und das alles sieht.

Als hätte sie seine Gedanken gehört, geht die Wohnungstür auf und Layla kommt herein. Sie ist für einen Tag voller Besprechungen gekleidet, wie es aussieht.

»Ich habe es niemandem gesagt«, beteuert sie. »Ich schwöre.«

Scott zuckt die Achseln. Er hat nicht angenommen, dass sie es ausgeplaudert hat. In seinen Augen gehören sie beide zu einer gefährdeten Art, mitten in der Mauser entdeckt von einem neugierigen Kind mit mangelnder Impulskontrolle.

Auf dem Bildschirm sieht er fünfzehn mit Vorhängen verschlossene Fenster, eine schmale blaue Haustür und zwei ebenfalls blaue Garagentore. Das Einzige, was seine sichere Unterkunft vor neugierigen Blicken abschirmt, ist ein dürrer Setzling, eigentlich nur ein Stock mit einem halbherzigen Bewuchs aus grünen Blättern. Scott betrachtet das Haus, in dem er ist, im Fernsehen, besorgt, aber auch seltsam fasziniert, wie ein Mann, der zusieht, wie er selbst bei lebendigem Leib gefressen wird. Anscheinend kann er jetzt nicht mehr vermeiden, zu einer öffentlichen Person zu werden. Er muss bei diesem kommerziellen Tanz mitmachen.

Wie seltsam, denkt er.

Layla steht neben ihm. Sie überlegt, ob sie noch etwas sagen soll, aber dann lässt sie es. Nach einer Weile wendet sie sich ab und geht hinaus. Scott hört, wie die Tür ins Schloss fällt, und dann klappern ihre Absätze auf der Treppe. Er steht immer noch da und starrt das Haus im Fernsehen an.

Bill Cunningham sieht energiegeladen aus. Er sagt:

»... Bewegung in einem der oberen Fenster, vor wenigen Augenblicken. Aus informierten Kreisen ist zu erfahren, dass Ms Mueller allein in diesem Haus wohnt, das – ja, wie viele Schlafzimmer gibt es dort, liebe Zuschauer? Ich würde sagen, mindestens sechs. Und ich komme nicht umhin, hier ein paar Zusammenhänge herzustellen. Der Chef eines konservativen Nachrichtensenders kommt unter mysteriösen Umständen zu Tode, und der einsame Überlebende des Flugzeugunglücks zieht bei der Tochter eines linken Aktivisten ein. Tja, manche mögen da von Zufall sprechen. Ich nicht.«

Auf dem Bildschirm öffnet sich eins der Garagentore. Scott beugt sich vor. Das hier ist mehr als Fernsehen. Halb rechnet er damit, sich selbst herauskommen zu sehen, aber stattdessen rollt ein schwarzer Mercedes aus der Garage. Layla sitzt am Steuer und trägt eine übergroße Sonnenbrille. Die Fernsehkameras rücken heran und wollen ihr den Weg versperren, aber sie fährt schnell heraus – offensichtlich bereit, sie zu überrollen –, biegt nach links und donnert die Bank Street hinauf in Richtung Greenwich, bevor sie sie einkesseln können.

In ihrem Kielwasser schließt sich das Garagentor.

»... Hausbesitzerin, ganz ohne Zweifel«, sagt Cunningham. »Aber ich frage mich, hat dieser Burroughs auf dem Rücksitz gekauert wie ein Ausbrecher aus einem Peckinpah-Film?«

Scott schaltet den Fernseher ab. Er ist jetzt allein im Haus. Er steht nackt in einem weißen Zimmer, und die Sonne wirft Schatten über den Boden. Wenn er sich einteilt, was er hat, und nur eine Mahlzeit am Tag zu sich nimmt, kann er sechs Tage in dieser Wohnung bleiben. Er duscht und zieht sich an. *Magnus,* denkt er. Wenn jemand geplaudert hat, dann war es Magnus. Aber als er ihn anruft, weiß der Ire nicht, wovon er redet.

»Langsam«, sagt er. »Welches Haus ist im Fernsehen?«

»Du musst mir ein Auto mieten«, sagt Scott, nachdem er Magnus geduldig klargemacht hat, worum es geht. Magnus ist in Uptown Manhattan, das früher Spanish Harlem hieß, und obwohl es erst zehn Uhr morgens ist, hat er einen Schwips.

»Du hast ein gutes Wort für mich eingelegt, ja? Bei Layla? Hast ihr ein paar freundliche Worte in ihr süßes Ohr geflüstert? Magnus ist der beste Maler von allen. So was in der Richtung ...«

»Gestern Abend. Ich habe mich ausführlich über deinen Einsatz von Farbe und Licht verbreitet.«

»Richtig so, mein Alter. *Fuck,* ganz genau!«

»Sie hofft, sie kann dieses Wochenende vorbeikommen, vielleicht die neuen Bilder ansehen.«

»Ich hab schon einen fetten Ständer«, sagt Magnus. »Seit ein paar Sekunden. Lila und prall, wie nach einem Schlangenbiss.«

Scott geht zum Fenster. Die Gardinen sind zart, aber nicht durchsichtig. Scott versucht, nach unten zu spähen, und ihm ist bewusst, dass dort Leute sind, die zu ihm heraufstarren. Ein zweiter Übertragungswagen hält am Randstein.

»Es muss kein großes Auto sein«, sagt er. »Ich brauche es nur für zwei Tage, um nach Croton zu fahren.«

»Soll ich mitkommen?«, fragt Magnus.

»Nein, ich brauche dich hier«, sagt Scott. »Du musst die Stellung halten. Layla bleibt gern die ganze Nacht auf, wenn du verstehst.«

»Betrachte sie als gehalten, mein Freund. Mein Viagra reicht bis Halloween.«

Als sie aufgelegt haben, nimmt Scott seine Jacke, geht ins Wohnzimmer und bleibt wie angewurzelt stehen. In all dem Chaos hat er vergessen, dass er gestern Nacht stundenlang damit zugebracht hat, das Weiß zu eliminieren. Jetzt steht er in einem Würfel aus Holzkohle und Lippenstift und rubinfarbenen Streifen von Roter Bete. Der Bauernmarkt von Martha's Vineyard umgibt ihn, eine Studie in drei Dimensionen, und die Möbel scheinen mitten auf dem offenen Platz zu stehen. An der Wand gegenüber ist der Fischhändler. Offene Eistruhen stehen unter einem langen weißen Kartentisch. Reihen von Gemüse, dreifach übereinandergestapelte Kisten mit Beeren. Und Gesichter aus dem Gedächtnis rekonstruiert und knapp skizziert mit bröckelnder Holzkohle.

Und da, auf einem weißen Segeltuchstuhl, sitzt Maggie. Kopf und Schultern sind an die Wand gezeichnet, die Umrisse ihres

Körpers auf dem Gewebe des Stuhls. Ihre Kinder stehen daneben, das Mädchen rechts an ihrer Schulter. Der Junge, links, ist halb verdeckt von einem Tisch – man sieht nur den kleinen Arm, ein Stückchen Schulter, ein gestreiftes Shirt. Die Streifen, rot wie Rote Bete, enden an seinem Oberarm, und der Rest ist hinter dem Holz verborgen.

Scott steht erstarrt mitten in dieser Szene, aus der Zeit gefallen, umgeben von Geistern.

Dann geht er die Treppe hinunter, um sich der Menge zu stellen.

JACK

»ICH HABE NIE GERN TRAINIERT«, sagte Jack LaLanne. »Aber mir gefallen die Resultate.«

Das sah man schon an seinem definierten Trizeps, nicht zu reden von seinen Bierfassschenkeln. Ein Mann von durchschnittlicher Größe, dessen kurzärmeliger Overall aus den Nähten platzte. In seinem Haus hatte er ein Krafttrainingsmuseum, vollgestopft mit obskurer Technik, die er großenteils selbst entworfen hatte. 1936 erfand Jack den Beinstrecker. Sein Prinzip bestand darin, einen Muskel bis zur völligen Erschöpfung zu beanspruchen, denn er glaubte an die Kraft der Verwandlung durch die Zerstörung tiefliegender Gewebeschichten.

Anfangs trug er ein T-Shirt und die übliche Trainingshose. Es gefiel ihm, wie der Stoff sich anfühlte, wenn er sich dehnte. Dann kam er auf die Idee, sich in maßgeschneiderten Overalls zu präsentieren – in einer Uniform der Selbstvollendung –, und so ging er in die Oakland Pants Factory. Er reichte Skizzen und ein Sortiment an Farbmustern ein, hauptsächlich Blau- und Grautöne. Eine Afroamerikanerin nahm seine Maße und drehte ihn dabei auf einem quietschenden Metallstuhl um sich selbst. In jenen Tagen war Wolle der einzige dehnbare Stoff, und so fertigte man die Overalls aus diesem Material, so dünn wie möglich gesponnen. Jack mochte es, wenn sie glänzten und schillerten wie ein Pfau, sagte er, sie sollten ärmellos sein, damit man das Muskelspiel seiner Arme sehen konnte, und enganliegend in der Taille.

Sie waren so knapp geschnitten, dass man sehen konnte, was er zum Frühstück gegessen hatte.

Ein Fitnessgeschäft am Ort bezahlte Jack dafür, dass er eine Show für den Lokalsender KGO-TV entwickelte. Er erklärte den Zuschauern die Bedeutung der Ernährung und entwickelte Work-out-Techniken für jeden Muskel von den Zehen bis zur Zunge. Sechs Jahre später war die Show landesweit zu empfangen. Die Leute sahen beim Frühstück, wie Jack auf den Zehenspitzen hüpfte. Sie liefen vor dem Fernseher hin und her, äfften nach, was sie sahen, beugten sich in der Taille und ließen die Arme rotieren wie vogelähnliche Windmühlen. Als das Programm in Fahrt kam, fanden bestimmte Wörter und Formeln den Weg in den amerikanischen Wortschatz: *Jumping Jack, Squat Thrust, Leg Lift.*

Zu seinen Overalls gehörte ein Gürtel, der sich – Ton in Ton – straff um die Taille spannte.

In seinen besten Jahren hatte Jack eine Figur wie eine Sanduhr und einen kantigen Kiefer, und er frisierte sein kohlschwarzes Haar in einer klassischen italienischen Welle – wie Frankie Valli. In der ersten Zeit existierte er für die meisten Leute nur in Schwarz-Weiß. Wie ein südländischer Hydrant stand er vor einer anatomischen Schautafel und erklärte, was im menschlichen Körper vor sich ging. *Seht ihr,* schien er zu sagen, *wir sind nicht bloß Tiere. Wir sind Architektur. Knochen und Sehnen und Bänder sind das Fundament für eine schwellende Muskulatur.* Jack zeigte uns, dass alles an der menschlichen Anatomie miteinander verbunden war und in prachtvollem Zusammenspiel benutzt werden konnte.

Wenn man lächelte, benutzte man ein ganzes System von Muskeln, angetrieben durch Freude.

Einmal zeigte er den Amerikanern, wie sie es hinbekamen, dass ihre Gesichter »ath-e-letisch« aussahen, indem er seinen Mund komisch weit aufriss und wieder schloss, als wäre er ein sportliches Organ.

In den Siebzigerjahren gab es Jack dann in Farbe. In glänzend blauen und violetten Overalls sprang er aus den holzgetäfelten Kulissen und wurde zu einem Talkshowmoderator, der Bodybuilder zu Ernährung und Lebensweise befragte. Damals lief die Serie *Im Reich der wilden Tiere* im Fernsehen. Vietnam war verloren, Amerikaner waren auf dem Mond herumspaziert, und Nixon legte es anscheinend darauf an, schmählich zurückzutreten. Jacks Sendung schaltete man ein, weil man seine grenzenlose Energie schätzte. Man schaltete sie ein, weil man es satthatte hinabzuschauen und seinen eigenen Bauch zu sehen. Man schaltete sie ein, um seine Herzfrequenz in Gang und neuen Schwung in sein Leben zu bringen.

»Und jetzt, direkt aus Hollywood«, dröhnte der Ansager, »sehen Sie Ihren persönlichen Gesundheits- und Fitnesstrainer, Jack LaLanne.«

Was man dann eine halbe Stunde lang bekam, war die Energie, die einem vermittelt: *Ich kann das.* Man bekam eine industriell gesponserte Einstellungsanpassung. Man bekam Berge, die zu besteigen waren, und die Inspiration dazu. Man bekam Fähigkeiten.

»Ist es nicht besser, mit einem Problem glücklich zu sein«, fragte er, »als darüber zu jammern?«

Suhlt euch nicht in Selbstmitleid, sagte er einer Nation, die in der Rezession taumelte. *Wenn das Leben hart wird, müsst ihr härter werden.*

Es war Jacks inspirierende Phase, in der er begriff, dass die Leute nicht nur ein System des Muskelaufbaus brauchten, sondern auch einen positiveren Blick auf die Welt. Nach der Werbung war er mit seiner Show wieder zurück auf dem Bildschirm, *Jumping Jack,* zurückgelehnt auf einem Stahlstuhl, und erklärte die Wissenschaft.

»Wissen Sie«, sagte er, »es gibt so viele Sklaven in diesem Land. Sind Sie auch ein Sklave? Wahrscheinlich werden Sie sagen: Jack, wie kann man in diesem wunderbaren freien Land Amerika ein Sklave sein? Aber ich meine Sklave nicht so, wie Sie es verstehen. Ich sage, Sie sind ein Sklave, wenn Sie nicht tun können, was Sie tun wollen. Genau wie die Sklaven in früheren Zeiten, die gefangen und in Ketten gelegt wurden. Sie wurden gefesselt und durften nirgends hin.«

Jack schaute direkt in die Kamera.

»Und Sie sind genau so ein Sklave.«

Er beugte sich vor, deutete in die Kamera und betonte jede Silbe.

»Sie sind ein Sklave Ihres eigenen Körpers.«

Der Geist, behauptete er, *bleibt aktiv bis zur letzten Stunde, aber er ist ein Sklave des Körpers – eines Körpers, der so faul geworden ist, dass er nur noch sitzen will. Auf dem besten Weg zur Couch-Potato. Und Sie haben es zugelassen.*

»Statt dass Sie Ihren Körper beherrschen«, sagte er, »beherrscht Ihr Körper Sie.«

Das Fernsehzeitalter hatte gerade erst begonnen, und schon hatte die Lethargie eingesetzt, die Hypnose durch den flackernden Bildschirm. Die Verblödungskiste. Und da kam Jack und predigte Power, um seine Zuschauer von den erstickenden Fesseln der modernen Welt zu befreien.

Es ist nicht besonders kompliziert, sagten seine Augen, und die Bewegungen seines Körpers schienen jede Frage zu beantworten, die er stellte. Kein französischer Philosoph, ob lebendig oder tot, konnte Jack LaLanne einreden, dass die Probleme des Menschen existenzieller Natur waren. Ihre Lösung war nur eine Frage des Willens, der Hartnäckigkeit, der Herrschaft des Geistes über die Materie. Wo Sartre Ennui sah, sah Jack Energie. Wo Camus Sinnlosigkeit und Tod entdeckte, war für Jack die bohlenzerbrechende Macht der Wiederholung.

Jack kam in der Ära von Buzz Aldrin und Neil Armstrong an die Macht, im Zeitalter John Waynes. Amerika war die Draufgängernation, fand er. Da war keine Herausforderung zu mächtig, kein Hindernis zu groß.

Jack erzählte uns, Amerika sei die Nation der Zukunft, und

wir alle ständen kurz davor, die glänzenden Raketen zu besteigen und die Reise in ein Science-Fiction-Nirvana anzutreten.

Nur, wenn es nach Jack ginge, sollten wir zu Fuß dorthin laufen.

Künstliches Licht prallt ihm entgegen, umrahmt von Kameras mit Halogenlampen. Scott blinzelt reflexhaft und sorgt so dafür, dass das erste Bild, das die Welt von ihm zu sehen bekommt, einen Mann zeigt, der den Kopf ein wenig einzieht und das linke Auge zukneift. Menschen stürmen heran, als er aus der Haustür tritt – Männer mit Schulterkameras und Frauen mit Mikrofonen, auf denen Schaumstoffbälle sitzen, ziehen Stromkabel über den kaugummifleckigen Gehweg.

»Scott«, rufen sie, »Scott, Scott.«

Er bleibt auf der Schwelle und lässt die Tür halb offen für den Fall, dass er schnell die Flucht zurück antreten muss.

»Hallo«, sagt er.

Ein Mann, der ein Gespräch mit einer Menschenmenge beginnt. Fragen werden ihm entgegengeschleudert, alle reden gleichzeitig. Scott denkt daran, was diese Straße einmal war: ein Bach im Wald, der auf einen schlammigen Fluss zufließt. Er hebt die Hand.

»Wohin soll das hier führen?«, fragt er.

»Wir haben nur ein paar Fragen«, ruft ein Journalist.

»Aber ich war zuerst hier«, ruft eine blonde Frau mit einem Mikrofon, das mit den Lettern ALC markiert ist. Ihr Name sei Vanessa Lane, sagt sie, und in ihrem Ohrknopf spricht Bill Cunningham aus der Sendezentrale.

»Scott«, sagt sie und drängt sich nach vorn, »was tun Sie hier?«

»Hier auf der Straße?«, fragt er.

»Hier bei Ms Mueller. Ist sie eine Freundin oder vielleicht mehr?«

Scott denkt nach. *Ist sie eine Freundin oder vielleicht mehr?* Er weiß nicht genau, was mit dieser Frage gemeint ist.

»Darüber muss ich nachdenken«, antwortet er. »Ob wir Freunde sind. Eigentlich haben wir uns eben erst kennengelernt. Und dann kommt es ja auch auf ihren Standpunkt an. Wie sie die Dinge sieht. Vielleicht verstehe ich es ja falsch ... die Bedeutung ... Wem ist das noch nicht passiert, dass er etwas für schwarz hält, während es in Wirklichkeit weiß ist?«

Vanessa runzelt die Stirn. »Erzählen Sie uns von dem Absturz. Wie war das?«

»In welchem Sinne?«

»Da draußen allein zu sein, im tosenden Ozean, und dann den Jungen weinen zu hören.«

Scott überlegt wieder, und sein Schweigen wird durchlöchert von weiteren Fragen, die im Fünf-Sechstel-Takt abgefeuert werden.

»Sie fragen nach einem Vergleich. Es war so wie jetzt. Eine Analogie, die Ihnen hilft, es zu verstehen.«

»Scott«, ruft eine Brünette mit einem Mikrofon, »warum ist das Flugzeug abgestürzt? Was ist da vorgefallen?«

Von Osten her nähert sich ein junges Paar. Scott sieht, wie die beiden die Straßenseite wechseln, um dem Scheinwerferlicht zu entgehen. Er ist ein Autounfall, und die Fußgänger recken die Hälse.

»Vermutlich muss ich sagen, es war wie nichts anderes«, sagt Scott zu Vanessa. Er ignoriert die neue Frage nicht, konzentriert sich aber noch auf die vorige. »Jedenfalls fällt mir kein Vergleich ein. Für die Größe des Meeres. Seine Tiefe und seine Gewalt. Ein mondloser Himmel? Wo ist Norden? Überleben in seiner simpelsten Form ist keine Geschichte. Oder – ich weiß es nicht, vielleicht ist es die einzige Geschichte.«

»Haben Sie mit dem Jungen gesprochen?«, schreit jemand. »Hatte er Angst?«

Scott überlegt. »Wow«, sagt er. »Das ist ... Ich weiß nicht, ob ich diese Frage beantworten kann. Das vierjährige Gehirn – ich meine, das ist ein völlig anderes Gespräch. Ich weiß, was ich erlebt habe, als Punkt in einer endlosen, feindseligen Dunkelheit. Aber für ihn, in dieser Phase der Entwicklung ... biologisch gesehen, meine ich. Und angesichts der Natur der Angst ... auf einer bestimmten Ebene ... ihre animalische Kraft ... Aber wie gesagt, in seinem Alter ...«

Nachdenklich bricht er ab. Ihm ist klar, dass er ihnen nicht gerecht wird, aber er befürchtet, dass ihre Fragen zu wichtig sind, um sie in einer Augenblickslaune zu beantworten, mit flüchtigen Definitionen, nur wegen einer beliebigen Deadline. *Wie war dieses Erlebnis? Was ist vorgefallen? Was bedeutet es, jetzt nach vorn zu schauen?* Das sind Themen für Bücher. Es sind Fragen, über die man jahrelang meditieren kann, bis man die richtigen Worte findet und alle kritischen Faktoren identifiziert hat, die subjektiven und die objektiven.

»Das ist eine wichtige Frage«, sagt er, »und vielleicht werden wir die Antwort darauf nie erkennen.« Er wendet sich an Vanessa. »Haben Sie Kinder?«

Sie ist höchstens sechsundzwanzig. »Nein«, sagt sie.

Scott sieht ihren Kameramann an, der Mitte vierzig zu sein scheint. »Und Sie?«

»Äh, ja. Ein kleines Mädchen.«

Scott nickt. »Ja, sehen Sie, das Geschlecht ist ein Faktor, und der späte Abend. Ob er geschlafen hat, als das Flugzeug abstürzte, und ob er alles vielleicht für einen Traum gehalten hat. Vielleicht hat er zunächst noch geschlafen. So viele Faktoren ...«

»Man bezeichnet Sie als Helden«, ruft ein anderer Reporter.

»Ist das eine Frage?«

»Halten Sie sich selbst für einen Helden?«

»Sie müssten dieses Wort für mich definieren«, sagt Scott. »Außerdem ist es eigentlich bedeutungslos, wofür ich mich halte. Oder – nein, das stimmt nicht. Was ich von mir selbst halte, hat sich nach Ansicht der Welt im Allgemeinen nicht immer als zutreffend erwiesen. Zum Beispiel hielt ich mich Mitte zwanzig für einen Maler, aber in Wirklichkeit war ich nur ein Typ Mitte zwanzig, der sich für einen Maler hielt. Leuchtet das ein?«

»Scott«, schreien alle.

»Es tut mir leid«, sagt Scott. »Ich sehe schon, ich werde Ihren Fragen nicht gerecht.«

»Scott«, sagt Vanessa, »eine Frage von Bill Cunningham direkt. Warum waren Sie in dem Flugzeug?«

»Meinen Sie das im kosmischen Sinne, oder …?«

»Wie sind Sie in das Flugzeug gekommen?«, korrigiert sie sich.

»Maggie hat mich eingeladen.«

»Maggie ist Maggie Bateman, David Batemans Ehefrau?«

»Ja.«

»Hatten Sie ein Verhältnis mit Mrs Bateman?«

Scott runzelt die Stirn. »Sexuell?«

»Ja. So, wie Sie jetzt ein Verhältnis mit Ms Mueller haben, deren Vater Millionen für linke Zwecke spendet.«

»Ist das eine ernstgemeinte Frage?«

»Die Menschen haben ein Recht auf die Wahrheit.«

»Nur weil ich in ihrem Haus bin, sagen Sie, ich habe – sie und ich haben miteinander geschlafen? Diese Schlussfolgerung hat Einsteinniveau.«

»Stimmt es etwa nicht, dass Sie sich den Zutritt in das Flugzeug über Maggie Batemans Zuneigung verschafft haben?«

»Zu welchem Zweck? Um dann ins Meer zu stürzen und mit einer verletzten Schulter zehn Meilen weit an Land zu schwimmen?« Er ist nicht wütend, nur verblüfft über die Richtung, die diese Fragen nehmen.

»Trifft es nicht zu, dass das FBI Sie mehrfach vernommen hat?«

»Gilt zweimal als mehrfach?«

»Warum sind Sie untergetaucht?«

»Sie sagen ›untergetaucht‹, als wäre ich John Dillinger. Ich bin ein Privatmensch mit einem Privatleben.«

»Sie sind nach dem Absturz nicht nach Hause gegangen. Warum nicht?«

»Weiß ich nicht.«

»Vielleicht haben Sie das Gefühl, Sie hätten etwas zu verbergen?«

»Sich nicht zeigen ist nicht dasselbe wie untertauchen«, sagt Scott. »Ich vermisse meinen Hund. Das steht fest.«

»Erzählen Sie uns von Ihren Bildern. Stimmt es, dass das FBI sie beschlagnahmt hat?«

»Nein. Nicht dass ich – es sind nur Bilder. Ein Mann steht in einer alten Scheune auf einer Insel. Wer kann wissen, warum er malt, was er malt? Er empfindet sein Leben als Katastrophe. Vielleicht fängt es da an. Mit Ironie. Aber dann … sieht er da etwas Größeres, vielleicht einen Schlüssel zum Verstehen. Ist das … habe ich Ihre Frage damit …?«

»Stimmt es, dass Sie einen Flugzeugabsturz gemalt haben?«

»Ja. Das ist eins der … ich meine, wir werden alle sterben. Das ist – biologisch. Alle Tiere. Aber wir sind die Einzigen, die es wissen. Und doch gelingt es uns … irgendwie schaffen wir es, dieses profunde Wissen in eine Kiste zu sperren. Wir wissen es, aber gleichzeitig wissen wir es nicht. Und in diesen Augenblicken des massenhaften Todes – eine Fähre geht unter, ein Flugzeug stürzt ab – sind wir gezwungen, der Wahrheit ins Auge zu sehen. Auch wir werden eines Tages sterben, und zwar aus Gründen, die mit uns, mit unseren Hoffnungen und Träumen, nichts zu tun haben. Eines Tages fahren Sie mit dem Bus zur Arbeit, in dem eine Bombe ist. Oder Sie gehen am Black Friday ins Kaufhaus und wollen ein Schnäppchen ergattern, und dann werden Sie von der Meute niedergetrampelt. Folglich … was als Ironie begann – mein Leben, die Katastrophe –, hat eine Tür geöffnet.« Er nagt an der Unterlippe. »Aber der Mann in der Scheune ist immer noch nicht mehr als ein Mann in der Scheune, wissen Sie?«

Vanessa legt zwei Finger an das Stück Plastik in ihrem Ohr.

»Bill lädt Sie ein, zu einem Vier-Augen-Interview ins Studio zu kommen.«

»Das ist nett von ihm«, sagt Scott. »Vielleicht jedenfalls. Nur Ihr Gesicht macht nicht den Eindruck, als wären Sie nett. Sie kommen mir eher vor wie die Polizei.«

»Es sind Menschen gestorben, Mr Burroughs. Finden Sie wirklich, das ist der richtige Augenblick, nett zu sein?«

»Jetzt mehr denn je.« Er dreht sich um und geht weg.

Er muss ein paar Straßen weit gehen, bevor sie davon ablassen, ihm zu folgen. Er bemüht sich, normal zu gehen, und ist sich seiner selbst sowohl als Körper in Raum und Zeit als auch als Bild bewusst, das von Tausenden (Millionen?) gesehen wird. Er geht durch die Bleecker Street zur 7th Avenue und steigt dort in ein Taxi. Wie können sie ihn gefunden haben – einen Mann ohne Handy in einer abgeschlossenen Wohnung? Layla sagt, sie hat nichts ausgeplaudert, und er hat keinen Grund, ihr nicht zu glauben. Eine Frau mit einer Milliarde Dollar lügt nur, wenn sie Lust dazu hat, und ihr Benehmen hat den Eindruck erweckt, es mache ihr Spaß, Scott als ihr eigenes kleines Geheimnis zu behandeln. Und Magnus – na ja, Magnus lügt zwar oft, aber diesmal eher nicht. Es sei denn, sie hätten ihm Geld gegeben, aber warum hat Magnus ihn am Ende des Telefongesprächs dann noch um hundert Dollar anpumpen wollen?

Das Universum ist das Universum, denkt er. Vermutlich genügt es zu wissen, dass es einen Grund gibt, ohne dass man diesen Grund kennen muss. Irgendein neuer Satellit vielleicht? Eine Software, die sich in unsere Knochen eingräbt, wenn wir schlafen? Die Science Fiction von gestern ist die Idee zu einem Börsengang von heute.

Er war ein unsichtbarer Mann, und jetzt ist er es nicht mehr. Wichtig ist, dass er auf etwas zuläuft und nicht davon. Scott sitzt auf dem Rücksitz des Taxis und stellt sich vor, wie der Junge spätabends vor dem Fernseher sitzt – weil er nicht schlafen kann – und sein Müsli isst. Ein Hund, der aus den Buchstaben H-U-N-D gezeichnet ist, spricht mit einer Katze aus den Buchstaben K-A-T-Z-E. Wenn es im wirklichen Leben doch nur genauso einfach wäre, dass jeder, dem wir begegnen, und jeder Ort, an den wir kommen, aus der reinen Essenz seiner Identität geformt wäre. Man schaut einen Mann an und sieht die Buchstaben F-R-E-U-N-D, man schaut eine Frau an und sieht G-A-T-T-I-N.

Auf dem TV-Display laufen Ausschnitte aus dem Late-Night-Programm. Scott streckt die Hand aus und schaltet es ab.

GIL BARUCH
5. Juni 1967 – 23. August 2015

ES GAB LEGENDEN über ihn. Erzählungen, aber mehr als Geschichten. Theorien ist vielleicht ein besseres Wort. Gil Baruch, achtundvierzig, ehemaliger israelischer Staatsbürger. Eine der Theorien besagte jedoch, er habe nach wie vor ein Haus am rasiermesserscharfen Rand der West Bank, einem Rasiermesser, das er eigenhändig aus palästinensischem Land geschmiedet hatte, indem er eines Tages mit einem alten Jeep dort angerollt war und sein Zelt aufgeschlagen hatte, ohne sich von den Blicken und Schmährufen der Palästinenser beeindrucken zu lassen. Es ging das Gerücht, er habe das Holz selbst geschlagen, das Fundament selbst gegossen, mit einem Gewehr über der Schulter. Das erste Haus sei von einem wütenden Mob abgefackelt worden, und Gil habe nicht etwa sein wunderbares Scharfschützentalent oder seine Nahkampferfahrung zum Einsatz gebracht, sondern einfach zugeschaut und abgewartet, und als die Menge sich zerstreut hatte, habe er seine Geringschätzung in die Asche gepisst und von vorn angefangen.

Dass er aus einem israelischen Adelsgeschlecht stammte, bestritt niemand. Sein Vater, Lev Baruch, war die vertraute rechte Hand Mosche Dayans gewesen, des berühmten Militärführers, der den Sechs-Tage-Krieg gewonnen hatte. Es heißt, Gils Vater sei 1941 dabei gewesen, als ein Vichy-französischer Heckenschütze eine Kugel durch das linke Objektiv von Dayans Fernglas jagte, und es sei Gils Vater gewesen, der Dayans Auge von Glas und Splittern säuberte und stundenlang bei ihm blieb, bis sie evakuiert werden konnten.

Es heißt, Gil wurde am ersten Tag des Sechs-Tage-Kriegs

geboren, und seine Geburt sei sekundengenau mit dem ersten Schuss zusammengefallen. Er war ein Kind, geschmiedet im Krieg aus den Lenden eines militärischen Helden, geboren aus dem Rückstoß der Kanonen. Ganz zu schweigen davon, dass seine Mutter die Lieblingsenkelin Golda Meirs war, der einzigen Frau, die hart genug war, einen ganzen Staat im Bauch des arabischen Landes zu schaffen.

Aber es gab andere, die behaupteten, Gils Mutter sei nur die Tochter eines Putzmachers aus Kiew gewesen, ein hübsches Mädchen, das auf einem Auge schielte und das nie aus Jerusalem herausgekommen war. So ist das mit Legenden. Immer lauert jemand im Schatten und versucht, Löcher hineinzustechen. Unbestritten ist, dass sein ältester Bruder, Eli, 1982 im Libanon ums Leben kam, und dass seine beiden jüngeren Brüder, Jay und Ben, bei der Zweiten Intifada im Gazastreifen getötet wurden – Jay durch eine Landmine, Ben in einem Hinterhalt. Und seine einzige Schwester starb bei der Geburt. Das war ein Teil der Legende – dass Gil vom Tod umgeben war, und dass jeder, der ihm nahestand, eher früher als später sterben musste. Aber Gil blieb am Leben. Angeblich war er sechsmal angeschossen worden, bevor er dreißig wurde, und angeblich hatte er eine Messerattacke in Belgien überlebt und war vor einer Explosion in Florenz im Bauch eines gusseisernen Bottichs in Deckung gegangen. Auf ihn ausgesetzte Kopfgelder – zu zahlreich, um sie hier aufzuführen – wurden niemals kassiert.

Gil Baruch war ein eiserner Nagel in einem brennenden Haus, der glänzend in der Asche liegt, wenn alles andere zerstört ist.

Aber all das Sterben und Leiden war nicht unbemerkt an ihm vorbeigegangen. Die Plagen des Gil Baruch waren von biblischem Ausmaß. Selbst nach jüdischen Maßstäben waren seine Qualen außergewöhnlich. In einer Bar klopften die Leute ihm auf die Schulter und spendierten ihm einen Drink, und dann zogen sie sich in sichere Entfernung zurück. Frauen warfen sich ihm zu Füßen wie auf ein Bahngleis – in der Hoffnung, beim Zusammenprall der Körper zu verdampfen: verrückte Frauen mit feurigem Temperament und tosendem Orgasmus. Depressive Frauen, Kämpferinnen, Beißerinnen, Dichterinnen. Gil ignorierte sie alle. Im Grunde seines Herzens wusste er, was er in seinem Leben brauchte: *weniger* Dramatik, nicht mehr.

Trotzdem blieben die Legenden bestehen. In seiner Zeit als privater Sicherheitsbeauftragter hatte er mit einigen der schönsten Frauen der Welt geschlafen, mit Models, Prinzessinnen und Filmstars. In den Neunzigerjahren kursierte die Theorie, er habe Angelina Jolie entjungfert. Er hatte die olivfarbene Haut, die Hakennase und die starken Brauen eines romantischen Helden. Er war ein Mann mit Narben, körperlichen und seelischen, und er trug sie, ohne zu klagen oder sie zu kommentieren, ein schweigsamer Mann mit einem ironischen Funkeln im Auge (als sei ihm tief im Innern klar, dass er die Zielscheibe eines kosmischen Witzes war), ein Mann, der Waffen bei sich trug und mit einer Pistole unter dem Kopfkissen schlief, mit dem Finger am Abzug.

Es hieß, der Mann sei nicht geboren, den Gil Baruch nicht bezwingen konnte. Er war ein Unsterblicher, der nur durch Gottes Hand getötet werden konnte.

Aber kann man einen Flugzeugabsturz anders beschreiben denn als die Faust Gottes, die niederfährt, um die Kühnen zu bestrafen?

Er war seit über vier Jahren bei der Familie. Rachel war fünf gewesen, als er dazugekommen war. Das war drei Jahre nach der Entführung gewesen, drei Jahre nachdem David und Maggie mitten in schwarzer Nacht den eisigen Schock der Entdeckung erlebt hatten: ein leeres Kinderbett, ein offenes Fenster. Gil schlief in dem, was die Architekten der Alten Welt als »Mädchenzimmer« bezeichnet hätten – in einer Mönchszelle hinter der Wäschekammer in der Stadt und in einem größeren Zimmer an der Einfahrt zum Anwesen auf Martha's Vineyard. Je nach dem aktuellen Gefährdungslevel – ermittelt durch E-Mail-Analysen und Diskussionen mit ausländischen und heimischen Analysten, sowohl privat als auch im Staatsdienst, und basierend auf der Mischung aus extremistischen Bedrohungen und der kontroversen Natur aktueller ALC-Sendungen – wuchs oder schrumpfte Gils Support-Team. Irgendwann nach der Irakkrise 2006 umfasste es ein Dutzend Männer mit Tasern und automatischen Waffen. Aber drei waren es mindestens. Drei Paar Augen, wachsam, berechnend, angespannt und stets einsatzbereit.

Ihre Reisen wurden im heimischen Büro geplant, stets nach Rücksprache mit dem Team vor Ort. Kommerzielle Flüge waren nicht mehr die optimale Lösung, ebenso wenig wie der öffentliche Personenverkehr, auch wenn Gil manchmal Nachsicht zeigte, wenn David das ein oder andere Mal im Monat mit der U-Bahn ins Büro fahren wollte, aber er ließ nicht zu, dass irgendein Muster entstand. Der Tag wurde willkürlich ausgewählt, und dann wurde zuerst ein Strohmann mit dem Towncar losgeschickt, ein Mann, der wie David gekleidet das Haus verließ und mit gesenktem Kopf, vom Team begleitet, zum Wagen gebracht und auf den Rücksitz geschoben wurde.

In der U-Bahn hielt Gil so viel Abstand von David, dass dieser sich fühlen konnte wie ein Mann aus dem Volk, aber er blieb nah genug bei ihm, um eingreifen zu können, wenn Agenten von außen zuschlagen sollten. Sein Daumen lag auf dem Griff eines Klappmessers mit gebogener Klinge, das versteckt in seinem Gürtel steckte. Die Klinge war so scharf, dass sie Papier ohne Druck zerschneiden konnte, und man munkelte, sie sei mit dem Gift der Braunen Einsiedlerspinne präpariert. Irgendwo unsichtbar trug er eine kleine halbautomatische Pistole bei sich; David hatte einmal gesehen, wie sein Bodyguard sie zog, scheinbar ohne sich zu bewegen. Ein Obdachloser war vor dem Time Warner Building mit einem Rohr in der Hand schreiend auf sie zugestürmt, und David hatte einen Satz rückwärts gemacht und seinen Leibwächter angesehen. Gerade war Gils Hand noch leer gewesen, und im nächsten Moment war da die stumpfnasige Glock – aus der Luft gegriffen wie eine alte, verschrammte Münze, die ein Zauberer plötzlich präsentiert.

Gil mochte das Schaukeln der U-Bahn, das Kreischen von Metall auf Metall in den Kurven. Er wusste mit einer tiefverwurzelten Gewissheit, dass sein Leben nicht unter der Erde enden würde. Er hatte gelernt, diesem Instinkt zu vertrauen. Nicht dass er den Tod fürchtete. Er hatte so viele Menschen verloren, und so viele vertraute Gesichter erwarteten ihn auf der anderen Seite – falls es die andere Seite gab, nicht nur teerschwarze Stille. Aber selbst das klang nicht allzu schlimm. Die ungeheure Sisyphusarbeit des Lebens wäre jedenfalls zu Ende. Und zumindest die Frage der Ewigkeit wäre ein für alle Mal beantwortet.

Die Thora, das sollte man anmerken, gibt keinen Kommentar zu irgendeinem Leben nach dem Tod.

Wie jeden Morgen stand Gil auf, bevor es dämmerte. Es war der dritte Sonntag im August, der letzte, den die Familie auf Martha's Vineyard verbringen würde. Für das Labor-Day-Wochenende hatten sie eine Einladung nach Camp David, und Gil hatte einen großen Teil des vergangenen Tages damit verbracht, seine Sicherheitsvorkehrungen mit dem Secret Service abzusprechen. Er sprach vier Sprachen – Hebräisch, Arabisch, Englisch und Deutsch –, und scherzhaft sagte er immer, für einen Juden komme es darauf an, die Sprache seiner Feinde zu sprechen, damit er wisse, wann sie es auf ihn abgesehen hätten.

Den meisten seiner Zuhörer entging dieser Scherz natürlich. Das lag an seinem Gesichtsausdruck, wenn er ihn machte – wie bei einem Trauergast auf einer Beerdigung.

Seine erste Tätigkeit nach dem Aufwachen war die Änderung seines Status in »aktiv«. Das tat er, sobald er die Augen geöffnet hatte. Er schlief höchstens vier Stunden pro Nacht. Wenn die

Familie zu Bett gegangen war, wartete er eine oder zwei Stunden ab, und eine oder zwei Stunden, bevor sie aufwachten, stand er auf. In dieser stillen Zeit, in der kein Licht brannte, saß er gern in der Küche und lauschte dem mechanischen Summen der Geräte und dem Klicken der Klimaanlage, die sich einschaltete, um das Haus zu erwärmen oder abzukühlen. Er war ein Meister der Bewegungslosigkeit. Einmal – so hieß es in der Legende – hatte er fünf Tage lang reglos auf einem Dach in Gaza gesessen, tief im feindlichen Territorium, das Barrett M82 auf den stählernen Beinen balancierend, und darauf gewartet, dass ein hochrangiges Ziel aus einem Wohnkomplex kam, ständig in Gefahr, von palästinensischen Einheiten entdeckt zu werden.

Verglichen damit war der Aufenthalt in der klimatisierten Luxusküche im Anwesen eines Multimillionärs eine Hochseekreuzfahrt. Mit geschlossenen Augen saß er vor einer Thermoskanne mit grünem Tee (niemand sah je, wie er ihn machte) und lauschte. Im Gegensatz zum häuslichen Wahnsinn des Tages waren die nächtlichen Geräusche eines Hauses (selbst wenn es so groß war wie dieses) gleichmäßig und vorhersehbar. Natürlich war das Haus verdrahtet: Sensoren an Fenstern und Türen, Bewegungsmelder, Kameras. Aber das war Technik, und Technik konnte man abschalten. Gil Baruch war ein Sinnesmensch der alten Schule. Manche behaupteten, er trage eine Garrotte als Gürtel, aber das hatte noch niemand gesehen.

In Wahrheit hatte Gil als Kind ständig Streit mit seinem Vater, um alles. Gil war das mittlere Kind, und als er geboren wurde, war der Vater bereits weit fortgeschritten auf dem Weg, sich zu Tode zu trinken. Was er dann 1991 vollendete, als aus der Zirrhose Herzversagen wurde und das Herzversagen ihn zum Schweigen brachte.

Danach, wenn man der Thora glaubte, gab es Gils Vater nicht mehr. Gil war es recht, als er jetzt in der klimatisierten Küche saß und dem kaum hörbaren Raunen der Brandung draußen am Strand lauschte.

Die Security-Logs dieses Sonntags waren nicht weiter bemerkenswert. Der Ehemann (Condor) blieb zu Hause (*Zeitungslektüre 08:10 – 09:45, Mittagsschlaf im Gästezimmer 1. Stock 12:45 – 13:55, mehrere ein- und ausgehende Telefonate 14:15 – 15:45, Zubereitung des Abendessens 16:30 – 17:40*). Die Ehefrau (Falke) war mit Rachel und einem Bodyguard (Avraham) auf dem Bauernmarkt. Der Junge spielte in seinem Zimmer und hatte Fußballtraining. *Mittagsschlaf 11:30 – 13:00*. Jeder, der sich dieses Log später anschaute und versuchte, einem Rätsel auf die Spur zu kommen, fand hier nichts als Uhrzeiten und trockene Notizen. Es war ein Faulenzersonntag. Bedeutsam waren nicht die Fakten und Details, sondern das Unmerkliche. Das Innenleben. Der Geruch des Strandgrases. Das Knirschen des Sandes auf dem Badezimmerboden, wenn man den Badeanzug auszog.

Die Hitze des amerikanischen Sommers.

Die zehnte Zeile des Logs lautete schlicht: *10:22 Condor zweites Frühstück*. Nichts von einem perfekt getoasteten Zwiebelbagel, vom salzigen Geschmack des Fisches im Kontrast zur Cremigkeit des Frischkäses. Nichts von der Zeit, in der man sich in einem Buch verlor – auf einer Reise in die Fantasie, weit entrückt –, was für andere so aussieht, als säße oder liege man bäuchlings auf dem Teppich vor einem sommerlichen Kaminfeuer, die Knie um neunzig Grad gekrümmt, die Füße faul wippend in der Luft.

Leibwächter zu sein bedeutete nicht, dass man in einem ständigen Alarmzustand lebte. Man musste offen für Veränderungen im Lauf der Dinge sein, empfänglich für subtile Verschiebungen. Man musste wissen, dass der Frosch nicht getötet wurde, indem man ihn ins kochende Wasser warf, sondern indem man das Wasser langsam erhitzte, Grad für Grad. Die besten Leibwächter hatten das begriffen. Sie wussten, dass ihr Job so etwas wie angespannte Passivität erforderte und alle fünf Sinne in geistiger und körperlicher Harmonie miteinander arbeiten mussten. Wenn man es genau bedachte, war der private Sicherheitsdienst eine Form des Buddhismus oder Tai Chi. Man lebte im Augenblick, fließend und ohne an mehr zu denken als daran, wo man ist und was einen umgibt. Körper in Raum und Zeit, die sich in einem vorgegebenen Bogen bewegen. Schatten und Licht. Positiver und negativer Raum.

Wenn man so lebt, kann sich ein Sinn für Vorahnungen entwickeln, ein voodoohaftes Vorauswissen von dem, was die Schützlinge tun oder sagen werden. Indem man eins mit dem Universum ist, wird man selbst zum Universum, und so weiß man, wie der Regen fallen und wo geschnittenes Gras im Sommerwind wehen wird. Man weiß, wann Condor und Falke sich streiten werden, wann das Mädchen Rachel (Rotkehlchen) sich langweilt und wann der Junge JJ (Spatz) keinen Mittagsschlaf gehalten hat und ausrasten wird.

Man weiß, wann der Mann in der Menge den entscheidenden Schritt zu nah herankommen wird und wann der Autogrammjäger in Wirklichkeit ein gerichtliches Dokument zustellen will. Man weiß, wann man vor einer gelben Ampel langsamer fahren muss und wann man lieber nicht diesen, sondern den nächsten Aufzug nimmt.

Dies alles sind keine Dinge, bei denen man ein *Gefühl* hat. Es sind Dinge, die einfach da sind.

Falke ist als Erste auf. Sie ist im Bademantel und trägt Spatz auf dem Arm. Die Kaffeemaschine hat den Kaffee schon gemacht. Sie hat eine Zeitschaltuhr. Rotkehlchen kommt als Nächste herunter. Sie geht geradewegs ins Wohnzimmer und schaltet den Zeichentricksender ein. Condor kommt eine Stunde später als Letzter mit der Zeitung hereingeschlurft. Sein Daumen bohrt sich in den blauen Plastikbeutel mit dem Sonntagsblatt. Gil hält sich im Hintergrund und ist niemandem im Weg. Sein Blick ist in die Peripherie gerichtet, und er sitzt im Schatten.

Nach dem Frühstück spricht er Condor an. »Mr Bateman«, sagt er, »ist es okay, wenn ich Sie jetzt briefe?«

Condor schaut ihn über die Lesebrille hinweg an. »Muss ich mir Sorgen machen?«

»Nein, Sir. Es ist nur ein Überblick über die kommende Woche.«

Condor nickt und steht auf. Er weiß, dass Gil nicht gern Dienstgespräche in der familiären Umgebung führt. Sie gehen ins Wohnzimmer. Die Wände sind bedeckt mit Büchern, die Condor tatsächlich gelesen hat. Dazwischen hängen alte Landkarten und Fotos, die Condor mit international berühmten Personen zeigen, mit Nelson Mandela, Wladimir Putin, John McCain, Clint Eastwood. In einer Vitrine auf dem Schreibtisch liegt ein Baseball mit einem Autogramm. Chris Chambliss' Losstürmen im zehnten Inning in *dem* Spiel – denn wer in der Tri-State-Region erinnert sich nicht, wie die Menge von den Tribünen auf das Feld strömte und wie Chambliss sich durch die durchgedrehten Zuschauer schlängeln und drängeln musste … Hat er das Schlagmal überhaupt berührt?

»Sir«, sagte Gil, »möchten Sie, dass ich eine Verbindung zur Kommandozentrale herstelle, um ein förmlicheres Briefing zu veranstalten?«

»Lieber Gott, nein. Tragen Sie es einfach vor.«

Condor setzte sich hinter seinen Schreibtisch, hob einen alten Football auf und ließ ihn abwesend von einer Hand in die andere rollen, während Gil sprach.

»Sechzehn Drohungen per E-Mail abgefangen, überwiegend an öffentliche Adressen gerichtet. Ihre privaten Kanäle sind seit der letzten Umstrukturierung offensichtlich nicht betroffen. Die Unternehmensseite verfolgt jedoch zurzeit ein paar gezielte Drohungen gegen amerikanische Medienkonzerne. Sie kooperieren mit dem Ministerium für Innere Sicherheit, um auf dem Laufenden zu bleiben.«

Condor musterte ihn, während er redete, und der Ball wanderte dabei von links nach rechts und wieder zurück. »Sie waren beim israelischen Militär, nicht wahr?«

»Ja, Sir.«

»Infanterie oder …?«

»Darüber kann ich mich nicht äußern. Sagen wir einfach, ich habe meine Pflicht getan, und das war's.«

Condor warf den Ball von einer Hand zur anderen und verfehlte ihn. Er hüpfte und rollte in einer unrunden Kreisbahn davon und verschwand unter der Gardine.

»Gibt es irgendwelche direkten Drohungen?«, fragte er. »*David Bateman, wir werden dich umbringen*. So etwas?«

»Nein, Sir. Nichts dergleichen.«

Condor überlegte. »Okay, aber dieser Kerl? Der, über den wir nicht reden, der unsere Tochter geraubt hat? Wann hat er je eine Drohung gegen einen Medienkonzern gerichtet oder eine dämliche E-Mail geschrieben? Das war nur ein Drecksack, der dachte, er könnte reich werden, und kein Problem damit hatte, das Hausmädchen zu ermorden.«

»Ja, Sir.«

»Und was tun Sie, um uns vor diesen Leuten zu schützen? Vor denen, die keine Drohungen aussprechen?«

Wenn Gil sich gemaßregelt fühlte, ließ er es sich nicht anmerken. Aber für ihn war es eine berechtigte Frage.

»Beide Wohnorte sind gesichert. Die Fahrzeuge sind gepanzert. Ihre Security ist sichtbar und auffällig. Wer Sie sucht, sieht uns. Das ist eine Botschaft. Es gibt leichtere Ziele.«

»Aber garantieren können Sie nichts?«

»Nein, Sir.«

Condor nickte. Das Gespräch war beendet. Gil ging zur Tür.

»Ach, hey«, sagte Condor, »Mrs Bateman hat die Kiplings eingeladen, nachher mit uns zu fliegen.«

»Das wären Ben und Sarah?«

Condor nickte.

»Ich sage der Zentrale Bescheid.«

Ein guter Leibwächter, zu diesem Schluss war er im Laufe der Jahre gekommen, musste ein Spiegel sein, das war das Entscheidende. Nicht unsichtbar – der Klient wollte wissen, dass er da war –, sondern reflektierend. Ein Spiegel war kein intimer Gegenstand. Er reflektierte Veränderungen. Bewegungen. Ein Spiegel war niemals statisch. Er war Teil der Umgebung und bewegte sich mit ihr, registrierte Blickwinkel und Farben.

Und wer direkt davorstand, sah sich selbst darin.

Natürlich hatte er die Akte gelesen. Was für ein Leibwächter wäre er, wenn er es nicht getan hätte? Manche Absätze konnte er sogar aus dem Gedächtnis zitieren. Er hatte außerdem ausführlich mit den überlebenden Beamten gesprochen, um detaillierte Wahrnehmungen in Erfahrung zu bringen, Informationen darüber, wie die Klienten sich verhielten. War Condor ruhig oder explosiv, wenn er unter Druck war? Ließ Falke sich von Panik und Trauer überwältigen, oder war sie eine Mutter aus Stahl? Eine Kindesentführung war in seiner Branche ein Albtraumszenario, schlimmer als ein Todesfall (obwohl – realistisch betrachtet war ein entführtes Kind in neun von zehn Fällen auch ein totes Kind). Aber ein entführtes Kind schaltete die normalen menschlichen Sicherheitsmechanismen in den Köpfen der Eltern aus. Das eigene Überleben war nicht mehr von Belang, der Schutz des Vermögens und des Hauses wurde zweitrangig. Mit anderen Worten: Die Vernunft wurde über Bord gekippt. Folglich hatte man im Szenario einer Lösegeldentführung nicht nur gegen die Uhr, sondern hauptsächlich gegen die Klienten zu kämpfen.

Die Fakten zur Zeit der Entführung waren folgende: Vierundzwanzig Stunden vorher war das Kindermädchen, Francesca Butler (»Frankie«) entführt worden, höchstwahrscheinlich, als sie zu Fuß auf dem Heimweg vom Kino gewesen war. Sie war gewaltsam an einen anderen Ort verbracht worden, wo man ihr Informationen über das gemietete Haus der Batemans und deren Gewohnheiten abnötigte, vor allem über die Lage des Zimmers, in dem sich das Baby befand. In der Nacht der Entführung (zwischen 00:30 und 01:15) war eine Leiter aus einem Schuppen auf dem Grundstück geholt und an die Südwand des Hauses gelehnt worden, wo sie bis zum Sims des Gästezimmerfensters reichte. Spuren deuteten darauf hin, dass das verriegelte Fenster von außen aufgestemmt worden war (es handelte sich um die Originalfenster eines alten Hauses, hier aufgequollen und da geschrumpft, sodass zwischen dem oberen und dem unteren Rahmen eine beträchtliche Lücke entstanden war).

Später kamen die Ermittler zu dem Schluss, dass die Entführung von einem Einzeltäter begangen worden war (auch wenn diese Schlussfolgerung nicht unumstritten war). In der offiziellen Sichtweise stellte ein Mann die Leiter ans Haus, kletterte hinauf, holte das Mädchen und stieg wieder hinab. Die Leiter wurde in den Schuppen zurückgebracht (Was hatte er mit dem Kind getan? Es in einem Wagen verstaut?), und dann entfernte er sich mit dem Kind. »Sie verschwand«, wie die Klienten es ausdrückten. Aber natürlich wusste Gil, dass niemand wirklich »verschwindet«, sondern immer irgendwo ist – Körper im Ruhezustand oder in Bewegung im dreidimensionalen Raum.

Und in diesem Fall war Rachel Bateman (»Rotkehlchen«) drüben auf der stillgelegten Baustelle, versteckt hinter den Plastikplanen in einer stickigen Dachbodenkammer, die mit Zeitungspapier schalldicht gemacht worden war und wo das Essen aus einer roten Plastikkühlbox und das Wasser aus einem Schlauch kam, der mit dem Badezimmerwaschbecken im ersten Stock verbunden war. Das Kindermädchen, Frankie Butler, lag auf dem offenen Kellerfundament, mit Pappe bedeckt.

Von hier aus beobachtete der Kidnapper, ein sechsunddreißigjähriger ehemaliger Strafgefangener namens Wayne R. Macy, die Vorgänge im Haus gegenüber. In seiner privilegierten

Position als Rückschauender wusste Gil, dass Macy nicht das kriminelle Superhirn war, das man zunächst als Täter vermutete. Bei einem Klienten wie David Bateman – einer millionenschweren, prominenten politischen Zielperson – musste man annehmen, dass der Entführer ihn aus speziellen Gründen und in vollständiger Kenntnis seines Profils und seiner Mittel ausersehen hatte. Aber tatsächlich wusste Macy nur, dass David und Maggie Bateman reich und ungeschützt waren. Er hatte in den Neunzigern wegen bewaffneten Raubüberfalls in Folsom Prison gesessen und war nach Long Island heimgekehrt mit der Vorstellung, er könne ein neues Leben beginnen. Aber das Leben als ehrlicher Mann war anstrengend und brachte nichts ein. Außerdem trank Wayne gern, und so verbrannte er einen Job nach dem anderen, bis er sich eines Tages, als er gerade die Müllsäcke durch die Hintertür eines Schnellrestaurants hinausschleppte, plötzlich sagte: *Wem will ich hier eigentlich was vormachen? Es wird Zeit, dass ich mein Schicksal selbst in die Hand nehme.*

Also nahm er sich vor, das Kind eines reichen Mannes zu schnappen und ein paar Dollar zu verdienen. Später stellte sich heraus, dass er vorher zwei andere Familien ausbaldowert hatte, aber sich durch bestimmte Faktoren – die Väter waren die ganze Zeit auf dem Grundstück, und beide Häuser waren mit Alarmanlagen gesichert – hatte abschrecken lassen. Schließlich hatte er sich für die Familie Bateman entschieden. Sie hatte das letzte Haus in einer stillen Straße, unbewacht und bewohnt nur von zwei jungen Frauen und einem Kind.

Übereinstimmend war man der Ansicht, er habe Frankie in der ersten Nacht ermordet, nachdem er alle nötigen Informationen aus ihr herausgeholt hatte. Sie wies Spuren von körperlicher Grausamkeit und – möglicherweise posthum ausgeübter – sexueller Gewalt auf.

Das Kind wurde am 8. Juli um 00:45 entführt und sollte drei Tage vermisst bleiben.

Die Nachricht kam, als sie schon unterwegs zum Flugplatz waren. Die Zentrale leitete sie in den vorderen Wagen, und von dort wurde sie an Gil übermittelt, und dieser lauschte der Stimme in seinem Ohr, die durch All und Glasfaser zu ihm sprach, mit unbewegter Miene.

»Sir«, sagte er in einem ganz bestimmten Ton, als der Wagen die Straße verließ. Condor schaute herüber, sah sein Gesicht und nickte. Die Kinder hinter ihnen waren aufgedreht wie Batteriespielzeuge. So waren sie immer, bevor sie ins Flugzeug stiegen – aufgeregt und nervös.

»Kinder«, sagte er und warf ihnen einen Blick zu, den Maggie sah.

»Rachel«, sagte sie. »Es reicht.«

Rachel zog einen Schmollmund, aber sie hörte auf, JJ zu piksen und zu kitzeln. JJ war zu klein, um die Botschaft gleich beim ersten Mal mitzubekommen. Er stieß Rachel lachend an und glaubte, das Spiel sei immer noch im Gange.

»Hör auf«, blaffte sie.

Condor lehnte sich zu Gil herüber, und der sprach leise in Condors Ohr. »Es gibt ein Problem mit Ihrem Gast.«

»Mit Kipling?«

»Ja, Sir. Die Zentrale hat eine Routineüberprüfung vorgenommen, und es gab eine Warnung.«

Condor antwortete nicht, aber die Frage war klar: *Was für eine Warnung?*

»Unsere Freunde im Außenministerium sagen, es kann sein, dass Mr Kipling morgen unter Anklage gestellt wird.«

Condor wurde blass. »O Gott.«

»Die Vorwürfe sind noch unter Verschluss, aber die Rechercheabteilung meint, er hat vielleicht Geld für Feindstaaten gewaschen.«

Condor überlegte. *Feindstaaten.* Dann begriff er. Er würde einen Staatsfeind in seinem Flugzeug beherbergen. Einen Hochverräter. Wie würde das in der Presse aussehen, wenn die Presse es herausfände? Er sah die gelangweilten Papparazzi in Teterboro vor sich, die dort auf die Rückkehr irgendwelcher Promis warteten. Sie würden dastehen, wenn das Flugzeug über das Rollfeld käme, und wenn klar wäre, dass Brad und Angelina nicht an Bord waren, würden sie für alle Fälle ein paar Fotos machen und sich dann wieder ihren iPhones zuwenden. Fotos von David Bateman, Arm in Arm mit einem Verräter.

»Was sollen wir tun?«, fragte er Gil.

»Das müssen Sie entscheiden.«

Falke sah sie beide an. Sie war sichtlich beunruhigt.

»Gibt's was?«, fragte sie.

»Nein«, sagte Condor hastig. »Nur – es sieht so aus, als hätte Ben ein paar juristische Probleme.«

»O nein!«

»Doch. Schlecht investiert. Deshalb habe ich – die Frage stellt sich – wollen wir ... Wenn wir zusammen gesehen werden und die Sache an die Öffentlichkeit kommt, werden wir dann ...? Es könnte ein Problem werden. Das meine ich.«

»Was hat Daddy gesagt?«, fragte Rachel.

Falke runzelte die Stirn. »Nichts. Ein Freund von uns ist in Schwierigkeiten. Deshalb werden wir ...« Sie sah Condor an. »Deshalb werden wir zu ihm stehen, denn das tun Freunde füreinander. Vor allem Sarah ist ein so reizender Mensch.«

Condor nickte. Er wünschte, er wäre ihrer Frage ausgewichen und hätte die Angelegenheit allein geklärt. »Natürlich«, sagte er. »Du hast recht.«

Er sah Gil an. Der Gesichtsausdruck des Israeli sagte ihm, er brauche die ausdrückliche Bestätigung dafür, dass es beim Status quo bleiben solle. Wider besseres Wissen nickte er.

Gil wandte sich ab und schaute aus dem Fenster, während sie weiterredeten. Es war nicht sein Job dazuzugehören. Eine Meinung zu haben. Über der Straße hing tief der Meeresdunst, und die Laternenmasten verschwanden darin. Nur ein nebelhafter Glanz in der Höhe verriet, dass sie noch da waren.

Als sie zwanzig Minuten später auf dem Rollfeld parkten, wartete Gil ab, bis das Vorausteam aus dem Führungsfahrzeug ausgestiegen war, bevor er die Türen freigab. Die beiden Männer ließen den Blick über den Flugplatz wandern und suchten nach Ungewöhnlichem. Gil tat es ebenfalls – er vertraute ihnen und vertraute ihnen doch nicht. Während er die Umgebung musterte (Zugangswege, tote Ecken), stieg die Familie aus. Spatz schlief inzwischen. Er hing über Condors Schulter. Gil bot ihnen nicht an, ihnen beim Tragen von Koffern oder Kindern zu helfen. Er war hier, um sie zu beschützen, nicht als Kammerdiener.

Aus dem Augenwinkel sah er, wie Avraham das Flugzeug inspizierte und die Treppe hinaufstieg. Er blieb sechs Minuten in der Kabine, ging von vorn bis ins Heck, kontrollierte Toilette und Cockpit. Dann erschien er wieder in der Tür, streckte den Daumen hoch und stieg herunter.

Gil nickte. »Okay.«

Die Familie ging zur Treppe und stieg in zufälliger Reihenfolge hinauf. Weil er wusste, dass in der Kabine alles in Ordnung war, übernahm Gil die Nachhut, um die Familie gegen einen Angriff von hinten zu beschützen. Auf halber Höhe wehte ihm die kühle Luft aus der Kabine entgegen, ein geisterhafter Kuss auf den entblößten Hals in der Schwüle der Augustnacht. Regte sich in diesem Augenblick etwas in seinem Echsengehirn, eine leise Vorahnung, das unheilvolle Schwanen eines Magiers? Oder wäre das Wunschdenken?

Drinnen blieb Gil hinter der offenen Tür stehen. Er war groß – fast eins neunzig –, aber schmal, und so fand er einen Platz neben der schmalen Eingangstür, ohne im Gang herumzustehen, während Passagiere und Crew sich auf den Flug vorbereiteten.

»Die zweite Gruppe ist da«, sagte die Stimme in seinem Ohrhörer, und er sah Ben und Sarah Kipling draußen auf dem Rollfeld. Sie zeigten den beiden Männern des Vorausteams ihre

Ausweise. Gil spürte jemanden neben sich und drehte sich um. Es war die Stewardess mit einem Tablett.

»Verzeihung«, sagte sie, »möchten Sie ein Glas Champagner vor dem Start, oder – soll ich Ihnen etwas anderes bringen?«

»Nein. Sagen Sie mir, wie Sie heißen?«

»Emma. Emma Lightner.«

»Danke, Emma. Ich sorge für die Sicherheit der Batemans. Kann ich Ihren Captain sprechen?«

»Natürlich. Er ist – ich glaube, er macht seinen Inspektionsrundgang. Soll ich ihn bitten, Sie anzusprechen, wenn er zurückkommt?«

»Bitte.«

»Okay«, sagte sie, und Gil hatte das deutliche Gefühl, dass etwas sie nervös machte. Aber diese Wirkung hatte die Anwesenheit eines bewaffneten Mannes in einem Flugzeug manchmal. »Soll ich Ihnen etwas bringen, oder …?«

Er schüttelte den Kopf und wandte sich ab, denn jetzt kamen die Kiplings die Treppe herauf. Sie waren im Laufe der Jahre zum festen Inventar bei Veranstaltungen im Hause Bateman geworden, und Gil kannte sie vom Sehen. Er nickte ihnen zu, als sie eintraten, wandte sich dann aber rasch ab, um nicht in ein Gespräch verwickelt zu werden. Er hörte, wie sie die andern im Flugzeug begrüßten.

»Entzückend, dein Kleid«, sagte Sarah.

In diesem Augenblick erschien der Captain, James Melody, unten an der Treppe.

»Hast du das beschissene Spiel gesehen?«, fragte Kipling lautstark. »Wie konnte er diesen Ball verfehlen?«

»Lass mich gar nicht erst dran denken«, sagte David.

»Ich meine, *ich* hätte diesen Scheißball gefangen, und ich habe Hände wie French Toast.«

Gil trat auf die oberste Stufe der Treppe. Der Nebel war dichter geworden und wehte in Wirbeln über den Asphalt.

»Captain«, sagte er, »ich bin Gil Baruch von Enslor Security.«

»Ja«, sagte Melody, »man hat mir mitgeteilt, dass ein Team da sein würde.«

Er sprach mit einem leichten Akzent, den Gil nicht einordnen konnte. Britisch vielleicht, oder Südafrikanisch, aber in Amerika recycelt. »Sie haben noch nicht mit uns zusammengearbeitet«, stellte er fest.

»Nein, aber ich habe schon mit vielen Sicherheitsfirmen zu tun gehabt. Ich kenne die Routine.«

»Gut. Dann wissen Sie, wenn es ein Problem mit dem Flugzeug oder eine Änderung des Flugplans gibt, muss der Kopilot mich unverzüglich informieren.«

»Absolut«, sagte Melody. »Sie wissen, dass wir einen anderen Ersten Offizier bekommen haben?«

»Charles Busch ist der neue Mann, ja?«

»Ganz recht.«

»Und Sie sind schon mit ihm geflogen.«

»Einmal. Er ist kein Michelangelo, aber solide.« Melody schwieg, und Gil spürte, dass er noch mehr sagen wollte.

»So etwas wie unbedeutende Details gibt es nicht«, sagte er dem Piloten.

»Nein, nur ... Ich glaube, Busch und unsere Flugbegleiterin haben eine gemeinsame Vergangenheit.«

»Ein Verhältnis?«

»Ich weiß es nicht. Ich sehe nur, wie sie sich in seiner Anwesenheit benimmt.«

Gil dachte darüber nach. »Okay. Danke.«

Er drehte sich um und ging wieder hinein, und dabei warf er einen Blick ins Cockpit. Busch saß auf dem Platz des Kopiloten und aß ein Sandwich aus einer Plastikpackung. Er blickte auf, sah Gil und lächelte. Er war jung und adrett, aber er wirkte ein bisschen glasig – er hatte sich gestern rasiert, aber nicht heute, sein Haar war kurz geschnitten, aber ungebürstet. Trotzdem sah er gut aus. Gil brauchte ihn nur einen Augenblick lang anzuschauen, um zu wissen, dass er irgendwann in seinem Leben Sportler und von Kindheit an bei den Mädchen beliebt gewesen war und dass es ihm ein gutes Gefühl gab. Als Gil sich wieder zur Kabine umdrehte, sah er die Stewardess, Emma, mit einem leeren Tablett herankommen.

Er winkte ihr mit einem Finger. *Kommen Sie her.*

»Hi«, sagte sie.

»Gibt es ein Problem, von dem ich wissen sollte?«

Sie zog die Stirn kraus. »Ich weiß nicht ...«

»Zwischen Ihnen und Busch, dem Kopiloten.«

Sie wurde rot. »Nein. Er ist nicht – das heißt ...« Sie lächelte. »Manchmal mag einen jemand«, sagte sie, »und du musst Nein sagen.«

»Das ist alles?«

Sie strich sich befangen das Haar zurecht, und ihr war bewusst, dass sie Drinks zu servieren hatte. »Wir sind schon zusammen geflogen. Er flirtet gern – mit allen Mädels, nicht nur ... Aber es ist okay. Mir ist es recht.« Sie zögerte kurz. »Und Sie sind hier«, sagte sie dann. »Also ...«

Gil überlegte. Einschätzungen gehörten zu seinem Job – dunkle Hauseingänge, das Geräusch von Schritten –, und er war notgedrungen ein Menschenkenner. Er hatte sein eigenes Typensystem entwickelt: der Brüter, der nervöse Quassler, das reizbare Opfer, der Tyrann, der Kobold. Innerhalb dieser Klassifizierungen gab es Subtypen und Signale für mögliche Veränderungen im erwarteten Verhalten – die Umstände, unter denen ein nervöser Quassler zum Brüter und dann zum Tyrannen werden konnte.

Emma lächelte ihn noch einmal an. Gil dachte an den Kopiloten, an das halb verzehrte Sandwich, an die Worte des Captains. Die Reisezeit von Gate zu Gate würde etwas weniger als eine Stunde betragen. Er dachte an die Anklage gegen Kipling, an den abgeschlossenen Entführungsfall Rachel, an alles, was schiefgehen konnte, ganz gleich, wie weit hergeholt es sein mochte, und das alles lief durch die Rechenmaschine aus kleinen grauen Zellen, die ihn zur Legende gemacht hatte. Er dachte an Mosche Dayans Auge und an die Trinkerei seines Vaters, an seine Brüder, die einer nach dem andern gestorben waren, und an den Tod seiner Schwester. Er dachte daran, was es bedeutete, als Echo zu leben, als Schatten – immer hinter einem Mann und seinem Licht zu stehen. Er hatte Narben, über die er nicht sprechen wollte. Er schlief mit dem Finger am Abzug einer Glock. Er wusste, die Welt war eine Unmöglichkeit, der Staat Israel war eine Unmöglichkeit, und jeden Tag standen Menschen auf und zogen ihre Stiefel an und gingen los, um das Unmögliche zu tun, ganz gleich, was es war. Das war die Hybris der Menschheit: sich gegen alle Wahrscheinlichkeit zu sammeln, den Faden in die Nadel zu fädeln, den Berg zu besteigen und den Sturm zu überleben.

An all das dachte er in der Zeit, die die Stewardess brauchte, um an ihm vorbeizugehen, und dann nahm er das Funkgerät in die Hand und teilte der Zentrale mit, dass sie startklar waren.

AUF DEM LAND

SCOTT FÄHRT IN NÖRDLICHER Richtung am Hudson entlang, durch Washington Heights und Riverdale. Die Großstadtmauern machen Platz für Bäume und Kleinstädte mit niedrigen Häusern. Der Verkehr stockt, lässt dann nach, und er nimmt den Henry Hudson Parkway, vorbei an der Ansammlung ebenerdiger Supermärkte im Zentrum von Yonkers. Er wechselt auf die Route 9 hinauf nach Dobbs Ferry, wo einst die Streitmacht der amerikanischen Revolutionäre kampierte und an der Grenze nach Manhattan die Schwächen der Briten sondierte. Er fährt mit abgeschaltetem Radio und lauscht dem Zischen seiner Reifen auf der regennassen Straße. Gerade ist ein Spätsommergewitter durchgezogen, und er folgt seinen hinteren Ausläufern. Die Scheibenwischer schlagen gleichmäßig hin und her.

Er denkt an die Welle. An ihr stummes Grollen, und wie sie aufragte, ein turmhoher Buckel aus salzigem Meerwasser, von Mondlicht überstrahlt. Von hinten schlich sie sich heran wie ein Riese aus einem Kindermärchen. Gespenstisch und lautlos kam sie herbei, ein Feind ohne Seele, ohne Auftrag. Die Natur als strenge Bestraferin. Und er denkt daran, wie er den Jungen packte und mit ihm untertauchte.

Seine Gedanken wandern weiter zu den Kameras. Mechanisch gafften sie ihn an, vorwärtsgetragen auf anonymen Schultern, und ihre konvexen Augen urteilten über ihn, ohne mit der Wimper zu zucken. Scott denkt an die Scheinwerfer in seinem Gesicht, die sich überlappenden Fragen, die sich zu einer Wand auftürmten. Sind Kameras ein Werkzeug zur Fortentwicklung des Menschen, oder ist der Mensch ein Werkzeug zur Fortentwicklung der Kameras? Schließlich tragen wir *sie* überallhin, als wären wir Lakaien, von hier nach da, Tag und Nacht, und fotografieren alles, was wir sehen. Wir glauben, wir haben unsere Maschinenwelt zu unserem eigenen Nutzen erfunden, aber woher wissen wir, dass wir nicht hier sind, um ihr zu dienen? Eine Kamera muss auf ein Ziel gerichtet werden, damit sie eine Kamera ist. Der Dienst an einem Mikrofon besteht in einer Frage, die gestellt wird. Vierundzwanzig Stunden am Tag füttern wir die hungrige Bestie, Bild für Bild, und eingesperrt in ständiger Bewegung rennen wir umher, um alles zu filmen.

Mit anderen Worten: Existiert das Fernsehen, damit wir es anschauen können, oder existieren wir, um fernzusehen?

Über ihm brach sich die Welle, schwankte wie ein fünfstöckiges Gebäude am Rand eines glatten Zusammenbruchs, und er tauchte weg, drückte den Jungen an sich. Zum Atemholen war keine Zeit. Sein Körper übernahm das Kommando, denn den abstrakten Funktionen des Geistes war sein Überleben nicht länger anzuvertrauen. Mit kräftigen Beinstößen drang er ins Schwarz vor, und er fühlte den kreisenden Sog der Welle, die alles an sich zog, und dann das Kippen, die unentrinnbare Gravitation des Abstiegs, fühlte sich gepackt von der Hand eines Ungeheuers und immer weiter hinabgedrückt. Jetzt konnte er nur noch den Jungen an sich drücken und am Leben bleiben.

Hatte er eine Affäre mit Maggie? Das hatten die Reporter wissen wollen. Mit der verheirateten Mutter zweier Kinder, einer ehemaligen Vorschullehrerin. Für die Medien war sie – was? Eine Figur aus einer Reality-Show? Die traurige lüsterne Hausfrau aus einem postmodernen Tschechow?

Er denkt an Laylas Wohnzimmer, an die nächtliche Zwangsstörung eines Schlaflosen, der es in einen Palast der Erinnerung verwandelt hat, und an die Kohlezeichnung, die wahrscheinlich das letzte Bild von Maggie sein wird, das je geschaffen wurde.

Hätte er mit ihr geschlafen, wenn sie ihn gefragt hätte? Fühlte er sich zu ihr hingezogen – und sie sich vielleicht zu ihm?

Stand er zu dicht neben ihr, als sie da war, um seine Bilder anzuschauen, oder hat er nervös auf den Fußballen gewippt und Abstand gehalten? Sie war die Erste, der er seine Arbeiten gezeigt hat, die erste Normalbürgerin jedenfalls, und es juckte ihn in den Fingern. Als sie in der Scheune umherging, sehnte er sich nach einem Drink, aber dieses Gefühl war eine Narbe, kein Grind, und er zupfte nicht daran herum.

Das ist seine Wahrheit, die Geschichte, die er sich selbst erzählt. Für die Öffentlichkeit ist er ein Akteur in einem Drama, das er nicht geschrieben hat. Er ist »Scott Burroughs, der heldenhafte Schurke«. Im Moment ist es nur die Andeutung einer Idee, eine Theorie. Aber er sieht schon, wie sie aufblühen könnte, um – ja, was zu werden? Ein Gemälde. Fakten, Schritt für Schritt verwandelt in Fiktion.

Er denkt an Andy Warhol, der verschiedene Storys für verschiedene Journalisten erfand – *Ich bin in Akron geboren. Ich bin in Pittsburgh geboren* –, und wenn er mit jemandem sprach, wusste er immer, welches Interview sein Gegenüber gelesen hatte. Warhol wusste, dass das Ich nur eine Story ist, die wir anderen erzählen. Die Neuerfindung war immer ein Werkzeug des Künstlers. Er denkt an Duchamps Urinal, an Claes Oldenburgs Riesenaschenbecher. Man nimmt die Wirklichkeit und gibt ihr einen neuen Zweck, schmiegt sie einer Idee an: So geht es zu in einer Welt des Scheins.

Aber Journalismus war doch etwas anderes, oder? Journalisten sollten objektiv über Tatsachen berichten, mochten sie noch so kontrovers sein. Man bog die Nachricht nicht zurecht, bis sie zur Story passte. Man berichtete einfach über die Fakten, wie sie waren. Seit wann galt das nicht mehr? Scott erinnert sich an die Reporter seiner Jugend – Cronkite, Mike Wallace, Woodward und Bernstein, Männer mit Grundsätzen, Männer mit einem eisernen Willen. Wie hätten sie über die Ereignisse berichtet?

Ein Privatflugzeug stürzt ab. Ein Mann und ein Junge überleben.

Information gegen Entertainment.

Nicht dass Scott den Wert des »Human Interest« nicht verstände. Was faszinierte ihn am König der Fitness anderes als die Kraft des menschlichen Geistes? Aber er wusste nicht mehr über Jacks Liebesleben und seine romantische Vergangenheit, als dass er eine Frau hatte, eine jahrzehntelange Ehe geführt hatte. Was musste er sonst noch wissen?

Für ihn als Mann, der sich mit dem Bild beschäftigt, ist es faszinierend zu sehen, wie sein eigenes fabriziert wird – nicht im Sinne von »gefälscht«, sondern hergestellt, Stück für Stück. *Die Geschichte Scotts. Die Geschichte des Absturzes.*

Er will nur in Ruhe gelassen werden. Warum sollte er sich zwingen lassen, Klarstellungen zu liefern? In den Sumpf der Lügen hinauszuwaten und zu versuchen, diese vergifteten Gedanken richtigzustellen? Das ist es doch, was sie wollen, oder? Dass er sich engagiert? Die Story weiter eskaliert? Wenn Bill Cunningham ihn live in die Sendung einlädt, tut er es nicht, um die Story richtigzustellen, damit die Geschichte zu Ende ist. Er will ein neues Kapitel hinzufügen, eine neue Wendung, die das Narrativ in die nächste Woche der Ratingspirale vorantreibt.

Mit anderen Worten, es ist eine Falle. Sie stellen ihm eine Falle. Und wenn er gescheit ist, wird er sie weiterhin ignorieren, wird nach vorn schauen und sein Leben weiterleben.

Solange es ihn nicht stört, dass niemand auf der Welt ihn jemals wieder so sehen wird, wie er sich selbst sieht.

Das Haus ist klein und liegt versteckt unter Bäumen. Es hat eine leichte Schlagseite nach Backbord, als hätten die breiten Bretter der Verkleidung auf dieser Seite im Laufe der Jahre nachgegeben, vor Erschöpfung oder Langeweile – oder war es beides? Als Scott in die Einfahrt fährt, denkt er, das Haus hat einen irgendwie schattigen Charme mit seinen blauen Zierleisten und den gewölbten weißen Fensterläden – wie aus einer Postkartenkindheit, an die man sich im Traum erinnert. Während er über das holprige Pflaster fährt und unter einer Eiche parkt, kommt Doug aus dem Haus. Er trägt eine Werkzeugtasche aus Segeltuch, die er einigermaßen schwungvoll auf den Rücksitz eines offenen alten Jeep Wrangler wirft. Ohne aufzublicken, geht er zur Fahrertür.

Scott winkt, als er aus dem Leihwagen steigt, aber Doug sieht ihn nicht an; er legt den Gang ein, und als er aus der Einfahrt fährt, spritzen Holzspäne auf. Eleanor erscheint in der Tür. Sie trägt den Jungen auf dem Arm. Scott hat unversehens Schmetterlinge im Bauch, als er die beiden sieht. Ihr rotkariertes Kleid ist umrahmt von blauen Zierleisten und gewölbten weißen Fensterläden, und der Junge trägt ein kariertes Hemd und dazu passende Shorts. Aber anders als Eleanor, die zu Scott hinausschaut, wirkt der Junge beunruhigt und schaut ins Haus. Eleanor sagt etwas zu ihm, und er dreht sich um. Als er Scott sieht, strahlt er. Scott winkt ihm kurz zu (*Wann bin ich ein solcher Winker geworden?*, fragt er sich), und der Junge winkt schüchtern zurück. Eleanor setzt ihn ab, und halb rennend kommt er auf Scott zu. Der sinkt auf ein Knie und will ihn an sich ziehen, aber dann legt er ihm nur die Hände auf die Schultern und sieht ihn an wie ein Fußballtrainer.

»Hey, du«, sagt er.

Der Junge lächelt.

»Ich habe dir etwas mitgebracht«, sagt Scott.

Er steht auf und geht zum Kofferraum des Leihwagens. Darin liegt ein Kipplaster aus Plastik, den er in einer Tankstelle gefunden hat. Er ist mit unzerreißbaren Nylonschnüren an ein Stück Pappe gebunden, und eine Zeitlang versuchen sie, ihn abzureißen, bis Eleanor ins Haus geht und eine Schere holt.

»Was sagt man?«, fragt sie den Jungen, als der Laster von der Pappe befreit ist und sofort energisch mit Erde beladen wird. »Danke«, sagt sie dann selbst, als klar ist, dass der Junge nicht sprechen wird.

»Ich wollte nicht mit leeren Händen aufkreuzen«, sagt Scott.

Sie lächelt. »Ich bitte um Entschuldigung wegen Doug. Wir hatten – es ist im Moment schwierig.«

Scott fährt dem Jungen durchs Haar. »Lassen Sie uns ins Haus gehen«, sagt er. »Ich habe unterwegs einen Übertragungswagen überholt. Ich finde, ich war diese Woche oft genug im Fernsehen.«

Sie nickt. Sie haben beide keine Lust, sich zur Schau stellen zu lassen.

Sie plaudern am Küchentisch, während JJ im Fernsehen *Thomas, die kleine Lokomotive* anschaut und dabei seinen Lastwagen hin und her schiebt. Bald ist Schlafenszeit für ihn, und der Junge zappelt auf dem Sofa herum, ohne den Bildschirm aus den Augen zu lassen. Scott beobachtet ihn durch die Küchentür. Kürzlich hat ihm jemand die Haare geschnitten, aber nicht vollständig; die Ponyfransen sind kurz, aber das Haar am Hinterkopf ist buschig. Es sieht aus wie die Juniorversion von Eleanors Frisur, als habe er sich angeglichen, um besser in die Familie zu passen.

»Ich dachte, ich kann das selbst«, erklärt Eleanor und setzt den Wasserkessel auf den Herd, »aber nach ein paar Minuten war er so aufgeregt, dass ich aufhören musste. Jetzt versuche ich jeden Tag, ein bisschen abzuschneiden. Ich schleiche mich an ihn heran, wenn er mit seinen Lastautos spielt, oder …«

Während sie noch spricht, nimmt sie eine Schere aus der Schublade neben dem Herd und geht leise auf den Jungen zu. Sie versucht, nicht in sein Blickfeld zu geraten, aber er bemerkt sie doch und winkt sie weg. Dabei kommt ein urzeitliches Knurren aus seiner Kehle.

»Nur ein …«, fängt sie an, als redete sie mit einem unvernünftigen Tier. »Es ist zu lang am …«

Der Junge knurrt noch einmal, ohne den Blick vom Fernseher zu wenden. Eleanor nickt und kommt zurück in die Küche.

»Ich weiß nicht«, sagt Scott, »aber ein niedliches Kind mit einem schlechten Haarschnitt ist nahezu vollkommen.«

»Das sagen Sie nur, damit ich mich besser fühle.« Sie wirft die Schere zurück in die Schublade.

Sie schenkt ihnen beiden eine Tasse Tee ein. Seit sie sich hingesetzt haben, ist die Sonne über den oberen Rand des Fensters herabgesunken, und als Eleanor sich zum Eingießen vorbeugt, gerät ihr Kopf ins milchweiße Licht und wirft einen Schatten. Er schaut blinzelnd zu ihr auf.

»Sie sehen gut aus«, sagt er.

»Wirklich?«

»Sie beweisen Standvermögen. Und Sie haben Tee gemacht.«

»Er braucht mich«, sagt sie.

Scott schaut hinüber zu dem Jungen, der unruhig auf dem Sofa sitzt und abwesend an den Fingern der linken Hand nagt.

Eleanor schaut einen Moment lang in die untergehende Sonne und rührt in ihrer Teetasse.

Scott sagt: »Als mein Großvater zur Welt kam, wog er drei Pfund. Das war in West Texas, in den Zwanzigerjahren, bevor es Intensivstationen gab. Er schlief drei Monate lang in einer Sockenschublade.«

»Das ist nicht wahr.«

»Soweit ich weiß, kann ein Mensch sehr viel mehr überleben, als Sie glauben. Das will ich damit sagen. Sogar ein Kind.«

»Wir sprechen auch darüber. Über seine Eltern, meine ich. Er weiß, dass sie – fortgegangen sind, soweit er verstehen kann, was das bedeutet. Aber daran, wie er zur Tür schaut, wenn Doug nach Hause kommt, kann man sehen, dass er immer noch wartet.«

Scott denkt darüber nach. Man kann etwas wissen und gleichzeitig nicht wissen. In mancher Hinsicht hat der Junge Glück. Wenn er erst alt genug ist, um wirklich zu begreifen, was passiert ist, wird die Wunde verheilt und der Schmerz mit der Zeit gemildert sein.

»Sie haben Doug erwähnt«, sagt er. »Gibt es Probleme?«

Eleanor seufzt und drückt geistesabwesend mit dem Löffel

den Teebeutel in ihrer Tasse herunter. »Er ist schwach, wissen Sie«, sagt sie schließlich. »Doug. Er ist einfach – ich dachte anfangs, es sei etwas anderes. Sie wissen schon – Unsicherheit und Abwehrbereitschaft können den Eindruck von Selbstbewusstsein erwecken, nicht wahr? Aber inzwischen glaube ich, er äußert seine Ansichten nur deshalb lautstark, weil er nicht sicher ist, wovon er wirklich überzeugt ist. Leuchtet das ein?«

»Er ist jung. Das ist nichts Neues. Ich war selbst auch ein bisschen so. Dogmatisch.«

Sie nickt, und ein Hoffnungsschimmer erwacht in ihren Augen. »Aber bei Ihnen hat es sich ausgewachsen.«

»Ausgewachsen? Nein. Ich habe alles niedergebrannt, mich um den Verstand gesoffen und alle, die ich kannte, vor den Kopf gestoßen.«

Beide denken einen Moment lang, dass manchmal die einzige Methode zu lernen, dass man nicht mit dem Feuer spielt, darin besteht, dass man selbst in Flammen aufgeht.

»Ich behaupte nicht, dass er das auch tun wird«, sagt Scott schließlich. »Aber es ist unrealistisch zu glauben, er wird eines Morgens aufwachen und sagen: *Weißt du was? Ich bin ein Arschloch.*«

Sie nickt. »Und dann ist da noch das Geld«, sagt sie leise.

Er wartet ab.

»Ich weiß nicht«, sagt sie. »Es ist – mir wird schlecht, wenn ich nur daran denke.«

»Sie reden von dem Testament?«

Sie nickt. »Es ist – viel.«

»Was sie Ihnen hinterlassen haben?«

»Ihm. Es ist sein Geld, nicht ...«

»Er ist vier.«

»Ich weiß, aber ich möchte einfach ... Könnte ich es nicht alles auf einem Konto aufbewahren, bis er alt genug ist?«

»Das ist eine Möglichkeit«, sagt Scott. »Aber was ist mit Kost und Logis? Und wer soll seine Schule bezahlen?«

Sie weiß es nicht. »Ich könnte ... Vielleicht koche ich zweierlei Essen. Für ihn etwas Besonderes, und ... Und er bekommt schöne Kleidung.«

»Und Sie gehen in Lumpen?«

Sie nickt. Scott stellt sich vor, wie er ihr darlegt, auf wie vielen verschiedenen Ebenen ihre Idee nicht funktioniert, aber er sieht ihr an, dass sie es schon weiß und dass sie sich bemüht, das Tauschgeschäft zu akzeptieren, das man ihr für den Tod ihrer Familie angeboten hat.

»Ich nehme an, Doug sieht das anders?«

»Er will – ob Sie es glauben oder nicht –, er meint, wir sollten das Townhouse in der Stadt auf jeden Fall behalten, aber London könnten wir wahrscheinlich verkaufen und im Hotel wohnen, wann immer wir dort sind. Aber seit wann sind wir Leute, die dauernd nach London reisen? Der Mann besitzt die Hälfte eines Restaurants, das niemals öffnen wird, weil die Küche nicht fertig ist.«

»Er könnte sie jetzt fertig machen.«

Sie knirscht mit den Zähnen. »Nein. Dazu ist es nicht gedacht. Wir haben es nicht verdient. Es gehört JJ.«

Scott sieht, wie der Junge gähnt und sich die Augen reibt. »Und Doug ist da vermutlich anderer Ansicht?«

Sie knetet die Hände, bis die Knöchel weiß sind. »Er hat gesagt, wir wollen doch beide das Gleiche, aber darauf habe ich geantwortet: *Wenn wir beide das Gleiche wollen, warum schreist du dann?*«

»Haben Sie ... Angst?«

Sie sieht ihn an. »Wissen Sie, dass die Leute behaupten, Sie hätten eine Affäre mit meiner Schwester gehabt?«

»Ja, das weiß ich. Aber es stimmt nicht.«

Er sieht in ihren Augen, dass sie Zweifel hat und nicht mehr weiß, wem sie noch vertrauen kann.

»Eines Tages werde ich Ihnen erzählen, was es bedeutet, ein trockener Alkoholiker zu sein. Oder ein *genesender*. Aber hauptsächlich geht es darum ... Vergnügen zu meiden. Sich auf die Arbeit zu konzentrieren.«

»Und diese reiche Erbin in der Stadt?«

Er schüttelt den Kopf. »Sie hat mir erlaubt, mich bei ihr zu verstecken, weil sie gern ein Geheimnis haben wollte. Ich war etwas, das sie mit Geld nicht kaufen konnte. Nur – ich glaube, das stimmt nicht.«

Scott will noch etwas sagen, aber da kommt JJ hereingetappt. Eleanor richtet sich auf und wischt sich über die Augen.

»Hey, JJ. Sendung vorbei?«

Er nickt.

»Wollen wir noch etwas vorlesen und dann schlafen gehen?«

Er nickt wieder und zeigt dann auf Scott.

»Er soll lesen?«, fragt Eleanor.

JJ nickt noch einmal.

»Gute Idee«, sagt Scott.

Während der Junge mit Eleanor nach oben geht, um sich bettfertig zu machen, ruft Scott den alten Fischer an, der ihm das Haus vermietet. Er will sich melden und hören, wie es seinem dreibeinigen Hund geht.

»Es ist nicht zu schlimm?«, fragt er. »Die Presse?«

»Nein, Sir«, sagt Eli. »Die stören mich nicht. Kommt dazu, sie haben Angst vor dem Hund. Aber, Mr Burroughs, ich muss Ihnen sagen, heute waren Männer hier. Mit einem Gerichtsbeschluss.«

»Was für Männer?«

»Polizei. Sie haben das Schloss an der Scheune aufgebrochen und alles mitgenommen.«

Scott hat ein eisiges Kribbeln im Kreuz. »Die Bilder?«

»Ja, Sir. Alle.«

Es ist lange still, während Scott darüber nachdenkt, was diese Eskalation bedeutet. Seine Arbeiten sind jetzt irgendwo da draußen. Sein Lebenswerk. Wird es beschädigt werden? Was wird er tun müssen, damit er es zurückbekommt? Aber tief in seinem Innern erwacht noch ein anderes Gefühl, ein schwindelerregendes Kribbeln bei dem Gedanken daran, dass mit den Bildern jetzt endlich das geschieht, wozu sie gemacht sind. Sie werden gesehen.

»Okay«, sagt er zu dem alten Mann. »Keine Sorge. Die kriegen wir zurück.«

Als die Zähne geputzt sind und der Schlafanzug angezogen ist, und als der Junge zugedeckt im Bett liegt, setzt Scott sich in einen Schaukelstuhl, nimmt ein Bilderbuch von einem Stapel und liest es vor. Eleanor bleibt in der Tür stehen und weiß nicht, ob sie bleiben oder gehen soll. Die Grenzen ihrer Rolle sind ihr nicht klar. Darf sie die beiden allein lassen? Sollte sie es tun, selbst *wenn* sie es darf?

Nach drei Büchern werden dem Jungen die Lider schwer, aber er will nicht, dass Scott aufhört. Eleanor kommt herein, legt sich auf das Bett und schmiegt sich an den Jungen. Scott liest noch drei weitere Bilderbücher, obwohl der Junge beim letzten schließlich doch eingeschlafen ist und Eleanor sich ebenfalls entspannt hat. Die Spätsommersonne ist inzwischen untergegangen. Die ganze Situation ist so einfach, der Augenblick so rein, wie Scott es noch nie erlebt hat. Das Haus um ihn herum ist still. Er klappt das letzte Buch zu und legt es leise auf den Boden.

Unten klingelt das Telefon. Eleanor rührt sich und steht behutsam auf, um den Jungen nicht zu wecken. Sie tappt auf leisen Sohlen die Treppe hinunter, und Scott hört, wie sie unten murmelt und dann auflegt. Sie kommt zurück und bleibt in der Tür stehen. Sie sieht aus wie eine Frau in der Achterbahn, die im freien Fall bergab rast.

»Was ist?«, fragt Scott.

Eleanor schluckt und atmet bebend aus. Anscheinend hält nur der Türrahmen sie aufrecht.

»Sie haben die restlichen Toten gefunden.«

DREI

BILDSCHIRME

WO IST DIE KREUZUNG zwischen Leben und Kunst? Für Gus Franklin lassen sich die Koordinaten mit GPS-Präzision ermitteln. Kunst und Leben kollidieren in einem Flugzeughangar auf Long Island. Hier hängen jetzt zwölf großformatige Gemälde im Schatten abseits des Lichts, das durch die Milchglasfenster hereinfällt. Das große Hangartor ist geschlossen, um die neugierigen Augen der Kameras abzuhalten. Zwölf fotorealistische Bilder menschlicher Katastrophen, an Drähten aufgehängt. Auf Gus' Drängen hat man gewissenhaft darauf geachtet, sie nicht zu beschädigen. O'Briens Dogma von der Hexenjagd zum Trotz ist Gus immer noch nicht davon überzeugt, dass sie etwas anderes getan haben, als das Opfer zu schikanieren, und er wird nicht die Verantwortung dafür übernehmen, wenn das Vermächtnis eines Malers beschädigt oder eine wohlverdiente zweite Chance verhindert wird.

Jetzt steht er mit einem Team von Beamten unterschiedlicher Zuständigkeitsbereiche und Vertretern der Airline und des Flugzeugherstellers vor den Bildern und studiert sie – nicht wegen ihres künstlerischen Rangs, sondern als Beweismaterial. Ist es möglich, fragen sie sich, dass es auf diesen Bildern Hinweise auf die Auslöschung von neun Menschen und einem Millionen-Dollar-Flugzeug gibt? Es ist ein surreales Unternehmen, und die Umgebung, in der sie stehen, lässt es gespenstisch erscheinen. In der Mitte der Halle sind Klapptische aufgestellt worden, auf denen Techniker die Trümmerteile der Absturzmaschine ausgebreitet haben. Nachdem jetzt die Bilder dazugekommen sind, ist die Atmosphäre in der Halle angespannt.

Angesichts der dynamischen Interaktion zwischen Wrackteilen und Kunstwerken hat jeder Mann, jede Frau mit einem unerwarteten Gefühl zu ringen: Irgendwie ist das Beweismaterial plötzlich zur Kunst geworden, nicht umgekehrt.

Gus steht vor dem größten Werk, einer dreiteiligen Leinwand. Ganz links ist ein Farmhaus zu sehen, ganz rechts zieht ein Tornado auf. Im Mittelstück steht eine Frau am Rand eines Maisfelds. Gus betrachtet die hohen Halme, studiert das Gesicht der Frau. Als Ingenieur ist ihm der künstlerische Akt fremd – die Idee, dass es nicht um das Objekt selbst (Holz, Leinwand, Ölfarbe) geht, sondern dass stattdessen ein immaterielles Erlebnis aus der Suggestion, aus der Schnittmenge von Material, Farbe und Inhalt, geschaffen wird. Kunst existiert nicht im Werk an sich, sondern im Kopf des Betrachters.

Dennoch muss selbst Gus zugeben, dass eine beunruhigende Kraft die Halle erfüllt, die gespenstische Erscheinung eines massenhaften Todes, die aus dem Umfang und Charakter der Bilder entsteht.

Als er diesen Gedanken zur Kenntnis nimmt, fällt ihm etwas anderes auf.

Auf jedem Bild ist eine Frau zu sehen.

Und alle diese Frauen haben dasselbe Gesicht.

»Was meinen Sie?«, fragt Agent Hex von der Börsenaufsicht.

Gus schüttelt den Kopf. *Es liegt in der Natur des menschlichen Verstandes, nach Zusammenhängen zu suchen*, denkt er. Und dann verkündet jemand, Taucher hätten einen Fund gemacht, bei dem es sich vermutlich um das Wrack handele.

Stimmengewirr bricht los, aber Gus starrt das Bild mit den Ertrinkenden in einem Hangar voller Flugzeugtrümmer an. Das eine ist real, das andere Fiktion. Wie sehr wünscht er sich, das Gemälde wäre der Tod und die Wahrheit Fiktion. Aber dann nickt er und geht zu einem abhörsicheren Telefon. Bei jeder Suche, denkt er, hat er irgendwann das Gefühl, die Jagd wird niemals enden. Und auf einmal ist sie doch vorbei.

Sein Mitarbeiter Mayberry hat die Koordination mit dem Schiff der Küstenwache übernommen, das das Wrack gefunden hat. Taucher mit Helmkameras, erfährt Gus, sind im Einsatz. Die Aufnahmen werden über eine bereits eingerichtete sichere Verbindung zu ihnen geleitet. Eine Stunde später sitzt Gus an einem Kartentisch aus Plastik. Hier hat er in den letzten zwei Wochen den größten Teil seiner Mahlzeiten eingenommen. Die anderen Mitglieder seines Teams stehen hinter ihm und trinken Kaffee aus Styroporbechern von Dunkin' Donuts. Mayberry hängt an einem Satellitentelefon und spricht direkt mit dem Kutter der Küstenwache.

»Die Aufnahmen sollten jetzt kommen«, sagt er.

Gus justiert den Winkel des Monitors, obwohl ihm natürlich klar ist, dass er damit die Geschwindigkeit der Übertragung nicht beschleunigen wird. Es ist nichts als nervöse Geschäftigkeit. Einen Moment lag hat der Bildschirm keine Verbindung – *Kein Signal* –, aber dann leuchtet er plötzlich blau. Es ist kein Meerblau, sondern eine elektronische, gepixelte Farbe, und dann sieht man das lautlose Grün, aufgenommen von einer Unterwasserkamera. Die Taucher (man hat Gus gesagt, es seien drei) tragen Kopfscheinwerfer, und die Videoaufnahmen wackeln gespenstisch, wie von einer Handkamera gedreht. Gus braucht einen Moment, um sich zu orientieren, denn die Taucher sind schon sehr dicht an dem, was anscheinend der Flugzeugrumpf ist – eine verschrammte weiße Hülse, halbiert durch dicke rote Linien.

»Da ist das Logo der Airline«, sagt ein Mitarbeiter namens Royce und hält ein Foto des Flugzeugs hoch. Man sieht das Wort GullWing in schrägen roten Lettern an der Außenwand.

»Können wir mit ihnen sprechen?«, fragt Gus. »Mal sehen, ob sie das Kennzeichen finden können.«

Hastig versucht man, jemanden auf dem Kutter der Küstenwache zu erreichen, aber als die Frage schließlich an die Taucher weitergeleitet werden kann, sind sie schon wieder in Bewegung und schweben – vermutet Gus – zum Heck des Flugzeugs. Als sie über die Backbordtragfläche hinweggleiten, kann Gus erkennen, dass sie mit großer Wucht weggerissen wurde. Das Metall an der Bruchstelle ist verbogen und geknickt. Er schaut hinüber zu dem Tragflächenfragment, das neben einem Maßband auf dem Boden liegt.

»Das Heck ist nicht da«, sagt Royce, und Gus schaut wieder auf den Bildschirm. Weiße Lichtkreise streichen über den Rumpf und bewegen sich langsam nickend, wenn die Taucher Schwimmbewegungen mit ihren Flossen machen. Das Leitwerk des Jets ist verschwunden, und das Flugzeug sitzt schräg im Schlick, sodass die schartige Bruchstelle halb darin vergraben ist – eine Maschine, die von der Natur verzehrt wird.

»Doch«, sagt die Frau von der Airline. »Da ist es doch, oder? Da hinten.«

Gus starrt blinzelnd auf den Monitor, und ihm ist, als schimmerte da etwas am Rande des Lichtscheins, von Menschenhand geformte Umrisse, die sich in der Strömung sanft wiegen. Aber dann schwenkt die Taucherkamera um, und sie sehen das Loch am hinteren Teil des Flugzeugs, und als die Kamera hochfährt, sieht man zum ersten Mal den Rumpf in seiner ganzen Länge. Plötzlich ergibt sich eine Perspektive.

»Ich erkenne eine Knautschzone«, sagt einer der Ingenieure.

»Ich sehe sie«, sagt Gus, um jede Spekulation zu verhindern. Man wird das Wrack heben und zu einer gründlichen Untersuchung hierherschaffen müssen. Zum Glück liegt es nicht sehr tief. Aber für die kommende Woche ist wieder ein Hurrikan angesagt, und die See wird schon jetzt unberechenbar. Sie werden sich beeilen müssen.

Ein Taucher erscheint vor der Kamera. Seine Beine bewegen sich. Er deutet auf das schwarze Loch am Ende des Rumpfs und dann auf sich. Die Kamera nickt. Der Taucher wendet sich ab.

Gus beugt sich auf seinem Stuhl vor. Dies ist ein bedeutungsschwerer Augenblick.

Sie betreten die Gruft.

Wie sollen wir die Dinge beschreiben, die wir auf dem Bildschirm sehen? Die wir erleben, obwohl es nicht unsere Erlebnisse sind? Nach so vielen Stunden (Tagen, Wochen, Jahren) des Fernsehens – der Vormittagstalkshows, Daily Soaps, Abendnachrichten und Primetimesendungen wie *Bachelor*, *Game of Thrones* und *The Voice* –, nach einem Jahrzehnt des Studiums der viralen Videos von Late-Night-Moderatoren und der lustigen Katzenclips, die uns Freunde zumailen, wie sollen wir den Unterschied zwischen ihnen erkennen, wenn das Erlebnis des Anschauens doch immer dasselbe ist? Wir sehen die Twin Towers einstürzen, und auf demselben Gerät im selben Zimmer sehen wir einen Folgen-Marathon von *Alle lieben Raymond*.

Auf Netflix sehen wir mit den Kindern eine Folge der *Glücksbärchis*, und am selben Abend, wenn die Kinder im Bett sind, suchen wir Amateurfilme von Paaren, die sich dabei gefilmt haben, wie sie gegen die Gesetze mehrerer Staaten verstoßen. Am Computer im Büro veranstalten wir eine Videokonferenz mit Jan und Michael in der Filiale in Akron (und besprechen die neuen Terminpläne), und dann klicken wir (gegen unseren Instinkt) auf einen Link zu einem Enthauptungsvideo der Dschihadisten. Wie hält unser Gehirn diese Dinge auseinander, wenn das Erlebnis des Anschauens – wir sitzen oder stehen vor dem Bildschirm, essen vielleicht ein Schälchen Müsli, allein oder mit anderen, aber auf alle Fälle zumindest teilweise immer noch verwurzelt in unserem Alltagstrott (abgelenkt von Deadlines und von der Frage, was wir später bei unserem Date anziehen sollen) –, wenn also dieses Erlebnis immer das Gleiche ist?

Zuschauen ist *per definitionem* etwas anderes als Handeln. Du bist ein Taucher, fünfzig Meter tief unter dem Meeresspiegel. Sauerstoff- und Stickstoffgehalt des Blutes sind reguliert, du steckst im engen Kokon eines Neoprenanzugs und hast eine Maske vor dem Gesicht, die Beine bewegen sich in gleichmäßigem Rhythmus, und du siehst nur, was das Licht deiner Lampe erreicht. Du konzentrierst dich auf die Anstrengung des Atmens, etwas, das sonst mechanisch und automatisch geschieht, jetzt aber Voraussicht und Mühe erfordert. Du trägst Gewichte – richtige Gewichte –, die verhindern, dass der Auftrieb deinen Körper an die Oberfläche trägt, und sie spannen deine Muskeln an und machen die Brust zu klein für deinen Atem. In diesem Augenblick gibt es kein Wohnzimmer, keine Deadline im Büro, kein Date, für das du dich umziehen musst. In diesem Moment bist du nur mit der Realität verbunden, die du erlebst. Und das ist die wahre *Realität*.

Während Gus einfach nur ein Mann ist, der vor einem Bildschirm sitzt. Dennoch – als die Taucher in den dunklen metallenen Abgrund gleiten, in dem die Toten warten, erlebt er etwas Kreatürliches außerhalb seiner an diese Halle gebundenen Realität, etwas, das man nur als Grauen bezeichnen kann.

Es ist dunkler hier im Innern des Flugzeugs. Zusammen mit dem Leitwerk sind auch die hintere Toilette und die Pantry beim Absturz verloren gegangen, und der Rumpf ist zusammengekniffen, wo er beim Aufprall verdreht wurde. Unmittelbar vor der Kamera, flimmernd im Licht der Lampe, bewegen sich die Schwimmflossen des vorderen Tauchers in rhythmischem Paddeln. Dieser Taucher trägt ebenfalls eine Stirnlampe, und in ihrem trüben Licht wird die erste Kopfstütze sichtbar. Ein Heiligenschein aus Haaren umweht sie wie schwankendes Seegras.

Die Haare sind nur eine Sekunde lang sichtbar, bevor der vordere Taucher sie mit seinem Körper verdeckt, und in diesem Moment lehnen sich alle, die zuschauen, nach rechts, um an ihm vorbeizublicken. Es ist eine instinktive Bewegung, und der Verstand weiß, dass sie nichts einbringt. Aber der Wunsch zu sehen, was sich da offenbart, ist so stark, dass sich trotzdem alle gleichzeitig zur Seite neigen.

»Mach schon«, flüstert Mayberry.

»Ruhe«, faucht Gus.

Die Kamera schwenkt zur Seite, als der Taucher den Kopf dreht. Gus sieht, dass die Holzverkleidung der Kabine an manchen Stellen verzogen und gesplittert ist. Ein Schuh treibt vorbei, ein Kinderturnschuh. Hinter Gus atmet eine Frau zischend ein. Und dann sind sie da, vier der fünf verbliebenen Passagiere. David Bateman, Maggie Bateman, ihre Tochter Rachel und Ben Kipling. Sie hängen in den verstärkten Nylonbändern ihrer nutzlosen Bauchgurte.

Der Leibwächter, Gil Baruch, ist nicht zu sehen.

Gus schließt die Augen.

Als er sie wieder öffnet, ist die Kamera an den Leichen der Passagiere vorbeigezogen und blickt in die dunkle Pantry. Der vordere Taucher dreht sich um und zeigt auf etwas. Der Taucher mit der Kamera muss weiter nach vorn schwimmen, um es zu erfassen.

»Sind das – was sind das für Löcher?«, fragt Mayberry, und Gus beugt sich vor. Die Kamera fährt noch näher heran, und man sieht eine Anzahl kleiner Löcher rund um die Türverriegelung am Cockpit.

»Das sieht aus wie ...«, sagt einer der Ingenieure und bricht dann ab.

Schusslöcher.

Die Kamera geht näher heran. Im wässrigen Licht zählt Gus sechs Löcher. Die Verriegelung ist weggerissen.

Jemand hat auf die Tür des Cockpits geschossen, um hineinzukommen.

Haben die Kugeln die Piloten getroffen? Ist das Flugzeug deshalb abgestürzt?

Die Kamera schwenkt von der Tür weg nach rechts und nach oben.

Aber Gus achtet nicht darauf. Jemand hat die Cockpittür aufgeschossen? Wer? Und ist er hineingekommen?

Dann findet die Kamera etwas, bei dessen Anblick alle nach Luft schnappen. Gus blickt auf und sieht Captain Melody. Sein Leichnam hängt in einer Luftblase unter der gerundeten Decke der vorderen Pantry.

Auf der falschen Seite der geschlossenen Cockpittür.

JAMES MELODY
6. Juli 1965 – 23. August 2015

EINMAL IST ER Charles Manson begegnet. Das ist die Geschichte, die James Melodys Mutter erzählt. *Du warst zwei. Und Charlie hatte dich auf dem Schoß.* Das war 1967 in Venice, Kalifornien. James' Mutter, Darla, war aus Cornwall, England, gekommen, und ihr Touristenvisum war abgelaufen. Sie war seit 1964 in Amerika. *Ich bin mit den Beatles gekommen,* sagte sie immer. Aber die waren aus Liverpool und nicht im selben Flugzeug gewesen. Jetzt wohnte sie in Westwood. James versuchte, sie zu sehen, wann immer er einen Zwischenstopp auf einem der Flughäfen im Großraum Los Angeles einlegte – Burbank, Ontario, Long Beach, Santa Monica und so weiter.

Spät abends, nach ein paar Gläsern Sherry, deutete Darla manchmal an, Charles Manson sei James' wirklicher Vater gewesen. Aber von der Sorte hatte sie viele Geschichten. *Robert Kennedy kam im Oktober 64 nach Los Angeles. Wir sind uns in der Lobby des Ambassador Hotels begegnet.*

James hatte gelernt, das meiste davon nicht ernst zu nehmen. Mit fünfzig hatte er sich damit abgefunden, dass er die wahre Identität seines biologischen Vaters niemals erfahren würde. Das war nur eins der großen Geheimnisse des Lebens. Und James glaubte an Geheimnisse. Nicht wie seine Mutter, die noch nie einer phantasmagorischen Ideologie begegnet war, die sie nicht sofort und vollständig übernommen hatte, sondern eher so wie Albert Einstein, der einmal sagte: »Wissenschaft ohne Religion ist lahm, Religion ohne Wissenschaft blind.«

Als Pilot hatte James die endlose Weite der Atmosphäre gesehen, und er war durch turbulentes Wetter geflogen, wo nur noch Gott zwischen ihm und der Katastrophe stand.

Einstein hatte noch etwas anderes gesagt: »Je weiter die spirituelle Evolution der Menschheit fortschreitet, desto sicherer scheint mir, dass der Weg zu wahrer Religiosität nicht in der Angst vor dem Leben, in der Angst vor dem Tod oder in blindem Vertrauen liegt, sondern im Streben nach rationalem Wissen.«

James war ein großer Fan Albert Einsteins, des ehemaligen Patentsachbearbeiters, der die Relativitätstheorie aufstellte. Während James' Mutter im großen spirituellen Miasma nach Antworten auf die großen Fragen des Lebens suchte, bevorzugte James den Gedanken, dass jede Frage letzten Endes durch die Wissenschaft beantwortet werden kann. Zum Beispiel die Frage: *Warum ist da etwas und nicht nichts?* Für Spiritualisten liegt die Antwort natürlich bei Gott. Aber James interessierte sich mehr für die rationale Blaupause des Universums bis hinunter zur subatomaren Ebene.

Als Pilot benötigte man Kenntnisse in fortgeschrittener Mathematik und naturwissenschaftliches Verständnis. Umso mehr, wenn man Astronaut werden wollte, wovon James früher einmal geträumt hatte.

Bei seinen Zwischenstopps traf man James Melody jederzeit lesend an. Er saß am Pool in einem Hotel in Arizona und blätterte durch Spinoza, oder er aß an der Bar eines Nachtclubs in Berlin und las sozialwissenschaftliche Texte wie *Freakanomics*. Er sammelte Fakten und Details. Das tat er auch jetzt in dem Restaurant in Westwood. Er las den *Economist* und wartete auf seine Mutter. Es war ein sonniger Tag im August, achtundzwanzig Grad, Wind vorwiegend aus Südost, Geschwindigkeit zehn Meilen pro Stunde. James trank einen Mimosa on the rocks und las einen Artikel über die Geburt eines roten Kalbs auf einer Farm auf der israelischen Westbank. Die Geburt dieses Kalbs hatte sowohl Juden als auch fundamentalistische Christen in Aufruhr versetzt, denn sowohl das Alte als auch das Neue Testament sagen uns, der Messias kann erst wiederkommen, wenn auf dem Tempelberg in Jerusalem der dritte Tempel errichtet wurde. Und wie jedermann weiß, kann der dritte Tempel erst errichtet werden, wenn der Boden durch die Asche eines roten Kuhkalbs gereinigt wurde.

Wie in dem Artikel erläutert wurde (was James aber schon wusste), heißt es im Buch Numeri 19,2: *Sage den Kindern Israel, dass sie zu dir führen eine rötliche Kuh ohne Gebrechen, an der kein Fehl sei und auf die noch nie ein Joch gekommen ist.* Das Tier durfte nicht zur Arbeit verwendet worden sein. In der jüdischen Tradition galt die Notwendigkeit eines roten Kuhkalbs als erstklassiges Beispiel für ein *Hok,* eine biblische Vorschrift ohne erkennbare Logik, eine Vorschrift, die daher unmittelbar göttlichen Ursprungs sein müsse.

Der *Economist,* hieß es in dem Artikel weiter, brachte diese Story nicht wegen ihrer religiösen Bedeutung, sondern weil sie das heiße Thema der Eigentümerschaft des Tempelbergs erneut entfacht hatte. Es ging also um die geopolitische Bedeutung der Region, ohne dass die religiöse Gültigkeit fundamentalistischer Ansprüche kommentiert wurde.

Als James den Artikel gelesen hatte, riss er ihn aus dem Heft und faltete ihn sorgfältig zweimal. Er winkte einem vorübergehenden Kellner und bat ihn, das Blatt in den Müll zu werfen. Wenn er ihn in der Zeitschrift ließe, bestünde die Gefahr, dass seine Mutter ihn beim Durchblättern entdeckte und auf einen ihrer tangentialen Irrwege geriet. Der letzte hatte sie für neun Jahre in das Kaninchenloch der Scientology geführt, und in dieser Zeit hatte sie James als unterdrückerische Person bezeichnet und jeden Kontakt mit ihm abgebrochen. Das hatte ihn nicht allzu sehr gestört, aber er hatte sich Sorgen gemacht. Nach Jahren war Darla dann wieder aufgetaucht, schwatzhaft und warmherzig, als wäre nichts geschehen. Als James sie fragte, was geschehen war, sagte sie nur: »Ach, diese Dummköpfe. Sie tun, als wüssten sie alles. Aber wie das Daodejing uns lehrt: *Andere zu kennen ist Weisheit. Sich selbst zu kennen ist Erleuchtung.*«

James sah dem Kellner nach, als er in der Küche verschwand. Am liebsten wäre er ihm nachgegangen und hätte sich vergewissert, dass der Artikel wirklich weggeworfen wurde – ja, er wünschte, er hätte dem Kellner aufgetragen, ihn unter dem anderen Müll zu vergraben, oder er hätte ihn in kleine, unlesbare Fetzen zerrissen. Aber er beherrschte sich. Zwanghafte Impulse sollte man ignorieren, das hatte er auf die harte Tour gelernt. Der Artikel war weg. Außer Sicht. Unauffindbar. Darauf kam es an.

Und gerade rechtzeitig, denn jetzt rollte seine Mutter auf ihrem Elektrorollstuhl herein, einem Ventury 4 Mobility Scooter mit winkelverstellbarem Deltalenker (und natürlich knallrot). Sie kam die Behindertenrampe herunter, sah ihn und winkte. James stand auf, als sie herankam und zwischen den Essensgästen hindurchkurvte, die ihre Stühle beiseiterücken mussten, um sie durchzulassen. Dabei war seine Mutter nicht fettleibig, im Gegenteil, sie wog kaum fünfzig Kilo, und sie war auch nicht behindert. Sie konnte prima gehen. Aber ihr gefiel das Statement, das ihr feuerwehrroter Rollstuhl darstellte, und die Bedeutung, die er mit sich brachte. Das sah man an dem Auftritt, den sie soeben hingelegt hatte, bei dem alle im Restaurant aufstehen und ihre Stühle verrücken mussten wie für den Einzug einer Königin.

»Hi«, sagte Darla, als James ihr einen Stuhl herauszog. Mühelos stand sie auf und nahm Platz. Dann sah sie seinen Mimosa. »Was trinken wir?«

»Das ist ein Mimosa. Möchtest du einen?«

»Ja, bitte.«

Er winkte dem Kellner, damit er noch einen brachte, und seine Mutter legte sich die Serviette auf den Schoß.

»Und? Sag mir, dass ich wunderbar aussehe.«

James lächelte. »Stimmt. Du siehst großartig aus.«

Es gab einen Ton, den er nur ihr gegenüber aufsetzte. Langsam, geduldig, erläuternd, als rede er zu einem Kind mit speziellen Bedürfnissen. Ihr gefiel es, solange er es nicht übertrieb und herablassend wurde.

»Du machst einen fitten Eindruck«, sagte sie. »Der Schnurrbart gefällt mir.«

Er berührte ihn, und ihm wurde klar, dass sie ihn noch nicht damit gesehen hatte.

»Ein bisschen wie Errol Flynn, nicht?«

»Aber er ist so grau.« Sie zog die Stirn kraus. »Vielleicht ein bisschen Bartwichse?«

»Ich finde, es sieht distinguiert aus«, antwortete er leichthin, als der Kellner ihr Getränk brachte.

»Sie sind ein Schatz«, sagte sie zu ihm. »Machen Sie mir gleich noch einen, ja? Ich habe schrecklichen Durst.«

»Ja, Ma'am«, sagte der Kellner und verschwand.

Im Laufe der Jahrzehnte war aus dem britischen Akzent seiner Mutter etwas geworden, das James als »komplett affektiert« bezeichnete. Wie Julia Child hatte sie eine Großartigkeit an sich, die den Akzent einfach aristokratisch klingen ließ. *So sprechen wir eben, Darling.*

»Ich habe mich über die Tagesgerichte informiert, die nicht auf der Karte stehen«, sagte er. »Das Kalb soll göttlich sein.«

»Oooh, gut!« Sie liebte nichts so sehr wie gutes Essen. *Ich bin eine sinnliche Frau,* erzählte sie den Leuten. Als sie fünfundzwanzig war, hatte das sexy und unterhaltsam gewirkt, aber jetzt – mit siebzig – klang es einfach falsch.

»Hast du von dem roten Kuhkalb gehört?«, fragte sie, nachdem sie bestellt hatten. Er geriet einen Augenblick in Panik. Hatte sie den Artikel irgendwie zu Gesicht bekommen? Aber dann fiel ihm ein, dass sie vierundzwanzig Stunden täglich CNN sah. Anscheinend hatten sie eine Meldung darüber gebracht.

»Ja«, sagte er, »und ich bin gespannt zu hören, was du darüber denkst, aber lass uns vorher über etwas anderes sprechen.«

Damit war sie anscheinend zufrieden, und das verriet ihm, dass sie noch nicht vollständig mit der Story verbunden war, wie ein Stecker mit der Steckdose verbunden ist und seinen Strom daraus bezieht.

»Ich habe angefangen, Mundharmonika zu spielen«, erzählte er. »Ich versuche Verbindung zu meinen musikalischen Wurzeln zu finden. Obwohl ›Wurzeln‹ vielleicht nicht der richtige Ausdruck ist ...«

Sie reichte ihr leeres Glas dem Kellner, der gerade rechtzeitig mit einem neuen erschienen war.

»Dein Stiefvater hat Mundharmonika gespielt«, sagte sie.

»Welcher?«

Entweder nahm sie die Spitze nicht wahr oder ignorierte sie. »Er war sehr musikalisch. Vielleicht hast du es von ihm.«

»Ich glaube, so läuft das nicht.«

»Na«, sagte sie und trank einen Schluck. »Ich fand es immer ein bisschen albern.«

»Mundharmonika spielen?«

»Nein. Musik machen. Und Gott weiß, ich hatte genug Musiker. Ich meine, bei dem, was ich mit Mick Jager gemacht habe, würde eine Hure rot werden.«

»Mutter«, sagte er und sah sich um, aber sie waren so weit von den anderen Gästen entfernt, dass niemand sich zu ihnen umdrehte.

»O bitte. Sei nicht so prüde.«

»Mir gefällt es. Die Mundharmonika.«

Er zog sie aus der Jackentasche und zeigte sie ihr.

»Sie ist tragbar, okay? Ich kann sie überallhin mitnehmen. Manchmal spiele ich leise im Cockpit, wenn der Autopilot eingeschaltet ist.«

»Ist das ungefährlich?«

»Natürlich ist es ungefährlich. Warum denn nicht?«

»Ich weiß nur, dass ich beim Start und bei der Landung mein Telefon abschalten muss.«

»Das ist – das haben sie geändert. Außerdem, glaubst du, die Schallwellen der Mundharmonika könnten die Bordelektronik beeinflussen, oder ...?«

»Na ja, das ist dein Gebiet. Das technische Verständnis. Ich sage nur, was ich sehe.«

Er nickte. In drei Stunden sollte er eine OSPRY nach Teterboro bringen und eine neue Crew an Bord nehmen. Dann ein Kurztrip nach Martha's Vineyard und zurück. Er hatte ein Zimmer für eine Nacht im Soho House in Downtown Manhattan reserviert, und morgen würde er nach Taiwan fliegen.

Seine Mutter trank ihr zweites Glas aus – *die schenken hier aber sehr knapp ein, Schatz* – und orderte ein drittes. James bemerkte ein rotes Band an ihrem Handgelenk – *sie ist also wieder zur Kabbala zurückgekehrt.* Er brauchte nicht auf die Uhr zu sehen, um zu wissen, dass sie erst vor einer Viertelstunde gekommen war.

Wenn er Leuten erzählte, er sei in einer Weltuntergangssekte aufgewachsen, war das nur teilweise scherzhaft gemeint. Fünf Jahre waren sie da gewesen, er und Darla, von 1970 bis 1975. »Da« war ein zweieinhalb Hektar großes Gelände in Nordkalifornien. Die Sekte hieß *Wiederherstellung der göttlichen Gebote* (was später zu »Wiederherstellung« abgekürzt worden war), geleitet von Reverend Jay L. Baker. Jay L. sagte immer, er sei der Bäcker, und sie seien sein Brot. Und Gott war natürlich der Bäcker, der sie alle gemacht hatte.

Jay L. war davon überzeugt, dass die Welt am 9. August 1974 untergehen würde. Auf einer Schlauchbootfahrt hatte er eine Vision gehabt: Die Haustiere der Familie waren in den Himmel hinaufgeschwebt. Als er nach Hause kam, befragte er die Schriften – das Alte Testament, die Offenbarung des Johannes, die gnostischen Evangelien –, und er kam zu der Überzeugung, dass in der Bibel ein Code verborgen war, eine geheime

Botschaft. Je weiter er grub, je zahlreicher seine Randbemerkungen in den religiösen Texten wurden und je länger er auf einem alten Tischrechner herumhämmerte, desto stärker wurde seine Überzeugung, dass es sich um ein Datum handelte. Um *das* Datum.

Das Ende der Welt.

Darla lernte Jay L. in der Haight Street kennen. Er hatte eine alte Gitarre und einen Schulbus. Seine Anhängerschar bestand aus exakt elf Personen (aus denen bald knapp hundert werden sollten), hauptsächlich Frauen. Jay L. war ein gutaussehender Mann (unter all den Haaren), und er war mit einer Rednerstimme gesegnet, tief und melodisch. Er versammelte seine Jünger gern in verschlungenen Kreisen nach Art der olympischen Ringe, sodass einige einander gegenübersaßen. Dann wanderte er zwischen ihnen umher und predigte seine Überzeugung, dass nur die reinsten Seelen emporsteigen würden, wenn die Entrückung käme. Das Wort *Reinheit* bedeutete in seinen Augen vieles. Es bedeutete, dass man mindestens acht Stunden täglich betete, dass man hart arbeitete und für andere sorgte. Es bedeutete, dass man kein Huhn und keine Hühnerprodukte (wie Eier) aß und dass man nur mit handgefertigten Seifen badete (und sich manchmal das Gesicht mit Birkenholzasche wusch). Die Jünger durften sich nur mit reinen Geräuschen umgeben – mit Geräuschen, die geradewegs aus der Quelle kamen, nicht mit Tonaufzeichnungen, Fernsehen, Radio und Film.

Darla gefielen diese Regeln eine Zeitlang. Sie war im Grunde ihres Herzens eine Suchende. Angeblich suchte sie Erleuchtung, aber in Wirklichkeit brauchte sie Ordnung. Sie war ein orientierungsloses Mädchen aus einem Arbeiterhaushalt mit einem betrunkenen Vater, dem gesagt werden musste, was er tun und wann er es tun sollte. Sie wollte abends mit dem Gefühl zu Bett gehen, dass alles seinen Sinn hatte und dass die Welt aus gutem Grund war, wie sie war. James war zwar erst acht, aber er erinnerte sich an die Inbrunst, mit der seine Mutter sich dem Leben in dieser Gemeinschaft hingab und sich kopfüber hineinstürzte. Und als Jay L. entschied, dass Kinder im Kollektiv aufgezogen werden sollten und einen Kindergarten einrichten ließ, zögerte seine Mutter nicht, James in diese Gruppe zu geben.

»Und, wohnst du jetzt hier oder was?«, fragte sie.

»Ob ich hier wohne?«

»Ich komme da nicht mehr mit. All dieses Kommen und Gehen. Hast du überhaupt eine Adresse?«

»Natürlich. In Delaware. Das weißt du doch.«

»In Delaware?«

»Aus steuerlichen Gründen.«

Sie verzog das Gesicht, als wäre es nicht menschenwürdig, über solche Dinge nachzudenken.

»Wie ist es in Shanghai?«, fragte sie. »Ich habe immer gedacht, es müsste etwas Magisches haben, Shanghai zu sehen.«

»Es ist voll. Und alle rauchen.«

In ihrem Blick lag gelangweiltes Mitleid. »Du hattest noch nie einen Sinn für das Staunen.«

»Was soll das denn heißen?«

»Nichts. Nur – wir sind auf der Welt, um in der Majestät der Schöpfung zu schwelgen, nicht um aus steuerlichen Gründen in Delaware zu wohnen, weißt du.«

»Dort lebe ich nur auf dem Papier. Ich wohne in den Wolken.«

Das sagte er um ihretwillen, aber es entsprach auch der Wahrheit. Seine besten Erinnerungen verbanden sich mit dem Cockpit. Die Farben der Natur, die Krümmung des Lichts über dem Horizont, der kathartische Adrenalinrausch beim Überfliegen eines Unwetters. Aber was bedeutete das? Das war schon immer die Frage seiner Mutter gewesen. *Was bedeutet das alles?* Aber darüber zerbrach James sich nicht den Kopf. Im Grunde seines Herzens wusste er, dass es *nichts* bedeutete.

Ein Sonnenaufgang, ein Wintersturm, ein Vogelschwarm in perfekter Keilformation. Die Wahrheit über das Universum, tiefsitzend und sublim, war, dass es existierte, ob wir es sahen oder nicht. Majestät und Schönheit waren Eigenschaften, die wir darauf projizierten. Ein Sonnenaufgang war einfach nur ein Muster am Himmel. Nicht dass er ihn nicht genießen konnte. Aber er verlangte vom Universum nichts weiter, als dass es existierte und dass es sich folgerichtig verhielt – dass die Schwerkraft wirkte, wie sie immer wirkte, dass Luftwiderstand und Auftrieb konstant waren.

Wie Albert Einstein einmal sagte: »Was ich in der Natur sehe, ist eine großartige Struktur, die wir nur sehr unvollkommen zu erfassen vermögen und die einen vernünftigen Menschen mit einem Gefühl von Demut erfüllen muss. Dies ist ein echt religiöses Gefühl, das nichts mit Mystizismus zu schaffen hat.«

Nach dem Lunch brachte er seine Mutter zu ihrer Wohnung zurück. Sie rollte neben ihm her, winkte Leuten zu, die sie kannte – wie eine Meerjungfrau auf ihrem eigenen Prunkwagen. An der Tür fragte sie ihn, wann er wieder da sein würde, und er antwortete, er habe im nächsten Monat einen Zwischenstopp in L.A. Sie sagte, er solle nach den Zeichen Ausschau halten. Im Heiligen Land sei das rote Kuhkalb geboren worden. An und für sich sei das kein Beweis für Gottes Plan, aber wenn weitere Zeichen dazukämen, sollten sie sich bereithalten.

Er verabschiedete sich im Eingangsflur. Sie würde zum Aufzug und geradewegs hinauf in ihre Wohnung fahren. Sie habe später ihre Lektüregruppe, sagte sie, und werde dann mit ein paar Freunden aus der Gebetsgruppe zu Abend essen. Bevor er ging, gab sie ihm einen Kuss auf die Wange (er beugte sich herunter, um ihn in Empfang zu nehmen, wie man es beim Papst oder bei einem Kardinal tut) und versprach, für ihn zu beten. Sie sei froh, dass er ein so guter Sohn sei, sagte sie, der seine Mutter zu einem so schönen Mahl einlud und nie vergaß, sie anzurufen. Sie habe in letzter Zeit oft an die Kommune gedacht – und ob er sich noch daran erinnern könne. An

Reverend Jay L. Baker. Wie sagte er immer? *Ich bin der Bäcker, und ihr alle seid mein Brot. Ja,* sagte sie, *ich war dein Bäcker. Ich habe dich in meinem Ofen gemacht, und das sollst du niemals vergessen.*

Er küsste sie auf die Wange und fühlte den Pfirsichflaum des Alters an seinen Lippen. An der Drehtür sah er sich noch einmal um und winkte ein letztes Mal, aber da war sie schon weg. Nur etwas Rotes blitzte in der zugleitenden Aufzugtür. Er setzte die Sonnenbrille auf und trat hinaus ins mittägliche Licht.

In acht Stunden würde er tot sein.

Beim Anflug auf Teterboro geriet er in der Wolkendecke in mittlere bis schwere Turbulenzen. Er steuerte eine OSPRY mit vier Managern der Sony Corporation. Sie landeten ohne Zwischenfall und rollten auf die wartende Limousine zu. Wie immer stand er an der Cockpittür und wünschte seinen aussteigenden Passagieren eine gute Weiterreise. Früher hatte er manchmal »Gott segne Sie« gesagt (eine Gewohnheit aus Kindertagen), aber dann hatte er gemerkt, dass es den Krawattenträgern unbehaglich war, und er hatte sich eine neutralere Formel angewöhnt. James nahm seine Verantwortung als Captain sehr ernst.

Es war siebzehn Uhr nachmittags. Er hatte noch etwas Zeit bis zu seinem nächsten Flug, einem Sprung hinüber nach Martha's Vineyard, um sechs Passagiere aufzunehmen. Für diesen Flug hatte er eine OSPRY 700 SL. Er hatte dieses Modell noch nie geflogen, aber er machte sich keine Sorgen. OSPRY baute sehr tüchtige Flugzeuge. Trotzdem las er die technischen Details noch einmal durch, als er in der Crew Lounge saß und wartete. Die Maschine hatte eine Gesamtlänge von knapp zwanzig Metern und eine Spannweite von vierzehn Metern sechzig. Sie schaffte eine Höchstgeschwindigkeit von Mach 0,83, aber die würde er mit zahlenden Passagieren an Bord niemals ausreizen. Mit einem vollen Tank würde sie bei 554 Meilen pro

Stunde von Küste zu Küste fliegen. In den technischen Daten war eine maximale Flughöhe von dreizehntausendsiebenhundert Metern angegeben, aber er wusste aus Erfahrung, dass das eine zurückhaltende Angabe war. Er würde sie ohne Probleme auf über fünfzehntausend Meter bringen können, auch wenn er sich nicht vorstellen konnte, dass das auf diesem Flug notwendig sein würde.

Der 9. August 1974 war der Tag gewesen, an dem das Ende der Welt kommen sollte. Bei der »Wiederherstellung« brachten sie Monate damit zu, sich darauf vorzubereiten. Gott hatte Noah gesagt, beim nächsten Mal werde es Feuer regnen, und so richteten sie sich darauf ein. Sie lernten, sich fallenzulassen und wegzurollen für den Fall, dass die Entrückung sie verfehlen sollte. Jay L. verbrachte mehr und mehr Zeit im Holzschuppen, wo er den Erzengel Gabriel channelte. Wie nach einer unausgesprochenen Vereinbarung stopften sich alle in der Gruppe zehn Tage lang voll und aßen dann nur noch Matze. Die Außentemperaturen stiegen und sanken in signifikantem Ausmaß.

In der Crew Lounge informierte James sich über die vorherrschenden Wetterbedingungen. Um Martha's Vineyard herum herrschten schlechte Sichtverhältnisse bei niedriger Wolkendecke (sechzig bis hundertzwanzig Meter) und dichtem Küstennebel. Wind aus Nordost, 15 bis 20 Meilen pro Stunde. Nebel, das war eine grundlegende meteorologische Erkenntnis, war nur eine Wolke, die dicht über oder unmittelbar auf der Erdoberfläche lag – zu Lande oder zur See. Schlicht gesagt handelte es sich um winzige schwebende Wassertröpfchen, so winzig, dass die Schwerkraft fast keine Wirkung auf sie hatte. Sehr leichter Nebel bestand manchmal nur aus Schleiern von kaum einem Meter Dicke. Im schlimmsten Fall konnten es mehrere hundert Meter werden.

Nebel auf dem Meer ist meist dicht und dauerhaft. Er konnte sich im Lauf der Zeit heben und senken, ohne sich wirklich aufzulösen. In der Höhe wurde er zu einer flachen Stratuswolkendecke. In den mittleren und höheren Breiten (etwa in New England) kam Seenebel hauptsächlich im Sommer vor. Schlechte Sicht war aber nicht das schlimmste Problem, mit dem ein Pilot es zu tun haben konnte. Das HGS-System an Bord konnte das Flugzeug bei null Sicht landen, wenn es die GPS-Koordinaten der Landebahn kannte. Es verwandelte die Signale des Instrumentenlandesystems eines Flughafens in ein virtuelles Abbild der Landebahn auf dem Monitor. Aber abrupte Wechselwinde beim manuellen Landeanflug konnten den Piloten unvorbereitet erwischen.

»Gehet aus von ihnen und sondert euch ab.« So hieß es in der Bibel, und diese Worte bewogen Jay L. Baker, seine Schäfchen zusammenzutreiben und in die Wälder außerhalb von Eureka, Kalifornien, zu flüchten. Dort gab es ein verlassenes Sommercamp ohne Heizung oder Strom. Sie wuschen sich im See und aßen wilde Beeren. Jay L. fing an, endlose Predigten zu halten, manchmal stundenlang, manchmal den ganzen Tag. Die Zeichen seien überall, erzählte er. Offenbarungen. Um gerettet zu werden, müssten sie jeglicher Sünde entsagen und die geschlechtliche Ruchlosigkeit aus ihren Herzen verbannen. Dazu gehörte manchmal, dass sie sich an den Genitalien Schmerzen zufügten, manchmal auch anderen. Manchmal mussten sie auch den »Beichtstuhl« aufsuchen, ein altes hölzernes Plumpsklo, in dem die Temperatur in der Sommersonne bis auf vierzig Grad ansteigen konnte. Seine Mutter blieb einmal drei Tage dort und zeterte, der Teufel sei gekommen, um ihre Seele zu holen. Sie sei eine Unzuchtsünderin und (womöglich) eine Hexe, denn sie sei in flagranti mit Gale Hickey ertappt worden, einem ehemaligen Zahnarzt aus Ojai. Nachts versuchte James, ihr heimlich Wasser zu bringen; verstohlen schlich er sich von Busch zu Busch und reichte ihr die Flasche durch ein Loch in der Holzwand, aber seine Mutter lehnte es jedes Mal ab. Sie habe es sich selbst zuzuschreiben und werde die Läuterung bis zum Ende ertragen.

James nahm sich vor, das HGS-System vor dem Start zu überprüfen. Wenn er könnte, würde er mit den Crews ankommender Flüge sprechen, um aus den einzelnen Beschreibungen ein Gefühl für die Bedingungen in der Luft zu bekommen, auch wenn diese sich in der Höhe unversehens ändern konnten und Turbulenzen oft schnell wanderten.

Während er wartete, trank er eine Tasse Irish-Breakfast-Tee, von dem er immer ein paar Beutel in seiner Reisetasche mit sich führte. Als er die Tasse sinken ließ, sah er einen Tropfen Blut, der sich auf der Oberfläche kräuselnd ausbreitete. Dann noch einen. Seine Lippe fühlte sich nass an.

»Scheiße.«

James lief eilig auf die Herrentoilette, drückte sich ein Papierhandtuch ans Gesicht und legte den Kopf in den Nacken. Er hatte in letzter Zeit gelegentlich Nasenbluten gehabt, mitunter zweimal in der Woche. Der Arzt, zu dem er gegangen war, hatte gemeint, das liege an der Höhe. Trockene Kapillargefäße plus geringer Luftdruck. Er hatte in den letzten paar Monaten mehr als eine Uniform versaut. Anfangs hatte er sich Sorgen gemacht, aber als keine weiteren Symptome auftraten, schrieb er es dem Alter zu. Er war letzten Monat fünfzig geworden. Halbzeit, dachte er.

Er drückte die Nase zu, bis die Blutung aufhörte, und wusch sich dann. Diesmal hatte er Glück gehabt. Er hatte kein Blut auf Hemd oder Jacke, und so saß er wieder in der Lounge und trank eine frische Tasse Tee, bevor sein Sessel kaltgeworden war.

Um sechzehn Uhr dreißig nahm er seine Sachen und ging hinaus, dem Flugzeug entgegen.

Tatsache war, am 9. August 1974 war nichts zu Ende gegangen außer der Präsidentschaft Richard M. Nixons.

Im Cockpit begann er mit dem Instrumentencheck und kontrollierte nacheinander alle Systeme. Zuerst warf er einen Blick auf die Papiere, denn mit solchen Details nahm er es immer sehr genau. Er prüfte die Beweglichkeit des Steuerhorns, lauschte mit geschlossenen Augen nach ungewöhnlichen Geräuschen und achtete darauf, ob etwas hakte oder knirschte. Die Steuerbordbewegung war ein bisschen zäh; also rief er die Wartungscrew an und bat sie, sich die Sache anzusehen. Schließlich legte er den Hauptschalter um, überprüfte den Treibstoffstand und fuhr die Landeklappen aus.

Als er den Instrumentencheck beendet hatte, ging James die Treppe hinunter und außen um die Maschine herum, um eine Sichtkontrolle vorzunehmen. Obwohl es ein warmer Sommerabend war, suchte er nach möglichen Eisablagerungen an der Außenseite, nach abgerissenen Antennen, Dellen, losen Schrauben und fehlenden Nieten und vergewisserte sich, dass die Positionslichter brannten. Er fand ein bisschen Vogelkot auf einer Tragfläche und entfernte ihn mit der Hand. Dann sah er sich an, wie das Flugzeug auf dem Fahrwerk stand – eine Linksneigung würde bedeuten, dass der Druck im hinteren Backbordreifen zu niedrig war –, inspizierte die Tragflächenkanten und warf einen Blick in die Triebwerke. In der rationalen linken Gehirnhälfte hakte er eine Checkliste ab, während seine intuitive rechte Gehirnhälfte sich dafür öffnete zu fühlen, was an dem Flugzeug eventuell nicht *stimmte*. Aber er fühlte nichts.

Als er wieder in der Kabine war, sprach er mit einem Techniker, der ihm mitteilte, dass mit dem Höhenleitwerk alles okay war. Dann wechselte er ein paar Worte mit der Flugbegleiterin, Emma Lightner, mit der er noch nicht gearbeitet hatte. Wie anscheinend immer bei diesen Privatflügen war sie hübscher, als man es bei einem so einfachen Dienstbotenjob erwarten sollte. Aber er wusste, dass die Bezahlung gut war, und die Mädels bekamen etwas von der Welt zu sehen. Er half ihr, ein paar der schwereren Gepäckstücke zu verstauen. Ihr Lächeln war freundlich, aber nicht kokett. Trotzdem wirkte ihre Schönheit an und für sich wie eine Art Gravitation, als habe die Natur diese Frau dazu entworfen, die Männer anzuziehen, und jetzt geschah es, ob sie wollte oder nicht.

»Nur ein Hüpfer heute Abend«, sagte er zu ihr. »Bis elf dürften Sie wieder in der Stadt sein. Wo wohnen Sie?«

»In New York«, sagte sie. »Ich habe eine Wohnung im Village, zusammen mit zwei anderen Mädels. Aber ich glaube, die sind jetzt nicht da. In Südafrika vielleicht.«

»Na, ich werde dann geradewegs ins Bett gehen«, sagte er. »Ich war heute Morgen in L.A. und gestern noch in Asien.«

»Die halten uns ganz schön auf Trab, nicht wahr?«

Er lächelte. Sie konnte nicht älter als fünfundzwanzig sein. Kurz fragte er sich, mit was für Männern sie wohl ausging. Footballspieler und Rockmusiker – war so etwas noch angesagt? Rockmusik? Er selbst lebte meist zölibatär. Nicht dass er die Gesellschaft von Frauen nicht geschätzt hätte. Eher schreckten ihn die Komplikationen ab, die damit verbunden waren, das sofortige Gefühl der Verpflichtung, die zu erwartende vollständige Zweisamkeit. Er war ein Mann, der mit fünfzig aus einem Koffer lebte. Er liebte die Dinge so, wie *er* sie liebte. Seinen Tee, seine Bücher. Er ging in fremden Ländern gern ins Kino und sah sich in barocken europäischen Sälen moderne amerikanische Filme mit Untertiteln an. Er spazierte gern durch kopfsteingepflasterte Straßen und hörte den Leuten zu, wie sie in fremden Sprachen miteinander stritten. Er liebte den heißen Schwall Wüstenluft, wenn er aus dem Flugzeug die Treppe hinunter auf muslimischen Boden stieg. Im Jemen und in den Vereinigten Arabischen Emiraten. Er war bei Sonnenuntergang über die Alpen geflogen und hatte über dem Balkan mit Gewitterfronten gekämpft. In seiner Vorstellung war er ein Satellit, der anmutig und selbstgenügsam die Erde umkreiste und seinen Zweck ohne Murren erfüllte.

»Wir sollen Gaston als Kopiloten haben«, sagte James. »Kennen Sie Peter?«

»Ja, er ist großartig.«

»Wie schade für mich.«

Sie lächelte, und er sah ihre Zähne. Das war genug. Eine schöne Frau zum Lächeln bringen, die Wärme ihrer Aufmerksamkeit spüren. Er ging ins Cockpit, checkte noch einmal die Systeme und überprüfte die Wartungsarbeiten.

»Zehn Minuten«, rief er.

Dann spürte er, wie das Flugzeug leicht wippte. *Das wird mein Kopilot sein, der da kommt,* dachte er und wartete darauf, dass er ins Cockpit kam. Er schätzte den eigenwilligen Franzosen, der auf langen Flügen gern philosophische Gespräche führte. James genoss diese Unterhaltungen immer, vor allem, wenn sie sich um Gebiete zwischen Wissenschaft und Ideologie drehten. Aber der Mann kam nicht herein, jedenfalls nicht gleich. Stattdessen hörte James Getuschel aus der Kabine und dann etwas, das sich anhörte wie ein Klatschen. Bei dem Geräusch stand er stirnrunzelnd auf und war fast an der Cockpittür, als ein anderer Mann hereinkam. Er hielt sich die linke Wange.

»'n Abend, Captain«, sagte er.

Melody erkannte ihn – Charlie Soundso. Er war schon einmal mit ihm geflogen, und obwohl an dem Jungen technisch nichts auszusetzen gewesen war, runzelte James die Stirn.

»Was ist mit Gaston?«, fragte er.

»Keine Ahnung«, sagte Charlie. »Was mit dem Magen, glaube ich. Ich weiß nur, dass man mich angerufen hat.«

James war verärgert, aber das würde er sich nicht anmerken lassen. Also zuckte er nur die Achseln. Das war das Problem der Zentrale.

»Na, Sie kommen spät. Ich habe wegen einer Schwergängigkeit im Steuerhorn die Wartungscrew gerufen und wollte eben eine Außeninspektion vornehmen. Verstauen Sie Ihre Tasche, und dann los.«

»Sorry«, sagte er, »ich bin im Büro aufgehalten worden.«

James sah Emma hinter ihm. Sie hatte sich nach hinten in

die Kabine zurückgezogen und strich die Bezüge auf den Kopfstützen glatt.

»Alles okay hier draußen?«, fragte er – mehr sie als den Mann.

Sie lächelte wie abwesend und hielt den Kopf gesenkt. James sah Charlie an.

»Alles gut, Captain«, sagte Charlie. »Habe nur ein Lied gesungen, das ich nicht hätte singen sollen.«

»Tja, ich weiß zwar nicht, was das bedeutet, aber ich akzeptiere keine Dummheiten in meinem Vogel. Muss ich die Zentrale anrufen und einen anderen Kopiloten anfordern?«

»Nein, Sir. Keine Dummheiten. Ich bin nur hier, um meinen Job zu machen. Nichts sonst.«

James musterte ihn. Der Typ hielt seinem Blick stand. Er war ein Gauner, entschied James. Nicht gefährlich, nur daran gewöhnt, seinen Kopf durchzusetzen. Er war auf eine verschlagene Art gutaussehend und sprach mit texanischem Näseln. *Locker.* So würde James ihn beschreiben. Kein Planer. Eher einer, der mit dem Strom schwamm. Und James hatte grundsätzlich nichts dagegen. Bei Mitarbeitern konnte er flexibel sein, solange sie taten, was man ihnen sagte. Der Junge brauchte Disziplin, und die würde James ihm beibringen.

»Okay, gehen Sie auf Ihren Platz und übernehmen Sie die Kontrolle. Ich möchte in fünf Minuten in der Luft sein. Wir haben einen Flugplan einzuhalten.«

»Ja, Sir«, sagte Charlie mit einem unergründlichen Grinsen und machte sich an die Arbeit.

Nicht lange, nachdem sie auf Martha's Vineyard gelandet waren, kamen die ersten Passagiere an Bord, der Kunde und seine Familie. Das Flugzeug schaukelte, als sie die Treppe heraufkamen, und James signalisierte Bereitschaft für eine kurze Unterhaltung. Er lernte die Leute, die er fliegen sollte, gern kennen, er gab ihnen die Hand und fügte Gesichter und Namen zusammen. Seine Arbeit bekam so mehr Sinn, besonders wenn es sich um Kinder handelte. Er war schließlich der Kapitän dieses Schiffs und für das Leben seiner Passagiere verantwortlich. Das war keine Dienstbarkeit, sondern ein Privileg. In der modernen Welt glaubten die Menschen, sie sollten diejenigen sein, die etwas empfingen, aber James war einer, der gab. Er wusste nie, was er tun sollte, wenn man versuchte, ihn zu verhätscheln. Wenn er selbst als Passagier in einer Linienmaschine saß, stand er jedes Mal unwillkürlich auf und half dem Kabinenpersonal, Gepäck zu verstauen und schwangeren Frauen Decken zu bringen. Jemand hatte einmal zu ihm gesagt: *Es ist schwer, traurig zu sein, wenn man sich nützlich macht.* Der Gedanke gefiel ihm. Der Dienst an anderen machte ihn glücklich. Das Kreisen um sich selbst führte zu Depressionen, zu endlosen Fragen über den Sinn des Lebens. Das war immer das Problem seiner Mutter gewesen. Sie dachte zu viel an sich selbst und nicht genug an andere.

James hatte sich zum Gegenteil erzogen. Oft überlegte er, was seine Mutter in einer bestimmten Situation tun würde – was also die *falsche* Entscheidung wäre –, und das machte ihm klar, was er stattdessen tun sollte. So benutzte er sie als Polarstern auf einer Reise, die nach Süden führen sollte. Es war hilfreich, sich so zu orientieren, ein Mittel, sich zu stimmen, wie man eine Geige nach dem Klavier stimmt.

Mit leichter Verspätung waren sie in der Luft. Sie starteten in westlicher Richtung und kurvten zurück zur Küste. Das Steuerhorn war immer noch ein bisschen schwergängig, wenn er es nach Steuerbord bewegte, aber das war anscheinend eine Eigenheit des Flugzeugs.

SCHWARZTÖNE

IN DER ERSTEN NACHT schläft Scott auf einem Klappsofa im Nähzimmer. Er hat nicht vorgehabt zu bleiben, aber nach den Nachrichten des Tages hatte er das Gefühl, Eleanor könnte die Unterstützung gebrauchen, zumal ihr Mann anscheinend verschwunden war.

Er schaltet sein Handy aus, wenn er arbeitet, hat Eleanor gesagt, aber es klang, als meinte sie statt *arbeiten* eher *trinken*.

Jetzt, am Rand eines Traums, hört er, wie Doug gegen eins nach Hause kommt. Das Geräusch der Reifen in der Einfahrt reißt ihn mit einem Adrenalinstoß aus dem Schlaf, mit dem animalischen Rauschen primitiver Nerven. Er öffnet die Augen in einem unbekannten Zimmer und weiß lange nicht, wo er ist. Ein Nähtisch steht unter dem Fenster, und die Nähmaschine ragt wie ein fremdartiges Raubtier in der Dunkelheit auf. Unten fällt die Haustür ins Schloss. Scott hört Schritte auf der Treppe. Er hört, wie sie näher kommen und vor seiner Tür stehen bleiben. Es ist wieder still. Scott liegt angespannt da, sprungbereit, ein ungebetener Gast im Haus eines anderen Mannes. Draußen hört er Doug jetzt atmen. Ein bärtiger Mann im Overall, betrunken von handwerklich gebranntem Bourbon und Craft Beer. Im Garten vor dem Fenster veranstalten die Zikaden ein mörderisches Getöse. Scott denkt an das Meer, das voll ist von unsichtbaren Raubtieren. Man hält den Atem an und taucht in die alles umschließende Dunkelheit, als gleite man durch die Kehle eines Riesen, in der eigenen Vorstellung nicht einmal mehr menschlich, sondern Beute.

Eine Bodendiele knarrt auf dem Korridor, als habe Doug

sein Gewicht von einem Bein auf das andere verlagert. Scott richtet sich auf und starrt den Türknauf an, eine mattschimmernde kupferne Kugel in der Dunkelheit. Was wird er tun, wenn sie sich dreht? Wenn Doug hereinkommt, betrunken und auf einen Kampf aus?

Atmen. Noch einmal.

Irgendwo schaltet der Kompressor der Klimaanlage sich ein, und das leise Rauschen der durch die Leitung gezwungenen Luft bricht den Bann. Scott hört, wie Doug durch den Korridor zum Schlafzimmer geht. Er atmet langsam aus und begreift, dass er die Luft angehalten hat.

Am Morgen geht er mit dem Jungen hinaus und sucht nach flachen Steinen, die sie über das Wasser hüpfen lassen können. Sie stöbern auf dem Boden am Flussufer herum und suchen nach glatten Kieseln – Scott in seinen Stadtschuhen und der Junge in einer kurzen Hose und einem Hemdchen. Seine Schuhe sind kleiner als Scotts Hände. Er zeigt dem Jungen, wie man sich hinstellen und schräg über das Wasser spähen muss, um die Steine mit seitlich ausgestrecktem Arm über das Wasser zu schleudern. Lange Zeit schafft der Junge es nicht. Er zieht die Stirn kraus und versucht es immer wieder, offensichtlich frustriert, aber er gibt nicht auf. Er kaut mit geschlossenem Mund auf seiner Zunge und macht ein Geräusch wie beim Arbeiten, halb Singen, halb Brummen. Sorgfältig wählt er seine Steine, und als er das erste Mal einen Doppelhüpfer hinbekommt, springt er in die Luft und klatscht in die Hände.

»Prima, Buddy«, sagt Scott.

Aufgeregt rennt der Junge los, um noch mehr Steine zu sammeln. Sie sind auf einem schmalen Streifen der dornigen Uferböschung am Waldrand. Der Hudson fließt hier in weitem Bogen, und die Morgensonne steht hinter ihnen, von Bäumen verdeckt. Sie steigt höher, und die ersten Strahlen erreichen das gegenüberliegende Ufer. Scott lässt sich in die Hocke sinken und taucht die Hände in das fließende Wasser. Es ist kühl und klar, und einen Augenblick lang fragt er sich, ob er je wieder schwimmen gehen oder mit einem Flugzeug fliegen wird. Die Luft riecht nach Schlick, und von irgendwoher weht der Duft von gemähtem Gras. Er spürt seinen Körper als Körper: Die Muskeln arbeiten, das Blut fließt. Um ihn herum rufen unsichtbare Vögel einander ohne Dringlichkeit in einem gleichmäßigen Wechsel von Gespött und Getriller.

Der Junge wirft den nächsten Stein und lacht.

Fängt so die Genesung an?

Gestern Abend kam Eleanor ins Wohnzimmer und sagte, da sei ein Anruf für ihn. Scott lag auf den Knien und spielte mit JJ mit seinen Lastwagen.

Wer konnte ihn hier anrufen?

»Sie sagte, ihr Name sei Layla«, berichtete Eleanor.

Scott stand auf und ging in die Küche.

»Woher hast du diese Nummer?«, fragte er.

»Schätzchen«, sagte sie, »wofür hat man Geld?« Sie senkte die Stimme um eine Oktave und sprach auf einer intimeren Ebene weiter. »Sag mir, dass du bald zurückkommst. Ich verbringe praktisch meine ganze Zeit im zweiten Stock und sitze in deinem Bild. Es ist so gut. Habe ich dir erzählt, dass ich auf diesem Bauernmarkt schon gewesen bin? Als Kind. Mein Vater hatte ein Haus auf Martha's Vineyard. Ich habe in diesem Innenhof Eis gegessen. Es ist unheimlich. Als ich das erste Mal Bargeld in der Hand hatte, habe ich bei Mr Coselli Pfirsiche gekauft. Da war ich sechs.«

»Ich bin jetzt bei dem Jungen«, sagte Scott. »Er braucht mich, glaube ich – ich weiß es nicht. Kinder, Psychologie. Vielleicht bin ich auch nur im Weg.«

Durch das Telefon hörte er, wie Layla irgendetwas trank.

»Na«, sagte sie, »bei mir stehen die Käufer Schlange für jedes Bild, das du in den nächsten zehn Jahren malst. Ich spreche nachher mit der Tate über eine Einzelausstellung im kommenden Winter. Deine Agentin hat mir die Dias geschickt. Sie sind atemberaubend.«

Diese früher so heißersehnten Worte klangen jetzt wie Chinesisch.

»Ich muss Schluss machen«, sagte er.

»Warte«, schnurrte sie. »Lauf nicht einfach weg. Du fehlst mir.«

»Was geht da vor?«, fragte er. »In deinem Kopf? Mit uns?«

»Lass uns nach Griechenland fliegen«, sagte sie. »Da gibt es ein kleines Haus an einer Steilküste, das mir über ungefähr sechs Briefkastenfirmen gehört. Niemand weiß etwas davon. Absolutes Geheimnis. Wir könnten in der Sonne liegen und Austern essen. Tanzen, wenn es dunkel wird. Bis Gras über alles gewachsen ist. Ich weiß, ich sollte dir gegenüber zurückhaltend sein, aber ich habe noch nie jemanden kennengelernt, dessen Aufmerksamkeit schwerer zu fesseln ist. Selbst wenn wir zusammen sind, sind wir zwar am selben Ort, aber Jahre auseinander.«

Als er aufgelegt hatte, sah Scott, dass JJ jetzt am Schreibtisch im Wohnzimmer saß. Er spielte ein Lernspiel an Eleanors Computer, bei dem er Buchstabenkacheln bewegen musste.

»Hey, Buddy.«

Der Junge blickte nicht auf. Scott zog einen Stuhl heran und setzte sich neben ihn. Er sah zu, wie JJ den Buchstaben H in das passende Quadrat zog. Darüber saß ein Strichmännchen mit einem Hut. Der Junge zog das U und dann das T an seinen Platz.

»Was dagegen, wenn ich ...«, sagte Scott. »Darf ich ...?«

Er griff nach der Maus und bewegte den Cursor. Er hatte selbst keinen Computer, aber er hatte oft genug im Café Leute mit Laptops beobachtet, um zu wissen, was man tun musste. Dachte er.

»Wie kann ich ...?«, fragte er nach einer Weile mehr sich selbst als den Jungen. »Wie kann ich etwas suchen?«

Der Junge nahm ihm die Maus ab. Konzentriert schob er die

Zunge zwischen die Zähne, öffnete ein Browser-Fenster, ging zu Google und schob die Maus zu Scott zurück.

»Super«, sagte Scott. »Danke.«

Er tippte *Dwo* ... Dann brach er ab, weil er nicht wusste, wie der Name buchstabiert wurde. Er löschte die Eingabe und schrieb stattdessen: *Red Sox, Video, Längster At-Bat* und drückte die ENTER-Taste. Die Trefferseite wurde geladen, und Scott klickte einen Videolink an. JJ zeigte ihm, wie man das Fenster maximierte. Scott kam sich vor wie ein Höhlenmensch, der in die Sonne starrte.

»Du kannst ruhig ... Es ist okay, wenn du zusiehst, nehme ich an«, sagte er zu dem Jungen und klickte den PLAY-Button an. Auf dem Bildschirm begann das Spiel. Die Auflösung war verpixelt, und die Farben waren stark gesättigt, als hätte der, der es hochgeladen hatte – statt das Spiel im Fernsehen aufzuzeichnen –, seinen eigenen Bildschirm abgefilmt. Scott sah es vor sich: einen Mann, der in seinem Wohnzimmer saß und ein Baseballspiel im Fernsehen filmte, ein Spiel im Spiel schuf, das Bild eines Bildes.

»Dworkin – mit Strike-out und Single ins Center Field«, sagte der Reporter. Das laute Brüllen der Zuschauer hinter ihm war gefiltert durch die Fernseherlautsprecher und weiter komprimiert durch die Videokamera. Der Schlagmann trat in die Box, eine Bohnenstange aus Indiana mit einem Mennonitenbart ohne Schnäuzer. Er schwang ein paar Mal probehalber den Schläger. Die Regie schnitt auf den Werfer, Wakefield, der den Ball mit Kolophonium einstäubte. Hinter ihm strahlten die Flutlichtmasten grell in den Ecken des Bildschirms. Ein abendliches Spiel im Sommer bei dreißig Grad und Südwestwind.

Von Gus wusste Scott, dass Dworkins At-Bat angefangen hatte, als die Räder des Flugzeugs sich vom Asphalt lösten. Jetzt dachte er daran – an die Geschwindigkeit des Flugzeugs, an die Stewardess auf ihrem Klappsitz. Der Privatjet hatte sehr viel schneller abgehoben als eine Linienmaschine. Er sah, wie

Dworkin den Wurf tief ins Aus gehen ließ, ohne zu schlagen. Ball eins.

Die Kamera schwenkte auf die Zuschauer. Männer in Sweatshirts und Jugendliche mit Kappen und Handschuhen winkten. Der Werfer ging in Position. Dworkin hielt sich bereit. Der Schläger schwebte über seiner rechten Schulter. Der Ball flog los. Scott klickte auf den PAUSE-Button. Der Werfer erstarrte mit erhobenem Knie und ausgestrecktem linkem Arm. Zwanzig Meter weit entfernt machte Dworkin sich bereit. Aus den Nachrichten wusste Scott, dass noch zweiundzwanzig Würfe kommen würden. Zweiundzwanzig Würfe über einen Zeitraum von achtzehn Minuten, und Wurf um Wurf würde in die Tribünen oder ins Netz gehen. Der langsame Trott eines Baseballspiels, eines Spiels für faule Sonntage, für Reservebankgeplauder. Bau dich auf und wirf.

Aber jetzt war das Spiel angehalten, ein Standbild, der Ball mitten in der Luft. Zweiundzwanzig Würfe. Das Spiel war schon drei Wochen alt, aber wenn man es zum ersten Mal sah, war es, als spielten sich die Ereignisse auf dem Bildschirm erst jetzt ab, als wäre die ganze Welt zurückgespult worden. Wer konnte wissen, was als Nächstes passieren würde? Dworkin konnte einen Strike-out oder einen Homer tief ins linke Feld erzielen, hoch über der grünen Wand des Red-Sox-Stadions. Als er mit dem Jungen so dasaß, fragte Scott sich unwillkürlich, was wäre, wenn mit dem Spiel die ganze Welt zurückgespult würde? Wenn die ganze Welt sich auf kurz nach zweiundzwanzig Uhr am 23. August 2015 zurückdrehte und dann stehenbliebe? Er stellte sich vor, wie die Großstädte des Planeten zu Eis erstarrten und sämtliche Verkehrsampeln im Gleichtakt auf Rot schalteten. Er sah den Rauch bewegungslos über den Vorortschornsteinen stehen. Geparden gefroren im vollen Lauf über der offenen Savanne. Der Ball auf dem Bildschirm war ein weißer Punkt, der auf halbem Weg zwischen Abwurf und Bestimmungsort schwebte.

Wenn es so wäre, wenn das Weltgeschehen zurückgespult worden wäre, dann säße er jetzt irgendwo in einem Flugzeug. Sie wären alle im Flugzeug. Eine vierköpfige Familie, der Banker und seine Frau. Eine schöne Stewardess. Kinder. Im Leben angehalten. Das Mädchen, während es Musik hörte. Die Männer, die plaudernd das Spiel verfolgten. Maggie auf ihrem Platz, die lächelnd das Gesicht ihres schlafenden Sohnes betrachtete.

Solange er das Spiel nicht wieder startete, würden sie leben. Solange er nicht mit der Maus klickte. Der Ball in der Luft war das Flugzeug in der Luft – beide hatten ihr Ziel noch nicht erreicht. Er starrte ihn an und merkte überrascht, dass er Tränen in den Augen hatte. Die Pixel auf dem Bildschirm verschwammen, der Mann an der Home Plate war nur ein Klecks, der Ball irgendeine Schneeflocke zur falschen Jahreszeit.

Am Fluss senkt Scott die Hand ins Wasser und lässt die Strömung an seinem Handgelenk ziehen. Er denkt daran, wie er heute Morgen aus dem Fenster geschaut und gesehen hat, dass Doug ein paar Taschen in seinen Pick-up packte. Er schrie etwas, das Scott nicht verstand, und dann knallte er die Wagentür zu und fuhr aus der Einfahrt, dass der Kies spritzte.

Was ist passiert? Ist er für immer weg?

In der Ferne erwacht ein Geräusch. Es fängt an wie ein maschinelles Dröhnen – eine Motorsäge vielleicht, Lastwagen auf einer Interstate (nur ist hier in der Nähe keine Interstate) –, und Scott beachtet es nicht weiter. Er sieht dem Jungen zu, der im Uferschlamm wühlt und Goldmünzen aus Schiefer und Quarzkiesel herauszieht. Er hat hinten angefangen und arbeitet sich langsam voran, und er sucht den Schlamm erst mit den Augen, dann mit den Fingern ab.

Die Kettensäge wird lauter, und ein dunkles Bassgrollen kommt hinzu. Da nähert sich etwas. Scott steht auf und fühlt den Wind, sieht, dass die Bäume sich mit schimmernden Blättern westwärts neigen und wie Beifall rauschen. In der Ferne hört der Junge mit seinem Spiel auf und schaut hoch. In diesem Augenblick rollt ein urzeitliches Dröhnen über sie hinweg, und dicht über den Bäumen hinter ihnen taucht ein Hubschrauber auf. Scott zieht reflexhaft den Kopf ein, und der Junge fängt an zu rennen.

Der Hubschrauber stößt durch die strahlende Sonne wie ein Raubvogel und wird langsamer, als er das gegenüberliegende Ufer erreicht und zurückkommt. Er sieht schwarz und glänzend aus, wie ein zangenbewehrter Käfer. JJ kommt mit angstvollem Gesicht angerannt. Scott reißt ihn hoch, ohne nachzudenken, und läuft mit ihm in den Wald. Mit seinen Stadtschuhen rennt er durch das Unterholz und schlängelt sich zwischen Pappeln und Ulmen hindurch. Giftefeu streift seine Ärmel. Wieder einmal ist er ein Überlebensmuskel, eine Rettungsmaschine. Der Junge hat ihm die Arme um den Hals und die Beine um die Taille geschlungen. Sein Kinn liegt auf Scotts Schulter, und er schaut mit weit aufgerissenen Augen nach hinten. Seine Knie bohren sich in Scotts Rippen.

Als sie am Haus sind, sieht Scott, dass der Hubschrauber im Garten herunterkommt. Eleanor steht auf der Veranda und hat eine Hand zum Kopf erhoben, um das flatternde Haar zurückzuhalten.

Der Pilot schaltet das Triebwerk ab, und der Rotor dreht sich langsamer.

Scott übergibt Eleanor den Jungen.

»Was ist los?«, fragt sie.

»Gehen Sie lieber ins Haus mit ihm«, sagt Scott, und als er sich umdreht, sieht er Gus Franklin und Agent O'Brien aus der Maschine steigen. Sie kommen heran, O'Brien geduckt und mit einer Hand auf dem Kopf, Gus aufrecht – er ist sicher, dass er nicht mit dem Kopf an die Rotorblätter stößt.

Das Triebwerk wird langsamer und erstirbt. Gus streckt die Hand aus.

»Entschuldigen Sie die Dramatik«, sagt er. »Aber bei so vielen undichten Stellen dachte ich, wir sollten bei Ihnen sein, bevor die Nachricht an die Öffentlichkeit kommt.«

Scott reicht ihm die Hand.

»Sie erinnern sich an Agent O'Brien?«, sagt Gus.

O'Brien spuckt ins Gras. »Ja. Er erinnert sich.«

»War er nicht von dem Fall abgezogen worden?«, fragt Scott.

Gus blinzelt in die Sonne. »Sagen wir, es gibt ein paar neue Fakten, die das FBI an die Spitze der Ermittlungen bringen.«

Scott macht ein verwirrtes Gesicht. O'Brien tätschelt seinen Arm. »Gehen wir rein.«

Sie nehmen in der Küche Platz. Eleanor legt eine DVD von *Der Kater mit dem Hut* ein, um JJ abzulenken (*zu viel Fernsehen*, denkt sie, *ich lasse ihn zu viel fernsehen*), und dann setzt sie sich auf die Sesselkante und fährt jedes Mal hoch, wenn JJ sich rührt.

»Okay«, sagt O'Brien, »jetzt ist Schluss mit den Samthandschuhen.«

Scott sieht Gus an, und der zuckt die Achseln: Er kann nichts machen. Die Taucher haben heute Morgen die Cockpittür geborgen. Sie haben sie mit dem Laser aus den Angeln geschnitten und heraufgeholt. Untersuchungen haben ergeben, dass es sich bei den Löchern tatsächlich um Schusslöcher handelt. Das führte zu einer Veränderung in der Verfahrenshierarchie. In Regierungsbehörden griff man zu Telefonen, und Gus bekam den unmissverständlichen Befehl, dem FBI so viel Spielraum zu geben, wie die Beamten brauchten. Ach, und übrigens, er würde O'Brien zurückbekommen. Anscheinend war man ganz oben sicher, dass O'Brien nicht die undichte Stelle war. Außerdem war er, wie man erfuhr, *zu Höherem berufen* – das sagte Gus' Verbindungsmann –, und deshalb kehrte er zu den Ermittlungen zurück.

Zehn Minuten später kam O'Brien mit einem Zwölf-Mann-Team in den Hangar marschiert und verlangte einen »Lagebericht«. Gus sah keinen Sinn darin, Widerstand zu leisten. Er war von Natur aus Pragmatiker, auch wenn er den Mann persönlich nicht leiden konnte. Also berichtete er O'Brien, dass sie alle noch vermissten Leichen geborgen hätten, nur Batemans Leibwächter Gil Baruch nicht. Anscheinend war er entweder gleich hinausgeschleudert worden oder in den Tagen nach dem Crash aus dem Rumpf hinausgetrieben. Wenn sie Glück hatten, würde der Leichnam irgendwo angeschwemmt werden, wie es mit Emma und Sarah passiert war. Oder er war einfach verschwunden.

Für Gus lagen die folgenden Fragen auf der Hand.

1. Wer hatte auf die Tür geschossen? Der nächstliegende Verdächtige war der Sicherheitsmann, Gil Baruch, der einzige Passagier, von dem man wusste, dass er bewaffnet war. Aber da keiner der anderen Passagiere und Besatzungsmitglieder vor dem Einsteigen durch eine Sicherheitskontrolle gegangen war, konnte jeder von ihnen geschossen haben.

2. Warum war geschossen worden? Hatte der Schütze gewaltsam ins Cockpit eindringen wollen, um das Flugzeug zu entführen? Oder hatte er es nur zum Absturz bringen wollen? Oder hatte er ins Cockpit eindringen wollen, um den Absturz zu verhindern? Held – oder Schurke? Das war hier die Frage.

3. Warum war der Captain in der Kabine und nicht im Cockpit? Wenn es sich um eine Entführung handelte, war er dann eine Geisel? Oder war er nach hinten gegangen, um die Situation zu entschärfen? Aber wenn das der Fall war …

4. … warum hatte der Kopilot dann kein Notsignal abgesetzt?

Den Kopiloten, Charles Busch, hatten die Taucher angeschnallt auf seinem Platz im Cockpit gefunden. Seine Hand hatte immer noch das Steuerhorn umfasst. Eine der Kugeln hatte sich hinter ihm in den Boden gebohrt, aber nichts wies darauf hin, dass jemand ins Cockpit eingedrungen war, bevor das Flugzeug auf dem Wasser aufgeschlagen war. Gus erzählte dem Agenten, dass der Obduktionsbericht zu Busch am Nachmittag kommen werde. Aber keiner von ihnen wusste, was sie sich davon erhofften. Für Gus sah es im besten Fall danach aus, dass der junge Mann einen Schlaganfall oder einen Herzinfarkt erlitten hatte. Und im schlimmsten Fall ... tja, im schlimmsten Fall war dies ein kühl kalkulierter Massenmord.

Einzelne Trümmerteile waren inzwischen etikettiert und verpackt und wurden hier katalogisiert. Die gute Nachricht war, dass Blackbox und Datenrecorder ebenfalls geborgen worden waren, die schlechte, dass ein oder beide Objekte bei dem Absturz womöglich beschädigt worden waren. Die Techniker würden rund um die Uhr arbeiten, um noch den allerletzten Rest der Daten zu sichern. Wenn das Wetter nicht umschlagen sollte, werde der Rumpf noch an diesem Abend heraufgeholt und zum Hangar transportiert werden, erklärte Gus.

O'Brien hörte sich das alles an und rief dann den Helikopter.

Jetzt, in der Küche, zieht Agent O'Brien mit großem Getue ein kleines Notizbuch aus der Tasche. Er nimmt den Stift heraus, schraubt die Kappe ab und legt sie neben das Notizbuch. Gus spürt Scotts fragenden Blick, aber er lässt O'Brien nicht aus den Augen, als wollte er Scott signalisieren: *Dort sollten Sie jetzt hinschauen.*

Sie haben vereinbart, den Fall nicht am Telefon zu erörtern und nichts schriftlich festzuhalten, solange sie nicht wissen, wie O'Briens Aktennotiz an die Öffentlichkeit gedrungen ist. Vorläufig werden alle Besprechungen von Angesicht zu Angesicht stattfinden. Das ist das Paradox der modernen Technologie. Die Werkzeuge, die wir benutzen, können auch gegen uns verwendet werden.

»Wie Sie wissen«, sagt O'Brien, »haben wir das Flugzeug gefunden. Und, Ma'am, Ihnen muss ich leider sagen, wir haben auch die Leichen Ihrer Schwester, Ihres Schwagers und Ihrer Nichte geborgen.«

Eleanor nickt. Sie fühlt sich wie ein Knochen, der zum Bleichen in der Sonne liegt. Sie denkt an den Jungen, der im Wohnzimmer vor dem Fernseher sitzt. An *ihren* Jungen. An das, was sie ihm sagen wird oder sagen *sollte*. Sie denkt an Dougs letzte Worte an diesem Morgen.

Es ist nicht vorbei.

»Mr Burroughs«, sagt O'Brien, »Sie müssen mir jetzt alles erzählen, was Sie von dem Flug in Erinnerung haben.«

»Warum?«

»Weil ich es gesagt habe.«

»Scott«, sagt Gus.

»Nein«, blafft O'Brien. »Jetzt ist Schluss mit Händchenhalten.« Er sieht Scott an. »Warum ist der Pilot während des Fluges aus dem Cockpit gekommen?«

Scott schüttelt den Kopf. »Daran erinnere ich mich nicht.«

»Sie haben ausgesagt, Sie seien mit dem Kopf angeschlagen, bevor das Flugzeug abstürzte. Wir haben Sie gefragt, ob Sie es für eine mechanische Ursache halten. Sie haben gesagt, eher nicht. Was war es dann, glauben Sie?«

Scott denkt nach. »Ich weiß es nicht. Das Flugzeug hat sich auf die Seite gelegt. Ich habe mir den Kopf gestoßen. Das ist – das sind eigentlich keine richtigen Erinnerungen.«

O'Brien mustert ihn. »In der Cockpittür sind sechs Einschusslöcher.«

»Was?« Eleanor wird blass.

Für Scott ist das Wort wie ein Stoß vor die Brust. *Einschusslöcher? Wovon reden die hier?*

»Haben Sie irgendwann eine Schusswaffe gesehen?«, fragt O'Brien.

»Nein.«

»Erinnern Sie sich an den Leibwächter der Batemans? Gil Baruch?«

»Der Kräftige an der Tür. Aber der hat nicht – ich habe nicht …« Scott fehlen die Worte. Seine Gedanken überschlagen sich.

»Sie haben nicht gesehen, dass er eine Waffe gezogen hat?«, fragt O'Brien.

Scott zermartert sich das Gehirn. *Jemand hat die Cockpittür zerschossen.* Er versucht, sich darauf einen Reim zu machen. Das Flugzeug hat sich auf die Seite gelegt. Leute haben geschrien, und jemand schoss auf die Tür. Das Flugzeug stürzte ab. Der Captain war außerhalb des Cockpits. Jemand hat auf die Tür geschossen, um hineinzukommen.

Oder war die Pistole zuerst im Spiel, und der Pilot – nein, der *Kopilot* – ging zum Sturzflug über, um … ja, wozu? Um den Bewaffneten aus dem Gleichgewicht zu bringen? So oder so, was sie hier sagen, bedeutet, dass es kein technischer Fehler und kein menschliches Versagen war, sondern etwas Schlimmeres.

Scott wird es flau im Magen, als begreife er erst jetzt, wie nah er dem Tod war. Und beim nächsten Gedanken wird ihm schwindlig. Wenn es kein Unfall war, hat jemand versucht, ihn umzubringen. Es war kein Akt des Schicksals, sondern ein Anschlag auf ihn und den Jungen.

»Ich bin ins Flugzeug gekommen«, sagt er, »und habe mich hingesetzt. Sie hat mir ein Glas Wein gebracht. Emma. Aber ich bin – ich habe gesagt: *Nein, danke,* und ich habe um ein Glas Wasser gebeten. Sarah – die Frau des Bankers – hat mir erzählt, dass sie mit ihrer Tochter ins Whitney Biennial gehen wollte. Im Fernsehen lief Baseball, und die Männer – David und der Banker – haben es sich angeschaut und geredet. Ich hatte meine Tasche auf dem Schoß. Sie wollte sie nehmen – die Stewardess –, aber ich habe sie festgehalten, und als wir rollten, habe ich angefangen – ich habe angefangen, darin herumzusuchen. Keine Ahnung, warum. Um irgendetwas zu tun. Die Nerven.«

»Warum waren Sie nervös?«, fragt O'Brien.

Scott überlegt. »Es war eine große Reise für mich. Das Flugzeug, ich hatte rennen müssen, um das Flugzeug zu erwischen, ich war konfus, ein bisschen. Jetzt kommt mir das alles bedeutungslos vor. Wie wichtig das alles war. Treffen mit der Agentin, Galeriebesuche. Ich hatte die Dias in meiner Tasche, und nachdem ich so gerannt war – ich wollte sicher sein, dass sie noch da waren. Ohne Grund.«

Er schaut auf seine Hände.

»Ich saß am Fenster und schaute auf die Tragfläche hinaus. Es war neblig, und plötzlich riss der Nebel auf. Oder wir gelangten über ihn hinaus – vermutlich war es so. Und es war noch nicht lange dunkel. Ich habe zu Maggie hinübergeschaut, und sie hat gelächelt. Rachel saß hinter ihr und hörte Musik, und der Junge lag unter einer Decke und schlief. Ich weiß nicht, warum, aber ich dachte, vielleicht würde sie sich über eine Zeichnung freuen – Maggie –, und deshalb habe ich meinen Block herausgeholt und angefangen, das Mädchen zu skizzieren. Neun Jahre alt, mit Kopfhörern, schaut aus dem Fenster.«

Er erinnert sich an den Gesichtsausdruck des Mädchens. Ein gedankenverlorenes Kind, aber etwas in ihren Augen – etwas Trauriges – ließ die Frau ahnen, die sie eines Tages werden würde. Und er erinnert sich, wie sie an jenem anderen Tag mit ihrer Mutter in die Scheune gekommen war, um sich seine Bilder anzusehen. Ein Mädchen im Wachsen: nichts als Beine und Haar.

»Im Steigflug hat es ein-, zweimal geholpert«, fährt er fort. »Genug, um die Gläser klirren zu lassen, aber ansonsten lief es ziemlich glatt, und niemand schien beunruhigt zu sein. Der Leibwächter saß beim Start mit der Stewardess vorn auf dem – wie heißt das?, auf diesem Klappsitz, aber er stand auf, sobald das Anschnalllicht ausging.«

»Und tat was …?«
»Nichts. Stand nur da.«
»Kein Drama?«
»Kein Drama.«
»Und Sie haben gezeichnet.«
»Ja.«

»Und dann?«

Scott schüttelt den Kopf. Er erinnert sich, dass er seinen Bleistift über den Boden verfolgt hat, aber nicht an das, was davor passiert ist. Ein Flugzeug ist so angelegt, dass der Boden immer waagerecht ist, und die rechten Winkel in der Maschine bewirken eine Sinnestäuschung und lassen uns glauben, dass wir in einem Neunzig-Grad-Winkel zur Welt stehen, selbst wenn das Flugzeug auf der Seite liegt. Aber wenn wir dann aus dem Fenster schauen, sehen wir den Erdboden.

Das Flugzeug hat sich auf die Seite gelegt. Der Bleistift ist heruntergefallen. Er hat seinen Gurt geöffnet, um ihn einzufangen, aber der Bleistift ist über den Boden gerollt wie ein Ball auf einem Abhang. Und dann ist er aus dem Sitz gerutscht und hat sich den Kopf angeschlagen.

Scott sieht Gus an. »Ich weiß es nicht.«

Gus schaut zu O'Brien hinüber.

»Ich habe eine Frage«, sagt Gus. »Nicht zu dem Absturz. Sondern zu Ihrer Arbeit.«

»Okay.«

»Wer ist die Frau?«

Scott sieht ihn an. »Die Frau?«

»Auf allen Bildern – das ist mir aufgefallen – ist eine Frau zu sehen, und nach allem, was ich erkennen kann, ist es immer dieselbe Frau. Wer ist sie?«

Scott atmet aus. Er schaut Eleanor an. Sie beobachtet ihn. Was muss in ihr vorgehen? Vor wenigen Tagen war ihr Leben geradlinig und vorhersehbar. Jetzt ist es nur noch Last.

»Ich hatte eine Schwester«, sagt er. »Sie ist ertrunken, als ich … Sie war sechzehn. Ist nachts im Lake Michigan schwimmen gegangen, mit ein paar – Kids. Nur … dumme Kids.«

»Das tut mir leid.«

»Klar.«

Scott wünscht, er könne etwas Tiefschürfendes darüber sagen, aber da gibt es nichts.

Später, als der Junge schläft, ruft Scott vom Telefon in der Küche Gus an. »War das okay heute?«, fragt er.

»Es war hilfreich. Danke.«

»Inwiefern hilfreich?«, will Scott wissen.

»Die Details. Wer hat wo gesessen. Was haben die Leute gemacht.«

Scott sitzt am Tisch. Als der Hubschrauber weg war und er mit Eleanor allein war, gab es einen Augenblick, in dem anscheinend beiden klar wurde, dass sie einander fremd waren. Dass die Illusion der letzten vierundzwanzig Stunden – die Vorstellung, das Haus sei eine Blase, in der sie sich verstecken konnten – verflogen war. Sie ist eine verheiratete Frau, und er ist – was? Der Mann, der ihren Neffen gerettet hat. Was wussten sie denn wirklich übereinander? Wie lange wird er hierbleiben? Will sie überhaupt, dass er bleibt? Will er es?

Verlegenheit machte sich zwischen ihnen breit, und als Eleanor anfing zu kochen, sagte Scott, er habe keinen Hunger. Er müsse spazieren gehen, um einen klaren Kopf zu bekommen.

Er blieb weg, bis es dunkel war, wanderte zurück zum Fluss und sah zu, wie die Farbe des Wassers von Blau zu Schwarz wurde, als die Sonne unterging und der Mond herauskam.

Von dem Mann, für den er sich gehalten hatte, war er weiter weg denn je.

»Tja«, sagt Gus am Telefon, »noch weiß niemand davon, aber der Flugdatenrecorder ist beschädigt. Nicht zerstört, aber es gestaltet sich schwierig, die Daten auszulesen. Ich habe jetzt ein sechsköpfiges Team, das daran arbeitet, und die Gouverneure von zwei Staaten rufen alle fünf Minuten an und verlangen, auf den neuesten Stand gebracht zu werden.«

»Aber dabei kann ich Ihnen nicht helfen. Ich kriege ja kaum eine Tube Farbe auf.«

»Nein, ich wollte auch nur – ich erzähle Ihnen das, weil ich finde, Sie haben verdient, es zu wissen. Alle andern können von mir aus zum Teufel gehen.«

»Ich werde es Eleanor sagen.«

»Wie geht's dem Jungen?«

»Er ... spricht nicht, aber anscheinend gefällt es ihm, dass ich hier bin. Also hat das vielleicht eine therapeutische Wirkung. Und Eleanor ist wirklich ... stark.«

»Und der Mann?«

»Er ist heute Morgen mit Gepäck weggefahren.«

Jetzt folgt eine lange Pause.

»Ich brauche Ihnen nicht zu erzählen, wie das aussehen wird«, sagt Gus dann.

Scott nickt. »Wann war wichtiger, wie etwas aussieht, als was es ist?«

»Zwotausendzwölf, glaube ich«, sagt Gus. »Aber nachdem Sie sich in der Stadt ... versteckt haben. Wie das in die Nachrichten gekommen ist. Die Erbin, die ... Ich habe gesagt: *Suchen Sie sich einen Unterschlupf.* Nicht: *Verkriechen Sie sich auf dem Boulevard.*«

Scott reibt sich die Augen. »Da ist nichts passiert. Ich meine, okay, sie hat sich ausgezogen und ist zu mir ins Bett gekrochen, aber ich habe nicht ...«

»Wir reden nicht über das, was passiert oder nicht passiert ist«, unterbricht Gus ihn. »Sondern darüber, wie es aussieht.«

Am Morgen hört er Eleanor unten in der Küche. Als er hinunterkommt, steht sie am Herd und macht das Frühstück. Der Junge spielt auf dem Boden in der Tür zum Wohnzimmer. Wortlos setzt Scott sich zu ihm und nimmt einen Zementmischer. Sie spielen eine Weile und rollen die Autos auf dem Holzboden umher. Dann bietet der Junge ihm eine Tüte Gummibären an, und Scott nimmt einen.

Draußen dreht die Welt sich weiter. Drinnen exerzieren sie das Alltagsleben und tun, als wäre alles normal.

EMMA LIGHTNER
11. Juli 1990 – 23. August 2015

ES GING DARUM, Grenzen zu setzen und sich daran zu halten. Du lächelst die Kunden an, du servierst ihnen Drinks. Du lachst über ihre Witze und machst Smalltalk. Du flirtest. Du bist ein Fantasiegeschöpf für sie, genau wie das Flugzeug. Das schöne Mädchen mit dem Millionen-Dollar-Lächeln, bei dem die Männer sich fühlen wie Könige, während sie in dem Luxusjet sitzen und mit drei Handys auf einmal telefonieren. Unter keinen Umständen gibst du ihnen deine Telefonnummer. Ganz sicher küsst du keinen Internetmillionär in der Pantry, und du schläfst auch nicht in der abgeschirmten Schlafkabine mit einem Basketballstar. Und niemals gehst du mit einem Milliardär noch anderswohin, selbst wenn dieses Anderswohin ein Schloss in Monaco ist. Du bist eine Flugbegleiterin, eine Serviceangestellte, keine Prostituierte. Du brauchst Regeln und Grenzen, denn im Land der Reichen kann man sich sonst leicht verirren.

Mit fünfundzwanzig hatte Emma Lightner alle Kontinente gesehen. Bei der Arbeit für GullWing hatte sie Filmstars und Scheichs kennengelernt. Sie war mit Mick Jagger und Kobe Bryant geflogen. Eines Nachts, nach einem Flug von Los Angeles nach New York, hatte Kanye West sie auf das Rollfeld verfolgt und versucht, ihr ein Diamantarmband zu geben. Selbstverständlich hatte sie es nicht angenommen. Sie hatte längst aufgehört, sich bei all der Aufmerksamkeit geschmeichelt zu fühlen. Männer, die alt genug waren, um ihr Großvater zu sein, gaben ihr routinemäßig zu verstehen, sie könne haben, was sie wolle, wenn sie mit ihnen in Nizza oder Gstaad oder Rom zu Abend essen würde. Das lag an der Höhe, dachte sie manchmal, an der Möglichkeit eines Todes durch Hinunterfallen. Aber in Wirklichkeit war es die Arroganz des Geldes und das Bedürfnis der Reichen, alles zu besitzen, was sie sahen. In Wahrheit war Emma für sie nichts anderes als ein Bentley oder eine Wohnung oder eine Packung Kaugummi.

Für die weiblichen Passagiere, ob sie Kundinnen oder die Gattinnen von Kunden waren, war Emma gleichzeitig eine Gefahr und eine warnende Geschichte. Sie repräsentierte das alte Paradigma, in dem schöne Frauen mit kegelförmigen Büstenhaltern die geheimen Bedürfnisse mächtiger Männer in verräucherten Clubs befriedigten. Eine Geisha, ein Playboy-Bunny. Sie war eine Männerdiebin – oder, schlimmer noch, ein Spiegelbild, das ihnen ihren eigenen Weg zum wohlhabenden Gattinnenstatus vor Augen führte. Eine Erinnerung. Emma spürte ihre Blicke auf sich, wenn sie durch eine Kabine ging. Sie ließ die stahlharten Spitzen von Frauen mit übergroßen Sonnenbrillen über sich ergehen, die ihren Drink zurückschickten und ihr befahlen, beim nächsten Mal besser aufzupassen. Sie konnte eine Serviette zu einem Schwan falten und einen perfekten Gimlet mixen. Sie wusste, welcher Wein zum Ochsenschwanzragout oder zur Hirschpaella passte, sie konnte einen Herz-Kreislauf-Stillstand wiederbeleben und hatte gelernt, einen Luftröhrenschnitt vorzunehmen. Sie sah nicht nur gut aus, sondern war auch tüchtig, aber diesen Frauen war das egal.

In den größeren Jets arbeiten drei bis fünf Mädels. In den kleineren war Emma allein in ihrem blauen Kostüm mit kurzem Rock, und sie servierte Drinks und demonstrierte die Sicherheitsvorkehrungen einer Cessna Citation Bravo oder der Hawker 900XP.

Die Ausgänge sind hier. Der Sicherheitsgurt funktioniert so. Die Sauerstoffmasken. Ihr Sitz kann als Schwimmhilfe verwendet werden.

Sie lebte ihr Leben in Wechselschicht, in den Stunden und Tagen zwischen den Flügen. Die Firma besaß Wohnungen in den meisten größeren Städten der Welt. Das war billiger als Hotelzimmer für die Crews. Die Wohnungen waren anonym und modern, mit Parkettböden und schwedischen Wandschränken, und eine war so eingerichtet wie die andere – die gleichen Möbel, die gleichen Armaturen –, um, wie es im Firmenhandbuch hieß, »die Auswirkungen des Jetlags zu mildern«. Auf Emma hatte die Gleichförmigkeit der Unterkünfte die gegenteilige Wirkung. Sie verstärkte das Gefühl der Desorientierung. Es kam oft vor, dass sie mitten in der Nacht aufwachte und nicht wusste, in welcher Stadt oder welchem Land sie war. Die Bewohnerzahl solcher Firmenapartments lag normalerweise bei zehn. Das bedeutete, dass zu einem bestimmten Zeitpunkt ein deutscher Pilot und sechs Südafrikaner sich jeweils zu zweit ein Zimmer teilten. Es ging zu wie in den Wohnungen der Modelagenturen, die immer voll von schönen Mädchen waren – nur dass hier in einem Zimmer zwei sechsundvierzigjährige Piloten lagen und im Schlaf furzten.

Emma hatte mit einundzwanzig angefangen. Sie war die Tochter eines Air-France-Piloten und einer Hausfrau. Auf dem College hatte sie Finanzwirtschaft studiert, aber nachdem sie sechs Monate bei einer großen Investmentbank in New York gearbeitet hatte, war sie zu dem Schluss gekommen, dass sie lieber reisen wollte. Die Luxusbranche wuchs exponentiell, und Jet- und Yacht-Charterfirmen sowie private Resorts suchten händeringend nach attraktiven, kompetenten, zweisprachig diskreten Leuten, die sofort anfangen konnten.

Die Wahrheit war: Sie liebte Flugzeuge. Eine ihrer ersten (und schönsten) Erinnerungen war die an das Cockpit einer Cessna, in dem sie mit ihrem Vater gesessen hatte. Da konnte sie kaum mehr als fünf oder sechs Jahre alt gewesen sein. Sie erinnerte sich an den Blick durch die Fenster auf die Wolken, turmhohe weiße Formen, die sich in ihrer Fantasie in Hündchen und Bären verwandelten, sodass sie nachher ihrer Mutter erzählte, ihr Vater sei mit ihr in einem Zoo im Himmel gewesen.

Sie erinnerte sich, wie sie ihren Vater an diesem Tag gesehen hatte – aus der Perspektive eines kleinen Mädchens: mit kraftvollem Kiefer, unsterblich mit seinem kurz geschnittenen Haar und der Pilotensonnenbrille. Michael Aaron Lightner, sechsundzwanzig Jahre alt, ein Kampfjetpilot mit Armen wie aus Tauen geknotet. Niemand in ihrem Leben würde jemals ein Mann sein, wie ihr Vater ein Mann war, mit blitzenden Zähnen und stählernem Blick und mit dem trockenen Witz des Mittleren Westens. Ein wortkarger Mann, der in zehn Minuten einen Schober Feuerholz hacken konnte und sich niemals anschnallte. Einmal hatte sie gesehen, wie er einen Mann mit einem einzigen Schlag zu Boden warf, mit einem blitzartigen Faustschlag, der vorbei war, bevor sie ihn wahrgenommen hatte. Das K.O. stand schon fest, und ihr Vater ging davon, während der Mann noch zusammensackte.

Das war an einer Tankstelle bei San Diego gewesen. Später sollte Emma erfahren, dass der Mann eine anzügliche Bemerkung zu ihrer Mutter gemacht hatte, als sie auf dem Weg zur Toilette war. Ihr Vater, der an der Zapfsäule stand, sah es und ging auf den Mann zu. Es kam zu einem Wortwechsel, aber Emma erinnerte sich nicht, dass ihr Vater laut geworden wäre. Es gab keinen hitzigen Streit, keine Machogebärden mit Stößen gegen die Brust oder warnendem Geschubse. Ihr Vater sagte etwas. Der Mann antwortete. Dann der Schlag, ein Schwinger ans Kinn, von der Hüfte an aufwärts. Ihr Vater kehrte zum Auto zurück, und der Mann taumelte rückwärts und kippte um wie ein gefällter Baum. Ihr Vater nahm die Zapfpistole aus dem Tankstutzen, hängte sie in die Zapfsäule und schraubte den Tankverschluss zu.

Emma drückte die Nase ans Fenster und sah, wie ihre Mutter von der Toilette zurückkam und verblüfft den bewusstlosen Fremden auf dem Boden liegen sah. Ihr Vater rief sie und hielt seiner Frau die Tür auf, bevor er sich wieder ans Steuer setzte.

Emma kniete auf dem Rücksitz, schaute aus dem Heckfenster und wartete auf die Polizei.

Ihr Vater war jetzt etwas anderes. Er war ihr Ritter, ihr Beschützer, und wenn sie über private Startbahnen rollten, schloss Emma die Augen und stellte sich diesen Augenblick vor, den Wortwechsel, den Mann, der zu Boden fiel.

Sie flog dann hoch hinauf in die Troposphäre, in die dunklen Nischen des Weltalls. Schwerelos schlüpfte sie in eine einzige, perfekte Erinnerung.

Dann schaltete der Captain das Anschnallzeichen aus, und Emma kehrte schlagartig in die Wirklichkeit zurück. Sie war eine fünfundzwanzigjährige Frau, die eine Aufgabe zu erfüllen hatte. Also stand sie auf, strich ihren Rock glatt und lächelte schon jetzt ihr verschwörerisches, aber doch professionelles Lächeln, bereit, ihre Rolle als Teil der Verlockungen des Reichtums zu spielen. Schwer war es nicht. Es gab eine Checkliste, die man vor dem Start abzuarbeiten hatte, und eine zweite für den Landeanflug. Jacken wurden verteilt, Cocktails aufgefrischt. Manchmal, wenn auf einem kurzen Flug ein viergängiges Menü serviert wurde, stand das Flugzeug noch eine Stunde auf dem Rollfeld, während Dessert und Kaffee serviert wurden. Bei hochklassigen Privatflügen war tatsächlich der Weg das Ziel. Wenn die Passagiere dann endlich von Bord gegangen waren, musste noch das Geschirr abgeräumt und verstaut werden. Aber die eigentliche Schmutzarbeit blieb den Einheimischen überlassen. Emma und die anderen Besatzungsmitglieder stiegen die Treppe hinunter und in ihr eigenes elegantes Transportmittel.

Emma Lightner lebte in Wechselschicht, aber gerade der Wechsel deprimierte sie am meisten. Es war nicht nur der Luxus ihres Arbeitsplatzes, der die Rückkehr in ein normales Leben schwer machte, nicht nur der Lincoln Towncar, der sie zur Arbeit brachte und wieder abholte, nicht nur das Flugzeug, präzise und opulent wie eine Schweizer Uhr. Es lag nicht einfach daran, dass sie Tag und Nacht von Millionären und Milliardären umgeben war, von Männern und Frauen, die sie zwar immer daran erinnerten, dass sie eine Dienstbotin war, einem aber (wenn man schön war wie Emma) dennoch das Gefühl gaben, man gehöre zum Club. In der heutigen Wirtschaft ist Schönheit der große Gleichmacher, und sie wirkt wie ein Backstagepass.

Nein, was es für Emma so schwer machte, in die kleine Wohnung im West Village zurückzukehren, die sie mit zwei anderen jungen Frauen teilte, war die plötzliche Erkenntnis, dass sie in all den Wochen des Reisens ein blinder Passagier in einem fremden Leben gewesen war, eine Schauspielerin, die auf der Bühne ihre Rolle spielte. Sie war die Begleiterin des Königs, die keusche Konkubine, die wochenlang in das Dienstbotenleben eintauchte, bis die Regeln und Grenzen, an denen sie sich im Berufsleben orientierte, auch in ihrem Privatleben zu einer tragenden Säule wurden. Sie spürte, dass sie zunehmend einsam war, ein Objekt, das man betrachtete, aber niemals berührte.

Am Freitag, dem 21. August, flog sie mit einer OSPRY 700 SL von Frankfurt nach London. Sie und Chelsea Norquist, eine blonde Finnin mit einer Zahnlücke, hatten Dienst in der Kabine. Die Kunden waren Manager eines deutschen Energieriesen, makellos gekleidet und grenzenlos höflich. Sie landeten um achtzehn Uhr in Farnborough und umgingen so die zeitraubende Bürokratie von Gatwick und Heathrow. Im Mantel und mit dem Handy am Ohr stiegen die Manager die Außentreppe hinunter zu der auf dem Rollfeld wartenden Limousine. Hinter der Limo parkte ein schwarzer SUV, der die Crew in die Stadt bringen sollte. Hier in London lag die Firmenwohnung in South Kensington, einen kurzen Fußweg vom Hyde Park entfernt. Emma war schon mindestens ein Dutzend Mal da gewesen. Sie wusste, welches Bett sie haben wollte und in welche nahegelegenen Bars und Restaurants sie sich flüchten konnte, um dort ein Glas Wein oder eine Tasse Kaffee zu bestellen, ein Buch aufzuschlagen und ihre Batterien aufzuladen.

Der Pilot auf dem Flug von Frankfurt hierher, Stanford Smith, war Anfang fünfzig, ein ehemaliger Lieutenant der British Air Force. Der Erste Offizier, Peter Gaston, war ein sechsunddreißigjähriger Kettenraucher aus Belgien, der sich an jede erreichbare Frau heranmachte, und zwar mit einer gut gelaunten Hartnäckigkeit, die ihn ironischerweise zahnlos erscheinen ließ. Bei den GullWing-Crews stand er in dem Ruf, der Mann zu sein, an den man sich wenden musste, wenn man Ecstasy oder Koks haben wollte, und den man anrief, weil man in letzter Minute saubere Pisse brauchte, weil die Firma einen Drogentest veranstaltete.

Auf der A4 krochen die Autos Stoßstange an Stoßstange voran. Chelsea saß neben Emma auf der mittleren Sitzbank in dem Cadillac und bearbeitete ihr iPhone, mit dem sie ihre Pläne für den Abend organisierte und revidierte. Sie war siebenundzwanzig, ein Partygirl mit einer Schwäche für Musiker.

»Nein, hör auf.« Sie kicherte.

»Ich sage dir«, verkündete Stanford von der hinteren Bank, »man rollt eine Hose zusammen, man faltet sie nicht.«

»*Merde*«, sagte Peter. »Man braucht flache Teile, damit man sie stapeln kann.«

Wie alle Leute, die beruflich reisen, hielten Stanford und Peter sich für Experten in der Kunst des Kofferpackens. Dieses Thema sorgte bei Crews in der ganzen Welt immer wieder für Auseinandersetzungen. Manchmal waren die Differenzen kulturell bedingt; Deutsche fanden, Schuhe müssten in Beutel verpackt werden, Holländer hatten eine merkwürdige Vorliebe für Kleidersäcke. Veteranen testeten Neulinge willkürlich und meist nach ein paar Drinks und befragten sie über die richtige Strategie des Packens für eine Vielfalt von Reisen. Für einen winterlichen Nachtflug von den Bermudas nach Moskau. Für einen zweitägigen Zwischenstopp in Hongkong im August.

Welche Koffergröße, welche Marke? Eine einzelne dicke Jacke oder mehrere Schichten? Entscheidend war die Reihenfolge, in der die einzelnen Teile in den Koffer kamen. Aber Emma interessierte sich wenig für dieses Thema. Was sie wie in ihren Koffer tat, hielt sie für ihre Privatangelegenheit. Um das Thema nicht ausarten zu lassen, lächelte sie sittsam und erklärte, sie schlafe nackt und trage niemals Höschen. Was eine Lüge war. Sie ging mit Flanellpyjamas ins Bett, die sie einzeln zusammenrollte und in wiederverwendbare Vakuumbeutel verpackte, wenn sie auf Reisen war. Aber meistens gelang es ihr damit, das Gespräch vom Kofferpacken auf Nacktheit zu bringen. Dann entschuldigte sie sich und ging weg, während die anderen den Gesprächsfaden bis zu seinem natürlichen Ende verfolgten – zu einer Diskussion über Sex.

Aber heute Abend war Emma müde. Sie hatte zwei Flüge am Stück hinter sich – von Los Angeles nach Berlin zu einer Filmpremiere mit einem großen Regisseur und einer prominenten Schauspielerin, und nach einem kurzen Tankaufenthalt gleich weiter nach Frankfurt, um die Manager abzuholen. Auf der ersten Etappe hatte sie ein paar Stunden geschlafen, aber jetzt, in der neuen Zeitzone und mit dem Wissen, dass sie noch mindestens vier Stunden würde wach bleiben müssen, entschlüpfte Emma unversehens ein Gähnen.

»O nein.« Chelsea hatte es gesehen. »Wir gehen heute Abend aus. Farhad hat alles geplant.«

Farhad war Chelseas Londoner Boyfriend, ein Modedesigner, der Hightops ohne Schnürsenkel zu schmal geschnittenen Anzügen trug. Emma fand ihn ganz nett, aber als sie das letzte Mal in London war, hatte er versucht, sie mit einem abgerissenen Künstler zu verkuppeln, der seine Hände nicht bei sich behalten konnte.

Emma nickte und trank aus ihrer Wasserflasche. Morgen um diese Zeit würde sie mit einem Charter nach New York fliegen; dann käme ein kurzer Trip nach Martha's Vineyard, bevor sie nach New York heimfliegen und eine Woche Urlaub machen würde. Als Erstes würde sie achtundvierzig Stunden schlafen, und dann würde sie sich hinsetzen und überlegen, was zum Teufel sie mit ihrem Leben anfangen wollte. Ihre Mutter hatte vor, für drei Nächte in die Stadt zu kommen, und Emma freute sich darauf, sie zu sehen. Das letzte Mal war lange her, und Emma hatte das Bedürfnis nach einer machtvollen Mutterumarmung und einer Schüssel heißer Makkaroni mit Käse. Sie hatte ihren letzten Geburtstag in San Diego verbringen wollen, aber dann hatte sich ein Charter für das Doppelte ihres normalen Gehalts ergeben, und sie hatte zugegriffen. An ihrem fünfundzwanzigsten Geburtstag hatte sie sich in St. Petersburg den Arsch abgefroren.

Von jetzt an, dachte sie, würde sie ihre eigenen Bedürfnisse an die erste Stelle setzen. Familie. Liebe. Sonst würde sie schließlich zu einer dieser alten Jungfern mit zu viel Make-up und einer Titten-OP werden, und das konnte sie sich nicht leisten. Sie war jetzt alt genug. Die Zeit wurde knapp.

Um kurz nach sieben hielten sie vor dem Townhouse der Firma. Der diesige Londoner Himmel prangte in einem tiefen Mitternachtsblau. Für morgen war Regen angesagt, aber jetzt hatten sie tadelloses Sommerwetter.

»Anscheinend ist heute nur eine andere Crew außer uns hier.« Stanford steckte ihren Reiseplan ein, und sie stiegen aus. »Aus Chicago.«

Emma spürte ein leises Stechen – Sorge? Angst? –, aber es verging fast so schnell, wie es gekommen war, als Chelsea ihren Arm drückte.

»Eine schnelle Dusche und ein Wodka, dann sind wir wieder weg«, sagte sie.

Im Haus fanden sie Carver Ellis, den Kopiloten des Chicago-Flugs, und zwei Stewardessen, die zu französischem Pop aus den Sechzigern tanzten. Carver war ein muskulöser Schwarzer zwischen dreißig und vierzig. Er trug Chinos und ein weißes

Tanktop, und er lächelte, als er Emma sah. Sie war zweimal mit Carver geflogen und mochte ihn. Er war unbekümmert und behandelte sie immer professionell. Als Chelsea ihn sah, fing sie an zu schnurren. Sie hatte einen Hang zu schwarzen Männern. Die Stewardessen waren Emma neu. Eine blonde Amerikanerin und eine hübsche Spanierin. Die Spanierin trug nur ein Handtuch.

»Jetzt ist es eine Party«, sagte Carver, als die Crew aus Frankfurt anrollte. Sie umarmten einander oder schüttelten sich die Hände. In der Küche stand eine Flasche Chopin-Wodka und eine Batterie Orangensaft. Durch die Wohnzimmerfenster sah man die Baumwipfel im Hyde Park. Die Musik aus den Boxen war eine Drum-and-Bass-Schleife, schwül und mitreißend.

Carver nahm Emmas Hand, und sie ließ sich im Kreis herumdrehen. Chelsea schleuderte ihre High Heels zur Seite, schob die eine Hüfte vor und streckte die Hände zur Decke. Eine Zeitlang tanzten sie und ließen sich von der Energie der Musik und dem Vibrieren ihrer Libido beherrschen. Der Groove hatte eine Unterströmung, die man in den Lenden spürte. Es war unglaublich, in einer modernen europäischen Großstadt jung und lebendig zu sein.

Emma duschte als Erste. Mit geschlossenen Augen stand sie unter dem brühheißen Wasser. Wie immer hatte sie in den Knochen noch das Gefühl, in Bewegung zu sein, mit vierhundert Meilen pro Stunde durch den Raum zu rasen.

Sie trocknete sich ab. Ihre Toilettentasche hing an einem Haken neben dem Waschbecken, ein Zeugnis maximaler Effizienz, nach Regionen geordnet – Haare, Zähne, Haut, Nägel. Sie stand nackt vor dem Spiegel und bürstete sich das Haar mit langen, gleichmäßigen Strichen. Dann besprühte sie sich mit Deodorant und rieb sich mit Bodylotion ein, zuerst die Füße, dann Beine und Arme. Es war ihre Art, sich zu erden, sich daran zu erinnern, dass es sie wirklich gab, nicht nur als Objekt irgendwo in der Luft.

Es klopfte kurz an der Tür, und dann kam Chelsea mit einem Glas in der Hand herein.

»*Bitch*«, sagte sie zu Emma, »es stinkt mir, dass du so schlank bist.«

Sie reichte ihr das Glas und quetschte mit beiden Händen die imaginäre Speckrolle an ihrer Taille zusammen. Das Glas war halb voll Wodka auf Eis und mit einer Limettenscheibe garniert. Emma nippte daran, dann noch einmal. Der Wodka durchströmte sie und wärmte sie von innen.

Chelsea holte einen transparenten Umschlag aus der Blusentasche und zog mit professioneller Effizienz eine Line Koks auf dem marmornen Waschtisch.

»Ladys first.« Sie reichte Emma einen zusammengerollten Dollarschein.

Emma war kein großer Kokain-Fan – Pillen waren ihr lieber –, aber wenn sie es heute Abend noch schaffen wollte, zur Tür hinauszukommen, brauchte sie die kleine Stärkung. Sie beugte sich hinunter und hielt sich das Röhrchen an die Nase.

»Nicht alles, du freche Fotze«, sagte Chelsea und gab ihr einen Klaps auf den nackten Hintern.

Emma richtete sich auf und wischte sich über die Nase. Wie immer spürte sie den Kick im Kopf, als die Droge in den Blutkreislauf kam, das Gefühl, dass in ihrem Hirn ein Schalter betätigt wurde.

Chelsea schob die Line zusammen und rieb sich das restliche Pulver ins Zahnfleisch. Dann nahm sie Emmas Bürste und zog sie durch ihr Haar.

»Das wird wild heute Abend«, sagte sie. »Glaub's mir.«

Emma wickelte sich in ein Handtuch. Sie fühlte jeden Faden auf ihrer Haut.

»Ich kann dir nicht versprechen, dass ich besonders lange aufbleibe«, sagte sie.

»Wenn du früh nach Hause gehst, ersticke ich dich im Schlaf«, versprach Chelsea. »Oder Schlimmeres.«

Emma zog den Reißverschluss an ihrer Toilettentasche zu und kippte herunter, was von dem Wodka noch übrig war. Vor ihrem geistigen Auge sah sie ihren Vater in einem schmutzigen weißen T-Shirt, für immer sechsundzwanzig Jahre alt. Er kam in Zeitlupe auf sie zu, und hinter ihm fiel ein Mann, der größer war als er, zu Boden.

»Versuch's nur, *Bitch*«, sagte sie zu Chelsea. »Ich schlafe mit einem Messer.«

Chelsea lächelte. »Das ist mein Mädel«, sagte sie. »Los jetzt, wir gehen und lassen uns ordentlich ficken.«

Als sie aus dem Bad kam, hörte Emma eine Männerstimme. Später erinnerte sie sich noch einmal, wie ihr Magen sich zusammengezogen hatte und es war, als ob die Zeit stehenbliebe.

»Ich habe ihm das Messer weggenommen«, sagte der Mann. »Was glaubt ihr denn? Und ihm den Arm an drei Stellen gebrochen. Scheiß Jamaica.«

In panischem Schrecken machte Emma kehrt, um wieder im Bad zu verschwinden, aber Chelsea war hinter ihr, und sie stießen mit den Köpfen zusammen.

»Au, Scheiße«, rief Chelsea laut.

Im Wohnzimmer blickten alle auf. Sie sahen Chelsea und Emma (in einem weißen Badetuch), die einen seltsamen Tanz vollführten, als Emma noch ein letztes Mal versuchte zu verschwinden. Dann war Charlie Busch aufgestanden und kam mit ausgebreiteten Armen auf sie zu.

»Hey, Schöne«, sagte er. »Was für eine Überraschung!«

Emma saß in der Falle. Das Koks hatte sie angetörnt, und die Welt zitterte ungleichmäßig.

»Charlie, Charlie«, sagte sie möglichst munter.

Er küsste sie auf beide Wangen und hielt sie bei den Schultern.

»Bisschen zugelegt, was?«, sagte er. »Zu viele Desserts?«

Ihr Magen zog sich zusammen, und er grinste. »War ein Scherz. Du siehst fantastisch aus. Sieht sie nicht super aus?«

»Sie hat nur ein Handtuch an.« Carver spürte Emmas Unbehagen. »Natürlich sieht sie super aus.«

»Was meinst du, Baby?«, sagte Charlie. »Lauf rüber und zieh dich sexy an. Ich höre, wir haben Pläne für heute Abend. Große Pläne.«

Emma lächelte gezwungen und stolperte in ihr Zimmer. Nach dem Wodka fühlten ihre Beine sich an wie aus Papier. Sie schloss die Tür und lehnte sich mit dem Rücken dagegen. Eine ganze Weile stand sie so mit klopfendem Herzen da.

Fuck, dachte sie. *Fuck, fuck, fuck.*

Es war sechs Monate her, dass sie Charlie zuletzt gesehen hatte. Sechs Monate voller Anrufe und SMS. Wie ein Bluthund war er auf ihrer Fährte gewesen. Emma hatte ihre Telefonnummer gewechselt, seine Mails blockiert und ihn auf Facebook entfreundet. Sie ignorierte seine SMS und tat die Klatschgeschichten von Kolleginnen ab, die erzählten, dass er hinter ihrem Rücken blöd rumquatschte und andere Mädels im Bett mit ihrem Namen anredete. Ihre Freunde hatten ihr geraten, sich bei der Unternehmensleitung zu beschweren, aber Emma hatte Angst. Charlie war irgendjemandes Neffe, wenn sie sich recht erinnerte. Außerdem wusste sie, dass der Vogel, der zu laut sang, immer als Erster fliegen gelassen wurde.

Sie war so gut zurechtgekommen, dachte sie. Sie hatte Regeln aufgestellt und sich daran gehalten. Sie war das vernünftige Mädel. Ihr einziger Fehltritt war Charlie gewesen. Das war eigentlich nicht mal seine Schuld. Was konnte er dafür, wenn sie ihn attraktiv fand? Er war groß und auf eine draufgängerische Weise gutaussehend. Ein Charmeur mit grünen Augen, der Emma an ihren Vater erinnert hatte. Und das war es natürlich. Charlie war ein Mann, der genauso viel Raum ausfüllte wie ihr Vater und den gleichen Archetypus verkörperte, den starken, schweigsamen Einzelgänger, den guten Mann. Aber das war eine Luftspiegelung. In Wahrheit hatte Charlie nicht die geringste Ähnlichkeit mit ihrem Vater. Die Nummer des guten Kerls war bei ihm eine Nummer, sonst nichts. Wo ihr Vater selbstsicher war, war Charlie arrogant. Wo ihr Vater ritterlich war, war Charlie herablassend und selbstgefällig. Er hatte sie bezirzt, hatte sie mit warmherziger Empathie verführt, und dann hatte er sich aus heiterem Himmel in Mr Hyde verwandelt und sie in aller Öffentlichkeit beschimpft und gesagt, sie sei dumm, sie sei fett, sie sei eine Schlampe.

Anfangs hatte sie gedacht, sie wäre an dieser Veränderung selbst schuld. Offensichtlich reagierte er ja auf etwas. Vielleicht hatte sie wirklich ein paar Pfund zugenommen. Vielleicht hatte sie mit diesem saudischen Prinzen geflirtet. Aber als sein Benehmen schlimmer wurde – und seinen Höhepunkt darin fand, dass er sie im Schlafzimmer beängstigend würgte –, begriff sie, dass Charlie verrückt war. Die ganze eifersüchtige Bösartigkeit war die dunkle Seite eines bipolaren Herzens. Er war kein guter Mann. Er war eine Naturkatastrophe, und Emma hatte getan, was jeder vernünftige Mensch im Angesicht einer Naturkatastrophe tut. Sie war weggelaufen.

Jetzt zieht sie sich hastig an, und sie wählt möglichst wenig schmeichelhafte Sachen aus. Sie wischt sich mit einem Handtuch das Make-up aus dem Gesicht, nimmt ihre Kontaktlinsen heraus und setzt die Katzenbrille auf, die sie in Brooklyn gekauft hat. Ihr Instinkt rät ihr zu behaupten, ihr sei nicht gut, und zu Hause zu bleiben. Aber sie weiß, was Charlie dann tun wird: Er wird anbieten, auch hierzubleiben und sie zu pflegen. Mit ihm allein zu sein ist das Letzte, was Emma sich zutraut.

Jemand hämmert an die Tür, und Emma fährt hoch.

»Beeil dich, Schnuckelchen«, schreit Chelsea. »Farhad wartet.«

Emma greift nach ihrem Mantel. Sie wird immer dicht bei den anderen bleiben, sich an Chelsea und Carver halten, sich an die hübsche Spanierin klammern. Sie wird sich an sie hängen wie eine Klette, und im richtigen Augenblick wird sie sich verdrücken. Sie wird in die Wohnung zurückkehren, ihre Sachen holen und unter einem falschen Namen in ein Hotel ziehen. Und wenn er irgendetwas versuchen sollte, wird sie morgen die Firma anrufen und sich offiziell beschweren.

»Ich komme gleich«, ruft sie und packt hastig ihren Koffer. Sie wird ihn neben die Tür stellen, und bevor irgendjemand etwas merkt, wird sie weg sein. Zehn Sekunden – rein und wieder raus. Das schafft sie. Sie wollte ihr Leben sowieso ändern. Das ist ihre Chance. Als sie die Tür öffnet, merkt sie, dass ihr Puls fast wieder normal ist. Dann sieht sie Charlie. Er steht lächelnd an der Tür und sieht sie mit seinen Röntgenaugen an.

»Okay«, sagt Emma. »Ich bin bereit.«

KRÄNKUNG

DER MORGENDLICHE VERKEHR – Autos und Fußgänger – schiebt sich in veränderlichen Mustern die Sixth Avenue hinauf. Jeder Körper, jedes Auto, jedes Fahrrad ist wie ein Wassermolekül, das sich mit Höchstgeschwindigkeit in schnurgerader Linie voranbewegen würde, wären da nicht all die anderen Moleküle, die einander den Platz in einem immer enger werdenden Kanal streitig machen – als presste man einen Ozean durch einen Feuerwehrschlauch. Ein Meer von Ohrstöpseln, und jeder Körper bewegt sich nach seinem eigenen Rhythmus. Berufstätige Frauen in Sneakers schreiben im Gehen SMS-Nachrichten und sind im Geiste tausend Meilen weit entfernt, und Taxifahrer haben nur ein Auge auf der Straße und das andere auf Messages aus fernen Ländern, die über ihr Display scrollen.

Doug steht vor dem Eingang des ALC Buildings und raucht eine letzte Zigarette. In den vergangenen zwei Tagen hat er drei Stunden geschlafen. Ein Geruchstest seines Bartes würde Spuren von Bourbon und Drive-through-Cheeseburgern und die torfigen Aromen eines Lagerbiers aus Brooklyn erbringen. Seine Lippen sind aufgesprungen, und seine Synapsen feuern zu schnell und in zu viele verschiedene Richtungen. Er ist eine Rachemaschine, die sich selbst eingeredet hat, die Wahrheit sei subjektiv, und ein Mann, dem Unrecht geschehen sei, habe das Recht, wenn nicht gar die moralische Pflicht, »die Sache richtigzustellen«.

Krista Brewer, Bill Cunninghams Producerin, empfängt ihn in der Lobby. Fast im Laufschritt kommt sie ihm entgegen. Einen schwarzen Jungen mit einer Kuriertasche stößt sie tatsächlich beiseite, als sie Dougs schlurfende Gestalt entdeckt hat.

»Doug, hi«, sagt sie und lächelt wie eine Unterhändlerin bei einer Geiselnahme, die gelernt hat, den Blickkontakt niemals zu unterbrechen. »Krista Brewer. Wir haben telefoniert.«

»Wo ist Bill?«, fragt Doug nervös. Jetzt kommen ihm Bedenken. Er hatte eine Vorstellung davon im Kopf, wie es hier laufen würde, und die sah anders aus.

Krista lächelt. »Oben. Er erwartet Sie.«

Doug runzelt die Stirn, aber sie nimmt ihn beim Arm und führt ihn an der Security vorbei zum Aufzug. Jetzt, im morgendlichen Stoßbetrieb, drängen sie sich mit Dutzenden anderen Molekülen in die Kabine, und jedes davon will in ein anderes Stockwerk, in ein anderes Leben.

Zehn Minuten später findet Doug sich auf einem Stuhl vor einem dreifach geteilten, von hellen Lampen umrahmten Spiegel wieder. Eine Frau mit vielen Armreifen bürstet ihm das Haar, streicht ihm eine Grundierung auf die Stirn und betupft ihn mit Puder.

»Haben Sie am Wochenende schon was vor?«, fragt sie ihn.

Doug schüttelt den Kopf. Seine Frau hat ihn soeben aus dem Haus geworfen. Die ersten zwölf Stunden war er betrunken, die letzten sechs hat er schlafend in einem Pick-up verbracht. Er fühlt sich wie Humphrey Bogart in *Der Schatz der Sierra Madre* – das gleiche irre Verlustgefühl (Er war *so nah dran!*). Dabei geht es nicht um das Geld. Es geht ums Prinzip. Eleanor ist seine Frau, und der Kleine ist sein und ihr Kind, und – ja – einhundertdrei Millionen Dollar (plus vierzig für die Immobilien) sind eine Menge Geld, und – ja – er hatte seinen Blick auf die Welt schon geändert und in dem Gedanken geschwelgt, dass er jetzt ein wohlhabender Mann war. Und – nein – er glaubt nicht, dass Geld alle Probleme löst, aber es macht das Leben sicher leichter. Er kann das Restaurant fertig machen, kein Problem, und er kann endlich diesen Roman zu Ende schreiben. Für den Kleinen können sie sich ein Kindermädchen leisten, und vielleicht können sie das Haus in Croton als Wochenendhaus herrichten und in das Townhouse an der Upper East Side ziehen. Allein die Cappuccinomaschine der Batemans ist den Umzug wert. Und – ja – er weiß, dass dies oberflächliches Denken ist, aber geht es nicht bei dieser ganzen Rückkehr zum puren Handwerk nur darum, dafür zu sorgen, dass alles, was wir tun, durchdacht und vollkommen ist? Dass jeder Bissen, den wir essen, jeder Schritt, den wir tun – dass alles von den Hanfbezügen unserer Zierkissen bis zu unseren handgefertigten Fahrrädern wie ein *Koan* des Dalai Lama ist?

Wir sind die Feinde der Industrialisierung, die Zerstörer des Massenmarkts. Schluss mit »zehn Milliarden Gäste bisher«. Jedes einzelne Essen zählt. Eier von deinen eigenen Hühnern. Sprudel aus deiner eigenen Kohlensäurepatrone. Das ist die Revolution. Zurück zum Boden, zum Webstuhl, zur Destille. Aber es ist ein harter Kampf, und jeder muss sich den Weg in irgendeine Zukunft selbst erkämpfen. Muss die Hindernisse der Jugend überwinden und sich etablieren, ohne unterwegs verlorenzugehen. Und dabei würde das Geld helfen. Es würde die Sorgen beseitigen, das Risiko. Zumal jetzt, mit dem Kleinen – wie schwer das sein kann, angenommen, man ist noch nicht bereit, so viel Verantwortung zu übernehmen und die eigenen Bedürfnisse zurückzustellen gegenüber den Bedürfnissen eines so kleinen und irrationalen Menschleins, das sich nicht mal den eigenen Hintern abwischen kann.

Er fängt auf dem Stuhl an zu schwitzen. Die Make-up-Lady betupft seine Stirn.

»Vielleicht sollten Sie die Jacke ausziehen«, schlägt sie vor.

Aber Doug denkt an Scott, an die Natter in seinem Heim. Kommt einfach angefahren, dieser Scheißtyp, als ob ihm der Laden gehörte. Als ob er irgendwie eingeladen wäre einzuziehen, nur weil er diese spezielle Beziehung zu dem Kleinen hat.

Womit hat Doug verdient, aus seinem eigenen Haus hinausgeworfen zu werden? Ja, okay, er ist nach Mitternacht betrunken nach Hause gekommen, und vielleicht war er ein bisschen angefressen und hat geschrien, aber es ist schließlich sein Haus. Und sie ist *seine* Frau. In was für einer bizarren Welt leben wir, wenn irgendein gescheiterter Maler ein größeres Recht hat, in seinem Haus zu sein, als er selbst? Das alles sagt er Eleanor und befiehlt ihr, diesen Typen vor die Tür zu setzen, sobald die Sonne aufgeht. Sie ist seine Frau, sagt er, und er liebt sie, und sie haben diese wunderschöne Sache miteinander, eine Sache, die sich zu beschützen lohnt, zu genießen, zumal jetzt, da sie *Eltern* sind. Oder? Er ist ein Vater.

Und Eleanor hört zu. Hört einfach nur zu. Sitzt ganz still da. Regt sich nicht auf. Ist anscheinend weder verängstigt noch wütend oder – sonst irgendetwas. Sie hört einfach zu, wie er schwadroniert und im Schlafzimmer auf und ab marschiert, und dann – als ihm der Sprit ausgeht – sagt sie, sie will sich scheiden lassen, und er soll auf dem Sofa schlafen.

Krista kommt lächelnd herein. Sie erwarten ihn jetzt, sagt sie. Bill ist bereit, und es ist *so tapfer* von Doug, dass er gekommen ist. Das Land, ja, die ganze Welt ist dankbar, dass es Männer wie ihn gibt, die bereit sind, die Wahrheit zu sagen, selbst wenn es schwerfällt. Und Doug nickt. Das ist er, kurz und knapp zusammengefasst. Er ist der Mann von nebenan, großherzig und fleißig. Ein Mann, der sich nicht beklagt und keine Forderungen stellt, aber der erwartet, dass die Welt ihn anständig behandelt. Der für die Arbeit eines Tages auch den Lohn eines Tages haben will. Der erwartet, dass das Leben, das er sich schafft, die Familie, die er begründet, sein Leben und seine Familie sind. Das hat er verdient, und niemand darf es ihm nehmen.

Ein Gewinnerlos sollte ein Gewinnerlos bleiben.

Er reißt sich das Papierlätzchen herunter und geht seinem Schicksal entgegen.

»Doug«, sagt Bill. »Danke, dass Sie heute gekommen sind.«

Doug nickt und bemüht sich, nicht in die Kamera zu schauen. *Konzentrieren Sie sich einfach auf mich,* hat Bill gesagt. Und das tut er jetzt, er konzentriert sich auf die Augenbrauen des Mannes, auf seine Nasenspitze. Er ist nicht gutaussehend, dieser Bill Cunningham, nicht im traditionellen Sinn, aber er hat die draufgängerische Art eines Alphamannes – diese undefinierbare Verbindung von Kraft, Charisma und Selbstvertrauen, den unbeirrbaren Blick, den vorgereckten Unterleib eines Mannes auf der Höhe seines Einflusses auf globale Bauchgefühle. Ist das etwas Körperliches? Sind es Pheromone? Ist es eine Aura? Aus irgendeinem Grund denkt Doug daran, wie eine Schule von Riffhaien auseinanderstiebt, wenn ein großer Weißer auftaucht. Oder wie manche Rehe sich den Zähnen des Wolfs einfach ausliefern, wie sie die Gegenwehr einstellen und still daliegen, unterworfen von unausweichlichen, unwiderstehlichen Kräften.

Und dann denkt er: *Bin ich das Reh?*

»Wir leben in beunruhigenden Zeiten«, sagt Bill. »Finden Sie nicht?«

Doug blinzelt. »Ob ich finde, dass wir in beunruhigenden Zeiten leben?«

»Für Sie. Für mich. Für Amerika. Ich rede von Verlust und Ungerechtigkeit.«

Doug nickt. Das ist die Geschichte, die er erzählen will. »Es ist eine Tragödie«, sagt er. »Das wissen wir alle. Der Absturz, und jetzt ...«

Bill beugt sich vor. Die Sendung geht per Satellit potenziell an neunhundert Millionen Bildschirme weltweit.

»Für die Zuschauer, die die Geschichte nicht so gut kennen wie ich«, sagt er, »sollten Sie vielleicht ein bisschen Hintergrund liefern.«

Doug rutscht nervös hin und her. Dann wird ihm bewusst, dass er hin und her rutscht, und er zuckt grundlos die Achseln.

»Na ja, äh, der Absturz ist bekannt. Der Flugzeugabsturz. Den nur zwei Personen überlebt haben. JJ, mein Neffe – das heißt, äh, der Neffe meiner Frau. Und dieser Maler, Scott – äh, Soundso –, der angeblich an Land geschwommen ist.«

»Angeblich?«

»Nein.« Doug rudert zurück. »Ich meinte etwas, das Sie … Ich meine, es war heldenhaft, auf jeden Fall, aber das heißt nicht …«

Bill schüttelt kaum merklich den Kopf. »Und Sie haben ihn bei sich aufgenommen, Ihren Neffen.«

»Ja, selbstverständlich. Er ist erst vier. Seine Eltern sind – tot.«

»Ja«, sagt Bill. »Sie haben ihn aufgenommen, weil Sie ein guter Mensch sind. Ein Mensch, dem etwas daran liegt, das Richtige zu tun.«

Doug nickt. »Wir haben nicht viel, wissen Sie. Wir sind – ich bin Schriftsteller, und Eleanor, meine Frau, ist so was wie eine Physiotherapeutin.«

»Eine fürsorgliche Tätigkeit.«

»Ja, aber was immer wir haben, gehört ihm. Er gehört zur Familie, nicht wahr? JJ? Und schauen Sie …« Er holt tief Luft und versucht, sich auf die Geschichte zu konzentrieren, die er erzählen will. »Ich bin nicht vollkommen.«

»Wer ist das schon?«, fragt Bill. »Kommt dazu – wie alt sind Sie?«

»Siebenundzwanzig.«

»Ein Baby.«

»Ich arbeite fleißig, okay? Ich versuche, ein Restaurant aufzumachen, und muss es renovieren, während ich außerdem … Und, okay, ab und zu trinke ich ein paar Bier.«

»Wer tut das nicht?«, sagt Bill. »Am Abend eines langen Tages … In meinen Augen macht das einen Mann zum Patrioten.«

»Genau, und – schauen Sie, der Typ ist ein … Held. Scott … ganz klar, aber – na ja, er ist quasi eingezogen …«

»Scott Burroughs? Er ist bei Ihnen eingezogen?«

»Na ja, er ... er ist vor zwei Tagen aufgekreuzt, um den Jungen zu besuchen, was er ja – noch mal – er hat ihn schließlich gerettet, nicht wahr? Deshalb – niemand sagt, er darf JJ nicht besuchen. Aber – das Haus eines Mannes ist doch sein ... Und meine Frau – wissen Sie, das ist eine Menge Arbeit, mit dem Jungen ... und viel zu verarbeiten. Deshalb ist sie vielleicht nur – verwirrt. Aber ...«

Bill nagt an der Unterlippe. Er lässt es sich vor den Zuschauern nicht anmerken, aber er verliert allmählich die Geduld mit Doug. Der Kerl hat sie offensichtlich nicht alle. Sich selbst überlassen, wird er implodieren, ohne die Story zu erzählen, für die Bill ihn hergeholt hat.

Er fällt ihm ins Wort. »Mal sehen. Ich will Sie nicht unterbrechen, aber lassen Sie mich schauen, ob ich ein paar Dinge klarstellen kann, denn Sie sind offensichtlich erregt.«

Doug verstummt und nickt. Bill dreht sich ein kleines Stück zur Seite und spricht in die Kamera.

»Die Schwester und der Schwager Ihrer Frau sind zusammen mit ihrer Tochter ums Leben gekommen, und zwar unter höchst merkwürdigen Umständen bei einem Flugzeugunglück, und ihr vierjähriger Sohn JJ ist als Waise zurückgeblieben. Sie und Ihre Frau haben ihn aus lauter Gutherzigkeit bei sich aufgenommen und sich bemüht, ihm eine Art Familie zu geben und ihm über diese schreckliche Zeit hinwegzuhelfen. Und jetzt ist ein anderer Mann – Scott Burroughs, ein Mann, von dem es heißt, er habe ein romantisches Verhältnis zu Ihrer Schwägerin unterhalten, und der zuletzt gesehen wurde, als er das Haus einer notorisch freizügigen, unverheirateten Milliardenerbin verließ – jetzt ist dieser Mann bei Ihnen eingezogen, während Ihre Frau Sie aufgefordert hat, das gemeinsame Haus zu verlassen.« Er dreht sich zu Doug um. »Sie sind rausgeflogen, um das Kind beim Namen zu nennen. Wo haben Sie letzte Nacht geschlafen?«

»In meinem Truck«, murmelt Doug.

»Was?«

»In meinem Truck. Ich habe in meinem Truck geschlafen.«

Bill schüttelt den Kopf. »Sie haben in einem Truck übernachtet, während Scott Burroughs in Ihrem Haus geschlafen hat. Mit Ihrer Frau.«

»Nein. Ich meine, ich weiß nicht, ob da – ob da etwas zwischen den beiden ist. Ich bin nicht ...«

»Junger Mann, bitte. Was soll da denn sonst sein? Der Mann rettet den Jungen – angeblich –, und Ihre Frau nimmt ihn, nimmt sie beide zu sich – wozu? Um eine neue Familie zu gründen? Wen kümmert's, dass ihr eigentlicher Ehemann jetzt obdachlos ist. Tief verletzt.«

Doug nickt, und das Bedürfnis zu weinen ist plötzlich übermächtig. Aber er reißt sich zusammen. »Vergessen Sie das Geld nicht«, sagt er.

Bill nickt. *Bingo.* »Welches Geld?«, fragt er unschuldsvoll.

Doug wischt sich über die Augen und merkt, dass er zusammengesunken ist. Er richtet sich auf und bemüht sich um Fassung.

»Also, David und Maggie, JJs Eltern – sie waren – na ja, Sie wissen ja, er war Chef dieses Senders. Das ist nichts Unanständiges, aber ... sie waren sehr reiche Leute.«

»Wie reich? Ungefähr?«

»Äh, ich weiß nicht, ob ich ...«

»Zehn Millionen? Fünfzig?«

Doug zögert.

»Mehr?«

»Vielleicht doppelt so viel«, sagt Doug widerstrebend.

»Wow. Okay. Hundert Millionen Dollar. Und dieses Geld ...«

Doug streicht sich ein paar Mal schnell über den Bart wie einer, der sich bemüht, nüchtern zu werden. »Einiges ist für wohltätige Zwecke bestimmt«, sagt er, »aber der Rest gehört natürlich JJ. Es gibt einen Treuhandfonds. Das ist auch – Sie wissen ja – er ist vier, und deshalb ...«

»Sie wollen sagen«, unterbricht Bill, »ich nehme an, Sie wollen sagen, wer immer den Jungen kriegt, kriegt auch das Geld.«

»Das – ich meine, das ist sehr grob formuliert.«

Bill starrt ihn verachtungsvoll an. »Ich bevorzuge das Wort *unverblümt*. Worauf ich hinauswill – und vielleicht bin ich ja zu dumm –, aber hier geht es um zig Millionen Dollar für den, der das Kind bekommt – mein Patenkind, wie ich hinzufügen sollte. Deshalb, ja – im Sinne der vorbehaltlosen Transparenz: Ich bin hier alles andere als objektiv. Nach allem, was dieser kleine Junge durchgemacht hat, nach dem Verlust seiner – aller Menschen, die er liebte, soll er nun eine Schachfigur ...«

»Na ja, ich meine, Eleanor ist ja nicht – sie ist ein guter Mensch. Sie meint es gut. Ich habe nur ... Meiner Ansicht nach muss sie – irgendwie manipuliert worden sein.«

»Durch den Maler.«

»Oder – keine Ahnung – vielleicht hat das Geld sie – also der Gedanke daran – sie irgendwie verändert ...«

»Weil Sie immer dachten, Sie führten eine glückliche Ehe.«

»Na ja, man muss schon kämpfen, oder? Wir sind nicht immer – aber das ist ... Wir sind noch keine dreißig, und da ist es harte Arbeit – das Leben. Sich einen Namen machen. Und man soll zusammenhalten, nicht nur ...«

Bill nickt und lehnt sich zurück. In seiner rechten Hosentasche vibriert das Handy. Er zieht es heraus und wirft einen Blick auf die SMS. Seine Augen werden schmal. Im nächsten Moment kommt eine zweite Nachricht, dann eine dritte. Namor hat das Festnetztelefon der Frau angezapft und schreibt, er habe etwas gehört.

Telefonate zwischen Schwimmer und Erbin letzte Nacht. Sexy.

Und dann ...

Auch zwischen Schwimmer und NTSB, Flugdatenrecorder beschädigt.

Gefolgt von ...

Schwimmer gibt zu, mit Erbin im Bett gewesen zu sein.

Bill steckt das Telefon wieder ein und richtet sich zu voller Größe auf. »Doug, was würden Sie sagen, wenn ich Ihnen erzählen wollte, dass Scott Burroughs nur wenige Stunden, bevor er zu Ihnen gefahren ist, mit der Erbin Layla Mueller im Bett gewesen ist?«

»Tja, ich meine ...«

»Und dass er weiterhin mit ihr spricht? Von Ihrem Haus aus mit ihr telefoniert?«

Doug bekommt einen trockenen Mund. »Okay. Aber – bedeutet das denn ... glauben Sie – ist er mit meiner Frau zusammen, oder ...?«

»Was glauben Sie?«

Doug schließt die Augen. Er ist dem Ganzen nicht gewachsen, nicht den Gefühlen, die ihn überkommen, dem Eindruck, dass er in den letzten zwei Wochen vom Gewinner zum Verlierer geworden ist, als sei sein Leben ein Streich, den die Welt ihm spielt.

Bill langt herüber und tätschelt ihm die Hand. »Nach einer kurzen Pause sind wir wieder da«, sagt er.

KUGELN

WER VON UNS HAT wirklich begriffen, wie eine Aufzeichnung funktioniert? Wie in alten Zeiten eine Edison-Maschine Rillen in einen Zylinder aus Wachs zog und aus diesen Rillen mit Hilfe einer Nadel das exakte Echo der aufgezeichneten Töne wiedergeben konnte? Worte oder Musik? Wie können eine Nadel und eine Walze ein Geräusch hervorbringen? Wie kann ein Kratzer in einer Plastikscheibe das Timbre des Lebens einfangen? Und dann der Wechsel zur digitalen Technik – wie gelangen die verschiedenen Töne durch ein Mikrofon auf eine Festplatte, wo sie irgendwie in Einsen und Nullen zerlegt, in Daten verwandelt und dann durch Drähte und Lautsprecher wieder zusammengesetzt werden, zu einer präzisen Rekonstruktion der menschlichen Rede in Tonfall und Stimmlage, zu den Klängen eines Reggaesongs oder zu den Rufen der Vögel an einem Sommertag? Das ist nur einer unter einer Million Zaubertricks, die wir im Laufe der Jahrhunderte gemeistert haben, unter Technologien von anatomischen Stents bis zu Kriegsmaschinen, deren Ursprünge bis in die wüsten Tage des Neandertalers und der Erfindung des Feuers zurückreichen. Werkzeuge zum Überleben und für Eroberungen.

Und wie können zehntausend Jahre später Männer in engen Jeans und mit Oliver-Peoples-Brillen eine Blackbox in einem sterilen Kasten zerlegen und mit drahtdünnen Pentalobschraubenziehern und Minilampen überprüfen? Wie können sie beschädigte Ports ersetzen und Diagnosesoftware laufen lassen, die selbst aus dem binären Code gemacht ist, bei dem jede Zeile aus verschiedenen Kombinationen von EIN und AUS zusammengesetzt ist?

Gus Franklin sitzt auf der Lehne seines Stuhls und hat die Füße auf die Sitzfläche gestellt. Er ist seit sechsunddreißig Stunden wach, steckt noch in den Kleidern von gestern und ist unrasiert. Sie sind kurz davor. Das haben sie gesagt. Fast alle Daten sind gesichert. Jeden Augenblick wird er einen Ausdruck bekommen, und der Flugdatenrecorder hat jede Bewegung des Flugzeugs aufgezeichnet, jeden Befehl, der eingegeben wurde. Mit dem Stimmrecorder kann es noch ein bisschen länger dauern. Die Mühseligkeit, in der Zeit zurückzureisen – Einsen und Nullen in Stimmen zu übersetzen –, bremst ihre Fähigkeit, in diesem Gespenstercockpit zu schweben und die letzten Augenblicke dieses Flugs mitzuerleben.

Die ballistische Untersuchung hat ergeben, dass die Schusslöcher zu den Projektilen aus Gil Baruchs Dienstwaffe passen. Agent O'Brien hatte es satt, den Technikern des NTSB über die Schulter zu spähen und zu fragen: *Wie lange noch?* Er ist in die Stadt gefahren und versucht, mehr über den Leibwächter der Batemans herauszufinden. Weil sein Leichnam nicht gefunden wurde, hat Agent O'Brien eine neue Theorie entwickelt. Vielleicht hat Gil sich gegen seinen Arbeitgeber gewandt und seine Dienste an einen anderen Interessenten verkauft (El Kaida? Die Nordkoreaner?), und als die Maschine gestartet war, hat er seine Waffe gezogen und den Absturz herbeigeführt, um dann irgendwie zu entkommen.

Wie der Schurke in einem James-Bond-Film?, hat Gus gefragt, aber er hat keine Antwort bekommen. Wahrscheinlicher, hat er daraufhin erklärt, sei es doch, dass Baruch, der bekanntermaßen nicht angeschnallt war, bei dem Unglück getötet und hinausgeschleudert wurde, sodass er entweder auf dem Meeresgrund gelandet oder von Haien gefressen worden sei. Aber O'Brien schüttelte den Kopf und meinte nur, sie müssten gründlich vorgehen.

Parallel dazu kam vor ungefähr einer Stunde der Obduktionsbericht zu Charlie Busch. Der toxikologische Befund war positiv in Bezug auf Kokain und Alkohol. Jetzt ist ein Team des FBI dabei, die Vergangenheit des Kopiloten eingehender unter die Lupe zu nehmen. Sie sprechen mit Freunden und Verwandten und schauen sich Personalakte und Schulzeugnisse an. In der Akte findet sich kein Hinweis auf psychische Probleme. Hatte er trotzdem eine psychotische Episode, wie der Kopilot bei dem German-Wings-Absturz? War Busch immer schon eine Zeitbombe, und ist es ihm einfach gelungen, das zu verheimlichen?

Gus starrt in die Kunstgalerie am anderen Ende des Hangars. Ein entgleister Zug. Ein aufziehender Tornado. Er war einmal ein verheirateter Mann mit zwei Zahnbürsten vor dem Badezimmerspiegel. Jetzt lebt er allein in einer sterilen Wohnung am Hudson, hermetisch eingeschlossen in einem Glaswürfel. Er besitzt eine Zahnbürste und trinkt bei jeder Mahlzeit aus demselben Glas, das er nach dem Essen ausspült und zum Trocknen auf das Gitter stellt.

Ein Techniker kommt mit einem Stapel Papier auf ihn zu. Der Ausdruck. Er reicht ihn Gus, und der überfliegt ihn. Sein Team versammelt sich um ihn herum und wartet. Die gleichen Informationen erscheinen irgendwo auf einem Monitor, und eine zweite Gruppe versammelt sich dort. Alle warten auf ein Narrativ, auf die lang und breit erzählte Geschichte vom buchstäblichen Aufstieg und Fall des Fluges Nr. 613.

»Cody«, sagt Gus.

»Ich sehe es«, sagt Cody.

Die Daten bestehen aus Zahlen, nichts weiter. Vektoren von Schub und Auftrieb. Sie sind sauber. Sie sind Kurven. Um eine Reise mathematisch zu verfolgen, braucht man nur Koordinaten. Gus liest die Daten und durchlebt die letzten fünf Minuten des Fluges – Daten, die losgelöst sind vom Leben, von der Persönlichkeit der Passagiere und Besatzungsmitglieder. Es ist die Geschichte des Flugzeugs, nicht die der Menschen an Bord. Triebwerksleistung, Klappeneigenschaften.

Vergessen ist die Katastrophenkulisse um ihn herum, die Kunstgalerie und ihre Betrachter.

Die Daten zeigen, dass der Start ohne Zwischenfall verlaufen ist. Nach einer Linkskurve ist das Flugzeug im Lauf von sechs Minuten und dreizehn Sekunden auf sechsundzwanzigtausend Fuß gestiegen, genau nach Anweisung des Towers. In der sechsten Minute wurde der Autopilot eingeschaltet, und die Maschine flog auf der geplanten Route nach Südwesten. Neun Minuten später übergibt der Pilot das Steuer an den Kopiloten – Melody an Busch. Der Grund dafür geht aus den Daten nicht hervor. Kurs und Flughöhe bleiben konstant. Dann, sechzehn Minuten nach dem Start, wird der Autopilot abgeschaltet. Das Flugzeug legt sich hart auf die Seite und geht zum Sturzflug über, und was als lange Backbordkehre anfängt, wird zu einer steilen Spirale, als ob ein wütender Hund seinem Schwanz nachjagte.

Alle Systeme arbeiten normal. Es gibt keinen technischen Ausfall. Der Kopilot hat den Autopiloten abgeschaltet und das Steuer übernommen. Er hat den Sturzflug eingeleitet, der dazu geführt hat, dass das Flugzeug ins Meer gestürzt ist. Das sind die Fakten. Niemand kennt die Ursache an der Wurzel. Was sie nicht wissen, ist a) warum? und b) was ist dann passiert? Sie wissen jetzt, dass Busch betrunken und high war. Waren seine Wahrnehmung oder seine Urteilskraft durch Drogen verändert? Hat er geglaubt, er fliege normal, oder hat er gewusst, dass er sich in eine Todesspirale drehte?

Und wichtiger noch – hat der Kopilot abgewartet, bis der Pilot gegangen war, und das Flugzeug dann absichtlich zum Absturz gebracht? Aber warum hätte er das tun sollen? Welche Ursache könnte hinter einer solchen Aktion stecken?

Gus bleibt noch einen Moment lang sitzen. Um ihn herum bricht plötzlich hektische Aktivität aus. Algorithmen werden mit Zahlen gefüttert und zweimal kontrolliert. Aber Gus rührt sich nicht. Er ist jetzt sicher. Der Absturz war kein Unfall. Seine Ursache ist nicht durch Daten über Reißfestigkeit oder Verschleiß wissenschaftlich begründbar, sie liegt nicht in einem Computerversagen oder einer fehlerhaften Hydraulik, sondern im nebelhaften Warum der Psychologie, in den tragischen Qualen einer menschlichen Seele. Warum sollte ein gutaussehender gesunder Mann, der noch nicht einmal dreißig Jahre alt war, ein Passagierflugzeug in einen unabänderlichen Sturzflug steuern, ohne auf das panische Hämmern des Captains an der Cockpittür und seinen eigenen schreienden Überlebensinstinkt zu achten? Welche Ursache konnte sich in den grauen Zellen seines Gehirns verbergen? Welche bis dahin nicht diagnostizierte Geisteskrankheit, welcher ohrenbetäubende Groll gegen die Ungerechtigkeit der Welt konnte den Neffen eines Senators veranlassen, zehn Menschen, sich selbst eingeschlossen, zu töten, indem er einen Luxusjet in ein ballistisches Geschoss verwandelte?

Und können sie aus alldem jetzt schließen, dass die Schüsse, die auf die Tür zum Cockpit abgegeben wurden, dem Versuch dienten, dort hineinzugelangen und die Kontrolle über das Flugzeug zurückzugewinnen?

Die Lösung dieses Rätsels, mit anderen Worten, liegt außerhalb des Fachgebiets der Ingenieure im Reich der Voodoospekulationen.

Gus bleibt nichts anderes übrig, als zähneknirschend durch diesen Schlamm zu waten.

Er greift zum Telefon, aber dann überlegt er es sich anders. In Anbetracht zahlreicher undichter Stellen überbringt man solche Neuigkeiten am besten persönlich. Er nimmt sein Jackett und geht hinaus zum Wagen.

»Ich fahre in die Zentrale«, sagt er zu seinem Team. »Rufen Sie mich an, wenn die Techniker den Stimmrecorder knacken.«

SPIELE

SIE SPIELEN IM WOHNZIMMER das Leiterspiel, als der Anruf kommt. *Doug ist im Fernsehen.* Als Eleanor vom Telefon in der Küche zurückkommt, zittert sie. Sie schaut Scott an und versucht, ihm wortlos zu vermitteln, dass sie den Jungen beschäftigen müssen, um miteinander reden zu können.

»Hey, Buddy«, sagt Scott, »kannst du meine Tasche von oben herunterholen, ja? Ich habe noch ein Geschenk für dich.«

Der Junge läuft mit fliegenden Haaren die Treppe hinauf. Seine Schritte poltern auf den Stufen. Eleanor sieht ihm nach, und dann dreht sie sich um. Sie ist bleich.

»Was ist los?«, fragt Scott.

»Meine Mutter«, sagt sie und sucht nach der Fernbedienung.

»Was ...?«

Sie wühlt in der Trödelschublade unter dem Fernseher. »Wo ist die Fernbedienung?«

Er sieht sie auf dem Couchtisch und greift danach. Sie nimmt sie, schaltet den Fernseher ein und drückt auf ein paar Tasten. Der schwarze Bildschirm leuchtet auf, ein Stern in der Mitte erwacht zum Leben, wird zu Klang und bringt einen Elefanten in der Savanne hervor, der auf der Suche nach Wasser ist. Eleanor zappt durch die Kanäle und sucht.

»Ich verstehe nicht ...«, sagt Scott.

Er wirft einen Blick zur Treppe und hört die Schritte des Jungen durch die Decke. Der Wandschrank im Gästezimmer wird geöffnet.

Dann saugt Eleanor zischend die Luft zwischen den Zähnen ein, und Scott dreht sich wieder um. Im Fernsehen sitzt Doug mit Bart und in Flanell vor Bill Cunningham mit seinen roten Hosenträgern. Sie sind in der Kulisse eines Nachrichtenstudios hinter dem Moderatorenpult. Es ist ein surrealer Anblick, als wären zwei verschiedene Sendungen ineinandergeflochten, eine über Geld und eine über Bäume. Dougs Stimme erfüllt das Zimmer; er ist mitten im Satz. Er redet über Scott und erzählt, wie Eleanor ihn hinausgeworfen hat und dass Scott vielleicht hinter dem Geld her ist, und Bill Cunningham nickt und unterbricht ihn und wiederholt Dougs Aussagen. Irgendwann übernimmt er das Erzählen ganz.

... *ein erfolgloser Maler, der mit verheirateten Frauen ins Bett geht und Katastrophenszenen glorifiziert.*

Scott sieht Eleanor an. Sie drückt die Fernbedienung an die Brust, und ihre Fingerknöchel sind weiß. Aus irgendeinem Grund muss er an seine Schwester in ihrem Sarg denken, ein sechzehnjähriges Mädchen, das an einem Tag gegen Ende September ertrunken ist, verschluckt von der düsteren Tiefe, aus der nur Luftblasen heraufsteigen. Ein jungfräulicher Körper, der abgetrocknet und gesäubert und dann von einem sechsundvierzigjährigen Bestatter in ihr bestes Kleid gezwängt werden musste, von einem Fremden, der ihre Haut mit Rouge bestäubte und ihr triefendes Haar bürstete, bis es glänzte. Ihre Hände lagen auf der Brust, und ein kleiner Strauß gelb-weißer Gänseblümchen steckte zwischen ihren gefühllosen Fingern.

Dabei war seine Schwester allergisch gegen Gänseblümchen. Scott regte sich mächtig auf, bis ihm klar wurde, dass es nicht mehr wichtig war.

»Ich verstehe das nicht«, sagt Eleanor und wiederholt es dann leiser, mehr zu sich selbst, wie ein Mantra.

Scott hört Schritte auf der Treppe und dreht sich um. Er fängt den Jungen ab, als er mit Scotts Tasche die Treppe herunterkommt. Sein Blick ist verwirrt (und möglicherweise gekränkt), als wolle er sagen: *Ich finde kein Geschenk.* Scott kommt schräg auf ihn zu, zerzaust ihm das Haar und lenkt ihn geschmeidig in die Küche.

»Hast du es nicht gefunden?«, fragt er.

Der Junge schüttelt den Kopf.

»Okay«, sagt Scott. »Lass mich nachsehen.«

Er setzt den Jungen an den Küchentisch. Draußen hält ein Postauto in der Einfahrt. Der Fahrer trägt einen altertümlichen Tropenhelm. Hinter ihm sieht Scott die ausgefahrenen Satellitenantennen der Übertragungswagen, die am Ende der Sackgasse parken und das Haus beobachten und warten. Der Postbote öffnet den Briefkasten und legt einen Supermarktflyer und ein paar Rechnungen hinein, ohne etwas von dem Drama zu ahnen, das sich im Haus abspielt.

Scott hört, wie Doug im Wohnzimmer sagt: »Es ging uns gut, bevor er aufgetaucht ist. Wir waren glücklich.«

Scott durchwühlt seine Tasche nach etwas, das er als Geschenk ausgeben kann. Er findet den Füller, den sein Vater ihm geschenkt hat, als er aufs College kam, einen schwarzen Montblanc. Er ist das Einzige, was Scott über die Jahre behalten hat, in guten und in schlechten Zeiten, die einzige Konstante, die ihn begleitet hat, als er durch seine Säuferphasen getorkelt ist, durch die Zeiten als *großer Maler* und beim Kamikaze in die Perioden des verzweifelten Grauens, als er, vom Alkohol betäubt, auf das endgültige Scheitern zustürzte. Und dann bei seinem Aufstieg aus dem Rest Asche, der noch übrig war, zu neuen Arbeiten. Zu einem neuen Anfang.

Am tiefsten Punkt seines Lebens hat er alle seine Möbel aus dem Fenster geworfen, jeden Topf und jeden Teller, alles, was er besaß.

Nur den Füller nicht.

Er signiert seine Bilder damit.

»Hier«, sagt er und nimmt ihn aus der Tasche. Der Junge strahlt. Scott schraubt die Kappe ab und zeichnet einen Hund auf eine Papierserviette.

»Den hat mein Vater mir geschenkt, als ich jung war«, sagt er und begreift im nächsten Augenblick, was er damit impliziert: Er gibt den Füller an seinen eigenen Sohn weiter. Er hat den Jungen adoptiert.

Er schiebt den Gedanken beiseite. Das Leben kann uns lähmen und zu Statuen erstarren lassen, wenn wir über etwas zu lange nachdenken.

Er reicht dem Jungen den Stift, möglicherweise das letzte Stück des Mannes, der er einmal war, sein Rückgrat, das Einzige an ihm, was gerade und korrekt geblieben ist, standhaft und zuverlässig. Er war selbst einmal ein Junge, ein Forscher, der zu unentdeckten Ländern aufbrach. Jetzt ist von diesem Jungen keine einzige Zelle mehr übrig. Scotts Körper hat sich auf der genetischen Ebene verändert, und jedes Elektron, jedes Neutron ist im Laufe der Jahre durch neue Zellen, neue Ideen ersetzt worden.

Er ist ein neuer Mann.

Der Junge nimmt den Füller und probiert ihn an der Serviette aus, aber er bringt keine Linie zustande.

»Das ist ein Füller«, sagt Scott. »Du musst ihn so halten ...«

Er nimmt die Hand des Jungen und zeigt ihm, wie er ihn halten muss. Im Wohnzimmer hört er Bill Cunningham reden. »... freundet sich also zuerst mit der Schwester an, einer reichen Frau, und jetzt, da sie tot ist und das Geld an ihren Sohn vererbt hat – plötzlich sitzt er in Ihrem Haus, und Sie schlafen in einem alten Truck.«

Der Junge malt einen schwarzen Strich und dann noch einen. Er gibt einen Laut von sich, der glücklich klingt. Als Scott ihm zusieht, rastet in ihm plötzlich etwas ein. Ein zielstrebiges Gefühl, ein Entschluss, von dem er nicht wusste, dass er ihn fassen würde. Wie auf heißen Kohlen geht er zum Telefon, entschlossen, nicht nach unten zu schauen. Er ruft die Auskunft an, lässt sich die Nummer von ALC geben und verlangt Bill Cunninghams Büro. Nach ein paar gescheiterten Verbindungen erreicht er Krista Brewer, Bills Producerin.

»Mr Burroughs?« Sie klingt atemlos, als sei sie weit gerannt, um das Gespräch anzunehmen.

Es liegt in der Natur der Zeit, dass der nächste Augenblick endlos dauert und blitzartig vergeht.

»Sagen Sie ihm, ich bin einverstanden«, sagt Scott.

»Wie bitte?«

»Mit dem Interview. Ich mach's.«

»Wow. Super. Ich weiß, wir haben einen Übertragungswagen in der Nähe. Wollen Sie ...«

»Nein. Halten Sie sich fern von dem Haus und dem Jungen. Das ist eine Sache zwischen mir und dem Drachen. Ein Gespräch darüber, dass das Drangsalieren und Herabsetzen von Leuten von Weitem die Methode eines aufgeblasenen Feiglings ist.«

Als sie wieder spricht, lässt sich ihr Tonfall nur als »begeistert« beschreiben. »Darf ich Sie da zitieren?«

Scott denkt an seine Schwester. Die Hände verschränkt, die Augen geschlossen. Er denkt an die turmhohe Welle und an den einarmigen Kampf gegen das Untergehen.

»Nein«, sagt er. »Wir sehen uns heute Nachmittag.«

Bild Nr. 5

WIR BEDAUERN IHREN VERLUST.[1]

---

1 Weiße Buchstaben auf schwarzer Leinwand.

DIE GESCHICHTE DER GEWALT

GUS IST IN DER Second Avenue auf der Rückfahrt zum Hangar, als der Anruf kommt.

»Verfolgen Sie das?«, fragt Mayberry.

»Verfolge ich was?« Gus war in Gedanken versunken und hatte über seine Sitzung mit dem Generalstaatsanwalt und den Direktoren des FBI und der Börsenaufsicht nachgegrübelt. Der Kopilot war high. Er hat das Flugzeug absichtlich abstürzen lassen.

»Das wird zu einer richtigen Soap«, sagt Mayberry. »Doug, der Onkel, erzählt im Fernsehen, er sei aus dem Haus geflogen, und Burroughs sei eingezogen. Und jetzt behaupten sie, Burroughs sei auf dem Weg ins Studio zu einem Interview.«

»Du lieber Gott.« Gus überlegt, ob er Scott anrufen und ihn warnen soll, aber dann fällt ihm ein, dass der Maler kein Handy hat. Gus fährt langsamer, weil die Ampel vor ihm rot wird, und ein Taxi wechselt auf seine Fahrspur, ohne zu blinken, sodass er eine Vollbremsung machen muss.

»Wie weit sind wir mit dem Stimmrecorder?«, fragt er.

»Bald fertig«, sagt Mayberry. »Vielleicht noch zehn Minuten.«

Gus fährt auf die Spur zur 59th Street Bridge.

»Rufen Sie mich an, sobald Sie fertig sind«, sagt er. »Ich bin auf dem Rückweg.«

Sechzig Meilen weiter nördlich fährt ein weißer Leihwagen durch Westchester in Richtung Manhattan. Es ist grüner hier, und der Parkway ist von Bäumen gesäumt. Und anders als auf der Strecke, die Gus fährt, ist die Straße hier ziemlich leer. Scott wechselt die Spuren, ohne zu blinken.

Er versucht im Augenblick zu leben – ein Mann, der an einem Tag im Indian Summer mit dem Auto unterwegs ist. Vor dreiunddreißig Tagen war er ein Staubkörnchen in einer tosenden See. Vor drei Jahren war er ein hoffnungsloser Trinker, der auf dem Wohnzimmerteppich eines berühmten Malers aufwachte, ins grelle Sonnenlicht hinaustaumelte und einen aquamarinblauen Swimmingpool entdeckte. Das Leben besteht aus solchen Augenblicken, in denen wir uns körperlich durch Raum und Zeit bewegen. Wir verknüpfen diese Augenblicke zu einer Geschichte, und diese Geschichte ist unser Leben.

Und wie er in seinem gemieteten Toyota Camry sitzt und auf dem Henry Hudson Parkway unterwegs ist, so lässt er sich auch eine Stunde später in Studio Drei im ALC Building in einen Sessel sinken und sieht zu, wie ein bebrillter junger Mann ein Kabelmikrofon unter Bill Cunninghams Revers versteckt. Und gleichzeitig ist er ein Teenager auf dem College und sitzt auf seinem Zehn-Gang-Fahrrad abends am Rand einer Landstraße und wartet darauf, dass seine Schwester vom Schwimmen aus dem Lake Michigan kommt. Denn was ist, wenn das Leben keine der Reihe nach erzählte Geschichte ist, sondern eine Kakofonie von Augenblicken, aus der wir niemals herauskommen? Was ist, wenn die traumatischsten und schönsten Erlebnisse, die wir haben, uns in einer Art Endlosschleife festhalten, von der zumindest ein Teil unseres Geistes besessen bleibt, auch wenn wir körperlich weiterziehen?

Ein Mann in einem Auto und auf einem Fahrrad und in einem Fernsehstudio. Aber auch auf dem Rasen vor Eleanors Haus, dreißig Minuten früher, auf dem Weg zum Auto – und Eleanor bittet ihn, nicht zu gehen, sagt ihm, er mache einen Fehler.

»Wenn Sie Ihre Geschichte erzählen wollen«, sagt sie, »okay, dann rufen Sie CNN an, rufen Sie die *New York Times* an. Aber nicht ihn.«

Nicht *Cunningham.*

Im Meer packt Scott den Jungen und taucht unter eine Welle, die unfassbar groß ist.

Gleichzeitig geht er hinter einem verbeulten Kombiwagen vom Gas, setzt den Blinker und wechselt auf die Überholspur.

In der Garderobe sieht er zu, wie Bill Cunningham grimassiert, und er hört, wie er sein rollendes *r* trainiert und ein paar schnelle Stimmübungen macht. Er weiß nicht, ob das Gefühl in seinem Bauch Angst ist oder Grauen oder das Kribbeln, das ein Boxer vor einem Kampf spürt, wenn er glaubt, er kann ihn gewinnen.

»Kommen Sie zurück?«, fragt Eleanor ihn in der Einfahrt.

Scott sieht sie an, sieht den Jungen auf der Veranda hinter ihr, der ratlos zu Boden schaut, und fragt: »Ist hier ein Schwimmbad in der Nähe? Ich glaube, ich sollte dem Jungen Schwimmen beibringen.«

Und Eleanor lächelt und sagt: »Ja.« Es gab eins.

In der Maske wartet Scott auf Bill. Es wäre falsch zu sagen, er sei nervös.

Was kann ihm ein einzelner Mann anhaben, nachdem er einen ganzen Ozean bezwungen hat? Scott schließt die Augen und wartet darauf, dass er aufgerufen wird.

»Als Erstes«, sagt Bill, als sie einander gegenübersitzen und die Kameras laufen, »möchte ich Ihnen dafür danken, dass Sie heute hier bei mir sitzen.«

Das klingt freundlich, aber sein Blick ist feindselig, und so antwortet Scott nicht.

»Es waren drei lange Wochen«, sagt Bill. »Ich weiß nicht – keine Ahnung, wie viel wir beide geschlafen haben. Ich persönlich – mehr als einhundert Stunden auf Sendung, auf der Jagd nach Antworten. Nach der Wahrheit.«

Scott unterbricht. »Soll ich Sie oder die Kamera anschauen?«

»Mich. Wie bei einem ganz normalen Gespräch.«

»Na ja«, sagt Scott, »ich habe in meinem Leben schon viele Gespräche geführt. Keins war so wie das hier.«

»Ich rede nicht vom Inhalt«, sagt Cunningham. »Ich rede von zwei Männern, die miteinander sprechen.«

»Aber das hier ist ein Interview, verdammt noch mal. Ein Interview ist kein Gespräch.«

Cunningham beugt sich vor. »Anscheinend sind Sie nervös.«

»Ja? Aber ich fühle mich nicht nervös. Ich will nur, dass die Regeln klar sind.«

»Wie fühlen Sie sich, wenn nicht nervös? Ich möchte, dass die Zuschauer zu Hause Ihr Gesicht deuten können.«

Scott überlegt. »Es ist seltsam«, sagt er. »Man redet manchmal vom *Schlafwandeln*. Manche Leute wandeln schlafend durchs Leben, bis irgendetwas sie aufweckt. Aber ich bin nicht – so fühle ich mich nicht. Vielleicht genau andersherum.«

Er beobachtet Bills Augen. Man sieht deutlich, dass Bill noch nicht weiß, was er mit Scott anfangen soll und wie er ihm eine Falle stellen kann.

»Das Ganze fühlt sich an wie ein – *Traum*«, sagt Scott. Auch er sucht nach der Wahrheit. Vielleicht er allein. »Als wäre ich im Flugzeug eingeschlafen und immer noch nicht aufgewacht.«

»Unwirklich, mit anderen Worten«, sagt Bill.

Scott denkt nach. »Nein. Es ist sehr real. Vielleicht zu real. Wie die Menschen heutzutage miteinander umgehen. Nicht dass ich gedacht hätte, wir lebten auf dem Planeten Knutsch, aber ...«

Bill beugt sich vor. An einem Gespräch über Manieren hat er kein Interesse. »Ich würde gern darüber reden, wie Sie in dieses Flugzeug gekommen sind.«

»Ich wurde eingeladen.«

»Von wem?«

»Von Maggie.«

»Mrs Bateman.«

»Ja, sie sagte, ich soll sie Maggie nennen, also habe ich sie Maggie genannt. Wir haben uns auf Martha's Vineyard kennengelernt, im letzten Sommer. Im Juni vielleicht. Wir sind im selben Café verkehrt, und ich habe sie auf dem Markt getroffen, mit JJ und ihrer Tochter.«

»Sie war in Ihrem Atelier.«

»Einmal. Ich arbeite in einer alten Scheune hinter meinem Haus. Sie hatte die Handwerker in ihrer Küche, sagte sie, und sie brauchte eine Beschäftigung für den Nachmittag. Die Kinder sind auch mitgekommen.«

»Sie sagen, bei der einzigen Gelegenheit, bei der Sie sie außerhalb des Cafés und des Marktes gesehen haben, waren die Kinder dabei.«

»Ja.«

Bills Gesicht verrät, dass er das für Schwachsinn hält.

»Manches auf Ihren Bildern könnte man als ziemlich beunruhigend empfinden, meinen Sie nicht auch?«, fragt er.

»Für Kinder, meinen Sie? Ja, vermutlich. Aber der Junge hat geschlafen, und Rachel *wollte* es sehen.«

»Also haben Sie es ihr erlaubt.«

»Nein, ihre Mutter. Ich hatte dabei nichts ... Und der Vollständigkeit halber, die Bilder sind nicht – *drastisch*. Sie sind nur ... ein Versuch.«

»Was bedeutet das?«

Scott überlegt, was er damit sagen will. »Was ist diese Welt? Warum geschieht etwas? Hat es etwas zu *bedeuten*? Das ist alles, was ich tue. Ich versuche zu verstehen. Also habe ich sie herumgeführt – Maggie und Rachel –, und wir haben uns unterhalten.«

Bill verzieht verächtlich das Gesicht. Scott sieht ihm an, dass ein Gespräch über Kunst das Letzte ist, worauf er Lust hat. In der Kakofonie der Zeit sitzt er in einem Fernsehstudio, aber ein Teil seiner selbst ist noch in seinem Auto und fährt in die Stadt. Die nasse Straße ist beschmiert mit den roten Spuren von

Heckleuchten, aber er sitzt auch im Flugzeug und versucht sich zu orientieren, denn vor ein paar Minuten ist er von der Bushaltestelle hierhergerannt.

»Aber Sie hatten Gefühle für sie«, sagt Cunningham. »Für Mrs Bateman.«

»Was soll das heißen, Gefühle? Sie war eine nette Frau. Sie liebte ihre Kinder.«

»Aber nicht ihren Mann.«

»Darüber weiß ich nichts. Es sah so aus, als liebte sie ihn. Aber ich war nie verheiratet, also was weiß ich? Wir haben darüber nie … Sie schien sich sehr wohlzufühlen, als Mensch. Sie hatten Spaß miteinander, sie und die Kinder. Sie haben viel gelacht. Ich hatte den Eindruck, dass er viel arbeitete, David, aber sie sprachen dauernd von ihm und von dem, was sie tun würden, wenn Daddy käme.« Er denkt kurz nach. »Sie sah glücklich aus.«

Gus ist auf dem Long Island Expressway, als der Anruf kommt. Der Stimmrecorder ist repariert. Es gibt Qualitätsmängel, sagt man ihm, aber die betreffen den Ton, nicht den Inhalt. Sein Team wird sich die Aufzeichnung anhören, und ob sie auf ihn warten sollen.

»Nein«, sagt er, »wir müssen es sofort wissen. Legen Sie das Telefon vor den Lautsprecher.«

Sie tun sofort, was er sagt. Er steckt in seinem weißen Dienstwagen im Stop-and-go-Verkehr, in der Mitte von Long Island, vorbei am Kennedy Airport, aber noch nicht auf der Höhe von La Guardia. Aus der Lautsprecheranlage im Wagen hört er hastige Aktivität, während sie die Abspielung vorbereiten. Es ist eine Aufnahme aus einer anderen Zeit – wie ein Deckelglas mit dem letzten Atemzug eines Sterbenden. Noch sind die Vorgänge und Stimmen der Aufzeichnung ein Geheimnis, das aber in wenigen Minuten ans Licht kommen wird. Was jetzt noch unbekannt ist, wird dann bekannt sein. Und dann kann alles, dann *wird* alles klar sein. Jedes weitere Geheimnis gehört dann der Ewigkeit.

Gus atmet die recycelte Luft. Regen sprenkelt seine Frontscheibe.

Die Aufnahme beginnt.

Am Anfang hört man zwei Stimmen aus dem Cockpit. Der Captain, James Melody, hat einen britischen Akzent, Charles Busch, der Kopilot, stammt hörbar aus Texas.

»Checklist. Bremsen«, sagt Melody.

»Gecheckt«, sagt Busch einen Augenblick später.

»Klappen.«

»Zehn, zehn, grün.«

»Gierdämpfer.«

»Gecheckt.«

»Leichte Scherwinde hier«, sagt Melody. »Behalten wir das im Kopf. Fluginstrumente und Anzeigetafeln?«

»Äh, klar. Keine Warnungen.«

»Okay. Checklist komplett.«

Der Verkehr vor Gus fließt jetzt schneller. Er bringt den Ford auf sechsundzwanzig Meilen pro Stunde und wird langsamer, als die Autoschlange vor ihm wieder ins Stocken gerät. Er würde irgendwo anhalten und zuhören, aber er steckt auf der mittleren Spur, und eine Ausfahrt ist nicht in Sicht.

Die nächste Stimme ist wieder Melodys. »Vineyard Tower, hier GullWing 613. *Ready for takeoff.*«

Nach einer Pause kommt eine vom Radio gefilterte Stimme aus den Lautsprechern. »GullWing 613, *cleared for takeoff.*«

»Thrust, SRS, Runway«, sagt Melody zu Busch.

Man hört mechanische Geräusche. Am Telefon sind sie schwer zu identifizieren, aber er weiß, dass die Techniker im Labor schon dabei sind zu ermitteln, welches von den Bewegungen des Steuerhorns kommt und was von den Triebwerken.

»Achtzig Knoten.« Ist das Busch?

Gus hört noch mehr Geräusche, als das Flugzeug abhebt.

»Steigrate positiv«, sagt Melody. »Fahrgestell hoch.«

Der Tower meldet sich über Funk im Cockpit. »GullWing 613, ich sehe Sie. Biegen Sie nach links, steigen Sie, kontaktieren Sie Teterboro. Gute Nacht.«

»GullWing 613, vielen Dank«, sagt Melody.

»Fahrgestell oben«, meldet Busch.

Das Flugzeug ist jetzt in der Luft und unterwegs nach New Jersey. Unter normalen Bedingungen dauert der Flug neunundzwanzig Minuten. Gerade mal ein kleiner Hüpfer. Nach sechs Minuten Funkstille werden sie in Reichweite der Luftverkehrskontrolle Teterboro kommen.

Es klopft.

»Captain«, sagt eine Frauenstimme. Es ist die Flugbegleiterin, Emma Lightner. »Kann ich Ihnen etwas bringen?«

»Nein«, sagt Melody.

»Was ist mit mir?«, fragt der Kopilot.

Es bleibt still. Was geht da vor? Was für Blicke werden gewechselt?

»Ihm geht's gut«, sagt Melody. »Der Flug ist kurz. Wir wollen uns konzentrieren.«

Bill Cunningham sitzt vorgebeugt da. Das Studio ist dazu angelegt, nur aus einer einzigen Richtung gesehen zu werden. Das bedeutet, die Rückseiten der Kulissen sind nicht bemalt. Sie sehen aus wie das Set für eine Folge von *Twilight Zone,* wo einem verletzten Mann allmählich dämmert, dass alles, was er für real gehalten hat, in Wirklichkeit nur Theater ist.

»Und während des Fluges?«, sagt Bill. »Erzählen Sie, was da passiert ist.«

Scott nickt. Er weiß nicht, warum, aber es überrascht ihn, dass das Interview in diese Richtung läuft – wie ein richtiges Interview über den Absturz und die Ereignisse davor. Er hatte angenommen, dass sie inzwischen schon aufeinander einprügeln würden.

»Ich war spät dran«, sagt er. »Das Taxi kam nicht, und so musste ich schließlich den Bus nehmen. Als ich am Flugplatz ankam, nahm ich an, dass sie schon weg waren. Dass ich gerade noch sehen würde, wie die Positionslichter in die Luft stiegen. Aber so war es nicht. Sie haben gewartet. Oder – nicht gewartet, sie wollten gerade die Treppe einfahren, als ich ... Jedenfalls waren sie noch da. Also bin ich ... eingestiegen, und alle waren schon – manche saßen auf ihren Plätzen – Maggie und die Kinder, Mrs Kipling. David und Mr Kipling standen noch, glaube ich. Und die Stewardess gab mir ein Glas Wein. Ich war noch nie in einem Privatjet gewesen. Und der Captain sagte: *Nehmen Sie bitte Ihre Plätze ein.* Das taten wir dann.«

Er hat Bill inzwischen aus den Augen gelassen und starrt direkt in einen der Scheinwerfer, während er sich erinnert.

»Da lief ein Baseballspiel. Boston. Das siebte Inning, glaube ich. Und das hörte man die ganze Zeit – die Reporterstimme. Und ich erinnere mich, dass Mrs Kipling neben mir saß und wir geplaudert haben. Und der Junge, JJ, hat geschlafen. Rachel hatte ihr iPhone in der Hand – vielleicht suchte sie Musik aus. Sie hatte Kopfhörer auf. Und dann waren wir in der Luft.«

Gus schleicht an La Guardia vorbei. Flugzeuge donnern über ihm dahin, starten und landen. Er hat die Fenster geschlossen und die Klimaanlage abgeschaltet, damit er besser hören kann, obwohl es draußen über dreißig Grad warm ist. Schweiß läuft ihm über Rippen und Rücken, aber er merkt es nicht. Er hört James Melodys Stimme.

»Ich habe ein gelbes Licht.«

Stille. Gus hört etwas, das klingt wie ein Klopfen. Dann wieder Melody.

»Haben Sie gehört? Ich habe ein gelbes Licht.«

»Oh«, sagt Busch. »Lassen Sie mich – das war's schon. Ich glaube, es ist die Lampe.«

»Machen Sie einen Vermerk für die Wartung«, sagt Melody.

Man hört ein paar unidentifizierbare Geräusche, und dann ruft Melody: »*Merde.* Ich habe ...«

»Captain?«

»Übernehmen Sie. Ich habe wieder Nasenbluten, verdammt. Ich muss – ich gehe mich waschen.«

Die Geräusche im Cockpit hören sich an, als ob der Captain aufgestanden sei, um zur Tür zu gehen.

»*Copy*«, sagt Busch. »Ich habe übernommen.«

Die Tür öffnet und schließt sich. Und jetzt ist Busch allein im Cockpit.

Scott lauscht dem Klang seiner eigenen Stimme, während er spricht – sowohl in dem Augenblick als auch außerhalb davon.

»Ich schaute aus dem Fenster und dachte die ganze Zeit, wie unwirklich das alles war. Manchmal fühlt man sich wie ein Fremder, wenn man sich außerhalb der Grenzen eigener Erfahrungen befindet und etwas tut, das einem vorkommt wie die Handlung eines anderen Menschen. Als wäre man irgendwie in das Leben eines anderen teleportiert worden.«

»Und was war das erste Anzeichen dafür, dass etwas nicht in Ordnung war?«, fragt Cunningham. »Ihrer Ansicht nach?«

Scott atmet ein und bemüht sich, einen logischen Sinn in die ganze Sache zu bringen. »Das ist schwer«, sagt er. »Da wurde gejubelt – und dann geschrien.«

»Gejubelt?«

»Wegen des Spiels. Das waren David und Kipling. Sie waren – im Fernsehen passierte irgendetwas, über das sie – Dworkin und das längste At-Bat ... und sie hatten die Sicherheitsgurte geöffnet, und ich erinnere mich, dass sie beide aufsprangen, und dann – ich weiß nicht – das Flugzeug *sackte durch,* und sie hatten Mühe, wieder auf ihre Plätze zurückzukommen.«

»Und Sie haben bei der Befragung durch die Ermittler gesagt, dass *Ihr* Sicherheitsgurt auch offen war.«

»Ja. Das war – das war wirklich dumm. Ich hatte einen Notizblock. Einen Skizzenblock. Und als das Flugzeug abkippte, flog mir der Bleistift aus der Hand, und ich machte mich los, um ihn aufzuheben.«

»Was Ihnen das Leben gerettet hat.«

»Ja, vermutlich stimmt das. Aber in dem Augenblick … die Leute haben geschrien, und da war dieses – *Knallen*. Und dann …«

Scott zuckt die Achseln, als wollte er sagen: *Mehr weiß ich nicht.*

Bill nickt. »Das ist also Ihre Geschichte.«

»Meine Geschichte?«

»Ihre Version der Ereignisse.«

»Das ist meine Erinnerung.«

»Sie haben Ihren Bleistift fallen lassen und sich losgeschnallt, um ihn aufzuheben, und darum haben Sie überlebt.«

»Ich habe keine Ahnung, *warum* ich überlebt habe, falls es da überhaupt – falls es ein *Warum* gibt und nicht bloß die Gesetze der Physik, wissen Sie.«

»Der Physik.«

»Ja. Sie wissen schon – physikalische Kräfte haben mich hochgehoben und aus dem Flugzeug geschleudert und irgendwie dafür gesorgt, dass der Junge überlebte, aber sonst – ja, sonst niemand.«

Bill schweigt, als wollte er sagen: *Ich könnte jetzt tiefer graben, aber ich lasse es lieber bleiben.*

»Reden wir über Ihre Bilder.«

In jedem Horrorfilm gibt es einen Moment, in dem Stille herrscht. Eine Figur verlässt das Zimmer, und statt mitzugehen, bleibt die Kamera zurück, auf nichts Besonderes gerichtet – auf eine unschuldige Tür vielleicht oder auf ein Kinderbett. Der Zuschauer sitzt da und betrachtet den leeren Raum und lauscht der Stille, und die bloße Tatsache, dass der Raum leer und still ist, lässt Angst aufkommen. *Worauf warten wir hier? Was wird passieren? Was werden wir sehen?* Und mit schleichendem Unbehagen suchen wir den Raum nach etwas Ungewöhnlichem ab und lauschen in die Stille nach irgendeinem Raunen, das unter dem Alltäglichen erwacht. Gerade der Umstand, dass dieser Raum so wenig bemerkenswert ist, verstärkt das Potenzial des Grauens – das, was Freud »das Unheimliche« nennt. Wahres Grauen kommt ja nicht aus der Brutalität des Unerwarteten, sondern aus der Verdorbenheit alltäglicher Dinge oder Räume. Nimmt man etwas, das wir jeden Tag sehen und das wir normalerweise als selbstverständlich hinnehmen – ein Kinderzimmer zum Beispiel –, und verwandelt es in etwas Unheimliches, nicht Vertrauenswürdiges, untergraben wir damit das Gewebe des Lebens.

So starren wir in die normale Umgebung, die Kamera ist bewegungslos und unerschütterlich, und in der Anspannung dieses starren Blicks bringt unsere Fantasie ein Gefühl der Angst hervor, für das es keine logische Erklärung gibt.

Dieses Gefühl überkommt Gus Franklin in seinem Wagen auf dem Long Island Expressway, umgeben von Pendlern auf dem Weg in östlicher Richtung – Männern, die von der Arbeit nach Hause fahren, Familien, die von der Schule kommen oder noch zum Strand fahren, um ein Spätnachmittagsabenteuer zu erleben. Die Stille in seinem Auto scheint zu knistern. Ihr Rauschen erfüllt die recycelte Luft. Es ist ein Maschinengeräusch, unergründlich, aber nicht zu ignorieren.

Gus streckt die Hand aus und dreht die Lautstärke hoch. Das Rauschen wird ohrenbetäubend.

Dann hört er ein Flüstern. Ein einzelnes Wort, wieder und wieder geflüstert.

Bitch.

»Lassen Sie uns nicht über meine Bilder sprechen«, sagt Scott.
»Warum nicht? Haben Sie etwas zu verbergen?«

»Ich nicht. Die Bilder. Definitionsgemäß ist alles, was an ihnen relevant ist, mit bloßem Auge sichtbar.«

»Aber Sie halten sie geheim.«

»Dass ich sie bisher noch niemandem gezeigt habe, ist nicht dasselbe wie Geheimhaltung. Im Moment hat das FBI sie. Ich habe Dias zu Hause. Ein paar Leute haben sie gesehen – Leute, denen ich vertraue. Aber die Wahrheit ist, meine Bilder sind buchstäblich irrelevant.«

»Damit ich das richtig verstehe: Ein Mann, der Katastrophenszenen malt, einen Flugzeugabsturz zum Beispiel, ist selbst bei einem Flugzeugabsturz dabei, und wir sollen – ja, was sollen wir glauben? Dass das ein Zufall ist?«

»Keine Ahnung. Das Universum ist voll von Dingen, die keinen Sinn ergeben. Von x-beliebigen Zufällen. Es gibt ein statistisches Modell, mit dem Sie berechnen können, wie groß die Chancen sind, dass ich bei einem Flugzeugabsturz oder einem Fährunglück oder einem Eisenbahnunfall dabei bin. So etwas passiert jeden Tag, und niemand von uns ist immun dagegen. Mein Los wurde gezogen, das ist alles.«

»Ich habe mit einem Kunsthändler gesprochen«, sagt Bill, »der mir erzählt, Ihre Bilder sind jetzt ein paar hunderttausend Dollar wert.«

»Ich habe noch keins verkauft. Das ist theoretisches Geld. Als ich das letzte Mal nachgesehen habe, hatte ich sechshundert Dollar auf der Bank.«

»Sind Sie deshalb bei Eleanor und ihrem Neffen eingezogen?«

»Bin ich weshalb bei Eleanor und ihrem Neffen eingezogen?«

»Wegen des Geldes? Weil der Junge jetzt an die hundert Millionen Dollar wert ist?«

Scott sieht ihn an. »Ist das eine ernstgemeinte Frage?«

»Darauf können Sie wetten.«

»Zunächst mal, ich bin dort nicht eingezogen.«

»Der Ehemann sagt aber etwas anderes. Sie hat ihn aus dem Haus geworfen.«

»Dass zwei Dinge nacheinander passieren, bedeutet ja nicht, dass sie in einem kausalen Zusammenhang stehen.«

»Ich war auf keiner feinen Universität, deshalb müssen Sie mir das erklären.«

»Die Tatsache, dass Eleanor und Doug sich getrennt haben – falls das der Fall ist –, hat nichts damit zu tun, dass ich dort zu Besuch gekommen bin.«

Bill richtet sich zu voller Höhe auf. »Ich sage Ihnen, was ich sehe«, sagt er. »Ich sehe einen gescheiterten Maler, einen Trinker, der seine beste Zeit seit zehn Jahren hinter sich hat, und da bietet das Leben ihm eine Gelegenheit.«

»Ein Flugzeug ist abgestürzt. Menschen sind gestorben.«

»Er steht plötzlich im Scheinwerferlicht und ist ein Held, und plötzlich wollen alle etwas von ihm. Er fängt damit an, eine reiche Erbin zu bumsen, die noch keine dreißig ist. Seine Bilder sind plötzlich der ganz heiße Scheiß, und ...«

»Niemand bumst ...«

»Und dann, was weiß ich – vielleicht wird er gierig und denkt: Hey, ich verstehe mich gut mit dem Kleinen, der plötzlich steinreich ist und eine sehr schöne, attraktive Tante hat und dessen Onkel ein Loser ist. Da kann ich doch reinspazieren als heißer Typ, der ich bin, und alles übernehmen. Was sagen Sie dazu?«

Scott nickt verblüfft. »Wow«, sagt er. »Sie leben in einer hässlichen Welt.«

»Man nennt es die wirkliche Welt.«

»Okay. Tja, in dem, was Sie gerade gesagt haben, stecken ungefähr ein Dutzend Fehler. Soll ich sie der Reihe nach korrigieren, oder ...?«

»Sie leugnen also, dass Sie mit Layla Mueller geschlafen haben?«

»Habe ich Sex mit ihr? Nein. Sie hat mich in einer Gästewohnung wohnen lassen.«

»Und dann hat sie sich ausgezogen und ist zu Ihnen ins Bett gekommen.«

Scott starrt ihn an. *Woher weiß er das? Oder hat er geraten?* »Ich hatte seit fünf Jahren keinen Sex mehr«, sagt er.

»Danach habe ich nicht gefragt. Ich habe gefragt, ob sie sich ausgezogen hat und zu Ihnen ins Bett gesprungen ist.«

Scott seufzt. Es ist seine eigene Schuld, dass er jetzt in dieser Lage ist. »Ich begreife nicht, was daran wichtig sein soll.«

»Beantworten Sie einfach die Frage.«

»Nein. Sagen Sie mir, warum es wichtig ist, dass eine erwachsene Frau sich für mich interessiert. Sagen Sie mir, warum es wichtig ist, sie für etwas zu outen, das sie in ihren eigenen vier Wänden getan hat und wahrscheinlich nicht verhandeln möchte.«

»Dann geben Sie es also zu?«

»Nein. Ich sage, was ist daran wichtig? Verrät es uns, warum das Flugzeug abgestürzt ist? Hilft es uns, die Trauer zu verarbeiten? Oder wollen Sie es wissen, weil Sie es wissen wollen?«

»Ich will nur herausfinden, wie viel Sie lügen.«

»Ungefähr durchschnittlich viel, würde ich sagen. Aber nicht bei Dingen, die wichtig sind. Das ist Teil meiner Nüchternheit. Ich habe mir gelobt, so ehrlich wie möglich zu leben.«

»Dann beantworten Sie die Frage.«

»Nein, weil es Sie nichts angeht. Ich will hier nicht das Arschloch spielen, ich frage Sie wirklich: Was ist daran wichtig? Und wenn Sie mich davon überzeugen können, dass mein Privatleben irgendeine Bedeutung für die Ereignisse hat, die zu dem Absturz geführt haben, und wenn es hier nicht nur um eine parasitische, aasgeierhafte Ausbeutung des Geschehenen geht, dann werde ich Ihnen alles über mich sagen. Mit Vergnügen.«

Bill mustert ihn lange Zeit mit nachdenklichem Blick.

Dann lässt er das Band abfahren.

Bitch.

Diese dreckige Bitch.

Gus merkt, dass er den Atem anhält. Der Kopilot, Charles Busch, sitzt allein im Cockpit und murmelt vor sich hin.

Dann sagt er lauter: *Nein.*

Und schaltet den Autopiloten ab.

CHARLES BUSCH
31. Dezember 1984 – 23. August 2015

ER WAR JEMANDES NEFFE. So tuschelte man hinter seinem Rücken. Als hätte er den Job sonst niemals bekommen. Als wäre er ein Penner, irgendeine Pfeife. Geboren in den letzten Minuten des Jahres 1984, war Charlie Busch niemals das Gefühl losgeworden, dass er etwas Entscheidendes um eine Handbreit verpasst hatte. Im Fall seiner Geburt war es die Zukunft. Sein Leben begann als Neuigkeit des letzten Jahres, und das wurde nie sehr viel besser.

Als Junge spielte er gern. Er war kein guter Schüler. Mathe war okay, aber für Literatur oder Naturwissenschaften hatte er nichts übrig. Charlie wuchs in Odessa, Texas, auf und hatte den gleichen Traum wie alle Jungen dort. Er wollte Roger Staubach sein, würde sich aber auch mit Nolan Ryan zufriedengeben. Sport auf der Highschool war von einer Reinheit, die bis in die Seele drang. Kurzsprinttraining und Alligatordrill. Der Kamikazelauf mit gesenkter Schulter gegen das schwere Rammpolster. Das Footballfeld, auf dem Jungen durch gleichförmige Wiederholung zu Männern geschmiedet werden. Peter Hammond und Billy Rascal, Scab Dunaway und dieser große Mexikaner mit Händen, so groß wie Ribeyesteaks. *Wie hieß er noch?* Ein Flyball, den du an deinem wolkenlosen Frühlingstag fängst. Das Anlegen von Pads und Helmen in der Umkleide, in der es stinkt nach Hitze und dem heißen Teenagermoschus der Kämpfen-oder-Ficken-Pheromone. Der gefettete Handschuh zwischen Matratze und Sprungrahmen – man schlief besser, wenn er da war; der Hardball, eingeschlagen in zwei ineinander verschlungene Lederzungen. Jungen, die immer auf das eingestellt sind, was als Nächstes kommt, die sich im Dreck wälzen und mit dem Kopf eine Gasse öffnen. Das Gefühl, ewig zu rennen und nie müde zu werden. Im staubigen Graben bei der Spielerbank zu stehen und mit den Ersatzwerfern Blödsinn zu quatschen, während dein Kumpel Chris Hardwick blökt wie eine Kuh. Das urzeitliche Affenglück, wenn du mit einem Stöckchen den Dreck zwischen den Stollen herauskratzt – ein Haufen Jungs auf einer Bank, die Sonnenblumenkernschalen ausspucken und tief im Gummi stochern. Und Hoffnung. Jederzeit Hoffnung. Wenn du jung bist, kommt dir jedes Spiel vor wie der Grund für die Existenz der Welt. Und die Hitze. Immer die Hitze, wie ein Knie in deinem Kreuz, ein Stiefel in deinem Nacken. Du trinkst literweise Gatorade und kaust Eissplitter wie ein Psychiatriepatient, stehst mit federnden Knien da und saugst den Wind ein in der Mittagssonne. Das Gefühl, mit dem eine perfekte Spirale in deinen Händen landet. Jungs in der Dusche, die sich wegen ihrer Schwänze gegenseitig verhöhnen, die Cheerleader durchhecheln und dem Nebenmann auf die Füße pissen. Angetrickste Würfe, und das Gefühl, das erste Base zu umrunden und auf das zweite zuzurennen, den Blick immer auf den Center Fielder gerichtet, mit dem Kopf voran darauf zuzurutschen, im Geiste schon auf sicherem Boden. Die panische Angst, in einen Rundown zwischen zwei Bases zu geraten. Weiße Kreidelinien, die blitzhell im Gras leuchten, wenn sie frisch sind, und das unglaubliche Grün des Grases selbst. Diese Farbe ist himmlisch. Und die hellen Lichter am Freitagabend, das perfekte Alabasterweiß der Scheinwerfer, und das Brüllen der Zuschauer. Die Einfachheit des Spiels, immer vorwärts, niemals zurück. Du wirfst den Ball. Du schlägst den Ball. Du fängst den Ball. Und nach dem Examen wird nichts je wieder so einfach sein.

Er war jemandes Neffe. Onkel Logan, der Bruder seiner Mutter. Logan Birch. Zum sechsten Mal Senator aus dem großen Staat Texas, ein Freund des Öls und der Rinderzucht und lange Zeit Vorsitzender des Steuerbewilligungsausschusses. Charlie kannte ihn hauptsächlich als Bourbontrinker mit Betonfrisur. Onkel Logan war der Grund, wenn Charlies Mutter das gute Geschirr herausholte. Jedes Jahr zu Weihnachten fuhren sie hinaus zu seiner Villa in Dallas. Charlie erinnerte sich, dass die ganze Familie identische Weihnachtspullover trug. Onkel Logan erzählte ihm immer, wie man Muskeln machte, und drückte dann kräftig seinen Arm.

»Der Junge muss hart gemacht werden«, sagte er zu Charlies Mutter. Charlies Vater war ein paar Jahre zuvor gestorben, als Charlie sechs war. Auf der Heimfahrt von der Arbeit hatte ihn eines Abends ein Sattelschlepper gestreift. Sein Auto hatte sich sechsmal überschlagen. Sie hatten den Sarg nicht mehr geöffnet, bevor sie ihn auf einem schönen Friedhof bestattet hatten. Onkel Logan hatte alles bezahlt.

Schon auf der Highschool hatte es ihm geholfen, Logan Birchs Neffe zu sein. In der Schulmannschaft spielte er Rechtsaußen, obwohl er nicht so gut schlagen konnte wie die anderen Jungen und kein Base stehlen konnte, selbst wenn es um sein Leben gegangen wäre. Niemand erwähnte diese spezielle Behandlung, im Gegenteil, in den ersten dreizehn Jahren seines Lebens hatte er keine Ahnung, dass er über seine Verhältnisse lebte. Er dachte, dem Coach gefalle seine Energie. Aber das änderte sich auf der Highschool. Im Umkleideraum wurde ihm die Verschwörung der Vetternwirtschaft jäh bewusst, die Wolfsrudelmentalität der Jungen in Sackhaltern, die ihn umgaben. Im Sport regieren schließlich die Gesetze der Leistungsgesellschaft. Du fängst an, weil du schlagen kannst, weil du rennen, werfen und fangen kannst. In Odessa war das Footballteam berüchtigt für Schnelligkeit und Präzision, und jedes Jahr bekamen die besten Spieler der Baseballmannschaft einen Freifahrschein zu einem guten College. Der Sport in West Texas war ein Konkurrenzgeschäft. Die Leute stellten Schilder auf ihren Rasen. An Spieltagen schlossen die Geschäfte frühzeitig. Man nahm das alles ernst. Und ein Spieler wie Charlie, in jeder Hinsicht mittelmäßig, fiel dabei auf wie ein bunter Hund.

Als sie ihn das erste Mal in die Mangel nahmen, war er fünfzehn, ein dürrer Frischling, der den Kick-off hatte machen dürfen, nachdem er ein Sechsunddreißig-Yard-Feldtor vergeigt hatte. Sechs klobige Landgorillas, nackt und verschwitzt, stießen ihn in eine Duschkabine.

»Pass nächstens auf, du Arsch«, sagten sie.

Charlie kauerte in der Ecke und konnte ihren Schweiß riechen, den Moschusgestank von einem halben Dutzend halbwüchsiger Linebacker, keiner unter fünfundsiebzig Kilo schwer, die allesamt drei Stunden im Dampfkochtopf der Augustsonne verbracht hatten. Er krümmte sich zusammen und kotzte ihnen auf die Füße. Dafür verprügelten sie ihn richtig, und zur Krönung klatschten sie ihm ihre Schwänze auf den Kopf.

Als er schließlich zusammengekrümmt auf dem Boden lag, zuckte er noch einmal zusammen, als Levon Davies sich über ihn beugte und ihm ins Ohr zischte: »Wenn du quatschst, bist du tot.«

Es war Onkel Logan, der die nötigen Strippen zog, um Charlie in das Pilotenausbildungsprogramm der Nationalgarde zu bringen. Wie sich herausstellte, war er kein schlechter Pilot, aber er hatte die Neigung, in plötzlichen Notsituationen zu erstarren. Als Charlie sich nach der Entlassung aus der Nationalgarde in Texas herumtrieb und sich in keinem Job lange halten konnte, war es Logan, der mit einem Freund bei GullWing redete und einen Vorstellungstermin für Charlie besorgte. Auch wenn Charlie Busch im Leben noch nichts gefunden hatte, was er wirklich gut konnte, hatte er ein gewisses Funkeln im Blick und ein gewisses Cowboygehabe im Gang, das den Ladys imponierte. Er konnte einen ganzen Raum bezaubern und machte im Anzug eine gute Figur, und als er sich mit dem Personalchef der Airline an den Tisch setzte, sah er aus wie die perfekte Ergänzung des schnell wachsenden Stalls junger, attraktiver Flugmitarbeiter bei GullWing.

Sie stellten ihn als Kopiloten ein. Das war im September 2013. Er mochte die Luxusjets, schätzte die Kunden, für die er arbeitete – Milliardäre und Staatschefs. Er kam sich wichtig vor. Aber was er besonders liebte, waren die erstklassigen Luxusweiber, die in der Kabine arbeiteten. Verdammt, dachte er, als er die erste Crew sah, mit der er arbeiten würde. Vier Schönheiten aus allen möglichen Weltgegenden, und eine fickwürdiger als die andere.

»Ladys«, sagte er, schob seine Pilotensonnenbrille herunter und schenkte ihnen sein schönstes texanisches Grinsen. Die Mädels zuckten nicht mal mit der Wimper. Wie sich herausstellte, schliefen sie nicht mit Kopiloten. Klar, die Firma hatte ihre Richtlinien, aber es war mehr als das. Diese Frauen waren kultiviert und international erfahren. Manche sprachen fünf Sprachen. Sie waren Engel, die ein sterblicher Mann anschauen, aber niemals berühren durfte.

Flug um Flug spielte Charlie seine Nummer. Und Flug um Flug wurde er abgewiesen. Es zeigte sich, dass nicht einmal sein Onkel den Weg ins Höschen einer GullWing-Flugbegleiterin eröffnen konnte.

Er war seit acht Monaten bei der Firma, als er Emma kennenlernte. Sofort sah er, dass sie anders war als die andern. Sie stand mit beiden Beinen auf dem Boden, und sie hatte diese kleine Lücke zwischen den Schneidezähnen. Manchmal ertappte er sie während eines Flugs vor sich hinsummend in der Pantry. Sie wurde rot, wenn sie dann merkte, dass er hinter ihr stand. Sie war nicht die heißeste Braut in der Flotte, fand er, aber sie war anscheinend erreichbar. Er war ein Löwe, der sich an eine Antilopenherde heranpirschte und darauf wartete, dass das schwächste Tier sich absonderte.

Emma erzählte ihm, ihr Vater sei bei der Air Force geflogen. Also blähte Charlie seine Erfahrungen bei der Nationalgarde auf und erzählte ihr, er habe im Irak ein Jahr die F-16 geflogen. Er sah, dass sie ein Papakind war. Er war neunundzwanzig, und sein eigener Vater war gestorben, als er sechs war. Sein einziges Vorbild als Mann war ein Whiskeytrinker mit aufgemotzten Haaren, der ihn bei jedem Zusammentreffen aufforderte, Muskeln zu machen. Er wusste, er war weder so gescheit noch so tüchtig wie die anderen Typen. Aber weniger Talent zu haben bedeutete auch, dass man Mittel und Wege finden musste, sich durchzuschlagen. Du brauchst nicht selbstbewusst zu sein, hatte er schon früh begriffen. Du musst nur selbstbewusst wirken. Er war nie ein großer Fastballschläger gewesen, und so hatte er gelernt, zum Base zu *gehen*. Den Monster Punt beim Football schaffte er nicht, und so meisterte er den kurzen Onside Kick. In Unterrichtssituationen lernte er schwierige Fragen abzuschmettern, indem er einen Witz machte. Er lernte, auf dem Baseballfeld zu schwatzen und sich bei der Nationalgarde aufzuspielen. Die Uniform machte einen zum Player, sagte er sich, wie das Gewehr einen zum Soldaten machte. Vielleicht war er durch Beziehungen hineingekommen, aber jetzt war nicht zu leugnen, dass sein Lebenslauf echt war.

Aber wer hatte Charles Nathaniel Busch jemals wirklich für das geliebt, was er war? Er war jemandes Neffe, ein Hochstapler, ein Highschoolsportler, der Pilot geworden war. Nach außen hin sah es aus wie eine amerikanische Erfolgsstory, und so nannte er es auch. Aber tief im Herzen kannte er die Wahrheit. Er war ein Blender. Und das zu wissen machte ihn bitter. Es machte ihn niederträchtig.

Er fand einen Platz auf einem GullWing-Charterflug von Heathrow nach New York, wo er am Samstag, dem 22. August, um fünfzehn Uhr landete. Es war jetzt sechs Monate her, dass Emma mit ihm Schluss gemacht hatte – dass sie ihm gesagt hatte, er solle nicht mehr anrufen, nicht mehr vorbeikommen und nicht mehr versuchen, mit ihr zusammen zu fliegen. Sie war für einen Routineflug eingeteilt, Martha's Vineyard und zurück, und Charlie hatte sich in den Kopf gesetzt, er müsse nur ein paar Minuten mit ihr allein sein, und sie würde alles verstehen. Wie sehr er sie liebte. Wie sehr er sie brauchte. Und wie sehr es ihm leidtue, was passiert sei. Alles im Grunde. Wie er sie behandelt habe. Was er gesagt habe. Wenn er es nur erklären könnte. Wenn sie nur sehen könnte, dass er tief im Innern kein schlechter Kerl war. Eigentlich nicht. Er war nur jemand, der sich so lange durch die Welt gemogelt hatte, dass er jetzt eine Heidenangst davor hatte, durchschaut zu werden. Und das alles, die Großspurigkeit, die Eifersucht, die Kleinlichkeit, war nur ein Nebenprodukt. Wenn du zwanzig Jahre lang versuchst, jemand zu sein, der du nicht bist, wirst du merken, wie es dich verändert. Aber bei Gott, er wollte keine Angst mehr haben. Nicht bei Emma. Er wollte, dass sie ihn sehen konnte. Sein wahres Ich. Dass sie ihn erkannte. Denn hatte er das nicht verdient, wenigstens einmal im Leben? Geliebt zu werden für das, was er war, nicht für das, was er zu sein vorgab?

Er dachte an London, an das Wiedersehen mit Emma dort. Wie das Gift eines Schlangenbisses war es durch seine Adern gekrochen, und in seiner Ratlosigkeit war es sein erster Instinkt gewesen anzugreifen und den Abstand zu schließen, der zwischen ihm und seiner – ja, was? Seiner Gegnerin? Seiner Beute …? Er wusste es nicht. Es war nur ein Gefühl, eine Art panisches Attackieren, das ihn veranlasste, sich aufzublasen, die Daumen hinter den Gürtel zu schieben und seine Cowboyattitüde aufzusetzen. Es ist das Einzige, was du tun kannst, wenn dir allzu viel an etwas liegt, das hatte er schon vor langer Zeit begriffen: Du musst so tun, als wäre es dir scheißegal. Ganz gleich, was es ist – Schule, Job, Liebe.

Das hatte so oft funktioniert, dass ihm dieses Verhalten in Fleisch und Blut übergegangen war, und als er Emma sah, als sein Herz bis zum Hals schlug und er sich verwundbar und schutzlos fühlte, setzte es wieder ein. Er gab sich hochnäsig, machte kränkende Bemerkungen über ihr Gewicht – und dann lief er den Rest des Abends hinter ihr her wie ein Hündchen.

Peter Gaston hatte ihm den Vineyard-Flug mit Vergnügen überlassen, denn so hatte er noch zwei weitere Urlaubstage in London. Am Freitagabend hatten sie sich angefreundet und bis zum Morgengrauen in Soho getrunken, erst in einer Bar, dann in einem Nachtclub – Wodka, Rum, Ecstasy, ein bisschen Koks. Der nächste planmäßige Drogentest würde erst in zwei Wochen stattfinden, und Peter kannte jemanden, der ihnen saubere Pisse besorgen konnte. Also ließen sie alle Vorsicht sausen. Charlie musste seinen ganzen Mut zusammennehmen. Immer wenn er Emma anschaute, hatte er das Gefühl, ihm breche das Herz. Sie war so schön. So süß. Und er hatte es so grandios vermasselt. Wieso hatte er sagen müssen, sie habe ein paar Pfund zugenommen? Warum musste er sich dauernd benehmen wie ein Arschloch? Als sie in ein Badetuch gewickelt aus dem Bad kam, hatte er sie nur umarmen wollen, sie auf die Lider küssen, wie sie es bei ihm getan hatte, ihren Puls an sich fühlen, sie einatmen. Aber stattdessen hatte er diese blöde Spitze losgelassen.

Er dachte an ihr Gesicht an dem Abend, als er die Hand um ihre Kehle gelegt und zugedrückt hatte. Wie der anfängliche Kick eines sexuellen Experiments sich in Schrecken, dann in Entsetzen verwandelt hatte. Hatte er wirklich geglaubt, es würde ihr gefallen? Sie sei *eine von denen*? Er war ihnen schon begegnet, diesen tätowierten Kamikazefliegerinnen, die sich gern bestrafen ließen für das, was sie waren, die die Schrammen und blauen Flecken rücksichtsloser animalischer Zusammenstöße liebten. Aber so war Emma nicht. Das sah man in ihren Augen, ihrer Haltung. Sie war eine normale Zivilistin, unbefleckt von den Grabenkämpfen einer verkackten Kindheit. Deshalb war sie ja eine so gute Wahl für ihn, eine so gesunde Entscheidung. Sie war die Madonna, nicht die Hure. Eine Frau, die er heiraten konnte. Eine Frau, die ihn retten konnte. Warum also hatte er es getan? Warum hatte er sie gewürgt? Vielleicht, um sie auf seine Ebene herunterzuholen. Um ihr zu verstehen zu geben, dass die Welt, in der sie lebte, nicht der sichere, vergoldete Themenpark war, für den sie sie hielt.

Nach dieser Nacht hatte er eine düstere Phase durchlebt. Nachdem sie ihn verlassen und seine Anrufe nicht mehr angenommen hatte. Tage, an denen er von Sonnenaufgang bis Sonnenuntergang im Bett blieb, erfüllt von Angst und Hass. Bei der Arbeit riss er sich zusammen und saß bei Start und Landung auf dem Platz des Kopiloten. Beim jahrelangen Verstecken seiner Schwächen hatte er gelernt zu funktionieren, ganz gleich, wie ihm zumute war. Aber bei diesen Flügen empfand er eine animalische Verlockung. In seinem Herzen knisterte ein elektrischer Draht, der wollte, dass er das Steuerhorn nach vorn drückte und das Flugzeug ins senkrechte Nichts kippte. Manchmal wurde es so schlimm, dass er unter dem Vorwand, aufs Klo zu müssen, in die Toilette flüchtete und durchatmete, bis das Schwarz verging.

Emma. Das Einhorn, der mythische Schlüssel zum Glück.

Er saß in der Bar in London und beobachtete ihre Augen, ihren Mundwinkel. Er spürte, dass sie ihn absichtlich nicht anschaute, und fühlte, wie die Muskeln in ihrem Rücken sich anspannten, weil seine Stimme an der Bar zu laut wurde, wenn er mit Gaston Witze riss. Sie hasste ihn, dachte er, aber ist Hass nicht genau das, was wir aus Liebe machen, wenn der Schmerz unerträglich wird?

Aber das konnte er in Ordnung bringen, dachte er, er konnte es zurückverwandeln und den Hass mit den richtigen Worten, den richtigen Gefühlen aus der Welt erklären. Er würde sanft ihre Hand nehmen und sie bitten, auf eine Zigarette mit ihm hinauszugehen, und dann würden sie miteinander reden. Im Kopf sah er jedes Wort, jede Bewegung. Zuerst wäre es nur er selbst, wie er alles vor ihr ausbreitete. »Die Geschichte Charlies«. Anfangs würde sie abwehrend die Arme vor der Brust verschränken, aber wenn er dann tiefer ginge und ihr vom Tod seines

Vaters erzählte, und wie er von einer ledigen Mutter großgezogen worden und irgendwie zu einem Protegé seines Onkels geworden war, der ihm, ohne dass er es ahnte, den Weg durch das Leben geebnet hatte. Dass er das nie gewollt habe. Dass er immer nur nach seinem eigenen Verdienst beurteilt werden wolle, aber im Lauf der Zeit Angst bekommen habe, sein Bestes sei vielleicht nicht gut genug. Deshalb habe er kapituliert und es geschehen lassen. Aber damit sei es jetzt vorbei. Charlie Busch sei bereit, als Mann auf eigenen Füßen zu stehen. Und Emma solle seine Frau sein. Und während er redete, würde sie die Arme sinken lassen. Sie würde näher kommen. Und schließlich würde sie ihn fest umarmen, und sie würden sich küssen.

Er trank noch einen Seven-and-Seven und ein Bier danach. Und irgendwann, als er sich mit Peter auf der Toilette noch eine Line reinzog, verschwand Emma. Er kam vom Klo und wischte sich über die Nase, und sie war weg. Er ging geradewegs zu den anderen Mädels, kribbelig und erschrocken.

»Hey«, sagte er, »äh, Emma – ist sie abgehauen?«

Die Mädels lachten ihn aus. Sie schauten ihn an mit ihren verdammten hochnäsigen Modelblicken und kläfften geringschätzig.

»Schätzchen«, sagte Chelsea, »glaubst du wirklich, du spielst in ihrer Liga?«

»Ich will nur – *fuck,* ist sie gegangen?«

»Und wenn. Sie hat gesagt, sie ist müde. Sie wollte zurück in die Wohnung.«

Charlie warf Geld auf den Tresen und lief hinaus auf die Straße. Alkohol und Drogen hatten ihn ganz kopflos gemacht, und so lief er erst einmal zehn Blocks weit in die falsche Richtung, bevor er seinen Irrtum bemerkte. *Fuck, fuck.* Als er schließlich in die Wohnung kam, war sie weg. Ihre Sachen waren auch nicht mehr da.

Sie war verschwunden.

Als Peter am nächsten Tag maulte, er müsse wegen eines

Jobs nach New York und Emma werde zur Crew gehören, bot Charlie ihm an, den Einsatz zu übernehmen. Er log, als er Peter versprach, es mit der Firma zu klären. Erst als er auf dem Teterboro Airport aufkreuzte, gab er an, dass er Peters Platz einnehmen würde. Da war es zu spät, um noch etwas zu ändern.

Charlie saß auf dem Klappsitz im Cockpit einer 737 über dem Atlantik und trank einen Kaffee nach dem anderen, um nüchtern zu werden und sich zu sortieren. Er hatte Emma einen Schreck eingejagt, als er einfach so in London erschienen war. Das begriff er jetzt. Er hatte sich entschuldigen wollen, aber sie hatte ihre Telefonnummer geändert und beantwortete seine E-Mails nicht. Was war ihm anderes übriggeblieben? Wie sonst sollte er alles in Ordnung bringen, wenn er sie nicht noch einmal aufstöbern durfte, um sich zu verteidigen und sich ihr zu Füßen zu werfen?

Teterboro war ein Privatflughafen, zwölf Meilen außerhalb von Manhattan. GullWing hatte dort einen Hangar. Das Unternehmenslogo – zwei Hände, bei den Daumen gekreuzt, die Finger ausgebreitet wie Flügel – prangte in Grau auf der braunen Seitenwand. Das Hangarbüro war am Sonntag geschlossen, und im Hangar arbeitete nur ein Rumpfteam. Charlie nahm am Kennedy Airport ein Taxi, fuhr nordwärts an der Stadt vorbei und kam über die George Washington Bridge herein. Er versuchte, nicht auf den Taxameter zu schauen, während der Fahrpreis immer höher stieg. Er hatte eine Premiumkreditkarte, und außerdem, sagte er sich, war es egal, was es kostete. Hier ging es um Liebe. Peter hatte ihm den Flugplan gegeben. Die geplante Abflugzeit von New Jersey war 18:50 Uhr. Das Flugzeug war eine OSPRY 700 SL. Sie würden die Kurzstrecke nach Martha's Vineyard ohne Passagiere fliegen, die Charterkunden an Bord nehmen und gleich zurückfliegen. Charlie schätzte, damit würde er mindestens fünf Stunden lang Zeit haben, einen privaten Augenblick mit Emma zu finden, sie beiseitezunehmen und ihre Wange zu berühren. Mit ihr zu reden, wie sie es immer getan hatten, und zu sagen: *Es tut mir leid.* Zu sagen: *Ich liebe dich. Das weiß ich jetzt. Ich war ein Idiot. Bitte verzeih mir.*

Und das würde sie, denn wie könnte sie sich weigern? Was sie miteinander hatten, war etwas Besonderes. Als sie das erste Mal miteinander geschlafen hatten, hatte sie geweint, weil es so schön gewesen war. Und er hatte alles versaut, aber es war noch nicht zu spät. Er hatte alle diese romantischen Komödien gesehen, von denen Mädchen wie sie so schwärmten. Er wusste, Beharrlichkeit war der Schlüssel. Emma wollte ihn auf die Probe stellen, das war alles. Ihn auf Herz und Nieren prüfen. Das wusste er aus dem Grundkurs »Frauen von A bis Z«. Sie liebte ihn, aber er musste sich beweisen. Musste ihr zeigen, dass er beständig und zuverlässig war und dass diesmal alles wie im Bilderbuch verlaufen würde. Sie war die Feenprinzessin, und er war der Ritter auf dem Pferd. Und er *würde* es ihr zeigen. Er gehörte ihr, jetzt und in Ewigkeit, und er würde niemals aufgeben. Und wenn sie das sähe, würde sie ihm in die Arme fallen, und sie wären wieder zusammen.

An der Sicherheitskontrolle in Teterboro zeigte er seine Pilotenlizenz vor. Der Wachmann winkte das Taxi durch. Charlie war flau im Magen, und er rieb sich das Gesicht. Er bereute, dass er nicht daran gedacht hatte, sich zu rasieren, und befürchtete, er könne eingefallen und müde aussehen.

»Es ist der weiße Hangar«, sagte er zu dem Taxifahrer.

»Zweihundertsechsundsechzig«, sagte der Mann, als sie angehalten hatten.

Charlie gab ihm seine Karte, und dann stieg er aus und holte seinen silbernen Rollkoffer aus dem Wagen. Die OSPRY parkte auf dem Rollfeld vor dem Hangar. Der Rumpf leuchtete im Flutlicht der Scheinwerfer auf den Gebäuden. Von diesem Anblick bekam er nie genug: eine Präzisionsmaschine wie ein glänzendes Vollblut, grenzenlos kraftvoll und zugleich komfortabel und luxuriös. Eine dreiköpfige Bodenmannschaft war dabei, sie zu betanken, und vor ihrer Nase parkte ein Cateringlieferwagen. Vor einhundertvier Jahren bauten zwei Brüder das erste Flugzeug und flogen damit an einem Strand in North Carolina. Jetzt gab es Geschwader von Kampfflugzeugen, Hunderte von kommerziellen Airlinern, Frachtflugzeugen und Privatjets. Fliegen war zur Routine geworden. Aber nicht für Charlie. Ihn begeisterte es noch immer zu spüren, wie die Räder sich vom Boden lösten und das Flugzeug in die Stratosphäre hinaufstrebte. Aber das wunderte ihn nicht. Er war schließlich romantisch veranlagt.

Charlie sah sich nach Emma um, aber er konnte sie nicht entdecken. In der Toilette auf dem Kennedy Airport hatte er seine Pilotenuniform angezogen. Sich in dem frischen Weiß zu sehen gab ihm Halt. War er nicht wie Richard Gere in *Ein Offizier und Gentleman?* In Uniform jetzt, zog er seinen Rollkoffer in den Hangar, und seine Absätze klackten auf dem Asphalt. Das Herz schlug ihm bis zum Hals, und er schwitzte wie damals auf der verdammten Highschool, als er Cindy Becker zum Ball einladen wollte.

Herrgott, dachte er, *was macht dieses Weib mit dir? Reiß dich zusammen, Busch.*

Zorn loderte in ihm auf, die Wut eines Tiers gegen das Käfiggitter, aber das ignorierte er.

Schluck's runter, Busch, befahl er sich. *Bleib auf Kurs.*

Dann sah er Emma oben im Büro. Sein Puls schlug schneller.

Er ließ seinen Koffer fallen und lief die Treppe hinauf. Das Büro befand sich oben auf einer Galerie, von wo aus man den Hangar überblicken konnte. Zutritt nur für Personal. Kunden betraten den Hangar gar nicht erst. Sie wurden mit einer Limousine direkt zum Flugzeug befördert. Es stand schriftlich in den strengen Richtlinien der Firma, dass die Mitarbeiter alles, was hinter den Kulissen von GullWing Air vorging, im Unsichtbaren ließen, damit nichts die Erfahrung des Luxusreiseerlebnisses der Kundschaft beeinträchtigen konnte.

Das Büro erreichte man über eine stählerne Außentreppe. Charlie legte eine Hand auf das Geländer, und sein Mund war trocken. Instinktiv hob er die Hand und rückte seine Mütze ein wenig schief. Sollte er die Pilotenbrille aufsetzen? Nein. Hier ging es darum, Verbindung aufzunehmen, es ging um Blickkontakt. Seine Finger zuckten, und seine Hände fühlten sich an wie wilde Tiere. Also schob er sie in die Hosentaschen und konzentrierte sich auf jede Stufe, hob die Füße und stellte sie wieder hin. In den letzten sechzehn Stunden hatte er nur an diesen Augenblick gedacht. Er würde Emma sehen, würde warmherzig lächeln und ihr zeigen, dass er ruhig und sanft sein konnte. Aber er war alles andere als ruhig. Seit drei Tagen hatte er nicht mehr als zwei Stunden an einem Stück geschlafen. Kokain und Wodka hielten ihn geschmeidig, hielten ihn beweglich. Im Kopf ging er alles noch einmal durch. Er würde oben auf dem Absatz ankommen und die Tür öffnen. Emma würde sich umdrehen und ihn sehen, und er würde stehen bleiben, ganz still. Er würde sich ihr öffnen, ihr mit Körper und Blicken zeigen, dass er hier war, dass er ihre Botschaft verstanden hatte. Er war hier, und er würde nicht mehr weggehen.

Aber so kam es nicht. Als er auf dem Absatz ankam, stellte er fest, dass Emma bereits zu ihm herschaute, und als sie ihn sah, wurde sie bleich. Sie riss die Augen weit auf. Und schlimmer noch – als er sah, dass sie ihn bemerkt hatte, erstarrte er buchstäblich mit dem rechten Fuß in der Luft, und dann hob er die Hand zu einem kleinen ... Winken. *Er winkte? Welcher Idiot steht da wie eine Schwuchtel und winkt dem Mädchen seiner Träume zu?* Und im selben Augenblick wandte sie sich ab und flüchtete nach hinten ins Büro.

Fuck, dachte er. *Fuck fuck fuck.*

Er atmete aus und stieg die Treppe bis zum Ende hinauf. Stanhope war im Büro, die Koordinatorin, die heute Abend Dienst hatte. Sie war eine ältere Frau und hatte keine Lippen, nur einen wütenden Schlitz quer unter der Nase.

»Ich, ähm, bin heute Abend auf der 613«, sagte er. »Melde mich zum Dienst.«

Sie schaute in ihr Logbuch. »Sie sind nicht Gaston.«

»Verdammt scharfsinnig«, sagte er, und sein Blick suchte im hinteren Büro, hinter einer Glaswand, nach Emma.

»Wie bitte?«

»Nichts. Sorry. Ich habe nur – Gaston ist krank. Er hat mich angerufen.«

»Na, aber er hätte *mich* anrufen sollen. Es geht nicht, dass die Mitarbeiter einfach ihre Schichten tauschen. Das bringt Unordnung in die ganze ...«

»Absolut. Ich wollte ihm nur einen Gefallen ... Haben Sie gesehen, wo Emma ...?«

Er spähte durch die Scheibe und suchte ein bisschen hektisch nach seinem Traummädel. Seine Gedanken überschlugen sich, prüften verschiedene Szenarien und arbeiteten auf Hochtouren, um herauszufinden, wie er diese Katastrophe wieder in Ordnung bringen sollte.

Sie ist weggelaufen, dachte er. *Fuck, sie hat einfach kehrtgemacht und ist ... Was zum Teufel soll denn das?*

Charlie schaute die Schreibtischhexe an und schenkte ihr sein schönstes Lächeln. »Wie heißen Sie? Jenny?«, sagte er. »Es tut mir leid, aber – wir müssen gleich starten. Können wir den Papierkram nicht regeln, wenn wir wieder da sind?«

Charlie wandte sich ab. Sie rief ihm nach: »Aber melden Sie sich bei mir, wenn Sie gelandet sind, okay? Wir haben diese Vorschriften nicht ohne Grund.«

»Ja«, sagte Charlie. »Ist klar. Sorry wegen der – ich weiß nicht, warum Gaston nicht angerufen hat.«

Er stolperte zurück zum Flugzeug und sah sich immer wieder nach Emma um. Er stieg die Treppe hinauf und fand sie zu seiner Überraschung in der Pantry, wo sie das Eis zerkleinerte.

»Hey«, sagte er, »wo warst du ...? Ich habe dich gesucht.«

Sie drehte sich zu ihm um. »Wieso bist du überhaupt – ich will dich hier nicht haben. Ich will nicht ...«

Er streckte die Arme aus und wollte sie an sich ziehen, wollte ihr zeigen, dass die Liebe alles in Ordnung bringen konnte. Aber sie bog sich mit hasserfülltem Blick zurück und schlug ihm mit der flachen Hand fest ins Gesicht.

Charlie sah ihr nach, und sein Kopf war völlig leer, als er sich dumpf abwandte und beinahe mit Melody zusammengestoßen wäre, dem Captain dieses Flugs. James. Ein älterer Mann, nicht besonders unterhaltsam, aber kompetent. Äußerst kompetent. Eine britische Schwuchtel. Hielt sich für den Chef des Ganzen. Aber Charlie wusste, wie man Kotau machte. Das gehörte dazu, wenn man sich durchmogelte.

»'n Abend, Captain«, sagte er.

Melody erkannte ihn und runzelte die Stirn. »Was ist mit Gaston?«, fragte er.

»Keine Ahnung«, sagte Charlie. »Was mit dem Magen, glaube ich. Ich weiß nur, dass man mich angerufen hat«.

Der Captain zuckte die Achseln. Das war ein Problem der Zentrale.

Sie wechselten noch ein paar Worte, aber Charlie hörte kaum zu. Er dachte an Emma und an das, was sie gesagt hatte. Und was er hätte anders machen können.

Leidenschaft, das war's, was sie verband, sagte er sich plötzlich. Feuer. Der Gedanke munterte ihn auf, und das Brennen seiner Wange verging.

Als er die Elektronik hochfuhr und das Diagnoseprogramm laufen ließ, sagte er sich, dass er die Sache eigentlich ganz gut im Griff hatte, wenn auch vielleicht nicht perfekt, aber ... sie spielte einfach die Unerreichbare. Die nächsten sechs Stunden würden ablaufen wie ein Uhrwerk. Lehrbuchstart. Lehrbuchlandung. Hin und zurück in fünf Stunden, und dann wäre *er* derjenige, der seine Telefonnummer änderte, und wenn sie zur Besinnung käme und sich darüber klar würde, was sie verloren hatte – tja, dann würde *sie* ihn um Verzeihung anflehen.

Als er die Triebwerke durchcheckte, hörte er, wie die Cockpittür aufging. Emma stürmte herein.

»Halten Sie ihn mir vom Leib«, befahl sie Melody und zeigte auf Charlie. Dann stapfte sie wieder hinaus in die Pantry.

Der Captain schaute hinüber zu seinem Kopiloten.

»Keine Ahnung«, sagte Charlie. »Hat wohl ihre Tage.«

Sie beendeten den Check und schlossen die Luke. Um 19:59 Uhr rollten sie zur Startbahn und hoben ohne Zwischenfall mit der untergehenden Sonne im Rücken ab. Wenig später legte Captain Melody das Flugzeug auf die Steuerbordseite und richtete die Nase auf die Küste.

Während des Fluges nach Martha's Vineyard starrte Charlie hinaus auf das Meer. Er saß sichtlich zusammengesunken da. Als die Wut verraucht war und die grellen Nervenblitze, die ihn befeuert hatten, nachließen, fühlte er sich leer und erschöpft. In Wahrheit hatte er seit ungefähr sechsunddreißig Stunden eigentlich überhaupt nicht mehr geschlafen. Vielleicht ein paar Minuten auf dem Flug von London herüber – aber die meiste Zeit war er zu aufgedreht gewesen. Vielleicht eine Nachwirkung des Kokains oder der Wodka-Bulls, die er getrunken hatte. Was immer es war – jetzt, da seine Mission gescheitert und grandios implodiert war, fühlte er sich wie zerstört.

Fünfzehn Minuten vor Martha's Vineyard stand der Captain auf und legte Charlie eine Hand auf die Schulter.

»Übernehmen Sie«, sagte er. »Ich hole mir einen Kaffee.«

Charlie nickte und richtete sich auf. Der Autopilot war aktiviert, und das Flugzeug zog mühelos über dem offenen blauen Meer dahin. Als der Captain das Cockpit verließ, schloss er die Tür (die offen gewesen war) hinter sich. Es dauerte ein paar Augenblicke, bis Charlie es registrierte. Der Captain hatte die Tür geschlossen. Und warum? Warum tat er das? Sie war beim Start offen gewesen. Warum machte er sie jetzt zu?

Um ungestört zu sein.

Charlie spürte, wie es ihn heiß durchströmte. Das war es. Melody wollte ungestört mit Emma sprechen.

Über mich.

Ein Adrenalinstoß rauschte durch Charlies Adern. Er musste sich konzentrieren. Er schlug sich zweimal ins Gesicht.

Was soll ich tun?

Er ging die verschiedenen Möglichkeiten durch. Sein erster Instinkt drängte ihn hinauszustürmen und die beiden zur Rede zu stellen, dem Piloten zu sagen, dieser ganze Scheiß gehe ihn nichts an. *Geh wieder auf deinen Platz, alter Mann.* Aber das war irrational. Dafür würde man ihn wahrscheinlich feuern.

Nein. Er sollte gar nichts tun. Er war ein Profi. *Sie* war die Drama Queen, die ihre Privatangelegenheiten mit zum Dienst brachte. Er würde das Flugzeug fliegen (okay, er würde zuschauen, wie der Autopilot das Flugzeug flog) und sich benehmen wie ein vernünftiger Erwachsener.

Trotzdem musste er zugeben, dass es ihn schier umbrachte. Die geschlossene Tür. Nicht zu wissen, was da draußen vorging. Was sie sagte. Wider alle Vernunft stand er auf. Setzte sich, stand wieder auf. Als er die Hand nach der Tür ausstreckte, öffnete sie sich, und der Captain kam mit seinem Kaffee herein.

»Alles okay?« Er schloss die Tür hinter sich.

Charlie knickte in der Taille ein und dehnte den Oberkörper. »Absolut«, sagte er. »Ich habe nur ... einen Krampf in der Seite. Muss mich mal strecken.«

Während des Landeanflugs auf Martha's Vineyard ging die Sonne unter. Auf dem Boden rollte Melody an der Bodenkontrolle vorbei und parkte. Charlie stand auf, als die Triebwerke abgeschaltet waren.

»Wo wollen Sie hin?«, fragte der Captain.

»Eine Zigarette rauchen.«

Der Captain stand auf. »Später. Ich möchte ein komplettes

Diagnoseprogramm für die Steuerung laufen lassen. Beim Landen war der Stick schwergängig.«

»Nur eine schnelle Zigarette?«, sagte Charlie. »Wir haben doch ungefähr eine Stunde bis zum Start.«

Melody öffnete die Cockpittür. Charlie sah Emma hinter ihm in der Pantry. Sie spürte, dass die Tür aufging, schaute herüber und sah Charlie. Sofort wandte sie sich wieder ab. Der Captain schob die Hüfte vor und versperrte Charlie den Weg.

»Lassen Sie die Diagnose laufen«, sagte er. Dann ging er hinaus und schloss die Tür hinter sich.

Fuck, so ein kleinkarierter Mist, dachte Charlie und schaltete den Computer ein. Er seufzte – einmal, zweimal. Er stand auf. Setzte sich hin. Rieb die Hände, bis sie heiß waren, und drückte sie dann an die Augen. Er hatte das Flugzeug vor der Landung fünfzehn Minuten lang geflogen. Die Steuerung fühlte sich tadellos an. Aber Charlie war ein Profi. *Mr Professional.* Also tat er, was man ihm sagte. Das war immer schon seine Strategie gewesen. Wenn man sein Leben lang eine Rolle spielt, lernt man, sie gut zu spielen. Reich deine Unterlagen rechtzeitig ein. Sei beim Training der Erste auf dem Platz. Sorg dafür, dass die Uniform sauber und gebügelt ist, dein Haar ordentlich geschnitten, dein Gesicht rasiert. Steh gerade. Bleib in der Rolle.

Um sich zu beruhigen, holte er seinen Kopfhörer heraus und ließ Jack Johnson laufen. Melody wollte, dass er eine Diagnose vornahm? Schön. Er würde nicht nur tun, was verlangt wurde, er würde das ganze Ding picobello polieren. Er startete die Diagnose, und softe Gitarren klangen in seinen Ohren. Draußen verschwand der obere Rand der Sonne hinter den Bäumen, und der Himmel färbte sich mitternachtsblau.

Der Captain fand Charlie eine halbe Stunde später auf seinem Sitz. Er schlief fest. Melody schüttelte den Kopf und ließ sich auf seinen Platz fallen. Charlie fuhr hoch, desorientiert und mit klopfendem Herzen.

»Was ist los?«, fragte er.

»Haben Sie das Diagnoseprogramm laufen lassen?«, fragte Melody.

»Äh, ja.« Charlie betätigte ein paar Schalter. »Es ist ... alles sieht gut aus.«

Der Captain schaute ihn kurz an und nickte dann. »Okay. Der erste Kunde ist hier. Ich will um zweiundzwanzig Uhr startklar sein.«

»Ja, natürlich.« Charlie wedelte mit der Hand. »Kann ich ... ich muss pissen.«

Der Captain nickte. »Kommen Sie sofort wieder zurück.«

Charlie nickte. »Ja, Sir.« Es gelang ihm, den Sarkasmus in seinem Ton bis auf einen kleinen Rest zu unterdrücken.

Er verließ das Cockpit. Das Crew-WC war gleich neben der Tür. Er sah Emma, die oben an der Treppe stand, um die ersten Fluggäste zu begrüßen, wenn sie kämen. Auf dem Rollfeld sah Charlie ein paar Leute. Es sah aus wie eine fünfköpfige Familie, die im Scheinwerferlicht eines Range Rovers stand. Charlie betrachtete Emmas Nacken. Sie hatte das Haar zu einem Knoten hochgesteckt, und eine lose kastanienbraune Strähne wehte um ihren Unterkiefer. Bei dem Anblick wurde ihm schwindlig, und ihn erfasste das überwältigende Bedürfnis, auf die Knie zu fallen und das Gesicht in ihren Schoß zu drücken – in einem Akt der Buße und Hingabe, mit der Geste eines Liebenden, aber auch eines Sohnes gegenüber der Mutter. Denn was er ersehnte, war nicht die sinnliche Freude an ihrem nackten Fleisch, sondern das mütterliche Gefühl ihrer Hände auf seinem Kopf, das Spüren der bedingungslosen Akzeptanz. Ihre Finger in seinem Haar, das mütterliche Streicheln. Es war so lange her, dass jemand ihm das Haar gestreichelt und den Rücken massiert hatte, bis er einschlief. Und er war so müde, so unendlich müde.

Auf der Toilette starrte er in den Spiegel. Seine Augen waren blutunterlaufen, seine Wangen von dunklen Bartstoppeln bedeckt. Das war nicht der, der er sein wollte. Das war ein Loser. Wie hatte er so tief sinken können? Warum ließ er sich von dieser Frau kleinmachen? Als sie zusammen waren, fand er ihre Zuneigung erstickend – wie sie in der Öffentlichkeit seine Hand hielt und den Kopf auf seine Schulter legte, als ob sie ihm ihren Stempel aufdrücken wollte. Sie war so versessen auf ihn, dass er das Gefühl hatte, sie spielte ihm etwas vor. Als lebenslanger Rollenspieler war er sicher, dass er seinesgleichen schon von Weitem erkennen konnte. Also wurde er kalt gegen sie. Er schob sie weg, um zu sehen, ob sie zurückkommen würde. Und sie tat es. Das machte ihn rasend. *Ich habe dich durchschaut,* dachte er. Fuck, *ich weiß, du machst mir was vor. Die Nummer ist aufgeflogen. Also lass das Theater.* Aber sie reagierte gekränkt, verwirrt. Und eines Nachts schließlich, als er sie fickte und sie die Hand hob und seine Wange streichelte und sagte: *Ich liebe dich,* da zerriss etwas in ihm, und er packte sie bei der Kehle, zuerst nur, um sie zum Schweigen zu bringen, aber dann, als er die Angst in ihren Augen sah und wie sie rot wurde, drückte er immer fester zu, und sein Orgasmus war wie ein weißer Blitz von den Eiern ins Gehirn.

Als er jetzt in den Spiegel starrt, sagt er sich, dass er die ganze Zeit recht hatte. Sie hat es gefakt. Sie hat mit ihm gespielt, und jetzt ist sie fertig und wirft ihn einfach weg.

Er wäscht sich das Gesicht und trocknet es ab. Das Flugzeug wackelt, als die Passagiere die Treppe heraufkommen. Er hört Stimmen und Gelächter. Er fährt sich mit der Hand durch das Haar und zieht seine Krawatte gerade.

Professionell, denkt er und dann, bevor er die Tür öffnet und ins Cockpit zurückkehrt:

Bitch.

DER FLUG

GUS HÖRT EINE Computerstimme aus dem Lautsprecher.
»Autopilot abgeschaltet.«
Das ist es, denkt er. *Der Anfang vom Ende.*
Er hört die Triebwerke. Es ist die Schuberhöhung, die er vom Flugdatenrecorder kennt, mit der der Kopilot eine Kurve eingeleitet hat.
Das gefällt dir?, hört er Busch murmeln. *Ist es das, was du willst?*
Jetzt ist es nur noch eine Frage der Zeit. Das Flugzeug wird in weniger als zwei Minuten auf dem Wasser aufschlagen.
Und jetzt hämmert jemand an die Tür, und Gus hört Melodys Stimme.
Herrgott, lassen Sie mich doch rein. Lassen Sie mich rein. Was ist da los? Lassen Sie mich rein.
Aber der Kopilot schweigt. Was immer er in diesen letzten Augenblicken seines Lebens denkt, behält er für sich. Neben der Stimme des verzweifelten Piloten bleibt nur noch das Heulen eines Flugzeugs, das in Spiralen in den Tod trudelt.
Gus dreht die Lautstärke noch höher, um etwas zu hören, irgendetwas unter den leisen mechanischen Geräuschen und dem Dröhnen der Triebwerke. Und dann – Schüsse. Gus fährt zusammen und verreißt das Lenkrad, sodass der Wagen auf die linke Spur schleudert. Um ihn herum plärren Hupen. Fluchend lenkt er zurück in die alte Spur, und bei alldem verliert er die Übersicht über die Zahl der Schüsse. Es sind mindestens sechs, jeder wie ein Kanonenschlag in der Stille der Aufnahme. Und darunter liegt ein geflüstertes Mantra.

Scheiße, scheiße, scheiße, scheiße.
Peng, peng, peng, peng.

Die Triebwerke brüllen auf, als Busch sich nach vorn gegen den Schubhebel lehnt, und das Flugzeug kreiselt wie ein Blatt, das in den Abfluss treibt.

Und obwohl er das Ende kennt, betet Gus unwillkürlich zum Himmel, dass der Captain und der israelische Leibwächter die Tür noch aufbekommen und Busch überwältigen. Dann wird der Captain sich auf seinen Platz setzen und irgendein Wunder wirken, mit dem er das Flugzeug wieder abfängt. Und wie aus Rücksicht auf seinen angehaltenen Atem hört Gus anstelle der Schüsse jetzt das dumpfe Geräusch, mit dem ein Körper gegen das Metall der Cockpittür schlägt. Später werden Techniker die Geräusche analysieren und ermitteln, was eine Schulter ist und was ein Fußtritt, aber jetzt sind es nur die drängenden Rammstöße des Überlebenskampfs.

Bitte, bitte, bitte, denkt Gus, obwohl er längst weiß, dass sie zum Tode verurteilt sind.

Und dann, in dem Sekundenbruchteil vor dem Aufschlag, eine einzige Silbe.

Oh.

Der Aufprall ist eine Kakofonie von solcher Gewalt und Endgültigkeit, dass Gus die Augen schließt. Er dauert vier Sekunden – primäre und sekundäre Aufschlaggeräusche, die abreißende Tragfläche, der aufbrechende Rumpf. Busch dürfte auf der Stelle tot gewesen sein. Für die andern mag es noch ein, zwei Sekunden gedauert haben. Nicht der Aufschlag tötet sie, sondern umherfliegende Trümmer. Gottlob hat keiner lange genug überlebt, um zu ertrinken, als das Flugzeug auf den Meeresgrund sank. Das haben die Obduktionsbefunde ergeben.

Und doch – irgendwo in dem Chaos haben ein Mann und ein kleiner Junge überlebt. Was Gus jetzt gehört hat, macht diesen Umstand zu einem ausgewachsenen Wunder.

»Boss?«, fragt Mayberrys Stimme.

»Ja, ich ...«

»Er war's. Er hat nur – es ging um das Mädchen. Die Flugbegleiterin.«

Gus antwortet nicht. Er versucht immer noch, die Tragödie zu verstehen. Alle diese Leute und ein Kind – getötet. Warum? Weil einem Wahnsinnigen das Herz gebrochen wurde?

»Ich will eine komplette mechanische Analyse«, sagt er. »Von jedem einzelnen Geräusch.«

»Ja, Sir.«

»Ich bin in zwanzig Minuten da.«

Gus trennt die Verbindung. Wie viele Jahre kann er diesen Job noch ausüben? Wie viele Tragödien hält er noch aus? Er ist ein Ingenieur, der allmählich zu der Überzeugung kommt, dass die Welt fundamental kaputt ist.

Er sieht seine Ausfahrt vor sich und wechselt auf die rechte Spur. Das Leben ist eine Serie von Entscheidungen und Reaktionen. Es ist das, was du tust, und das, was dir getan wird.

Und dann ist es vorüber.

Die erste Stimme auf dem Band, die Scott hört, ist seine.

Was geht da vor?, fragt er. *In deinem Kopf? Mit uns?*

Lass uns nach Griechenland fliegen, hört er Layla sagen. *Da gibt es ein kleines Haus an einer Steilküste, das mir über ungefähr sechs Briefkastenfirmen gehört. Niemand weiß etwas davon. Absolutes Geheimnis. Wir könnten in der Sonne liegen und Austern essen. Tanzen, wenn es dunkel wird. Bis Gras über alles gewachsen ist. Ich weiß, ich sollte dir gegenüber zurückhaltend sein, aber ich habe noch nie jemanden kennengelernt, dessen Aufmerksamkeit schwerer zu fesseln ist. Selbst wenn wir zusammen sind, sind wir zwar am selben Ort, aber Jahre auseinander.*

»Woher haben Sie ...?«, fragt er.

Bill sieht ihn an und zieht triumphierend die Brauen hoch.

»Finden Sie immer noch, wir sollten glauben, dass da nichts geschehen ist?«

Scott starrt ihn an. »Haben Sie – wie haben Sie ...?«

Bill hebt den Zeigefinger. *Warten Sie ab.*

Das Band läuft weiter.

Wie geht's dem Jungen?

Das ist Gus. Scott braucht die nächste Stimme nicht zu hören, um zu wissen, dass es seine ist.

Er ... spricht nicht, aber anscheinend gefällt es ihm, dass ich hier bin. Also hat das vielleicht eine therapeutische Wirkung. Und Eleanor ist wirklich ... stark.

Und der Mann?

Er ist heute Morgen mit Gepäck weggefahren.

Jetzt folgt eine lange Pause.

Ich brauche Ihnen nicht zu erzählen, wie das aussehen wird, sagt Gus.

Unwillkürlich bewegt Scott zu den nächsten Worten auf dem Band die Lippen.

Wann war wichtiger, wie etwas aussieht, als was es ist?

Zwotausendzwölf, glaube ich, sagt Gus. *Aber nachdem Sie sich in der Stadt ... versteckt haben. Wie das in die Nachrichten gekommen ist. Die Erbin, die ... Ich habe gesagt: Suchen Sie sich einen Unterschlupf. Nicht: Verkriechen Sie sich auf dem Boulevard.*

Da ist nichts passiert. Ich meine, okay, sie hat sich ausgezogen und ist zu mir ins Bett gekrochen, aber ich habe nicht ...

Wir reden nicht über das, was passiert oder nicht passiert ist, unterbricht Gus ihn. *Sondern darüber, wie es aussieht.*

Die Aufnahme ist zu Ende. Bill beugt sich vor.

»Sehen Sie?«, sagt er. »Lügen. Von Anfang an haben Sie nichts als Lügen erzählt.«

Scott nickt, und in Gedanken fügt er alles zusammen. »Sie haben uns abgehört«, sagt er. »Eleanors Telefon. Deshalb wussten Sie – als ich sie von Layla aus angerufen habe –, deshalb wussten Sie, wo ich war. Sie haben das Gespräch zurückverfolgt. Und dann – haben Sie auch Gus' Telefon angezapft? Das FBI? Haben Sie so ...? All diese undichten Stellen – haben Sie die Aktennotiz auf diese Weise bekommen?«

Scott sieht, dass Cunninghams Producerin hinter der Kamera hektisch mit den Armen wedelt. Sie sieht panisch aus. Scott beugt sich vor.

»Sie haben ihre Telefone verwanzt. Ein Flugzeug ist abgestürzt. Menschen sind gestorben – und Sie verwanzen die Telefone der Opfer und ihrer Verwandten.«

»Die Zuschauer haben ein Recht darauf, alles zu wissen«, sagt Bill. »David Bateman war ein großer Mann. Ein Gigant. Da verdienen wir die Wahrheit.«

»Ja, aber – wissen Sie nicht, dass das illegal ist? Was Sie getan haben? Und davon abgesehen – *unmoralisch*. Und wir sitzen hier, und Sie machen sich Sorgen – über was? Dass ich eine einvernehmliche Beziehung mit einer erwachsenen Frau haben könnte?«

Scott sitzt immer noch vorgebeugt da.

»Und unterdessen haben Sie keine Ahnung, was wirklich passiert ist.«

Bill Cunningham ist ausnahmsweise sprachlos.

»Menschen sind gestorben. Menschen mit Familien, mit Kindern. Und Sie sitzen hier und fragen nach meinem Sexualleben. Schämen Sie sich.«

Bill steht auf und ragt vor Scott auf. Auch Scott erhebt sich und starrt ihn an, ohne mit der Wimper zu zucken.

»Schämen Sie sich«, wiederholt er, sehr leise diesmal, sodass nur Bill ihn hören kann.

Einen Moment lang sieht es aus, als ob Bill ihn schlagen würde. Er hat die Fäuste geballt. Zwei Kameraleute packen ihn, und dann ist Krista da.

»Bill«, schreit sie, »Bill, beruhige dich.«

»Loslassen«, brüllt Bill, aber sie halten ihn fest.

Scott wendet sich an Krista. »Okay«, sagt er. »Ich bin hier fertig.«

Er geht davon, und das wütende Handgemenge bleibt hinter ihm zurück. Er findet einen Korridor und folgt ihm bis zu einem Aufzug. Wie ein Mann, der aus einem Traum erwacht, drückt er auf den Knopf und wartet darauf, dass die Tür sich öffnet. Er denkt an die schwimmende Tragfläche, die noch brannte, und an die Stimme des Jungen in der Dunkelheit. Er denkt an seine Schwester und daran, wie er auf seinem Fahrrad sitzt und wartet, während es immer dunkler wird. Er denkt an jedes Glas, das er je getrunken hat, und an das Gefühl dabei, den Startschuss zu hören und in das gechlorte Blau zu hechten.

Der Junge wartet. Er spielt in der Einfahrt mit seinen Lastautos und malt außerhalb der Linien in seinem Malbuch. Ein träger Fluss ist da, und das Rascheln des Laubes im Wind.

Er wird seine Bilder zurückholen. Er wird die Termine mit Galerien und alle anderen, die sich ergeben, neu organisieren. Er wird ein Schwimmbad suchen und dem Jungen das Schwimmen beibringen. Er hat lange genug gewartet. Es ist Zeit, auf PLAY zu drücken, das Spiel zu Ende gehen zu lassen und zu sehen, was passiert. Wenn es in einer Katastrophe endet, dann soll es das. Er hat Schlimmeres überlebt. Er ist ein Überlebender. Es wird Zeit, dass er sich auch so benimmt.

Dann öffnen sich die Türen, und er geht weiter.

Unsere Leseempfehlung

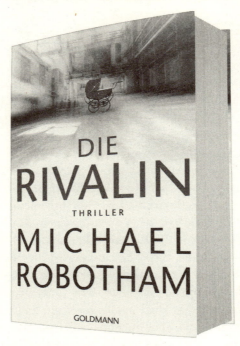

512 Seiten
Auch als E-Book
und Hörbuch
erhältlich

Agatha, Ende dreißig, Aushilfskraft in einem Supermarkt und aus ärmlichen Verhältnissen, weiß genau, wie ihr perfektes Leben aussieht. Es ist das einer anderen: das der attraktiven Meghan, deren Ehemann ein erfolgreicher Fernsehmoderator ist und die sich im Londoner Stadthaus um ihre zwei Kinder kümmert. Meghan, die jeden Tag grußlos an Agatha vorbeiläuft. Und die nichts spürt von ihren begehrlichen Blicken. Dabei verbindet die beiden Frauen mehr, als sie ahnen. Denn sie beide haben dunkle Geheimnisse, in beider Leben lauern Neid und Gewalt. Und als Agatha nicht mehr nur zuschauen will, gerät alles völlig außer Kontrolle ...

www.goldmann-verlag.de
www.facebook.com/goldmannverlag